BESTSELLER

Mariana Zapata es una autora superventas cuyos libros se han colocado en las listas de más vendidos de *The New York Times* y *USA Today*, además de en el número uno de Amazon. Ha sido nominada cinco veces a los premios Goodreads Choice Awards en la categoría de romance y sus novelas han sido traducidas a trece idiomas.

Mariana vive en una pequeña ciudad de Colorado con su marido y sus dos hijos gigantes: sus grandes daneses, Dorian y Kaiser. Cuando no está escribiendo, pasa el tiempo leyendo, disfrutando del aire libre, comiéndose a besos a sus chicos o fingiendo que sí está escribiendo.

Biblioteca

MARIANA ZAPATA

El camino a Rhodes

Traducción de
Marta de Bru de Sala i Martí

DEBOLS!LLO

Papel certificado por el Forest Stewardship Council®

Penguin
Random House
Grupo Editorial

Título original: *All Rhodes Lead Here*

Primera edición en Debolsillo: octubre de 2024

© 2021, Mariana Zapata
Esta edición ha sido publicada por acuerdo con Dystel, Goderich & Bourret LLC
a través de International Editors y Yañez Co.
© 2023, 2024, Penguin Random House Grupo Editorial, S. A. U.
Travessera de Gràcia, 47-49. 08021 Barcelona
© 2023, Marta de Bru de Sala i Martí, por la traducción
Diseño de la cubierta: Penguin Random House Grupo Editorial / Marta Pardina
Imagen de la cubierta: © Miquel Tejedo

Penguin Random House Grupo Editorial apoya la protección de la propiedad intelectual. La propiedad intelectual estimula la creatividad, defiende la diversidad en el ámbito de las ideas y el conocimiento, promueve la libre expresión y favorece una cultura viva. Gracias por comprar una edición autorizada de este libro y por respetar las leyes de propiedad intelectual al no reproducir ni distribuir ninguna parte de esta obra por ningún medio sin permiso. Al hacerlo está respaldando a los autores y permitiendo que PRHGE continúe publicando libros para todos los lectores. De conformidad con lo dispuesto en el artículo 67.3 del Real Decreto Ley 24/2021, de 2 de noviembre, PRHGE se reserva expresamente los derechos de reproducción y de uso de esta obra y de todos sus elementos mediante medios de lectura mecánica y otros medios adecuados a tal fin. Diríjase a CEDRO (Centro Español de Derechos Reprográficos, http://www.cedro.org) si necesita reproducir algún fragmento de esta obra.

Printed in Spain – Impreso en España

ISBN: 978-84-663-7686-0
Depósito legal: B-12.665-2024

Compuesto en Comptex & Ass., S. L.
Impreso en Black Print CPI Ibérica
Sant Andreu de la Barca (Barcelona)

P 3 7 6 8 6 0

*No sé cómo podría haber
superado este último año sin ti.
Gracias por todo, Eva.
Especialmente por tu amistad*

1

Los ojos me ardían. Aunque, pensándolo bien, no habían dejado de escocerme desde que había oscurecido un par de horas antes, así que los entrecerré. Más adelante, justo al límite de la luz que desprendían los faros de mi coche, vi un cartel.

Cogí aire muy profundamente y acto seguido lo solté.

BIENVENIDOS A
PAGOSA SPRINGS
LAS FUENTES TERMALES MÁS PROFUNDAS DEL MUNDO

Luego volví a leerlo para cerciorarme de que no me lo había inventado.

Había llegado. Por fin. Solo había tardado una eternidad.

Vale, una eternidad comprendida en un periodo de dos meses. Unas ocho semanas en las que había conducido a paso de tortuga y me había detenido en prácticamente todas las atracciones turísticas y hoteles de dos estrellas o alojamientos vacacionales que me había encontrado en mi paso por Florida, Alabama, Mississippi y Luisiana. Luego había pasado un tiempo en Texas y después había puesto rumbo hacia Arizona, donde había explorado los pueblos y ciudades que no había tenido tiempo de visitar cuando había estado por la zona en ocasiones anteriores. Incluso había visitado a un viejo amigo y su familia. Ya que estaba puesta, me había ido hasta Las Vegas, porque también era uno de esos sitios en los que había estado por lo menos diez veces, pero que nunca había llegado a conocer de verdad. Me había pasado casi tres semanas en Utah. Y, por último, pero no por ello menos importante, me había tomado una semana para echar un vistazo a Nuevo México antes de dar media vuelta y volver a dirigirme hacia el norte, en dirección a las montañas. A Colorado. Mi destino final, o por lo menos eso esperaba.

Y ahora por fin había llegado. O, mejor dicho, casi había llegado.

Hundí los hombros, los apoyé contra el asiento y me relajé un poco. Según el GPS, todavía me quedaban unos treinta minutos para llegar al apartamento que había alquilado al otro lado de aquella ciudad, situada en la parte sudoeste del estado y de la que casi nadie había oído hablar.

Aquel lugar se convertiría en mi hogar durante un mes, o tal vez más si todo salía como quería. Al fin y al cabo, tenía que asentarme en algún lado.

Las fotografías que había visto por internet del apartamento que había alquilado mostraban exactamente lo que buscaba. No era muy grande. Estaba a las afueras de la ciudad. Aunque el motivo principal por el que me había enamorado de aquel apartamento era que me recordaba a la última casa en la que había vivido con mi madre.

Y teniendo en cuenta que lo había reservado a último minuto, justo antes de que empezara el verano y la temporada turística, tampoco es que tuviera mucho donde elegir; de hecho, casi no quedaba ningún alojamiento libre. Se me había ocurrido la idea de regresar a Pagosa Springs dos semanas antes, en plena noche, mientras el peso de cada decisión que había tomado en los últimos catorce años me aplastaba el alma (aunque no era la primera vez que me ocurría, más bien la milésima) e intentaba contener el llanto. Las lágrimas no me habían venido a los ojos por el hecho de estar sola en una habitación en Moab, sin nadie a quien le importara una mierda a kilómetros a la redonda, sino que habían brotado porque estaba pensando en mi madre y en

10

que la última vez que había estado allí había sido con ella. Aunque puede que algunas también fueran porque ya no sabía qué cojones hacer con mi vida y aquello me acojonaba.

Y entonces fue cuando se me ocurrió la idea.

«Podría volver a Pagosa».

¿Por qué no? Le había dado muchas vueltas a lo que quería, a lo que necesitaba. Tampoco es que hubiera hecho gran cosa durante los dos meses que me había pasado prácticamente sola. Se me ocurrió hacer una lista, pero estaba harta de listas y horarios; me había pasado la última década dejando que otras personas decidieran lo que podía hacer y lo que no. Estaba cansada de tener un plan. Estaba harta de muchas cosas y personas, sinceramente.

Y en cuanto me vino a la mente aquel lugar que antaño había sido mi hogar, supe que quería ir allí. Me pareció una idea acertada. Ya me había cansado de conducir sin rumbo, buscando algo que volviera a poner mi vida mínimamente en orden.

Así que decidí que iría improvisando.

Nuevo año, nueva Aurora. ¿Y qué si era junio? ¿Quién había decidido que el año nuevo empezaba el uno de enero, eh? El mío había empezado oficialmente un miércoles por la tarde de hacía un año en el que había vertido muchas lágrimas. Y ya era hora de convertirme en una nueva versión de la persona que era entonces.

Por eso estaba ahí. De vuelta en la ciudad en la que había crecido, veinte años más tarde. A miles de kilómetros de Cape Coral y de todas las cosas y las personas que había dejado atrás en Nashville. Con la libertad de hacer lo que me apeteciera por primera vez en mucho mucho tiempo.

Podía ser quien quisiera ser. Mejor tarde que nunca, ¿no?

Solté un suspiro y sacudí los hombros para despertarme un poco más, haciendo una mueca por la tensión que se me había instalado en ellos cuando mi mundo se había puesto patas arriba y que no me había abandonado desde entonces. Puede que no supiera lo que haría a largo plazo, pero ya lo averiguaría. No me arrepentía ni lo más mínimo de haber conducido hasta ahí.

Me arrepentía de muchas cosas en mi vida, pero no permitiría que aquella decisión se añadiera a la lista. Incluso aunque no me quedara allí a largo plazo, el mes que pasaría en Pagosa Springs no ocuparía gran parte de mi vida. Sería un trampolín para mi futuro. Y puede que una tirita para el pasado. Un empujón en el presente.

«Nunca es demasiado tarde para encontrar un nuevo camino», cantaba mi amiga Yuki. Había conducido hasta Colorado por un motivo, y nada iba a ser en vano; ni las nalgas doloridas, ni los hombros agarrotados, ni la ciática molestándome de nuevo, ni lo mucho que mis ojos necesitaban una bombilla y una siesta.

El incipiente dolor de cabeza que notaba justo por encima de las cejas era parte del camino, los fundamentos de mi jodido futuro. Quien algo quiere, algo le cuesta.

Sería genial no tener que volver a meterme en el coche hasta dentro de un mes. La sola idea de pasar un minuto más sentada al volante me daba arcadas. Pensándolo bien, ya puestos, podría comprarme otro coche. Tenía suficiente dinero sucio para hacerlo. Bien podría usarlo para algo que necesitara de verdad, porque mi coche actual ni siquiera tenía tracción en las cuatro ruedas.

Ahora. Nuevo. Presente. El pasado se iba a quedar donde estaba, porque, aunque me encantaría, no podía prenderle fuego y verlo devorado por las llamas. Sobre todo, porque iría a la cárcel por doble homicidio, y eso no estaba muy bien visto.

No, iba a salir adelante sin antecedentes, y aquel era el próximo paso. Adiós, Nashville y todo lo que tenía allí. Hasta la vista a ti también, Florida. Hola, Colorado y montañas y un futuro tranquilo y esperaba que feliz. Estaba dispuesta a manifestarlo hasta que toda esa mierda se hiciera realidad. Tal y como también cantaba Yuki: «Si le dices al universo lo que quieres, con un poco de suerte alguien te escuchará».

La parte más difícil ya había pasado. Aquello era mi futuro. Un paso más de todos los que había dado en mis treinta y tres años de vida.

En realidad, debería darle las gracias a la familia Jones. Puede que no por haberse aprovechado de mí, pero sí porque, por lo menos, ahora sabía en lo que me había metido y de quién me había rodeado. Por lo menos había conseguido salir de allí.

Era libre. Libre para regresar a donde había pasado los primeros años de mi vida, para ir al lugar donde había visto a mi madre por última vez. El mismo lugar que ella tanto quería y que había sido escenario de tantos buenos recuerdos, además de los peores.

Haría lo que tuviera que hacer para seguir adelante con mi vida. Y el primer paso era girar a la izquierda por un camino de tierra que técnicamente era una carretera rural.

Aferrándome al volante con todas mis fuerzas mientras los neumáticos se metían en un bache tras otro, busqué el último recuerdo borroso que tenía de mi madre, la imagen de sus ojos pardos, los mismos que veía en el espejo. Su media melena castaña, ni muy oscura ni muy clara, era otro rasgo que compartíamos, por lo menos hasta que había empezado a teñirme el pelo, pero ahora ya había dejado de hacerlo. Solo me lo había empezado a teñir a petición de la señora Jones. Pero, más que nada, recordé lo fuerte que mi madre me había abrazado antes de darme permiso para ir a casa de mi amiga al día siguiente en vez de acompañarla a la ruta que había planeado para que hiciéramos juntas. El beso que me había dado cuando me había dejado en casa de mi amiga y me había dicho: «¡Hasta mañana, pequeña Aurora!».

La culpa, amarga y punzante, igual de afilada y mortal que una daga hecha con un carámbano de hielo, me apuñaló en el estómago por millonésima vez. E igual que cada vez que me invadía aquella sensación familiar, me pregunté «¿Y si hubiera ido con ella? ¿Y si...?». Pero, como siempre que me hacía aquella pregunta, me contesté que no importaba, porque nunca lo sabría.

13

Volví a entrecerrar los ojos para mirar a lo lejos mientras pasaba por un bache todavía más grande, maldiciendo que aquellas carreteras no tuvieran farolas. Viéndolo con perspectiva, debería haber alargado un día más aquel último tramo del trayecto para no terminar deambulando por las montañas en medio de la oscuridad.

Y es que los montoncitos y los baches de la carretera no eran lo único que me había salido al paso. Me había topado con ciervos, ardillas y conejos. Había visto un armadillo y una mofeta. Y todos habían decidido cruzar la carretera corriendo en el último segundo antes de que pasara con el coche, provocando que me cagara de miedo y que frenara en seco mientras daba gracias a Dios de que no fuera invierno y de que apenas hubiera tránsito en esa carretera. Lo único que quería era llegar a mi hogar temporal para encontrar al tal Tobias Rhodes, que había decidido alquilar el apartamento de su garaje a un precio muy razonable. Sería su primera huésped. El apartamento no tenía ninguna reseña, pero cumplía con todos los demás requisitos de mi lista, así que había decidido darle una oportunidad. Además, tampoco es que hubiera tenido mucho donde elegir, aparte de alquilar una habitación en casa de alguien o de alojarme en un hotel.

—Su destino final se encuentra a la izquierda —indicó el GPS.

Agarré con fuerza el volante y entrecerré más los ojos, viendo a duras penas el inicio del camino de acceso a la casa. Estaba tan oscuro que ni siquiera distinguí si había otras casas alrededor. Aquello se encontraba realmente en medio de la nada, y era justamente lo que quería: paz y tranquilidad.

Al girar por el supuesto camino de acceso, que solo estaba marcado por un poste reflectante, me dije a mí misma que todo iría bien. Encontraría un trabajo (de lo que fuera), repasaría el diario de mi madre e intentaría hacer algunas de las rutas que había dejado por escrito, por lo menos sus favoritas. Era uno de los motivos principales por los que me había parecido tan buena idea venir.

La gente llora cuando llega un final, pero a veces hay que llorar por los nuevos comienzos. No olvidaría lo que había dejado atrás. Pero me emocionaría todo lo posible por aquel inicio y por el final que acabara teniendo.

Poco a poco, ¿verdad?

Un poco más adelante vi una casa que se alzaba imponente. Por el número de ventanas y de luces encendidas, parecía más bien pequeña, pero no importaba. En uno de los lados, a entre cinco y quince metros de distancia (eso de conducir de noche era una mierda con mi astigmatismo), había otra estructura que parecía ser un garaje construido aparte. Había un solo coche aparcado frente a la casa principal, un viejo Bronco que reconocí porque mi primo se había pasado años arreglando uno exactamente igual.

Dirigí el coche hacia el edificio más pequeño y menos iluminado tras ubicar la gran puerta del garaje. La gravilla crujió bajo los neumáticos, oí las piedrecillas rebotando e impactando contra el chasis, y volví a recordarme a mí misma por qué estaba ahí y que todo iría bien. Aparqué junto al garaje. Parpadeé y me froté los ojos, y cogí el móvil para buscar la captura de pantalla que había hecho de las instrucciones para entrar en el apartamento y releerlas. Tal vez mañana iría a presentarme al propietario. O tal vez lo dejaría en paz si él me dejaba en paz.

Salí del coche.

Aquello era el resto de mi vida. E iba a dar lo mejor de mí, tal y como mi madre me había enseñado, tal y como ella habría esperado de mí.

Solo tardé un minuto en encontrar la puerta de entrada con la linterna del móvil (había aparcado justo al lado) y la caja de seguridad que colgaba del picaporte. El código que me había mandado el propietario funcionó a la primera, y dentro de la caja diminuta descansaba una sola llave. La metí en la cerradura y la puerta chirrió al abrirse hacia una escalera a la izquierda y otra puerta en perpendicular. Encendí la luz y abrí la puerta situada justo enfrente de la que acababa de pasar, esperando encontrar el garaje, y no me llevé ninguna decepción. Pero sí que me quedé sorprendida al ver que no había ningún coche.

Las paredes estaban recubiertas de distintos tipos de aislamiento; algunas con la espuma que había visto en todos los estudios de grabación en los que había estado, y otras con alfombrillas de goma azules fijadas con clavos. Incluso había un par de colchones viejos apoyados contra las paredes. En el centro de la habitación había un gran altavoz negro de cuatro conos con un amplificador hecho polvo, dos taburetes y un soporte con tres guitarras. También había un teclado y una batería básica para principiantes.

Tragué saliva.

Me fijé en los dos pósteres que estaban pegados a los colchones y, poco a poco, solté el aire que había estado conteniendo. Uno era de un joven cantante folk y el otro, de una gran gira de dos bandas de rock. No había nada de country. No había nada de pop. Y, lo que era más importante: no había necesidad de darle más vueltas. Salí por donde había entrado, quitándome aquella sala de música de la cabeza, y cerré la puerta detrás de mí.

Las escaleras giraban conforme subían y, cuando llegué arriba, encendí más luces y suspiré aliviada. Era tal y como se anunciaba en las fotos: un estudio. Había una cama grande contra la pared de la derecha, un radiador con apariencia de chimenea antigua en una esquina, una mesita con dos sillas, una nevera que parecía de los años noventa (pero qué más daba), unos fogones que debían de ser de la misma década, un fregadero, unas puertas que parecían ser un armario y otra que esperaba que fuera el baño que aparecía en el anuncio. No había lavadora ni secadora, pero tampoco me había molestado en preguntar. En la ciudad había una lavandería, ya lo había comprobado. Me las arreglaría.

El suelo del apartamento estaba cubierto de madera veteada, y sonreí al ver un pequeño jarrón de cristal sobre la mesa con un ramo de flores silvestres.

La familia Jones se habría quejado de que no fuera el Ritz, pero para mí era perfecto. Tenía todo lo que necesitaba, y me recordaba a la casa en la que había vivido con mamá, con las paredes recubiertas de madera y… aquella calidez.

Era realmente perfecto.

Por primera vez me permití sentirme genuinamente emocionada por mi decisión. Y, en cuanto lo hice, me sentí bien. La esperanza se encendió en mi interior como una bengala. Solo tuve que hacer tres viajes para subir las maletas, las cajas y la neverita.

No sería descabellado suponer que se necesitan días, e incluso semanas, para empaquetar toda tu vida. Puede que meses, si tienes muchas pertenencias, pero yo no tenía muchas. Se las había dejado casi todas a Kaden cuando su abogado (el hombre al que llevaba una década entera mandando postales navideñas) me había mandado una notificación en la que especificaba que tenía treinta días para marcharme de la casa que habíamos compartido, justo el día después de que Kaden me dejara. Sin embargo, me fui al cabo de unas horas. Solo me llevé dos maletas y cuatro cajas con mis cosas.

Estaba bien. Estaba bien que aquello hubiera ocurrido, y lo sabía. En el momento me había dolido, me había dolido de cojones, y después también. Pero ahora ya no. Aun así… a veces todavía deseaba haberles enviado a esos traidores una tarta de mierda, como en *Criadas y señoras*. No era tan buena persona.

Acababa de abrir la puerta de la nevera para poder meter dentro el embutido, el queso, la mayonesa, las tres latas de refresco de fresa y una única cerveza cuando oí un crujido proveniente de abajo.

La puerta. Era la puerta.

Me quedé paralizada.

Cogí el espray de pimienta del bolso y vacilé; seguro que al propietario no se le ocurriría entrar así porque sí, ¿no? O sea, el apartamento era suyo, pero se lo estaba alquilando. Había firmado un contrato y había mandado una copia de mi carné de conducir con la esperanza de que no buscara mi nombre por internet, pero ¿y si lo había hecho? En algunos de los alojamientos en los que me había quedado, los propietarios se habían pasado a preguntarme si necesitaba algo, pero no habían entrado sin más. Solo uno de ellos me había buscado por internet y me había hecho un montón de preguntas incómodas.

—¿Hola? —grité, con el dedo listo para utilizar el espray de pimienta.

La única respuesta que obtuve fue el sonido de unos pies subiendo por las escaleras, el ruido sordo de pisadas pesadas.

—¿Hola? —volví a gritar un poco más fuerte, aguzando el oído para escuchar los pasos que seguían subiendo y que me hicieron agarrar el espray que tenía en la mano con más fuerza.

En lo que decidí aguantar la respiración (porque *seguro* que aquello me ayudaría a escuchar mejor), vislumbré el pelo y el rostro de una persona antes de que subiera los últimos dos o tres peldaños, probablemente de una zancada, porque, de repente, lo tenía encima.

Era un hombre.

¿Sería el propietario? Por Dios, esperaba que sí.

Llevaba una camisa abotonada de color caqui metida en unos pantalones oscuros que podrían ser azules, negros o de algún otro color que no alcanzaba a distinguir con aquella iluminación. Entorné los ojos y escondí las manos con el espray de pimienta detrás de la espalda por si acaso.

¡Llevaba una pistola en la cadera!

—¡Hostia, llévese lo que quiera, pero no me haga daño! —chillé levantando las manos.

El desconocido dio un respingo antes de hablar con voz áspera y rugosa.

—Pero ¿qué dices?

Levanté todavía más las manos, alzando los hombros hasta las orejas, y le señalé el bolso que tenía encima de la mesa con el mentón.

—Ahí tiene mi bolso. Lléveselo. Las llaves están dentro.

Tenía seguro. Tenía copias de mi carné de identidad en el teléfono, que estaba en el bolsillo trasero de mis pantalones. Podía pedir otra tarjeta de débito y denunciar que me había robado la de crédito. No me importaba un comino el dinero en efectivo que llevaba en la cartera. No valía la pena arriesgar mi vida por nada de eso. No. Valía. La. Pena.

Sin embargo, el hombre volvió a dar un respingo.

—¿De qué cojones estás hablando? No te estoy robando. ¿Qué haces en *mi casa*? —Disparó cada palabra como si fuera un misil.

Un momento.

Parpadeé y mantuve las manos detrás de la espalda. ¿Qué estaba ocurriendo?

—¿Es usted Tobias Rhodes? —Estaba segura de que así se llamaba la persona con quien había hecho la reserva. El perfil incluía una fotografía, pero no me había molestado en ampliarla.

—¿Por qué quieres saberlo? —preguntó el desconocido.

—Eh, pues porque le he alquilado este apartamento del garaje. Hoy era el día de llegada.

—¿El día de llegada? —repitió el hombre en voz baja. Estaba bastante segura de que tenía el ceño fruncido, pero se encontraba justo en un punto que no estaba muy bien iluminado y la cara le quedaba en la sombra—. ¿Es que esto te parece un hotel?

Vaya, qué carácter.

Justo cuando abrí la boca para contestarle que no, que aquello no parecía un hotel, pero que aun así había hecho una reserva legal y había pagado por adelantado por mi estancia, se oyó un fuerte chirrido al pie de la escalera un segundo antes de que otra voz más joven y aguda chillara:

—¡Espera, papá!

Centré la mirada en el hombre mientras este desviaba su atención escaleras abajo; la parte superior de su cuerpo pareció expandirse en un gesto protector, o tal vez defensivo. Aprovechando que estaba distraído, me fijé en que era un tipo grande, alto y corpulento. Y llevaba dos parches en la camisa. «¿Son de algún cuerpo policial?».

El corazón empezó a latirme con fuerza en las orejas y volví a mirar fijamente la pistola que llevaba en la funda atada a la cadera. Mi voz sonó extrañamente alta al empezar a tartamudear.

—Podría… Podría enseñarle la confirmación de la reserva…

«¿Qué está ocurriendo? ¿Me han estafado?». Mis palabras volvieron a captar su atención justo en el momento en el que otra silueta aparecía de un salto abrupto en el rellano. Era mucho más baja y delgada, pero no alcanzaba a ver nada más. ¿Era el hijo de aquel hombre? ¿La hija?

El gigante ni siquiera desvió la mirada hacia la persona que acababa de llegar cuando se dirigió hacia mí, y la ira que emanaba de sus palabras, de todo su lenguaje corporal, en realidad, era evidente.

—El allanamiento de morada es un delito.

—¿Allanamiento de morada? —repetí confundida, con el corazón todavía desbocado. ¿Qué estaba ocurriendo? «¿Qué cojones está ocurriendo?»—. He cogido la llave con el código que me dieron. —¿Cómo era posible que no lo supiera? ¿Quién era ese hombre? «¿En serio me habrán estafado?».

Fuera de mi campo de visión, porque estaba totalmente centrada en el hombre más grande, la silueta más pequeña a la que apenas había prestado atención murmuró algo en voz baja antes de sisear un quedo «¡Papá!».

Aquello hizo que el hombre girara la cabeza hacia la figura que debía de ser su hijo o hija.

—Amos —gruñó en un tono que sonaba peligrosamente como una advertencia. Había ira ahí, latente y a la espera.

Tuve un presentimiento horrible.

—Tengo que hablar contigo —dijo la silueta casi entre susurros antes de girarse hacia mí. Aquella persona más pequeña se quedó paralizada durante un momento y luego parpadeó antes de volver en sí y hablar con un tono de voz tan bajo que me costó oírle—. Hola, señorita de la Torre, eeeh… Disculpe por la confusión. Un momento, por favor.

20

¿Quién cojones era este ahora? ¿Y por qué sabía mi nombre? ¿Se trataba de una confusión? Bueno, aquello eran buenas noticias…, ¿no?

Mi optimismo solo duró un segundo, porque, bajo la luz tenue del estudio, el hombre empezó a negar con la cabeza lentamente. Las palabras que pronunció a continuación apretaron todavía más el nudo que se me había hecho en el estómago.

—Espero, Amos, que esto no sea lo que creo que es —murmuró con un tono de voz letal. No sonaba muy prometedor—. ¿Has subido un anuncio para alquilar el apartamento después de que te dijera que no las cincuenta veces que me lo pediste? —Hizo aquella pregunta sin subir el volumen, pero aun así sonaba incluso peor que si estuviera gritando. Hasta yo quería encogerme de miedo, y ni siquiera me estaba hablando a mí.

Pero, un momento, ¿qué había dicho?

—Papá…

La persona más joven se colocó debajo del ventilador del techo y quedó iluminado por la bombilla, confirmando así que era un chico, un adolescente de entre doce y dieciséis años, basándome en el sonido de su voz. A diferencia del hombre corpulento que parecía ser su padre, tenía la cara esbelta y angular, y los brazos largos y delgados le quedaban casi cubiertos por una camiseta que le iba dos tallas demasiado grande.

Tuve un presentimiento muy muy malo.

De repente me vino a la mente que no había ningún otro apartamento disponible a más de trescientos kilómetros a la redonda. No quería alojarme en un hotel. Me había hartado de ellos para el resto de mi vida. La sola idea de quedarme en uno me daba náuseas. Y alquilar una habitación en casa de alguien se había convertido en un no rotundo después de lo que había ocurrido aquella última vez.

—¡Ya he pagado! El dinero ha salido de mi cuenta —dije prácticamente gritando, entrando de repente en pánico.

Quería quedarme. Ya estaba ahí, y me había cansado de conducir, y de repente la necesidad de asentarme se apoderó con

21

fuerza de todas las células de mi cuerpo con insistencia. Quería volver a empezar. Quería construir algo nuevo. Y quería hacerlo ahí, en Pagosa.

El hombre me miró. Me pareció ver que echaba la cabeza hacia atrás antes de centrarse en el chico adolescente, agitando otra vez las manos en el aire. Su rabia explotó en medio de la habitación como si fuera una granada.

Por lo visto, yo me había vuelto invisible y mi pago no significaba nada.

—¿Me tomas el pelo, Am? ¡Te dije que no! Y no una o dos veces, sino todas las que me lo preguntaste —escupió el hombre, furioso—. No vamos a dejar que una desconocida viva en nuestra casa. ¿Qué cojones es esto, tío? —Seguía sin subir el volumen de su voz, pero aun así cada palabra parecía un ladrido firme y seco.

—Técnicamente no estaría dentro de casa —dijo el chico, Amos, con un susurro, antes de mirarme por encima del hombro.

Me saludó con una mano temblorosa. A *mí*. No supe qué hacer, así que le devolví el saludo. Confundida, muy confundida, y ahora también preocupada.

Aquello no ayudó a calmar al hombre enfadado. No ayudó para nada.

—¡El garaje forma parte de la casa! No me vengas con tecnicismos —gruñó mientras hacía un gesto desdeñoso con la mano.

Ahora que me fijaba bien, el brazo que había pegado a aquella mano era bien robusto. Estaba casi segura de haber visto que se le marcaban algunas venas en el antebrazo. Pero ¿qué ponía en aquellos parches? Entrecerré los ojos para intentar verlo.

—No significa *no* —continuó el desconocido cuando el chico abrió la boca para replicarle—. No puedo creer que hayas hecho esto. ¿Cómo has podido actuar a mis espaldas? ¿Pusiste un anuncio en internet? —No dejaba de sacudir la cabeza, como si estuviera realmente sorprendido—. ¿Pensabas dejar que cualquier tarado se quedara aquí mientras estuviera fuera?

¿Tarada? ¿Yo? Sabía que aquello no era asunto mío, pero aun así fui incapaz de cerrar la boca y no decir nada.

22

—Eh, que conste que yo no soy ninguna tarada. Y puedo enseñarle mi reserva. He pagado todo el mes por adelantado… Mierda.

El chico hizo una mueca y aquello provocó que el hombre diera un paso hacia adelante, hacia la luz, y por primera vez pude verle la cara. Pude verlo enterito.

Y menuda cara tenía.

Incluso mientras estaba con Kaden no hubiera podido evitar girarme para mirar al hombre que estaba bajo la lámpara. ¿Qué? No soy de piedra. Y, además, aquel tío tenía una de esas caras. Lo sabía bien, había visto un montón.

No me vino a la cabeza ningún maquillador profesional que no hubiera descrito sus rasgos como cincelados; no eran lo que se diría bonitos, sino más bien masculinos, angulosos, acentuados por su boca, fruncida en una mueca, y sus cejas espesas y rectas descansando sobre unos huesos notorios y robustos. Y también tenía una mandíbula sólida e impresionante. Estaba casi segura de que, además, tenía una hendidura que le recorría la mitad del mentón.

Debía de tener poco más de cuarenta años. «Rudamente atractivo» sería una buena manera de describirlo. Tal vez incluso valdría «ridículamente atractivo» si en aquel momento no pareciera dispuesto a matar a alguien.

No tenía nada que ver con el aspecto inocente y caro de mi ex, que hacía enloquecer a miles de mujeres. Y que había arruinado nuestra relación.

Puede que tal vez acabara mandándole una tarta de mierda. Tendría que darle otra vuelta.

Básicamente, aquel hombre que discutía con un adolescente, con una pistola en el cinturón y vestido con lo que parecía ser el uniforme de algún cuerpo policial, era increíblemente atractivo. Encima estaba hecho todo un madurito interesante. Cuando la luz le iluminó perfectamente el pelo, vi lo que parecían ser mechones marrones o negros mezclados con un color plateado más claro y llamativo.

23

Y no le importaba una mierda lo que le estaba diciendo, porque seguía escupiendo palabras con el tono más neutro que había oído en mi vida. Tal vez me hubiera impresionado si no estuviera tan preocupada por acabar jodida.

—Papá... —volvió a empezar el chico.

Tenía el pelo oscuro y una cara suave, casi como si fuera un bebé, y su piel tenía un ligero tono moreno. Bajo una camiseta negra de un grupo de música, sus extremidades eran alargadas. Se interpuso entre su padre y yo a modo de escudo.

—¿Cómo que todo el mes?

Sí, se había enterado muy bien de esa parte.

El chico apenas se amedrentó.

—Si no me das permiso para trabajar..., ¿cómo se supone que debo ganar dinero? —replicó en voz muy baja.

La vena en la frente del hombre volvió a hincharse y se le enrojecieron los pómulos y las orejas.

—Ya sé para qué quieres el dinero, Am, pero eres *perfectamente* consciente de lo que te dije. Tu madre, Billy y yo estamos de acuerdo. No necesitas una guitarra de tres mil dólares si la tuya funciona bien.

—Ya sé que *funciona*, pero aun así me gustaría...

—Pero no la *necesitas*. Una guitarra nueva no hará que...

—Papá, por favor —rogó Amos. Luego me señaló con el pulgar por encima del hombro—. Mírala. No es una tarada. Se llama Aurora de la Torre. La busqué en Picturegram. Solo sube fotos de comida y animales. —El adolescente me lanzó una mirada por encima del hombro y parpadeó antes de volver a mirar a su padre con una expresión casi frenética, como si supiera perfectamente que aquella conversación no iba a acabar bien—. Todo el mundo sabe que a los sociópatas no les gustan los animales, tú mismo lo dijiste, ¿recuerdas? Y, además, *mírala*. —Inclinó la cabeza hacia un lado.

Hice caso omiso de aquel último comentario y me centré en la parte importante de lo que había dicho. Alguien había hecho los deberes..., pero ¿qué más sabía?

24

No estaba equivocado. Excepto por algunos selfis y momentos ocasionales con amigos (y con personas que pensaba que eran mis amigos pero que, en realidad, no lo eran), realmente solo colgaba fotos de comida y de los animales que me encontraba. Aquella realidad y las bolsas y cajas amontonadas en el suelo a mi lado solo fueron otro recordatorio de que realmente quería estar ahí, de que tenía asuntos pendientes en esa zona. Y de que aquel chico o bien sabía demasiado o realmente se había creído la fachada que presentaba ante el mundo… Todas las mentiras y patrañas que había tenido que urdir para estar cerca de la persona que quería. Aquello me recordó que no había eliminado mi vida anterior de Picturegram. Siempre había tenido mucho cuidado de no colgar ninguna foto romántica por miedo a despertar la ira de la señora Jones.

Ahora que lo pensaba, tal vez debería configurar mi página como privada para que el Anticristo no pudiera cotillearla. No había publicado mucho durante aquel último año y nunca había mencionado dónde estaba. Somos animales de costumbres.

Los ojos del hombre se posaron sobre mí, quizá por un segundo, antes de volver a mirar fijamente al chico.

—¿Crees que me importa? No dejaría que se alojara aquí ni aunque fuera la madre Teresa de Calcuta. No es seguro tener a una desconocida dando vueltas por la casa.

Técnicamente no estaría «dando vueltas por la casa». Me quedaría aquí, en el apartamento del garaje, y no molestaría a nadie.

Viendo que mis posibilidades disminuían con cada palabra que salía de la boca de aquel tipo, supe que tenía que actuar deprisa. Por suerte para mí, me gustaba arreglar cosas y se me daba bien.

—Le juro que no soy ninguna psicópata. Solo me han puesto una multa en toda mi vida, y fue por sobrepasar el límite de velocidad por diez kilómetros hora, pero en mi defensa diré que me estaba meando. Puede llamar a mis tíos si quiere pedir referencias, pero le aseguro que le dirán que soy bastante buena

25

persona. También puede mandar un mensaje a mis sobrinos si quiere, porque no le van a coger el teléfono ni aunque los cosa a llamadas.

El chico volvió a mirarme por encima del hombro con los ojos bien abiertos y una expresión todavía frenética, pero el hombre... Bueno, digamos que no sonreía mucho. Me estaba observando por encima del hombro de su hijo. De nuevo. De hecho, puso cara de póker, pero antes de que pudiera añadir nada más, el chico salió en mi defensa.

Su tono de voz seguía siendo bajo pero apasionado. Debía de tener muchas ganas de comprar aquella guitarra de tres mil dólares.

—Sé que lo que he hecho no ha estado bien, pero ibas a estar fuera todo el mes y es una chica... —Las mujeres también podían ser asesinas en serie, pero no me pareció el momento más indicado para comentarlo—, así que pensé que así no..., ya sabes, que así no te preocuparías. Compré un sistema de alarma que de todos modos tenía pensado instalar en las ventanas, y es imposible forzar la cerradura de seguridad de la puerta principal.

El hombre sacudió la cabeza y me pareció ver que tenía los ojos más abiertos de lo normal.

—No, Amos. ¡No! Tus cuentos de mierda no me van a convencer. Al contrario, el hecho de que me hayas mentido solo me cabrea aún más. ¿En qué cojones estabas pensando? ¿Qué le hubieras dicho a tu tío Johnny cuando hubiera venido a echarte un ojo mientras yo hubiera estado fuera de casa? ¿Eh? No puedo creer que hayas alquilado el apartamento a mis espaldas después de decirte explícitamente tantas veces que no lo hicieras. Estoy intentando cuidar de ti, tío. ¿Qué tiene eso de malo?

Su mirada intensa se desvió hacia el suelo mientras sacudía la cabeza, y se le hundieron tanto los hombros que me sentí incómoda por verlo, por estar ahí y percibir la enorme decepción que irradiaba todo su cuerpo de padre mientras seguía allí de pie, procesando aquel acto de traición. Me pareció verle exhalar antes de volver a levantar la mirada, y esta vez la fijó en mí.

26

—Te va a devolver todo tu dinero en cuanto volvamos a meternos en casa, pero no puedes quedarte aquí. Ni siquiera deberías haber podido «hacer una reserva» —dijo con voz ronca y, a mi parecer, genuinamente herido por las acciones del adolescente.

Me atraganté. Al menos internamente. Porque no podía ser. No.

Ni siquiera me había dado cuenta del momento en el que había bajado las manos que tenía levantadas, pero ahora tenía las palmas encima del estómago, el espray de pimienta entre los dedos y el resto del cuerpo consumido por una mezcla de preocupación, pánico y decepción al mismo tiempo.

Tenía treinta y tres años y, al igual que los árboles, había perdido todas mis hojas, gran parte de lo que me hacía ser *yo*; pero, también al igual que los árboles, conservaba mis ramas y raíces. Estaba renaciendo con hojas nuevas, relucientes, verdes y llenas de vida. Así que tenía que intentarlo. Tenía que hacerlo. No quedaba ningún apartamento para alquilar parecido a este.

—Por favor —dije sin avergonzarme por el tono lastimero con el que pronuncié aquellas palabras. Era ahora o nunca—. Entiendo que esté enfadado; tiene todo el derecho a estarlo. No le culpo por querer proteger a su hijo y no poner en riesgo su seguridad, pero... —Se me rompió la voz; odiaba cuando eso me pasaba, pero tenía que seguir hablando porque tenía la sensación de que solo tendría una oportunidad antes de que me echara—. Por favor... Le prometo que no haré ningún ruido y que no molestaré a nadie. Una vez, cuando tenía veinte años, me comí algo que llevaba maría y acabé tan colocada que tuve un ataque de pánico y casi llamé a una ambulancia. Tomé Vicodin después de que me sacaran una muela del juicio y me provocó tantos vómitos que lo dejé. El único tipo de alcohol que de verdad me gusta es el moscatel dulce y alguna cerveza de vez en cuando. Ni siquiera miraré a su hijo si no quiere que lo haga, pero por favor, *por favor*, deje que me quede. Le pagaré el doble

27

del precio que ponía en el anuncio. Puedo hacerle la transferencia ahora mismo si quiere. —Cogí aire y miré al hombre con lo que esperaba que fuera la expresión más suplicante de la historia—. Por favor.

La expresión de aquel hombre era dura y permaneció igual; vi que mantenía su mandíbula cuadrada completamente cerrada incluso en la distancia. Aquello no me daba buena espina. No me daba buena espina para nada.

Sus siguientes palabras hicieron que el estómago me diera un vuelco. Me miró directamente a los ojos, con aquellas cejas espesas y rectas en su cara absurdamente atractiva. Pensé que tenía la misma estructura ósea que las antiguas estatuas griegas. Regia, definida, con rasgos que no tenían ningún punto débil. Su boca, con aquellos labios tan voluminosos que inspiraban a muchas mujeres a recurrir a médicos caros para intentar imitarlos, se convirtió en una línea.

—Siento que te hayas hecho ilusiones, pero eso no va a pasar. —Su mirada pétrea se desvió hacia su hijo, puede que adolescente, mientras gruñía en voz tan baja que apenas pude oírlo (pero, aunque él no lo supiera, yo tenía un oído excelente)—. No se trata del dinero.

El pánico me invadió el pecho poco a poco y vi que aquella oportunidad se me esfumaba delante de los ojos.

—Por favor —repetí—. Ni siquiera se enterará de que estoy aquí. Soy muy silenciosa. No traeré visitas. —Vacilé—. Triplicaré el importe.

—No —respondió el desconocido sin dudar.

—Papá —lo interrumpió el chico antes de que el hombre mayor lo acallara sacudiendo la cabeza.

—Tú no tienes ni voz ni voto en todo esto. Y no vas a tener ni voz ni voto en nada durante una temporada, ¿estamos? —El chico soltó un resoplido y el corazón empezó a latirme con más fuerza—. Actuaste a mis espaldas, Amos. ¡Si no hubieran encontrado a otro guarda en el último momento, ahora mismo estaría en Denver sin tener ni puta idea de lo que habías hecho!

28

—explicó el hombre en aquel tono de voz asesino, ni muy fuerte ni muy bajo, y, sinceramente…, no podía culparle.

Yo no tenía hijos (quería tenerlos, pero Kaden siempre me daba largas), pero podía imaginarme cómo me sentiría si mi hijo hubiera actuado a mis espaldas… incluso aunque entendiera sus motivos. El chico quería una guitarra cara, y supuse que o bien era demasiado joven para trabajar o bien sus padres no le dejaban hacerlo.

El chico emitió un ruido leve y contrariado de frustración, y supe que se me estaba agotando el tiempo. Me sequé los dedos al notarlos sudorosos e intenté aferrarme al pánico que sentía, porque era más poderoso que mi fortaleza.

—Siento todo esto. Siento que se haya hecho sin su aprobación. Si una persona desconocida se instalara en… Bueno, no tengo un apartamento en el garaje, pero si lo tuviera, seguro que no me gustaría. Valoro muchísimo mi privacidad. Pero no tengo otro sitio a donde ir. No hay ningún otro apartamento para alquilar a corto plazo por la zona. Y eso no es problema suyo, lo entiendo. Pero, por favor, deje que me quede. —Cogí aire y lo miré a los ojos; no podía discernir de qué color eran desde tan lejos—. No soy una drogadicta. No tengo problemas con la bebida ni ningún fetiche extraño. Se lo prometo. He tenido el mismo puesto de trabajo durante los últimos diez años; era asistente. Me acabo de… divorciar y estoy empezando de cero.

Aquel resentimiento amargo y retorcido me subió por la nuca y los hombros, tal y como había ocurrido cada día desde que todo se había desmoronado. Y, al igual que las demás veces, no me lo quité de encima. Me lo acerqué al cuerpo, muy cerca del pecho, y lo acuné. No quería olvidarlo. Quería aprender de él y memorizar aquella lección, aunque fuera incómoda.

Porque había que recordar las partes de mierda que tiene la vida para poder apreciar las buenas.

—Por favor, señor Rhodes, si es que se llama así —dije en el tono de voz más tranquilo que fui capaz de usar—. Puede hacer una copia de mi carné de identidad, aunque ya he mandado una.

29

Puedo conseguirle referencias de mi carácter. No soy capaz ni de matar arañas. Estaría dispuesta a proteger a su hijo si hiciera falta. Tengo unos sobrinos adolescentes que me adoran. Ellos también pueden confirmarle que no soy ninguna tarada. —Avancé un paso y luego otro, manteniendo el contacto visual—. Tenía la intención de preguntar si podía alquilar el estudio por más tiempo, pero le prometo que me iré dentro de un mes si es tan amable de darme una oportunidad. Puede que para entonces quede libre algún alojamiento. Alquilaría uno en la ciudad, pero no he encontrado nada a corto plazo y no estoy lista para firmar un contrato largo. —También podría comprar un apartamento, pero no hacía falta que lo supieran; aquello solo conllevaría más preguntas—. Le pagaré el triple de la tarifa diaria pactada y no lo molestaré en absoluto. Y también le pondré una reseña de cinco estrellas.

Tal vez no debería haber añadido aquella última parte. Al fin y al cabo, el problema residía en que no quería alquilarlo.

Él entrecerró todavía más los ojos, o eso me pareció, porque no movió mucho las cejas, pero entonces percibí un cambio. Apareció una arruga entre sus cejas espesas y oscuras, y la horrible sensación que tenía se intensificó. Iba a decirme que no. Lo sabía. Iba a tener que joderme y volver a vivir en un hotel. Otra vez.

—¡Está dispuesta a triplicar el precio! ¿Sabes de cuánto dinero estamos hablando? —añadió el chico un poco más fuerte, genuinamente emocionado por la idea.

El hombre, que tal vez fuera o no Tobias Rhodes, miró a su hijo mientras estaba ahí de pie, tenso y todavía cabreado. Estaba realmente furioso, y me preparé para lo peor. Para el «no». No sería el fin del mundo, pero… sería una mierda. De las grandes.

Sin embargo, las siguientes palabras que pronunció iban dirigidas al adolescente.

—No puedo creer que me hayas mentido.

El cuerpo del chico pareció ablandarse y hundirse, y habló más bajito que nunca.

—Lo siento. Sé que es mucho dinero. —Se detuvo un momento y consiguió decir con voz todavía más baja—: Lo siento.

El hombre se pasó una mano por el pelo y también pareció desinflarse.

—Te dije que no. Que ya nos las arreglaríamos de otra manera. —El chico no dijo nada, pero asintió al cabo de un segundo; por su aspecto, parecía sentirse como si apenas levantara un palmo del suelo—. Esto no se va a quedar así. Continuaremos esta conversación más tarde.

No me pasó por alto cómo se encogía el chico, pero estaba demasiado ocupada viendo que él se giraba hacia mí y me miraba fijamente. Alzó una mano y se rascó la coronilla con sus dedos toscos. El hombre, que a esas alturas estaba bastante segura de que era guarda forestal, porque había podido examinar sus parches cuando se había puesto bajo la luz, se me quedó mirando. Tuve el impulso de hacerle el saludo militar con la mano, pero me contuve. En vez de eso, opté por suplicar de nuevo.

—Por favor, ¿puedo quedarme pagando el triple?

Estaría mintiendo si negara haber girado ambos brazos a propósito para que viera que no tenía ninguna marca. No quería que pensara que le estaba escondiendo algo. Bueno, lo único que le estaba ocultando eran detalles, pero no eran cosa suya ni de nadie. No le harían daño ni a él ni a su hijo, solo a mí. Así que alcé el mentón e intenté no ocultar mi desesperación. Era lo único que podía jugar a mi favor. Aunque no estuviera muy orgullosa de ello.

—¿Has venido de vacaciones? —preguntó el hombre poco a poco, todavía gruñendo, pero sopesando cada una de las palabras que pronunciaba.

—No exactamente. Estoy pensando en quedarme a vivir aquí de forma permanente, pero primero quiero asegurarme de que es el lugar adecuado para mí, y tengo pensado hacer algunas cosas mientras estoy por aquí. —Quería hacer muchas, pero tiempo al tiempo.

—¿Qué tipo de cosas?

31

—Rutas —respondí honestamente encogiéndome de hombros.

Levantó una de sus cejas espesas, pero no borró aquella expresión de cabreo. Estaba caminando por terreno pantanoso.

—¿Rutas? —repitió como si hubiera respondido «orgías».

—Sí. Puedo darle una lista de las que me gustaría hacer. —Había memorizado los nombres de los caminos que aparecían en el diario de mi madre, podía escribírselos si quería—. Todavía no tengo trabajo, pero buscaré uno, y tengo dinero. De mi... acuerdo de divorcio. —Me pareció mejor darle algún tipo de explicación para que no tuviera que hacerme preguntas ni dudara de que podía pagar el alquiler.

Siguió observándome fríamente. Abrió y cerró los dedos de su mano libre. Incluso se ensancharon las fosas nasales de su nariz robusta. Se quedó tanto tiempo en silencio que incluso su hijo volvió a mirarme por encima del hombro con los ojos bien abiertos.

El chico solo quería el dinero, y eso no tenía nada de malo. Es más, lo que había hecho me parecía gracioso e inteligente. Todavía me acordaba de lo que era ser una cría sin trabajo y querer comprar cosas.

Finalmente, el hombre levantó un poco el mentón y se le volvieron a ensanchar las fosas nasales.

—¿Y pagarás el triple? —preguntó con un tono de voz que indicaba que todavía no estaba convencido de todo aquello.

—Con cheque, tarjeta, PayPal o una transferencia bancaria ahora mismo. —Tragué un poco de saliva y, antes de poder contenerme, añadí con una sonrisa que había usado miles de veces para suavizar situaciones difíciles—: ¿Hacéis descuento si pago en efectivo? Porque en ese caso podría conseguir efectivo. —Me detuve por los pelos justo antes de guiñarle el ojo. Al fin y al cabo, era probable que estuviera casado, y, además, todavía estaba cabreado. Y con toda la razón del mundo.

—Una transferencia sería lo más rápido —señaló el adolescente con su voz murmurante.

32

No pude evitarlo; se me escapó una carcajada por la nariz y me cubrí la boca con la mano cuando volví a reírme.

El hombre miró a su hijo con una expresión en el rostro que confirmaba que seguía enfadado con él y que su sugerencia no le hacía ninguna gracia, pero en su defensa diré que enseguida volvió a fijar la vista en mí y puede que incluso pusiera los ojos en blanco, como si no pudiera creerse lo que estaba a punto de decir.

—En efectivo. O pagas mañana o te vas. —¿Estaba…?—. No quiero verte. No quiero recordar que estás aquí, excepto cuando vea tu coche —dijo con voz y expresión todavía de cabreo, pero… ¡pero estaba aceptando! ¡Había aceptado! ¡O eso parecía!—. Puedes quedarte todo el mes, pero luego tendrás que irte —anunció mientras me aguantaba la mirada, dejando bien claro que no podría convencerlo de ninguna manera para quedarme más tiempo y que debería estarle agradecida por que hubiera cedido en esto.

Asentí con la cabeza. Si eso era todo lo que estaba dispuesto a ofrecer, me conformaría sin llantos ni pataletas. Y si se daba el caso, tendría tiempo suficiente para buscar otro lugar donde vivir. Incluso de manera más permanente, según como fueran las cosas.

Los años pasan, y a veces hay que elegir un camino y seguir adelante. Eso era lo que quería. Seguir y seguir. Así que… ya me preocuparía de aquello mañana.

Asentí y esperé a ver si decía algo más, pero se limitó a girarse hacia el adolescente y señalarle las escaleras. Empezaron a bajar en silencio, dejándome a solas en el estudio. Y tal vez no debería haber llamado más la atención sobre mí misma, pero no pude evitarlo. Cuando ya solo veía la parte posterior de su cabeza plateada, grité:

—¡Gracias! ¡Ni siquiera se enterará de que estoy aquí!

Y se detuvo en seco.

Lo supe porque todavía le veía la coronilla. No se giró, pero se quedó quieto. No esperaba que dijera nada, pero de repente dejó escapar un suspiro (o tal vez fuera un gruñido), sacudió la cabeza y, con un tono de voz molesto, que reconocí porque mi casi suegra lo dominaba a la perfección, me dijo:

—Espero que no.

«Qué borde». ¡Pero por lo menos no había cambiado de opinión! Habían sido unos segundos muy tensos. Finalmente me permití soltar el aire que había estado conteniendo y noté como se me relajaban partes del cuerpo que ni siquiera sabía que estaban rígidas.

Tenía un mes. Puede que me quedara un poco más, puede que no. Pero estaba dispuesta a sacarle todo el provecho que pudiera.

«He vuelto, mamá».

2

Al día siguiente miré el teléfono por vigésima vez e hice lo mismo que las diecinueve veces anteriores: volví a dejarlo. No había ninguna novedad. Tampoco es que ahora recibiera muchos mensajes o correos, pero de todas formas... No había nada que mirar.

Anoche me había dado cuenta de que el único rincón donde había cobertura era junto a la ventana que había al lado de la mesa y las sillas. Lo había descubierto al ponerme a dar vueltas por el estudio a media llamada y perder la señal. Tendría que acostumbrarme, pero no sería un gran problema. En algunas de las pequeñas ciudades que había visitado ocurría exactamente lo mismo.

Mi móvil captaba la señal de un router, dos barras, pero estaba protegido con clave. Seguro que venía de la casa principal, por lo que deduje que ni de coña me darían la contraseña. Daba igual. Supongo que parte de mí esperaba que fuera un error y que hubiera caído una torre de comunicaciones, pero no parecía ser el caso.

Tampoco es que tuviera la necesidad de comprobar nada en concreto. De todos modos, me había propuesto mirar menos el móvil. Quería vivir mi vida en vez de ver a los demás vivir la suya por internet.

El único mensaje que me había llegado aquella mañana era de mi tía. Anoche nos habíamos pasado una hora hablando. Sonreí al leer aquellas palabras.

Tía Carolina
Compra espray antiosos esta misma
mañana, POR FAVOR

Por si acaso se me había olvidado después de que me lo repitiera cinco veces durante nuestra llamada. Se había pasado
por lo menos diez minutos hablando sobre osos, porque, apa-
rentemente, daba por hecho que mataban humanos porque sí.
Intenté tomármelo como una señal de que estaba preocupada
por mí y de que llevaba estándolo durante todo el último año.
Vio cómo estaba cuando regresé a su casa, con el corazón roto
en pedazos y tan perdida que no había brújula en el mundo que
pudiera ayudarme a volver a encontrar mi camino.

Aquella era la historia de mi vida: refugiarme en casa de mis
tíos cada vez que mi mundo se desmoronaba. Aunque, por mucho que me hubiera herido romper con la persona con la que
pensaba que estaría durante el resto de mi vida, sabía que aquel
dolor ni se acercaba al que había sentido al perder a mi madre.
Pensarlo me ayudaba a poner las cosas en perspectiva y a recordar lo que era realmente importante.

Era muy afortunada de tener a mis tíos. Me habían acogido
y me habían tratado como si fuera su propia hija. Puede que incluso mejor, la verdad. Me habían protegido y querido.

Ayer, cuando hablábamos, mi tía dijo, como si me hubiera
leído la mente:

—Ayer Leo —uno de mis primos— vino a casa y me ayudó
a poner una reseña de una estrella al nuevo álbum del ladrón
ese. Luego le abrimos una cuenta a tu tío e hicimos lo mismo.
Había un montón de reseñas negativas, ja.

Los quería muchísimo a los dos.

—Hace una semana hablé con Yuki y me dijo que se merecía que le pusieran emoticonos de caca en vez de estrellas —le
conté.

—Seguro que tanto él como su madre están cagados porque
su gallina de los huevos de oro se ha marchado —intervino mi

36

tío de fondo, que, aunque no era muy hablador, se le daba muy bien escuchar.

Sonreí con satisfacción. Porque, aunque sabía que todo lo que había ocurrido era para mejor, no era la típica buena persona que le desea lo mejor a su ex. No, el mío iba a pagar por lo que su madre y él habían hecho. Tarde o temprano. Yo lo sabía. Él también lo sabía. Solo era cuestión de tiempo que el resto del mundo lo supiera. Kaden acabaría encontrando a alguien que le escribiera las canciones..., pero le costaría un riñón, y en cambio yo lo había hecho por amor. Es decir, sin cobrar. Bueno, no exactamente, pero casi. Quienquiera que lo ayudara a partir de ahora no dejaría que se llevase todo el mérito por su duro trabajo. No como había hecho yo.

Mi tía suspiró y vaciló antes de seguir hablando.

—Ora, Betty me ha dicho que... ¿Te acuerdas de Betty? ¿Mi peluquera? Bueno, pues me ha dicho que hace poco vio una foto de este tío en la que salía con Tammy Lynn en un evento.

Se me hizo un nudo en la garganta al imaginarme al hombre con quien había estado durante casi la mitad de mi vida con otra persona. Así que *ahora* sí podía hacerse fotos con sus acompañantes... Vaya. Qué conveniente.

No sentí celos, pero... sentí algo.

Se me quedó un regusto amargo en la boca durante el resto de la conversación que mi tía desvió de nuevo hacia el espray antiosos, las ventiscas y la necesidad de recurrir al canibalismo porque la gente de las montañas no estaba preparada para las tormentas de nieve. Decidí que ya le explicaría en otro momento lo suaves que eran los inviernos en Pagosa Springs en comparación con otros sitios, para que no se preocupara tanto.

Entretanto, me había pasado la mañana haciendo una lista con todas las cosas que tenía que hacer y pensando en cuál sería la manera más eficiente de hacerlas. Tenía que ir a sacar dinero en efectivo para pagar el alquiler y, aunque por ahora mi economía no me preocupaba debido al dinero sucio, tampoco tenía mucho más que hacer. También quería ir a visitar a una vieja amiga.

37

Además de eso, me iba a tocar hacer la compra porque me había comido las últimas lonchas de pavo y queso para desayunar y no tenía nada para comer ni para cenar. Ya que iba a quedarme un tiempo en aquel estudio y quería sentirme como en casa, bien podía ponerme manos a la obra y tachar de la lista algunas de las cosas pendientes cuanto antes. ¿Por qué no ahora mismo?

Bajé las escaleras, salí y me detuve junto a la puerta del coche. Ayer había llegado tan tarde que no había podido ver los alrededores de la casa, y no esperaba encontrarme con un paisaje así. Las fotos que había en el anuncio del estudio eran sobre todo del interior; solo había una imagen del edificio por fuera.

Cuando vivía en Pagosa Springs de pequeña, nuestra casa estaba más cerca de la ciudad, rodeada por unos pinos gigantescos que componían gran parte del bosque nacional de la ciudad. Recordaba que las afueras eran más bien desérticas, y ese era exactamente el tipo de paisaje que estaba contemplando. En Pagosa predominaba el verde intenso y los bosques densos, pero la escarpada belleza de los alrededores de Nuevo México y aquella zona árida eran la excepción. Las montañas que rodeaban la casa estaban salpicadas de cedros y matorrales.

Era increíble a su manera.

Me quedé allí durante un buen rato y finalmente eché un vistazo a mi entorno más inmediato. El todoterreno todavía estaba allí aparcado, pero, en cuanto a vehículos se refiere, eso era todo.

Aparté la vista tan deprisa como la había dirigido hacia allí. Lo último que necesitaba era arriesgarme a que el que probablemente era el señor Rhodes me pillara mirando hacia su casa, sin más, y decidiera que estaba haciendo algo que lo molestaba. No podía permitirme que me echara. Caminaría hasta el coche con los ojos cerrados durante un mes si fuera necesario.

Estaba allí por un motivo y no tenía tiempo que perder, porque no estaba segura de cuánto me quedaría. De hecho, sabía que no lo haría si no me buscaba una razón. Y eso fue lo que hizo

38

que me metiera en el coche y me alejara, sin saber muy bien lo que estaba haciendo, pero con el convencimiento de que tenía que hacer algo.

Recorrí un buen trecho de la carretera rural antes de mirar la dirección exacta de mi banco. Sabía que había una sucursal por allí; lo había comprobado para ir sobre seguro antes de venir. A cinco horas de Denver y cuatro de Albuquerque, aquella ciudad estaba básicamente situada en mitad de la nada, rodeada de pequeñas localidades de las que todavía menos gente había oído hablar. Había dos supermercados, oficinas de varios bancos locales y uno grande, un cine diminuto y demasiados restaurantes y cervecerías, teniendo en cuenta el tamaño de la ciudad.

No debería haberme sorprendido lo concurrida que estaba la ciudad, porque ya sabía que no había alojamiento disponible y, además, era perfectamente consciente de que Pagosa Springs dependía en gran parte del turismo. Cuando era pequeña, mi madre se quejaba de aquella avalancha de turistas en pleno verano y se enfadaba cuando tenía que dejar el coche al fondo del aparcamiento del supermercado para ir a hacer la compra.

Muchos de los recuerdos que tenía de Pagosa estaban un poco nublados. La ciudad parecía diferente; había muchos más edificios de los que recordaba, pero aun así había algo que todavía me resultaba… familiar. La única excepción era el nuevo supermercado Walmart.

Al fin y al cabo, todo cambia con el tiempo.

Una oleada de esperanza volvió a recorrerme mientras conducía por la carretera. Tal vez no fuera todo tal y como lo recordaba, pero se parecía lo suficiente como para hacerme sentir… bien. Aunque tal vez me lo estuviera imaginando.

Aquella ciudad era, sobre todo, un lugar donde empezar de cero. Eso quería. Era cierto que uno de mis peores recuerdos había tenido lugar aquí, pero todos los demás, los mejores, lo compensaban.

Mi vida en Pagosa había empezado y el tiempo corría.

El banco. El supermercado. Tal vez me diera una vuelta y echase un vistazo por las tiendas, por si en alguna buscaban empleados, o también podría conseguir el periódico y hojear los anuncios. Hacía más de una década que no tenía un trabajo normal, y tampoco podía poner como referencia a las últimas personas con las que había trabajado. A lo mejor me pasaba por la tienda, a ver si Clara estaba trabajando.

Y, si me sobraba un poco de tiempo, me conectaría y pondría una estrella al álbum de Kaden yo también.

En el pequeño cartel blanco de la puerta de la tienda ponía SE BUSCA PERSONAL en letras naranjas brillantes. Eché la cabeza para atrás y leí el nombre del establecimiento: Experiencias al Aire Libre. Miré por el cristal del escaparate y vi que dentro había un montón de gente. Había percheros llenos de ropa y un mostrador larguísimo en forma de «L» que ocupaba dos de las paredes al otro lado de la tienda. Detrás había una mujer exasperada que corría para atender al mayor número posible de clientes, quienes señalaban los carteles pegados a la pared. Lo único que alcancé a leer fue algo sobre alquiler de material.

No había pensado mucho en qué tipo de trabajo podría buscarme, pero después de dos horas entrando y saliendo de una tienda tras otra para explorar el panorama, me alegré de no haber ido con ninguna idea preconcebida. Los únicos sitios donde había visto que buscaban personal eran en una tienda de pesca con mosca (hacía años que no iba a pescar, así que ni me había molestado en preguntar), una de música en la que sonaba una canción que conocía demasiado bien, por lo que me había ido de inmediato, y una zapatería. Pero cuando entré a esta última, las dos personas que estaban trabajando en ese momento se encontraban en la trastienda discutiendo tan fuerte que me había enterado de todo, así que tampoco me había molestado en interesarme por el puesto.

Y así era como había acabado en el extremo de la ciudad contrario a donde me alojaba.

40

Recordaba que Experiencias al Aire Libre era una tienda de materiales que vendía y alquilaba todo lo necesario para pescar, ir de acampada o practicar tiro con arco, entre otros. Las actividades iban cambiando según la temporada. No sabía nada sobre... ninguna de esas cosas. Ya no. Sabía que había diferentes tipos de pesca, como pesca con mosca, pesca de fondo..., pesca de... otros tipos..., pero eso era todo. Sabía que había arcos... y ballestas. Sabía lo que era una tienda de campaña y muchos muchos años atrás fui toda una experta en montarlas. Hasta ahí llegaban mis conocimientos sobre actividades en la naturaleza. Por lo visto, había vivido durante demasiados años en una ciudad con gente que no era mucho de salir al aire libre.

Daba igual, porque había venido a la tienda por otro motivo que no tenía que ver con buscar trabajo o comprar. Y, sinceramente, estaba un poco nerviosa.

No hablaba con Clara desde hacía por lo menos un año, desde que todo se había ido a la mierda, e incluso antes de eso solo le escribía para desearle feliz cumpleaños. No sabía que había cortado con Kaden. Bueno, puede que ahora lo supiera, porque al parecer él ya estaba saliendo con otra y haciéndose fotos con ella.

Sí. Tarde o temprano, le iba a mandar una tarta de mierda.

Llegué a la conclusión de que ya había pensado lo suficiente en Kaden para toda la semana, así que me lo quité de la cabeza y entré en la tienda.

Una noche que me aburría, mientras todavía estaba en Utah, me puse a buscar fotos de la tienda. Cuando era pequeña y volvía a casa con Clara después del colegio, a veces su padre nos llevaba con él al trabajo y nos quedábamos jugando por ahí si no había muchos clientes, o nos escondíamos en la parte de atrás y hacíamos los deberes. Parecía que habían renovado el negocio hacía poco. Ahora el suelo era de baldosa y, además, todo tenía un aire nuevo y moderno. Tenía una pinta estupenda. Y, en aquel momento, muchísima clientela.

Mientras deambulaba por la tienda me fijé en la mujer que había detrás del mostrador, la misma que había visto desde la

41

ventana. Estaba atendiendo a una familia. Además de ella, también había una adolescente ayudando a una pareja. No tenía ni idea de quién era la chica, pero a la mujer sí que la reconocía. Hacía veinte años que no nos veíamos en persona, pero habíamos mantenido suficiente contacto como para ser amigas de Facebook y poder reconocerla.

Sonreí y decidí esperar un poco. No tenía que darme prisa por volver al apartamento. Caminé entre los percheros de ropa y me dirigí hacia la parte trasera de la tienda, donde colgaba un gran cartel en el que ponía PESCA. Allí había mucha menos gente.

Pequeñas bolsas transparentes con todo tipo de plumas y cuentas colgaban de varias hileras de ganchos situados a la altura de la cintura. Vaya. Cogí una llena de algo que parecía ser pelo de animal. Entonces escuché una voz.

—¿Puedo ayudarla en algo?

No habría reconocido a Clara solo por su voz, pero había mirado lo suficiente por el escaparate como para saber que quien me estaba hablando tenía que ser ella o la adolescente. Y aquella persona no sonaba como una adolescente.

Así que ya tenía una sonrisa en los labios cuando me giré y encontré cara a cara con la mujer que reconocía por las fotos que había ido subiendo a Facebook y Picturegram a lo largo de los años.

Me di cuenta de que ella no me había reconocido a mí cuando esbozó una sonrisa agradable y servicial, propia de los que atienden de cara al público. Había crecido unos cuantos centímetros desde la última vez que nos vimos, y su cuerpo lleno de curvas podía calificarse de voluptuoso. Había heredado de su padre los rasgos de la tribu Ute: piel morena y pómulos altos; e intuía que seguía teniendo el mismo carácter adorable y dulce de siempre.

—¡Clara! —La saludé con una sonrisa tan ancha que me dolieron las mejillas.

Alzó ligeramente las cejas y mantuvo el mismo tono de voz.

42

—Hola. ¿Quién…? —Enseguida bajó los párpados y me pareció que inclinaba ligeramente la cabeza, estudiándome con sus ojos marrones oscuros—. ¿La conozco? —preguntó despacio.

—Ha pasado mucho tiempo. Éramos mejores amigas en el colegio.

Mi vieja amiga juntó las cejas, aquellos arcos delgados y oscuros, un momento, y de repente le cambió la expresión y se quedó boquiabierta.

—¡Anda! ¡Has dejado de teñirte el pelo! —exclamó entrecortadamente.

Aquello era otro pequeño recordatorio de la vida que había dejado atrás. Una en la que la señora Jones me había convencido de que me tiñera de rubia «porque estás más guapa así». Dejé que el recuerdo me entrara por una oreja y me saliera por la otra, y asentí.

—He vuelto a mi color natural. —Me había desprendido de lo último que quedaba de mis puntas rubias un par de meses antes, por eso llevaba el pelo más corto que nunca.

—¡No he sabido nada de ti en todo un año, idiota! —siseó mientras me daba un golpe suave en el hombro—. ¡Aurora!

En un abrir y cerrar de ojos, me rodeó, y yo a ella, y nos abrazamos.

—¿Qué ha pasado? ¿Qué haces aquí? —preguntó entrecortadamente cuando nos separamos al cabo de un momento. Éramos más o menos de la misma altura y alcancé a ver el pequeño hueco que tenía entre los paletos—. ¡Intenté escribirte hace unos meses, pero no te llegaban mis mensajes!

Otro recordatorio. Pero no pasaba nada.

—Es una historia un poco larga, pero aquí estoy. De visita. A lo mejor me quedo.

Echó un vistazo con sus ojos oscuros por encima de mi hombro y supuse que estaba deduciendo lo que no le había contado. Buscaba con la mirada a la persona que debería haber estado allí conmigo… si no fuera un capullo.

43

—¿Has venido sola? —preguntó.

Cosa que en realidad significaba «¿Has venido con Kaden?». Clara era una de las pocas personas que sabía que salía con él.

—No, ya no estamos juntos. —Sonreí y volví a pensar, por un momento, en la tarta de mierda.

Clara parpadeó y, aunque tardó un segundo en asentir con la cabeza, lo hizo y me devolvió la sonrisa.

—Bueno, espero que en algún momento me cuentes la versión larga de esa respuesta. ¿Cómo es que has venido a la tienda?

—Estaba dando una vuelta por la ciudad; justo llegué anoche. Andaba buscando trabajo y se me ha ocurrido pasar a saludarte.

Aunque no habíamos formado parte de la vida de la otra activamente desde hacía mucho tiempo, nos las habíamos arreglado para no perder el contacto. Nos felicitamos el día de Acción de Gracias, la Navidad y el cumpleaños durante dos décadas.

Sin embargo, desde que había roto con Kaden..., yo había desaparecido un poco del mapa. No había tenido ganas de contarlo más veces de lo que ya lo había hecho.

—¿De verdad piensas quedarte?

—Sí. O, por lo menos, es el plan.

Clara parecía muy sorprendida. Y yo sabía qué pinta tenía todo aquello, así que no me extrañaba su asombro. En algún momento tendría que explicarle que, aunque ahora era consciente de que romper con Kaden era lo mejor que me había podido pasar, no había tenido opción.

Volvió a parpadear, y luego sonrió con un poco más de intensidad antes de invitarme con un gesto a que la acompañarla en dirección al mostrador, donde la chica joven nos estaba mirando con expresión de curiosidad. Llevaba la coleta torcida y parecía estar igual de cansada que Clara. Como sabía que no tenía hijos, supuse que era una empleada. Seguramente llevaban todo el día trabajando a tope. Por la hora que era, deduje que pronto regresaría la gente que les había alquilado material.

—Pasa a mi oficina —sugirió Clara—. Así charlamos un poco. Tengo que estar pendiente por si alguien tiene alguna pregunta, pero quiero que me lo cuentes *todo*.

Sonreí al ver a qué se refería con «oficina» y asentí con la cabeza, acercándome hasta el mostrador donde estaba apoyada la adolescente. Observé a Clara mientras lo rodeaba para quedar de cara a la tienda.

—Aurora, esta es mi sobrina, Jackie. Jackie, esta es Aurora. Fue mi mejor amiga hace mucho tiempo.

La adolescente abrió bastante los ojos y me pregunté por qué, pero se limitó a saludarme con la mano.

—Hola —dije, y le devolví el saludo.

—¿Dónde te alojas? Has dicho que llegaste anoche, ¿verdad? —preguntó Clara.

—Estoy cerca de Chimney Rock. —Era el monumento nacional que se encontraba al otro lado de la ciudad—. Y sí, llegué anoche. Hoy he venido a la ciudad a hacer la compra y a curiosear por las tiendas. Y ya que estaba, se me ha ocurrido pasar a verte.

Lo único que sabía de la vida de Clara era que hacía un año su padre se había puesto muy enfermo y, debido a eso, ella se había mudado a Pagosa desde... ¿Arizona? Había estado casada, pero hacía ocho años su marido murió trágicamente en un accidente de coche provocado por el alcohol. Cuando lo vi por redes, le mandé flores al funeral.

—Me alegro de que te hayas pasado —dijo, todavía con aquella gran sonrisa en los labios—. Todavía no me creo que estés aquí. O que estés incluso más guapa en persona que en las fotos. Tenía la esperanza de que fuera una aplicación con un buen filtro, pero veo que no —confesó Clara sacudiendo la cabeza.

—No es mérito mío. Pero ¿y tú cómo estás? ¿Cómo está tu padre?

Solo capté un atisbo de dolor en su gesto porque me había acostumbrado a estar en sintonía con el dolor de los demás.

45

—Estoy bien. A tope de trabajo. Y papá… ahí va. Ahora llevo yo las riendas del negocio y me dedico a la tienda a tiempo completo. —Tensó la cara—. Él ya no viene mucho por aquí, pero seguro que le encantaría verte si tienes pensado quedarte un tiempo en Pagosa Springs.

—Es la intención, y a mí también me encantaría verlo.

Clara desvió la vista hacia su sobrina antes de volver a fijarla en mí con los ojos entrecerrados. Me miró con demasiado detenimiento.

—¿Qué tipo de trabajo buscas?

—¿Qué tipo de trabajo ofreces? —bromeé.

¿Qué cojones sabía yo sobre actividades al aire libre? Nada. Ya no sabía nada. Deambular por la sección de pesca había resultado ser una experiencia muy reveladora. Mi madre estaría muy decepcionada conmigo. Cuando era pequeña, me llevaba a menudo a pescar. A veces íbamos las dos solas, pero otras, por lo poco que recordaba, nos acompañaban algunos de sus amigos.

Y, sin embargo, me había olvidado de casi todo. No estaba exagerando. No reconocía la mitad de las cosas que había en la tienda. Puede que ni siquiera la mitad.

Los últimos veinte años sin mi madre me habían convertido en una chica de ciudad. No había ido de acampada desde que me marché de Pagosa Springs. Sí que había pescado unas cuantas veces con mi tío en su barca, pero ya habían pasado por lo menos quince años desde la última. Ni siquiera estaba segura de poder nombrar diez tipos de peces diferentes, aunque me fuera la vida en ello.

Pero, para mi sorpresa, Clara parecía… Bueno, parecía increíblemente interesada.

—No me vaciles, Aurora… ¿O prefieres que te llame Ora?

—Me da igual. —Parpadeé—. Pero no iba en serio. No sé nada sobre esto —dije señalando a mi alrededor—. Si supiera más del tema, me presentaría al puesto sin dudarlo.

Clara no había dejado de entrecerrar los ojos desde que había bromeado. Es más, había alzado un poco el mentón.

46

—¿Cómo que no sabes nada?

—He tardado un momento en recordar que las moscas y los anzuelos de ahí detrás no se llaman «cachivaches de pesca» —dije con una sonrisa—. No es muy buena señal.

—El último trabajador que me dejó tirada solía decirles a todos los clientes que se podía pescar salmón en el río San Juan —comentó con sequedad.

—Y... ¿no se puede?

Clara sonrió, mostrándome el pequeño hueco entre sus dientes, y yo le devolví la sonrisa.

—No, no se puede. Pero, además, llegaba siempre tarde a trabajar... y nunca llamaba para avisarme de que no pensaba venir a cubrir su turno... —Sacudió la cabeza—. Lo siento. Te estoy agobiando. Hace tiempo que busco a alguien para que me ayude en la tienda, pero tengo la sensación de que ya he contratado a todas las personas de por aquí que buscan trabajo.

Oh. Vaya.

Cerré la boca y procesé lo que estaba diciendo. Lo que aquello podría significar. Trabajar para alguien con quien tenía relación... Ya sabíamos todos cómo me había ido la última vez: genial, hasta que dejó de ir genial. Como todo en la vida.

Estaba segura de que podría encontrar trabajo en otra parte, pero también de que Clara y yo nos entenderíamos. La había seguido durante el tiempo suficiente como para fijarme en sus publicaciones alegres y positivas. Podían ser una farsa y que solo compartiera por redes los mejores momentos de su vida, pero me extrañaba. Incluso cuando su marido murió, Clara había seguido siendo igual de afable en su dolor. Nunca habíamos tenido ningún problema charlando y bromeando por redes.

¿Qué tenía que perder aparte de la dignidad, al quedar como una idiota que no sabía absolutamente nada?

—No, no te disculpes —dije con cautela—. Es solo que... no sé mucho sobre acampada ni pesca, pero... si quieres... podría intentarlo. Aprendo rápido y sé hacer las preguntas adecuadas

47

—solté, y vi que su expresión pasaba de franca a calculadora—. Soy puntual. No me asusta el trabajo duro y casi nunca me pongo enferma. Y hace falta mucho para ponerme de mal humor.

Alzó la mano y se dio unos golpecitos en el mentón con el índice. Su hermoso rostro parecía pensativo, pero sus ojos ligeramente abiertos delataban interés.

Quería que le quedara bien claro con lo que tendría que lidiar si me contrataba, para que luego no hubiera sorpresas y nadie acabara decepcionándose.

—Hace mucho que no trabajo de cara al público, pero tenía que tratar con mucha gente en mi «último trabajo» —expliqué trazando unas comillas en el aire al mencionar las dos palabras.

Clara frunció los labios y desvió la mirada hacia la adolescente, Jackie, antes de volver a centrarla en mí y asentir. Supuse que no iba a mencionar a Kaden delante de ella y, siendo sincera, me pareció muy bien. Cuanta menos gente lo supiera, mejor. Los Jones confiaban en que mantendría mi palabra y no hablaría con nadie de nuestra relación, y por ahora no se habían equivocado. Pero el único motivo por el que no quería hablar de él era porque no quería ser la exnovia de Kaden Jones durante el resto de mi vida, sobre todo si no había necesidad alguna de mencionarlo. Joder, ojalá su madre tuviera sofocos aquella noche.

—Solo quiero que seas consciente de que no tengo ni idea de nada de todo esto.

—La penúltima empleada que contraté solo duró dos días —dijo levantando un poco las comisuras de los labios—. La última vino a trabajar durante una semana y luego dejó de responderme las llamadas. Y con los últimos diez, la misma historia. Tengo a dos trabajadores contratados a jornada parcial que son amigos de mi padre, pero solo aparecen un par de veces al mes. —Clara levantó el mentón y juro que hizo una mueca—. Si eres capaz de aparecer cuando sea tu turno y hacer algo, *lo que sea*, te enseñaré todo lo que estés dispuesta a aprender.

Sí, lo que notaba que me estaba brotando dentro del pecho era esperanza. ¿Trabajar con una vieja amiga? ¿En algo que a mi madre se le hubiera dado de maravilla? Tal vez no fuera tan mala idea.

—Me encanta aprender —contesté con sinceridad.

Había visto tantas caras esperanzadas y optimistas que enseguida reconocí su expresión por lo que era: justamente eso. Debía de estar realmente desesperada si estaba dispuesta a contratarme, por mucho que fuéramos viejas amigas.

—Bueno… —Entrelazó las manos sobre el mostrador—. ¿Qué me dices? ¿Te gustaría trabajar aquí? ¿Haciendo un poco de todo?

—Solo si crees que no sería raro. —Me detuve un momento e intenté esbozar una sonrisa radiante—. Se me da bien escuchar, y sé que el trabajo es el trabajo. Pero, si te cansas de mí, ¿me lo dirás? ¿Y lo mismo si no lo hago bien? Y, para serte completamente sincera, el estudio que he alquilado es para un mes. Si las cosas me van bien, me quedaré más tiempo por aquí, pero todavía no estoy segura.

Clara echó un vistazo a la adolescente, que estaba demasiado ocupada mirándome, antes de asentir con la cabeza con energía.

—Me parece bien siempre y cuando aparezcas cuando te toque. Si algún día no tienes intención de venir, por lo menos avísame, ¿vale?

—Te lo prometo.

—Eso sí, te advierto que no puedo pagar mucho por hora. —Me dio una cifra que no estaba muy por encima del salario mínimo, pero por lo menos era algo.

Iba a trabajar con alguien que me caía bien y que me conocía desde hacía años. Me sentó como si el destino me abofeteara en toda la cara. Y cuando el destino te pone algo en bandeja, tienes que escuchar. Y yo era todo oídos. Mi futuro era un lienzo en blanco. No tenía ni idea de lo que quería hacer, pero aquello ya era algo. Era un paso. La única manera de avanzar es dar ese primer paso, y a veces da igual en qué dirección lo des siempre que avances.

—Puedo enseñarte a usar la caja, y a partir de ahí ya vemos de qué más podrías ocuparte. A lo mejor gestionar el alquiler de material… No lo sé. Pero no podré pagarte mucho dinero; quiero que lo tengas en cuenta. ¿Estás segura de que te parece bien?

—Nunca he querido ser millonaria —respondí con cautela, sintiendo algo muy parecido al alivio recorriéndome la piel.

—¿Te gustaría empezar mañana?

Noté que me brotaba más esperanza dentro del pecho.

—Mañana me va bien.

No tenía absolutamente nada que hacer.

Alargué la mano. Ella también lo hizo y sellamos el trato con un apretón firme.

Ambas sonreímos. Clara inclinó el mentón hacia abajo, me miró con sus oscuros ojos brillantes y volvió a levantar una de las comisuras de los labios.

—Ahora que ya hemos resuelto esto, cuéntamelo todo. ¿Qué has hecho durante todo este tiempo? —De repente, se puso seria y volví a adivinar en qué estaba pensando, porque era lo mismo que se cernía sobre todas las relaciones que mantenía con aquellos que sabían lo que había ocurrido: mi madre.

No me apetecía hablar ni de mi madre ni de Kaden, así que cambié de tema.

—Cuéntame lo que has estado haciendo *tú* durante todo este tiempo.

Por suerte, mordió el anzuelo y me puso al día de toda su vida.

Me sentía de lujo aquella noche mientras conducía de vuelta al apartamento. Me había pasado dos horas charlando con Clara y Jackie. La quinceañera casi no había dicho ni mu, pero había estado bien atenta, absorbiendo todo lo que Clara me contó sobre su vida con los ojos muy abiertos, y, solo por eso, ya me cayó bien.

50

El rato que había pasado con ellas había sido el punto álgido de los dos últimos meses de mi vida, puede que incluso más. Era agradable estar cerca de alguien que me conociera. Mantener una conversación en persona con alguien que no fuera un completo desconocido. Había visitado tantos parques nacionales maravillosos, destinos turísticos asombrosos y lugares que solo había visto en revistas y blogs de viajes, que no podía arrepentirme de la manera en la que había decidido invertir mi tiempo antes de llegar a Pagosa. Lo había necesitado, aunque era perfectamente consciente de que ese tiempo libre mío había sido un lujo. Y era un privilegio que me había salido demasiado caro.

Catorce años a la basura, a cambio de dos meses durante los que hacer lo que quisiera. Y todavía me quedaba suficiente dinero en el banco como para no tener que trabajar... durante un tiempo. Pero sabía que aquel periodo se había terminado.

No tenía ningún sentido que esperara a estar adaptada para volver a encarrilar mi vida.

Ponerme al día con mi vieja amiga me había dado esperanzas de que, tal vez..., mi sitio estuviera en Pagosa Springs. O de que, por lo menos, podía conseguir que lo estuviera si le daba un poco de tiempo. Allí tenía unos buenos cimientos, y eso era más de lo que podía decir sobre cualquier otro lugar de los Estados Unidos que no fuera Cape Coral o Nashville.

«¿Por qué no aquí?», pensaba una y otra vez.

Si mi madre había sido capaz de vivir aquí a pesar de no tener ningún familiar cerca y pocos amigos, ¿por qué no podía hacerlo yo también?

Giré en la entrada a la propiedad tal y como me indicó el GPS y vi dos vehículos aparcados delante de la casa principal. El Bronco y una camioneta con las palabras PARQUE FORESTAL escritas en un lado. Salían luces de los ventanales de la casa principal y me pregunté qué estarían haciendo padre e hijo. Y a continuación me pregunté si habría una novia, esposa o madre allí dentro con ellos. O tal vez una hermana. O más hermanos. Aunque tal vez no, porque el plan del chico de alquilar el apartamento del garaje hubiera sido mucho más difícil de llevar a cabo si tuviera algún hermano o hermana que hubiera podido chivarse. Sabía bien de lo que hablaba. Mis primos solían sobornarme para que no les contara a mis tíos nada que pudiera meterlos en problemas. Pero a saber.

La posibilidad de fisgonear y acosar desde la distancia estaba ahí. No podía resistirme a una cara bonita; normalmente las de los perros o animales bebés, pero en ocasiones también me gustaba la de algún que otro humano. No sería ningún sacrificio comerme con los ojos a mi casero.

Aparqué junto al apartamento del garaje, cogí el sobre con el dinero en efectivo que había sacado del banco y salí del coche. Quería evitar que aquel padre sexy que no quería ni que existiera me pillara, así que básicamente corrí hacia la puerta principal, la golpeé y dejé el sobre medio escondido debajo del felpudo antes de que me viera. Cogí las bolsas del súper al que había ido después de despedirme de Clara y Jackie, busqué la llave correcta y corrí hacia la puerta.

Lo que se suponía que debería haber sido un visto y no visto en el supermercado había acabado convirtiéndose en casi una hora porque no tenía ni idea de dónde estaba cada producto, pero me las había arreglado para conseguir ingredientes para hacer bocadillos, cereales, fruta, leche de almendras y cuatro cosas para preparar cenas rápidas. A lo largo de la última década había conseguido perfeccionar una docena de recetas de cenas sencillas que podía preparar con solo una olla, porque casi siempre prefería comer algo que hubiera cocinado yo misma que lo que hubiera en el catering. Aquellas recetas me habían venido de fábula durante los últimos meses cuando me había hartado de comer fuera.

Cerré la puerta con un golpe de cadera y eché un vistazo hacia la casa principal, donde distinguí una cara que me resultaba ligeramente familiar por la ventana. Una cara joven.

Me detuve un segundo y entonces lo saludé con la mano.

El chico, Amos, levantó la mano con timidez. Me pregunté si lo habrían castigado para el resto de su vida. Pobrecillo.

Cuando llegué arriba, a mi casa temporal, guardé la compra y me preparé la cena, que me comí en un suspiro. Saqué el diario de mi madre de la mochila y dejé esa libreta forrada de cuero junto a otra de espiral que había comprado el día después de decidir que iría a Pagosa. Busqué una página que ya me sabía de memoria pero que me apetecía releer.

Después de hacer la compra había pasado con el coche por delante de la casa donde vivíamos, y verla me había provocado algo parecido a un corte de digestión. Pero no era eso. Estaba tan familiarizada con aquella sensación, que sabía identificarla perfectamente: simplemente, hoy la echaba un poco más de menos.

Tenía suerte, porque me acordaba de muchas cosas sobre ella. Aunque algunos detalles estaban más claros que otros, tenía trece años cuando desapareció. El tiempo había desdibujado algunos recuerdos y diluido otros, pero lo que retenía con mayor nitidez era su amor incondicional por estar al aire libre. Se le habría dado de maravilla trabajar en Experiencias al Aire Libre, y, ahora que lo pensaba… Suponía que era el mejor trabajo que podría haber conseguido. De todas formas, ya tenía planeado hacer algunas de sus rutas.

Puede que no supiera nada sobre la pesca, la acampada o el tiro con arco, pero había hecho todo aquello con mi madre y estaba segura de que, de haberlo odiado, me acordaría. Era algo que debía tener en cuenta.

Otra cosa que recordaba bien era lo mucho que le encantaba catalogar lo que hacía. Eso incluía llevar un registro de su pasatiempo favorito del mundo entero: ir de ruta. Decía que era la mejor terapia que conocía, aunque no entendí el significado de aquellas palabras hasta que no fui mayor.

El problema era que no había ordenado las rutas según la dificultad. Las había incluido en su cuaderno al azar, así que yo había dedicado las últimas dos semanas al duro trabajo de averi-

53

guar el nivel y la duración de cada una. Teniendo en cuenta que no estaba acostumbrada a la altitud y que todavía no sabía durante cuánto tiempo me quedaría, mi plan era empezar por las rutas más fáciles y cortas e ir aumentando la dificultad. Sabía perfectamente cuál quería hacer primero.

Todavía no había hablado con Clara sobre mis turnos a largo plazo, pero había echado un vistazo a los horarios de apertura de la tienda y los lunes estaba cerrada. Así que supuse que aquel sería uno de mis días libres. Ahora solo me tocaba esperar a ver qué otro me tocaba. Aunque si solo quería que trabajara a jornada parcial también me parecía bien. Habíamos dicho que iríamos viendo… Y me venía genial.

Mi intención era empezar a saltar a la comba al día siguiente para ejercitar un poco los pulmones y prepararme. Últimamente salía casi cada día a andar o a correr, a no ser que estuviera conduciendo hacia algún sitio nuevo, pero no quería pillar mal de altura la primera semana que estuviera aquí (por lo menos, eso era de lo que advertían todos los blogs de viaje que había leído). Sin embargo, no tenía ningún camino cerca por el que ir a entrenar, a no ser que fuera conduciendo a la ciudad y, desde allí, tomara algún sendero o me conformara con recorrer el arcén, algo que no parecía muy seguro.

En cualquier caso, puse las dos libretas delante de mí y releí la entrada de mi madre. La ruta que buscaba estaba más o menos en la mitad. Solo escribía una entrada cuando hacía una ruta por primera vez, pero le gustaba repetir sus favoritas. Había empezado aquel diario en particular después de mi nacimiento. Aunque había completado otros antes de tenerme, las rutas que incluían eran más extremas y estaban en lugares donde había vivido antes de instalarse aquí.

19 de agosto
Cataratas de Piedra Falls
Pagosa Springs, Colorado
Fácil, 15 minutos de ida, camino bien marcado

54

¡Volver en otoño para meterme en el río!
Volvería a hacerla

Había dibujado un corazón junto a la última frase.

Volví a releer la entrada una vez más a pesar de haberla leído ya por lo menos cincuenta veces y sabérmela de memoria.

Había una fotografía de nosotras haciendo aquella excursión cuando yo tendría unos seis años en uno de los álbumes de fotos que conservaba. Era una ruta corta y sencilla, a poco más de un kilómetro de aquí, por lo que me parecía un buen punto de partida. Mañana hablaría con Clara sobre los días libres solo para asegurarme y ya me organizaría en función de eso... si no me despedía al cabo de una hora por no tener ni puñetera idea de nada.

Pasé el dedo por la parte exterior del diario; ya no tocaba las palabras porque me daba miedo difuminarlas o borrarlas y quería que aquella libreta durara lo máximo posible. La letra de mi madre era pequeña y no muy pulcra, pero me recordaba mucho a ella. Aquella libreta tenía un valor incalculable para mí y era una de las pocas cosas que siempre llevaba conmigo a todas partes.

Al cabo de un rato, la cerré para ducharme. Mañana debería llevarme la tableta a la ciudad e ir a algún lado con wifi para descargar algunas películas y series. Tal vez Clara tuviera red en la tienda.

Me detuve ante la única ventana de la casa que no había abierto en cuanto hube entrado en el caluroso apartamento (había olvidado que en aquella zona la mayoría de los edificios no tenían aire acondicionado) y miré de nuevo hacia la casa principal. Estaba incluso más iluminada que cuando había llegado. La luz se filtraba por cada enorme ventanal de la parte frontal y lateral. Pero la camioneta con las palabras PARQUE FORESTAL había desaparecido.

Me pregunté, por segunda vez, qué aspecto tendría la pareja de mi casero. Mmm...

Bueno, ya que estaba justo ahí, en el único lugar de la casa donde tenía señal... Además, tampoco tenía otra cosa que hacer. Cogí el móvil y volví a detenerme junto a la ventana.

Escribí TOBIAS RHODES en la casilla de búsqueda de Facebook.

Solo me aparecieron un puñado de Tobias Rhodes y ninguno de ellos vivía en Colorado. Vi un perfil con una foto antigua (y, cuando digo antigua, me refiero a que debía de tener por lo menos diez años por lo borrosa que estaba, como si la hubieran hecho con un móvil viejo) de un niño junto a un perro. Ponía que vivía en Jacksonville, Florida.

No sé muy bien por qué entré en aquel perfil, pero lo hice. Hacía un año alguien llamado Billy Warner había publicado en su muro un enlace a un artículo que hablaba sobre un nuevo récord de pesca, y más abajo vi la foto anterior de perfil donde salía el niño, incluso más pequeño, con el perro. Había dos comentarios, así que hice clic sobre ellos.

El primero era del mismo Billy Warner de antes y decía: Am se parece a mí.

El segundo comentario era una respuesta, y era de Tobias Rhodes: Ya te gustaría.

¿Am? ¿Sería el diminutivo de... Amos? ¿El chico? Tenía el mismo tono de piel.

Volví a sus publicaciones y seguí bajando. Casi no había ninguna. De hecho, solo había tres. Vi una foto incluso más antigua en la que solo salía aquel mismo perro grande y blanco. Era de dos años antes que la publicación posterior. El otro mensaje volvía a ser de Billy: era otro enlace sobre pesca y había varios comentarios.

Con todo el cuidado del mundo, porque si por accidente le daba a me gusta a una publicación antigua me moriría (literalmente tendría que borrar mi cuenta y cambiarme legalmente el nombre), pinché sobre los comentarios. Había seis.

El primero era de alguien llamado Johnny Green y decía: ¿Cuándo nos vamos de pesca?

56

Tobias Rhodes le había respondido: Cuando vengas de visita.

Billy Warner había contestado: Johnny Green, Rhodes vuelve a estar soltero. Vámonos.

Johnny Green: ¿Has roto con Angie? Sí, hostia puta, vámonos.

Tobias Rhodes: Invita también a Am.

Billy Warner: Vale.

No tenía ni idea de quién era Angie. Seguramente era su exnovia, o tal vez su novia actual. Tal vez habían vuelto. Tal vez fuera la madre de Amos.

Tampoco tenía ni idea de quiénes eran Billy y Johnny. Sin embargo, no había más información en aquella página y no estaba segura de poder husmear en los demás perfiles sin que me pillaran. Mmm…

Salí de aquella ventana antes de que pudiera pinchar sobre algo por accidente.

Tendría que limitarme a fisgonear en Picturegram y ver lo que podía encontrar por ahí. Era buena estrategia. En el peor de los casos, podía comprarme unos prismáticos para espiar desde mi apartamento. Decidiendo que era una idea brillante, fui a darme una ducha.

Mañana me esperaba un día ajetreado.

Tenía una nueva vida que construir.

3

¿Cuatro litros de agua a pesar de que era una ruta de menos de dos kilómetros? Hecho.

¿Botas de montaña nuevas que solo me había puesto para andar un poco por el apartamento y que probablemente me harían ampollas? Hecho.

¿Dos barritas de cereales aunque acababa de desayunar? Hecho.

Dos días después ya estaba a punto para empezar. Era mi primer día libre desde que Clara me había contratado y quería intentar ventilarme la ruta corta hasta las cascadas. Había bebido tanta agua para intentar evitar tener mal de altura que me había despertado tres veces por la noche para ir a hacer pis. No tenía tiempo para sufrir unos síntomas parecidos a la resaca. Además, tenía la esperanza de que la caminata me ayudara a dejar de pensar en lo inútil que era trabajando en la tienda.

El mero hecho de pensar en ella me hizo dejar de murmurar la letra de una canción de las Spice Girls que estaba cantando por lo bajini.

Mi primer y único día hasta el momento había ido tan mal como me temía, y tal y como le había advertido a Clara que iría. La vergüenza que me daba quedarme mirando a cliente sí y cliente también cuando me planteaban cualquier duda estaba empezando a resultar dolorosa. Me dolía de verdad. No estaba acostumbrada a sentirme incompetente, a tener que hacer una pregunta tras otra porque no tenía ni la menor idea de qué me hablaban los clientes ni de lo que me pedían. ¿Cuentas? ¿Plomos? ¿Recomendaciones? Solo con pensar en lo mal que me había ido ayer me entraban escalofríos.

Lo que tenía que hacer era buscar una solución, sobre todo si pensaba quedarme por allí durante un tiempo. Había pensado en abandonar un par de veces (sobre todo después de que los clientes fueran demasiado amables conmigo por mi ignorancia, y sobre todo cuando algunos me habían dicho casi con condescendencia que no me calentara la cabecita, porque aquel tipo de comentarios me sacaban de mis casillas) y dejar que Clara contratara a alguien que supiera más que yo. Pero me bastaba un vistazo a las ojeras de Clara para saber que no iba a irme. Necesitaba ayuda. Y, aunque lo único que pudiera hacer de momento fuera cobrar a los clientes y ahorrarle un par de minutos, ya era algo. ¿No?

Tenía que hacer de tripas corazón y aprender más deprisa, aunque no sabía muy bien cómo. Pero de eso ya me preocuparía más adelante. Haber empezado cagándola ya me había quitado demasiado sueño anoche.

Bajé las escaleras del apartamento, salí, cerré la puerta y me dirigí hacia el coche, pero entonces vi un movimiento por el rabillo del ojo en la casa principal. Era Amos.

—Hola —dije, y levanté una mano hacia la tumbona donde estaba sentado con una consola entre las manos.

Dejó de jugar como si lo hubiera sorprendido y me devolvió el gesto. Su «hola» no fue muy entusiasta, pero el mío tampoco lo había sido. Estaba bastante segura de que simplemente era tímido.

Y, además, se suponía que no debía estar hablando con él. Invisible. Se suponía que tenía que ser invisible.

—¡Hasta luego! —exclamé antes de meterme en el coche y dar marcha atrás.

Por lo menos su padre no me había pillado.

Casi cinco horas después, aparqué de nuevo junto a mi aparta-mento tirándome de los pelos.

—Eres una puta idiota —me dije a mí misma por enésima vez mientras aparcaba el coche e intentaba ignorar la tirantez de mis hombros.

Pronto me dolería todo. Muy pronto. Y sería solo culpa mía.

Había confiado demasiado en el hecho de que estaba más morena de lo que había estado en años gracias al tiempo que ha-bía pasado al aire libre en Utah y Arizona. Sin embargo, no había tenido en cuenta la altitud, ni que aquí los rayos UVA eran mucho más potentes.

Por eso, durante el transcurso de ida y vuelta de mi pequeña ruta a las cataratas, me había achicharrado a pesar de estar mo-rena. Los hombros me ardían y me escocían un cojón. Y todo porque había sido tan idiota como para olvidar ponerme crema solar y pasar demasiado tiempo sentada en una roca, charlando con una pareja mayor que no se encontraba muy bien.

Lo bueno era que el trayecto en coche hacia las cascadas ha-bía sido precioso, y había tenido que detenerme en el arcén va-rias veces para contemplar la naturaleza sin cabrear a los coches que venían detrás de mí. Y, ya que estaba, había aprovechado las paradas para hacer pis.

Era maravilloso. Espectacular. Un paisaje de película. «¿Cómo he podido olvidar esto?». Me acordaba vagamente de haber estado allí un par de veces con mi madre. No tenía nin-gún recuerdo concreto, pero me sonaba.

Aun así, el trayecto en coche no había tenido ni punto de comparación con la simple sensación y la fuerza de las cascadas. No eran particularmente altas, pero caía tanta agua que eran espectaculares de ver. Me había quedado asombrada al verlas. Solo la Madre Naturaleza podía hacernos sentir tan pequeños. Tanto la ruta como las cascadas estaban bastante abarrotadas de gente, y una familia y un par de parejas me habían pedido que les hiciera una foto. En cuanto había vuelto a tener cobertura, yo misma había mandado unas cuantas a mi tío. Me había res-

60

pondido con un par de emojis de pulgares hacia arriba, y mi tía me había llamado para decirme que estaba loca por haber cruzado el río por encima de aquel tronco grande que iba de una orilla a la otra.

—Ay, ay, ay... —siseé al salir del coche.

Lo rodeé, cogí la mochila y el agua, cerré la puerta con un golpe de cadera y seguí gimiendo por lo mucho que me ardía la piel. No obstante, como la idiota que era, me olvidé instantáneamente de que me había quemado y me eché la mochila al hombro. Me quité el asa de los cojones de golpe con un alarido digno de una víctima de asesinato.

—¿Estás bien? —preguntó a gritos una voz que me resultaba ligeramente familiar.

Me giré y vi a Amos sentado en el porche. Ocupaba una silla distinta a la de antes, con una consola en una mano y protegiéndose los ojos del sol con la otra mientras los entrecerraba para contemplar mi mejor imitación de langosta.

—Hola. Estoy bien, creo. Solo tengo quemaduras solares de segundo grado. Nada de lo que preocuparse —bromeé, pero solté un quejido cuando el hombro volvió a palpitarme de dolor por culpa del encontronazo con la mochila.

—Tenemos aloe vera —dijo tan flojito que apenas lo oí. Casi se me cayó todo—. Si quieres puedes coger un poco.

No tuvo que repetírmelo. Dejé mi carga en el suelo tras sacar la navaja suiza y me dirigí hacia la casa principal. Subí los peldaños del porche y me acerqué hacia donde estaba Amos, vestido con una camiseta gastada y unos pantalones todavía más gastados con un par de agujeros. Señaló hacia un lado y vi una maceta mediana naranja lisa de aloe vera, junto a un cactus y otra planta que llevaba un buen tiempo muerta.

—Gracias por el ofrecimiento —le dije mientras me arrodillaba junto a la maceta y cortaba una hoja gruesa y jugosa. Lo espié por el rabillo del ojo y lo pillé observándome. Apartó la mirada—. ¿Te has metido en un lío por haberme alquilado el estudio? —pregunté.

61

—... Sí —respondió dubitativo y en voz baja tras una pausa.

—¿Mucho?

—Estoy castigado —contestó tras otra pausa. Y después de un breve silencio añadió—: ¿Has ido a hacer una ruta?

—Así es —dije levantando la mirada y lanzándole una sonrisa—. He ido a las cataratas de Piedra Falls. Y me he quemado.

Me había dado la sensación de que las cascadas estaban a mucho más de dos kilómetros de distancia. A los cinco minutos de caminata ya me estaba quejando de la sed que tenía y de lo mucho que me arrepentía de haber rellenado una botella pequeña vacía que me había encontrado en el coche para no tener que cargar con la garrafa de cuatro litros que había llevado conmigo. Respirar me había costado más de lo que esperaba, pero era cuestión de práctica. No iba a machacarme mucho por haber estado jadeando y sudando incluso mientras iba bajo la sombra de los árboles que flanqueaban el camino, pero había llegado a la conclusión de que necesitaba hacer ejercicios de cardio más intensos porque si no, hostia puta, me iba a morir con las rutas de dieciséis kilómetros que quería hacer... Si me quedaba por aquí y me veía capaz de hacerlas, claro.

Después del día de mierda que había tenido ayer en el trabajo, no estaba del todo segura de si la cosa iba a funcionar..., pero esperaba que sí.

No había nadie que de verdad me echara de menos en Florida. Sabía que me querían, pero estaban tan acostumbrados a que viviera lejos que sería un poco raro que regresara. Mis tíos se habían vuelto a habituar a vivir solos, aunque me habían acogido con los brazos abiertos y me habían cuidado hasta que el corazón se me curó por completo. O casi por completo. Mis primos tenían sus propias vidas. Mis amigos se preocupaban por mí, pero estaban metidos en mil cosas.

—¿Cómo te has quemado? —preguntó el chico tras otro momento de silencio.

—Me he encontrado a una pareja que se había mareado justo al inicio del camino y me he quedado con ellos hasta que se han

62

encontrado lo bastante bien como para regresar a su coche —expliqué.

No dijo nada, pero vi que tamborileaba los dedos sobre la Nintendo mientras yo acababa de cortar la hoja.

—Lo siento. —Tenía la mirada fija en su consola—. Por el cabreo de mi padre. Debería haberle pedido permiso, pero sabía que me diría que no.

—No pasa nada. —Bueno, sí que pasaba, pero estaba segura de que su padre ya lo había machacado bastante. Lo cierto era que podría haberle ocurrido algo si hubiera alquilado el estudio a la persona equivocada. Pero al fin y al cabo yo no era su madre y sus tejemanejes me habían permitido conseguir el estudio que tanto me gustaba, así que echarle la bronca sería muy hipócrita por mi parte—. ¿Te ha castigado durante mucho tiempo? —Respondió que sí con tanta pena que me sentí mal—. Lo siento.

—Me ha ingresado el dinero del alquiler en la cuenta de ahorros. —Hurgó en uno de los agujeros de sus pantalones de chándal con uno de sus dedos escuálidos—. Pero no podré tocarlo hasta dentro de bastante.

—Espero que tus padres cambien de opinión —dije con una mueca. Amos miró su consola con una cara que dejaba claro que no tenía muchas esperanzas. Pobrecito—. No quiero cabrear más a tu padre, así que será mejor que te deje seguir con tu juego. Gracias por dejarme coger un poco de aloe. Si necesitas algo, pega un grito; tengo las ventanas abiertas.

Me miró, asintió y me observó mientras yo bajaba del porche y caminaba por encima de la gravilla hasta llegar al apartamento sobre el garaje.

Pensé en Kaden y su nueva novia durante una milésima de segundo. Pero enseguida me quité a ese imbécil de la cabeza. Tenía cosas más importantes en las que pensar, empezando por las quemaduras del sol y acabando por cualquier otra cosa.

63

La semana pasó en un abrir y cerrar de ojos.

Estuve trabajando en la tienda, aunque seguía cagándola la mitad del tiempo, y poco a poco volví a reconectar con Clara. Su sobrina Jackie venía a ayudarla unos cuantos días a la semana. Era maja, pero más bien reservada, así que se limitaba a escucharnos hablar a su tía y a mí cuando teníamos un poco de tiempo entre cliente y cliente. Me preocupaba no caerle bien a pesar de haberle traído un *frapuccino* y de haber intentado compartir mis *snacks* con ella. No me daba la impresión de que fuera tímida por la manera en la que hablaba con los clientes, así que seguía intentando ganármela.

Por otro lado, Clara era una buena jefa y trabajaba más que nadie. Aunque era consciente de que a mí se me daba de pena, continué esforzándome porque mi amiga necesitaba ayuda. Durante el tiempo que llevaba ahí nadie había entrado a la tienda a pedir trabajo, cosa que no ayudaba mucho.

Cada día saltaba un poco más a la comba.

Siempre que estaba en «casa» y no estaba enfrascada leyendo o viendo cualquier cosa que me hubiera descargado en la tableta, espiaba a mis vecinos. A veces Amos me pillaba y me saludaba, pero casi siempre salía indemne. O eso esperaba.

Me di cuenta de que su padre (que confirmé que, efectivamente, era el señor Rhodes, ya que conseguí leer con unos prismáticos el nombre que llevaba bordado en la camisa del uniforme) no estaba nunca en casa. Nunca. Cuando me iba a trabajar, su coche ya no estaba, y no solía volver hasta las siete de la tarde. El adolescente no salía nunca de casa, como mucho se sentaba en el porche, y supuse que aquello formaba parte de su castigo.

En la semana y pico que llevaba viviendo en el apartamento no había visto ningún otro coche por ahí. Estaba casi segura de que en la casa principal solo vivían el señor Rhodes y su hijo. Y, sí, puede que el día en el que había confirmado su nombre, también echara un vistazo a su mano y viera que no llevaba alianza.

64

Consideraba a Amos el segundo amigo que había hecho por allí, a pesar de que solo nos saludábamos con la mano y de que apenas me hubiera dirigido unas diez palabras desde que me salvara de las quemaduras del sol con su aloe vera. Aunque hablaba con mucha gente en el trabajo, principalmente porque hacía muchas preguntas para intentar comprender qué querían los clientes, porque me enteraba de una mierda de lo que decían (no lograba entender por qué algunas personas preferían utilizar pastillas potabilizadoras en vez de comprar una botella con un filtro integrado), todavía no había hecho muchos amigos.

Me sentía un poco sola. Todos los clientes con los que me había cruzado habían sido demasiado majos como para echarme la bronca por no saber responder a sus preguntas, pero temía que llegase el día en que hiciera enfadar a la persona equivocada y no pudiera sonreír y rebajar la tensión con una broma para no meterme en líos como hacía normalmente.

Nadie te avisa de lo difícil que es hacer amigos cuando eres adulto. Pero lo es, y mucho. Aun así, estaba trabajando en ello. Prefería la calidad antes que la cantidad.

Nori, la hermana de Yuki y también amiga mía, me mandaba mensajes; Yuki me llamaba; mis primos me preguntaban cuándo volvería (nunca). Mi vida... progresaba. Tenía esperanzas.

Mientras me vestía y pensaba que aquella tarde tenía que ir al súper, de repente el móvil me avisó de que acababa de llegarme un correo. Me detuve para echar un vistazo a la pantalla.

Era de un tal K. D. Jones.

Sacudí la cabeza y me mordí el interior de la mejilla.

No había nada escrito en el asunto. Sabía que no debería perder el tiempo, pero... era débil. Hice clic sobre la notificación y me mentalicé.

Sin embargo, el mensaje era corto y simple.

Roro:
Sé que estás enfadada, pero llámame.
-K.

¿Kaden sabía que estaba enfadada?¿Enfadada? ¿Yo? Ja, ja, ja, ja, ja, ja, ja, ja.

Si se me presentara la oportunidad, le prendería fuego a su Rolls-Royce y dormiría la mar de tranquila.

Minutos más tarde seguía pensando en unas cuantas cosas que podría hacerle sin sentirme culpable mientras me subía al coche e intentaba arrancar.

No se oía nada. El motor no hacía ruido. Nada.

Era el karma. Era el karma por haber estado pensando en cosas malas, y lo sabía. Yuki me habría dado la razón… si hubiera deseado que le ocurriera alguna putada a alguien que no fuera Kaden.

Cerré los ojos con fuerza, aferré los dedos alrededor del volante e intenté sacudirlo mientras con un:

—¡Me cago en todo! —Volví a intentarlo—. ¡Joder!

Estaba tan ocupada gritándole al volante que apenas oí el toque en mi ventanilla.

Ahí estaba el señor Rhodes con las cejas ligeramente alzadas. Sí, lo había oído. Lo había oído todo. Por lo menos tenía las ventanas cerradas. No había estado atenta y no me había dado cuenta de que todavía estaba en casa.

Separé uno a uno los dedos del volante que había agarrado como si quisiera estrangularlo, me tragué la frustración y abrí la puerta poco a poco, dándole tiempo de sobra para que se apartara. Él dio una gran zancada hacia atrás y entonces vi que llevaba una neverita roja en una mano y una taza de café reutilizable en la otra. Me percaté de que, visto de cerca y a plena luz del día, era incluso más guapo.

Ya me había fijado, espiándolo desde mi ventana, en que su mandíbula y el hueso donde descansaban sus cejas eran una obra de arte, y ahora, a tan poca distancia, todavía me lo parecían, pero añadí la línea de su barbilla a la lista. Seguro que si saliera en un calendario de guardas forestales, se agotaría cada año.

—¿… no ha funcionado? —preguntó.

66

Parpadeé e intenté adivinar lo que había dicho antes de que me distrajera. No tenía ni idea.

—¿Qué? —pregunté intentando centrarme.

—¿No has conseguido que el coche arranque mandándolo a la mierda? —preguntó con aquel mismo tono de voz duro pero comedido de la semana pasada, y alzó ambas cejas.

¿Estaba… bromeando? Parpadeé.

—No, no le gusta que le griten —respondí con cara seria.

Levantó un poco más una de las cejas. Sonreí. Él no, pero dio un paso atrás.

—Abre el capó —dijo haciéndome un gesto con la mano para que me diera prisa—. No tengo todo el día.

Oh. Alargué la mano y lo abrí mientras él dejaba la neverita y el café o lo que fuera que llevase en aquella taza encima del salpicadero. Se inclinó bajo el capó y yo rodeé el coche hasta detenerme junto a él, como si supiera lo que estaba mirando.

—¿Cuántos años tiene la batería? —preguntó mientras trasteaba con algo y lo sacaba. Era la varilla del aceite. Estaba manchada. Se me daba bastante bien acordarme de cuándo tocaba cambiarlo. Me imaginé que el problema no era ese.

—Eh…, no lo sé. ¿Cuatro?

Tal vez más bien cinco; era la original. La familia Jones me había criticado por no querer cambiar de coche cada año como ellos. Por suerte para mí, la señora Jones no había querido que tuviera un coche que estuviera a nombre de la familia por si me paraba la policía, así que me lo había comprado con mi propio dinero. Era y siempre había sido mío.

El señor Rhodes asintió, centrando toda su atención en mi motor, y luego dio un paso atrás.

—Los bornes de la batería están oxidados y necesitan una buena limpieza. Te ayudaré a arrancar el coche con las pinzas, a ver si con eso puedes ir tirando hasta que lo lleves al taller.

¿Oxidados? Me incliné, acercándome más a él, hasta quedar a unos pocos centímetros, y eché un vistazo debajo del capó.

—¿Es esa cosa blanca?

67

—Sí —respondió después de una pequeña pausa.

Lo miré por el rabillo del ojo. Tenía una voz muy agradable... cuando no estaba fustigando a nadie con sus palabras.

Ahora que lo veía tan de cerca... estimé que debía de medir metro noventa. Noventa y cinco. Tal vez incluso un poco más. ¿Cómo era posible que aquel hombre no estuviera casado? ¿Dónde estaba la madre de Amos? ¿Y por qué era yo tan cotilla?

—Vale, lo llevaré a limpiar —dije con entusiasmo, centrándome de nuevo en la conversación antes de que se enfadara por que estuviera comiéndomelo con los ojos. Ya lo haría mañana desde el estudio.

El señor Rhodes no dijo ni una palabra más antes de dirigirse hacia su camioneta. La acercó a mi coche en un momento y se puso a hurgar en la parte de atrás hasta que finalmente salió con las pinzas para poder arrancar el coche. Me quedé allí quieta y lo observé mientras las enganchaba a mi batería y luego abría su capó y hacía lo mismo.

Si hubiera esperado que me diera conversación mientras me ayudaba, me habría decepcionado. Fue y se sentó en la camioneta... y me pareció que me miraba a través del parabrisas. Sonreí. Fingió no verme o, simplemente, decidió no devolverme la sonrisa.

Me quedé allí observando el motor del coche como si reconociera alguna de sus partes, pero en realidad no tenía ni puñetera idea de nada. Al cabo de un minuto, me incliné y saqué una foto de las pinzas que había enganchado a la batería por si acaso algún día tenía que repetir la operación. Ya puestos, debería comprar un kit de emergencias. Y todavía necesitaba espray antiosos.

—Inténtalo ahora —dijo él tan solo un par de minutos después, sacando la cabeza por la ventanilla.

Asentí y me senté al volante, rogándole brevemente a esa máquina que no siguiera dándome por saco, y giré la llave. El coche volvió a la vida con un rugido y agité el puño en el aire en señal de victoria.

68

En lo que tardé en cerrar mi capó, el señor Rhodes salió de su camioneta, quitó las pinzas de las dos baterías y se dirigió hacia la parte trasera de su vehículo para dejarlas en el asiento. Intenté alcanzar a cerrar su capó, pero estaba demasiado alto. Me miró de soslayo al levantar la mano y cerrarlo con fuerza.

Le dediqué una sonrisa enorme. La camisa de color caqui del trabajo se le tensaba sobre los hombros, y la llevaba metida en los pantalones de color azul grisáceo. Su pelo también era espectacular, con esos mechones plateados y castaños... Era muy atractivo. Demasiado.

—Muchísimas gracias.

Gruñó en respuesta. Entonces se agachó y me quedé helada, porque pasó la cara cerca de mi hombro y de mi costado, pero enseguida volvió a incorporarse con su neverita y su taza de café. Se apartó, caminó hasta su camioneta y subió. Parecía dubitativo. Asintió con la cabeza a modo de saludo y dio marcha atrás tan deprisa que me dejó impresionada.

Me había ayudado. A pesar de haber puesto cara de querer estar en cualquier otra parte, no me había echado. Algo era algo.

Y tenía que irme a trabajar.

4

Los siguientes tres días de mi vida pasaron en un abrir y cerrar de ojos. Bueno, más bien en un abrir y cerrar de ojos con conjuntivitis.

Cada mañana después de levantarme, empezaba a saltar a la comba, me detenía cada diez segundos y volvía a empezar, aceptando que, a tanta altitud, no tenía en absoluto buena forma física. Luego desayunaba, me duchaba y me iba a trabajar.

El trabajo era… En fin, tenía sus cosas buenas. Mi parte favorita era hablar con Clara y ponernos al día. Reavivar nuestra amistad era tan natural como respirar: no requería esfuerzo alguno. Era tan divertida y cariñosa como esperaba.

Sin embargo, no teníamos muchas ocasiones para charlar. Al llegar por las mañanas, me la encontraba ajetreada, organizándolo todo antes de abrir. La ayudaba en lo que podía y ella se las arreglaba para hacerme preguntas mientras me explicaba el inventario y los productos que vendíamos en la tienda, que básicamente era cualquier cosa imaginable e inimaginable.

«¿Te has operado las tetas?». No, seguía teniendo la misma copa C desde que dejaron de crecerme a los quince años, sujeta en su sitio por un Wonderbra.

«¿Te has blanqueado los dientes?». No, pero bebía siempre con pajita y me los cepillaba tres veces al día.

«¿Te has puesto Botox? Porque estaba pensando en ponerme, pero no estoy segura». No, pero conocía a mucha gente que sí, y no estaba segura de querer hacerlo. También le dije que a ella no le hacía ninguna falta.

A mí también me habría gustado preguntarle algo, pero el primer día que nos habíamos visto me contó tantas cosas que a estas alturas no quedaba mucho que me atreviera a preguntarle.

Desde que nos habíamos visto por última vez, Clara había ido a la universidad al norte de Colorado para estudiar Enfermería, se había mudado a Arizona con su novio, se había casado con él y, poco después, lo había perdido demasiado pronto. Se había vuelto a mudar a Pagosa Springs para cuidar de su padre y llevar el negocio familiar, y poco después Jackie había ido a vivir con ella, aunque aquella parte me la explicó muy por encima porque su sobrina estaba por ahí. Su hermano mayor había encontrado trabajo de camionero de larga distancia y necesitaba un lugar seguro y estable donde dejarla.

Dado que ya había trabajado antes para personas que me importaban y a las que quería, sabía cómo escuchar y seguir instrucciones sin dejar que me afectaran ni me dañaran el orgullo. Pero con Clara era genial. Realmente genial.

Habíamos dicho de quedar algún día fuera del trabajo, pero primero ella tenía que conseguir que alguien se quedara con su padre, porque no podía estar solo durante mucho tiempo y las enfermeras y las auxiliares que normalmente lo cuidaban durante el día ya trabajaban demasiadas horas, debido a que Clara estaba en la tienda todo el tiempo porque no tenía ningún empleado que pudiera encargarse del negocio.

Me acordaba de su padre y tenía ganas de verlo, y Clara me había dicho que a él también le gustaría verme. Le había contado todo sobre mi regreso, y aquello solo me hacía querer ayudarla todavía más, incluso aunque estaba bastante segura de no estar muy por encima de sus anteriores empleados de mierda. Mi única cualidad redentora era que, a pesar de que era una inútil y le hacía ochenta preguntas diarias, los clientes eran muy amables y pacientes conmigo. Un par de ellos habían sido incluso demasiado amables, pero se me daba bien ignorar ciertos comentarios, y, por desgracia, estaba acostumbrada a recibirlos.

Cuando Clara no andaba por la tienda atendiendo a los clientes, aprovechábamos para hablar. Solo le había contado algunos detalles de mi vida cuando me preguntó, pequeños fragmentos que no acababan de encajar del todo y que dejaban lagunas del tamaño de Alaska. Por suerte, la tienda siempre estaba llena de gente y Clara se distraía constantemente. Todavía no me había interrogado sobre lo que había ocurrido con Kaden, pero supuse que se lo imaginaba por mi insistencia en evitar el tema.

Empezar de nuevo en Pagosa era fantástico: reconectar con Clara, la esperanza que albergaba en el corazón, la posibilidad de crear nuevos vínculos... Sin embargo, mi curro en la tienda... Había empezado el trabajo siendo realista. No tenía ni idea de qué cojones estaba haciendo en un sitio de material para hacer actividades al aire libre. Lo más cerca que había estado de realizar alguna durante los primeros diez años después de marcharme de Colorado había sido subirme a la barca de mi tío. Había ido a la playa unas cuantas veces, pero siempre en resorts exclusivos que servían copas extravagantes y ridículamente caras. Si me paraba a pensarlo, estaba segura de que mi madre me habría desheredado de saberlo.

Nunca me había sentido tan impostora como trabajando allí. Aquel mismo día un cliente me había preguntado dónde podía ir a vadear, y me lo había quedado mirando inexpresivamente durante tanto rato mientras intentaba comprender de qué hablaba que al final me había dicho que lo dejara. De pesca. «Estaba hablando de pesca», me explicó Clara dándome una palmadita en la espalda.

Tan solo una hora después de ese incidente, alguien me pidió que le recomendara una tienda de campaña colgante. «¿Hay distintos tipos de tiendas de campaña colgantes?». Había tenido que ir corriendo a pedirle ayuda a Clara a pesar de que estaba ocupada con otro cliente.

72

«¿Qué tipo de peces hay por aquí?». ¿De los pequeños? Ni idea.

«¿Qué rutas recomiendas para una mujer de sesenta y cinco años?». ¿Tal vez alguna corta?

«¿Ha terminado ya la temporada de *rafting*?». ¿Y yo qué sabía?

Nunca me había sentido tan inútil y tonta en mi vida. Era tan mala que, al final, Clara me dijo que me ocupara de la caja registradora y que fuera al almacén si Jackie, quien siendo una chica de quince años era claramente era más competente que yo en todos los aspectos, necesitaba cualquier cosa.

Y eso era justamente lo que estaba haciendo: estar detrás de la caja, lista para cobrar a los clientes mientras Jackie se ocupaba de alquilar cañas de pescar y Clara ayudaba a una familia a elegir material de acampada (siempre que podía la escuchaba disimuladamente, y me estaba planteando llevar una libreta al trabajo para tomar notas y repasarlas luego en casa).

De repente, me sonó el móvil en el bolsillo. Lo saqué. No era una notificación de llamada ni de mensaje, sino de un correo. Se me erizaron los pelos de la nuca. No era spam, ni la newsletter de alguna empresa. En el remitente ponía K. D. Jones. El hombre que se refería a mí como su esposa cuando estábamos en privado o rodeados de seres queridos. El hombre que me había prometido que algún día nos casaríamos de verdad, cuando su carrera estuviera consolidada y la relación no perjudicara su imagen respecto a su queridísimo club de fans. «¿Verdad que lo entiendes, preciosa?», repetía una y otra vez.

Maldito cabrón.

«Bórralo», sugirió de inmediato una parte de mi cerebro. «Bórralo y haz como si no lo hubieras visto. No te interesa nada de lo que tenga que decir». Era verdad. El último correo que me había mandado era buen ejemplo de ello. No me interesaba absolutamente nada de lo que tuviera que decirme. No podía beneficiarme en nada. No quería nada de él, salvo tal vez oírlo admitir que había llegado donde estaba gracias a mí, por lo menos en parte. Y, para ser sincera, habría disfrutado muchísimo más de escuchar esas mismas palabras de boca de su madre que de la suya.

Nos habíamos dicho todo lo que teníamos que decirnos hacía ya casi un año. No había vuelto a saber nada de él hasta ese momento. Me había dejado de un día para otro después de catorce años de relación.

Pero la cotilla imbécil que tenía dentro argumentó: «Léelo o no pararás de preguntarte qué quiere». A lo mejor le habían echado una maldición en la polla que lo había dejado impotente y quería saber si había sido cosa mía y si se la podía quitar. Ni de coña lo haría.

Mi engreída vocecilla interior, la que tanto había gozado de las malas críticas que habían recibido sus dos últimos álbumes, se alzó llena de satisfacción y dijo: «Sabes perfectamente qué es lo que quiere». Sabía perfectamente lo que más le importaba en la vida. Aquella voz de mi cabeza tenía razón. Sí que sabía lo que quería. Me lo había estado imaginando incluso antes de que rompiéramos, cuando empezó a alejarse de mí. Desde el momento en el que tuve la sensación de que su madre había decidido empezar a eliminarme gradualmente. No tenían ni idea de lo que habían hecho, de lo que casi habían conseguido arrebatarme, aunque ya no me daba ninguna pena.

Debería eliminarlo. O… ¿leerlo y después eliminarlo? Seguramente me cabrearía si había escrito alguna gilipollez. Si era el caso, tampoco sería algo inesperado y serviría como recordatorio de que estaba mejor sin él. Solo podía salir ganando, ¿no?

Ahora estaba aquí. Lejos de la gente que no había contribuido a mi felicidad desde hacía mucho tiempo. Tenía todo el futuro por delante, listo, esperando a que lo tomase. Quería conseguir muchas cosas y nada me alejaba de ellas, excepto la paciencia y el tiempo. Pero…

Antes de que pudiera convencerme de lo contrario, cliqué sobre el mensaje y me mentalicé. Me cabreé tanto conmigo mis-

74

ma que seguro que nada de lo que Kaden pudiera haber escrito podría empeorarlo.

Pero el correo solo contenía unas pocas palabras.

Roro,
Llámame.

Y por un milisegundo pensé en responderle. En decirle que ni de broma. Pero… No. La mejor manera de sacarlo de sus casillas era el silencio.

Kaden odiaba con toda su alma que lo ignorasen, probablemente porque su madre lo había consentido desde el día que nació y le había dado prácticamente todo lo que le pedía, e incluso lo que no le pedía. Se había acostumbrado demasiado a ser el centro de atención. A ser el chico guapo al que todos adulan y se desviven por complacer.

Así que, en vez de borrar el correo para cortar de raíz cualquier tentación de contestar, lo dejé en la bandeja de entrada. Fijo que la tía Carolina me pediría que se lo enseñase. Y Yuki también, para echarse unas risas. Seguro que Nori me aconsejaría que lo guardara para releerlo cuando estuviera de bajón y reírme por lo bajo que había caído.

Volví a guardarme el móvil en el bolsillo.

Era poco probable que me estuviera pidiendo que lo llamara porque no encontraba la tarjeta de la seguridad social o porque le hubieran embrujado la polla, y lo sabía. Esbocé una sonrisa para mí misma.

—¿A qué viene esa cara? —susurró Clara mientras se acercaba a la parte del mostrador donde estaba la caja. La familia a la que había estado ayudando la saludó con la mano al marcharse.

—Nos lo vamos a pensar, ¡muchas gracias! —dijo una de las madres antes de conducir a sus seres queridos hacia la salida. Clara les dijo que la llamaran si tenían cualquier otra pregunta y esperó a que salieran antes de girarse hacia mí.

75

—Kaden acaba de mandarme un correo. Me ha pedido que lo llame —expliqué, encogiéndome de hombros y sin poder evitar una sonrisa.

Me había imaginado qué haría en una situación como esa desde que Clara y yo habíamos reconectado, y había decidido que lo mejor que podía hacer era ceñirme a la verdad. Ella sabía que Kaden y yo teníamos una relación porque le había hablado de él antes de que se hiciera famoso, hace mucho tiempo, cuando podía colgar fotos nuestras en internet, antes de que a su madre se le hubiera ocurrido la idea de presentarlo como el eterno soltero. Antes de que me hubieran pedido, delicada y amablemente, que borrara todas nuestras fotos juntos. Y Clara se dio cuenta cuando lo hice.

Me escribió para preguntarme si habíamos roto y le conté la verdad. No le expliqué en qué consistía el «plan», solo le dije que todavía estábamos juntos y que todo iba bien. Pero no sabía nada más. Y yo era consciente de que tendría que contárselo todo si tenía pensado quedarme por aquí.

Las mentiras son demasiado débiles para crear unos buenos cimientos. Y quería que nuestra amistad tuviera una base sólida.

Clara levantó una ceja mientras apoyaba la cadera contra el mostrador, estirando el polo de color verde oscuro con el nombre del negocio escrito sobre el pecho. Me había traído uno de sus uniformes viejos con la promesa de encargar más.

—¿Y piensas hacerlo?

—No, por joder —dije negando con la cabeza—. Y, de todos modos, sé que no tiene nada que decirme.

Clara arrugó la nariz y vi en su mirada que tenía un montón de preguntas, pero había demasiados clientes merodeando por la tienda.

—¿Ha intentado llamarte?

—No puede. —Lo que estaba a punto de contarle formaba parte de la colección de cosas que podría saber—. Su madre me cortó la línea el día después de que Kaden me dijera que las cosas ya no funcionaban entre nosotros. —Ni siquiera me avisó de

76

que me iba a dejar sin móvil. Me di cuenta mientras recogía mis cosas para marcharme—. No tiene mi nuevo número de teléfono. —Clara hizo una mueca—. Y ninguno de mis familiares y amigos tienen intención de dárselo: todos los odian.

Nori incluso me había dicho que conocía a alguien que conocía a alguien que podría hacerme un muñeco de vudú auténtico. No había aceptado la oferta, pero mentiría si dijera que no me lo había planteado seriamente.

Clara todavía tenía expresión de preocupación, pero asintió con seriedad mientras echaba un vistazo rápido por la tienda como buena empresaria.

—Bien por ti. Vaya gilipollas… O sea, me refiero a su madre. Bueno, él también. Sobre todo teniendo en cuenta la de años que estuvisteis juntos. ¿Cuántos fueron? ¿Diez?

Tenía razón. Tenía toda la razón.

—Catorce.

Clara hizo una mueca, y justo en ese momento la puerta se abrió y entró una pareja mayor.

—Un momento, voy a atenderlos. Vuelvo enseguida.

Asentí. Estaba entreteniéndome con el deseo de que a la madre de Kaden le estuviera costando sangre, sudor y lágrimas impulsar la carrera de su hijo, cuando, al alzar la vista, cacé a Jackie mirándome de una manera extraña. Muy muy extraña. Pero en cuanto nuestras miradas se cruzaron, sonrió un poco demasiado alegremente y desvió la vista. Hum.

Me pasé todo el trayecto de vuelta al apartamento repasando sobre todo lo que había ido mal en mi relación, como si no le hubiera dedicado ya el tiempo suficiente y no me hubiera jurado dejar de hacerlo casi cada vez que lo hacía. Pero había una parte de mí que no podía superarlo. Tal vez fuera porque había sido ciega voluntariamente y eso, en el fondo, me sacaba de quicio.

Y eso que hubo un montón de señales antes de que me anunciara que la cosa ya no funcionaba. El punto álgido de aquella última conversación fue cuando me miró con cara seria y me dijo: «Te mereces algo mejor, Roro. Te estoy impidiendo ir a por lo que realmente necesitas».

Sí que me merecía algo mejor, tenía toda la puta razón. Pero por aquel entonces estaba en negación total y le pedí que no se fuera, que no se rindiera después de catorce años. Le dije que lo quería muchísimo. «No lo hagas», le rogué de una forma que hubiera horrorizado a mi madre. Y aun así, lo hizo.

Ahora, con tiempo y distancia, veía lo que me había ahorrado a largo plazo. Solo esperaba que mi madre independiente me perdonara por haberme rebajado tanto por aferrarme a alguien que evidentemente no quería estar conmigo. Pero se ve que el amor hace que la gente cometa locuras. Y ahora tendría que vivir con aquella vergüenza durante el resto de mi vida.

En fin. Decidida, una vez más, a no seguir dándole vueltas, seguí las indicaciones del GPS hasta llegar al apartamento del garaje, porque todavía no me conocía cada curva y el acceso a la casa no estaba muy bien indicado. Un par de noches antes había intentado regresar sin GPS y me había pasado medio kilómetro; tuve que maniobrar en el camino de acceso a la casa de un desconocido para dar la vuelta.

Tras el último giro sobre el camino, el crujido de la gravilla bajo los neumáticos me cantó una canción de bienvenida que poco a poco empezaba a resultarme familiar. Por un breve momento tuve la sensación de tener una palabra en la punta de la lengua, pero enseguida se esfumó. No pasaba nada.

Cuando vi la casa a través del parabrisas, fruncí el ceño al distinguir a Amos sentado en las escaleras del porche. Hacía buen día, sobre todo a esa hora en la que el sol ya no estaba en lo alto del cielo abrasándolo todo con sus rayos, así que no me hubiera parecido nada del otro mundo encontrarlo ahí si no fuera porque estaba encorvado con los brazos cruzados sobre el estómago. No me hizo falta leerle la mente para entender que le ocurría algo. El día anterior lo había visto en aquel mismo porche jugando a la consola como si nada.

78

Lo observé mientras aparcaba el coche junto al apartamento del garaje, pegándolo todo lo que pude al edificio para no molestar a su padre. Me bajé, cogí el bolso y pensé en que el señor Rhodes me había dicho que no quería ni enterarse de que estaba viviendo ahí... Pero, cuando rodeé el vehículo, vi que el chico tenía la frente apoyada sobre las rodillas y estaba hecho un ovillo, o por lo menos todo lo que alguien que no sea un contorsionista puede estarlo. ¿Se encontraba bien?

«Debería dejarlo en paz».

En serio. Había tenido suerte de que el señor Rhodes no me hubiera pillado el día en que Amos me había dado aloe vera, o todas las otras veces que nos habíamos saludado. Lo único que su padre me había pedido era que los dejara en paz, y lo último que quería era que me echara antes de tiempo y...

El chico soltó un quejido de puro sufrimiento. Mierda.

Un par de zancadas me alejaron de la puerta y me acercaron a la casa principal, y me dirigí al chico dubitativa y lista para esconderme detrás del edificio si aparecía la camioneta del guarda forestal por la entrada.

—Hola. ¿Te encuentras bien?

No me respondió absolutamente nada. No alzó la cabeza ni se movió. Avancé un par de pasos más y volví a intentarlo.

—¿Amos?

—Estoy bien —respondió con voz ahogada, tan entrecortada que apenas lo entendí. Sonaba como si estuviera llorando. Oh, no. Me acerqué un poco más con sigilo.

—Normalmente cuando alguien me pregunta cómo estoy y le respondo que bien, en realidad, no suelo estar bien —dije, con la esperanza de que comprendiera que no quería molestarlo, sino que... Bueno..., estaba encogido y tenía mal aspecto. Yo también había pasado por eso, pero esperaba que fuera por razones muy diferentes. No movió ni un pelo. Ni siquiera estaba segura de que estuviera respirando—. Me estás asustando un poco —dije con sinceridad, observándolo mientras me invadía el pánico. Sí que estaba respirando. De-

79

masiado fuerte. Me di cuenta cuando me acerqué un par de pasos más.

Soltó un largo gruñido bajo y tardó más de un minuto en poder contestarme.

—Estoy bien. Estoy esperando a mi padre —dijo de nuevo con aquella voz que apenas entendí.

Mi tío también había dicho que estaba bien cuando tuvo piedras en el riñón, mientras le caían lágrimas por las mejillas, sentado en su butaca reclinable, ignorando nuestras súplicas para que fuera al médico. Mi primo también había dicho que estaba bien después de saltar de un camión en marcha (no tenía explicación para eso) a pesar de que se le había salido la tibia de la pierna y estaba gritando de dolor.

Debería meterme en mis propios asuntos, dar media vuelta y entrar al apartamento. Lo sabía. Podían echarme en cualquier momento. Daba igual que el señor Rhodes hubiera sido educado y me hubiera ayudado con la batería descargada a la que, por cierto, ahora que lo pensaba, todavía no había ido al taller a que le quitaran el óxido. Debería hacerlo el próximo día que no me tocase trabajar.

Por desgracia, nunca había sido capaz de ignorar a alguien que necesita ayuda. A alguien que sufre. Sobre todo porque había tenido la suerte de tener gente a mi alrededor que no me había ignorado cuando yo me había sentido así.

En vez de seguir mi instinto, me acerqué un par de pasos más a ese adolescente que había actuado a espaldas de su padre y me había dado la oportunidad de alojarme en aquel estudio. Lo que había hecho era una locura y un poco retorcido, pero... lo admiraba por ello, especialmente si lo había hecho para comprarse una guitarra.

—¿Has comido algo en mal estado? —Me pareció que intentaba encogerse de hombros, pero el cuerpo se le tensó de manera tan violenta y gruñó tan fuerte que no estaba segura—. ¿Quieres que te traiga algo? —pregunté mientras lo examinaba de cerca, todavía alarmada por los ruidos que estaba haciendo.

80

Llevaba otra camiseta negra y ancha, vaqueros oscuros y unas Vans blancas gastadas. Aunque nada de todo aquello era alarmante. Solo el tono que había adquirido su piel.

—He tomado Omeprazol —respondió entrecortadamente antes de que se le escapara un sollozo. Se agarró el estómago incluso con más fuerza si era posible, lo juro por mi vida.

Que le dieran por saco a todo. Seguí acercándome y me detuve justo delante de él. Había tenido gripe estomacal más de una vez en la vida y era una putada que no había que tomarse a la ligera, pero... algo no iba bien. Estaba empezando a asustarme.

—¿Has vomitado? —Apenas lo oí responder que no, aunque no me lo creí—. ¿Has tenido diarrea? —Negó con la cabeza, pero no dijo nada—. Todo el mundo tiene diarrea.

A ver, ¿a quién, especialmente tratándose de un adolescente, le gustaría hablar sobre diarrea con alguien a quien había conocido literalmente hacía menos de un mes? Puede que solo a mí.

—¿Sabes qué? Hace un mes tuve una intoxicación por culpa de un bocadillo que me compré en una gasolinera de Utah y tuve que quedarme una noche más en Moab porque no podía parar de ir al baño. Te juro que aquella noche perdí casi cinco kilos.

El chico emitió un ruido ahogado y no supe interpretar si se trataba de una risa o de un gemido de color.

—No tengo diarrea —susurró más tranquilo.

Pero a continuación volvió a soltar aquel quejido desgarrador. Noté el miedo subiéndome por la nuca al ver que se encorvaba todavía más y empezaba a jadear. De acuerdo.

—¿Dónde te duele? —le pregunté agachándome delante de él. Se las arregló para señalar hacia su estómago... con la barbilla—. ¿Has probado a tirarte un pedo? —Su garganta volvió a emitir aquel sonido ahogado—. ¿Te duele a la izquierda, a la derecha o en medio?

—Más bien a la derecha —dijo entre dientes.

Saqué el móvil y me cagué en todo porque allí solo tenía una barra de cobertura. No era suficiente para navegar por internet, pero con un poco de suerte me daría para una llamada. En la casa principal había wifi, pero… no iba a preguntarle la contraseña ahora, cuando apenas podía hablar.

Busqué el contacto de Yuki, porque era la única persona que conocía que siempre llevaba el teléfono encima, y por suerte respondió al segundo tono.

—¡Ora-Ora-Bo-Bora! ¿Qué tal? Justo estaba pensando en ti —dijo al descolgar.

Era una de mis mejores amigas. Sonaba bastante contenta, y tenía motivos para estarlo. Su álbum había llegado al número uno tres semanas atrás y todavía aguantaba en la cima.

—Yuki —dije—, necesito tu ayuda. ¿En qué lado está el apéndice? —Seguramente se dio cuenta por mi voz de lo angustiada que estaba, porque se dejó de bromas.

—Deja que lo mire. Espera un momento. —Oí que le susurraba algo a alguien, probablemente a su representante o su asistente, antes de volver a ponerse el teléfono en la oreja al cabo de un momento y decir—: Pone que está a medio abdomen o en la parte inferior derecha, ¿por? ¿Te encuentras bien? ¿TIENES APENDICITIS? —empezó a gritar.

—Joder —susurré entre dientes.

—¿ORA, TE ENCUENTRAS BIEN?

—Estoy bien, pero mi vecino está sudando como un pollo, parece que esté a punto de vomitar y no deja de agarrarse el estómago. —Me detuve un momento—. Pero no tiene diarrea.

El chico soltó otro ruido ahogado que seguramente no tenía nada que ver con su apéndice, sino con que yo hubiera vuelto a hablar de diarrea. Tenía suficientes sobrinos como para saber que por muy asalvajados que estuvieran, les daba vergüenza hablar sobre las funciones corporales. Y por la manera en la que lo había visto hablar con su padre dos semanas atrás y por cómo me había hablado a mí, tenía la sensación de que Amos era tímido en general.

82

—Gracias a Dios. Pensaba que eras tú quien se encontraba mal —dijo suspirando aliviada—. Pues llévalo a urgencias si tan mala pinta tiene. ¿Está hinchado?

—¿Te sientes hinchado? —le pregunté a él, apartándome un poco el móvil de la oreja.

Amos asintió antes de soltar otro quejido y acercar la cara todavía más a las rodillas. Por supuesto que esto tenía que pasarme a mí. Me iban a echar del estudio por haber hablado con el chaval, y ni siquiera iba a tener el lujo de arrepentirme de ello.

—Sí. Oye, Yuki, te llamo luego. ¡Gracias!

—Llámame. Te echo de menos. Buena suerte. ¡Adiós! —dijo, y colgó enseguida.

Me guardé el móvil en el bolsillo con una mano y con la que me quedaba libre le di una palmadita a Amos en la rodilla.

—Oye, no estoy segura, pero puede que tengas apendicitis. O puede que no, pero, sinceramente, tienes mal aspecto y me parece que te duele demasiado como para que sea otra cosa. —Como diarrea. Pero tenía la sensación de que ya estaba harto de que dijera aquella palabra delante de él. Me pareció que intentaba asentir con la cabeza, pero entonces volvió a soltar uno de esos gemidos que hicieron que me empezaran a sudar los sobacos—. ¿Tu padre está de camino?

—No me coge el teléfono. —Soltó otro quejido—. Hoy ha ido al lago Navajo.

Sabía que aquel lago no estaba muy lejos de Pagosa, pero estaba aprendiendo que en Colorado la cobertura siempre fallaba. ¿Era por eso que Amos pensaba que su padre estaba de camino?

—Vale. ¿Quieres que llame a otra persona? ¿A tu madre? ¿A otro padre? ¿A un familiar? ¿A un vecino? ¿A una ambulancia?

—A mi tío… Ay, ¡joder! —El grito que soltó se me metió directamente al corazón y al cerebro.

No podía seguir dudando. Mi instinto me decía que aquello tenía muy mala pinta. Lo único que sabía sobre el apéndice era que si reventaba podía llegar a ser mortal. Tal vez no fuera nada, o tal vez fuera algo, pero no estaba dispuesta a perder el tiempo

83

si lo que estaba en juego era su salud. Sobre todo teniendo en cuenta que su padre no le contestaba el teléfono y no podía tomar ninguna decisión sobre el asunto.

Me levanté y volví a agacharme para pasar el brazo por debajo de su omóplato.

—Vale, vale. Voy a llevarte al hospital. Me estás asustando mucho. No podemos arriesgarnos a quedarnos aquí esperando.

—No necesito ir al... ¡hostia puta!

—Prefiero llevarte y que me digan que no te pasa nada a que te reviente el apéndice, ¿vale? —Prefería que su padre me echara por haber hablado con su hijo sin permiso a que al chaval le pasara algo horrible o se me muriera. Oh, Dios mío. «Se podría morir». Ya estaba. Hora de irse—. ¿Tienes cartera? ¿Carné de identidad? ¿Carné del seguro médico?

—Estoy bien. Ya se me pasa... ¡Joder! ¡Hostia puta! —Gimió profundamente durante unos segundos y, cuando el cuerpo entero se le tensó, soltó un grito que arrancó otro trozo del corazón.

—Lo sé. Sé que estás bien, pero vamos de todas formas, ¿vale? No me gustaría que tu padre me viera intentando meterte en mi coche mientras te resistes y pensara que estoy intentando secuestrarte. No coge el teléfono, así que no podemos preguntarle qué quiere él que hagamos, pero ahora intento llamar a tu tío de camino, ¿te parece bien? Me has dicho que probara con él, ¿verdad? —pregunté dándole unas palmaditas en el hombro—. No te me mueras, Amos. Te juro que no sería capaz de vivir conmigo misma. Eres demasiado joven. Te queda mucho por delante. Yo no soy tan joven como tú, pero todavía me quedan por lo menos unos cuarenta años aprovechables. Por favor, no dejes que tu padre me mate.

Amos levantó la cabeza y me miró con ojos enormes y aterrorizados.

—¿Me voy a morir? —gimoteó.

—¡No lo sé! ¡Prefería que no! ¿Qué te parece si vamos al hospital para asegurarnos de que no te pasa nada, eh? —propuse. Era consciente de que sonaba como una histérica y de que,

84

probablemente, lo estaba asustando un huevo, pero él también me estaba asustando un huevo a mí. Y no era tan adulta como mi certificado de nacimiento sugería.

Tardó tanto en moverse que pensé que tendría que seguir discutiendo con él y llamar a emergencias, pero en el tiempo que me llevó coger aire dos veces por la nariz debió de tomar una decisión, porque empezó a intentar levantarse muy despacito.

Gracias a Dios, gracias a Dios, gracias a Dios.

Tenía las mejillas empapadas. Gimió. Gruñó. Gimoteó. Vi que le caían un par de lágrimas por su cara sudorosa. Se le adivinaban los rasgos definidos de su padre, pero Amos era más delgado y más joven. Le faltaba aquella robustez madura, pero ya la adquiriría tarde o temprano. «No se le puede reventar el apéndice bajo mi cuidado. Ni de coña».

El adolescente apoyó todo su peso sobre mí y gimoteó a pesar de intentar evitarlo.

Los quince metros hasta mi coche me parecieron quince kilómetros, y me arrepentí de no haberlo acercado al porche. Conseguí meter a Amos en el asiento del copiloto y me incliné sobre él para ponerle el cinturón. Luego rodeé el coche, me senté detrás del volante, encendí el motor y entonces me detuve un momento.

—Amos, ¿me pasas tu teléfono? ¿Pruebo a llamar a tu padre? ¿O a tu tío? ¿O a tu madre? ¿A alguien? ¿A quien sea?

Prácticamente me tiró el móvil. Vale. Murmuró unos números que supuse que eran el código para desbloquearlo.

Se apoyó contra la ventana con la cara pálida, de un color casi verdoso, con pinta de estar a punto de vomitar. Mierda. Subí el aire acondicionado, cogí una vieja bolsa de la compra de debajo del asiento y se la dejé encima de la pierna.

—Por si te entran ganas de vomitar, pero no te preocupes si no llegas a tiempo. De todos modos, estaba pensando en cambiar de coche.

Amos no dijo nada, pero vi que le caía otra lágrima por la mejilla y de repente a mí también me entraron ganas de llorar. Pero no tenía tiempo para esas mierdas.

85

Desbloqué su móvil y me metí directamente en sus últimas llamadas. Tal y como esperaba la última persona a la que había llamado era a su padre, hacía diez minutos. Tenía suficiente cobertura como para probar, así que volví a intentarlo. El móvil sonó y sonó. No era mi día de suerte. Miré al chico cuando me saltó el mensajito habitual de «el teléfono al que llama está apagado o fuera de cobertura», y esperé a que sonara la señal.

Podía hacerlo. Tampoco es que tuviera muchas más opciones.

—Hola, señor Rhodes, soy Aurora. Ora. Como prefiera. Voy a llevar a Amos al hospital. No sé a cuál. ¿Hay más de uno en Pagosa? Creo que podría tener apendicitis. Me lo he encontrado en el porche con un agudo dolor de estómago. Volveré a llamarlo en cuanto sepa a dónde llevarlo. Tengo el teléfono de Amos. Vale, adiós.

Bueno, era posible que aquella explicación tan escueta me trajera problemas más adelante, pero no quería perder tiempo hablando por teléfono. Tenía que encontrar un hospital y conducir para allá. Enseguida.

Di marcha atrás, conseguí llegar hasta el trozo de carretera donde sabía que tenía un poco de cobertura, abrí el GPS, encontré el centro médico más cercano (había una sala de urgencias y un hospital) y le dije que me guiara hasta ahí. Entonces volví a coger el teléfono de Amos con mi otra mano y le eché otro vistazo al pobre chico, que no paraba de abrir y cerrar el puño mientras le temblaba todo el cuerpo, supuse que por el dolor.

—¿Cómo se llama tu tío? —le pregunté.

—Johnny —respondió sin mirarme.

Hice una mueca y puse el aire acondicionado al máximo cuando vi que le caía una gota de sudor por la frente. No hacía ni pizca de calor; estaba sudando de lo mal que se encontraba. Joder.

Pisé el acelerador. Conduje tan rápido como pude. Quería preguntarle si se encontraba mejor, pero él ni siquiera era capaz

86

de levantar la cabeza. Simplemente la tenía apoyada contra la ventana mientras gemía, gruñía y gimoteaba.

—Estoy yendo tan deprisa como puedo —le prometí mientras bajábamos por la colina hasta llegar a la carretera.

Por suerte la casa estaba en el lado de la ciudad más cercano al hospital, y no en el contrario. Amos levantó un dedo para indicarme que me había oído. O eso me pareció.

Cuando llegué al STOP busqué entre sus contactos y encontré uno que se llamaba «tío Johnny». Le di al botón de llamada y lo puse en modo altavoz, sosteniendo el teléfono con la mano izquierda mientras giraba a la derecha.

—Am, campeón —oí claramente por el móvil.

—Hola, ¿es usted Johnny? —dije.

Hubo una larga pausa.

—Eh, sí. ¿Quién es? —preguntó. Ya sabía que mi voz no se parecía en nada a la de una adolescente.

—Hola, me llamo Aurora. Soy, la, eh, vecina de Amos y del señor Rhodes. —Silencio—. Amos se encuentra fatal y su padre no coge el teléfono, así que lo estoy llevando al hospital.

—¿Qué?

—Le duele el estómago, creo que podría ser el apéndice, pero no sé ni qué día nació ni si tiene seguro médico…

El hombre al otro lado de la línea soltó una maldición.

—De acuerdo, de acuerdo. Nos vemos directamente en el hospital —dijo—. No estoy muy lejos, llegaré en cuanto pueda.

—Vale, vale, gracias —contesté antes de que él colgara.

Volví a mirar a Amos cuando lo oí soltar un largo quejido grave, solté una palabrota y aceleré. ¿Qué debería hacer? ¿Qué podía hacer? ¿Distraerlo del dolor? Tenía que intentarlo. Cada sollozo que salía de su boca me resultaba más difícil de soportar.

—Amos, ¿qué tipo de guitarra quieres comprarte? —pregunté con la esperanza de distraerlo con lo primero que me vino a la cabeza.

—¿Qué? —gimió. Repetí la pregunta—. Una guitarra eléctrica —gruñó en voz tan baja que apenas lo oí.

87

Si hubiéramos estado en cualquier otra situación hubiera puesto los ojos en blanco y soltado un suspiro. Una guitarra eléctrica. No era la primera vez que alguien asumía que no sabía nada sobre música ni instrumentos. Pero aun así era un rollo.

—Pero ¿de qué tipo? ¿Una guitarra multiescala? ¿Sin clavijero? ¿Multiescala y sin clavijero? ¿De doble mástil?

Si le sorprendió que le preguntara por algo tan irrelevante como una guitarra mientras él intentaba no vomitar por el dolor, no lo demostró, pero respondió con concisión.

—Una… sin clavijero.

Vale, bien. Con eso podía ir tirando. Pisé un poco más el acelerador y seguí avanzando a toda leche.

—¿De cuántas cuerdas?

—Seis —respondió sin tardar tanto como antes en contestar.

—¿Y de qué te gustaría que fuera la tapa? —pregunté consciente de que tal vez lo estuviera molestando al forzarlo a hablar, pero con la esperanza de estar distrayéndolo lo bastante como para que no pudiera pensar en nada más. Y como no quería que se creyera que no tenía ni idea de lo que estaba hablando, entré en más detalle—. ¿De arce natural? ¿De arce acolchado?

—¡Acolchada! —dijo jadeando con fuerza, cerrando la mano en un puño y golpeándose la rodilla.

—Las tapas acolchadas son muy chulas —coincidí. Apreté los dientes y rogué en silencio que no le pasara nada. Por Dios. Cinco minutos más. Solo nos quedaban cinco minutos más, tal vez cuatro si conseguía adelantar a algunos de los conductores más lentos que teníamos delante—. ¿Y qué me dices del mástil? —solté.

—No lo sé —dijo entre lágrimas.

«No puedo ponerme a llorar. No puedo ponerme a llorar». Siempre lloraba cuando los demás lloraban, era una maldición.

—¡El arce ojo de perdiz podría quedar bien con el arce acolchado! —exclamé prácticamente gritando, como si creyera que subiendo el volumen ahogaría sus lágrimas, que dejaría de llorar—. Perdón por levantar la voz, pero es que me estás asustando. Te juro que estoy conduciendo tan rápido como puedo. Si dejas de llorar, conozco a alguien que conoce a alguien que tal vez podría conseguirte un descuento para la guitarra, ¿vale? Pero, por favor, deja de llorar.

De las profundidades de su garganta salió una tos seca… que se parecía un montón a una risa. Machacada y dolorida, pero una risa al fin y al cabo. Lo miré cuando giré a la derecha y vi que todavía tenía las mejillas mojadas, pero tal vez…

Volví a girar a la derecha, tomé el desvío hacia el hospital y seguí conduciendo hasta la puerta de urgencias.

—Ya casi hemos llegado. Ya casi hemos llegado. Te pondrás bien. Puedes quedarte con mi apéndice si quieres. Creo que está en buenas condiciones.

No dijo que lo quisiera, pero estaba bastante segura de que intentó levantar el pulgar mientras me detenía delante de la puerta de cristal. Lo ayudé a salir del coche pasándole un brazo por la espalda y cargando con todo su peso. El pobre chico parecía gelatina deshecha. Le fallaban las rodillas y parecía que le estuviera costando la vida poner un pie delante del otro.

Nunca había estado en una sala de emergencias, y supongo que esperaba que apareciera alguien corriendo con una camilla y todo el material, o por lo menos con una silla de ruedas, pero la mujer de detrás del mostrador ni siquiera pestañeó al vernos. Amos renqueó hasta una silla, gimiendo.

Yo apenas le había empezado a explicar la situación a la mujer de detrás del mostrador cuando noté que alguien se me acercaba. Me encontré con unos ojos marrón oscuro que formaban parte de una cara oscura. No me sonaba de nada.

—¿Eres Aurora? —preguntó aquel hombre desconocido.

Por Dios, también era muy atractivo. Su piel era de un increíble tono marrón suave, tenía los pómulos elevados y redondeados, y llevaba el pelo oscuro bien corto. Tenía que ser el tío de Amos. Asentí, aparté la mirada de su cuerpo y la centré solamente en sus ojos.

—Sí. ¿Johnny?

—El mismo —confirmó antes de girarse hacia la mujer del mostrador y pasarle su móvil—. Soy el tío de Amos. Tengo los datos de su seguro médico. Tengo poderes notariales para tomar cualquier decisión médica que haga falta hasta que llegue su padre —dijo, hablando muy deprisa.

Me hice a un lado y lo observé mientras respondía las preguntas de aquella mujer y firmaba algo en una tableta. Desde mi posición descubrí que el nombre completo de Amos era Amos Warner-Rhodes. Tenía quince años y, aunque su contacto de emergencia era su padre, por algún motivo su tío tenía poderes notariales para tomar decisiones médicas. Retrocedí después de aquel alud de información y fui a sentarme junto a Amos, que volvía a estar como lo había encontrado: gimiendo y sudando, pálido y con mala cara. Quise darle una palmadita en la espalda, pero opté por tener las manos quietas.

—Oye, ha llegado tu tío. Seguro que te atenderán enseguida —le dije en voz baja. Su «vale» pareció provenir de un lugar muy profundo y oscuro—. ¿Quieres que te devuelva el móvil?

Agachó todavía más la cabeza y los hombros y gimió.

Justo entonces apareció una persona con ropa quirúrgica y una silla de ruedas. Todavía tenía el móvil de Amos en la mano cuando se lo llevaron de la sala de espera con su tío siguiéndolo de cerca.

¿Debería… irme? Tal vez tardarían horas en saber lo que le ocurría, pero… era yo quien lo había traído hasta ahí. Quería asegurarme de que estuviera bien. Si no, me pasaría toda la noche despierta por la preocupación. Caí en mover el coche antes de que se lo llevara la grúa y luego volví a sentarme a esperar.

Pasó una hora sin que viera ni al tío de Amos ni a su padre. Cuando fui a preguntar a la empleada de recepción si había alguna novedad, esta entrecerró los ojos y me preguntó si era familiar del paciente, así que me alejé, sintiéndome como una acosadora. Pero podía esperar. Y lo haría.

Casi dos horas después de haber llegado a urgencias, fui al baño. Cuando me disponía a volver a sentarme en mi sitio, de repente se abrieron las puertas que daban a la calle y un hombre enorme irrumpió en la sala. Lo segundo en lo que me fijé fue en el uniforme que llevaba puesto y en cómo se le ceñía a sus impresionantes músculos y huesos. El cinturón le apretaba la cintura. Se merecía un buen silbidito. Desconocía qué era lo que tenían los hombres vestidos de uniforme, pero estaba segura de que se me cayó la baba durante unos segundos.

Los hombros del señor Rhodes parecían más anchos, y sus brazos, más musculosos a la luz blanca brillante del hospital que bajo las bombillas cálidas y amarillentas del apartamento del garaje. El ceño fruncido le daba una apariencia todavía más feroz. Estaba hecho un pedazo de tío, enorme y cachas. Por Dios.

Tragué saliva. Aquello fue suficiente para que desviara la mirada hacia mí. Deduje, por su expresión, que me había reconocido.

—Hola, señor Rhodes —dije mientras aquellas piernas, tan largas como recordaba, empezaban a moverse.

—¿Dónde está? —me soltó aquel hombre con quien solo había hablado en un par de ocasiones, con la misma amabilidad que las veces anteriores. Cuando digo amabilidad me refiero a que no mostró ni una pizca. Pero aquella vez su hijo estaba en el hospital, así que no podía culparlo.

—Está dentro —le dije enseguida, dejando que su tono y sus palabras me resbalaran—. Y su tío, ¿Johnny, se llama…? Está con él.

Se acercó a mí dando una zancada con sus enormes pies enfundados en unas botas. Juntó las cejas, espesas y oscuras, y arrugó la frente. Tenía las comisuras de los labios contraídas en una mueca que me hubiera dejado paralizada si no estuviera tan acostumbrada a que mi tío pusiera una expresión similar cada vez que alguien lo sacaba de quicio.

—¿Qué has hecho? —exclamó con esa voz tan mandona y fría.

¿Perdona?

91

—¿Que qué he hecho? Lo he traído hasta aquí, tal y como le he dicho en el mensaje de voz…

Otra zancada enorme hacia mí. Madre mía, era altísimo. Yo medía metro sesenta y cinco y aun así se alzaba como una torre por encima de mí.

—Te pedí explícitamente que no hablaras con mi hijo, ¿verdad?

—¿Lo dice en serio? —¿Era una broma? Tenía que serlo.

Acercó todavía más ese rostro tan atractivo a mí, con el ceño tan fruncido que era hasta agresivo.

—Te puse solo dos normas…

Ahí fui yo quien alzó las cejas al notar que la indignación me bullía en el pecho. Incluso el corazón empezó a latirme más deprisa por lo que estaba intentando insinuar.

Vale, no sabía exactamente lo que estaba intentando insinuar, pero ¿en serio me estaba echando en cara que hubiera traído a su hijo al hospital? ¿En serio? ¿Estaba intentando echarme la culpa de que el chico hubiera acabado aquí?

—¡Eh! —intervino una voz familiar. Ambos nos giramos para ver de dónde provenía y vimos a Johnny junto a los botones del ascensor con una mano en la cabeza—. ¿Por qué cojones no coges el teléfono? Creen que es apendicitis, pero están esperando a tener los resultados de las pruebas —explicó rápidamente—. Le han dado algo para el dolor. Vamos.

Tobias Rhodes ni siquiera me miró antes de dirigirse hacia Johnny. Sin embargo, el tío de Amos inclinó la cabeza a modo de saludo antes de conducir al otro hombre hacia los ascensores. Se pusieron a hablar en voz baja. Qué maleducados.

Pero por lo menos ahora tenía alguna novedad.

5

Tal vez aquello me convirtiera en una acosadora, pero durante los dos días siguientes me pasé todo el tiempo que pude sentada junto a la ventana. Sobre todo, porque la tienda cerraba los lunes. Clara tenía que hacer inventario y se ruborizó al explicarme que no podía pagarme para que la ayudara. Aquello solo me hizo querer ayudarla aún más, pero comprendí que no le parecería bien que fuera a la tienda sin cobrar, así que me guardé el ofrecimiento. Al menos por el momento.

De todos modos, estaba distraída, preocupada por si Amos estaba bien o no. Era cierto que no lo conocía mucho, pero aun así me sentía responsable de él. Me lo había encontrado en el porche esperando a que alguien viniera a buscarlo y...

Me había recordado a mí misma aquel horrible día en el que mi madre no vino a recogerme a casa de Clara. La había llamado una y otra vez cuando no se presentó a la hora que habíamos acordado. Me había sentado en el porche de los padres de Clara a esperar a que llegara excusándose con cualquier emergencia. Mi madre no era muy puntual, pero tarde o temprano siempre acababa apareciendo.

Me brotó una única lágrima del ojo al recordar los días posteriores a su desaparición. Pero me la sequé y seguí adelante, tal y como hacía siempre.

Había planeado hacer una ruta que había visto junto a Bayfield, la ciudad que quedaba más cerca de Pagosa Springs, para

93

entrenarme, pero saber si Amos se encontraba bien me pareció más importante. Incluso Yuki me había mandado un mensaje pidiéndome novedades. Sin embargo, no sabía nada más que lo que había oído de pasada en el hospital, así que eso fue todo lo que pude contarle.

Todavía tenía el móvil de Amos, que había vibrado de manera intermitente hasta que, finalmente, se había quedado sin batería unas horas antes.

Estaba leyendo un libro que había comprado en el supermercado, y ya casi había perdido la esperanza de que Amos regresara a casa cuando, de repente, oí el sonido de unos neumáticos sobre la gravilla a través de la ventana abierta. Me levanté y vi una camioneta del parque forestal seguida de un coche de cinco puertas.

Una silueta familiar bajó de un salto de la camioneta, y del coche salió otra figura masculina alta. Ambas se dirigieron hacia el lado del copiloto y, al cabo de un momento, ayudaron a salir a una persona mucho más pequeña. La flanquearon como si fuera el embutido de un bocadillo y desaparecieron en el interior de la casa sin dejar de discutir, o eso me pareció.

Era Amos. Sentí un gran alivio en el pecho. Me hubiera gustado ir a preguntarle si se encontraba bien, pero... decidí que era mejor esperar.

Bueno, a no ser que viniera el señor Rhodes y me echara del estudio. Por lo menos todavía no había terminado de desempaquetar todas mis cosas. Justo hacía un par de días que había ido a la lavandería y había vuelto a llenar la maleta de ropa limpia.

De pronto se encendieron todas las luces de la casa principal.

Me pregunté por enésima vez si habría una madre o esposa por alguna parte. Nadie se había acercado a la casa. Solía dejarme siempre las ventanas abiertas y tenía el sueño ligero; si hubiera venido alguien por el camino, me habría enterado. Además, Amos no me había pedido que llamara a su madre el día anterior. Pero ¿no la había mencionado su padre el día que los había conocido?

94

En cualquier caso, Amos tenía suerte de tener un padre y un tío dispuestos a ir corriendo al hospital para estar con él. Esperaba que supiera apreciarlo. Puede que su padre fuera estricto… y que no se tratara de la persona más simpática del mundo, pero quería a Amos. Lo quería lo bastante como para echarme la culpa de auténticas tonterías. Como para preocuparse genuinamente por su seguridad.

Me sorbí los mocos y de repente me invadió la tristeza, así que cogí el teléfono. Solo sonó una vez antes de que lo descolgara.

—¡Ora! ¿Alguna novedad?

Por algo quería tanto a Yuki y a su hermana. Las dos eran muy buenas personas y tenían un corazón enorme. Aunque siempre estuviera muy ocupada, nada le impedía estar a una sola llamada o mensaje de distancia.

—Acaba de volver a casa. Su tío y su padre han tenido que ayudarlo a entrar, pero ya camina por su propio pie.

—¡Qué bien! —Soltó un suspiro antes de seguir—. Me dijiste que era tu vecino, ¿verdad?

—Sí —resoplé, sintiendo la soledad alejándose solo con escuchar su voz—. El hijo del tipo que me alquila el apartamento encima de su garaje.

—Ahhh. Mi asistente le ha encargado un cristal. Te lo mandaré al apartado de correos que me dijiste el otro día. Dile que se lo ponga en el lado izquierdo. Espero que se mejore. —¿Ves? El mejor corazón del mundo—. Bueno, ¿y tú, cómo estás? ¿Cómo te estás adaptando? ¿Qué tal Colorado?

—Estoy bien. Sí, me estoy adaptando. Es un sitio precioso. Me sienta bien.

—¿Así que estás feliz? —preguntó con un claro deje de esperanza en su voz.

Yuki, al igual que mis tíos, me había visto en mi peor momento. En parte porque vivíamos en la misma calle, pero sobre todo porque realmente era una de mis mejores amigas. Por aquel entonces ella también estaba lidiando con su propia rup-

95

tura, y el mes que me quedé en su casa había resultado ser uno de los periodos más productivos de mi vida. Y de la suya.

Durante aquel tiempo escribimos un álbum entero juntas… y entretanto escuchamos a Alanis, Gloria y Kelly tan fuerte que estaba convencida de que ambas habíamos perdido un poco de audición. Pero había valido la pena, obviamente.

—Sí. Estoy trabajando para una chica que era amiga mía cuando vivía aquí.

—¿De qué?

—En una tienda de material para hacer actividades al aire libre.

—Perdona, ¿qué es eso? —dijo después de una pequeña pausa.

—Venden material de acampada, pesca y cosas así.

Hizo otra pausa, esta más larga.

—A ver, Ora, no te ofendas, pero… —empezó despacio.

—Ya sé lo que vas a decir —la interrumpí.

Su risa clara me recordaba mucho a su voz cuando cantaba. Era preciosa.

—Pero ¿qué haces trabajando allí? ¿Qué sabes tú de actividades al aire libre? ¿Cuánto tiempo hace que nos conocemos? ¿Doce años? Lo más parecido a una acampada que has hecho durante todo este tiempo ha sido… estar dentro de una tienda de campaña en un festival.

—Venga ya —dije riendo, pero a la vez un poco avergonzada, porque tenía razón—. ¿Y quién me habría acompañado a ir de acampada? ¿Kaden? ¿Te imaginas a su madre acampando? ¿O a ti? —exclamé partiéndome de risa, y ella también se echó a reír al imaginarse el panorama.

La señora Jones, la madre de Kaden, era una mujer la hostia de estirada, cosa que me divertía mucho porque había visto la casa donde él se había criado. Su padre era un fontanero con tres hijos y una mujer que se dedicaba a la casa. Tenían más dinero del que jamás llegamos a tener mi madre y yo, pero tampoco nadaban en la abundancia. Sin embargo, durante los últimos diez años, desde que la carrera de Kaden había despegado, su

96

madre se había convertido en un monstruo pretencioso que se burlaba de las hamburguesas que no estaban hechas con ternera de wagyu o Kobe.

—Tienes razón —dijo Yuki cuando dejó de reír.

—Ahora en serio: no sé nada sobre ninguno de los artículos que vendemos en la tienda. Nunca me había sentido más estúpida en toda mi vida, Yu. Los clientes me hacen un montón de preguntas y yo me los quedo mirando como si hablaran en griego antiguo. Es horrible.

—Oooh —dijo, pero aun así se rio.

—Pero mi amiga necesita ayuda, y tampoco es que pueda dar referencias de mi antiguo trabajo para encontrar uno mejor…

Ni siquiera sabía qué era lo que realmente quería hacer. Aquello era solo… un trabajillo. Hasta que decidiera qué hacer. Un paso.

Yuki dejó de reír al oír mis palabras.

—Puedes usarme a mí de referencia. Les diré que has trabajado para mí y que eres la mejor empleada que he tenido nunca. En realidad, ni siquiera sería una mentira. Al fin y al cabo, has trabajado para mí y has sido mi colaboradora estrella. Te pagué por tu trabajo. Y te seguiré pagando.

Su sello discográfico había insistido en reconocer la autoría de mi trabajo para que no los denunciara en un futuro. Cada trimestre me mandaban una transferencia. «Si no quieres el dinero, se lo quedarán ellos, Ora. Acéptalo». Y tenía razón. Mejor que me lo quedara yo que no la discográfica.

Sinceramente, ni siquiera se me había pasado por la cabeza pedirle que mintiera por mí. Pero ahora que me lo ofrecía…, tal vez no fuera tan mala idea añadirlo a mi currículum cuando quisiera buscarme un trabajo que no se me diera de pena.

Aunque solo con pensar en dejar a Clara me sentí fatal. Estaba realmente abrumada, y no estaba muy claro quién iba a ayudarla cuando Jackie volviera a empezar las clases. Tenía que ponerme las pilas, mejorar y aprender más antes de que la adolescente se fuera. Todo eso era solo por si acaso. Para el futuro. No tenía pensado irme a corto plazo.

—¿Estás segura? —pregunté.

—Necesitas una limpieza espiritual, peluche —dijo suspirando dramáticamente—. Creo que se te ha pegado la tontería de Kaden.

—Tú sí que eres tonta —bromeé, y Yuki se rio—. Puede que te tome la palabra si surge la ocasión. Ni siquiera se me había ocurrido.

—Claro que no, porque eres tonta. Te mandaré un poco de salvia. —Me eché a reír y la oí suspirar—. Te echo de menos, Ora. ¿Cuándo vamos a vernos? Ojalá regresaras y volvieras a vivir conmigo. Ya sabes que mi casa es tu casa.

—Cuando quedemos en alguna parte o vengas por aquí. Yo también te echo de menos. Y a tu hermana.

—Uf. Nori. A ella también le iría bien un poco de salvia, ahora que lo pienso.

—Creo que ella la necesita más que yo —resoplé—. Y hablando de gente que tiene que hacerse limpiezas espirituales, adivina quién me ha mandado un correo.

Yuki literalmente se atragantó. No podía ser otro.

—¿El retoño del Anticristo? —Que se refiriera a la señora Jones como «el Anticristo» era algo que nunca perdía la gracia.

—Sí. Me ha pedido que lo llame. Dos veces.

—Ajá. Seguramente porque su nuevo álbum es un desastre y todo el mundo está hablando de lo malo que es. —Sonreí al oír su respuesta. Yuki tarareó pensativa durante un momento—. Estás mucho mejor sin él, lo sabes, ¿verdad?

—Sí, lo sé.

Era verdad. Si me hubiera quedado con él…, nunca nos hubiéramos casado, ni siquiera cuando él ya rozara el medio siglo. Nunca hubiéramos tenido hijos. Me hubiera pasado el resto de mi vida entre las sombras. Nunca habría sido una prioridad para la persona a la que había apoyado con toda mi alma. No

98

podía dejar que eso se me olvidara nunca. No lo haría. Estaba mucho mejor sin él.

Estuvimos hablando durante unos cuantos minutos más, y cuando estábamos a punto de colgar oí la puerta de un coche cerrándose de golpe por la ventana y eché un vistazo.

El Bronco restaurado se estaba marchando; solo lo había visto irse un par de veces durante el tiempo que llevaba aquí. Sin embargo, el otro coche seguía allí, el cinco puertas que tenía que ser del tío de Amos, Johnny. No alcancé a ver al conductor, pero tenía la sensación de que quien se había marchado era el señor Rhodes. «Tobias». Aunque jamás me atrevería a llamarlo así en voz alta. De hecho, teniendo en cuenta cómo había actuado dos días antes, estaba segura de que no quería que lo llamase de ninguna manera.

Pero no tenía nada de malo querer asegurarme de que el chico estuviera bien, ¿no?

Me metí su móvil y el mío en los bolsillos, bajé las escaleras con una lata de sopa de pollo que tenía desde hacía semanas y crucé la gravilla que conducía a la casa principal mientras miraba de reojo hacia la entrada de la propiedad para asegurarme de que el todoterreno no regresara de repente. Ni siquiera me avergoncé de lo deprisa que subí las escaleras del porche. Llamé esperanzada a la puerta un par de veces.

Escuché un «¡Un segundo!» proveniente del interior, y unos tres segundos más tarde se abrió la puerta y me encontré ante el hombre que había conocido en el hospital, con una pequeña sonrisa en la cara que ensanchó enseguida.

—Hola —dijo aquel tío tan guapo.

No era tan alto como el señor Rhodes… Un momento, ¡tal vez él también fuera un señor Rhodes! No se parecían en nada, ni siquiera un poquito. Los rasgos y el color de piel eran completamente diferentes. Y su constitución, también. En todo caso, Amos parecía ser una mezcla de ambos. ¿Tal vez Johnny fuera pariente de su madre?

—Hola —contesté con una timidez repentina—. Nos conocimos en urgencias, ¿se acuerda? ¿Cómo se encuentra Amos?

99

—Alcé ligeramente mi ofrenda—. No es casera, pero le he traído una lata de sopa.

—¿Por qué no se lo preguntas tú misma?

Johnny sonrió tan ampliamente que no pude evitar devolverle la sonrisa. Sí, definitivamente él y el señor Rhodes no eran parientes.

Me pregunté otra vez si por fin conseguiría más información sobre la madre de Amos. Tal vez estuviera en el ejército, sirviendo en el extranjero. O tal vez estuvieran divorciados y viviera lejos. ¿No había mencionado el señor Rhodes el nombre de otro hombre al hablar de la madre del chico? Tenía muchas preguntas y demasiado tiempo libre para pensar en algo que no me incumbía.

—¿Puedo? —pregunté dubitativa, consciente de que debería regresar al estudio antes de meterme en problemas.

El padre de Amos no se había alegrado mucho de verme ayer. Ni la vez anterior. Ni mucho menos la primera vez. Ni nunca. Nunca se había alegrado de verme.

Johnny retrocedió un paso y asintió. Vi que echaba un vistazo detrás de mí y que se le formaba una arruga entre las cejas, como si estuviera confundido. Pero, fuera lo que fuera, no debía de ser muy importante, porque le restó importancia antes de hacerme un gesto para que entrara.

—Adelante. Está en su habitación.

—Gracias. —Sonreí, y lo seguí cuando cerró la puerta.

La casa era el epítome del estilo rústico, y una monada. Los suelos de color claro iban desde el vestíbulo y se extendían por el pasillo, pasando por una puerta entreabierta que, con un vistazo rápido, vi que se trataba de un aseo. Más adelante se abría un techo alto abuhardillado encima de una zona compuesta por una sala de estar y una cocina a mano derecha. En la zona de la sala de estar había un sofá de dos plazas gris y dos butacas de cuero reclinables gastadas. Tenían una estufa de leña en una esquina, y una caja de leche que utilizaban a modo de mesita auxiliar con una lámpara encima. La cocina era pequeña; tenía encimeras de azulejos verdes y armarios del mismo color que las paredes de madera de la casa, y electrodomésticos negros. Había un recipiente de plástico con café junto a la cafetera, un tarro viejo con azúcar y muchas más cosas por encima de las encimeras.

Estaba muy limpia y ordenada. Tal vez todos los hombres que había conocido y con los que había convivido eran un desastre, porque me pareció que, para ser el hogar de dos tíos, la casa estaba impoluta. De repente me sentí como una cerda por tener ropa esparcida por todo el apartamento, incluso colgando de puertas y sillas.

Era un lugar acogedor, hogareño y agradable. Me gustaba mucho.

Supongo que, en cierta manera, me recordaba a las personas y a las cosas que me habían aportado consuelo. Y amor. Porque ambas cosas eran básicamente lo mismo o, por lo menos, deberían serlo.

—Te llamas Aurora, ¿verdad? —preguntó Johnny, y me giré para mirarlo.

—Sí —confirmé—. Aunque puedes llamarme Ora si quieres.

Me dedicó una sonrisa resplandeciente que… no me dejó indiferente.

—Gracias por haberme llamado por Am —dijo mientras señalaba hacia un pequeño pasillo al otro lado de la sala de estar.

Había tres puertas. Oí la lavadora en marcha detrás de una de ellas. La de enfrente estaba entreabierta y vi que daba a una habitación demasiado oscura.

—No, gracias por dejarme entrar. Estaba preocupada por él. Me quedé esperando en el hospital tanto tiempo como pude, pero no volví a veros ni a ti ni al señor Rhodes después de que bajara a buscarlo, así que acabé yéndome a casa.

Me había quedado allí hasta las nueve.

—Está despierto. Acabo de hablar con él —dijo deteniéndose junto a otra puerta entreabierta.

Johnny llamó y se oyó un «¿Qué?» ronco a través de la puerta. Intenté no reírme por lo bajo ante aquel amable saludo mientras su tío ponía los ojos en blanco y abría la puerta. Metí la cabeza y me encontré a Amos tumbado en la cama con unos bóxers y una camiseta verde oscuro con las palabras «Ghost Orchid». Alzó la vista de la consola que tenía entre las manos y soltó un grito antes de cubrirse la entrepierna con las manos y sonrojarse.

—Eres el único al que le importa lo que tienes ahí abajo, Am —rio Johnny, pero aun así cogió una almohada del suelo que yo no había visto hasta entonces y se la tiró. El chico se la puso encima del regazo con los ojos abiertos como platos.

—De verdad que me da igual, pero puedo taparme los ojos si eso te hace sentir mejor —dije lanzándole una sonrisa. Di un paso hacia el interior de la habitación y me quedé ahí quieta—. Solo quería saber cómo estabas. ¿Te encuentras bien?

—Sí —respondió, todavía sorprendido, con aquel tono de voz bajo y tímido que supuse que era su manera de hablar. Dejó la consola encima de la almohada.

—¿Era apendicitis?

—Sí. —Miró a su tío antes de desviar la mirada de nuevo hacia mí.

—Lo siento. Esperaba que a pesar de todo solo fueran gases.

Amos hizo una mueca.

—Me lo extirparon ayer —murmuró.

—¿Ayer? —Me giré para mirar a su tío, que todavía estaba ahí de pie, e inclinó la cabeza hacia un lado, como si para él tampoco tuviera ningún sentido que ya le hubiesen dado de alta—. ¿Y te han soltado ya? ¿No es peligroso? —El chico se encogió de hombros—. Vaya. Yo estaría envuelta en una manta y llorando si acabaran de operarme y me hubieran mandado a casa.

Esbozó una media sonrisa con los labios. Era un chico adorable. Probablemente acabaría convirtiéndose en un hombre muy apuesto… Bueno, teniendo en cuenta el aspecto de su padre, no cabía duda.

—En fin, te he traído un poco de sopa de pollo. Supongo que tu padre o tu tío podrían calentártela. A no ser que seas vegano. Si eres vegano, o vegetariano, puedo traerte otra cosa.

—No lo soy —dijo casi susurrando, desviando su atención brevemente por encima de mi hombro.

—Ah, genial. Por cierto, también tengo tu móvil. Aunque se ha quedado sin batería. —Di un paso hacia delante y se lo dejé en la cómoda que había junto a mí, justo al lado de un montoncito de púas de guitarras y unos cuantos paquetes de cuerdas—. Vale, si necesitas cualquier cosa, ya sabes dónde encontrarme. Solo tienes que gritar muy fuerte. Estaré en casa lo que queda de día, y mañana estaré fuera de nueve a seis. —Todavía me estaba mirando con aquellos ojos enormes y redondos suyos—. Bueno, te dejo descansar. ¡Que te mejores!

Su «adiós» fue casi inaudible, pero era mejor que nada. Un primo me había contado que uno de sus hijos había pasado por una fase de un mes entero en la que solo respondía con gruñidos y movimientos de cabeza, así que supuse que aquello era normal.

Consideré que ya había cumplido, así que retrocedí un paso y casi tropecé con Johnny. Bajó la cabeza para sonreírme cuando alcé la mirada y señaló hacia el pasillo. Me siguió tan de cerca que le rocé varias veces el tronco superior con el codo.

—¿Y dices que eres una vecina? —preguntó de repente.

—Algo así —respondí—. Me estoy alojando en el apartamento que tienen encima del garaje.

—¿Qué? —exclamó con un tono que me hizo girarme hacia él. Parecía muy confundido, y volvió a aparecerle aquella arruga entre las cejas.

—Es una historia muy larga. Seguro que Amos te la cuenta mejor.

—No lo hará. Últimamente tenemos suerte si dice más de diez palabras seguidas.

Tenía razón. Solté una carcajada.

—La versión resumida es que Amos puso un anuncio alquilando el apartamento sin que su padre lo supiera, y yo lo reservé. Cuando el señor Rhodes lo descubrió... Digamos que no le hizo mucha gracia, pero dejó que me quedara cuando me ofrecí a pagarle extra. —Lo había contado mucho más deprisa de lo que esperaba—. Todavía me quedan un par de semanas más por aquí.

—¿Qué?

Asentí y después hice una mueca.

—No le hizo ni pizca de gracia —confirmé—. Es más, seguro que tampoco le va a gustar que haya venido a su casa, pero estaba preocupada por Amos.

—Ya me extrañaba a mí que hubiera otro coche ahí fuera. —Empezó a reírse inesperadamente, y me tomó por sorpresa—. Me creo que no le hiciera gracia. Ni una pizca.

—Se enfadó un montón, pero no me extraña —confirmé—. No quiero cabrear más al señor Rhodes, pero ¿podrías decirle que me he mantenido a dos metros y medio de su hijo en todo momento? Por favor.

—Le diré que te has mantenido a dos metros y medio de Amos y que le has traído sopa y el móvil. No te preocupes —me tranquilizó Johnny al abrir la puerta principal con una sonrisa.

Salí al porche y el hombre dio un par de pasos para aguantar la puerta con el cuerpo.

Había oscurecido mucho en los diez minutos que había estado dentro, así que me saqué la linterna del bolsillo. Dios no quisiera que tropezara con una piedra, me rompiera la pierna, nadie me oyera gritar y acabara siendo devorada por osos carnívoros y con los ojos picoteados por los pájaros. Era la escena que mi tía se había imaginado que me ocurriría, y me la había contado por mensaje.

—¿Eres de Florida? —me preguntó justo cuando encendí la linterna y apunté el haz de luz hacia el camino de acceso. No iluminaba mucho. Tendría que conseguir una con más potencia.

—Más o menos. Antes vivía por aquí, pero me fui hace mucho tiempo. —Bajé los peldaños a saltos y le dije adiós con la mano—. Gracias por dejarme entrar a ver a Amos. Encantada de verte de nuevo.

104

—Gracias a ti por haberlo llevado al hospital —dijo apoyado sobre el marco de la puerta.

—No fue nada.

Volví a despedirme y me devolvió el gesto.

No es que corriera hacia el apartamento, pero desde luego caminé deprisa. Y justo cuando me metí la linterna debajo de la axila para apuntar hacia el pomo de la puerta oí el crujido de unos neumáticos sobre la gravilla y entré en pánico. «¿Dónde cojones he metido la llave?». Si no me cruzaba con el señor Rhodes, no podría echarme del estudio, ¿no? Me metí la mano en el bolsillo para buscarla, pero no la encontré. ¡Joder! ¡En el bolsillo de atrás! ¡En el bolsillo de atrás! Los faros me iluminaron justo cuando rocé la llave con la punta de los dedos.

Y entonces se me cayó al suelo.

—¿Estás bien? —oí que gritaba Johnny. Me estaba mirando. Probablemente se estuviera riendo mientras yo estaba en crisis. ¿Sabía lo que estaba haciendo?

—¡Sí! ¡Solo se me ha caído la llave! —le respondí chillando, con voz nerviosa y asustada, porque era como me sentía mientras buscaba a tientas por el suelo.

Justo cuando encontré la llave de los cojones, me di cuenta de que los faros del coche ya no se movían. Oí la puerta del coche abrirse y cerrarse de golpe mientras la metía en la cerradura.

—Oye —me llamó una voz ronca.

«No te pongas nerviosa». Todo saldría bien. Me debía una, ¿no? Había salvado a su hijo. Más o menos.

—Hola —contesté resignada.

«Me ha pillado».

La luz de los faros recortó la silueta de mi casero/vecino cuando pasó por delante del Bronco.

—Era Aurora, ¿no? —preguntó el hombre. Tobias. El señor Rhodes.

Me di la vuelta de golpe y apagué la linterna cuando le enfoqué de lleno el pecho. Llevaba una camiseta. Los faros de su coche lo iluminaban desde atrás, así que no le veía muy bien la cara. ¿Estaba enfadado? ¿Me iba a echar?

—Sí. —Reprimí las ganas de tragar saliva—. ¿Le puedo ayudar en algo?

—Gracias por lo que hiciste —respondió, pillándome completamente por sorpresa.

Vaya.

—No hay de qué —le respondí a la cara entre las sombras.

Se había detenido a unos pocos metros de mí con los brazos cruzados sobre el pecho, o eso me pareció. No sonaba enfadado. Eso era buena señal. Aunque, por otro lado, todavía no sabía que acababa de salir de su casa. Dio otro paso hacia adelante, pero seguía sin verlo bien, solo distinguía la silueta de su cuerpo, ancha en la parte superior y estrecha en las caderas. ¿Iría al gimnasio? Había uno en la ciudad. Seguro que iba. Nadie tenía aquel aspecto de manera natural.

Soltó un suspiro tan profundo que tuve ganas de verle la cara.

—Escucha... —Parecía que le estuviera costando encontrar las palabras adecuadas, y hablaba con un tono de voz tan severo como la primera vez que lo había oído—. Te debo una. Am me ha contado lo que pasó. —Exhaló con fuerza y firmeza—. No tengo palabras para agradecértelo —dijo, su potente voz retumbando.

—No ha sido nada. —Cuanto menos hablara, mejor.

Respiró hondo de nuevo.

—No, te debo una. Y de las grandes.

—No me debe nada.

—Sí —dijo después de soltar otro suspiro.

—No, le prometo que no —repliqué—. Por favor, de verdad, no me debe nada. Solo me alegro de haber podido ser de ayuda y de que Amos esté bien.

Estuvo tanto rato sin abrir la boca que esperé que no dijera nada más, pero entonces dio un paso hacia adelante, y luego otro, hasta quedar junto a mí con los brazos colgando a los lados, tan cerca que pude volver a echar un buen vistazo a su increíble cara. Sus rasgos sólidos y angulosos parecían cincelados. Llevaba unos vaqueros y una camiseta con el dibujo de un pez.

Debía de tener treinta y muchos años. Tal vez cuarenta y pocos, pero muy bien llevados. Tenía pinta de que le habían empezado a salir canas de muy joven. A veces pasaba. Conocía a un cantante que a los veintisiete ya tenía el pelo completamente blanco.

En cualquier caso, su edad no era de mi incumbencia. Tenía otras cosas de las que preocuparme, y sería mejor que me las quitara de encima cuanto antes. Se acabaría enterando igualmente, y si de verdad consideraba que me debía una, tal vez me perdonaría y no me echaría. La esperanza es lo último que se pierde.

—He estado un momento en su casa; Johnny me ha dejado entrar. Solo quería saber cómo estaba su hijo. No he pasado de la puerta de su habitación y apenas he estado diez minutos, si acaso. Johnny ha estado todo el rato a mi lado. Por favor, no se enfade.

Volvió a no responder lo bastante rápido como para tranquilizarme. Simplemente… se me quedó mirando. No alcancé a ver de qué color tenía los ojos, pero sí el blanco de los extremos.

Pensé que eso me pasaba por ser honesta y me encogí.

—No estoy enfadado —dijo lentamente mi casero antes de volver a exhalar. Su voz gruñona sonó igual de potente, pero me pareció que el rostro se le suavizaba una milésima—. Te debo una. Te estoy muy agradecido por lo que hiciste. No sé cómo podré devolverte el favor, pero ya se me ocurrirá algo. —Volvió a respirar hondo y me preparé—. Perdona por… cómo he lidiado con toda esta situación.

Me estaba pidiendo perdón. A mí.

Alerta a todas las unidades.

—No pasa nada —le aseguré—. Ya le avisaré si se me ocurre algo. —Entonces fui yo quien empezó a titubear—. Y si necesitan alguna cosa, no duden en avisarme. —Me quedaría por aquí… hasta que me fuera. De repente se me pasó una idea por la cabeza—. Espere, ¿puedo hacerle una pregunta? Ya sabe, solo por curiosidad. ¿Quién más vive en la casa principal con usted?

—Solo somos Amos y yo —respondió después de observarme detenidamente.

Tal y como pensaba.

—Vale.

Por lo menos no me estaba echando. Así que aproveché la situación. Alargué la mano hacia él y me la estrechó con su mano, grande y fría, en un apretón firme y lento.

Le sonreí. Él no me devolvió la sonrisa, pero daba igual.

Antes de que pudiera cambiar de opinión y echarme, retrocedí.

—Buenas noches —dije, y me metí en el apartamento.

Encendí las luces y cerré la puerta con llave antes de subir escaleras arriba.

Observé por la ventana que el señor Rhodes dejaba su Bronco en el lugar de siempre, delante de la casa principal. Abrió la puerta del copiloto y sacó dos bolsas blancas con el nombre de uno de los dos restaurantes de comida rápida de la ciudad. Lo seguí espiando hasta que entró.

Bueno, todavía estaba ahí. Y seguiría estando ahí durante dos semanas más. O, por lo menos, durante todo el tiempo que pudiera.

6

—Dios te bendiga, cielo, no hace falta que pidas disculpas —dijo el hombre mayor con una sonrisa tan dulce que tuve la sensación de que me saldría una caries.

Su amigo, Dios lo bendiga a él, me guiñó un ojo.

—Es imposible enfadarse con alguien con una cara tan bonita, ¿verdad, Dough?

Se me tensó todo el cuerpo al oír sus amables palabras. Unas palabras dichas por dos clientes muy majos a los que había intentado ayudar sin mucho éxito. Desde el momento en el que se habían acercado al mostrador con dos cañas de pescar, supe que me preguntarían algo que no sabría responderles, así que me había preparado para ello.

Joder, lo primero que les había dicho era «Voy a buscar a alguien que pueda ayudarlos con cualquier duda que puedan tener con estas cañas».

Lo había intentado, y sabía que lo había intentado para no tener que quedarme allí plantada como un pasmarote. Me había aprendido de memoria casi todos los precios de los modelos que vendíamos. Incluso me había grabado a fuego en el cerebro un par de las marcas que teníamos, pero aquello era todo. No tenía ni idea de las diferencias entre las distintas cañas, ni mucho menos por qué deberían elegir una más larga en vez de una más corta, ni para qué tipo de pesca se usaba cada una.

Así que cuando el hombre, que debía de tener cincuenta y pocos años, había ignorado mis palabras y me había preguntado «¿Qué diferencia hay entre estas dos cañas? ¿Por qué esta vale el doble?», me resigné.

Si la tienda no estuviera tan concurrida, habría llamado a Clara. Pero en aquel momento estaba detrás del mostrador del material de alquiler hablando con una familia sobre nosequé. Jackie estaba haciendo su descanso en la trastienda. El empleado a media jornada, al que había conocido por primera vez aquella mañana, había trabajado un par de horas y luego se había despedido diciendo que volvería enseguida.

Clara y yo nos habíamos mirado desde la otra punta de la tienda y, de repente, entendí incluso mejor que antes el berenjenal que tenía con sus trabajadores.

Huelga decir que el tipo no había regresado.

Los dos hombres siguieron ignorando mis esfuerzos por redirigirlos hacia Clara.

Estaba agradecida y aliviada de que no fueran crueles ni impacientes, pero aun así no pude evitar que me hirviera la sangre. Sabía perfectamente que había salido de más apuros de los que podía contar porque algunas personas me consideraban atractiva y porque era bastante simpática por naturaleza. A pesar de que la policía me había parado por lo menos diez veces, nunca me habían puesto ni una sola multa, y eso que algunos de mis amigos afirmaban que conducía como una loca. No me gustaba perder el tiempo. ¿Qué tenía eso de malo? Mis primos se burlaban siempre de mí por la manera en la que la gente me trataba por cosas con las que no tenía nada que ver.

Pero, por otro lado, mis genes eran una especie de maldición. Algunos hombres tendían a ser muy misóginos. En ocasiones me trataban como si fuera gilipollas. Y muchas veces recibía más atención de la que quería, sobre todo de la que incomoda.

Sabía escuchar y me esforzaba al máximo en todo lo que hacía. Tenía buen corazón, a menos que no me trataran bien. Para mí, aquellas eran cosas más importantes que la apariencia exterior.

No me gustaba que me trataran como a una niña pequeña. Me molestaba mucho.

Por eso tardé un momento en recomponerme lo bastante como para sonreír con dulzura a aquel hombre bienintencionado.

—Voy a buscar a mi jefa para que les pueda ayudar. Soy nueva y todavía no he tenido tiempo de familiarizarme con todos los productos.

El que tenía el pelo más canoso que el otro me echó un vistazo rápido a las tetas. Seguro que estaba convencido de haber sido tan sigiloso que no me había dado cuenta.

—No te preocupes, guapa.

Quise suspirar, pero me limité a volver a sonreír.

Justo entonces se abrió la puerta y entró la última persona que esperaba ver. Bueno, no la última, pero una de las últimas.

Lo primero que me llamó la atención, de nuevo, fue el uniforme que cubría aquel cuerpo tan alto y fuerte.

Me di cuenta de que me estaba mirando, pero no sabría decir si estaba sorprendido de verme porque llevaba las gafas de sol puestas. Bueno, por eso y porque los clientes decidieron seguir hablando.

—¿Qué hace una chica tan guapa como tú trabajando aquí en vez de en una tienda de ropa? ¿O en una joyería? Seguro que se te daría de maravilla.

Se me daría de maravilla trabajar en cualquier sitio excepto allí, eso era lo que estaban insinuando.

Me estaba esforzando al máximo. De verdad que sí, pero solo llevaba un par de semanas.

Volví a mirar al hombre menos canoso de los dos.

—No me va mucho la moda y casi no llevo joyas.

Por el rabillo del ojo vi que el señor Rhodes se adentraba todavía más en la tienda sin quitarme ojo de encima.

—Tengo un amigo que trabaja de abogado en la ciudad; puede que quiera contratar una nueva secretaria si le hablo bien de ti —dijo el que tenía más canas en el pelo.

¿Acababa de insinuar que le diría a su amigo que despidiera a su secretaria actual para contratarme a mí? Sacudí la cabeza e intenté volver a sonreír.

—No se preocupe, me gusta trabajar aquí. —Cuando no metía la pata, claro. Y cuando la gente no me daba palmaditas en la cabeza como si no pasara nada por no saber algo.

Afortunadamente, acabaron eligiendo una caña de pescar por su cuenta, les cobré e hice todo lo que pude por ignorar que no paraban de mirarme la cara y las tetas. Les sonreí al darles el recibo y la caña de pescar, y cuando por fin salieron de la tienda pude suspirar.

Pero en cuanto se cerró la puerta, recordé que, si tenía pensado quedarme, tenía que ponerme las pilas. Sí, no me encantaban todas las partes de mi trabajo, pero al volver a echar un vistazo a la cara de cansancio de Clara, supe que no me iría a ninguna parte a corto plazo. Por ella. Tenía que aprender para poder responder las preguntas de los clientes por mi cuenta y dejar de sentirme como una mierda por ser tan inútil.

Eché un vistazo por la tienda y localicé al hombre que estaba junto a los accesorios de pesca. Tuve una idea brillante.

¿Quién sabía más sobre el aire libre que un guarda forestal? Nadie.

Bueno, vale, tal vez alguien supiera más, pero tampoco conocía a mucha gente por aquí, y no podía pedirle a Clara que nos sentáramos un momento y me diera clases. Apenas teníamos tiempo para hablar en la tienda, y luego siempre estaba ocupada. Habíamos quedado un par de veces para ir a cenar, pero había tenido que anularlo en ambas ocasiones por su padre.

El señor Rhodes tampoco parecía tener mucho tiempo libre, teniendo en cuenta que casi todas las noches llegaba pasadas las siete de la tarde, pero… le había salvado la vida a Amos, ¿no? Y, aunque yo no había pensado tomarle la palabra, el caso era que había dicho que me debía una, ¿verdad?

Cuanto más lo pensaba, mejor me parecía la idea de pedirle ayuda. ¿Qué era lo peor que podía pasar? ¿Que me dijera que tenía cosas mejores que hacer? ¿Que me informase de que ni siquiera me quedaban dos semanas en su casa?

Eso me recordó que tenía que decidir si quería quedarme en Pagosa Springs para buscar otro alojamiento para alquilar. O no.

Cobré a un par de clientes más mientras seguía reflexionando. El señor Rhodes se acercó a mí después de decirle algo a Clara y a Jackie que no alcancé a oír (no sabía de qué se conocían, pero me moría de ganas de averiguarlo). Caminó lentamente hacia el mostrador y dejó dos carretes de sedal. Me vendría bien saber por qué algunos sedales eran más gruesos que otros.

—Hola, señor Rhodes —lo saludé con una sonrisa.

Se había quitado las gafas de sol, que llevaba colgadas del cuello de la camisa, y sus ojos grises estaban fijos en mí.

—Hola —respondió con el mismo tono severo y desinteresado de siempre.

—¿Qué tal su día? —le pregunté mientras cogía el primer sedal y lo escaneaba.

—Bien.

Escaneé el segundo y decidí ir directa al grano aprovechando que no había nadie a nuestro alrededor.

—¿Se acuerda de aquel día cuando me dijo que me debía una? —Concretamente ayer. No dijo nada, así que le eché un vistazo. No podía hablar con las cejas, pero las frunció de tal forma que me dejó bien clara la desconfianza que sentía en aquel momento—. Sí que se acuerda. Bien. Bueno, pues quería pedirle que me devuelva el favor —dije bajando la voz.

Aquellos ojos grises siguieron entrecerrados. No estaba yendo mal. Eché un vistazo a nuestro alrededor para asegurarme de que nadie nos estaba escuchando y hablé atropelladamente en un susurro.

—Cuando no esté muy ocupado..., ¿podría enseñarme cosas sobre todo esto? ¿Aunque sea solo un poco?

Pestañeó al oír mi petición, supongo que por la sorpresa. Por lo menos bajó la voz, como había hecho yo, antes de preguntar lentamente:

—¿A qué te refieres con «todo esto»?

—A lo que hay en la tienda —respondí ladeando la cabeza—. Ya sabe, cosas sobre pesca, acampada, cualquier conocimiento general que pueda servirme para trabajar aquí y saber lo que estoy haciendo.

Volvió a parpadear. Esta era la mía.

—Solo cuando no esté superocupado. Por favor. Si le va bien; si no, no pasa nada. —Solo lloraría cada noche hasta quedarme dormida. No era para tanto.

En el peor de los casos, podría ir a la biblioteca los días que no trabajaba. Quedarme en el aparcamiento del supermercado y buscar información en Google. Ya me las arreglaría. Independientemente de si él me ayudaba o no.

Esas pestañas gruesas y oscuras ocultaron su mirada un momento.

—¿Lo dices en serio? —dijo en voz baja y comedida. Creía que me estaba quedando con él.

—Sí.

Giró la cabeza hacia un lado, dándome otra buena perspectiva de sus pestañas cortas, pero preciosas.

—¿Quieres que te enseñe a pescar? —me lo preguntó como si no se lo pudiera creer, como si le hubiera pedido que..., yo qué sé, que me enseñara la polla.

—No tiene que enseñarme a pescar *per se*, aunque no me opondría a ello. Hace siglos que no voy de pesca. Pero en realidad lo que necesito es información. Por ejemplo, ¿por qué hay distintos tipos de sedales? ¿Para qué sirve cada cebo? ¿O se llaman anzuelos? ¿Realmente se necesitan todos estos chismes para encender un fuego? —Seguí hablando, consciente de que estaba susurrando—. Tengo un montón de preguntas aleatorias y, como no hay cobertura en el estudio, me resulta muy difícil buscar información. Por cierto, son 40,69 dólares.

Mi casero parpadeó por centésima vez a esas alturas, y tuve la impresión de que estaba confuso o sorprendido mientras sacaba la cartera y pasaba la tarjeta por el lector, observándome fijamente con una mirada atenta y prolongada, muy distinta a la que me habían lanzado antes aquellos hombres mayores. No me miraba con connotación sexual o de interés, sino más bien como si yo fuese un mapache y sospechara que tuviera la rabia. Aunque puede parecer raro, prefería mil veces que me miraran así.

—No pasa nada si no puede —dije sonriendo mientras le tendía una bolsita de papel con su compra.

Él la cogió y desvió la mirada hacia algún punto de mi izquierda. Se le movió la nuez del cuello; entonces retrocedió un paso y suspiró.

—De acuerdo. Hoy a las siete y media. Tengo treinta minutos, ni uno más.

¡¿Qué?!

—Es usted mi héroe —susurré. Me miró y parpadeó—. Allí estaré, gracias —le dije.

Soltó un gruñido y, antes de que pudiera volver a darle las gracias, salió tan deprisa de la tienda que no tuve tiempo ni de mirar el culo que le hacían los pantalones del uniforme.

En cualquier caso, no pude evitar respirar aliviada. Había ido mejor de lo que esperaba.

Cuando me sonó la alarma del móvil a las siete y veinticinco de la tarde, todavía estaba en shock por que hubiera aceptado darme clases particulares. La había puesto para tener tiempo más que suficiente de terminar lo que estuviera haciendo (en aquel caso un puzle que había comprado en una tienda de todo a un dólar) e ir hasta la puerta de al lado.

¿Era una tontería que estuviera nerviosa? Tal vez. No quería decir ni hacer nada que le diera motivos para echarme antes de tiempo, pero odiaba ser tan inútil en el trabajo y encontrarme en situaciones para las que no estaba preparada.

Aunque lo que detestaba por encima de todo era sentirme tonta. Y, sin embargo, así era exactamente como me sentía a menudo trabajando en la tienda. Era consciente de que no pasaba nada porque no supiera ciertas cosas; sí que sabía un montón de muchas otras. Ya me gustaría ver a algunos trabajando en una tienda de música. Eso sí que se me habría dado de puta madre. Me había pasado la última década de mi vida rodeada de músicos y era sorprendente la cantidad de conocimiento aleatorio que había ido acumulando a lo largo de los años. Sabía llevar el compás y tocar decentemente tres instrumentos.

No obstante, ya no le sacaba partido a nada de todo eso. Ni siquiera había sentido la necesidad de escribir desde aquel mes que había pasado en casa de Yuki. Estaba casi segura de que se me habían agotado las palabras y de que aquella parte de mi vida había terminado. Tampoco es que supiera lo que quería hacer el resto. Sin presión, ¿eh?

Así que, entretanto, bien podía ayudar a una vieja amiga. Pero si iba a hacerlo, quería hacerlo bien. Mi madre no era de las que hacían las cosas a medias, y yo tampoco lo había sido nunca. Si ella estuviera aquí, me diría que me aprendiera todo lo necesario, que no me rindiera.

Aquel pensamiento fue el que me animó a bajar las escaleras y cruzar la gravilla del camino de entrada. Llevaba conmigo un recipiente con magdalenas de arándanos que había comprado en el supermercado después de trabajar y la libreta que usaba para tomar notas sobre las rutas que quería hacer. Pensé en la caja llena de libretas que no había abierto en un año, pero enseguida me la quité de la cabeza.

Al pasar junto a la camioneta del señor Rhodes, le eché un vistazo y supe que había acudido a la persona indicada. O eso esperaba.

Llamé y retrocedí un poco. Al cabo de unos segundos, apareció una sombra por el pasillo. Las luces se encendieron y me di cuenta del tamaño que tenía aquel cuerpo. No era Amos, eso desde luego. Pensarlo me hizo esbozar una sonrisa, y justo entonces el señor Rhodes abrió la puerta y me indicó con la cabeza que entrara sin decir ni una palabra.

—Hola, señor Rhodes —lo saludé mientras entraba y le lanzaba una sonrisa.

—Has llegado puntual —señaló como si le sorprendiera mientras cerraba la puerta detrás de nosotros.

Esperé a que liderara el camino y me indicara dónde sentarme. O dónde quedarme de pie.

Tal vez debería haberme conformado con buscar información en Google. O con ir a la biblioteca, aunque todavía no me había inscrito como residente en Pagosa Springs, así que seguramente no podía sacarme el carné.

—Tenía miedo de que no me abriera la puerta si llegaba un minuto tarde —respondí con sinceridad.

Me dedicó una pausada mirada de reojo, con aquella cara fría y rígida, y se giró para dirigirse pasillo abajo. Me pareció oír que murmuraba como si estuviera de acuerdo. Menudo borde.

Volví a echar un vistazo a la casa mientras avanzábamos y vi que estaba tan limpia como la última vez. No había ni una sola taza ni ningún vaso por ahí. Ni una sola servilleta o calcetines sucios. Debería limpiar mi apartamento antes de que el señor Rhodes encontrara una excusa para venir y viera la zona de guerra que yo tenía montada en el edificio de enfrente.

El señor Rhodes nos condujo hasta la mesa de la cocina. Estaba muy rayada y, gracias a todos los programas de reformas que había visto, sabía que necesitaba que la lijaran y un par de capas de tinte para madera. No tenía ni idea de cómo se hacía, pero sabía que era lo que el mueble necesitaba.

Me pilló desprevenida que él rodeara la mesa y, antes de sentarse, apartara una de las sillas a su lado. Me dejé caer encima y me di cuenta de que era el asiento más estable que había ocupado en toda mi vida. Eché un vistazo a las patas y me balanceé un

117

poco, pero la silla se quedó inmóvil. Golpeé levemente una de las patas. No sonaba vacía.

Cuando volví a incorporarme, vi que el señor Rhodes me estaba mirando de nuevo. Había vuelto a poner cara de estar viendo un mapache. Seguro que se estaba preguntando qué estaba haciendo con sus muebles.

—Es una buena silla —dije—. ¿La ha hecho usted?

La pregunta lo sacó de su ensimismamiento.

—No. —Acercó su asiento a la mesa y colocó sus grandes manos, con dedos largos y delgados, y uñas cortas y arregladas, encima. Me estudió con una mirada intensa que decía que no estaba para tonterías—. Te quedan veintinueve minutos. Pregunta lo que quieras. —Alzó un milímetro las cejas—. Dijiste que tenías como un millón. Puede que me dé tiempo a responder unas diez o quince.

Mierda. Debería haber traído una grabadora. Acerqué mi silla.

—En realidad, no son un millón. Puede que solo unas doscientas mil. —Sonreí y, tal y como esperaba, él no me devolvió la sonrisa. Pues vale—. ¿Sabe mucho sobre pesca?

—Lo suficiente.

Lo suficiente como para que sus amigos y familiares colgaran artículos de pesca en su muro de Facebook. «Vale».

—¿Qué tipo de peces se pueden pescar por aquí?

—Depende del río y del lago.

—Mierda —dije, aunque no tenía intención de hacerlo. «¿Cómo que depende?».

—¿Tienes idea de lo que estás haciendo? —preguntó bajando las cejas.

—No, por eso estoy aquí. Cualquier información es mejor que nada. —Alisé la página en blanco con la mano. Intenté dedicarle mi sonrisa más encantadora—. Vale, ¿qué tipo de peces se pueden pescar en los ríos y lagos de por aquí? —pregunté, volviéndolo a intentar.

No funcionó. El señor Rhodes soltó un suspiro, señal de que se estaba preguntando en qué cojones se había metido.

—El invierno ha sido seco y los niveles de agua están muy bajos, así que, para empezar, este año las condiciones para pescar no son ideales. Y a eso hay que sumarle que los turistas seguramente hayan dejado casi todos los ríos sin peces. Algunos lagos están abastecidos, así que en esos hay más probabilidades de…

—¿Cuáles? —le pregunté absorbiendo toda la información. Recitó una lista de lagos y reservas de la zona—. ¿Y de qué están abastecidos?

—De percas, truchas. También se pueden encontrar…

El señor Rhodes mencionó también el nombre de otros tipos de peces que no había oído en mi vida y le pregunté cómo se escribían. Me lo indicó, reclinándose en la silla y cruzando los brazos sobre el pecho, con aquella cara de estar viendo un mapache otra vez.

Sonreí, sintiéndome algo más que un poco satisfecha de que no bajara la guardia conmigo, a pesar de que tampoco quería que pensara que era una loca rara. Aunque lo cierto era que me venía bien que la gente no supiera qué esperar de mí. Nadie puede sorprenderte por la espalda si no saben en qué dirección vas a mirar.

Le pregunté si todavía se podían pescar percas en condiciones y me dio una respuesta larguísima y mucho más complicada de lo que me esperaba. Sus ojos eran como láseres que me apuntaban constantemente a la cara. El color gris de sus irises era impresionante. De vez en cuando, parecían casi lavanda.

—¿Cuánto valen los permisos de pesca y dónde se pueden adquirir? —pregunté ignorando su mirada incrédula, como si hubiera preguntado algo que era simple sentido común.

—Se piden por internet, y el precio varía según si resides en este estado o en otro.

Acto seguido, me dijo cuánto valía cada permiso… y las multas que podían ponerte por pescar sin permiso.

—¿Pilla a mucha gente pescando sin permiso?

—¿Seguro que quieres perder el tiempo preguntándome por mi trabajo? —preguntó despacio y con voz seria.

Entonces fui yo quien parpadeó. «Pero menudo borde». ¿Qué era ya, la tercera o la cuarta vez que me soltaba una de esas?

—Sí, o no se lo hubiera preguntado —murmuré.

En realidad, tenía preguntas mejores para hacerle, pero a tomar por culo esa actitud de mierda. Joder.

Alzó una de sus cejas oscuras y respondió con sencillez.

—Sí —fue su esclarecedora respuesta.

Vaya, la cosa iba bien. Era la simpatía personificada. Sin embargo, y para su desgracia, yo tenía suficiente simpatía para los dos.

—¿Qué tipos de sedales se pueden usar para pescar?

—Es demasiado complicado de explicar sin enseñártelos —contestó negando de inmediato con la cabeza.

Se me hundieron los hombros, pero asentí.

—¿A cuál de esos lagos que ha mencionado recomendaría ir a pescar?

—Depende…

Empezó a hablar y me puse a escribir toda la información lo más deprisa que pude. Justo estaba diciéndome a cuáles no aconsejaba visitar cuando de repente una voz nos interrumpió.

—Oye, papá… Anda.

Miré por encima del hombro al mismo tiempo que el señor Rhodes, y vi a Amos de pie en medio de la sala de estar con una bolsa de patatas fritas en la mano.

—Hola —lo saludé.

—Hola —consiguió decir, rojo como un tomate. Sacó la mano de la bolsa de patatas y la dejó colgando a un lado—. No sabía que teníamos visita.

—Tu padre me está ayudando a resolver algunas dudas sobre pesca —le expliqué—. Es para mi trabajo. —El chico se acercó y enrolló la parte superior de la bolsa de patatas para cerrarla. Tenía muy buen aspecto. No parecía tener problemas para caminar y su piel había recuperado su tono habitual—. ¿Qué tal va el apéndice extirpado?

—Bien. —Se acercó hasta quedar entre los dos y enseguida

120

echó un vistazo a la libreta en la que estaba escribiendo. Me aparté un poco para que pudiera ver mejor lo que había anotado.

—Por cierto, quería decirte que puedes venir a tocar música en el garaje cuando quieras. No me molestaría para nada —dije.

El adolescente le echó un vistazo fugaz al hombre sentado a mi lado.

—Estoy castigado —admitió—, pero papá dice que pronto podré volver a practicar en el garaje, si no te importa.

—En absoluto —sonreí—. He traído magdalenas; coge una si te apetece —añadí señalando el recipiente que había dejado en el centro de la mesa.

—Te quedan cinco minutos —me interrumpió de repente el señor Rhodes.

Mierda, tenía razón.

—Vale…, pues termine de explicarme en qué lagos no recomendaría ir a pescar.

Y así lo hizo. Anoté prácticamente todo lo que dijo. Cuando dejó de hablar, dejé el bolígrafo junto a la libreta y les sonreí a los dos.

—Bueno, gracias por ayudarme. Se lo agradezco mucho. —Eché la silla para atrás y me levanté. Padre e hijo se me quedaron mirando en silencio. De tal palo tal astilla, supongo. Solo que, a diferencia de Amos, el señor Rhodes no parecía tímido, solo gruñón o reservado; todavía no estaba muy segura—. Adiós, Amos. Espero que te mejores —dije mientras me alejaba de la mesa—. Y muchas gracias de nuevo, señor Rhodes.

Aquel hombre tan severo descruzó los brazos. Me pareció oírlo suspirar antes de que murmurara algo con una voz tan reticente que las palabras que pronunció me dejaron loca.

—Mañana a la misma hora. Treinta minutos.

¡¿Qué?!

—¿Me va a responder más preguntas? —exclamé. Él bajó la barbilla y hundió las comisuras de los labios, señal de que ya se estaba arrepintiendo de lo que había dicho. Me alejé un poco más, lista para escaparme antes de que cambiara de opinión—.

Es el mejor, ¡gracias! No quiero abusar de su hospitalidad, pero gracias, ¡gracias! ¡Buenas noches! ¡Adiós! —grité antes de salir casi corriendo en dirección a la puerta principal y cerrarla detrás de mí.

No iba a convertirme en una experta de la noche a la mañana, pero estaba aprendiendo poco a poco. Debería llamar a mi tío y deslumbrarlo con todos mis nuevos conocimientos. Con un poco de suerte, mañana entraría alguien en la tienda y me preguntaría algo sobre pesca que sabría responderle correctamente. Y sería una pasada.

7

Al día siguiente, en uno de los escasos momentos en los que no había muchos clientes en la tienda, Clara vino a sentarse a mi lado.

—A ver…

—¿Sí? —dije alzando la barbilla hacia ella.

—¿Qué te parece la vida en Pagosa por ahora? —se decidió a preguntar.

—Genial —respondí con cautela.

—¿Has ido a dar una vuelta por ahí? ¿Has hecho algo de turismo?

—Me he dado alguna vuelta con el coche, sí.

—¿Has ido a visitar Mesa Verde?

—No desde aquella vez que fuimos con la escuela hace siglos.

Clara mencionó un par de atracciones turísticas más que aparecían en los folletos que teníamos en un rincón de la tienda.

—¿Y al casino?

—Todavía no.

—¿Y entonces qué has estado haciendo en tus días libres? —preguntó frunciendo el ceño y apoyando la cadera contra el mostrador.

—Pues, por lo visto, no ir a ningún sitio divertido. He hecho un par de rutas —menos de las que me gustaría—, pero eso es todo.

Se le puso la cara un poco blanca en cuanto mencioné la palabra que empezaba por «r» y supe que le había recordado a lo mismo que a mí. A mi madre. Desde que Clara y yo habíamos reconectado por internet nunca habíamos hablado sobre… lo que había ocurrido. Era un tema que se solía evitar en todas las conversaciones que podrían derivar en su desaparición. Siempre había sido así. Durante los años que había estado viviendo con mis tíos, siempre evitaban poner películas o series en las que salieran personas desaparecidas. Cuando echaron en la tele aquella peli sobre el hombre al que se le quedaba el brazo atascado entre unas paredes de roca, cambiaron tan deprisa de canal que tardé un par de días en darme cuenta de por qué lo habían hecho. Se lo agradecí mucho, por supuesto, sobre todo durante la primera década después de que ocurriera. Y cada vez que había tenido un mal día desde entonces.

Aun así, no quería que la gente que me importaba tuviera que andarse con ojo a mi alrededor. Por lo general, ahora se me daba mucho mejor lidiar con ello. Por lo menos ya podía hablar de lo ocurrido sin tener la sensación de hundirme en un pozo sin fondo. Mi psicóloga me había ayudado mucho a llegar hasta ese punto.

Clara pareció darse cuenta de su reacción, porque su expresión solo duró un segundo antes de retomar la conversación.

—Yo no soy muy de ir de ruta o de acampada, pero Jackie sí, cuando le apetece. Tienes que aprovechar para salir ahora que todavía hace buen tiempo y ver cosas chulas.

—Acabo de empezar a hacer senderismo de nuevo y hace veinte años que no voy de acampada.

Volvió a cambiar la cara y supe que había vuelto a pensar en mi madre, pero se recuperó enseguida.

—Deberíamos hacer algo juntas. ¿Qué planes tienes para el lunes? Hace mucho que no voy a Ouray.

Ouray, Ouray, Ouray… Estaba casi segura de que era una ciudad no muy lejos de ahí.

—No tengo planes —admití.

—Pues quedamos. A no ser que tenga que anularlo en el último momento… ¿Quieres que te pase a buscar o que nos encontremos aquí?

—Mejor nos vemos aquí.

Supuse que al señor Rhodes no le haría mucha gracia que Clara viniera a su propiedad y no quería arriesgarme a cabrearlo, aunque me quedaran pocos días en el estudio.

Ella abrió la boca para decirme algo, pero entonces algo la distrajo, se apoyó sobre el mostrador y silbó. Me giré para mirar en dirección al enorme escaparate por el que la había espiado unas semanas antes.

—¿Lo has visto? —me preguntó mientras daba la vuelta al mostrador y se dirigía hacia la entrada.

La seguí. Había una camioneta aparcada ahí fuera, una camioneta que me resultaba muy familiar… Y, junto a ella, un hombre que hablaba por teléfono, con otro vestido con un uniforme idéntico al suyo al lado. Clara volvió a silbar.

—Siempre me han vuelto loca los tíos de uniforme. ¿Sabías que mi marido era policía?

A veces… A veces se me olvidaba que no era la única persona que había perdido a un ser querido.

—No, no lo sabía —respondí.

En su rostro apareció una expresión de melancolía y me dolió el corazón solo de imaginarme lo que debía de estar pensando. Esperaba que no fuera en los «¿Y si…?». En las realidades alternativas. Eran lo peor.

—Los agentes de policía no están mal, pero a mí siempre me han puesto más los bomberos —dije al cabo de un momento.

—¿Con sus pantaloncitos y sus cascos? —preguntó con una sonrisa en los labios.

—Me gustan los tirantes —respondí mirándola fijamente—. Les daría un par de tirones.

Su carcajada me hizo sonreír, pero solo durante un segundo, porque entonces el hombre que había al otro lado del cristal se giró y, por fin, pude constatar que al señor Rhodes los pantalones del uniforme le hacían un culo impresionante.

—¿Lo conociste el otro día cuando vino a la tienda? —preguntó Clara.

—¿A cuál de los dos? —Sabía perfectamente a cuál de los dos se refería incluso cuando eché un vistazo al otro hombre que llevaba el mismo uniforme. Era más o menos igual de alto que mi casero, pero más delgado. No le veía la cara. Pero sí el culo, y tampoco estaba nada mal.

—Al de la derecha. Rhodes. Viene de vez en cuando. De hecho, ayer estuvo por aquí. Salió con mi prima hace un millón de años. Su hijo es el mejor amigo de Jackie.

Hostia, ¿en serio? Quise decirle la verdad, pero siguió hablando.

—Papá me contó que Rhodes regresó a Pagosa cuando se retiró de la Marina para estar más cerca de su hijo y... Ay, está a punto de subirse a la camioneta. Mejor nos movemos antes de que nos pille y la situación se vuelva incómoda.

¿Había estado en la Marina? Bueno, ya tenía otra pieza del puzle. Aunque tampoco es que tuviera importancia.

De hecho, ahora su manera de hablar tenía mucho más sentido; lo de ese tono tan mandón. No me costó imaginármelo dando órdenes a los demás y lanzándoles aquella mirada intimidante que había utilizado conmigo. No me extrañaba que se le diera tan bien.

—Es mi casero —dije mientras nos apartábamos del escaparate antes de que nos cazaran espiándolos.

Clara giró la cabeza tan deprisa que me sorprendió que no le diera un latigazo cervical.

—¿En serio?

—Sí.

—¿El estudio que tienes alquilado es suyo?

—Ajá.

—¿Y de verdad te lo ha alquilado?

—No eres la primera que me lo pregunta con esa cara. Pero

no, lo cierto es que me lo alquiló Amos a sus espaldas. ¿Por qué lo dices?

—Por nada. Es muy buen padre. Es solo que… es muy callado y reservado, eso es todo. —De repente abrió los ojos de par en par—. Ahora todo tiene sentido. Por eso Amos está castigado.

—Sí.

Así que Jackie se lo había contado. ¿Era por eso por lo que me había estado lanzado miraditas extrañas cuando creía que no me daba cuenta?

—¿Lo has visto sin camiseta? —preguntó Clara en voz muy baja cuando volvimos a meternos detrás del mostrador.

—Todavía no —contesté sonriendo.

—Si lo ves, hazle una foto —dijo con una sonrisa pícara.

Aquella noche volví a llegar temprano. De hecho: dos minutos antes de lo previsto y cargada con un plato de Chips Ahoy que pensaba colar como galletas caseras a menos que uno de los dos me lo preguntara directamente. Lo que contaba era la intención, ¿no?

Llevaba la libreta debajo de un brazo, el cristal que Yuki me había enviado primorosamente envuelto para Amos debajo del otro, y un boli, las llaves y el móvil metidos en el bolsillo trasero de los vaqueros. Había apuntado un montón de preguntas mientras cenaba y las había enumerado en el orden en que debería hacérselas según lo que avanzáramos, que esperaba que fuera mucho.

Aquel día solo había tenido una oportunidad para usar mis conocimientos recién adquiridos, pero me había sentido la hostia de orgullosa. Me ayudó a compensar un poco todas las otras veces que había tenido que ir a molestar a Clara o endosarle algún cliente. Mi amiga era una fuente inagotable de información y la admiraba muchísimo por ello. Era cierto que había crecido en aquella tienda y que llevaba muchos más años viviendo en aquella zona, pero eso no le quitaba mérito. Al fin y al cabo, había vivido fuera durante unos cuantos años; cualquier otra persona se habría olvidado de casi todo lo que sabía.

Tenía la esperanza de que el señor Rhodes me echara otro cable y me invitara a volver mañana, pero no quería hacerme ilusiones. Recordé lo bien que le quedaba el uniforme cuando lo vi a través del escaparate de la tienda. No sería ninguna tortura pasar más tiempo con él, sinceramente.

¿Estaba divorciado? ¿Salía con muchas chicas? No creía que tuviese novia, porque por ahí no venía nunca nadie que no fuera Johnny/el tío de Amos, pero quién sabe. De lo poco que sabía del señor Rhodes, lo que me había quedado claro era que era muy sobreprotector con su hijo, a pesar de que este ya estaba crecidito. A lo mejor tenía novia, pero no la llevaba nunca a casa.

Eso sería un bajón.

Aunque a mí no debería importarme.

Era hora de empezar a plantearme en serio salir con alguien. Cada día me hacía un poco más vieja, y echaba de menos tener a alguna persona con la que hablar. Alguien que fuera... mío.

Estar soltera estaba muy bien y todo eso, pero echaba de menos la compañía. Y el sexo. Deseé, no por primera vez, que se me diera mejor tener rollos de una noche o amigos con derecho a roce.

Por un breve segundo, mi corazón echó de menos la sencillez y la fluidez que habían marcado el ritmo en mi relación con Kaden. Llevábamos tanto tiempo juntos, y nos conocíamos tan bien, que nunca me hubiera imaginado ni por un segundo que tendría que volver a encontrar otro mejor amigo. Una persona que me entendiera y me quisiera.

Y echaba de menos tener a alguien así.

Pero ya no estábamos juntos y nunca volveríamos a estarlo. Echaba de menos tener a alguien así en mi vida, pero no a él. A veces, y puede que más que solo a veces, es mejor estar sola. A veces tienes que aprender a ser tu mejor amiga. A ponerte a ti en primer lugar.

Se me escapó una pequeña lágrima ante aquel nuevo recordatorio de que estaba volviendo a empezar, de la magnitud de lo que me esperaba por delante, y justo en ese momento se abrió la puerta. Ni siquiera me había dado cuenta de que alguien había encendido la luz del recibidor. Ante mí se alzaba el señor Rhodes, aguantando la puerta con una mano y bloqueando el umbral con su cuerpo. Posó la mirada en mi cara e hizo una mueca que le llenó la amplia frente de arrugas. Dejé la lágrima donde estaba y me forcé a sonreír.

—Hola, señor Rhodes —dije.

—Has vuelto a ser puntual —dijo antes de retroceder un paso.

Supuse que era su forma de invitarme a entrar.

—No quería meterme en líos con el director —bromeé mientras lo miraba de reojo. Su expresión se mantuvo impasible.

No dejé que aquello me desanimara. Él cerró la puerta y me condujo pasillo abajo hacia la sala de estar, dirigiéndose de nuevo hacia la mesa. Dejé el plato en medio, junto con el regalo de Amos, y lo observé mientras retiraba la misma silla en la que me había sentado la noche anterior y luego la suya.

Puede que no fuera la calidez y la amabilidad personificadas, pero, por lo menos, tenía buenos modales. Le sonreí mientras tomaba asiento y dejé la libreta sobre la mesa antes de sacarme el boli verde del bolsillo de los pantalones.

—Gracias por dejarme volver.

—Te debo una, ¿no? —dijo mientras examinaba el objeto redondo envuelto en papel de seda blanco. ¿Podría decirle lo que era? Claro que sí. ¿Iba a hacerlo? No, a menos que me lo preguntara.

—Eso ha dicho ya varias veces, y la verdad es que su ayuda me viene muy bien, así que me estoy aprovechando la situación. —No pude evitar guiñarle el ojo, pero afortunadamente no frunció el ceño. En vez de eso, fingió que no había pasado nada. Alisé la página donde había estado escribiendo el día anterior y acerqué un poco más la silla—. Tengo un millón de preguntas más.

—Tienes veintinueve minutos.

—Gracias por controlar el tiempo —bromeé sin dejar que me desanimara.

Se quedó mirándome fijamente con sus ojos grises lavanda mientras cruzaba los brazos sobre el pecho. Realmente tenía unos bíceps y unos antebrazos impresionantes. Pero ¿cuándo cojones tenía tiempo para entrenar?

Me quité sus brazos de la cabeza.

—Vale…, hablemos sobre material de acampada. ¿Sabe qué cojones es una tienda de campaña colgante?

—¿Una tienda de campaña colgante? —repitió sin ni siquiera parpadear. Asentí—. Sí, sé lo que es una tienda de campaña colgante. —Parecía que me estuviera llamando Capitana Obvia por su tono de voz.

Eché un vistazo rápido a las galletas y cogí una.

—¿Cómo funcionan? ¿En qué tipo de árboles se pueden colgar? ¿Son prácticas? —Pensé durante un segundo—. ¿Usted va de acampada?

—Hay que colgar la tienda entre dos árboles bien robustos —dijo, sin responder si él iba de acampada o no, pero prestando atención a las demás dudas—. A mí personalmente no me parecen muy prácticas. Por aquí hay mucha fauna salvaje, y lo último que quieres es despertarte con un oso husmeando por tu campamento porque la mayoría de gente no sabe guardar bien la comida. Además, incluso aunque tengas un buen saco momia, se pasa frío durante buena parte del año. —¿Qué cojones era un «saco momia»?—. Por esta zona, ese tipo de tiendas solo se pueden utilizar durante un par de meses. También depende de dónde quieras acampar. He estado a casi cuatro mil trescientos metros de altura a primera hora de la mañana con varias capas de ropa en junio.

—¿En junio? —pregunté asombrada. Inclinó el mentón, con aquella hendidura tan mona que tenía en la mitad, en señal de asentimiento—. ¿Dónde?

—En algunas cimas. En algunos pasos.

130

Iba a pedirle que especificara. Pero tal vez luego, cuando ya me estuviera marchando.

—Así que las tiendas de campaña colgantes no valen la pena, ¿no?

—Me parecen un gasto inútil. Yo recomendaría comprar una tienda normal y una buena esterilla, pero si a alguien le sobra el dinero, adelante. Como ya he dicho, los osos son curiosos. Echarán a correr, pero detrás de ti, y los dos os cagaréis de miedo por culpa del otro.

Debería comprarme el espray antiosos de una maldita vez. Y no contarle a mi tía lo curiosos que eran. Ahora le había dado por enviarme mensajes advirtiéndome sobre los pumas.

—¿Qué tipo de osos hay por aquí?

—Osos negros, aunque no siempre son de ese color. Hay muchos con el pelaje pardo por esta zona.

—¿Osos grizzly? —pregunté tragando saliva.

El señor Rhodes parpadeó y me pareció ver que le temblaba un poco el labio.

—No desde la década de los setenta —respondió.

Se me escapó un suspiro de alivio sin querer y solté una carcajada.

—Así que las tiendas de campaña colgantes son estúpidas a menos que te haga especial ilusión usar una, tengas dinero para gastar y estés dispuesto a poner tu vida en riesgo. Vale. —Anoté algunas cosas más que me había dicho, aunque dudaba que las olvidara—. Hablando de tiendas… —El señor Rhodes suspiró—. Bueno, vale, no tenemos que hablar de tiendas si no quiere. ¿Adónde recomendaría ir de acampada para ver animales?

El señor Rhodes se pasó la mano por el pelo corto castaño y plateado antes de volver a cruzar los brazos, realzando el modo en el que se le apretaban los pectorales en su pecho esbelto. Pero ¿cuántos años tenía ese hombre?

—Esto es el sudoeste de Colorado. Seguro que si acamparas en el jardín trasero verías zorros.

—Pero ¿dónde recomendaría ir, aparte de al jardín trasero? ¿A más o menos a una hora de aquí?

Se llevó la mano a la mejilla y se frotó la barba incipiente. Tenía pinta de que necesitaba afeitarse un par de veces al día..., pero yo no tenía razón alguna para pensar en esas cosas.

El señor Rhodes empezó a hablarme de varios caminos señalizados que pasaban cerca de fuentes de agua. Se detuvo un par de veces para reflexionar, y cuando lo hacía se le formaba una pequeña arruga entre las cejas. Era muy atractivo.

«Y mi casero». Un casero que encima era gruñón (o desconfiado), que no quería ni verme el pelo y que solo estaba siendo amable conmigo porque había llevado a su hijo al hospital.

Bueno, había maneras peores de conocer gente.

De repente pronunció el nombre de una ruta que hizo que mi mano se detuviera sobre el papel.

—... No está muy bien señalizada y es complicada, pero si uno tiene experiencia puede hacerla sin problemas —dijo. Se me formó un nudo en la garganta y tuve que agachar la vista hacia la libreta a medida que el desasosiego se me clavaba en el pecho, como una flecha preciosa y perfecta de punta serrada—. ¿Necesitas que te deletree el nombre? —preguntó cuando se dio cuenta de que yo no respondía.

Apreté los labios, sacudí la cabeza y lo miré, fijando la vista en su mentón en lugar de en sus ojos.

—No, ya sé cómo se escribe —contesté. Pero no quería escribirlo. Lo distraje con otras preguntas—. ¿Y dice que los demás caminos de los que me ha hablado están cerca de alguna fuente de agua? —Era exactamente lo que había dicho, pero fue lo primero que se me ocurrió para cambiar de tema.

Seguro que a él no le interesaba saber lo bien que conocía la ruta que había mencionado.

—Sí... —confirmó, alargando extrañamente la palabra.

—¿Amos y usted van mucho de acampada? —pregunté sin alzar todavía la mirada.

—No —contestó, demasiado concentrado para mi gusto, con las arrugas todavía en la frente—. A Amos no le van mucho las actividades al aire libre.

—Como a mucha gente —contesté, aunque me hizo un poco de gracia que viviera en uno de los lugares más bonitos del mundo y le diera igual—. Así que...

—¿A qué has venido?

Me quedé paralizada, sorprendida por su curiosidad. Quise echar un vistazo al reloj porque todavía me quedaban muchísimas dudas, pero, ya que había preguntado..., tendría que responderle.

—De pequeña vivía aquí, pero tuve que irme hace mucho tiempo. Acabo de... divorciarme, y no sabía adónde ir, así que decidí regresar a Pagosa Springs.

Le sonreí y me encogí de hombros, como si todo lo que había ocurrido, los dos eventos más importantes de mi vida, no fueran nada ni hubieran dinamitado y reestructurado toda mi existencia.

—A la mayoría de gente le va más Denver —dijo él.

—Es verdad, pero no quiero vivir en una ciudad. Mi vida ha sido ajetreada durante mucho tiempo, así que busco un ritmo más tranquilo. Se me había olvidado lo mucho que me gusta estar en contacto con la naturaleza. El aire puro. A mi madre le encantaba vivir aquí. Cuando pienso en mi hogar, sigo pensando en este sitio, aunque hayan pasado veinte años —contesté con sinceridad antes de meterme el resto de la galleta en la boca y masticarla deprisa. Me la tragué y seguí hablando—. No sé si me quedaré aquí para siempre, pero me gustaría intentarlo. Y si no me sale bien, pues no me sale bien y punto. Pero quiero dar lo mejor de mí.

Lo cual me recordaba que tenía que encontrar otro apartamento. Por ahora no había tenido mucha suerte en mi búsqueda, y una parte de mí esperaba que alguien cancelara una reserva en el último momento.

Durante mucho tiempo pensé que tenía una suerte de cojones. Mi madre siempre decía que ella era muy afortunada. Cons-

133

tantemente. Incluso cuando algo le iba mal. Siempre veía la parte positiva. ¿Que se le pinchaba la rueda? «Tal vez hubiéramos tenido un accidente si no nos hubiéramos detenido». ¿Alguien le robaba la cartera? Seguro que el ladrón necesitaba más el dinero, ¡por lo menos ella tenía un trabajo y podía ganar más! Con ella, lo bueno siempre era mejor. En cambio ahora, casi siempre, pero sobre todo cuando tenía un bajón, sentía más bien que estaba maldita. O puede que mi madre se hubiera llevado toda mi suerte con ella.

El señor Rhodes permaneció recostado en su silla, con la frente fruncida, observándome. Sin embargo, no lo hacía con la expresión que solía lanzarme la gente, y que yo ignoraba, sino con cara de estar valorando si el mapache que tenía delante tenía o no la rabia.

—¿Usted es de por aquí? —le pregunté, a pesar de que Clara me lo había confirmado antes. Solo soltó un escueto «sí» y supe que aquello era todo lo que conseguiría sacarle. Eso no me daba ninguna pista sobre su edad. Vaya. Tal vez podría preguntárselo a Clara de manera sutil y sigilosa—. Volviendo a los lugares de acampada… ¿En alguno de estos sitios que ha mencionado se puede pescar?

—Se acabó el tiempo —dijo a las ocho en punto, con la vista fijada en su mano derecha, que descansaba sobre la mesa.

¿Cómo coño sabía la hora que era? Lo había estado observando: no había mirado ni una sola vez el gran reloj que llevaba en la muñeca izquierda, ni el móvil. Ni siquiera sabía dónde estaba su teléfono. No lo tenía encima de la mesa como yo. Sonreí al cerrar la libreta y enganché el boli en la cubierta. Cogí otra galleta y me metí la mitad en la boca.

—Muchas gracias por su ayuda —le dije mientras retiraba un poco mi silla de la mesa.

El señor Rhodes gruñó en respuesta, dejando claro que no era lo que le hubiera gustado hacer hoy. Pero el caso era que lo había hecho.

—Hola, Aurora —dijo de repente otra voz.

Al mirar por encima del hombro vi que Amos entraba a la cocina con un jarrón lleno de flores, vestido con una camiseta gigante que le llegaba hasta la mitad de los pantalones de básquet.

—Hola, ¿cómo estás?

—Bien. —Se detuvo junto a la silla donde estaba sentado su padre. No se me pasó por alto la mirada rápida que le echó al hombre antes de volver a posarla sobre mí—. ¿Cómo estás tú? —preguntó poco a poco, como si se sintiera incómodo. Aquello solo hizo que me cayera mejor. Sonreí.

—Muy bien. Tu padre me ha vuelto a ayudar. —Eché un vistazo al ramo rosa y lila—. Qué flores más bonitas.

—Son para ti —dijo tendiéndomelas—. De parte de mi padre y mi madre, para darte las gracias por haberme llevado al hospital.

—¡Oh! —Cogí el jarrón y me sorprendí por lo mucho que pesaba—. Muchas gracias. Son preciosas. No tenía que haberse molestado, señor Rhodes.

No vi ni la cara del señor Rhodes ni la de Amos porque estaba demasiado ocupada observando el ramo, pero sí oí al adolescente corrigiéndome.

—No, mi otro padre.

—Ah. —Alcé la mirada hacia él. Me pregunté dónde estaban su madre y su otro padre—. Dales las gracias de mi parte. Me encantan. Y diles que no hay de qué. Iba a decirte que volvería a hacerlo encantada, pero espero que no haga falta.

Ninguno de los dos dijo nada. Entonces recordé lo que Clara me había contado antes y dejé el jarrón sobre mi regazo para mirar al adolescente.

—Tengo algo para ti. —Cogí el cristal de encima de la mesa y se lo ofrecí—. Puede que no lo recuerdes, porque estabas muy grogui, pero antes de ir al hospital llamé a una amiga y, bueno, me ha mandado esto. Dice que ayuda a sanar y que te lo pongas en el lado izquierdo. Te manda ánimos para la recuperación.

—Amos fue alzando las cejas cada vez más con cada palabra que salía de mi boca, pero terminó asintiendo con la cabeza, aunque sin desenvolver el cristal. Supuse que lo haría en la intimidad de su habitación—. Por cierto, ¿sabías que trabajo con Jackie? —le pregunté. Amos asintió, examinando todavía el regalo, sopesándolo—. No sabía que os conocíais. Clara me ha contado que sois mejores amigos. —Me detuve.

—Sí —contestó con esa voz baja tan suya antes de meterse el regalo en el bolsillo—. Tocamos juntos.

—¿En serio? —pregunté.

Jackie no había mencionado en ningún momento la música, aunque, pensándolo bien, solo charlábamos sobre trabajo. Habíamos hablado sobre películas un par de veces, pero hasta ahí llegaba nuestra relación. Siempre se mostraba un poco reacia conmigo, y todavía no había averiguado por qué.

—Jackie también toca la guitarra —añadió tímidamente Amos.

—No tenía ni idea.

—Practicamos en el garaje cuando no estoy castigado. —Echó una mirada mordaz a su padre, pero el señor Rhodes no se dio cuenta y tuve que esforzarme por mantener una expresión neutra en la cara para no delatarlo.

—Amos toca blues —soltó el señor Rhodes—, pero no le gusta tocar con público.

—¡Papá! —exclamó el chico, y se le puso la cara como un tomate.

—Es difícil tocar delante de los demás y pensar que te están juzgando —dije esbozando una sonrisa alentadora—, pero lo mejor que puedes hacer es conseguir que no te importe lo que piensen y que no te afecte meter la pata. Todo el mundo mete la pata. Siempre. Nadie es perfecto, y en realidad la mayoría de la gente no tiene oído musical y sería incapaz de distinguir una nota desafinada ni aunque se la gritasen a la oreja.

El chico se encogió de hombros, todavía visiblemente avergonzado de que su padre lo hubiera delatado, pero a mí me había parecido adorable. El señor Rhodes no hubiera dicho nada si no estuviera orgulloso de él.

—Exacto, Am. ¿A quién cojones le importa lo que piensen los demás? —lo animó él, sorprendiéndome de nuevo.

—Pero si no paras de corregirme cada vez que vienes a escucharnos —musitó, todavía ruborizado.

Reprimí una sonrisa.

—Conozco a muchos músicos y, sinceramente, a la mayoría, no a todos, pero a la mayoría les gusta que los demás sean honestos y los corrijan. Prefieren saber que están haciendo algo mal para poder remediarlo en vez de repetir el mismo error una y otra vez. Sé que es una mierda, pero así es como se mejora. Por eso estoy aquí molestando a tu padre: porque estoy cansada de equivocarme en el trabajo.

Amos no me miró a la cara, pero se encogió de hombros a modo de respuesta. Noté sobre mí los ojos del señor Rhodes, así que alcé las cejas y le sonreí. Su expresión estoica no cambió, pero hubiera jurado que abrió un poco más los ojos. Amos, que o bien ya no quería ser el centro de atención o bien estaba parlanchín, posó la mano sobre el respaldo de la silla donde estaba su padre y pasó las uñas por la parte superior con mucha concentración.

—¿Vas a… hacer otra ruta? —preguntó.

—Creo que probaré con una de las que pasan junto al río.

—¿Cuál? —preguntó Amos alzando la vista.

—La que pasa junto al río de Piedra River. —Podría considerarse uno de los senderos más populares de la zona. Di unos golpecitos al jarrón con la punta de los dedos—. En fin, será mejor que os deje en paz. Muchas gracias de nuevo por haberme ayudado esta noche, señor Rhodes. Sigue cuidándote, Amos. Buenas noches.

Me despedí de nuevo con la mano y salí de su casa sin que ninguno de los dos me siguiera para cerrar la puerta con llave detrás de mí.

Solo eran las ocho de la noche y no estaba muy cansada, pero me duché, apagué las luces de la casa y me metí en la cama con un refresco, pensando en la maldita ruta que el señor Rhodes había mencionado antes.

La que mi madre estaba recorriendo cuando desapareció. La que la había matado.

Estábamos casi seguros de que se trataba de aquel camino. Uno de los testigos que la policía había conseguido encontrar afirmó haberse cruzado con ella por allí cuando él ya regresaba a su coche y ella iba para arriba. Dijo que parecía estar bien, que le había sonreído y le había dado los buenos días. Fue la última persona que la vio.

Una punzada de dolor, minúscula y amarga, se me extendió por el corazón, y tuve que respirar profundamente.

No me había abandonado, me recordé a mí misma por millonésima vez en esos últimos veinte años. Nunca había hecho caso a las personas que me lo habían dicho o insinuado. No me había abandonado a propósito.

Al cabo de un momento, saqué la tableta, puse una película que me había descargado el día anterior y la vi distraídamente, acurrucándome debajo de las sábanas.

En algún momento debí de quedarme dormida, porque de repente me desperté con la tableta sobre el pecho y unas ganas inmensas de mear. Normalmente intentaba no beber ningún líquido un par de horas antes de ir a dormir para no tener que levantarme; tenía el miedo irracional de hacerme pis encima, a pesar de que no me hubiera ocurrido nunca en los últimos treinta años. Pero me había bebido un refresco de fresa mientras veía la película, y ahora que me había despertado, completamente a oscuras, gruñí al notar la presión en la vejiga y me incorporé hasta quedar sentada.

Tardé unos segundos en estirar el brazo y encontrar el móvil debajo de la almohada conectado al cargador. Bostecé al cogerlo y pulsé la pantalla al levantarme de la cama, activando la linterna para poder llegar al baño. Entré bostezando. No encendí la luz para no desvelarme y me senté en el váter, donde tuve la sensación de evacuar varios litros. Luego me lavé las manos.

No paré de bostezar de camino a la habitación, parpadeé ante la tenue luz del reloj del microondas y me acostumbré a la luz de la luna que entraba por las ventanas, que siempre dejaba entreabiertas.

Fue entonces cuando noté una corriente de aire por encima de mi cabeza.

Volví a bostezar, confundida, y alcé la mano, intentando apuntar la luz de la linterna del móvil hacia arriba.

Vi algo volando por el rabillo del ojo. Lo esquivé. La cosa voladora dio la vuelta en pleno vuelo y se dirigió directamente hacia mi puta cara. Me tiré al suelo gritando, y juro por Dios que noté que me pasaba a pocos centímetros de la cabeza.

Estaba junto a la cama, así que tiré de la manta que tenía a los pies, porque hacía demasiado calor como para ponérmela, y me cubrí la cabeza mientras parpadeaba e intentaba localizar lo que probablemente fuera un murciélago, porque un jodido pájaro no era tan rápido.

¿Era posible? ¿Era posible que hubiera entrado en lo que había tardado en abrir y cerrar la puerta? ¿Sin que me diera cuenta? No podía haber entrado por la ventana, porque había una mosquitera. Me arrastré a cuatro patas hasta la pared donde estaba el interruptor de la luz. Intenté soltar un «Pero ¿¿qué cojones?!», pero estoy casi segura de lo que me salió fue solo un grito desgarrador cuando, al encender la luz, las lámparas iluminaron la estancia y confirmaron mi peor pesadilla. Efectivamente, había un puto murciélago. Y estaba descendiendo en picado.

—¡Joder! —grité pegando la espalda todavía más a la pared.

Pero ¿qué cojones estaba pasando? ¿Había estado durmiendo en aquella puta habitación con un murciélago todas las noches? ¿Se me habría puesto encima de la cara? ¿Se me habría cagado encima? ¿Qué aspecto tenía la mierda de murciélago? Ahora que lo pensaba, había visto unas cosas oscuras en el suelo, pero creía que era barro de mis zapatos.

El murciélago voló incluso más bajo… y volvió a ir directamente hacia mí, o por lo menos eso me pareció. Más tarde me avergonzaría de mí misma, pero al fin y al cabo se trataba de un jodido murciélago, así que chillé. Y acto seguido, aun sabiendo que con ello no haría sino abochornarme todavía más, bajé por las escaleras a cuatro patas. Eso sí, tras coger las llaves y metérmelas en la camiseta. ¡A la mierda!

Y, de una forma que serviría para resumir mi *modus operandi* en la vida, abrí la puerta que daba al exterior y salí corriendo, vestida únicamente con unos calcetines, una camiseta de tirantes y unas bragas, sin estar en absoluto preparada, solo para toparme con otro murciélago que pasó volando por delante de mi cara para elevarse hacia el cielo oscuro e infinito… donde pertenecía.

Y aunque la amenaza había pasado, me agaché. Y puede que volviera a chillar un «¡Vete a tomar por culo!», pero no estaba del todo segura.

De lo que sí estaba segura era de que corrí a través del camino de gravilla, gritando, con el móvil en modo linterna en una mano y con la otra sujetándome la manta debajo del mentón para que no se me cayera de la cabeza, y me metí de un salto en el coche en cuanto estuve lo bastante cerca.

Estaba sudando como un pollo. La ducha que me había dado antes no me había servido de una mierda. Pero ¿qué se suponía que tenía que hacer? ¿No sudar? ¡Había un puto murciélago en el apartamento!

Después de echar el seguro de las puertas, tardé un buen rato en dejar de jadear, y tuve que secarme las axilas con la punta de la manta. Necesitaba un poco de agua. No, lo que necesitaba era actuar. Me quedaba más de una semana en aquel estudio. Dudaba mucho de que el murciélago fuera a abrir la puerta e irse solito. Mierda, mierda, ¡mierda!

Las opciones eran hacer algo o no hacer nada…, pero por ahora lo único que iba a hacer era dormir en el coche, porque ni de coña pensaba volver a entrar en el estudio. Ni para ir a buscar agua. Ni para dormir en la cama. Estaba dispuesta a mear en una botella de agua vacía si hacía falta. Los murciélagos eran nocturnos, ¿verdad? Dios, necesitaba internet.

Temblé y me ceñí todavía más la manta debajo de la barbilla. «Cuando vivía con mamá, ¿alguna vez tuvimos murciélagos en casa? ¿Tuvo que ocuparse sola de ellos?», me pregunté.

¿En qué cojones me había metido ahora?

8

A la mañana siguiente, llegué a la tienda y me encontré a Clara junto a su coche, un Ford Explorer nuevo, hablando con un hombre mucho más alto que ella mientras Jackie jugueteaba con el móvil a su lado. Tardé un momento en darme cuenta de por qué la piel ligeramente morena y la silueta de aquel hombre me resultaban familiares. Era Johnny. El tío de Amos.

Cuando ralenticé la marcha para aparcar en el lado opuesto, por fin vi el Subaru aparcado detrás de la tienda. Antes de salir, cogí el bolso que había dejado en el asiento del copiloto.

—… no pasa nada. Ya me darás el dinero mañana —dijo Clara con su voz suave e inalterable.

—No sabes lo mucho que te lo agradezco, Clara —contestó el tío de Amos. Vi que le dedicaba una sonrisa dulce y relajada.

—Hola, Ora —me saludó Jackie mirando por encima del hombro con una pequeña sonrisa.

Era una de las pocas personas de por aquí que me llamaban así. Incluso Clara me llamaba Aurora. Seguramente porque fueron mis tíos quienes empezaron a llamarme Ora.

—Hola —respondí—. ¿Te vienes con nosotras?

—¿Te parece bien? —Pestañeó y se le desdibujó un poco la sonrisa.

—¡Pues claro que sí! —respondí con una sonrisa especialmente amplia.

142

No me gustaba que, por lo que fuera, pensara que no la quería cerca de mí, sobre todo porque entre nosotras no había ningún problema. Solo un poco de incomodidad por algún motivo que no acababa de comprender.

Me devolvió una sonrisa tímida pero deslumbrante.

Justo entonces Johnny desvió la mirada hacia mí y me miró a los ojos.

—Aurora —me llamó Clara por encima del hombro—. Este es Johnny, el tío de Amos.

—Lo sé, nos conocimos en el hospital —dije sin pensar. Me olvidaba de que no le había contado… aquella aventura.

Rodeé el Explorer y me detuve junto a Clara, que me sonrió.

—Me alegró de verte otra vez, Aurora —dijo Johnny arrastrando las palabras.

—Yo también.

Ojalá aquella mañana me hubiera maquillado más, pero no había tenido energía para hacerlo, agotada después del caos de la noche anterior. No había descansado mucho. Y no es que a Clara o a Jackie les fuera a importar que tuviera ojeras.

—¿Rhodes te echó la bronca la otra noche?

—No —respondí con una sonrisa y negando con la cabeza. Seguro que se refería a cuando me había escabullido para ir a ver a Amos—. Me dio las gracias. Me lo tomé como una buena señal.

Por la manera en la que inclinó la cabeza, deduje que a él también se lo parecía.

—Que vaya bien la excursión. Clara me ha contado que vais a Ouray; es muy bonito. Ya nos veremos.

—Claro —dije imaginando que seguramente me lo cruzaría por la tienda, ya que pronto tendría que dejar el apartamento.

Clara le dio un abrazo rápido, Jackie y yo le dijimos adiós con la mano. Subimos al Explorer mientras Johnny se dirigía hacia su coche. Clara soltó un pequeño suspiro que me hizo meter la cabeza entre los dos asientos (Jackie iba de copiloto) y echarle un vistazo. Tenía cara de estar en las nubes, ¿no? Me

143

giré hacia Jackie y vi que se estaba riendo. Así que no eran imaginaciones mías.

—¿Qué? —dijo Clara al mirarnos y fruncir el ceño. Ninguna de las dos dijo nada, y ella arrancó del coche—. Es un encanto, ¿vale? —dijo mientras daba marcha atrás—. Y es muy mono.

—Sí que es mono —confirmé, reclinándome en el asiento y poniéndome el cinturón.

—Rompió con su novia hace un mes... —explicó, y dejó la frase en el aire.

—La tía Clara se lo está intentando tirar —soltó Jackie de la nada.

—¡Jackie! —exclamó Clara. A mí se me escapó una carcajada—. A ver, es mono —confirmó, aunque no lo dijo muy contenta—, pero tampoco es que quiera casarme con él ni... ni... tirármelo. Ni siquiera quiero salir con él. Todavía no estoy lista para estar con otra persona, pero eso no significa que no pueda mirar.

Algo se me removió en el pecho al oírla hablar de sus progresos, de ese pequeño paso que había dado. Todos intentábamos avanzar poco a poco en la vida, llegar a alguna parte. Suponía que lo bueno era que, aunque tuviéramos una línea que cruzar llegado el momento, nadie sabía en qué consistía.

—Y Jackie, deja de decir por ahí que me quiero tirar a Johnny —siguió Clara.

—Pero si fuiste tú quien dijo que el sexo no es para tanto —respondió la adolescente, acompañando sus palabras de una pedorreta.

—Para mucha gente no lo es, pero solo cuando se está preparado. Hay quien cree que se produce un intercambio de energía durante el sexo, y no conviene absorber la mala energía de nadie. Y ya te he dicho que podrás acostarte con quien quieras, pero cuando cumplas dieciocho años.

—Eres muy rara.

—¿Por qué soy muy rara?

—¡Porque deberías decirme que espere hasta el matrimonio! —contestó Jackie.

—No tienes que querer a todos los chicos con los que estés. ¿A qué no, Ora? —dijo Clara echando un vistazo por encima del hombro.

Yo sí que había querido a todos los chicos con los que me había acostado, un impresionante total de tres. Dos de ellos habían sido amores adolescentes, pero el último… Bueno, ese sí que había sido amor de verdad. Hasta que se había hecho añicos. Pero eso no era lo que Clara estaba intentando transmitir a Jackie.

—Pues claro que no. A ellos nadie les dice que esperen a encontrar una persona especial. Lo único que mi tío les pedía a mis primos era que usaran protección. Ningún chico de dieciséis años con acné severo va a ser el príncipe encantador. Por lo menos espera hasta asegurarte de que el tío en cuestión no es un niñato gilipollas.

—Eso es. Además, los novios solo dan problemas —siguió Clara, gesticulando hacia mí para que añadiera mis propias experiencias. Teniendo en cuenta que ninguna de mis relaciones pasadas había funcionado…, tampoco iba tan desencaminada.

—No he tenido muchos, pero sí, son unos tocapelotas.

—¿De verdad que no has tenido muchos novios? —preguntó Jackie dándose la vuelta para mirarme. Negué con la cabeza—. Pues no lo parece.

—¿Gracias? —dije.

Clara intentó disimular su risa justo cuando estallé en carcajadas.

—No lo decía en ese sentido —aclaró Jackie palideciendo—. Lo decía porque… ¡eres muy guapa! ¡Pareces una princesa! Fue lo segundo que Amos me dijo de ti, y él nunca dice ese tipo de cosas.

¿A Amos le parecía guapa? Qué chico más mono.

—Estuve muchos años saliendo con mi ex. Y los otros dos novios los tuve cuando iba al instituto. —Con uno de los dos todavía seguía más o menos en contacto. Me escribía por Facebook para felicitarme los cumpleaños y las navidades, y yo hacía lo mismo. Todavía estaba soltero y parecía ser una especie de ingeniero adicto al trabajo. Lo último que había oído del otro, del chico con el que estuve entre con el que perdí la virginidad y Kaden, era que estaba casado y tenía cuatro hijos; o por lo menos eso era lo que había visto la última vez que lo había acosado por internet un día que estaba aburrida—. Tú también eres muy guapa, Jackie, y muy lista. Y eso último es mucho más importante y útil que el aspecto.

De repente, eché mucho de menos a Yuki y Nori. Solíamos animarnos las unas a las otras cuando teníamos un mal día. Cuando Yuki rompió con su novio un mes antes de que Kaden me echara de una patada, nos sentamos en su sala de estar (mientras él estaba de gira) y le gritamos: «¡Eres guapísima! ¡Eres respetuosa con los demás! ¡Has conseguido negociar con tu sello discográfico para que te paguen más! ¡Has vendido cien millones de discos gracias a tu esfuerzo! ¡Tienes un culo estupendo! ¡Cocinas los mejores macarrones con queso que he probado en mi vida!».

Hicieron lo mismo por mí cuando más tarde me quedé un mes en casa de Yuki. Es muy difícil estar triste cuando la gente que te quiere te grita piropos a la cara. Es imposible.

—A los chicos no les gustan las chicas listas —masculló la adolescente, que hasta ahora prácticamente solo había hablado conmigo sobre trabajo.

Desde mi lado, vi que Clara negaba.

—Por eso te estamos diciendo que solo traen dolores de cabeza.

—Más bien migrañas, pero, bueno, podemos decir dolores de cabeza si te gusta más —añadí, y las tres estallamos en carcajadas.

Me empezó a sonar el móvil, pero al cabo de un momento me di cuenta de que no era una llamada normal, sino una hecha a través del chat de Facebook. Reconocí a la persona de la pantalla antes de leer el nombre que había escrito debajo. Conocía aquel pelo. La cara con las diez capas de maquillaje sin las que nunca salía de casa. Joder, seguramente ya no ponía un pie fuera del baño sin una capa gruesa de base. Maquillarse no tenía nada de malo, pero lo mucho que ella lo hacía delataba la importancia que le daba a las apariencias.

El nombre HENRIETTA JONES destelló en la pantalla. La mujer que había sido mi no-suegra.

Alcé la mirada. Vi que Clara y Jackie estaban charlando y mi dedo vaciló sobre la pantalla. No tenía ningunas ganas de volver a hablar con aquella mujer. La mitad de la culpa de que Kaden y yo lo hubiéramos dejado era suya. El resto era totalmente de Kaden. No tenía por qué haber roto la relación ni querer más fama o dinero. A mí nunca me había importado mucho todo aquello. Hubiera sido feliz con...

No. No hubiera sido feliz. Y nada de aquello importaba, ni volvería a importar nunca.

Por mucho que me hubiera encantado ignorar la llamada del maligno, seguro que si no le respondía pensaría que me estaba escondiendo de ella. Que era débil. Y, lo que era aún peor: seguiría llamándome.

Me había echado, y ahora, mira por dónde, me estaba llamando. Un año después. Solté una risita y pulsé la pantalla antes de acercarme el móvil a la mejilla.

—¿Sí?

Por lo menos no estaba intentando hacer una videollamada.

—Aurora —dijo la mujer cuya voz hubiera reconocido en un concierto abarrotado, tan estirada como durante los últimos diez años—. Soy Henrietta.

¿Sería muy cruel preguntar «quién»? Sí, pero lo hice igualmente. Quería mandar a la mierda a la mujer que me había cortado la línea de móvil justo el día después de que su hijo terminara nuestra relación. La mujer que les dijo a sus empleados, a las personas que yo pensaba que eran mis amigos, que los echaría si descubría que seguían en contacto conmigo.

147

—Soy Henrietta, Aurora. Jones. —Se detuvo un momento—. La madre de Kaden... Te estás quedando conmigo, ¿verdad? —saltó a media frase, al darse cuenta de que me estaba riendo de ella—. ¿Dónde estás?

¿Que dónde estaba? Volví a reírme en voz baja y seguí observando la conversación entre Jackie y Clara. No sabía de lo que estaban hablando, pero fuera lo que fuera, tenía pinta de ser gracioso por la manera en la gesticulaban. Se estaban partiendo el culo.

—En los Estados Unidos, señora. Estoy muy ocupada y no puedo estar mucho rato al teléfono, ¿es una emergencia?

Ya sabía de qué se trataba. Por supuesto que lo sabía. Aquella mañana, la tía Carolina me había mandado una captura de pantalla de otra mala reseña que había recibido el último álbum de Kaden. La revista *Rolling Stones* lo había calificado de «espantoso».

—No es ninguna emergencia, pero Kaden necesita hablar contigo. O puedo hacerlo yo misma. Ha intentado escribirte un par de correos, pero no le has contestado. —Se detuvo un momento y se aclaró la garganta—. Nos tienes muy preocupados.

Aquella vez tampoco pude reprimir una risa queda. Había pasado un año desde la última vez que había tenido contacto con ellos. Un año entero desde que me habían echado de sus vidas. De su familia. ¿Y ahora estaban preocupados? Ja. Ja. Ja.

—¡No seas guarra! —exclamó Clara, y Jackie estalló a carcajadas en el asiento delantero.

—¿Aurora? ¿Me estás escuchando? —se quejó la señora Jones.

Puse los ojos en blanco en cuanto olí el tufillo de un pedo y también me eché a reír.

—Joder, Jackie, pero ¿qué has desayunado? ¿Demonios?

—¡Lo siento! —exclamó ella dándose la vuelta con expresión avergonzada.

—No lo siente —contestó Clara sacudiendo la cabeza antes de bajar la ventanilla.

148

—¿Aurora? —La voz de la señora Jones volvió a sonar en el teléfono, pero esa vez más cortante, más irritada, seguramente porque no estaba poniendo mi vida en pausa para hablar con ella. Era ese tipo de persona.

Y, ¿sabéis qué? Que solo tenía una vida y no estaba dispuesta a desperdiciarla con aquella señora. Por lo menos, no más de lo que ya lo había hecho.

—Señora Jones, estoy muy ocupada. Te diría que saludaras a Kaden de mi parte, pero en realidad me da igual…

—¡No lo dirás en serio! —dijo soltando un grito ahogado.

—Pues la verdad es que sí. No tengo ni idea de qué querrá decirme, pero no estoy interesada en hablar con él. Y menos todavía contigo.

—Pero si ni siquiera sabes de qué se trata.

—Porque no me importa. Mira, tengo que colgar. Que hable con Tammy Lynn. —No hacía falta que le lanzara aquella última pulla, pero me quedé muy a gusto.

—¡Aurora! No lo entiendes. Estoy segura, no, estoy convencida de que te interesaría mucho escuchar lo que Kaden tiene que decir.

Bajé la ventanilla yo también cuando la peste del pedo de Jackie no se fue lo bastante rápido.

—No, no me interesa. Os desearía buena suerte, pero vais a seguir forrándoos a costa de mi trabajo, así que no os hace falta. No te molestes en volver a llamarme, por favor.

Colgué y me quedé ahí sentada contemplando la pantalla oscura, sorprendida y, a la vez, para nada sorprendida. Tenía que llamar hoy mismo a la tía Carolina y contárselo todo. Seguro que se echaría unas risas. Ya me la imaginaba frotándose las manos, encantada.

No me extrañaba que Kaden le hubiera pedido a su madre que me llamara para romper el hielo. ¿De verdad creían que era tan tonta, tan ingenua? ¿Que podría o querría perdonar y olvidar lo que me habían hecho? ¿Todo el daño que me habían causado?

Me cubrí la cara con las manos y me la froté, suspirando y sacudiendo la cabeza. Junté todos los pensamientos y los sentimientos que tenía sobre la familia Jones y los dejé de lado. No estaba exagerando cuando había dicho que me importaba un comino lo que Kaden quisiera decirme, o que la señora Jones quisiera hablar conmigo, o lo que fuera.

—¿Vas bien ahí detrás? —preguntó Clara.

—Sí. Es que acabo de recibir una llamada de la encarnación del mal —dije alzando la cabeza y viendo que me estaba mirando a través del espejo retrovisor.

—¿De quién?

—De mi exsuegra.

—¿Es mala? —preguntó alzando las cejas en dirección al espejo retrovisor.

—Solo diré que estoy casi segura de que hay algún conjuro por ahí que la mandaría de vuelta al infierno.

—Hacía muchísimo tiempo que no me lo pasaba tan bien —dije horas y horas después mientras regresábamos a la ciudad.

Todavía no había oscurecido del todo, pero ya había visto pasar mi vida ante mis ojos por lo menos veinte veces. La carretera que llevaba hasta aquel pueblecito de montaña tan pintoresco era… chunga. Esa era la palabra.

Creía que había pasado por algunos sitios que ponían los pelos de punta de camino a Pagosa Springs, pero hubo una parte en concreto de la carretera de aquel trayecto que los superó a todos. Hasta que no salimos desde la tienda, no supe que Clara era un peligro para la sociedad detrás del volante. Me alegré de ocupar el asiento de atrás cuando cogió las curvas más cerradas y pude aferrarme tanto a la puerta como al borde del asiento delantero para sufrir por mi vida sin ponerla nerviosa.

Aun así, había valido la pena. Ouray estaba llenísima de turistas, pero me enamoré de aquel pueblecito que parecía directamente sacado de los Alpes o de un cuento. Nunca había estado en los Alpes, pero había visto fotos. El año que la familia Jones había decidido pasar ahí las vacaciones de Navidad, me había puesto enferma… y se habían ido sin mí con la excusa de que los billetes no eran reembolsables. Kaden había insistido en que a su madre se le rompería el corazón si no estaba con ella por Navidad. Yuki, siendo la amiga estupenda que era, había mandado a su guardaespaldas a recogerme cinco minutos después de que se fueran al aeropuerto, y me estuvo cuidando en su casa durante una semana hasta que me recuperé.

Debería haberme dado cuenta entonces de que nunca iba a ser lo bastante importante para él.

Si les mandaba una tarta de mierda, se lo habían ganado a pulso.

En cualquier caso, aunque el pueblo era una pasada, fue la compañía lo que hizo que aquella excursión fuera genial. Hacía mucho que no me reía tanto. Seguramente desde el mes que me había pasado en casa de Yuki, y eso que nos habíamos estado al menos un cuarto del tiempo borrachas, cosa rara en nosotras.

—Yo también —coincidió Clara.

Había llenado la excursión de historias sobre algunos de los clientes habituales de la tienda que ya empezaba a conocer. Una de mis favoritas fue la de un hombre llamado Walter, que, por lo visto, había encontrado una bolsa llena de lo que él creía que era té, pero en realidad se trataba de marihuana y se la había tomado como infusión durante meses hasta que alguien le había dicho que aquello no era lo que él pensaba. En los momentos en los que dejamos de lado los cotilleos, Clara y Jackie se dedicaron a darme razones para que me quedase en Pagosa Springs en vez de marcharme, lo cual me sorprendió porque no estaba segura de caerle bien a la adolescente. Me presentaron argumentos muy convincentes, y el más importante de todos fue: «Estás en casa».

Y era verdad. Estaba en casa.

—A ti también te he visto sonreír, Jackie —continuó Clara.

Yo también la había visto sonreír mucho.

Justo en aquel momento, el móvil de Jackie sonó y esta lo cogió en seguida. Leyó lo que ponía en la pantalla antes de decir nada.

—Jo, pensaba que era el abuelo. Le he escrito cuando estábamos en Durango y todavía no me ha contestado.

Clara se quedó callada y vi que miraba a Jackie de reojo con expresión pensativa. De repente, me preguntó:

—¿Te importa que hagamos una parada rápida antes de dejarte en la tienda, Aurora?

—Qué va.

—Gracias —murmuró con voz preocupada mientras giraba el volante hacia la derecha—. No es propio de mi padre no responder a los mensajes ni coger el teléfono. Se supone que mi hermano debería estar en casa…

—Haz lo que tengas que hacer. En realidad, me gustaría verlo, si a él le apetece y crees que es buena idea que entre —solté.

Clara asintió distraídamente y puso el intermitente mientras se acercaba a la ciudad. Recordaba que su familia vivía cerca de uno de los lagos. Hacía siglos que no iba por allí, pero sabía que estaba más cerca de todo que la casa del señor Rhodes.

—Él también hace días que quiere verte. Solo será un momento. Todavía tenemos que pasar por el súper.

Al cabo de unos pocos minutos, Clara aparcó delante de la pequeña casa de una sola planta, ante la cual ya había dos coches. Una furgoneta blanca… y un Bronco restaurado. Me pregunté qué posibilidades había de que hubiera dos Broncos Brittany azules impolutos en la zona, con la misma matrícula, mientras Clara detenía el coche junto a la furgoneta.

—¿Qué hace aquí el señor Rhodes? —preguntó Jackie, confirmando lo que yo ya había procesado—. ¿Dónde está el coche del tío Carlos?

—No lo sé… —dijo Clara con voz apagada y frunciendo el ceño.

Me quité el cinturón. El móvil sonó para avisarme de que había recibido un mensaje. Era de mi tía.

Tía Carolina
¿Hay coyotes por la zona?

Dudé por un momento. Parecía una de esas preguntas que sería mejor no contestar. No hacía falta que también se preocupara por los coyotes.

Salí del coche y seguí a Jackie y Clara mientras se dirigían hacia la puerta principal. La casa era pequeña y más vieja que la mayoría de las que había en la ciudad. El suelo estaba alicatado con baldosas grandes que eran o bien de color marrón oscuro o verdes, y los muebles eran casi todos antiguos. Estaba casi exactamente como la recordaba. Solía quedarme a dormir cada dos fines de semana. Conservaba muy buenos recuerdos de aquella casa.

—¡Papá! —gritó Clara—. ¿Dónde estás?

—¡En la sala de estar! —bramó en respuesta una voz grave.

—¿Llevas los pantalones puestos?

Sonreí al oír aquella pregunta.

—¿Tú qué crees?

Su respuesta me hizo estallar en carcajadas.

Clara giró rápidamente a la izquierda y entró en el pequeño salón. Lo primero que vi fue una pantalla plana de treinta pulgadas encima de un mueble. Lo segundo fue un hombre sentado en una butaca reclinable enorme y cómoda frente al aparato. Su pelo era una mezcla entre gris y blanco y lo llevaba trenzado por encima de un hombro. Junto a él, sentado en el sofá de dos plazas, estaba mi casero con los brazos cruzados. En la tele echaban un partido de fútbol americano. Clara y Jackie corrieron a su lado y le besaron ambas mejillas.

—Ha venido Aurora, papá.

El hombre desvió sus ojos oscuros y los posó sobre mí, y en lo que tardé en parpadear los abrió como platos. Ignoré al señor Rhodes y me dirigí enseguida hacia él, agachándome y besando la mejilla del padre de Clara.

—Hola, señor Nez. Los pantalones están sobrevalorados, ¿verdad?

153

Su carcajada repentina me pilló desprevenida. Se inclinó hacia delante, rozó su mejilla contra la mía y posó sus manos oscuras, que parecían de cuero, sobre las mías para darme un apretón. Volvió a reclinarse sobre la butaca y parpadeó mientras me miraba con sus enormes ojos oscuros.

—Aurora de la Torre. ¿Cómo te va la vida, niña?

Su risa sonaba exactamente igual. Tenía la cara más arrugada y había adelgazado mucho, pero el señor Nez seguía siendo exactamente igual en lo que realmente importaba. Lo supe por la chispa que vi en sus ojos, a pesar de que sus manos temblorosas contaran una historia diferente. Me quedé justo donde estaba, delante de él.

—Pues bastante bien. ¿Y a ti?

—Estupendamente. —Sacudió la cabeza y me dedicó una sonrisa a la que vi que le faltaban dos dientes. Era un hombre atractivo de piel oscura, y el blanco de sus ojos casi brillaba en contraste con su atractivo rostro—. Cuando Clara me dijo que habías vuelto, no me lo podía creer. —Gesticuló hacia el asiento que tenía más cerca, que resultó ser el espacio vacío en el sofá que quedaba entre él y el señor Rhodes—. Ven, siéntate. Pero, antes que nada, Aurora, Tobias —dijo gesticulando hacia Rhodes—. Tobias, esta es Aurora. Hace años se pasaba los fines de semana y los veranos en mi casa.

—Ya lo conozco, señor Nez —dije sin poder evitar reírme al mirar hacia el hombre que me había estado dando clases la noche anterior.

Le sonreí. En cambio, él solo gruñó.

—¿De qué? —preguntó el señor Nez frunciendo las cejas.

—Aurora ha alquilado el apartamento que tiene sobre el garaje —contestó Clara—. ¿Dónde está Carlos?

—¡No me digas! —exclamó el anciano, ignorando su pregunta, riéndose entre dientes y dándose una palmadita en el muslo—. Así que fuiste tú quien llevó a Amos al hospital.

—Eso es —confirmé mirando de reojo al señor Rhodes, que seguía sentado con los brazos cruzados en el sofá... y observán-

154

dome con una expresión extraña que me hizo sentirme incluso menos bienvenida aquí que en su apartamento.

—Te pareces muchísimo a tu madre —dijo el anciano, y sus palabras me hicieron volver a centrar mi atención en él. Arrugó la frente y la expresión de sorpresa que había tenido en el rostro hasta entonces se transformó en una de pena—. Me prometí a mí mismo que no lo mencionaría la primera vez que nos viéramos, pero tenía que decirte que...

—No tienes que decir nada —lo interrumpí.

—No, sí que tengo que decirlo —insistió el señor Nez, más desolado con cada segundo que pasaba—. Llevo veinte años conviviendo con esta culpa. Siento que perdiéramos el contacto. Siento que no volviéramos a verte después de que te llevaran con ellos.

Se me hizo un nudo en la garganta como por arte de magia.

—Espera, ¿quién se llevó a quién? —preguntó Jackie, que se había sentado en el suelo junto a la pantalla de televisión. Ahora ella también tenía una expresión extraña.

La falta de respuesta a su pregunta llenó la habitación de tensión, o por lo menos es la sensación que tuve. Sin embargo, no quería ignorarla, por mucho que el señor Rhodes todavía tuviera los ojos fijados en mí. El nudo no se movió de sitio.

—A mí, Jackie. ¿Recuerdas que Clara te ha dicho que antes vivía por la zona? ¿Y que éramos amigas? Me llevaron con ellos los de servicios sociales. Aquella fue la última vez que vi a tu tía y a tu abuelo, hace veinte años.

9

—Vale, que alguien me lo explique —murmuró Jackie confundida.

Sin embargo, el señor Nez optó por ignorar a todo el mundo menos a mí.

—Lo último que supe de ti es que el estado te había mandado a una casa de acogida mientras buscaban a tu padre.

No quería hablar de aquello delante de todo el mundo, pero tampoco tenía otra opción. Y el señor Nez lo sabía. Clara todavía no me había sacado el tema, pero ambos se merecían saber lo que me había ocurrido, aunque no fuera el momento más apropiado.

—Acabó acogiéndome mi tío —expliqué. Carecía de sentido que entrara en detalles sobre mi padre.

—¿Tu tío? Recuerdo que tu madre me contó que era hija única.

—Es su hermanastro mayor. No tenían mucha relación, pero él y su mujer pidieron mi custodia. Me mudé a Florida para ir a vivir con ellos. Después de todo.

Las cejas se le fueron alzando cada vez más con cada palabra que salía de mi boca, y mantuvo la expresión de tristeza en el rostro.

—No entiendo nada de lo que está pasando, y me gustaría —dijo Jackie.

—Jackie —Clara la llamó desde la cocina, hacia donde se había retirado—, si escuchas, te enteras.

—No quisieron contarnos lo que había ocurrido contigo después de que los servicios sociales te llevaran; nos dijeron que no éramos familia, pero estábamos todos muy preocupados... —murmuró el anciano con delicadeza—. Me alivió mucho cuando Clara y tú recuperasteis el contacto.

—Señor Rhodes, ¿usted sabe de qué va todo esto? —preguntó Jackie.

El señor Nez suspiró y miró a su nieta un segundo antes de volver a posar los ojos sobre mí.

—¿Te importa que se lo explique?

—No —respondí con sinceridad.

—Hace años Aurora vivía aquí, en Pagosa Springs, con su madre. Eso ya lo sabías, ¿no?

La adolescente asintió y me miró.

—Y entonces pasó algo y tus tíos te acogieron en su casa, ¿no, Ora?

Asentí.

—Cuando tenía trece años, mi madre se fue a hacer una ruta y no regresó nunca.

Fue entonces cuando el señor Rhodes se inclinó hacia delante y, finalmente, decidió hablar.

—Ahora ya sé de qué me sonaba tu apellido. De la Torre. Azalia de la Torre. Desaparecida.

¿Lo sabía?

Pero la historia no terminaba ahí. Era mucho más complicado que mi madre y el misterio de su desaparición, aunque, a grandes rasgos, era lo que había sucedido. No tenía energía para explicar el resto. Aquello que algunos rumoreaban, pero que nunca se había llegado a confirmar. El hecho de que, durante mucho tiempo, pensaron que mi madre me había abandonado, que no le había pasado nada que le impidiera volver. O que estaba deprimida y que tal vez lo que había ocurrido no había sido ningún accidente. O que se suponía que íbamos a hacer aquella ruta juntas y, si yo la hubiera acompañado, ella todavía estaría entre nosotros.

157

La aplastante sensación de culpabilidad, que pensaba que había superado, me oprimía el pecho y, si era sincera, incluso el alma. Sabía que mi madre nunca me habría abandonado. Me quería. Me adoraba. Quería estar conmigo. Algo le había ocurrido y no había regresado nunca.

Mi madre no era perfecta, pero no hizo ninguna de las cosas de las que se la acusó.

—Qué triste... —murmuró Jackie—. ¿Y nunca encontraron su cuerpo?

—¡Por Dios, Jackie! —la reprendió Clara desde la cocina—. ¿Podrías preguntar algo peor?

—¡Lo siento! —gritó la adolescente—. Era sin mala intención.

—Lo sé —le aseguré. Había oído la misma pregunta formulada de una docena de maneras diferentes, y mucho más dolorosas. No pasaba nada. Solo tenía curiosidad.

—¿Por qué has decidido regresar a Pagosa? —preguntó el señor Nez con aire pensativo.

Era la pregunta del millón. Me encogí de hombros.

—Quería empezar de cero. Y me pareció apropiado hacerlo aquí.

No me hizo falta girarme hacia el señor Rhodes para saber que me estaba mirando fijamente.

—Bueno, nos alegramos de que estés en casa. Formas parte de nuestra familia, Aurora —dijo amablemente el señor Nez.

Era lo más bonito que había oído en mucho tiempo.

Acababa de salir del coche cuando oí el crujido de unos neumáticos sobre la gravilla del camino de acceso y volví a suspirar, mentalizándome por lo que estuviera a punto de ocurrir.

Sabía que no me había librado, aunque tampoco es que estuviera tratando de escaquearme. Había notado la intensidad de la mirada del señor Rhodes durante todo el tiempo que había estado en casa del señor Nez. No había dicho mucho más después de confirmar que conocía el caso de mi madre, pero yo había notado que me observaba. Prácticamente había oído los engranajes de su cerebro intentando procesar la conversación que estaba manteniendo con el anciano.

No tenía ni idea de qué conocía él al señor Nez, y no había querido preguntárselo sin más a Clara, por lo menos delante de Jackie. Seguro que ella se lo contaría a Amos y este se lo diría a su padre, y al final el señor Rhodes acabaría pensando que lo estaba acosando.

Solo tenía... curiosidad. Tenía muchas preguntas, y muy poco tiempo.

En cualquier caso, no hui hacia el apartamento cuando vi el Bronco aparcando junto a la casa. Me tomé mi tiempo; me incliné encima del asiento del copiloto para coger el bolso y una bolsita de una tienda de chuches que habíamos visitado en Ouray. Cuando cerré la puerta, lo oí.

—Hola.

Suspiré y me giré hacia su voz, lista para lanzarle una sonrisa.

—Hola, señor Rhodes.

Mi casero se detuvo a unos pocos pasos de mí, con las manos en las caderas. Al mirarle la cara me di cuenta de que no parecía irritado ni enfadado porque hubiéramos coincidido en el mismo lugar de nuevo. Era buena señal, ¿no? Todavía me quedaban unos cuantos días en el estudio.

Una parte de mí esperaba que estuviera molesto por habernos encontrado sin querer. No me había dirigido ni cuatro palabras después de que el señor Nez mencionara lo de mi madre y me preguntara qué había sido de mi vida. Le había contado por encima sobre los años que pasé en Nashville, y me había centrado en la década en Florida hasta que Clara salió de la cocina y me preguntó si estaba lista para marcharme.

Sin embargo, a pesar de su silencio anterior, en aquel momento el señor Rhodes hizo una mueca y me taladró con su mirada gris casi lavanda. ¿En qué debía de estar pensando?

159

—¿Ya has encontrado otro sitio donde quedarte? —preguntó al fin con su voz ronca y seria.

—Todavía no.

Siguió taladrándome con los ojos hasta que soltó un suspiro tan fuerte que no supe deducir si lo que había estado pensando era algo bueno o malo. Entonces volvió a sorprenderme. No, más: me dejó a cuadros.

—Puedes quedarte en el apartamento si quieres.

Se me escapó un grito ahogado.

—¿En serio?

Él no hizo ningún comentario sobre mi entusiasmo, pero apoyó las manos sobre la estrecha cintura que escondía debajo de aquella camiseta y la cinturilla de los vaqueros que llevaba y bajó el mentón.

—El alquiler es la mitad de lo que has pagado este mes. No puedes traer visitas. Y tienes que estar conforme con que Amos toque la guitarra en el garaje. —¡Toma!—. No le dejaré tocar hasta tarde, pero le gusta encerrarse ahí cuando vuelve del instituto hasta la hora de cenar —continuó mi casero.

Su expresión era tan resuelta que supe que decía en serio cada palabra. Era consciente de que, en realidad, él no había querido que me quedara más tiempo en el estudio, pero había decidido desoír a su instinto y permitírmelo… por el motivo que fuera.

Yo sabía exactamente lo que se sentía al tomar una decisión que costaba tanto. No era algo fácil. Esa fue la excusa que me di a mí misma para dar un paso adelante y rodearlo con los brazos. Lo abracé por encima de los codos, que tenía pegados a los costados, apresándole los brazos contra las costillas, porque lo había pillado por sorpresa y no le había dado la oportunidad de prepararse, y entrelacé las manos detrás de su espalda.

Lo abracé. Abracé a aquel hombre que apenas me soportaba y le dije:

—Muchas gracias. Me encantaría quedarme. Le pagaré cada mes y no traeré visitas a casa. De todas formas, los únicos amigos que tengo por aquí son Clara y el señor Nez. —Noté que se le ponía todo el cuerpo rígido entre mis brazos. Aquella era mi señal. Di una zancada hacia atrás y celebré mi alegría alzando el puño al aire un par de veces—. ¡Muchas gracias, señor Rhodes! —¡Toma!—. ¡No se arrepentirá!

No sabía si me estaba imaginado lo desorbitados que tenía los ojos, pero lo que sí era real era su voz constreñida.

—De... ¿nada? —casi tartamudeó.

—¿Cómo prefiere que le pague? ¿Con un cheque? ¿En metálico? ¿Con un talón?

—Cualquiera me vale —respondió, todavía con cara de susto, y con aquel tono tan seco.

—Muchas gracias. Le pagaré el día antes de que termine el mes y, a partir de ahí, todos los meses el mismo día. —Un momento—. ¿Hasta cuándo puedo quedarme?

Pestañeó, y sus largas y gruesas pestañas le ocultaron los ojos. Parecía que no había planteado aún ese detalle, y se lo estaba pensando.

—Hasta que el acuerdo deje de funcionar o hasta que rompas una de las normas —decidió. No era una respuesta muy concreta, pero podía vivir con ello.

Aunque acababa de abrazarlo, le tendí la mano. Dirigió la mirada de mi mano a mi cara antes de aceptarla. Su apretón fue firme y brusco; sus manos, secas. Y enormes.

—Muchas gracias —volví a decir mientras sentía una oleada de alivio.

—Todo lo que pagues de alquiler será para Amos —dijo, inclinando su mentón recubierto de barba.

De repente me acordé de lo que le había dicho a Amos cuando estábamos en el coche, de camino al hospital. Dudé de si debería comentárselo, pero al final decidí que era lo correcto.

—Oiga, tal vez podría conseguirle un descuento a Amos para la guitarra dependiendo de dónde decida comprarla. No prometo nada, pero lo puedo intentar. Si le interesa, dígamelo.

Se le juntaron todavía más las cejas y volvió a hacer aquella mueca con los labios, pero asintió.

—Gracias por el ofrecimiento. —Volvió a suspirar, pero esta vez más contenidamente, y se me fueron los ojos hacia su boca—. Todavía estoy enfadado con él por mentirme, y estará castigado durante unos cuantos meses, pero si por entonces sigues por aquí... —Ladeó la cabeza.

Yo sonreí.

—Me dijo qué guitarra quería. Le ayudaré, solo tiene que avisarme. —Me miró con recelo, pero bajó todavía más el mentón. Volví a esbozar una sonrisa—. Ha sido un día genial. Muchas gracias por dejar que me quede más tiempo, señor Rhodes.

—Él abrió la boca y luego volvió a cerrarla antes de asentir con la cabeza y desviar la mirada. Vale. Di un paso hacia atrás—. Ya nos veremos. Muchas gracias otra vez.

—Te he oído la primera vez —murmuró.

Por Dios, pero qué gruñón era. Me hacía reír.

—Es que lo digo muy en serio. Buenas noches.

Se dio la vuelta para marcharse y, por encima del hombro, con lo que más bien pareció un resoplido, me respondió:

—Buenas noches.

No podía expresar con palabras lo aliviada que me sentía. Me iba a quedar. Tal vez la suerte volviera a estar de mi lado. Tal vez.

O tal vez no.

Abrí los ojos en mitad de la noche como si se me hubiera activado el detector de murciélagos. Aguanté la respiración, miré hacia el techo, esperé y escuché. Observé. Me había convencido a mí misma de que se había ido para no estar todo el día preocupada.

«Lo he oído». Se me estaba empezando a adaptar la vista a la oscuridad justo en el momento en el que descendió en picado, y mordí el borde de la manta. No iba a gritar. No iba a gritar...

162

Tal vez se hubiera ido de verdad. Había registrado el apartamento de arriba abajo aquella mañana, y de nuevo al volver, después de que el señor Rhodes me dijera que podía quedarme. No había visto nada. Puede que me lo estuviera...

Pasó junto a mi cara (vale, a lo mejor no justo junto a mi cara, pero me lo pareció) y chillé.

«No puede ser». Me tapé la cara con la manta, salí rodando de la cama y me arrastré por el suelo. Por suerte había dejado las llaves en el mismo lugar de siempre y los ojos ya se me habían adaptado lo bastante a la penumbra como para ver la encimera de la cocina. Levanté la mano y las cogí.

Seguí reptando hasta las escaleras. Por segunda noche consecutiva. No se lo podría contar nunca a mi tía, o se pondría a buscar información sobre la vacuna de la rabia.

No me sentí muy orgullosa de mí misma, pero bajé las escaleras con el culo pegado a los peldaños y la manta bien ceñida sobre la cabeza. En algún momento me había metido el móvil en el sujetador y, cuando llegué al final, me puse las zapatillas que había dejado antes allí, y, tan agachada como fui capaz, salí, todavía envuelta en mi manta.

Se oían sonidos de animales en la noche mientras cerraba la puerta con llave detrás de mí. Salí disparada hacia el coche, rezando y deseando que nada descendiera en picado a por mí, y me las arreglé para meterme dentro y cerrar la puerta de golpe.

Recliné el asiento y lo eché hacia atrás todo lo que pude. Me acomodé con la manta hasta el cuello y, no por primera vez, y a pesar de lo contenta que me había puesto cuando el señor Rhodes me había dicho que podía quedarme durante más tiempo, me pregunté qué cojones estaba haciendo ahí. Escondida en el coche.

A lo mejor debería regresar a Florida. Era verdad que allí había bichos del tamaño de murciélagos, pero no me daban miedo. Bueno, no mucho.

«Solo es un murciélago», me habría dicho mi madre. Solía tenerles un miedo horrible a las arañas, pero ella me había ayudado a superarlo. Me había enseñado que eran seres vivos que necesitaban comida y agua, igual que yo. Que tenían órganos y sentían dolor.

No pasaba nada por estar asustada. El miedo era algo bueno.

¿De verdad quería volver a Florida? Quería mucho a mi tía, a mi tío y al resto de mi familia, pero había echado de menos Colorado. Mucho. Durante años. Recordarlo me ayudó a controlar mi temor.

Si iba a quedarme, tenía que solucionar el asunto del murciélago, porque, aunque superara el miedo, ni de coña estaba dispuesta a dormir con uno aleteando por la habitación. No podía seguir así, y nadie iba a venir a rescatarme. Era una mujer hecha y derecha y podía con aquello yo sola.

Mañana empezaría a buscar una solución. Después de pasar otra noche en el coche. Iba a sacar a aquel puto murciélago de casa de una manera u otra, joder. Era capaz de hacerlo. Era capaz de hacer cualquier cosa, ¿no?

10

A la mañana siguiente no me hizo falta espejo alguno para saber que tenía un aspecto de mierda, porque así era exactamente como me sentía. Me dolía el cuello por haber dormido en todas las posiciones imaginables en el coche por segunda noche consecutiva. Estaba casi segura de que había dormido un total de dos horas, de manera intermitente. Pero, en cualquier caso, aquello era mejor que nada, que es lo que hubiera dormido si me hubiera quedado en el estudio.

Esperé a que saliera el sol por completo antes de volver a entrar. Y me detuve de inmediato cuando vi la cara de Amos observándome desde la ventana de la sala de estar.

Sabía que no me estaba mirando a causa de mi increíble belleza, porque, por suerte, había conseguido taparme con la manta igual que la noche anterior: de la cabeza a los pies, como si fuera un poncho. Amos no dijo nada, seguramente se preguntaba qué cojones estaba haciendo. No podía colársela diciendo que venía del súper o que había salido a correr a primera hora, porque estaba claramente tratando de pasar desapercibida con las zapatillas a medio poner.

—Buenos días, Amos —le dije intentando sonar animada a pesar de que me sentía como si me acabara de atropellar un camión. Sabía que me había oído porque siempre dejaban abiertas las pequeñas ventanas rectangulares que había debajo de las grandes para mantener la casa fresca.

—Buenas —contestó muerto de sueño. Seguro que todavía ni se había acostado—. ¿Estás… bien? —preguntó al cabo de un momento.

—¡Sí! —Evidentemente no se lo creyó—. Y tú, ¿cómo estás? —intenté distraerlo con la esperanza de que no me preguntara qué cojones estaba haciendo.

Amos encogió uno de sus hombros huesudos, observándome todavía con detenimiento.

—¿Seguro que estás bien?

Contesté igual que él, encogiéndome de hombros. ¿Quería contarle lo del murciélago? Sí. Pero… yo era la adulta y él, un crío, y además no quería recordarle a su padre que seguía teniéndome en el estudio si podía evitarlo. Me iba a tocar lidiar con todo lo posible por mi cuenta para que aquello funcionara.

—Tengo que vestirme para irme a trabajar, pero espero que pases un muy buen día —dije con voz ronca. ¿A quién pretendía engañar?—. ¡Adiós! —dije antes de irme trotando por la gravilla.

—Adiós… —respondió el chico, confundido.

No podía culparlo por sospechar de mí, pero esperaba que no se lo contara a su padre, porque no quería que cambiara de opinión. Ojalá no lo hiciera.

El corazón se me aceleró al abrir la puerta. Subí las escaleras poco a poco, encendí todas las luces y examiné todas las paredes y secciones del techo como si el murciélago de los cojones fuera a salir volando a atacarme. Tenía el pulso desbocado, cosa que no me hacía sentir muy orgullosa. Sabía que tenía que urdir un plan; el problema era que no se me ocurría ninguno.

Una parte de mí había esperado encontrarse a mi archienemigo colgado de algún sitio cabeza abajo, pero no lo vi por ninguna parte.

«No me jodas, que no esté debajo de la cama», rogué antes de ponerme de rodillas y mirar también ahí abajo. Hasta entonces no se me había ocurrido comprobar que no estuviera escondido ahí. No había nada.

166

A pesar de que estaba volviendo a empezar a sudar y a cagarme en todo por no haberme puesto desodorante la noche anterior antes de acostarme, miré en todos los sitios donde se me ocurrió que podría haberse escondido mi amigo. Otra vez.

Debajo de la mesa. Debajo de la pila del baño, porque había sido lo bastante tonta como para dejarme la puerta abierta al salir huyendo como si no hubiera un mañana. Debajo de todas las sillas. Dentro del armario, a pesar de que la puerta estuviera cerrada.

Sin embargo, no lo encontré. Y como estaba paranoica, volví a mirar por todas partes con dedos temblorosos y el corazón a mil por hora. Aun así, nada.

Menudo hijo de puta.

A pesar de haber dormido solo un par de horas, cuando oscureció estaba lista para el combate. Se me había ocurrido comprar una red, pero no quedaba ninguna en la tienda y en Walmart también estaban agotadas, así que cogí una bolsa de basura de plástico, preparada para enfrentarme a cualquier cosa.

Dieron las diez y todo estaba despejado. Mierda.

Incluso Clara se había dado cuenta de lo cansada que estaba aquella mañana. Me había dado demasiado vergüenza explicarle por qué no había podido dormir. Tenía que lidiar con aquella situación yo sola.

No tenía claro en qué momento me quedé dormida, pero así fue, sentada en la cama con la libreta de mi madre abierta y la espalda apoyada contra el cabecero. Lo único que sabía con seguridad era que, cuando empezó a dolerme el cuello, me desperté y las luces todavía estaban encendidas.

Y de repente me puse a gritar porque el hijo de puta había vuelto.

Estaba volando erráticamente por la habitación, como si estuviera borracho. Por la forma en la que estaba sembrando el terror en mi casa y en mi interior, pareciera que midiera dos

167

metros el cabrón. Aunque, visto lo visto, seguro que no era un macho. Esa criatura sabía perfectamente lo que necesitaba hacer para desatar el infierno, y solo una mujer podía ser así de intuitiva y estar tan preparada para joder a alguien.

Descendió en picado y grité, bajándome de un salto de la cama. Seguí gritando mientras corría escaleras abajo hasta salir por la puta puerta.

El destino quiso que la luna brillara con fuerza en el cielo e iluminara a otro murciélago que pasaba volando por ahí. Tuve la sensación de que me pasaba justo por encima de la cabeza, aunque en realidad debía de estar a más de seis metros del suelo.

Volví a desgañitarme, aquella vez con un «¡Joder!» a pleno pulmón. ¡Me había dejado las llaves del coche! ¡Arriba, en el estudio! ¡Con la bestia! ¡Y mi manta!

«Vale, Ora, tranquila, piensa». Podía hacerlo. Podía...

—¿Qué está pasando aquí? —preguntó una voz estruendosa en la oscuridad. Una voz que me sonaba bastante.

Era el señor Rhodes y, por el crujido de la gravilla, deduje que se estaba acercando a mí. Probablemente muy enfadado. Lo había despertado.

Después, seguramente me arrepentiría al recordar la forma en la que había señalado con el dedo la puerta del apartamento antes de sencillamente gritar:

—¡Murciélago!

No alcanzaba a verlo. No estaba segura de qué cara tenía o de si había puesto los ojos en blanco, pero sí oía sus pasos, que se acercaban cada vez más. Y también la exasperación en su voz.

—¿Qué? —Prácticamente pude oír cómo me fulminaba con la mirada por la forma en la que lo dijo.

—¡Hay un murciélago en mi habitación!

Finalmente pude ver la silueta de su cuerpo deteniéndose a unos pasos de distancia y percibí su irritación cuando volvió a hablar.

—¿Qué...? ¿Estás aullando de esa forma por un murciélago?

¿Cómo que «por un murciélago»? ¿Tenía que decirlo así, como si no fuera para tanto? ¿Se estaba burlando de mí?

Y como si el murciélago que había por ahí fuera hubiera intuido que estábamos hablando de los de su especie, descendió en picado hacia la luz que brillaba encima de la puerta del garaje. Me subí la camiseta de tirantes para taparme la cabeza con ella y me hice lo más pequeña posible para que no me atacara.

En realidad, mi razonamiento fue que así el señor Rhodes parecería mucho más grande y el murciélago lo elegiría a él como víctima, al ser el objetivo más fácil. Estaba casi segura de que lo oí mascullar un «Me cago en Dios» antes del sonido de sus pasos de nuevo. Me estaba dejando allí abandonada, para que me las arreglara yo sola. Eso, o al murciélago de los cojones le habían salido dos pies, había engordado unos cuantos kilos y se dirigía hacia mí para matarme. Esperé un momento antes de abrir los ojos y...

No vi nada. El murciélago se había ido. Al menos el de afuera, aunque probablemente estuviera por ahí colgado, no muy lejos. Esperando el momento perfecto para volver a atacarme.

—¿Dónde se ha metido? —pregunté.

Un segundo después, vi lo que me parecieron unos pies descalzos avanzando por la gravilla como si las afiladas piedrecillas no dolieran un huevo. ¿Adónde iba?

—Ha vuelto a casa, a su cueva —murmuró él, genuinamente contrariado mientras se alejaba.

Iba a dejar que luchara yo sola por mi vida. Porque, para él, no era para tanto. Entonces pensé que no, que era un murciélago y que prácticamente todo el mundo se pondría a gritar en mi lugar. No era culpa mía que el señor Rhodes fuera un mutante sin miedo.

Vale. Tenía que calmarme y mantener la cabeza fría. «Piensa». O podría moverme. Moverme sería una buena idea. Me levanté, alcé la mirada hacia el cielo una vez más y luego me apresuré a seguir a Rhodes, que estaba... ¿dirigiéndose hacia la parte trasera de su camioneta?

A la mierda, era una cotilla.

—¿Hay alguna cueva por aquí cerca?

—No.

Fruncí el ceño al darme cuenta de que no llevaba pantalones, pero decidí que me daba igual y lo seguí. Me miró por encima del hombro mientras abría la puerta.

—¿Qué estás haciendo?

—Nada —grazné en lugar de decirle lo que de verdad estaba pensando: que lo más seguro era que nos mantuviéramos unidos. A pesar de la oscuridad, vi que hacía una mueca—. ¿Qué hace?

—Ir a mi camioneta. —Puede que pusiera los ojos en blanco, pero estaba de espaldas a mí, así que no estaba del todo segura.

—¿Por qué?

—Para coger una red, a ver si así dejas de gritar a pleno pulmón cuando intento dormir.

Se me paró el corazón.

—¿Va a sacar al murciélago?

—¿Vas a seguir chillando si lo dejo ahí? —preguntó por encima del hombro mientras rebuscaba en el asiento trasero.

Al cabo de un segundo salió, cerró la puerta de golpe y se puso a caminar descalzo por encima de la gravilla como si las rocas no se le estuvieran clavando como cristales.

—Sí —le respondí con sinceridad, torciendo el gesto. Él abrió la parte trasera de la camioneta y empezó a hurgar—. ¿Alguna vez ha atrapado un murciélago?

—Sí —contestó tras una pausa.

—¿En serio?

—Un par de veces —gruñó.

—¡¿Un par de veces?! ¿Dónde? ¿Aquí?

—Se cuela alguno de vez en cuando —volvió a gruñir.

—¿Con qué frecuencia? —pregunté casi desmayada.

—Sobre todo durante el verano y el otoño —respondió. Se me hizo un nudo en la garganta, a pesar de intentar evitarlo—.

Aunque en los años secos, los que dan problemas de verdad son los ratones.

Se me erizaron los pelos del cogote y se me tensó todo el cuerpo. Lo observé trastear en la parte trasera de la camioneta, moviendo cosas de aquí para allá, vestido con un pantalón de pijama y una camiseta de tirantes blanca.

—¿También te dan miedo los ratones? —preguntó con un resoplido.

Estaba enfadado. Algunas personas no decían ni mu cuando se enfadaban. Me empezaba a dar cuenta de que el señor Rhodes no era una de esas personas.

—Pues... ¿sí?

—¿Sí?

—¿Cuándo hay ratones?

—En primavera. En verano. En otoño.

Sí, estaba enfadado. Peor para él, porque a mí no me importaba charlar. Volví a notar el nudo en la garganta.

—¿Y este año está siendo seco?

—Sí.

No iba a volver a pegar ojo. Tendría que comprar trampas. Pero entonces me imaginé teniendo que recogerlas y me entraron arcadas.

—Por fin —murmuró para sí mismo, y se incorporó con una red mediana en una mano y lo que parecían unos guantes gruesos en la otra.

Cerró la puerta de la parte trasera de la camioneta. Temblé y lo observé mientras se dirigía hacia la puerta del apartamento.

—¿Me quedo aquí? Para poder abrirle la puerta.

Estaba tan cagada de miedo que me daba vergüenza, pero no lo bastante como para echarle narices y ofrecerle refuerzos. Solo entraría en caso de que gritara. Aunque esperaba que no lo hiciera.

—Haz lo que te dé la gana —respondió al pasar, enfadado y tenso, junto a mí.

Era esperar fuera o encerrarme en el coche hasta que terminara, pero ya había hecho bastante poniéndome a gritar como una loca. Estaba cabreado por haber tenido que venir y lidiar con la situación. Lidiar conmigo. Y sí, aquello también me daba vergüenza. Tenía que recomponerme. Hacer de tripas corazón. Hacer que mi madre se sintiera orgullosa.

A lo largo del día había estado investigando un poco sobre cómo sacar al murciélago de casa, pero todavía no estaba del todo segura de cuál era el mejor plan de acción. Sabía de sobra que los murciélagos eran maravillosos por un montón de razones distintas. Era consciente de que no estaban intentando atacarme cuando descendían en picado. Entendía que estaban tan asustados de mí como yo de ellos. Pero el miedo no es muy racional.

Me lancé hacia delante, abrí la puerta y la dejé entreabierta después de que él entrara. Entonces me acuclillé y esperé. No sabía si pasaron cinco minutos o treinta antes de que oyera al señor Rhodes bajar por las escaleras. Abrí un poco cuando solo le quedaban un par de peldaños para llegar al último.

Llevaba la red con una sola mano y avanzaba con rapidez con aquellos enormes pies descalzos. Por Dios, pero ¿qué pie calzaba? ¿Un cuarenta y seis? ¿Un cuarenta y siete? Aparté la mirada y abrí la puerta todo lo que pude, esperé a que saliera y la cerré enseguida para que aquella criatura de la noche no pudiera volver a entrar a visitarme.

Lo seguí dando tumbos hasta que el señor Rhodes se detuvo junto a un arbusto, manipuló un poco la red y se apartó. Solo vi a la bestia colgada de una rama un segundo antes de que echara a volar, y se me escapó un grito por el que luego me daría una buena colleja a mí misma. El señor Rhodes no esperó ni se quedó para mirar a dónde se iba. Simplemente echó a andar hacia la casa principal sin decir ni una palabra.

Me apresuré a seguirlo mientras él dejaba la red en la parte trasera de la camioneta. Me detuve y alcé la vista al cielo mientras él subía al porche, para asegurarme de que no volviera a venir ningún murciélago de la nada.

Ya estaba en la puerta de su casa cuando grité a sus espaldas:

172

—¡Gracias! ¡Es usted mi héroe! ¡Le pondré una reseña de diez estrellas si quiere!

No dijo nada antes de cerrar, pero aquello no quitaba que fuera mi héroe.

Le debía una. Le debía una bien grande.

11

Una semana después, tenía el día libre y esperaba dormir hasta tarde, tomármelo con calma y visitar alguna de las atracciones turísticas de la zona. O hacer una de las rutas más fáciles de mi madre. Dado que iba a quedarme por ahí, de momento, no tenía prisa para hacerlas todas. Y, de todos modos, mis pulmones todavía no se habían adaptado a la altitud. Calculaba que podría empezar en octubre.

Tal vez. Puede que el incidente nocturno de la semana anterior hubiera hecho que el señor Rhodes cambiara de opinión sobre la duración de mi estancia. Apenas lo conocía, pero estaba segura de que ni de coña se le había pasado el cabreo todavía.

La parte positiva era que la bestia no había vuelto. Sin embargo, mi cerebro seguía sin aceptarlo, porque aún no había conseguido dormir toda una noche del tirón sin despertarme por la paranoia.

Y precisamente por eso, estaba despierta cuando empecé a oír ruido afuera.

Resignada a no volver a dormirme, me di la vuelta y salí de la cama después de que un vistazo rápido a mi móvil confirmara que eran las siete y media, y miré por la ventana. De ahí provenía aquel ruido sordo y repetitivo.

Era el señor Rhodes.

Cortando madera.

A pecho descubierto.

A *pecho* descubierto.

Me esperaba que tuviera buen cuerpo bajo la ropa precisamente por cómo le quedaba puesta, pero nada hubiera podido prepararme para… verlo. Al natural.

Si no hubiera tenido baba seca en la cara de dormir con la boca abierta, la hubiera tenido igualmente después de cinco minutos observando… *aquello* por la ventana.

Había un montón de troncos de unos treinta centímetros a sus pies y una pila más pequeña al otro lado con los que ya había partido. Sin embargo, lo que llamaba verdaderamente la atención era él. Tenía vello oscuro salpicándole los pectorales, pero no les quitaba protagonismo a los abdominales robustos que había estado ocultando. Era ancho de espaldas y estrecho de cintura, y tenía todo el cuerpo cubierto por una piel preciosa y firme.

Los bíceps eran grandes y flexibles. Los hombros, redondeados. Los antebrazos, increíbles. Y, a pesar de que los pantalones cortos que llevaba le rozaban las rodillas, resultaba evidente que de cintura para abajo también era musculoso y perfecto.

Si había un padre follable que pudiera derrotar a todos los demás en combate, era él.

Mi exnovio estaba en forma. Hacía ejercicio varias veces a la semana en el gimnasio que teníamos en casa con un entrenador personal. Parte de su trabajo consistía en ser atractivo. Pero el físico de Kaden no tenía nada que ver con el del señor Rhodes.

Babeé un poco más.

Y entonces silbé.

Debí de hacerlo más fuerte de lo que pensaba porque el señor Rhodes levantó la cabeza y me miró a través de la ventana casi de inmediato. Pillada.

Lo saludé con la mano. Y por dentro… Por dentro, me morí.

El señor Rhodes levantó el mentón y yo retrocedí como si no hubiera pasado nada. Tal vez no le daría mucha importancia. Tal vez pensaría que había silbado… para saludarlo. Ya, claro. Soñar es gratis.

Retrocedí un poco más y noté que el alma se me encogía mientras preparaba el desayuno, y me aseguré de mantenerme alejada de las ventanas. Intenté distraerme para no tener que mudarme por culpa de la vergüenza.

¿Me moría de sueño? Por supuesto. Pero quería hacer cosas, o más bien necesitaba hacer cosas. Entre ellas, alejarme del señor Rhodes para que mi alma volviera a la vida.

Al cabo de una hora, con un plan preparado, un bocadillo, un par de botellas de agua y el silbato en la mochila, bajé por las escaleras deseando fervientemente que el señor Rhodes hubiera vuelto a entrar en su casa.

No era mi día de suerte. Se había vestido, pero por lo demás seguía igual. Mecachis.

Estaba de pie, junto a la pila de madera que en algún momento había amontonado debajo de una lona azul impermeable, y llevaba una camiseta azul con un logo que me sonaba de algo. Junto a él estaba Amos, vestido de un rojo intenso y vaqueros, con pinta de estar suplicándole algo a su padre o discutiendo con él. Cuando oyeron la puerta al cerrarse, los dos se dieron la vuelta.

«Me ha pillado comiéndomelo con los ojos. Actúa como si nada».

—¡Buenos días! —exclamé.

No me pasó por alto la expresión extraña que puso Amos ni la manera en la que miró mi mochila, luego a su padre y de nuevo a la mochila. Había visto una expresión similar en la cara de mis sobrinos, y no estaba segura de que tuviera nada de bueno. Pero por lo visto el adolescente tomó una decisión apresurada, porque me contestó enseguida.

—Hola.

—Buenos días, Amos. ¿Cómo estás?

—Bien. —Apretó los labios—. ¿Te vas a hacer senderismo?

—Sí. —Volví a sonreírle y entonces me di cuenta de lo cansada que estaba—. ¿Por qué lo preguntas? ¿Quieres venir conmigo? —bromeé. Su padre había dicho que no le iban mucho las actividades al aire libre.

176

El chico tímido se animó de forma casi imperceptible.

—¿Puedo?

—¿Venir?

Asintió. Oh.

—Si a tu padre le parece bien y a ti te apetece, sí —contesté sorprendida con una carcajada.

Amos miró a su padre, le sonrió con aquella sonrisa furtiva suya y asintió.

—¡Tardo dos minutos! —gritó el adolescente, diez veces más fuerte de lo normal, dejándome todavía más atónita antes de darse la vuelta y desaparecer porche arriba hacia la casa.

Me dejó allí plantada, pestañeando. Y a su padre también.

—¿Acaba de decir que quiere venir conmigo a hacer una ruta? —pregunté casi aturdida por la impresión.

El hombre sacudió la cabeza con incredulidad.

—Esta sí que no la he visto venir —murmuró más para sí mismo que para mí, ya que todavía tenía la vista fijada en la puerta—. Le he dicho que no podía quedar con sus amigos porque todavía está castigado, pero que le dejaría salir si era con algún adulto.

Vaya. Ahora lo pillaba.

—Se la ha metido doblada. —Solté una carcajada, y aquello provocó que el señor Rhodes se girara hacia mí con cara de haber sido estafado. Me reí por lo bajo—. Si quiere puedo decirle que me lo he repensado y que no puede venirse. Estaba convencida de que me había dicho que a Amos no le iba el aire libre, por eso se lo he propuesto. —Me sentiría fatal si tuviera que retirar mi invitación, pero estaba dispuesta a hacerlo si tanto le molestaba—. A no ser que quiera venir con nosotros. Ya sabe, para que no se salga completamente con la suya. A mí me da igual una cosa que otra, pero no quiero que le parezca raro que pase tiempo con su hijo. Le juro que no soy ninguna loca.

El señor Rhodes volvió a fijar la mirada en la puerta principal y se quedó quieto, como si estuviera pensando muy detenidamente cómo cojones iba a sortear aquel vacío legal que había

177

creado sin querer y del que su hijo castigado quería aprovecharse. O tal vez estuviera pensando en cómo decirme que no le entusiasmaba la idea de que me lo llevara de ruta. No se lo reprocharía.

—A lo mejor le parece una tortura pasar un par de horas conmigo —dije—. Le prometo que no le haré nada. Le diría a Jackie que se apuntara también, pero hoy se iba de compras con Clara a Farmington. A mí no me importa que se venga conmigo. —Hice una pausa—. Pero lo que usted diga. Le prometo que solo me atraen los hombres adultos. Amos me recuerda a mis sobrinos.

Movió sus ojos grises hacia mí con una expresión todavía pensativa.

El chico apareció por la puerta principal con una cantimplora de acero inoxidable en una mano y lo que parecían ser dos barritas de cereales en la otra.

—¿De verdad que no te importa que Amos vaya contigo? —preguntó en voz baja.

—No, qué va —confirmé—. Si le parece bien.

—¿Y solo vas a hacer una ruta?

—Sí.

Vi que dudaba antes de soltar otro de sus profundos suspiros.

—Dame un minuto —murmuró justo cuando Amos se detuvo frente a mí anunciando que ya estaba listo.

¿El señor Rhodes... también iba a venir? Desapareció en el interior de la casa incluso más deprisa que su hijo, moviéndose con agilidad y con unas zancadas que resultaban ágiles y fluidas si una tenía en cuenta lo musculoso que era. Tenía que dejar de pensar en sus músculos. De una vez por todas. ¿Es que no había aprendido nada? La sutileza no era precisamente mi fuerte.

—¿Adónde va? —preguntó Amos observando también a su padre.

—No lo sé. Me ha pedido que lo esperemos un minuto. ¿A lo mejor también se viene...? —El chico soltó un suspiro frustrado que me hizo mirarlo de soslayo—. ¿Has cambiado de opinión?

178

Pareció pensárselo durante un momento, pero finalmente negó con la cabeza.

—No. Mientras pueda salir de casa, no me importa cómo.

—Gracias por hacerme sentir tan especial —bromeé.

—Perdona —se disculpó, de nuevo con su voz suave, mirándome.

—No pasa nada. Te estoy tomando el pelo —dije con una sonrisa.

—Mi padre me ha dicho que no podía quedar con mis amigos, así que...

—¿Así que has decidido irte con la primera que pasaba? —Ya me imaginaba el tipo de relación que tenía con su padre si no estaba acostumbrado a que se metieran con él—. Estoy de broma, Amos. Te lo prometo. —Incluso le di un codazo rápido que no me devolvió.

—¿Estás segura de que te parece bien? ¿Que vaya contigo? —preguntó con voz baja y dudosa y encogiéndose de hombros.

—Totalmente segura. Me gusta estar acompañada —dije—. Te lo digo en serio. Me estás alegrando el día. Últimamente me he sentido un poco sola. Ya no estoy acostumbrada a hacer tantas cosas por mi cuenta.

Para ser sincera, durante los últimos años de mi vida había estado rodeada de gente casi las veinticuatro horas del día, siete días a la semana. El único momento en el que había estado verdaderamente sola había sido cuando iba al baño.

—¿Echas de menos a tu familia? —preguntó el chico, removiéndose.

—Sí, pero tenía otra familia. Mi... exmarido y yo siempre estábamos con la suya. Nunca había estado tanto tiempo sola. Así que me estás haciendo un favor viniendo conmigo, de verdad. Gracias. Y, además, así me ayudarás a mantenerme despierta. Por cierto, ¿ya puedes hacer esfuerzos? —pregunté.

—Sí. El otro día fui a la revisión. —Los mismos ojos grises que los del señor Rhodes me recorrieron rápidamente la cara y volvió a parpadear—. Pareces cansada.

A aquellas alturas ya debería saber que nunca había que decir nada ante un adolescente que luego pudiera convertir en un insulto.

—Últimamente no he dormido muy bien.

—¿Por el murciélago?

—¿Cómo sabes lo del murciélago?

—Papá me ha contado que chillaste como si te estuvieran matando —dijo mirándome fijamente.

En primer lugar, no había chillado como si me «estuvieran matando». Había soltado unos cinco gritos. Como máximo. Sin embargo, antes de que pudiera aclarárselo, la puerta principal volvió a abrirse y apareció el señor Rhodes con una mochila en una mano y una chaqueta negra y delgada en la otra.

Anda. Así que no estaba de coña. Quería acoplarse.

Oí que el chico suspiraba y lo miré.

—¿Seguro que quieres venir?

—¿No acabas de decir que te gusta estar acompañada? —preguntó desviando la vista hacia mí.

—Sí, pero quiero asegurarme de que no te arrepientes.

Porque su padre iba a venir con nosotros. ¿Para pasar tiempo con él? ¿Para no dejarlo a solas conmigo? Quién sabe.

—Cualquier cosa será mejor que quedarme en casa —murmuró justo cuando su padre llegó junto a nosotros.

Vale. Asentí hacia el señor Rhodes y él me devolvió el gesto. Supuse que me tocaba conducir. Nos metimos en el coche (el señor Rhodes se sentó en el asiento del copiloto) y di marcha atrás. Los miré a ambos tan disimuladamente como pude, contenta de que vinieran conmigo... a pesar de que ninguno fuera muy hablador. O me tuviera mucho aprecio.

Uno de ellos estaba desesperado por salir de casa y el otro o bien quería pasar más tiempo con su hijo o bien mantenerlo a salvo. Había estado con personas con peores intenciones. Por lo menos no estaban fingiendo.

—¿Adónde vamos? —preguntó la voz más grave del coche.

—Sorpresa —contesté secamente, mirando por el espejo retrovisor.

Amos estaba distraído mirando por la ventana. El señor Rhodes, en cambio, se volvió hacia mí. Si no hubiera sabido que había estado en la Marina, lo habría adivinado en aquel momento. Porque no tenía ninguna duda de que había perfeccionado la mirada que me estaba lanzando con otras personas. Y, teniendo en cuenta lo bien que se le daba, seguramente con muchas. Aun así, sonreí y lo miré de soslayo.

—Bueno, vale —cedí—. Vamos a unas cascadas. Aunque esto debería habérmelo preguntado antes de subir al coche. Digo yo. Podría estar secuestrándolos.

—¿Qué cascadas? —preguntó el señor Rhodes con aquella voz comedida y fría. Por lo visto no le había gustado mucho mi broma.

—Las cataratas de Treasure Falls.

—Son una mierda —soltó Amos desde el asiento trasero.

—¿En serio? He estado mirando fotos y a mí me han parecido bonitas.

—Este año no ha nevado mucho. Apenas habrá un hilillo de agua —explicó—. ¿A que sí, papá?

—Sí.

—Oh, vaya. —Noté que se me hundían los hombros. Pensé en las demás cataratas que tenía en mi lista—. Ya he ido a las de Piedra Falls. ¿Y si vamos a las de Silver Falls?

—¿Este coche es un cuatro por cuatro? —preguntó el señor Rhodes acomodándose en el asiento y cruzando los brazos sobre el pecho.

—No.

—Pues entonces, nada.

—¡Joder! —exclamé.

—Es demasiado bajo. Te lo cargarías. —Los hombros se me hundieron todavía más. Vaya mierda—. ¿Y si hacemos una ruta más larga? —preguntó al cabo de un momento.

—Por mí bien.

¿Cuánto más larga estábamos hablando? No quería acobardarme, así que acepté. No recordaba de memoria ninguna ruta de la lista de mi madre que pudiéramos hacer, pero ya que se me habían chafado los planes, por lo menos aprovecharía al máximo la compañía. Sabía disfrutar de mi propia compañía, pero no le había mentido a Amos al decirle que me sentía sola. Incluso cuando Kaden estaba de gira o de evento, siempre había alguien por casa, normalmente la asistenta. Yo había dicho que no necesitábamos una, pero su madre había insistido en que la contratásemos porque estaba «por debajo de alguien con el estatus de Kaden cocinar y limpiar». Puaj, solo con recordar lo esnob que sonaba entonces ya me entraban escalofríos.

—Puedo ir dándote indicaciones —dijo mi casero sacándome de mis recuerdos con los Jones.

—Vale. ¿A ti te parece bien, Amos? —pregunté.

—Sí.

De acuerdo. Conduje en dirección a la carretera, asumiendo que el señor Rhodes ya me señalaría por dónde ir cuando llegásemos ahí.

—¿Vivías en Florida? —preguntó Amos de repente desde el asiento trasero.

Asentí y le contesté la verdad.

—Durante diez años. Luego me pasé diez en Nashville, y después regresé a Cape Coral, Florida, durante uno antes de venir aquí.

—¿Y por qué te fuiste de Florida para venir aquí? —se burló el adolescente como si aquello le pareciera inconcebible.

—¿Has estado en Florida? Hace calor y hay mucha humedad.

Sabía que el señor Rhodes había vivido allí, pero no estaba dispuesta a revelar que tenía aquella información. No hacía falta que supieran que los estaba espiando y acosando.

—Antes papá vivía en Florida.

Fingí que no tenía ni idea. Entonces procesé sus palabras: había dicho que su padre vivía en Florida, no él. ¿Dónde vivía entonces?

182

—¿Ah sí, señor Rhodes? —pregunté lentamente, intentando averiguarlo—. ¿Dónde?

—En Jacksonville —contestó en cambio Amos—. Era una mierda. —El señor Rhodes se rio sentado junto a mí—. Es verdad —insistió el adolescente.

—¿Tú también vivías ahí, Amos?

—No. Solo iba de visita.

—Ah —solté como si tuviera mucho sentido, aunque en realidad no tuviera ninguno.

—Lo visitábamos cada dos veranos —siguió diciendo—. Fuimos a Disney. A Universal. Hubo un año que se suponía que iríamos a Destin, pero papá lo canceló.

—No me quedó otra, Am. —Vi por el rabillo del ojo que el señor Rhodes se giraba hacia su hijo—. No lo hice porque me apeteciera.

—¿Estaba en el ejército o algo? —pregunté.

—Sí —contestó escuetamente.

Pero Amos no me dejó colgada.

—En la Marina.

—Vaya, en la Marina —repetí, pero no pregunté más porque supuse que si el señor Rhodes no había querido decirme en qué rama del ejército estaba, seguro que tampoco querría añadir nada—. Bueno, Destin tampoco está muy lejos. Podríais ir algún día.

En el asiento de detrás de mí el chico soltó un ruido muy parecido a un gruñido, y me arrepentí de haber vuelto a sacar el tema. ¿Y si el señor Rhodes no quería llevarlo? Tenía que aprender a callarme la boca.

—¿Es verdad que tu madre se perdió en las montañas de por aquí?

No hice ni una mueca, pero el señor Rhodes se giró en su asiento.

—¡Am!

—¿Qué?

—No puedes ir preguntando esas cosas así como así, tío.

183

¡Venga ya! —lo regañó el señor Rhodes sacudiendo la cabeza con incredulidad.

—Perdona, Aurora —susurró Amos.

—No me importa hablar de ella. Fue hace mucho tiempo. La echo de menos siempre, pero ya no me paso el día llorando. ¿Demasiada información?

—Lo siento —repitió Amos después de un segundo de silencio.

—No pasa nada. Nadie quiere hablar nunca de lo que ocurrió —dije—. Pero, respondiendo a tu pregunta, así es. Hacíamos senderismo juntas a menudo. Aquel día debería haber ido con ella, pero no lo hice. —La culpa que nunca había superado, que vivía en mis entrañas, a salvo, calentita y profunda, se desperezó. Por mucho que no me importara hablar de mi madre, había algunas cosas que me costaba contar—. Bueno, el tema es que se fue a hacer una ruta y nunca regresó. Encontraron su coche, pero nada más.

—¿Encontraron su coche, pero a ella no?

—Puede que tu padre conozca los detalles mejor que yo. Pero tardaron unos cuantos días en encontrar su coche. Mi madre me había dicho qué ruta tenía planeada hacer, pero solía cambiar de opinión a última hora y a veces se salía del camino si le apetecía o si se cruzaba con mucha gente. Eso es lo que creen que ocurrió. Su coche no estaba donde me dijo que estaría. Por desgracia, aquellos días llovió mucho y se borraron sus huellas.

—Pero no entiendo por qué no consiguieron encontrarla. Papá, a ti te toca salir a buscar gente desaparecida unas cuantas veces al año, ¿verdad? Y siempre acabáis encontrándolos.

Noté que el señor Rhodes se revolvía un poco en su asiento, pero mantuve la mirada al frente.

—Es más difícil de lo que parece, Am. Hay más de ochocientas mil hectáreas solo en el Parque Nacional de San Juan. —El señor Rhodes calló un momento, como si estuviera escogiendo sus palabras con cuidado—. Si era una buena senderista y estaba en forma, podría haberse metido por cualquier sitio,

184

sobre todo si no le gustaba seguir el camino marcado. —Se detuvo de nuevo—. Recuerdo que en el archivo del caso ponía que también era buena escaladora.

—Sí, excelente —confirmé. Era una temeraria. No le daba miedo nada.

Siempre que podíamos nos íbamos a Utah. Recuerdo que me quedaba sentada en un rincón mientras ella escalaba con sus amigos y yo alucinaba con lo fuerte y ágil que era. La llamaba Spiderwoman. Era muy buena.

—Entonces podría haber ido a cualquier parte —confirmó el señor Rhodes.

—La estuvieron buscando —le aseguré a Amos—. Durante meses. Con helicópteros y diferentes equipos de rescate. Lo han intentado varias veces a lo largo de los años, pero nunca han encontrado nada.

Una vez dieron con restos humanos, pero resultaron no ser suyos.

—Pues vaya mierda —murmuró Amos rompiendo el silencio espeso que había llenado el coche.

—Sí, es una mierda —coincidí—. Intento pensar que por lo menos estaba haciendo lo que más le gustaba, pero aun así…, es una mierda.

Volvió a reinar el silencio y noté que el señor Rhodes me miraba. Me giré hacia él y me las arreglé para sonreír un poquito. No quería que pensara que Amos me había molestado, aunque probablemente tampoco le importaba mucho.

—¿Qué ruta estaba haciendo cuando desapareció? —preguntó Amos.

El señor Rhodes se lo dijo y me miró de reojo como si acabara de recordar que había mencionado aquel camino en la última clase particular que me había dado. Reinó de nuevo el silencio y volví a mirar por el espejo retrovisor. El chico parecía pensativo y afligido. En parte esperaba que dejara el tema, pero entonces volvió a hablar.

—¿Estás haciendo las rutas para encontrarla?

El señor Rhodes murmuró algo entre dientes y me pareció distinguir un par de palabrotas. Se frotó la frente de arriba abajo con la palma de la mano.

—No —contesté—. No tengo ningún interés en ir allí. Mi madre tenía un diario donde anotaba sus excursiones favoritas. Las estoy haciendo porque era algo que le encantaba, así que yo también quiero probar. No soy ni tan atlética ni tan aventurera como lo era ella, pero quiero hacer lo que pueda. Eso es todo. Sé que nos lo pasábamos muy bien de ruta, solo quiero… recordarla. Algunos de los mejores recuerdos de mi vida son de cuando íbamos juntas de senderismo.

Ninguno de los dos dijo nada durante tanto tiempo que empecé a sentirme muy incómoda. A algunas personas les incomoda la idea del dolor. Otras no entienden el amor. Y no pasaba nada, pero no estaba dispuesta a ocultar lo mucho que quería a mi madre y lo que estaba dispuesta a hacer para sentirme más cerca de ella. Había vivido tantos años con el piloto automático que me había resultado sencillo no solo no enterrar mi dolor, sino llevarlo conmigo, sobre los hombros, y seguir adelante.

Durante mucho tiempo tras la desaparición de mi madre, me había supuesto un esfuerzo tremendo simplemente levantarme de la cama y seguir con mi vida. Y después había ido a la universidad, había conocido a Kaden y no me detuve en ningún momento.

Había seguido adelante mientras llevaba el recuerdo y el legado de mi madre conmigo, encubriéndolos con distracciones y la rutina hasta ahora. Hasta que me había deshecho de todo y me había centrado en lo que había reprimido durante tanto tiempo.

Estaba reflexionando sobre todo eso cuando de repente el señor Rhodes habló con su voz áspera.

—¿Cuáles están en la lista?

¿De rutas?

—Seguramente demasiadas. Me gustaría hacerlas todas, pero depende de cuánto me quede por la zona.

186

Que, desde que me había dicho que podía seguir en el apartamento, seguramente sería más de lo que esperaba hacía un par de semanas. Si seguía siendo buena inquilina, quién sabe durante cuánto tiempo seguiría alquilándome el estudio.

Soñar era gratis. Llegado el momento, tendría que decidir si prefería seguir alquilando o comprar algo; todo dependería de cómo me fueran las cosas por aquí. De si encontraba suficientes motivos para quedarme... o de si Pagosa Springs acababa siendo otro lugar donde no conseguía echar raíces.

—Las hizo todas cuando vivíamos por aquí. Estoy segura de que la ruta del lago de Crater Lake está incluida en la lista.

—Esa es difícil. Aunque podrías hacerla en un día si fueras a buen ritmo y empezaras temprano.

Vaya. ¿Me estaba ofreciendo consejos e información? Tal vez sí que se había olvidado del incidente con el murciélago.

Mencioné otra de las rutas de la lista.

—Esa también es difícil. Tendrías que estar en muy buena forma para poder hacerla en un solo día, aunque yo te recomendaría acampar a medio camino o mentalizarte de que luego te dolerá todo el cuerpo. —Hice una mueca. Seguramente se dio cuenta, porque me preguntó—: ¿No quieres acampar?

—Sinceramente, me da un poco de miedo acampar sola. Pero puede que lo haga de todas formas.

Gruñó, seguramente pensando que era una idiota por tener miedo, pero me daba igual. Había visto una película sobre un Bigfoot inmortal que secuestraba personas en plena naturaleza. ¿Y no había dicho que había miles de hectáreas de parque nacional? Nadie sabía con seguridad lo que había ahí fuera. Hacia mil años, cuando iba de acampada con mi madre, todo eran risas. Nunca me había preocupado que apareciera un asesino con un hacha en nuestra tienda y nos liquidara. Nunca me había preocupado por los osos, ni por los Bigfoot, ni por las mofetas ni por nada de todo eso.

¿Se habría preocupado mi madre?

Dije otra ruta.

187

—Difícil.

Justo lo que había leído por internet.

—¿La montaña de Devil Mountain?

—Difícil. Y no estoy seguro de que valga la pena.

—Mi madre anotó un par de comentarios raros en la página de esa ruta —dije mirándolo—. Mejor la pongo al final de la lista, para hacerla solo por si me aburro.

—¿No alquilamos un *buggy* para hacer esa ruta poco después de que regresaras a Colorado? —preguntó Amos.

«Poco después de que regresaras a Colorado». ¿Con quién cojones vivía antes Amos? ¿Con su madre y su padrastro?

—Sí. Se nos pinchó una rueda —confirmó el señor Rhodes.

—¡Ah! —exclamó el chico.

Recité de un tirón más caminos cuyo nombre me sabía de memoria, y por suerte el señor Rhodes dijo que eran de nivel intermedio, así que serían más factibles.

—¿Has hecho alguna de estas? —pregunté a Amos para incluirlo en la conversación.

—No. Como papá se pasa el día trabajando, nunca hacemos nada.

Noté que el señor Rhodes se tensaba a mi lado. Lo estaba echando todo a perder.

—Mis tíos, que fueron las personas que acabaron criándome, se pasaban el día trabajando. Solo íbamos a casa para dormir. Siempre estábamos en el restaurante que llevaban —dije intentando relajar el ambiente.

Me acordaba de que ese tipo de cosas me sacaban de quicio cuando tenía su edad. Aunque no había ayudado mucho que en aquella época tuviera el corazón roto por la desaparición de mi madre. Sin embargo, viéndolo con perspectiva, me daba cuenta de que mis tíos me habían mantenido ocupada a propósito. De lo contrario, seguramente me hubiera quedado encerrada en la habitación que compartía con mi primo todo el día, de bajón. Y cuando digo de bajón, en realidad me refiero a llorando como un bebé.

De acuerdo: todavía lloraba como un bebé en baños, en el asiento trasero de los coches… Casi siempre que tenía un momento y creía que nadie me veía.

—¿Hace mucho senderismo por trabajo? —le pregunté al señor Rhodes.

—Cuando nos toca buscar a alguien y durante la temporada de caza.

—¿Cuándo es la temporada de caza?

—Empieza en septiembre. Caza con arco.

—¿Y desde cuándo es oficialmente guarda forestal? —seguí aprovechando que todo el mundo estaba haciendo preguntas.

—Solo un año —dijo Amos desde el asiento de atrás.

—¿Y antes de eso estaba en la Marina? —Como si no lo supiera.

—Se retiró —volvió a contestar el chico.

—Vaya. Impresionante —dije, fingiendo estar sorprendida, como si no lo hubiera deducido por mi cuenta.

—No mucho —murmuró Amos.

Me reí. Ojito con los adolescentes. En serio. Mis sobrinos me tomaban el pelo constantemente.

—Es verdad. Siempre estaba de servicio en alguna parte —continuó el chico.

Estaba mirando por la ventana con una expresión extraña en la cara que aquella vez no supe descifrar. ¿Tal vez su madre iba con ellos? ¿Por eso ya no estaba juntos, porque se había cansado de que el señor Rhodes estuviera siempre fuera y se había largado?

—Así que se mudó aquí para estar con Amos.

—Sí —respondió sin más el señor Rhodes.

Asentí sin saber muy bien qué decir sin hacer un millón de preguntas que seguramente ni yo hubiera respondido.

—¿Tienes más familia por aquí, Amos?

—Solo el abuelo, papá y Johnny. Todos los demás están esparcidos por ahí.

Todos los demás.

Mmm.

189

El trayecto en coche hasta el inicio de la ruta no fue el más incómodo de mi vida a pesar de que nadie dijese casi nada durante todo el camino. Bueno, excepto los «¡Oh!» que iba soltando una servidora cada dos por tres por cualquier cosa.

No me daba vergüenza. No me importaba. Había hecho exactamente lo mismo en todas las demás rutas, aunque era cierto que en aquellas ocasiones no había visto tantos animales.

«¡Una vaca! ¡Un ternero! ¡Un ciervo! ¡Mirad ese árbol enorme! ¡Mirad todos estos árboles! ¡Mirad la montaña!». Cuando había dicho eso último, Amos puntualizó con una mirada casi divertida que aquello no era una montaña, solo una colina.

El único comentario que hicieron, además de la corrección de Amos, fue cuando el señor Rhodes me preguntó si siempre hablaba tanto, hecho un borde, pero me daba igual. Así que le contesté la verdad: sí. Y no pensaba disculparme por ello.

Solo el viaje en coche ya fue precioso. Todo era cada vez más grande y verde, así que casi ni me enteré y ni me importó que los otros dos pasajeros no dijeran nada. Ni siquiera se quejaron cuando tuve que parar a hacer pis dos veces.

Cuando aparcamos, Amos nos condujo hasta el engañoso camino, que empezaba en un aparcamiento bastante decente y creaba la falsa ilusión de que sería fácil. Pero entonces vi el nombre de la ruta en un cartel y se me detuvo el corazón. Se llamaba la senda de los Siete Kilómetros.

Algunas personas dicen que no hay preguntas estúpidas, pero sabía que eso no era cierto porque yo siempre las hacía. Preguntarle al señor Rhodes si el camino de los Siete Kilómetros realmente tenía siete kilómetros era una pregunta estúpida. Y, siendo sincera, una parte de mí no quería saber si me disponía a hacer una ruta cuatro veces más larga de lo que estaba acostumbrada. No parecía estar en mala forma, pero las apariencias engañan. Había conseguido mejorar mi resistencia a lo largo del último mes saltando a la comba, pero no lo bastante.

Siete kilómetros. Joder.

Miré a Amos para ver si parecía intimidado, pero este echó un vistazo al cartel y se puso a caminar sin más. Siete kilómetros y cuatro cascadas, decía el cartel. Si él podía hacerlo, yo también.

Intenté hablar un par de veces, pero terminé resollando tanto que enseguida me rendí. Tampoco es que ellos tuvieran muchas ganas de charlar conmigo. Mientras avanzaba detrás de Amos, con su padre en la retaguardia, me alegré de no estar sola.

En el aparcamiento había unos cuantos coches aparcados, pero no se veía ni se oía nada. Reinaba un hermoso silencio. Estábamos en mitad de la nada. Lejos de la civilización. Lejos de... todo. El aire era limpio e intenso. Puro. Y era... Era espectacular.

Me detuve para tomar un par de selfis, y cuando le grité a Amos que se detuviera y se girara para que pudiera hacerle una foto aceptó a regañadientes. Cruzó los brazos sobre su pecho delgado y se levantó la visera de la gorra. Le hice una foto.

—Se la puedo mandar si quiere —le dije al señor Rhodes cuando el chico siguió caminando.

—Gracias —asintió, pero lo dijo con tanta renuencia que pareció que le costaba dos años de vida.

Sonreí y lo pasé por alto, vigilando cada paso que daba hasta que un kilómetro se convirtieron en dos, y entonces empecé a arrepentirme de estar haciendo aquella ruta larga demasiado pronto. Debería haber esperado. Debería haber hecho rutas progresivamente más complicadas hasta llegar a esta. Pero si mi madre había podido hacerla, yo también podría. ¿Y qué si ella había estado más en forma que yo? Nadie mejoraba a menos que se dejara la piel en ello. Solo tenía que armarme de valor y seguir adelante. Así que eso hice.

Mentiría si no dijera que me sentí mejor al darme cuenta de que Amos también estaba empezando a bajar el ritmo. La distancia entre nosotros se volvió cada vez más y más corta y, justo cuando empezaba a pensar que estábamos yendo al puto fin del mundo y que las cascadas no existían, Amos se detuvo un momento antes de girar a la izquierda y seguir subiendo. Me pasé el resto de la ruta con una gran sonrisa en la cara.

Empezamos a cruzarnos con otros senderistas que nos daban los buenos días y nos preguntaban cómo estábamos, y me encargué de responderles ante el silencio de los otros dos. Hice más fotos. Y luego incluso más.

Amos se paró después de la segunda cascada y dijo que nos esperaría allí a pesar de que cada una era tan o más espectacular que la anterior. Sin embargo, lo que me pilló totalmente por sorpresa fue que el señor Rhodes decidió seguirme, manteniendo la distancia, y continuó guardándose las palabras para sí mismo.

Me alegré mucho de que me acompañara, porque después de la cuarta y última cascada, el camino se desdibujaba y giré por donde no era, pero por suerte él se dio cuenta y me dio unos golpecitos en la mochila para que lo siguiera. Y así lo hice, observando cómo trabajaban sus muslos y pantorrillas mientras subíamos camino arriba. Volví a preguntarme cuándo tenía tiempo para hacer ejercicio. ¿Antes o después de ir a trabajar?

Me saqué más selfis, porque ni de coña estaba dispuesta a pedirle al señor Rhodes que me hiciera una foto. En una de esas, cuando me di la vuelta mientras él seguía subiendo por la pendiente a grandes zancadas por aquel camino de piedras sueltas, lo apunté con la cámara y lo llamé. Se giró y entonces le saqué una foto y levanté el pulgar para indicarle que había quedado bien. Si se enfadaba, mala suerte. Tampoco es que fuera a enseñársela a nadie, excepto tal vez a mis tíos. Y a Yuki si algún día se ponía a hurgar en mi galería.

Encontramos a Amos exactamente donde lo habíamos dejado, a la sombra de unos árboles y unas rocas, jugando con su móvil. Parecía aliviado de que fuera hora de regresar. Tenía la cantimplora casi vacía, y me di cuenta de que yo también. Debería comprarme una pajita, unas pastillas para purificar agua o una de esas botellas con filtro integrado. En la tienda había de todo.

Estaba tan ocupada intentando recobrar el aliento mientras regresábamos que ninguno dijo nada en todo el camino, y fui bebiéndome el agua que me quedaba a sorbitos, arrepintiéndome de ser una idiota y no haber traído más.

Una hora después, o eso me pareció, noté unos golpecitos en el hombro. Me giré y vi al señor Rhodes unos pocos pasos por detrás de mí ofreciéndome su cantimplora de acero inoxidable. Parpadeé.

—No quiero tener que arrastrarte cuando empiece a dolerte la cabeza —explicó mirándome a los ojos.

Solo dudé un segundo antes de coger la cantimplora, ya que me dolía la garganta y, efectivamente, la cabeza estaba empezando a dolerme. Me la acerqué a los labios y le pegué un par de sorbos grandes. Habría bebido más agua, toda la que le quedaba, en realidad, pero no era una capulla egoísta, así que le devolví la cantimplora.

—Pensaba que a usted tampoco le quedaba agua.

—He rellenado la cantimplora en la cascada. Tengo un filtro —explicó mirándome de soslayo.

—Gracias —dije sonriéndole más tímidamente de lo que esperaba.

Asintió.

—¡Am! ¿Necesitas un poco de agua? —gritó a continuación.

—¡No!

Miré al señor Rhodes y vi que ponía los ojos en blanco. En algún momento se había puesto una gorra en la cabeza, igual que su hijo, pero la llevaba tan calada que apenas se le veían los ojos. No vi su chaqueta, así que asumí que la había doblado y se la había metido en la mochila.

—¿A él también lo arrastraría o más bien lo llevaría a cuestas? —bromeé en voz baja.

—Lo arrastraría. —Me sorprendió que me respondiera. Me reí y sacudí la cabeza—. Amos está acostumbrado a la altitud,

193

pero tú no —dijo detrás de mí, como si quisiera justificar por qué me había ofrecido agua. Para que no me hiciera una idea equivocada.

Reduje un poco el ritmo hasta quedar más cerca de él.

—¿Señor Rhodes? —Soltó un gruñido, y lo interpreté como una buena señal para lanzarme—. ¿Nadie le llama Toby?

Tras una pausa larga, me respondió con un tono casi cabreado.

—¿Tú qué crees?

Por poco me eché a reír.

—No, supongo que no. —Esperé un momento—. Tiene más bien cara de Tobers —bromeé mirándolo por encima del hombro con una sonrisa, pero él tenía la vista fijada en el suelo. A mí me pareció gracioso—. ¿Quiere una barrita de cereales?

—No.

Me encogí de hombros y volví a mirar hacia adelante.

—¡Amos! ¿Quieres una barrita de cereales?

—¿De qué tipo? —dijo tras pensárselo un momento.

—¡De chocolate!

Se giró y levantó la mano. Se la lancé.

Luego alcé la cabeza hacia el sol, ignorando lo cansados que tenía los muslos y que estaba empezando a arrastrar los pies porque cada vez me costaba más seguir avanzando. Sabía que mañana me dolería todo. Qué cojones, si ya me dolía todo. No había domado lo suficiente las botas y tenía los dedos de los pies y los tobillos doloridos e irritados. Seguramente mañana apenas podría moverme, pero habría valido la pena. Ya valía la pena.

Y entonces dije en voz baja, llenándome los pulmones con el aire más puro que había respirado en mi vida: «Mamá, esta ruta te hubiera encantado. Ha sido alucinante». No estaba segura de por qué no se la había apuntado en su libreta, pero estaba contenta de haberla hecho.

Antes de que pudiera pensármelo dos veces, correteé hacia adelante. Amos se giró para mirarme en el momento en el que le

194

rodeé los hombros con los brazos, dándole un fuerte abrazo. Se tensó, pero no me apartó de un empujón mientras lo estrechaba.

—Gracias por venir, Am.

Lo solté igual de deprisa que lo había abrazado y me giré para dirigirme hacia mi próxima víctima. Era enorme y avanzaba caminando con cara seria. Como siempre. Pero en un abrir y cerrar de ojos volvió a poner aquella expresión de estar mirando a un mapache con la rabia.

De repente me dio vergüenza y levanté la mano para chocar los cinco con él en vez de darle un abrazo. Me miró la mano, luego la cara y luego otra vez la mano. Y como si fuera a arrancarle las uñas en vez de chocársela, levantó su manaza y la golpeó ligeramente contra mi palma.

—Gracias por venir —dije en voz baja, de corazón.

—No hay de qué. —Su voz era un murmullo firme y tranquilo.

Sonreí hasta que llegamos al coche.

12

Cuando unos días más tarde Clara se quedó mirándome la cara con la boca abierta al verme, supe que el maquillaje que me había puesto aquella mañana para cubrir los moratones no había obrado el milagro que esperaba. Ayer ya me imaginaba que tendrían un aspecto horrible, pero no esperaba que tanto. Aunque pensándolo bien, me había caído un nido para murciélagos encima, así que… Debería dar gracias por no tener una conmoción cerebral, ¿no?

—Ora, ¿quién te ha hecho esto?

Sonreí y acto seguido hice una mueca a causa del dolor. Me había puesto hielo en la mejilla y en la nariz cuando había dejado de ver las estrellas y había recobrado el aliento. Ahora sabía que caerse de una escalera dolía un montón. El hielo tampoco había hecho mucho, excepto tal vez bajar la hinchazón. Pero menos da una piedra.

—Yo misma —dije haciéndome la tonta mientras cerraba la puerta de la tienda detrás de mí.

Todavía faltaban quince minutos para abrir. Clara pestañeó, incrédula, y dejo el dinero que estaba contando en la caja registradora.

—Parece que alguien te haya dado un puñetazo —comentó.

—Pues no. Me caí de una escalera y se me cayó un nido para murciélagos encima.

—¿Te caíste de una escalera?

196

—Y me tiré un nido para murciélagos en la cara, sí.

—Pero ¿qué hacías colgando un nido para murciélagos? —preguntó ella con una mueca de dolor.

Me había costado días y por lo menos cinco horas de investigación y muchas más de observación de la casa y la finca de los Rhodes en urdir un plan para combatir a los murciélagos de los cojones. Y encima el envío se había retrasado.

Nunca me había planteado si tenía miedo a las alturas, pero... Desde el momento en el que había subido por la escalera, que había apoyado contra el árbol junto al que había pasado innumerables veces, me di cuenta de por qué. Nunca me había subido en nada más alto que una encimera de cocina.

En cuanto estuve a un metro por encima del suelo, las rodillas me habían empezado a temblar y había empezado a encontrarme mal. Por más que me hubiera intentado tranquilizar diciéndome que lo peor que podía pasar era que me rompiera el brazo, no sirvió para nada. Empecé a sudar y las rodillas me temblaron incluso más. Encima, para colgar el nido tenía que subir todo lo posible, entre cuatro y seis metros según las instrucciones.

Sin embargo, al recordar el murciélago volando por encima de mi cabeza mientras dormía indefensa o el hecho de que no había pegado ojo incluso después de que el señor Rhodes me salvara, porque no dejaba de despertarme atacada, moví el culo escalera arriba a pesar de que temblaba tanto que se movía conmigo, cosa que empeoraba todavía más la situación.

Solo tenía dos opciones: subir a un árbol cerca de la finca de los Rhodes (y que, sinceramente, estuviera un poco apartado de la casa principal para que así con un poco de suerte el señor Rhodes no se diera cuenta y no se quejara); o ir a por la escalera grande, que estaba apoyada al otro lado de la casa principal y subir incluso más arriba para descubrir de dónde cojones había salido aquel murciélago. Decidí optar por la primera opción porque seguro que me desmayaría y me rompería el cuello si me caía de la escalera más larga.

Aun así, me había salido mal. Me había caído chillando como si fuera una hiena, había estado a punto de perder el conocimiento y un objeto de apenas un kilo pero que de repente parecía pesar veinte me había caído en toda la cara mientras yo intentaba recuperar el aliento. Todavía me dolía la espalda.

Pero ahora estaba en el trabajo, con una buena capa de maquillaje en la cara mientras Clara me observaba horrorizada.

—Se me coló un murciélago en casa el otro día y he leído que colgar un nido podría atraerlo y, con un poco de suerte, evitar que vuelva a meterse en el estudio —le conté rodeando el mostrador y escondiendo mi bolso en uno de los cajones.

Cuando alcé la cara, Clara me cogió la barbilla y me la levantó para que mi mejilla quedara a la altura de sus ojos marrones y examinarla.

—¿Qué quieres primero, las buenas noticias o las malas?

—Las malas.

—Nosotros también hemos tenido problemas con los murciélagos en casa de papá —empezó a explicar, haciendo una mueca mientras me examinaba—, y antes de colgar el nido para murciélagos tienes que tapar el agujero por donde te estén entrando en casa. —Me cago en la puta—. ¿Pusiste atrayente en el nido?

—¿Qué es eso?

—Tienes que poner un poco dentro para incentivar a que empiecen a usar el nido.

—Esto no lo había leído por internet —dije frunciendo el ceño, olvidando por un momento que el gesto me dolía.

—Pues lo vas a necesitar. Creo que todavía nos queda algún bote en la tienda. Voy a echar un vistazo. —Se detuvo un momento—. Pero ¿cómo te caíste?

—Se me acercó un halcón, me asusté y caí justo cuando estaba intentando clavar los clavos. —Clara bajó la mirada antes de que me diera tiempo a cerrar la mano en un puño, y vio que allí también tenía un moratón—. Era la primera vez que usaba un martillo.

Tenía la amiga más amable del mundo, porque no se rio.

—Sería mejor que usaras un taladro.

—¿Un taladro?

—Sí, y tornillos para madera. Así te aguantará más tiempo.

—Mierda. —Suspiré.

—Estoy segura de que lo has hecho lo mejor que has podido —me animó ella. Incluso asintió con la cabeza con empatía.

—Más bien parece que me he roto la crisma lo mejor que he podido. —Aquellas palabras sí que le arrancaron una carcajada.

—¿Quieres que vaya a ayudarte? —se ofreció—. ¿O por qué no le pides a Rhodes que te cuelgue el nido?

Resoplé y enseguida me arrepentí de haberlo hecho.

—No hace falta. Puedo sola. O, por lo menos, debería poder sola. Y no quiero pedírselo a él; ya tuvo suficiente con tener que sacarme al murciélago del estudio en plena noche. Me las arreglaré.

—¿Aunque te hayas caído de una escalera?

—Por supuesto. No voy a dejar que ganen los murciélagos —proclamé, y señalándome la cara añadí—: Esto no habrá sido en vano.

Clara asintió con solemnidad.

—Voy a ver si encuentro el atrayente. Pero, por si cambias de opinión, seguro que en los anuncios del periódico encuentras a alguien dispuesto a encontrar el agujero por donde te entran los murciélagos.

El problema era que aquella casa no era mía, pero…

—Echaré un vistazo —dije, a pesar de saber que no lo haría. No a menos que no tuviera más remedio.

Me gustaba pensar que era una mujer hecha y derecha, pero cuando me di cuenta de que no podía parar de mirar al techo, aunque solo fueran las seis de la tarde, me entraron ganas de llorar.

Odiaba estar paranoica y asustada, pero por mucho que me dijera que el murciélago solo era un adorable cachorrito volador..., no me lo creía. Tampoco tenía ningún sitio al que huir. Todavía no había hecho suficientes amigos.

Me llevaba bien con todos a los que conocía, y la mayoría eran majos, sobre todo los clientes de la tienda. Sabía que con un poco de tiempo acabaría ganándome incluso a los más gruñones. Estando con Kaden había conocido a un montón de gente, pero al cabo de un tiempo todos querían algo de él y me resultaba imposible saber quién quería ser amigo mío por mi personalidad y quién porque me veía como una manera de llegar hasta él.

Y eso que ni siquiera sabían que estábamos juntos. Guardábamos aquel secreto con celo. Usábamos contratos de confidencialidad que básicamente garantizaban que si alguien mencionaba nuestra relación, la familia Jones los dejaría en bragas en los juzgados. No poder hablar abiertamente con los demás se convirtió en algo natural para mí, y ese era el mismo motivo por el que las personas como Yuki, e incluso Nori, tampoco tenían muchas amistades. Nunca sabías lo que alguien opinaba realmente de ti a menos que te dijera que se te ha quedado un trozo de espinacas entre los dientes y que parecías tonta.

Cogí el teléfono con la idea de llamar a mi tía o a mi tío, pero entonces oí que se abría la puerta del garaje y, al cabo de un momento, el zumbido de un amplificador proveniente del piso de abajo. Dejé el móvil y me dirigí hacia las escaleras. Escuché mientras alguien, seguramente Amos, rasgaba un acorde tras otro. Ajustó el volumen y repitió el proceso. Me senté en el peldaño de arriba del todo, me abracé las rodillas y lo escuché mientras afinaba la guitarra y, unos cuantos minutos después, tocaba unos *licks* de blues. Empezó a cantar con una voz tranquila y suave, tan bajito que tuve que inclinarme hacia delante y hacer un esfuerzo para oírlo. No subió el volumen y estaba bastante segura de que estaba cantando tan flojito adrede para que no lo oyera, pero se equivocaba. Yo tenía un oído muy fino. Lo había cuidado a lo largo de los años con protección auditiva de

200

primera. Cuando me marché de la casa que había compartido con Kaden, me dejé mis auriculares intraurales de trescientos dólares, pero todavía tenía unos de diadema geniales y unos tapones de la marca Hearos que tal vez volvería a usar algún día para ir a algún concierto de Yuki.

Bajé silenciosamente unos cuantos peldaños más, me detuve y agucé el oído. Luego bajé un par más. Y un par más. Antes de darme cuenta, estaba de pie junto a la puerta que separaba el apartamento del garaje propiamente dicho. Abrí tan silenciosamente como pude y la cerré detrás de mí de la misma manera, avanzando a ritmo de caracol para hacer el menor ruido posible.

De repente, me detuve. Porque sentado en el peldaño superior del porche vi al señor Rhodes vestido con unos vaqueros oscuros y una camiseta de color azul claro, con los codos apoyados sobre las rodillas. Él también estaba escuchando a Amos. No nos habíamos cruzado más que de pasada desde que habíamos hecho la ruta de las cascadas.

Supuse que me había visto antes que yo a él. Me puse el dedo sobre los labios para indicarle que sabía que tenía que guardar silencio y, poco a poco, me dejé caer encima del felpudo que había junto a la puerta. No quería molestar al señor Rhodes o entrometerme, pero de pronto cambió su inexpresividad por el ceño fruncido y me hizo gestos para que me acercara mientras se le arrugaba más la frente a cada segundo que pasaba. Volví a levantarme y caminé de puntillas por encima de la gravilla tan silenciosamente como pude. Suspiré aliviada cuando Amos empezó a tocar más fuerte, dejándose llevar, acompañando cada nota que salía de la guitarra.

Cuanto más me acercaba al señor Rhodes, más seria se volvía su expresión. Deslizó los codos que tenía apoyados encima de las rodillas por los muslos hasta quedarse sentado bien recto, observándome con sus preciosos ojos grises cada vez más abiertos y con cara de preocupación.

Poco a poco se me desdibujó la sonrisa. Pero ¿qué...? Ah. Claro. ¿Cómo cojones se me había podido olvidar después de haberme pasado todo el día sorprendiendo a los clientes con mi cara amoratada? Uno de ellos, un hombre de la zona de unos setenta años, llamado Walter, se había marchado de la tienda y había regresado con una hogaza de pan casero hecho por su mujer. «Para que te mejores». Casi me había puesto a llorar al darle un abrazo.

—No pasa nada... —empecé a explicarle antes de que me interrumpiera.

Tenía la espalda completamente erguida y estaba convencida de que no podía tener una expresión más sombría.

—¿Quién te ha hecho eso? —preguntó, muy poco a poco.

—Nadie —intenté explicarle de nuevo.

—¿Te han atracado? —inquirió lentamente.

—No. Se me cayó...

Mi casero se levantó y me puso una de sus manazas ásperas encima del hombro, envolviéndomelo con los dedos.

—Puedes contármelo. Te ayudaré.

Cerré la boca y parpadeé, reprimiendo las ganas de soltar una carcajada. Las ganas de llorar de la risa. Puede que yo no le cayera muy bien, pero estaba claro que era un hombre decente.

—Es muy amable, de verdad, pero nadie me ha hecho daño. Bueno, en realidad sí, pero fui yo misma. Se me cayó una caja en la cara.

—¿Cómo que se te cayó una caja en la cara?

¿Se podía sonar más incrédulo?

—Como lo oye.

—¿Quién te lo ha hecho?

—Nadie. Se me cayó a mí sola, de verdad. —Entrecerró los ojos—. Se lo prometo, señor Rhodes. No mentiría sobre algo así, pero muchas gracias por preguntar. Y por su ofrecimiento.

Aquellos ojos preciosos me estudiaron el rostro un poco más y vi que su mirada alarmada se relajaba un poco, al menos.

—¿Qué tipo de caja?

—Un nido para murciélagos...

Me había metido yo sola en aquel berenjenal, ¿verdad? Esbocé una sonrisa, aunque me dolió.

—Explícate —exigió mientras se le dibujaban unas arrugas a lo largo de su ancha frente.

Pero qué mandón. Me ruboricé.

—Leí que un nido podía ayudarme con los murciélagos. Pensé que si les daba una nueva casa dejarían de intentar entrar en la mía para atormentarme. —Tragué saliva—. Tomé prestada la escalera de mano. Perdone por no haberle pedido permiso... Y encontré un árbol con una rama robusta al límite de la finca —el lugar perfecto donde no pudiera ver el nido— e intenté ponerlo ahí.

Por lo visto la rama no era tan robusta como yo creía y, además, según Clara, no había usado los tornillos adecuados, así que el nido se había caído... en mi cara. De ahí el ojo morado y la nariz hinchada.

El señor Rhodes apartó la pesada mano que había puesto sobre mi hombro y parpadeó. Sus pestañas cortas y gruesas volvieron a pasar por encima de su increíble mirada, incluso con más lentitud. Tenía pequeñas arrugas que se ramificaban en el rabillo del ojo, pero la verdad era que solo lo hacían más atractivo. Curtido. ¿Cuántos años debía de tener? ¿Treinta y muchos?

—Siento no haberle pedido permiso —murmuré ahora que me había pillado.

—Dime que no usaste la escalera de dos metros y medio —dijo mientras me observaba.

—No usé la escalera de dos metros y medio —mentí.

Se llevó una mano a la cara y se frotó la mejilla de arriba abajo antes de mirarme a los ojos. Justo entonces la canción que salía del garaje cambió y Amos empezó a tocar algo diferente, algo que no reconocí. Lento y deprimente, casi sombrío. Me gustaba. Me gustaba mucho.

—No se preocupe, no voy a ponerle una estrella por esto. Ha sido culpa mía —intenté bromear, pero me taladró con sus dos irises del color de un braco de Weimar—. Era una broma, pero lo de que es mi culpa es cierto. No sabía que me daban miedo las alturas hasta que me subí a la escalera y... —Vi que alzaba la mirada hacia el cielo—. Señor Rhodes, me ha alegrado el día preocupándose por mí, y siento haber estado husmeando por su finca sin haberle pedido permiso, pero no he conseguido dormir del tirón ni una sola noche en dos semanas y no quería volver a despertarlo con mis gritos. Y, sobre todo, no quería volver a dormir en el coche.

Me miró de soslayo y no pude evitar reírme, aunque me detuve casi enseguida por el dolor. Por Dios, ¿cómo lo aguantaban los boxeadores?

El señor Rhodes dejó la mirada perdida y aquello me hizo reír incluso más a pesar de que doliera.

—Sé que es una tontería, pero no paro de imaginarme a un murciélago aterrizándome en la cara y... —Apreté los dientes.

—Ya imagino. —Bajó la cabeza y las manos—. ¿Dónde has metido ese nido para murciélagos?

—En el estudio.

Volvió a posar aquellos ojos grises sobre mí.

—Cuando Amos termine, déjalo en el garaje. —Arrugó los labios en una mueca—. Bueno, da igual, puedo subir a buscarlo cuando estés en el trabajo, si te parece bien. —Asentí—. Cuando Am termine de tocar ya estará demasiado oscuro, pero lo colgaré en cuanto pueda —continuó con aquella voz seria y comedida.

—No tiene por qué...

—No tengo por qué hacerlo, pero lo haré. Y echaré un vistazo por el estudio a ver qué puedo sellar. Se meten incluso por los huecos más pequeños, pero haré lo posible. —Volví a tener esperanza. Mi casero me lanzó una mirada intensa—. Ni se te ocurra volver a subirte a esa escalera. Podrías haberte roto una pierna al caerte. Podrías haberte hecho daño en la espalda...

Menudo padrazo sobreprotector estaba hecho. Me encantaba. Y a mi parecer aquello solo lo hacía más atractivo. Incluso a pesar de que tuviera aquella cara tan seria que daba miedo, y de que no le cayera nada bien.

—¿Me está pidiendo que no vuelva a subirme o me lo está ordenando? —dije entrecerrando los ojos. Se me quedó mirando fijamente—. De acuerdo, de acuerdo. No volveré a subirme. Solo estaba asustada y no quería molestarle.

—Me estás pagando un alquiler, ¿no? —Asentí con la cabeza porque, efectivamente, se lo estaba pagando—. Entonces es responsabilidad mía encargarme de cosas como esta —explicó con calma—. Am me dijo que le había parecido verte durmiendo en tu coche, pero pensé que se lo había imaginado o que habrías bebido.

—Ya le dije que no bebo mucho —le recordé con voz burlona, aunque no estaba segura de que me creyera.

—Me ocupo yo del nido. Y si tienes cualquier otro problema con el estudio, dímelo. Ni quiero ni me conviene que luego me demandes.

—Nunca lo haría, y menos porque yo estuviera haciendo el tonto —dije frunciendo el ceño ante sus palabras... a pesar de que me doliera—. Tampoco le pondré una mala reseña. —Nada. Y yo que pensaba que era graciosa—. Le avisaré si tengo cualquier otro problema en el estudio, lo prometo. Si quiere podemos sellarlo con un apretón de manos.

No parecía muy contento con mi propuesta, pero me daba igual. Lo que sí que hizo fue asentir con la cabeza.

La voz de Amos salió por la puerta abierta del garaje y se propagó hacia el exterior. El chico estaba cantando una canción romántica a pleno pulmón, pero entonces se dio cuenta de que había ido subiendo de volumen y lo bajó.

—¿Siempre canta así? —murmuré sin poder evitarlo.

—¿Como si le hubieran roto el corazón y pensara que no va a poder amar a nadie nunca más? —respondió alzando una de sus cejas espesas y severas. ¿Acababa de hacer... una broma?—. Sí. —Asintió.

—Tiene una voz maravillosa.

Entonces sucedió. Sonrió. Fue una sonrisa enorme, llena de orgullo, como si supiera lo bien que cantaba su hijo y eso lo llenara de alegría. No me extrañaba; yo me sentiría exactamente igual si Am fuera mío. Realmente tenía muy buena voz, con un timbre atemporal. Lo más extraño era que tenía un tono mucho más grave de lo habitual en los chicos de su edad. Era evidente que había ido a clases de canto porque sabía proyectar la voz... cuando se olvidaba de cantar bajito.

—Sí, pero no lo sabe. Cuando se lo digo cree que le estoy mintiendo —admitió mi casero.

—Pues no es verdad —dije negando con la cabeza—. Me ha puesto la piel de gallina, ¿lo ve?

Levanté el brazo para que apreciara mi piel erizada. Con aquella camiseta se me veía el brazo entero. Me había olvidado de que llevaba puesta una de tirantes finos que tenía un poco de... Bueno, mucho escote. Pensaba que hoy ya no me cruzaría con nadie más, pero la voz de Amos me había hecho salir del apartamento del garaje como si fuera el flautista de Hamelín. Y no solo a mí, porque su padre también había acudido, a hurtadillas y en silencio, para escucharlo.

El señor Rhodes me observó el brazo durante un segundo antes de apartar la mirada. Se agachó y volvió a sentarse en el peldaño más alto, estirando sus largas piernas y poniendo los pies sobre el peldaño de abajo. Supuse que era su forma de zanjar nuestra conversación. Pues muy bien.

Me quedé donde estaba y agucé el oído para escuchar la dulce voz de Amos entonando una canción de amor sobre una mujer a la que quería pero que no le devolvía las llamadas.

Recordé al hombre al que quise una vez cantando algo muy parecido. Me sabía toda la letra de memoria, porque la había escrito yo. Se habían vendido más de un millón de copias de aquel disco. Muchos consideraban que aquella canción era la que lo había lanzado al estrellato. La había compuesto yo cuando tenía dieciséis años y lo único que quería era que mi madre me llamara.

La mitad de su éxito lo había conseguido por sí solo. Tenía una cara que las mujeres adoraban..., aunque aquello no fuera mérito suyo, porque no la había elegido. Se esforzaba por entrenar para mantener el atractivo sexual para sus fans (casi me habían dado arcadas cuando su madre utilizó aquellas palabras exactas). Había aprendido a tocar la guitarra por su cuenta, era verdad, pero había sido su madre quien lo había animado a que siguiera con las clases. Estaba claro que era un artista nato. Había tenido la suerte de nacer con una voz ronca y áspera.

No obstante, tal y como había aprendido a lo largo de los últimos dos años, por mucho que tuvieras una voz fantástica, si tus canciones no eran buenas ni pegadizas no vendes demasiados discos. Kaden se había aprovechado de mí y, a la vez, no. Había sido yo quien le había dejado utilizar mis canciones.

La voz de Amos se elevó un poco, su *vibrato* resonó por el aire y sacudí la cabeza al notar que se me volvía a poner la piel de gallina.

Me giré un poco y vi al señor Rhodes con la vista fijada al frente, con la mandíbula perfectamente alineada mientras escuchaba atentamente y una ligera sonrisa de puro placer dibujada en sus labios rosados. Desvió la mirada y se encontró con la mía por casualidad.

—¡Vaya! —exclamé.

—Vaya —contestó aquel hombre arisco y estricto todavía con una pequeña sonrisa en la cara.

—¿Usted también canta? —pregunté sin poder contenerme antes de recordar que al señor Rhodes no le gustaba mucho hablar conmigo.

—No así de bien —contestó, cosa que me sorprendió—. En eso ha salido a su madre.

Otra mención de la madre. Quería saber más. Me moría de ganas de saber más, pero no me atrevía a preguntar por ella.

Para mi asombro, él siguió hablando.

—Este es el único momento en el que sale de su caparazón, y solo ante unas pocas personas. La música lo hace feliz.

Estaba bastante segura de que era la frase más larga que me había dicho por voluntad propia, pero supuse que nada podía hacer más feliz a un hombre que tener un hijo con talento.

Ninguno de los dos añadió nada más cuando el rasgueo de la guitarra cambió y la voz de Amos fue apagándose mientras tocaba. Seguimos escuchando. Cuando se puso a improvisar, a liarla y a intentarlo de nuevo, volví a hablar.

—Si alguna vez alguno de los dos necesita algo, dígamelo, ¿de acuerdo? Le dejo que siga escuchando a Amos en paz. No quiero que me pille y se enfade.

El señor Rhodes levantó la vista hacia mí y asintió, sin estar de acuerdo pero sin mandarme a la mierda. Crucé de nuevo el camino de acceso en dirección al garaje mientras sonaba una melodía familiar de fondo que sabía de buena tinta que había producido Nori.

Solo podía pensar en lo mucho que me gustaría que algún día el señor Rhodes aceptara mi ofrecimiento. Y seguramente por eso, Amos me pilló.

—¿Aurora? —me llamó.

Me quedé paralizada. ¿Me habían vuelto a cazar?

—Hola, Amos —lo saludé mientras me maldecía a mí misma por ser tan chapucera.

—¿Qué haces? —preguntó tras una pausa.

¿Por qué sonaba tan desconfiado? ¿Y por qué se me daba tan mal disimular? Sabía cuál era mi mejor opción: hacerle la pelota.

—¿Escuchar la voz de un ángel?

En el silencio que siguió se me tensó todo el cuerpo. Me pareció oír que dejaba la guitarra y empezaba a caminar hacia mí. Y, efectivamente, al cabo de un momento su cabeza apareció por la esquina del garaje.

—Hola —lo saludé alzando la mano con la esperanza de que su padre hubiera desaparecido.

—¿Qué te ha pasado en la cara? —preguntó quedándose de piedra al verme.

No paraba de olvidarme de que iba por ahí asustando a la gente.

—Nada, nadie me ha hecho daño. Estoy bien, gracias por preocuparte.

208

Sus ojos, del mismo color que los de su padre, me inspeccionaron. No estaba segura de que me hubiese oído.

—Estoy bien —intenté asegurarle—. Te lo prometo.

Al parecer aquellas palabras lo tranquilizaron, porque entonces volvió a poner su expresión nerviosa.

—¿Te he… molestado?

Arrugué la cara.

—¿Estás de broma? ¡Qué va! —Su padre tenía razón, no se lo creía. Noté que hasta su alma ponía los ojos en blanco—. Te lo digo en serio. Tienes una voz fantástica. —Seguía sin creérselo. Tendría que probar desde otro ángulo—. He reconocido un par de las canciones que has tocado, pero esa del medio… ¿Cuál era? —Eso sí que lo hizo sonrojarse. Seguí mi instinto—. ¿Era tuya? ¿La has escrito tú? —Se apartó de la esquina, y me acerqué para echar un vistazo al garaje. Amos había retrocedido un par de pasos. Tenía la vista fijada en el suelo—. Si la has escrito tú, es genial, Amos. Antes… —Mierda. No tenía pensado decirlo, pero ya era tarde—. Antes… yo escribía canciones. —No me miró. Oh, Dios. Debería haber sido más sigilosa—. Oye, te lo digo en serio. No me gusta herir los sentimientos de la gente, así que si no me hubiera gustado tu voz ni la canción que has cantado no hubiera dicho nada. Se te da muy bien. Tienes mucho talento. —Amos levantó la punta de una de sus zapatillas. Me sentía fatal—. De verdad. —Me aclaré la garganta—. Verás, algunas de las canciones que escribí… han terminado formando parte de algunos discos. —Levantó la punta de su otra zapatilla—. Si quieres… podría ayudarte. A escribir, digo. Podría aconsejarte. No soy la mejor, pero no se me da del todo mal. Y tengo buen oído, normalmente sé lo que queda bien y lo que no. —Levantó sus ojos grises al oír aquellas palabras—. Si quieres. Además, he ido a unas cuantas clases de canto —ofrecí.

Siendo sincera, había asistido a más de unas cuantas. No tenía la suerte de tener una gran voz, pero tenía buen oído musical, y cuando cantaba los gatos no se ponían a maullar y los niños no salían corriendo.

Tras un breve silencio, Amos se aclaró la garganta.

—¿Has escrito canciones que han terminado cantando otros? —preguntó con incredulidad. No era el primero en reaccionar así.

—Sí.

Levantó la punta de ambas zapatillas y tardó otro segundo en hablar.

—Hace mucho tiempo tenía una profesora de canto, pero ya no. —Intenté no sonreír al pensar lo que para él debía de ser mucho tiempo—. Ahora estoy el coro del instituto.

—Se nota.

—No soy tan bueno —dijo lanzándome una mirada incrédula.

—A mí me parece que sí, pero estoy segura de que Reiner Kulti también pensaba que tenía margen de mejora.

—¿Y ese quién es?

Entonces fui yo quien le lanzó una mirada incrédula.

—Un jugador de fútbol famoso. Pero lo que intento decirte es que… creo que tienes talento, pero como alguien le dijo a mi… amigo…, incluso los atletas natos necesitan tener entrenadores y practicar. Tu voz y tu habilidad para escribir canciones son como instrumentos, y tienes que practicar con ellos. Si es lo que quieres. Normalmente me paso las tardes aburrida en el estudio, así que no me importaría echarte una mano. Aunque antes deberías pedirles permiso a tu padre y a tu madre.

—Seguro que mi madre me deja hacer cualquier cosa contigo. Dice que te debe la vida.

Sonreí, pero él no se dio cuenta porque había vuelto a fijar la mirada en sus pies. ¿Eso quería decir que se lo pensaría?

—De acuerdo, pues ya me dirás algo. Ya sabes dónde estoy.

Me miró con sus ojos grises y juro que vi una pequeña sonrisa en su cara.

Yo también sonreí.

13

—¿Qué tiene de malo?

Sentada en una silla de camping con una pierna cruzada encima de la otra en el garaje del señor Rhodes, miré a su hijo, que estaba sentado en el suelo sobre un cojín que había sacado de alguna parte, con su libreta de escritura abierta encima de la rodilla. Llevaba una hora dándole consejos para componer y, aunque no podía decir que estuviéramos discutiendo porque Amos se moderaba mucho conmigo, estábamos lo más cerca de hacerlo que se atrevía. Todavía no había puesto los ojos en blanco.

Era la cuarta vez que nos reuníamos y, sinceramente, todavía estaba sorprendida de que hubiera llamado a mi puerta dos semanas atrás para preguntarme si estaba ocupada, que no era el caso, y pedirme si podía «echarle un vistazo» a una canción en la que había estado trabajando. No me había sentido tan honrada en toda mi vida; ni siquiera cuando Yuki se había tumbado junto a mí en la cama de su habitación de invitados y había susurrado: «No me sale, Ora-Bora. ¿Me ayudas?». A pesar de que no había estado segura de ser capaz, mi corazón y mi cerebro me demostraron que estaba equivocada y escribimos doce canciones juntas.

Además…, Amos era un chico tan tímido que significaba mucho para mí que se hubiera animado a pedírmelo. Ni siquiera Satanás hubiera podido impedirme echarle una mano. Así que eso fue lo que hice: dos horas aquella primera vez, tres la siguiente y, a partir de entonces, dos horas casi cada día.

Había estado tan cortado durante la primera sesión que básicamente me había escuchado divagar hasta que me había pasado su libreta y habíamos empezado a intercambiar ideas. Me lo había tomado en serio. Sabía exactamente lo que se sentía al enseñar a alguien una canción en la que habías estado trabajando y desear con todo tu corazón que no la odiara. Me llenaba de humildad que Amos hubiera dado aquel paso tan importante.

Y de forma lenta pero segura, él había acabado abriéndose un poco. Habíamos empezado a comunicarnos. ¡Me hacía preguntas! Lo que era más: hablaba conmigo. Y a mí me encantaba hablar.

Eso era exactamente lo que Amos estaba haciendo en aquel momento: preguntarme por qué pensaba que le quedaba grande escribir una canción de amor profunda. No era la primera vez que se lo insinuaba, pero sí la primera que le decía directamente que a lo mejor no era una buena idea.

—No tiene nada de malo que quieras escribir sobre amor, pero tienes quince años y no me parece que quieras ser el próximo Bieber, ¿verdad?

Amos apretó los labios y negó con la cabeza demasiado rápido, sobre todo si teníamos en cuenta que la antigua estrella adolescente del pop ahora era un supermultimillonario.

—Creo que deberías escribir sobre algo que te resulte más cercano. ¿Por qué no una canción de amor, pero no del romántico? —pregunté.

Frunció el ceño mientras reflexionaba sobre mis palabras. Me había enseñado dos canciones, pero ninguna estaba lista (como me había asegurado una docena de veces). Eran... No eran exactamente melancólicas, pero desde luego no eran lo que esperaba.

—¿Sobre mi madre, por ejemplo?

Su madre. Encogí un hombro.

—¿Por qué no? Si tienes suerte, no hay amor más incondicional que el de una madre —dije, pero Amos continuó ceñudo—. Solo digo que la canción te quedará más auténtica si has experimentado los sentimientos sobre los que escribes. Es un poco como escribir un libro: hay que mostrar, no contar. Por ejemplo, yo conozco a un… productor que ha escrito muchísimas canciones de amor que han sido un éxito. Y resulta que se ha casado ocho veces. Se enamora y se desenamora en un abrir y cerrar de ojos. ¿Es un cabronazo? Sí. Pero es muy muy bueno en lo suyo.

—¿Un productor? —preguntó con voz demasiado dudosa.

Asentí. Todavía no me creía, y me daban ganas de sonreír. Sin embargo, prefería esto a que lo supiera todo. O a que esperase algo.

—Tal vez por eso te esté costando tanto escribir tus propias canciones, Stevie Ray Junior. —No, no tenía pinta de que fuera a seguirme el rollo, pero sabía que le hacía gracia que le pusiera de apodo nombres de músicos. Echaba de menos poder meterme con alguien, y Amos era un buenazo—. Vale, a ver, dime a quién quieres. —Amos hizo una mueca como si le estuviera pidiendo que se hiciera una foto desnudo y se la mandara a la chica que le gustaba—. A tu madre, ¿verdad?

—Sí.

—¿A tus padres?

—Sí.

—¿Y a quién más?

Se inclinó hacia atrás, apoyando la mano en el suelo, y reflexionó un poco.

—Quiero a mis abuelas —dijo.

—Muy bien, ¿a alguien más?

—Supongo que al tío Johnny.

—¿Cómo que «supongo»? —Me eché a reír—. ¿A alguien más? —Se encogió de hombros—. Bueno, pues piensa en ellos. En cómo te hacen sentir.

—Pero… ¿Mi madre? —dudó, todavía con cara rara.

—Sí, ¡tu madre! ¿No es la persona a la que más quieres del mundo entero?

—No lo sé. La quiero igual que a mis padres.

Todavía no había averiguado nada más sobre a qué se refería exactamente con lo de «padres».

—Solo te estoy dando ideas.

—¿Alguna vez has escrito una canción sobre tu madre? —preguntó.

Había escuchado una de ellas en el supermercado hacía tan solo una semana. Para cuando terminó, ya tenía un intenso dolor de cabeza, pero no se lo conté.

—Prácticamente todas —respondí.

Estaba exagerando un poco. No había escrito nada nuevo desde aquel mes en casa de Yuki. No había estado inspirada, o no había sentido la necesidad de escribir. Antes me resultaba muy fácil. Demasiado, según Yuki y Kaden. Lo único que tenía que hacer era sentarme y las palabras simplemente... venían a mí. Mi tío decía que por eso hablaba tanto: porque siempre tenía demasiadas palabras dándome vueltas por la cabeza y tenían que salir de una manera u otra. Cosas peores había en esta vida.

Sin embargo, hacía mucho que las palabras que durante gran parte de mi vida habían venido a mí como si nada no me encontraban. No estaba muy segura de lo que significaba eso, o quién era, ahora que su ausencia no me asustaba. Especialmente porque sabía que, en otro momento de mi vida, lo que me pasaba me habría aterrorizado.

Echando la vista atrás, me di cuenta de que el torrente de palabras se había ido secando con los años. Me pregunté si había sido una señal.

—Tengo la sensación de que mis mejores canciones son las que escribí desde que tenía más o menos tu edad hasta los veintiuno. Ahora ya no me resulta tan sencillo. —Me encogí de hombros, sin querer añadir nada más.

Una parte de mí creía que era porque antes era mucho más joven e inocente. Mi corazón era más... puro. Mi dolor, más descarnado. En aquella época, sentía mucho. Ahora... Ahora sabía que el mundo estaba poblado por un cincuenta por ciento de gilipollas que iban contra la buena gente. Eso si no era un setenta. La pena, que durante una parte muy larga de mi vida me había consumido, fue agotándose con el tiempo.

Había estado muy bien desde los veintiún años hasta los veintiocho, durante el punto álgido de mi historia de amor. Entonces todo había sido genial..., aunque ahora me daba cuenta de que no por completo. Ahora me daba cuenta de que había muchas cosas que habían sucedido, que se habían dicho, que yo había decidido ignorar. Porque estaba convencida de que había encontrado a mi pareja para toda la vida. Escribir ya no me resultaba tan fácil, pero aún notaba que las palabras estaban ahí, justo debajo de mi corazón, listas para mí. En aquella época, todavía me despertaba en mitad de la noche con frases en la punta de la lengua.

También me había ocurrido con el álbum que había escrito con Yuki, mientras lloraba el fin de mi relación y sentía el vacío que suponía aceptar que algunas cosas no duran para siempre. Entonces había conseguido sacar más palabras de mi interior. Habíamos terminado el disco en tan solo un mes, ambas con el corazón roto. Algunas de aquellas canciones eran de mis favoritas.

Nori había escrito algunos temas con nosotras, pero ella era distinta: era como una máquina de hacer música. Sacaba éxitos como churros, cogía las palabras y las llenaba de vida. Yo era el esqueleto y ella, los tendones y la piel rosada de debajo de las uñas. Era increíble. Un regalo del cielo.

Sin embargo, no podía ni quería contarle a Amos nada de aquello. Todavía no, aunque ya no importara. De todos modos, lo único que me quedaba era una caja llena de libretas viejas.

—Estaba pensando en apuntarme a alguna clase... —empezó a decir, y me costó no arrugar la nariz.

No quería convencerlo de que algo que le apetecía era innecesario, por mucho que fuera inútil. Escribir canciones no era

215

como las matemáticas o la ciencia: no había ninguna fórmula. Lo tenías dentro o no lo tenías. Sabía que Amos lo tenía, porque las dos canciones que me había enseñado, tarareándolas en voz baja durante nuestra última sesión, eran preciosas y tenían muchísimo potencial.

—¿Por qué no? —dije en cambio forzando una sonrisa para que no me leyera la mente—. Puede que aprendas algo.

—¿De verdad crees que debería apuntarme? —insistió con una de sus miradas dubitativas.

—Si te apetece, sí.

—¿Tú lo harías?

Estaba intentando dar con una manera educada de confesarle que no cuando, de repente, Amos se enderezó y abrió los ojos como platos. Estaba mirando algo que había detrás de mí.

—¿Qué pasa?

—No hagas movimientos bruscos —dijo sin mover apenas los labios.

—¿Por qué?

Al ver su expresión tan seria quise levantarme y salir corriendo. ¿Debería girarme? Debería girarme. Pero antes de que pudiera moverme, Amos dijo:

—Tienes un halcón detrás.

—¿Un qué? —siseé y me enderecé todavía más.

—Un halcón —repitió en voz baja—. Está justo ahí. Detrás de ti.

—¿Un halcón? ¿Te refieres al pájaro?

Di gracias a Dios por el alma pura de Amos, porque le impidió responderme un comentario sarcástico.

—Sí, al pájaro —dijo con voz tranquila. Habló con tanta seriedad que me recordó a su padre—. No sé tanto de halcones como mi padre. —Vi que se le movía la nuez del cuello—. Es enorme.

Intenté volverme poco a poco. Alcancé a ver, por el rabillo del ojo, una pequeña silueta justo fuera del garaje. Giré el resto del cuerpo, y la silla, incluso más despacio. Había un halcón

216

ahí mismo. Tal y como había dicho Amos. En el suelo. Tan pancho. observándonos. Puede que solo a mí, pero seguramente a los dos.

Entrecerré los ojos.

—Am, ¿está sangrando? —pregunté.

Oí un chirrido antes de intuir que se estaba arrastrando para sentarse en el suelo junto a mí.

—Me parece que sí. Creo que tiene los ojos hinchados —susurró.

—Es verdad. —Tenía uno más grande que el otro—. ¿Crees que está herido? O sea, no debería estar aquí pasmado, ¿no? A sus anchas.

—Creo que no.

Nos quedamos ahí sentados en silencio mirando cómo el pájaro nos observaba. Pasaron los minutos y no se fue volando. Ni se movió.

—¿Deberíamos asustarlo a ver si se va volando? —pregunté en voz baja—. Así comprobamos si está herido.

—Vale.

Empezamos a levantarnos, pero entonces se me ocurrió algo. Le di una palmadita a Amos en el hombro para indicarle que se quedara sentado.

—No, déjame a mí. A lo mejor este bicho es como un agente de operaciones especiales del ejército o algo así y se la suda que lo asustemos y ataca sin más. Ya me llevarás al hospital si me hace daño. —Me detuve un momento a pensar—. ¿Sabes conducir?

—Mi padre me enseñó hace mucho.

—¿Tienes carné? —pregunté girándome hacia él. Su expresión lo dijo todo: no tenía—. Ah, pues vale.

Me pareció que Amos se reía por lo bajo y aquello me hizo sonreír. Me levanté, ni muy deprisa ni muy despacio. Di un paso hacia delante, pero al pájaro no le importó una mierda. Avancé otro paso, y otro, pero él no hizo absolutamente nada.

—Ya debería haberse echado a volar —susurró Amos.

217

Eso era lo que me preocupaba. Preparada para cubrirme la cara en caso de que el animal decidiera volverse loco, seguí acercándome cada vez más, pero no pareció importarle. Definitivamente tenía el ojo hinchado, y vi que tenía una mancha de sangre en la cabeza.

—Está herido.

—¿Segura?

—Sí, tiene un corte en la cabeza —dije retrocediendo un par de pasos—. Ayyy, pobrecito. Puede que tenga el ala herida y que por eso no pueda irse volando.

—Ya debería haberlo hecho… —susurró Am.

—Tenemos que ayudarlo —dije—. Deberíamos llamar a tu padre, pero aquí abajo no tengo cobertura.

—Yo tampoco.

Quise preguntarle qué hacer, pero la adulta era yo. Iba a tener que averiguarlo por mi cuenta. Había visto una serie de guardas forestales en algún momento. ¿Qué harían ellos? «Ponerlo en una jaula».

—¿Tenéis por casualidad una jaula por casa?

Amos se lo pensó un momento.

—Creo que sí —afirmó.

—¿Puedes ir a buscarla?

—¿Qué quieres hacer?

—Quiero meterlo dentro.

—Pero ¿cómo?

—Pues supongo que tendré que cogerlo.

—¡Ora! Te va a coser la cara a arañazos —siseó, pero yo me centré solo en lo preocupado que parecía estar por mí. Sí que nos estábamos haciendo amigos.

—Bueno, prefiero que me pongan cuatro puntos a que alguien lo atropelle con el coche si se va por su cuenta —dije.

Amos pareció pensárselo.

—¿Por qué no llamamos a mi padre y dejamos que se encargue del halcón? —propuso—. Seguro que él sabe qué hacer.

218

—Ya lo sé, pero no tenemos ni idea de lo lejos que está de aquí o si puede coger el teléfono siquiera. Ve a por la jaula y cuando la tengas le llamamos, ¿vale?

—Es un plan muy estúpido, Ora.

—Es posible, pero no voy a ser capaz de pegar ojo esta noche si al halcón le pasa algo. Por favor, Amos, ve a por la jaula.

El adolescente soltó una palabrota en voz baja y poco a poco rodeó al pájaro, que siguió inmóvil, antes de salir corriendo hacia su casa. Yo seguí vigilando al majestuoso animal mientras él miraba de un lado a otro con unos ojos increíblemente profundos, moviendo el cuello de esa forma espasmódica tan propia de su especie. Ahora que lo observaba detenidamente..., me di cuenta de que era enorme. Gigante. ¿Era normal que los halcones fueran tan grandes? ¿O se había hinchado a esteroides?

—Hola, amigo —dije—. Espera un momento, ¿vale? Vamos a ayudarte.

Obviamente, no me respondió.

No entendía muy bien por qué, pero el corazón me empezó a latir más deprisa. Bueno, tal vez sí que sabía por qué: iba a tener que coger a aquel enorme hijo de puta. Si la memoria no me fallaba (basándome en todos los episodios de series sobre zoos y guardas forestales que había visto), lo único que tenía que hacer era... cogerlo.

¿Los halcones olían el miedo como los perros? Miré a mi nuevo amigo y deseé con todas mis fuerzas que no fuera el caso.

Al cabo de un par de segundos, vi que se abría la puerta de la casa principal y que Amos salía corriendo cargado con una gran jaula. La dejó en el porche antes de volver a entrar como una exhalación. Volvió a salir al momento, metiéndose algo en el bolsillo, y volvió a coger la jaula. Ralentizó el paso al acercarse al garaje y trazó un gran círculo alrededor del pájaro, que seguía sin moverse. Cuando dejó la jaula entre nosotros con cuidado, me di cuenta de que tenía la respiración acelerada. Amos se sacó unos guantes de cuero del bolsillo y me los dio.

—Es lo mejor que he podido encontrar —dijo con los ojos bien abiertos y la cara roja—. ¿Estás segura de esto?

Me los puse y solté un suspiro tembloroso antes de dedicarle una sonrisa nerviosa.

—No. —Me reí un poco por los nervios—. Si me muero…

—No te vas a morir —dijo poniendo los ojos en blanco al oírme.

—… invéntate alguna historia genial sobre cómo te salvé la vida, ¿vale?

—Deberíamos esperar a que viniera mi padre —sugirió mirándome fijamente.

—¿Deberíamos? Sí, pero ¿lo haremos? No, tenemos que cogerlo. Ya debería haber salido volando de aquí y ambos lo sabemos.

Amos volvió a cagarse en todo por lo bajo y yo tragué saliva. Cuanto antes lo hiciera, mejor. Esperar cinco minutos más no cambiaría nada. Seguro que mi madre lo habría hecho.

—Vale, puedo hacerlo —dije intentando animarme—. Como si fuera una gallina, ¿no?

—¿Alguna vez has cogido una gallina?

—No —respondí mirando a Am—, pero he visto a una amiga hacerlo. No puede ser tan difícil. —O eso esperaba.

Podía hacerlo. «Como si fuera una gallina. Como si fuera una gallina».

Abrí y cerré las manos, cubiertas con aquellos guantes enormes. Moví los hombros de arriba abajo y el cuello de un lado para otro.

—De acuerdo. —Me acerqué un poco más al pájaro, rogándole a mi corazón que latiera más despacio. «Que no huela el miedo, por favor. Que no huela el miedo, por favor»—. Muy bien, cariño, amigo, precioso. Pórtate bien, ¿vale? Pórtate bien. Por favor, pórtate bien. Eres precioso. Te quiero. Solo quiero cuidar de ti. Por favor, pórtate bien… —Me abalancé sobre él y luego grité—: ¡Ahhh! ¡Lo tengo! ¡Abre la jaula! ¡Abre la jaula! ¡Ábrela, Am! ¡Joder, como pesa!

Vi por el rabillo del ojo que Amos se acercaba corriendo con la jaula, la abría, y la ponía en el suelo.

—¡Deprisa, Ora!

Aguanté la respiración mientras caminaba como un pato, cargada con lo que estaba bastante segura de que era un pájaro puesto hasta el culo de esteroides (aunque debo decir que no se estaba resistiendo), y lo metí tan deprisa como pude, asegurándome en todo momento de que su cara quedaba bien lejos de la mía. Amos cerró la puerta justo cuando saqué los brazos sin perder la vida en el intento.

Los dos retrocedimos de un salto y echamos un vistazo por la puerta de metal. Estaba ahí, tan tranquilo. Estaba tranquilo. O por lo menos eso me pareció; tampoco es que tuviera una cara muy expresiva.

Levanté la mano y Am me chocó los cinco.

—¡Lo hemos conseguido!

—Voy a llamar a mi padre —dijo el adolescente sonriendo.

Volvimos a chocar los cinco con la adrenalina por las nubes.

Amos se apresuró a entrar en su casa y yo me agaché para volver a mirar a mi amigo. Era un halcón muy bueno.

—Muy bien, precioso —lo felicité.

Y, lo que era más importante: ¡lo había conseguido! ¡Había conseguido meterlo en la jaula! ¡Yo solita! Ni tan mal, ¿no?

Una hora más tarde, bajé por las escaleras al oír un coche. Amos había dicho que su padre llegaría lo antes posible. Después de que me lo comunicara nos habíamos ido cada uno por nuestro lado porque teníamos un subidón demasiado fuerte como para seguir escribiendo. Amos se había ido de nuevo a jugar a videojuegos y yo me había retirado escaleras arriba. Mi idea inicial era acercarme a la ciudad e ir de tiendas para comprar algún detallito para mandar a Florida, pero antes quería saber qué le iba a ocurrir a mi nuevo amigo.

Para cuando abrí la puerta que daba el garaje, el señor Rhodes ya había salido del vehículo y se estaba acercando. Llevaba el uniforme puesto. Por lo visto aquel fin de semana le tocaba trabajar, y mentiría si no dijera que se me hizo un poco la boca agua al ver que los pantalones se le pegaban a los muslos musculosos. Aunque mi parte favorita era la camisa que llevaba metida en la cintura. Joder, qué bueno que estaba.

—Hola, señor Rhodes —dije.

—Hola —contestó para sorpresa mía, y acortó la distancia a grandes zancadas.

—Mire lo que hemos encontrado —indiqué acercándome a la jaula.

Se quitó las gafas de sol y clavó los ojos grises en mí, alzando un poco las cejas.

—Deberíais haberme esperado —dijo deteniéndose junto a la jaula y agachándose. Se levantó de nuevo enseguida, me miró y luego volvió a acuclillarse, esta vez colgándose las gafas de sol de la camisa—. ¿Lo has cogido tú? —murmuró con una voz inquieta y tensa que no sonaba enfadada, solo… extraña.

—Sí, parece que le hayan puesto un chute de esteroides. Pesa un montón.

Se aclaró la garganta y observó al pájaro más detenidamente antes de levantar la cabeza hacia mí.

—¿Con las manos, así tal cual? —preguntó muy lentamente.

—Am me ha traído un par de guantes de cuero.

Volvió a echar un vistazo a la jaula, y se quedó mirando al pájaro durante mucho rato. Puede que en realidad no fuera más que un minuto, pero tuve la sensación de que pasaba mucho más tiempo.

—Aurora… —volvió a decir con aquel mismo tono de voz tan extraño.

—Am ha insistido en que deberíamos esperarle, pero no quería que mi amigo se escapara y terminara atropellado en medio de la carretera. O que le ocurriera cualquier otra cosa. Mire lo majestuoso que es. No podía dejar que se hiciera daño —divagué—. No sabía que los halcones fueran así de grandes. ¿Es normal?

—No lo son —respondió apretando los labios.

¿Por qué hablaba en aquel tono de voz tan comedido?

—¿La he cagado? ¿Le he hecho daño?

Se llevó una manaza a la cara y se la frotó de la frente a la barbilla antes de negar con la cabeza. Suavizó el tono y volvió a dirigir la mirada hacia mí, pasándola por mis brazos y mi cara.

—¿Y no te ha hecho daño?

—¿Que si me ha hecho daño? No. No ha parecido importarle mucho que lo cogiera. Se ha portado muy bien. Le he dicho que queríamos ayudarlo, puede que lo haya notado. —Había visto un montón de vídeos de animales salvajes volviéndose mansos cuando intuían que alguien intentaba ayudarlos.

Tardé un momento en darme cuenta de lo que estaba ocurriendo. Al señor Rhodes le empezaron a temblar los hombros. Luego el pecho. Y, de repente, se echó a reír.

Empezó a reírse con unas carcajadas ásperas que sonaban como un motor intentando arrancar, entrecortadas y roncas. Pero yo estaba demasiado alterada como para poder apreciar su risa... porque se estaba riendo de mí.

—Pero ¿qué tiene tanta gracia?

Consiguió responder a duras penas.

—Ángel..., esto no es un halcón. Es un águila real.

Tardó un montón en dejar de reírse.

Cuando finalmente paró, volvió a empezar enseguida, acompañando sus sonoras carcajadas de lo que estaba segura de que eran un par de lágrimas que se secó con las manos mientras seguía riendo. Estaba demasiado atónita como para poder apreciar aquel sonido áspero e insólito.

En cuanto dejó de reírse la segunda vez, se secó las lágrimas de los ojos y me dijo que lo llevaría a un centro de rehabilitación autorizado y que enseguida volvería. Le lancé un beso a mi amigo a través de los barrotes y el señor Rhodes se echó a reír de nuevo.

A mí no me parecía tan gracioso… Los halcones eran marrones. Mi amigo era marrón. Era un error comprensible. Excepto porque resultaba que las águilas eran mucho más grandes que sus primos más pequeños.

Me fui a la ciudad para comprar regalos para mi familia y antes de regresar pasé por el supermercado. Cuando llegué a casa vi que la camioneta del parque forestal ya volvía a estar aparcada en su sitio. Sin embargo, lo que más me llamó la atención fue ver la escalera larga apoyada junto al apartamento del garaje y, arriba del todo, un hombre enorme con un espray en la mano que apuntaba al punto de unión entre el tejado y la pared.

Aparqué en el lugar de siempre y salí de un salto, ignorando las bolsas de la compra que había dejado en el asiento trasero, para ir a echar un vistazo.

—¿Qué está haciendo? —grité acercándome a la escalera.

El señor Rhodes estaba en el escalón más alto, agarrando el espray con el brazo extendido lo más lejos posible del cuerpo.

—Tapar agujeros.

—¿Necesita ayuda?

No contestó y se estiró un poco hacia un lado para tapar otro más.

Era por los murciélagos. Estaba tapando agujeros para que no entraran murciélagos al estudio. Dado que no había recibido la visita de ningún otro invitado indeseado, me había olvidado por completo de que me había dicho que los sellaría.

—Solo me falta uno —dijo antes de inclinarse un poco hacia un lado y llenarlo.

Se metió el espray en la parte trasera de los pantalones y bajó poco a poco. Aunque no estaba orgullosa de ello, no dejé de mirarle los muslos y el culo mientras lo hacía. Se había quitado el uniforme y se había puesto unos vaqueros y una camiseta. Me entraron ganas de silbarle otra vez, pero no lo hice.

Finalmente llegó abajo del todo y se giró, sacándose el espray de donde se lo había metido para bajar.

—Gracias por taparlos —dije observando su pelo con mechones grisáceos y marrones. Le quedaba muy bien.

Vi que alzaba un poco las cejas.

—No quería que me pusieras una mala reseña —contestó con cara inexpresiva.

Me quedé flipando.

Antes se había reído y ahora estaba haciendo un chiste. ¿Acaso lo habían abducido los extraterrestres? ¿O por fin había quedado convencido de que no era una desequilibrada? No estaba segura, pero me daba igual. Iba a aprovecharlo. A saber cuándo volvería a estar tan simpático.

—Le habría puesto más bien tres —le dije.

Alzó un poco las comisuras de los labios. «¿Eso es una sonrisa?».

—Ahora iba a colgar ese nido para murciélagos que casi te mata —continuó.

Estaba bromeando conmigo. Definitivamente lo habían cambiado por otro. Estaba alucinando tanto que ni siquiera supe qué contestar. Mientras cerraba la boca, que se me había quedado abierta, oí como si mi madre me susurrara algo y hundí los hombros. Ahora me tocaba a mí ponerme seria.

—¿Le importaría enseñarme a hacerlo? —Me quedé callada un segundo—. Me gustaría aprender.

Me miró desde las alturas, con atención, como si estuviera intentando averiguar si iba en serio, pero supongo que al final se dio cuenta de que era el caso porque asintió.

—De acuerdo. Vamos a buscarte unos guantes y el resto del material que necesitamos.

—¿De verdad? —le lancé una sonrisa radiante.

—Si quieres aprender, te enseño —dijo mirándome a los ojos.

—Sí que quiero. Por si algún día tengo que volver a hacerlo.

—Aunque esperaba que no fuera el caso.

225

—Enseguida vuelvo —anunció hundiendo la barbilla.

Mientras él entraba en la casa principal para buscar los guantes, yo cogí las bolsas del coche y las llevé al estudio. Cuando volví a bajar, el señor Rhodes ya había plegado la escalera grande y la había dejado en su sitio, al otro lado del garaje. Entonces sacó la que había intentado matarme y volvió a meterse en casa para traer el nido para murciélagos que previamente debía de haber bajado de mi estudio.

—Cógelo —dijo. Lo llevaba en los brazos.

«¿Cógelo, por favor? Ooooh, qué majo».

Sonreí y alargué la mano para llevarlo yo. Nos dirigimos hacia el mismo árbol que había intentado utilizar la última vez. No tenía ni idea de cómo había sabido él cuál era. Tal vez había dejado la marca de mi cuerpo en la tierra de alrededor al estamparme.

—¿Ha tenido un día muy ocupado? —le pregunté.

—Me he pasado toda la mañana en una ruta porque un senderista ha encontrado unos restos. —Se aclaró la garganta—. Después de eso, he llevado al águila real a la clínica de rehabilitación…

—¿De verdad era un águila? —gemí.

—Y una de las más grandes que ha visto la rehabilitadora. Dice que debe de pesar unos siete kilos.

—¿Siete kilos? —repetí deteniéndome en seco.

—Se ha reído muchísimo cuando le he contado que la has agarrado y la has puesto en una jaula como si fuera un periquito.

—Por suerte vivo para alegrarle el día a los demás.

Me pareció verle sonreír, o por lo menos esbozar esa mueca que solo se podía considerar una sonrisa en su cara, esa en la que alzaba un poco la comisura de sus labios.

—No todos los días alguien coge a un depredador y lo llama «precioso» —dijo.

—¿Amos se lo ha contado?

—Me lo ha contado todo. —Se detuvo—. Voy a poner la escalera aquí mismo.

226

—¿Se va a poner bien mi precioso amigo?

—En realidad deberías llamarla «preciosa», y sí, se pondrá bien. No parecía tener el ala rota, y la rehabilitadora ha dicho que no creía que tuviera ninguna fractura en el cráneo. —Me rodeó y preguntó—: ¿Alguna vez has utilizado un taladro?

—No. —Ni siquiera había utilizado un martillo nunca hasta hacía un par de semanas.

Asintió.

—Sujétalo con fuerza y pulsa el botón —dijo, y me demostró cómo alzando la herramienta negra y verde. El señor Rhodes me miró a los ojos—. ¿Sabes qué? Practica aquí mismo. —Señaló un punto del tronco y puso un tornillo en el extremo del taladro.

Asentí y lo cogí. Y lo hice, metí el tornillo en apenas un segundo.

—¡Lo he clavado! —Lo miré—. ¿Lo pilla?

Aquella vez no esbozó su media sonrisa, pero no se podía ganar siempre.

—Es un tornillo, no un clavo. —Señaló a lo alto de la escalera—. Arriba. Te lo iré pasando todo y te explicaré lo que tienes que hacer. No puedo subir contigo porque superaríamos el peso máximo de la escalera —me advirtió.

Seguro que sí. El señor Rhodes debía de pesar por lo menos noventa kilos. Asentí y empecé a subir antes de notar una mano en el tobillo que hizo que me detuviera y mirara hacia abajo.

—Si ves que se te escapa algo, suéltalo. No te caigas ni dejes que te caiga nada encima, ¿vale? —dijo—. Suéltalo. No intentes detener nada con la cara. No intentes evitar que se caiga. —Parecía bastante sencillo—. Ahora sube y a por ello.

Podía hacerlo.

Sonreí y llegué arriba del todo. Él me pasó el taladro y los tornillos con cuidado antes de darme un tubo de algo que no reconocí. ¿Pegamento? Las rodillas me empezaron a temblar y

227

me esforcé por ignorarlas… y también el hecho de que la escalera parecía moverse un poco, incluso a pesar de que el señor Rhodes la estuviera sujetando.

—Con cuidado. Ya lo tienes… —dijo, mientras yo dejaba escapar un suspiro tembloroso—. Lo estás haciendo genial.

—Lo estoy haciendo genial —repetí, y me sequé la mano en los vaqueros al darme cuenta de que la tenía sudada antes de volver a coger el taladro.

—Déjalo de momento. ¿Ves ese tubo que te he pasado? Está abierto. Pon una gota en los tornillos para que se enganchen bien —indicó desde abajo.

—Vale. —Hice lo que me había indicado y a continuación avisé—: Si se me cae, apártese corriendo, ¿vale?

—No te preocupes por mí, ángel. Hora de taladrar.

—Aurora —le recordé, soltando un suspiro entrecortado.

Estaba bastante segura de que no era la primera vez que me llamaba así en lugar de utilizar mi nombre.

—De acuerdo, solo necesitas un tornillo. No tiene que ser perfecto —señaló. Me explicó los pasos siguientes, que seguí con manos sudorosas—. Lo estás haciendo genial.

—Lo estoy haciendo genial —repetí después de comprobar dos veces que el tornillo estuviera bien sujeto y de que él me pasara el nido para murciélagos.

Me temblaban los brazos. Incluso tenía el cuello tenso. Pero lo estaba consiguiendo.

—Toma —dijo alzando un bote de espray tan arriba como pudo.

Me di cuenta de que era el mismo atrayente del que Clara me había mandado una captura de pantalla cuando se había dado cuenta de que el suyo estaba caducado. Lo apunté lejos de mi cara y rocié el nido.

—¿Algo más?

—No, ahora pásame el taladro, el pegamento y baja.

Miré hacia abajo.

—¿Y el «por favor»? —bromeé.

228

Con eso, volvió a poner aquella expresión pétrea. Mucho mejor.

Hice lo que me pedía, con las rodillas todavía temblorosas, y empecé a bajar por la escalera.

—No estoy muy... ¡Mierda! —Bajé demasiado el pie y no encontré el peldaño, pero por suerte me agarré con fuerza a la escalera—. Estoy bien, estaba todo planeado.

Volví a mirar hacia abajo. Sí, seguía teniendo aquella expresión tan seria.

—Claro que sí —murmuró, haciéndome reír mucho más de lo que seguramente pretendía.

Terminé de bajar los peldaños y enseguida le di los tornillos que me habían sobrado.

—Gracias por ayudarme. Y por lo de la espuma. Y por tener tanta paciencia.

Apretó los labios y se quedó ahí quieto, observándome de nuevo, paseando la mirada por mi cara.

Entonces, el señor Rhodes se aclaró la garganta y todos los atisbos de jocosidad que había vislumbrado desaparecieron.

—Lo he hecho por mí —dijo, de nuevo con su tono más serio, con la mirada en algún punto detrás de mí—. No quiero que vuelvas a ponerte a gritar a pleno pulmón en mitad de la noche y me despiertes otra vez.

Se me desdibujó la sonrisa y me recordé a mí misma que ya sabía que no le caía bien. Todo esto era porque..., porque el señor Rhodes era mi casero y un hombre decente. Le había pedido que me enseñara a colgar el nido y lo había hecho. Nada más. Sin embargo, aunque era consciente de lo estúpido que era, me dolía. Tuve que centrar toda mi energía en mantener una expresión neutra.

—Gracias de todas formas —dije, consciente de lo extraña que sonaba mi voz, y di un paso hacia atrás—. No quiero robarle más tiempo, pero gracias de nuevo.

El señor Rhodes abrió la boca mientras me despedía con la mano, desganada.

—Adiós, señor Rhodes.

Me metí en casa antes de que él pudiera decir nada más. Me centré en las victorias del día. Prefería concentrarme en ellas que en el carácter difuso del señor Rhodes.

Había cogido una puta águila y había colgado el nido para murciélagos yo sola. Había aprendido a usar un taladro. Solo había conseguido victorias ese día.

Y ya era algo. Algo grande y hermoso.

Seguro que dentro de poco estaría cogiendo murciélagos con las manos desnudas. Bueno, era improbable, pero en aquel momento me sentía como si pudiera hacer cualquier cosa.

Excepto caerle bien a mi vecino, pero no pasaba nada.

De verdad que no.

14

Me despertaron unos golpes en la puerta. Unos golpes fuertes y frenéticos.

—¡Ora! —gritó una voz familiar.

Pestañeé y me incorporé en la cama.

—¿Amos? —exclamé mientras cogía el móvil que había dejado cargando en el suelo.

En la pantalla ponía que eran las siete de la mañana. De mi día libre. Domingo. ¿Qué cojones hacía Amos despierto a esas horas? Me había dicho por lo menos tres veces que, a menos que su padre estuviera en casa, se quedaba toda la noche despierto jugando y que no se levantaba hasta pasada la una del mediodía. Me había reído al oírlo.

Puse los pies en el suelo y volví a llamarlo.

—¿Amos? ¿Estás bien?

—¡Ora! ¡Sí! ¡Ven, deprisa! —respondió.

Cogí una sudadera de donde la había dejado tirada encima de una de las sillas de la mesa y me la puse. Aunque durante el día hiciera mucho calor, algunas noches todavía refrescaba.

¿Qué cojones estaba pasando? Bostecé, cogí los pantalones cortos de pijama que me había quitado anoche y me los subí por las piernas en lo alto de la escalera antes de bajar corriendo, tan deprisa como pude. Amos no era un chico muy dado al dramatismo. Habíamos pasado tanto tiempo juntos aquel último mes

231

que me hubiera dado cuenta. Era sensible y tímido, aunque cada día que estaba conmigo salía un poco más de su caparazón.

Por lo menos uno de los dos Rhodes lo estaba haciendo.

Giré la llave en la cerradura, abrí la puerta y lo miré fijamente. Amos, todavía con el pijama puesto, una camiseta arrugada del instituto de la ciudad y unos pantalones de básquet que seguro que había heredado del señor Rhodes, también se me quedó mirando. Tenía una mancha de baba seca en la mejilla e incluso legañas en las pestañas…, pero el resto de su cuerpo estaba bien despierto. Incluso alarmado. ¿Por qué estaba tan nervioso?

—¿Qué pasa? —pregunté intentando no preocuparme.

Me cogió de la mano, cosa que ya me pareció muy significativa (porque Amos toleraba que lo abrazase, pero nunca iniciaba el contacto), y tiró de mí para que saliera del garaje.

—Espera —dije parándome un momento para ponerme las botas sin atar y arrastrar los pies tras él—. ¿Qué ocurre?

Amos ni siquiera me miró mientras seguía guiándome hacia su casa.

—Tu… Tu amiga está en mi casa —dijo entrecortadamente.

—¿Mi amiga? ¿Qué amiga? ¿Clara?

Amos se giró hacia mí con una expresión casi consternada.

—No, *tu amiga* —dijo, y se le movió la nuez al tragar saliva—. Algo habías insinuado, pero sinceramente no te había creído.

—Qué borde —bostecé sin saber de qué cojones estaba hablando, pero decidí seguirle la corriente.

Amos me ignoró.

—Está dentro. Se ha puesto a llamar a la puerta y a gritar tu nombre… No lleva la peluca puesta, pero sé que es ella.

¿Peluca?

Subí las escaleras del porche a zancadas detrás de Amos, todavía demasiado cansada como para usar el cerebro. Se me salió una de las botas y tuve que darle un golpecito en la mano para que se detuviera y pudiera volver a ponérmela.

232

—Ha dicho que nos va a preparar el desayuno a todos, así que he ido corriendo a buscarte —siguió hablando a mil kilómetros por hora, más deprisa que nunca. Y también más que nunca. Abrió la puerta de un empujón y tiró de mí para que me apresurara—. ¿Puedo decírselo a Jackie? Mi padre me ha dado permiso para que venga hoy un par de horas, ¿te acuerdas? Seguro que se pone a llorar.

—Anoche me quedé despierta hasta tarde leyendo, Am. ¿Quién dices que está en tu casa? ¿Clara? ¿Por qué iba a llorar Jackie por verla?

Me condujo hasta la sala de estar antes de detenerse abruptamente.

—¡Ella! —susurró, pero no con reverencia, sino más bien... como si estuviera flipando en colores.

Entrecerré los ojos en dirección a la cocina, bostecé de nuevo y entonces me fijé en la persona de pelo negro azabache y cuerpo esbelto que estaba delante del fogón mezclando algo en un bol de cristal. No veía bien la cara de la mujer, pero en cuanto exclamó «¡Ora!» con entusiasmo supe quién era.

Ganadora de ocho Grammys. Una de mis mejores amigas del mundo entero. Una de mis personas favoritas del mundo entero. Y una de las últimas personas que esperaba ver en casa del señor Rhodes.

—¿Yuki? —pregunté de todas formas.

Dejó el bol sobre la encimera y se acercó corriendo para rodearme con los brazos. Me abrazó fuerte de cojones; tanto que me cortó la respiración. Todavía en shock, le devolví el abrazo con la misma intensidad.

—Pero ¿qué haces aquí? —le pregunté, con un suspiro que procuré dirigir por encima de su cabeza, ya que todavía no me había lavado los dientes.

Me abrazó todavía con más fuerza.

—Hoy tengo el día libre, y ayer, después de terminar el concierto, decidí venir a verte. Intenté llamarte, pero me saltó el contestador. Te he echado mucho de menos, peluche. —Yuki se

233

apartó un poco—. No te importa que haya venido, ¿verdad? Recordaba que me habías dicho que este domingo lo tenías libre. —Antes de que pudiera decir ni una palabra añadió—: Me puedo marchar temprano si hace falta.

Puse los ojos en blanco y volví a abrazarla.

—Claro que no. Tenía planes, pero...

—¡Podemos hacer lo que tuvieras pensado! —propuso apartándose de mí y ofreciéndome una panorámica insólita de su cara sin maquillaje ni peluca.

Yuki Young, la chica a la que tanto quería y que me había pintado las uñas una vez a la semana durante todo el mes que me había acogido en su mansión de mil ochocientos metros cuadrados en Nashville.

Al fijarme en cómo iba, me di cuenta de que solo un auténtico fan la hubiera reconocido. Y, aun así, eso casi nunca ocurría. Siempre habíamos podido salir a caminar por la calle sin problemas... aunque acompañadas en todo momento por su guardaespaldas, que parecía más bien su novio.

—Tampoco pensaba darte a elegir, Yu —dije riendo. Estaba agotada pero contentísima de verla.

Tenía el corazón tan a rebosar de alegría que si los ojos me lo hubieran permitido me habría echado a llorar, pero todavía estaban muy cansados.

El único plan que tenía para hoy era... Mierda. Me giré para mirar a Amos, que estaba exactamente en el mismo lugar donde se había detenido al entrar en la sala de estar. Tenía las manos encima de la barriga, la boca ligeramente abierta y cara de acabarse de enterar de que estaba embarazado de dos meses.

—Amos —dije con cautela, entendiendo por fin lo que estaba pasando—. Esta es mi amiga Yuki. Yuki, este es mi amigo Amos.

Al chico se le entrecortó la respiración.

—Amos, ¿estás seguro de que no te importa que utilice tu preparado para tortitas? —preguntó Yuki con una sonrisa sincera, acostumbrada a aquel tipo de reacción.

234

—Ajá —susurró el adolescente.

Pero yo no estaba tan segura de que no importase que Yuki estuviera allí. Sobre todo, porque conocía al señor Rhodes y sabía lo protector que era.

—Am, ¿puedo usar el teléfono fijo para llamar un momento a tu padre?

Asintió, con la mirada todavía fijada en mi amiga desde hacía diez años. Para no ser muy fan de su música (me lo había dicho él mismo cuando un día mencioné a Yuki de pasada durante una de nuestras sesiones, para tantear el terreno), parecía completamente deslumbrado. Aunque, pensándolo bien, una estrella había aparecido en su casa por arte de magia y le estaba preparando unas tortitas vestida como..., bueno, como la Yuki normal. No había ni rastro de las pelucas de colores que se ponía, ni de su ropa colorida, ni de su maquillaje, todavía más estridente, que muchos de sus fans intentaban imitar.

Estaba simplemente ahí, en una pequeña ciudad de Colorado, con su pelo negro y liso más corto de lo que lo llevaba últimamente, hasta la barbilla, ataviada con unos vaqueros y una vieja camiseta de NSYNC... que ahora me daba cuenta de que me había robado a mí. La quería con locura. Por mucho que fuera una ladrona.

Sin embargo, aun así tenía que llamar y dejar un mensaje. Cogí el teléfono fijo de su base, sobre la encimera, y vi de reojo la amplia sonrisa de Yuki. Me di cuenta de que parecía la hostia de cansada.

Amos me cantó el número de móvil de su padre. Medio esperaba que no respondiera, y recé para que así fuera, así que me sorprendí cuando el señor Rhodes respondió.

—¿Va todo bien? —fue lo primero que dijo, con voz asustada.

Eran las siete y poco de la mañana. Seguramente se estaba preguntando qué hacía su hijo despierto tan temprano si no tenía clase.

—Buenos días, señor Rhodes, soy Aurora —dije, maldiciendo por dentro que hubiera descolgado—. Am está bien.

—Buenos días —me saludó después de una pausa, con cautela—. ¿Hay algún problema?

—No, para nada.

—¿Estás bien? —preguntó despacio. Su voz sonaba tan quejumbrosa que me pregunté a qué hora se había levantado.

Desde el día que habíamos colgado el nido para murciélagos no habíamos hecho mucho más que saludarnos, lo cual consistía en que yo agitaba la mano al verlo y él levantaba un par de dedos o el mentón a modo de respuesta. No se había vuelto a mostrar hablador, ni amable, sino que había vuelto a limitarse a tolerar mi existencia en la periferia de su vida. Me parecía bien. Por lo menos, Amos me hacía compañía. No me hacía muchas ilusiones.

—Los dos estamos bien —contesté esperando que no se enfadara mucho cuando se enterara de que no solo estaba yo en su casa, sino también una desconocida—. Solo le llamaba para decirle que ha venido una amiga mía a visitarme para darme una sorpresa y que sin querer ha llamado primero a su casa y, bueno…, que ahora estamos las dos aquí.

—Vale…

¿Cómo que «vale»? ¿Seguro que era la misma persona que me había advertido por lo menos diez veces que no podía traer visitas?

—Nos está preparando tortitas —añadí haciendo una mueca que me dejó los dientes al descubierto.

Su siguiente «vale» sonó igual que el primero, apagado y un poco extraño. Me dirigí hacia el pasillo donde estaba la habitación de Amos para que no me oyeran y bajé el volumen de voz.

—Por favor, no se enfade con Amos, solo estaba siendo amable. Si hubiera sabido que mi amiga vendría, le habría avisado con antelación o le hubiera reservado una habitación de hotel, pero ha venido de sorpresa —intenté explicar para ir sobre seguro—. Siento que nos hayamos metido en su casa. —¿Acababa de suspirar irritado?—. Nos iremos enseguida. Mi amiga es una de las mejores personas del mundo y le echaré un vistazo a

236

Amos, se lo prometo —suspiré mientras observaba a Amos dar un par de pasos hacia Yuki, que estaba ocupada vertiendo la masa en la sartén que había calentado en algún momento.

—Sé... —Otro suspiro. Mierda—. Sé que lo harás, colega. No pasa nada —dijo.

¿«Colega»? Pero ¿de dónde venía eso? No iba a quejarme, pero... me aclaré la garganta y mantuve la voz neutra.

—Vale. Gracias.

Silencio. Y luego:

—Vale, bueno, puede que nos veamos luego. —Se quedó callado de nuevo—. Llegaré a casa alrededor de las dos.

—De acuerdo.

Valoré advertirle quién era mi amiga, pero al final opté por no hacerlo. Basándome en las pocas veces que había escuchado la música del señor Rhodes cuando tenía las ventanillas de la camioneta o del Bronco bajadas, seguro que ni siquiera sabía quién era Yuki o no le importaba una mierda.

—Adiós —oí que decía.

—Que le vaya bien en el trabajo.

Colgué el teléfono, confundida por lo raro que estaba actuando.

Desvié la mirada hacia la sala de estar y vi que, en la cocina, mi vieja amiga estaba con la cadera apoyada en la encimera y mirándome con atención. Con una atención preocupante, sobre todo porque también estaba sonriendo con picardía.

Y junto a ella estaba Amos, que no le quitó ojo de encima hasta que de repente giró la cabeza hacia mí.

—¿Ora...? —preguntó.

—¿Sí? —dije acercándome hacia ellos.

—Jackie vendrá hacia las once. Para... ya sabes...

Sí que lo sabía. Me sorprendió que él también se acordase, sobre todo porque estaba encandilado mirando a Yuki. Por un momento valoré preguntarle si le importaba que viniera la amiga de Amos..., pero estábamos en su casa. Y, además, ella no era este tipo de persona.

237

—Claro que puede venir de todas formas. Podemos aprovechar que tenemos aquí a doña Ciento Veintisiete Millones de Álbumes Vendidos. Seguro que nos ayuda. —Amos giró la cabeza de golpe hacia mí, con los ojos abiertos y expresión alarmada—. Fue ella quien te mandó el cristal que tienes en la habitación —dije, y juraría que le cambió el color de la cara. Se atragantó.

—¿Quién necesita ayuda? ¿Cómo puedo ayudar? —soltó Yuki.

—Te quiero, Yu. Lo sabes, ¿verdad? —le dije sonriendo.

—Sí, lo sé —replicó—. Yo también te quiero. Pero ¿quién necesita mi ayuda?

—Luego lo hablamos.

Amos volvió a atragantarse con algo y se ruborizó al comprender qué quería decir con eso de pedir ayuda a Yuki, porque aquel día se suponía que íbamos a practicar su puesta en escena. Le había rogado que por lo menos intentara cantar delante de mí. Lo habíamos estado posponiendo hasta que por fin había aceptado... con la condición de que Jackie estuviera allí. Tuvo que pedirle a su padre que hiciera una excepción porque todavía estaba castigado. Hacía poco había descubierto que se suponía que aquel verano tenía que empezar a estudiarse el teórico del carné de conducir, pero, debido a la jugarreta del apartamento, ahora iba a tener que esperarse a que su padre le perdonara.

—Yu. —La miré—. ¿Cómo cojones has llegado hasta aquí?

Se giró para dar la vuelta a las tortitas.

—Roger —su guardaespaldas principal, el que llevaba trabajando para ella probablemente una década y que estaba enamorado de ella, aunque estábamos convencidos de que Yuki ni lo sospechaba— me ha traído en coche justo después de que terminara el concierto en Denver ayer por la noche. Me ha dejado aquí y se ha ido a alquilar una habitación de hotel para dormir un poco.

Volví a fijarme en las ojeras que tenía antes de volverme de nuevo hacia Am para comprobar que todavía no se había desma-

238

yado. Seguía allí plantado, ensimismado en su pequeño mundo, aterrorizado o sorprendido, o probablemente ambas cosas. Estaba casi segura de que no nos estaba prestando ninguna atención.

—¿Va todo bien? —le pregunté en voz baja mientras volvía a dejar el teléfono en la base y reducía la distancia que había entre nosotras.

Yuki dejó escapar un suspiro que parecía provenir desde lo más profundo de su alma y se encogió de hombros.

—No debería quejarme, ¿sabes? —dijo.

—Solo porque no deberías no significa que no tengas derecho a hacerlo.

Se mordió el labio inferior y entonces supe que le pasaba algo. O tal vez solo fuera el estrés habitual de las giras.

—Estoy cansada, Ora. Eso es todo. Estoy muy cansada. Estos últimos dos meses se me han hecho... muy largos y... Ya sabes. Ya sabes.

Sí que lo sabía. Estaba quemada. Por eso se encontraba aquí, seguramente lo único que quería era ser... aquella versión de sí misma. La normal. No el personaje que interpretaba delante de todo el mundo. Yuki era tierna y sensible, y las malas reseñas que recibían sus álbumes le amargaban el mes. Cuando eso ocurría me entraban ganas de asesinar a alguien para protegerla.

A veces mirábamos a las personas y asumíamos que lo tenían todo, sin saber qué era lo que aún anhelaban. Lo que les faltaba. Y la mayoría de las veces eran cosas que los demás dábamos por sentadas. Como, por ejemplo, privacidad y tiempo.

Yuki había venido hasta aquí y estaba cansada. En cuanto me acerqué lo bastante volví a abrazarla. Ella apoyó la frente en mi hombro y suspiró. Mañana iba a llamar a su madre o a su hermana para pedirles que le echaran un ojo.

Al cabo de un minuto, Yuki se separó de mí y consiguió esbozar una sonrisa agotada.

—Ora, ¿dónde puedo comprar un poco de agua Voss por aquí?

Me la quedé mirando. No pestañeé. Acabó por alzar la espátula que tenía en la mano y murmurar:

—Vale, olvida mi pregunta. Puedo beber agua del grifo.

A veces olvidaba que era multimillonaria.

Casi cuatro horas más tarde, Yuki y yo estábamos sentadas en dos sillas de camping del señor Rhodes en el garaje y Amos, en el suelo con cara de no encontrarse bien. Habíamos llegado hasta allí después de consumir una montaña de tortitas a la mesa sin que mi joven amigo dijera ni una sola palabra y de un intento rápido por parte del mismo adolescente para que me tomara el día libre, cosa a la que me había negado, provocando una inesperada y fugaz discusión. Mientras me vestía había podido hablar con Yuki en privado sobre cómo iba la gira, y me había dicho que bien.

Jackie estaba de camino.

—Podemos esperar un día más —insistió el chico, con el cuello rojo.

Normalmente no me gustaba forzar a los demás a hacer cosas, pero se trataba de Yuki, la persona con el alma más amable del mundo entero.

—¿Y si te das la vuelta y haces como si ninguna de las dos estuviéramos aquí? —le propuse. Negó con la cabeza—. Jamás seríamos malas o crueles contigo, y además no es la primera vez que te escucho. No tienes ningún motivo para tener vergüenza, Am; y que sepas que aquí doña Ciento Veintisiete Millones de Álbumes Vendidos…

Yuki gruñó desde su silla, con las piernas cruzadas y una taza de té en la mano que se había preparado en mi apartamento sin que yo supiera muy bien cómo. Conociéndola, seguramente llevaba un par de bolsitas en el bolso.

—Deja de llamarme así.

—No después de que me hayas pedido agua Voss. —Levanté las cejas—. ¿Prefieres que te llame Ganadora de Ocho Grammys?

240

—¡No! —dijo ella. El chico palideció—. Lo único que estás consiguiendo es que Amos se ponga más nervioso —señaló Yuki.

Pero mi locura tenía un propósito.

—Y si te llamo... ¿doña «Vomito antes de cada concierto»?

Se lo pensó durante un momento y asintió alegremente.

—¿Qué? —preguntó Amos con voz baja, saliendo de su estupor.

—Siempre vomito antes de dar un concierto —confirmó mi amiga con voz seria—. Me pongo muy nerviosa. Incluso fui al médico para que me lo miraran.

Amos movió los ojos de un lado para otro, como si le estuviera costando procesar el comentario.

—¿Todavía?

—No puedo evitarlo. Incluso he hecho terapia. Lo he intentado... todo. En cuanto salgo al escenario se me pasa, pero me cuesta mucho subirme. —Descruzó las piernas y volvió a cruzarlas—. ¿Alguna vez has tocado con público?

—No. —Amos reflexionó un momento—. En mi instituto hacen un concurso de talentos cada febrero y estaba... Estaba pensando en participar.

Era la primera vez que le oía decir eso.

—Subirse a un escenario es complicado —confirmó Yuki—. Es muy difícil. Sé que algunas personas se acaban acostumbrando, pero cada vez que tengo que hacerlo yo me toca pelearme con todos mis instintos.

—¿Y cómo te las arreglas? —preguntó Amos con los ojos abiertos como platos.

Yuki meció su taza de té, pensativa.

—Vomito. Me digo que he superado ese momento antes y que puedo volver a hacerlo, me recuerdo que me encanta ganar dinero y me convierto en Lady Yuki. No en la Yuki normal, ojo, sino en Lady Yuki, que es capaz de hacer todo lo que yo no. —Se encogió de hombros—. Mi psicóloga me dijo que no es un instinto de supervivencia muy sano, pero me sirve. —Se apoyó

241

la taza encima del muslo—. A la mayoría de la gente le da demasiado miedo ponerse en una posición en la que se los pueda criticar. No debería importarte lo que piensan los demás si no tienen los cojones de hacer lo mismo que estás haciendo tú. Recuérdalo bien. Las únicas opiniones que realmente cuentan son la tuya y la de las personas a quienes respetas. Todo el mundo le teme a algo, y el perfeccionismo no es realista. Somos humanos, no robots. ¿Qué más da que desafines un poco o que tropieces en la televisión nacional?

Eso era exactamente lo que le había ocurrido a ella. Su hermana lo había grabado y se había estado riendo de Yuki por lo menos durante un año.

Amos se quedó pensativo.

—Bueno… —dije para dejarle un poco de tiempo para que reflexionara sobre los consejos de mi amiga—. ¿Has escrito algo nuevo?

—¿Estás escribiendo una canción? —me interrumpió Yuki.

—Sí —contesté por él—. Todavía estamos intentando averiguar qué historia quiere contar con su música a largo plazo.

—Claro —dijo entendiéndome enseguida y juntando los labios—. Es lo primero que tienes que decidir. Amos, tienes a la mejor persona del mundo a tu lado para ayudarte. No tienes ni idea de lo afortunado que eres.

Apreté los dientes con la esperanza de que no dijera mucho más, pero Amos puso cara de extrañeza.

—¿Quién? ¿Ora?

Su reacción me hizo reír.

—Jo, Am, no suenes tan sorprendido. Ya te he dicho que he escrito unas cuantas canciones. —Lo único que no sabía era que algunas de mis canciones habían… tenido mucho éxito.

Entonces fue Yuki la que puso cara de sorpresa.

—¿Unas cuantas?

Mientras estábamos a solas en mi apartamento le había contado que mis vecinos no tenían ni idea de que antes salía con Kaden, que solo les había hablado de ella ahora, aunque Amos había estado medio preparado porque le había tirado algunas indirectas. Lo único que sabían era que... me había divorciado.

—¿Sus canciones? ¿Tú has escrito *sus* canciones? —preguntó entrecortadamente mi joven amigo, como si lo hubieran derribado de un golpe.

Yuki asintió con demasiado entusiasmo. Yo me limité a enseñarle los dientes con una sonrisa evasiva y me encogí de hombros porque sí.

La confusión y la sorpresa de su cara no se fueron a ninguna parte. Justo cuando parecía que estaba a punto de responder, oímos un coche acercándose por el camino de acceso. Los tres nos giramos para ver aparecer un todoterreno conocido, que dio un giro de tres puntos, y a una adolescente salir sin que el vehículo ni siquiera se detuviera. Una de las ventanillas bajó y apareció la cara familiar de Clara en el asiento del conductor.

—¡Hola! ¡Adiós! ¡Llego tarde!

Y se fue mientras Jackie se acercaba hasta donde estábamos con la mochila en la mano. Am levantó la mano para que se detuviera.

—Jackie, no te pongas nerviosa...

Entonces Jackie se paró en seco, se le borró la sonrisa que llevaba en la cara y clavó la mirada sobre la persona que estaba sentada a mi lado. Se cayó como si fuera un puto árbol. Con tanta fuerza que fue un milagro que no se rompiera la crisma contra el suelo de hormigón al desmayarse.

—Mira que la he avisado —murmuró Am mientras los tres corríamos hacia ella, agachándonos justo cuando abrió los ojos de golpe y se puso a chillar.

—¡Estoy bien! ¡Estoy bien!

—¿Seguro? —preguntó Yuki arrodillándose a su lado.

Jackie volvió a abrir los ojos desorbitados y se puso igual de pálida que Amos unas horas antes, cuando le había dicho que íbamos a reclutar a Yuki para que nos ayudara.

—¡Dios mío, eres tú! —dijo soltando un grito ahogado.

—Hola.

«Hola», decía. Por poco me eché a reír.

—Jackie, ¿estás bien? —pregunté.

—Dios mío, eres tú de verdad —exclamó la adolescente con los ojos llenos de lágrimas, y me di cuenta de que Amos y yo nos habíamos vuelto invisibles.

Mi amiga ni siquiera titubeó. Se arrodilló junto a Jackie.

—¿Quieres que te dé un abrazo?

Jackie asintió frenéticamente, llorosa.

—Yo no he actuado así, ¿verdad? —susurró Amos a mi lado mientras la mujer y la adolescente se abrazaban y de los ojos de Jackie caían todavía más lágrimas. Estaba sollozando. Directamente sollozando.

—Casi. —Lo miré a los ojos y sonreí.

Me lanzó una mirada seria que me recordó demasiado a su padre. Me reí. Sin embargo, cuando me volví de nuevo hacia las chicas, vi de refilón los ojos de Jackie mientras se apartaba del abrazo de Yuki y me pareció distinguir en ellos algo muy parecido a la culpa. ¿A qué venía eso?

Al cabo de un rato, cuando Jackie se calmó y dejó de llorar, cosa que le llevó casi una hora porque en cuanto empezaba a tranquilizarse volvía a empezar, nos sentamos todos en el garaje. Amos y Jackie nos cedieron las sillas y se pusieron en el suelo, uno con pinta de mareado y contrariado a la vez, y la otra... Si la vida fuera un anime, Jackie habría tenido los ojos en forma de corazón.

—Bueno... —dije mirando a Amos en particular.

El chico desvió la vista al techo, pero lo había pillado mirándome un segundo antes. Tampoco quería meterlo en un aprieto si realmente se oponía. O bien quería actuar, cosa que todavía no habíamos hablado mucho, o le gustaba escribir. Podría escribir por sí mismo. Amos tenía una voz preciosa, pero era cosa suya decidir qué quería hacer con su don: quedárselo para sí mismo o compartirlo con el mundo. Era decisión suya.

244

Sin embargo, yo quería que Yuki oyera lo que había escrito, por lo menos una canción. Porque, aunque Amos no fuera un gran admirador del trabajo de mi amiga, tenía la sensación de que cualquier elogio que pudiera hacerle Yuki le iría genial. Si para lograrlo tenía que cantarla yo misma, que así fuera.

—Am, ¿te importa si le enseño a Yu un poco de tu otra canción? ¿La más oscura?

—¿No me vas a obligar a cantarla? —dijo volviendo a mirarme con el cuello cada vez más rojo.

—Preferiría que lo hicieras tú porque ya sabes lo que opino de tu voz, pero depende cien por cien de ti. Pero me vale con que la oiga, si a ti te parece bien.

Bajó la cabeza y supe que se lo estaba pensando. Finalmente asintió. Me pasó la libreta y le señalé la guitarra acústica que estaba apoyada sobre el soporte que tenía al lado. Me la alcanzó junto con una púa.

Ignoré sus cejas alzadas. Aquel chico nunca me creía.

—¡Ah, adoro cuando cantas! —exclamó Yuki a mi lado entrelazando los dedos.

Gruñí mientras me colocaba la ligera guitarra en el regazo y suspiré.

—No se me da muy bien cantar y tocar a la vez —les advertí a los dos adolescentes, uno de los cuales me observaba con atención y la otra creo que ni siquiera había oído ni una sola palabra de lo que había dicho porque todavía estaba muy ocupada mirando a Yuki—. Es solo para que te hagas una idea —dije a pesar de que ya habíamos trabajado lo bastante juntas como para que supiera que todo era solo una idea hasta los retoques de última hora.

—¿Vas a cantar? —preguntó Amos poco a poco.

—A no ser que quieras hacerlo tú —puntualicé moviendo las cejas. Amos guardó silencio, pero no dejó de mirarme dubitativamente—. ¿Y tú, Jackie? ¿Quieres cantar? —le pregunté a mi compañera de trabajo.

Mis palabras la hicieron salir de su trance. Se me quedó mirando y negó con la cabeza.

245

—¿Delante de Yuki? No.

Con la libreta abierta encima de las rodillas, cerré los ojos y susurré la letra en voz baja para acertar con el ritmo. Me aclaré la garganta y oí el ruido distintivo de unos neumáticos en el camino de acceso.

Recordé los acordes que había usado Amos para acompañar la letra el día que su padre y yo lo habíamos estado escuchando y decidí ceñirme a ellos. Eran lo bastante simples como para que pudiera tocarlos. No tenía suficiente habilidad como para tocar acordes difíciles y cantar a la vez; tenía que elegir entre lo uno o lo otro. Consciente de que no iba a volverme mejor por esperar un poco más, empecé. No estaba para nada nerviosa. Yuki sabía que no era ninguna Whitney o Christina. Aunque, pensándolo bien, nadie lo era. Igual que tampoco había otra Lady Yuki.

> *Ayer encontré un libro*
> *de historias secretas*
> *cuyas palabras desoladoras*
> *eran vacías y huecas.*

Vale, no iba tan mal. Antes de continuar le sonreí un poquito a Am, que tenía la boca ligeramente entreabierta. No quedaba mucho.

> *Tal vez contenga un mapa*
> *para encontrar la felicidad.*
> *No permitas por favor*
> *que me hunda en la fatalidad.*

Pasé directamente al estribillo porque Amos había escrito así la canción, a pesar de que había intentado convencerlo de que lo metiera más adelante.

Subimos y bajamos como el mar,
y no puedo seguir con este juego.
No queda lugar donde me pueda refugiar,
hay que seguir alimentando el fuego.

Yuki pilló el ritmo y empezó a seguirlo con el pie, esbozando una gran sonrisa.

—¡Cántalo otra vez! —me animó.

Le devolví la sonrisa, repetí el estribillo y después volví al principio un poco más relajada, dando golpecitos con el pie para mantener el ritmo. Mi amiga me hizo una señal para que empezara de nuevo, pero esta vez añadió su voz dulce, más clara, aguda y penetrante, a la mía. Había personas que tenían un talento incrustado en el ADN que las hacía más especiales, y Yuki Young era una de ellas.

Había sentido lo mismo con Amos. Tenía la capacidad de ponerme la piel de gallina y provocarme escalofríos.

Sonreí mientras Yuki cantaba las partes que había memorizado y miraba a los dos adolescentes, que estaban sentados en el suelo contemplándonos. Y cuando llegamos al final del estribillo sonreí a mi amiga.

—Está bien, ¿verdad?

Yuki asintió con entusiasmo y esbozó una sonrisa bien amplia; no podía quererla más por ser tan cariñosa con mi nuevo amigo.

—¿La ha escrito él? ¿La has escrito tú, Amos? —El chico asintió deprisa, desviando la mirada de la una a la otra—. Muy bien, peluche. Está muy bien. Esa frase sobre hundirse en la fatalidad… —Volvió a asentir con la cabeza—. Es muy buena. Inolvidable. Me encanta.

Amos fijó la mirada en mí y, justo cuando iba a abrir la boca, oí otra voz mucho más grave detrás de mí.

—Vaya.

Me giré para echar un vistazo por encima del hombro y me encontré al señor Rhodes allí de pie en el garaje. Llevaba aquel uniforme increíble puesto y tenía los brazos cruzados sobre el pecho, los pies un poco separados y una sonrisa en los labios. Era pequeña, pero definitivamente estaba ahí. Pensé que debía de haberlo dicho por la preciosa voz de Yuki, pero me estaba mirando a mí. Me estaba dedicando aquella sonrisa diminuta a mí. Se la devolví.

—¡No sabía que cantabas! —gritó Jackie de la nada.

—He ido a muchas clases de canto. No se me da mal, pero tampoco se me da bien —respondí después de girarme hacia ella.

Junto a mí, Yuki resopló. Ni siquiera la miré.

—Pero ¿qué dices? Ya me gustaría que mi voz sonara tan ronca como la tuya.

Al oír sus palabras me volví hacia ella y parpadeé.

—¡Pero si tienes un rango vocal de cuatro octavas!

—Acepta el cumplido, Ora —dijo, parpadeando de vuelta.

Me levanté y le devolví la guitarra a Amos, quien todavía me estaba mirando furtivamente, y le dejé la libreta junto al cojín donde estaba sentado. Mi vieja amiga también se había levantado y le di unos golpecitos en el hombro antes de señalar a mi casero.

—Yuki, este es el señor Rhodes, el padre de Amos y el propietario de la casa. Señor Rhodes, esta es mi amiga Yuki.

—Encantada de conocerle, agente —dijo Yuki alargando con presteza la mano para saludarlo.

Vi que las cejas del señor Rhodes se alzaban detrás de sus gafas de sol.

—Solo soy guarda forestal, pero encantado también. —No me había dado cuenta hasta entonces de que llevaba una bolsa en cada mano. Se pasó la que llevaba en la derecha a la izquierda y dio un apretón a Yuki tan deprisa que tardé en darme cuenta de lo rápido que se había movido para volver a centrar su atención en… mí—. No sé si os apetece, pero he traído comida para los chicos. Tengo de sobra.

¿A qué estaba jugando? ¿Se tomaba una pastilla de la felicidad de vez en cuando para cambiar de humor? Mi pequeño corazón se encogió de la sorpresa.

—Eh, bueno...

Entonces el teléfono de Yuki empezó a sonar exageradamente fuerte, y ella soltó una palabrota antes de alejarse, respondiendo con un «¿Sí, Roger?».

—Ahora se lo pregunto —le aseguré inclinando la cabeza en la dirección en la que se había ido. Luego dije lo primero que me vino a la cabeza—. ¿Qué tal le ha ido hoy el trabajo?

—Bien. He puesto demasiadas multas —me contestó y todo. Qué raro...

—¿Y cuántas personas se han hecho las tontas y han dicho que no tenían ni idea de lo que estaban haciendo mal? —pregunté sin esperar respuesta.

—La mitad —dijo. Yo me reí por la nariz y vi que se le alzaban un poquito las comisuras de los labios—. Voy a llevarme a estos dos —dijo—. Si decidís que queréis comer algo, ya sabes dónde estamos.

Nos estaba invitando a su casa de verdad. Estuve tentada de preguntarme por qué estaba siendo tan simpático, pero no estaba segura de ser capaz de descubrirlo. Me pareció que más sensato era aceptarlo sin más.

—De acuerdo, gracias.

Sin embargo, el señor Rhodes no se marchó. Se quedó justo donde estaba, con su corpulencia y sus músculos. Como si nada.

—¿Cómo ha ido el día?

—Muy bien. Jackie y Amos ya conocían a mi amiga.

—¿En serio? —dijo, pero no preguntó cómo era posible ni de qué la conocían.

—Sí.

Asintió, pero lo hizo de manera tan desenfadada que pensé que algo no cuadraba, pero no sabía muy bien por qué.

—¿Tu amiga se va a quedar a pasar la noche?

—No tengo ni idea, pero creo que no.

Mañana tenía un concierto en Utah, así que lo dudaba, pero no se lo había querido preguntar. Él volvió a asentir y, de nuevo, lo hizo de una manera demasiado desenfadada.

—Papá, ¿podemos comer ya? —preguntó Amos, que lo estaba esperando justo fuera del garaje.

El señor Rhodes le contestó justo mientras yo me giraba un poco. Vi a Jackie de pie junto a él, pero me estaba mirando a mí. Otra vez. Con aquella expresión tan rara en la cara. El Rhodes pequeño y el señor Rhodes salieron del garaje sin decirse ni una sola palabra más, cosa que me hizo reír. Jackie no los siguió.

—¿Estás bien? —le pregunté, oyendo a lo lejos la voz de Yuki, quien todavía hablaba por teléfono mientras daba vueltas por casa.

—Pues... no —dijo con voz ronca.

—¿Qué te pasa? —pregunté acercándome más a ella.

—Tengo que contarte una cosa —respondió con cara seria.

Estaba empezando a asustarme, pero no quería disuadirla.

—De acuerdo. Dime.

—Por favor, no te enfades.

Odiaba que la gente dijera eso.

—Me esforzaré todo lo que pueda en comprender lo que me vas a contar y me lo tomaré con la mente abierta, Jackie.

—Prométeme que no te vas a enfadar —insistió, tamborileando con sus dedos delgados sobre el muslo.

—Vale, de acuerdo, te lo prometo, pero que conste que puede que me frustre o me sienta herida.

Jackie reflexionó un momento sobre mis palabras y asintió. Esperé a que me contara... lo que fuera que tuviera miedo de decirme. Y entonces lo hizo.

—Sé quién eres —lo dijo tan apresuradamente y deprisa que me costó distinguir una palabra de la otra, así que la miré con ojos entrecerrados.

—Eso ya lo sé, Jackie.

—No, Aurora, sé quién eres en plan... *sé quién eres*.

No tenía ni idea de qué cojones estaba intentando decirme. Seguramente se dio cuenta porque inclinó la cabeza hacia atrás y cerró los ojos.

—Sé que eras la novia de Kaden Jones..., o su mujer..., o lo que fuera —añadió. Abrí los ojos como platos—. ¡No quería decir nada! —continuó—. Hace tiempo, leí... Leí los mensajes que te mandabas con Clara, así que te... Te busqué. Aunque ya no llevas el pelo rubio, te reconocí en cuanto te vi. Hay una página web dedicada a las mujeres que han sido vistas con Kaden y salíais en algunas fotos juntos, o sea, en fotos antiguas, y conseguí ver un par antes de que las borraran...

—¡Ora! —me llamó Yuki de repente—. Roger es un aguafiestas y dice que viene de camino a recogerme.

Iba a tener que preguntarle a Yuki si alguno de sus cristales podía ayudarme a tener claridad mental.

—No se lo voy a contar a nadie, ¿vale? —prosiguió Jackie—. Solo... Solo quería decírtelo. Por favor, no te enfades.

—No estoy enfadada —le dije sorprendida. Justo cuando abrí la boca para añadir algo más, apareció Yuki por la esquina, resoplando.

—Quería quedarme más tiempo contigo —anunció exasperada.

Jackie parecía dubitativa. Retrocedió un paso, se mentalizó y soltó de carrerilla:

—Te quiero un montón. Hoy ha sido el mejor día de toda mi vida. No lo olvidaré nunca. —A continuación, en lo que dura un parpadeo, Jackie se acercó a Yuki, le dio un beso en la mejilla y se marchó corriendo antes de detenerse de repente y darse la vuelta—. ¡Lo siento mucho, Aurora! —gritó antes de seguir corriendo.

Yuki la observó mientras se iba con una pequeña sonrisa en la cara.

—¿Está bien? —preguntó.

—Acaba de confesarme que sabe que Kaden y yo estábamos juntos, pero dice que no se lo va a contar a nadie —expliqué después de tragar saliva.

Yuki volvió la cabeza hacia mí rapidísimo.

—¿Qué? ¿Cómo?

—Por una web de fans.

Mi amiga hizo una mueca.

—¿Quieres que compre su silencio? —preguntó.

—¡No! —Sus palabras me provocaron una carcajada—. Ya hablaré con ella más tarde. ¿Qué decías? ¿Que Roger viene de camino a recogerte?

Me explicó que su representante se había cabreado y que quería que fuera a Utah aquella misma noche, así que habían alquilado un avión que saldría dentro de una hora del aeropuerto local.

—Me ha dicho que llega en quince minutos.

—Vaya mierda —dije—, pero estoy contenta de que hayas venido y de que hayamos podido vernos un rato al menos.

Yuki asintió, pero poco a poco puso una expresión extraña.

—Antes de que me olvide, ¿por qué no me habías hablado de don Guapo, Alto y Canoso?

Me eché a reír.

—Es guapo, ¿eh?

—¿Cuántos años tiene?

—Creo que cuarenta y pocos.

Yuki silbó.

—¿Cuánto debe de medir? ¿Metro noventa? ¿Y cuánto debe de pesar? ¿Poco más de cien kilos?

—¿Por qué eres tan rara? Siempre mides a la gente.

—Es lo que me toca hacer cuando contratamos guardaespaldas. Aunque más grande no siempre es mejor... A veces, sí. Ya me entiendes.

Entonces fui yo la que levantó las cejas.

—No van por ahí los tiros, ya me gustaría. Siempre la fastidio con él y creo que no le caigo muy bien. Excepto cuando está de buen humor.

—¿Cómo no le vas a gustar? —preguntó mi amiga frunciendo el ceño—. Si me fueran las mujeres, seguro que me sentiría atraída por ti.

—Qué cosas más bonitas me dices, Yu.

—Es verdad —dijo alzando una ceja—. Si no le gustas, él se lo pierde, pero te juro que he visto que te miraba como yo a las magdalenas cuando las veo en el catering, cuando me muero de ganas de comerme una pero mis modelitos dicen que mejor no.

—Estás estupenda y puedes comerte una magdalena si te apetece —le aseguré.

Se rio y los siguientes minutos transcurrieron a toda velocidad. De repente apareció un pequeño todoterreno por el camino de gravilla, se detuvo y de dentro salió un hombre igual de grande que el señor Rhodes. Roger, el guardaespaldas de Yuki, me dio un abrazo, me dijo que me echaba de menos y básicamente metió a Yuki a la fuerza en el asiento del copiloto del todoterreno. Justo en aquel momento me di cuenta de que Yuki había subido antes a mi apartamento para coger su bolso y... ¿cómo cojones se las había arreglado para tener cobertura? Iba a tener que cambiarme de compañía.

Yuki bajó la ventanilla y el enorme exmarine rodeó el coche para ponerse detrás del volante.

—Ora-Bora.

—¿Sí?

Apoyó el antebrazo en el marco de la ventanilla y sacó la barbilla.

—Sabes que si quieres puedes venirte conmigo de gira, ¿verdad?

Tuve que apretar los labios antes de asentir y sonreír.

—Lo sé. Gracias, Yu.

—¿Te lo pensarás? —preguntó mientras su guardaespaldas encendía el motor del coche.

—Sí, pero de momento soy muy feliz aquí —contesté con sinceridad.

Lo cierto era que no quería seguir durmiendo en hoteles. La idea de vivir en un autobús, aunque fuera de gira con mi mejor amiga, ya no me apetecía ni me entusiasmaba tanto como antes, por mucho que ella fuera lo único que lo haría tolerable y divertido.

Quería echar raíces, pero me pareció cruel decírselo en ese momento, consciente de que la deprimía mucho cada vez que tenía que marcharse. Era duro estar en la carretera durante meses y meses, lejos de tus seres queridos, sin paz ni privacidad. Sin embargo, la pequeña sonrisa que me dedicó Yuki mientras Roger gritaba «¡Adiós, Ora!» me indicó que sabía exactamente lo que estaba pensando.

Si volviera a irme por alguien, sería por ella. Pero no quería hacerlo.

—Te quiero —se despidió, con voz demasiado melancólica—. ¡Cómprate un coche nuevo antes de que llegue el invierno! ¡Lo necesitarás!

—¡Yo también te quiero! ¡Lo haré! —le respondí, dándome cuenta de que me iba a tocar escribirle a su madre y a su hermana cuanto antes.

Y se fueron dejando un rastro de polvo. Se marchó para volar hasta lo más alto y seguir impulsando una carrera hecha a base de lágrimas y coraje.

De repente, no tenía ganas de estar sola. Y al fin y al cabo, el señor Rhodes me había invitado, ¿no?

Los pies me condujeron hasta la casa principal mientras digería aquella visita agridulce que me había levantado el ánimo y me había alegrado el día. Llamé a la puerta y vi que se acercaba una silueta a través del cristal. Por el tamaño supe que se trataba de Amos, así que, cuando abrió la puerta y me indicó que pasara, conseguí esbozar una pequeña sonrisa para él.

—¿Se ha ido? —preguntó en voz baja mientras íbamos juntos hacia la sala de estar.

—Sí, me ha pedido que me despidiera de ti de su parte —dije.

Noté que me miraba de reojo.

—¿Estás bien?

El señor Rhodes y Jackie estaban sentados a la pequeña mesa de la cocina engullendo unos platos repletos de comida china. Ambos se irguieron al oír la voz de Am y la mía.

254

—Sí, es solo que ya la echo de menos —respondí con sinceridad—. Me alegro de que haya venido. Me da pena no saber cuándo volveré a verla.

La silla junto al señor Rhodes estaba retirada y tardé unos segundos en darme cuenta de que no era por arte de magia, sino que la había empujado él con la rodilla. Siguió masticando mientras me señalaba unos platos que estaban sobre la encimera, junto a los recipientes de comida. Sintiéndome tímida de repente, cogí uno y lo llené con un poco de todo. En realidad, no tenía mucha hambre, pero quería comer igualmente.

—¿Cómo os conocisteis? —preguntó Amos mientras yo me servía.

Por un momento se me quedó la mano paralizada, pero opté por contar la verdad.

—Nos conocimos en un gran festival de música de Portland hará unos… once años. A ambas nos dio un golpe de calor entre bastidores y terminamos coincidiendo en la tienda de primeros auxilios. Hicimos buenas migas.

Esperaba que alguien preguntara qué hacía yo entre bastidores, y me preparé para darles alguna explicación…, pero ninguno de los tres dijo nada.

—¿Debería saber quién es? —preguntó el señor Rhodes de la nada mientras estaba ahí sentado, comiendo deprisa y con pulcritud.

Amos se tapó la cara con la mano y resopló, y Jackie se embarcó en una explicación que estaba segura de que hizo que el señor Rhodes se arrepintiera de haber preguntado.

No sabía por qué había decidido ser amable e invitarme a comer, pero le estaba muy agradecida. Era un hombre realmente decente.

Y no había amiga mejor que Yuki.

15

—Espera un momento, espera un momento… —dije. Clara sonrió al darle el recibo al cliente después de cobrarle. Yo mantuve mi cara de confusión mientras ordenaba la pila de folletos de excursiones de caza que había encima del mostrador—. ¿Por qué la gente pesca percas si no se las come?

Walter, uno de mis clientes favoritos por su amabilidad, quien venía a la tienda siempre que se aburría, cosa que ocurría muy a menudo porque acababa de jubilarse, cogió el pequeño recipiente de plástico lleno de moscas que justo acababa de pagarle a Clara.

—Las percas no saben bien, Aurora. No saben nada bien. Pero no se resisten mucho cuando las sacas del agua con el sedal, y abundan en las reservas de la zona. Los guardas de caza las reabastecen. —Me pregunté quién debía de hacerlo. El señor mayor me guiñó el ojo amigablemente—. Ya es hora de que me vaya. Que tengáis un buen día, señoritas.

—Adiós, Walter —dijimos Clara y yo mientras el hombre se dirigía a la salida. Se despidió saludando con la mano por encima del hombro.

—Deberíamos ir algún día —propuso Clara cuando la puerta se cerró detrás de él.

—¿A pescar?

—Sí. El otro día mi padre dijo que le gustaría salir con el barco. Hace mucho que no lo toca y está haciendo buen tiempo.

256

Últimamente se encuentra mejor y no ha tenido problemas moviéndose.

Ni siquiera tuve que pensármelo mucho.

—De acuerdo, vamos.

—Podríamos...

Clara dejó de hablar y seguí su mirada hasta el hombre que estaba junto a la puerta, con el teléfono pegado en la mejilla. Era Johnny, el tío de Amos.

—Ve a atenderlo —le susurré a Clara.

—Ve tú —masculló.

—¿Por qué?

—Porque ese hombre salió con mi prima y lo que dije el otro día iba en serio: no estoy lista para nadie, y me gusta, pero no de esa manera —explicó. Clara señaló hacia la parte de la tienda por la que estaba deambulando—. Ve. Tú también estás soltera.

—Solo le voy a preguntar si necesita algo —resoplé.

Cuando estaba a medio camino del lugar donde se había detenido Johnny, frente a un perchero con chaquetas impermeables, él posó la mirada sobre mí. Tardó un momento en ubicarme, pero finalmente esbozó una sonrisa.

—Yo a ti te conozco.

—Así es. Hola, Johnny. ¿Necesitas ayuda?

—Hola, Aurora.

Volvió a dejar la chaqueta en el estante y me miró de la cabeza a los pies y luego de nuevo de los pies a la cabeza. Lo ignoré, igual que había ignorado a los otros dos tipos que habían hecho lo mismo un rato antes.

—¿Cómo estás? ¿Puedo ayudarte a encontrar lo que buscas?

Había descubierto que era mucho más fácil delegar el trabajo si primero preguntaba a los clientes si buscaban algo en concreto. Si querían alguno de los productos que vendíamos en la tienda, podía encontrarlo sin problemas, pero en cambio si tenían preguntas complicadas y específicas... Todavía no era una experta, a pesar de haberme informado muchísimo sobre las actividades al aire libre. Las clases del señor Rhodes me habían

257

ayudado, pero también había investigado por mi cuenta y, ahora que el negocio se había calmado un poco al bajar el pico de la temporada turística, seguía molestando a Clara con preguntas.

—He entrado con la intención de comprar plomos —dijo. Ahora sabía que aquello era material de pesca—, pero me he distraído con esta chaqueta de aquí. —Volvió a recorrerme con la mirada y alzó todavía más las comisuras de los labios.

—Los plomos están allí al fondo, junto a ese expositor, pero si no encuentras exactamente lo que buscas seguro que lo podemos encargar.

—De acuerdo, ahora echo un vistazo —dijo asintiendo, con aquella sonrisa bobalicona todavía en los labios—. ¿De verdad trabajas aquí?

—No, es que le he robado el uniforme a Clara y cuando tengo tiempo libre vengo aquí a pasar el rato con ella.

—Era una pregunta estúpida, ¿no? —sonrió.

—Creo que «estúpida» es una palabra muy fuerte —dije encogiéndome de hombros.

Sonrió y me eché a reír.

—Es solo que… no tienes pinta de trabajar aquí. Perdona. Eso ha estado fuera de lugar.

—No pasa nada, voy aprendiendo sobre la marcha. —Volví a encogerme de hombros—. Si necesitas algo más, avísame. Estaré por aquí.

Johnny asintió y me lo tomé como una señal de que podía irme. Volví al mostrador, donde Clara estaba mirando el móvil, aunque tenía el presentimiento de que solo estaba disimulando y que en realidad no nos había quitado el ojo de encima. No tardó en demostrar que no me equivocaba.

—¿Qué ha dicho? ¿Quiere que le hagas un hijo?

Eso me arrancó una carcajada tan descomunal que tuve que inclinarme hacia delante y presionar la frente sobre el mostrador que nos separaba para no caerme al suelo.

—Espera. Los hombres no pueden quedarse embarazados.

—No que yo sepa —dije todavía riendo y mirando al suelo.

Nos partimos de risa. Cuando conseguí levantar la cabeza, Clara había desaparecido detrás del mostrador. Puede que estuviera tumbada en el suelo, porque seguía oyendo su risa, pero no la veía.

—Tendré que traerte algunas de mis novelas románticas para que aprendas un par de cosas —dije moviendo las cejas.

—Ya sé sobre estas cosas.

—A tu edad deberías saber más.

—¡Pero si tenemos la misma edad!

—Pues por eso lo digo.

Clara se echó a reír y vi que empezaba a asomar la cabeza sobre el mostrador, pero de repente volvió a desaparecer.

—¿Podrías cobrarme?

Era Johnny. Me giré hacia él, secándome las lágrimas de los ojos de tanto reír.

—Por supuesto —contesté.

Rodeé el mostrador hasta donde estaba la máquina registradora y la abrí. Johnny me pasó un par de paquetes pequeños que escaneé apresuradamente.

—Y, bueno... Aurora...

—¿Sí? —Levanté las cejas.

—¿Tienes planes esta noche?

Me había olvidado de que era viernes.

—Tengo planes con mi iPad y la sangría que pensaba hacer.

Johnny tenía una risa radiante y no pude evitar sonreír al decirle lo que me debía.

Entonces la puerta de la tienda se abrió y Jackie se escabulló para dentro. Nos miramos a los ojos y le sonreí. Me devolvió el gesto con timidez. Las cosas entre nosotras estaban..., no quería decir «raras», pero sí algo tensas desde que me había confesado que sabía lo de lo mío con Kaden. No me había enfadado con ella ni un poquito, pero ninguna de las dos había hecho el esfuerzo de volver a sacar el tema después de que Yuki interrumpiera nuestra conversación para decir que la estaban viniendo a buscar porque tenía que irse a Utah.

No estaba ni triste, ni cabreada, ni preocupada. Había llegado a la conclusión de que… En fin, si Jackie se lo hubiera querido contar a Amos y al señor Rhodes, ya lo habría hecho. Mi secreto estaba a salvo con ella, pero tarde o temprano deberíamos tener una conversación al respecto. Y, al menos, también debería tenerla con Amos.

Johnny saludó a la chica cuando pasó a su lado y se metió la mano en el bolsillo trasero para sacar la cartera y darme la tarjeta.

—¿Quieres el recibo?

—No. —Se aclaró la garganta, cogió los dos paquetes de plomos y titubeó—. ¿Te gustaría dar plantón a tu iPad y venir a cenar conmigo? Conozco un restaurante mexicano muy bueno que seguro que tiene sangría. —Eso sí que no me lo esperaba. Su propuesta me pilló tan por sorpresa que no supe qué decir. ¿Me estaba proponiendo una cita?—. A no ser que ya estés con alguien —añadió rápidamente.

—No, no estoy con nadie —admití con la misma velocidad mientras me lo pensaba.

—Te preguntaría por Rhodes, pero siempre se pone muy raro con las mujeres guapas. —Me dedicó una sonrisa sugerente.

Gruñí e hice una mueca, pero… ¿Qué cojones podía perder? Clara había asegurado que no estaba interesada en Johnny de aquella manera, ¿verdad? Siempre podía volvérselo a preguntar. Tampoco es que fuera a acostarme con él.

Sí, claro, el señor Rhodes estaba buenísimo, pero ¿qué más daba? Apenas me hablaba. Y por la manera en la que me miraba, estaba casi segura de que se arrepentía de haber permitido que me quedase durante más tiempo. Era amable un momento y dejaba de serlo al siguiente. No lo entendía para nada, y no quería comerme la cabeza por él.

Había venido a vivir aquí para… seguir adelante con mi vida, y en parte eso consistía en… salir con alguien. No quería estar sola. Me gustaba la estabilidad. Quería tener a una persona que se preocupara por mí, y viceversa. No era la primera vez que alguien me proponía una cita desde que trabajaba en la tienda, pero sí que era la primera en la que lo consideraba seriamente.

A la mierda.

—Vale. De acuerdo. Por lo menos me responderás cuando hable, no como mi iPad.

Su sonrisa se ensanchó y me di cuenta de que estaba contento. Me hizo sentir bien.

—Te responderé, te lo prometo. —Sonrió un poquito más—. ¿Quieres que te pase a recoger?

—¿Qué tal si nos encontramos directamente ahí? ¿En el restaurante?

—De acuerdo —asintió él—. ¿Te va bien a las siete?

—Perfecto.

Me dijo el nombre del restaurante, que me sonaba. Estaba junto al río que serpenteaba por en medio de la ciudad.

—Te esperaré en la entrada.

Sabía que aquello era un paso, tal y como decía Clara. Era algo. Y eso era mejor que nada, sobre todo cuando partías de cero.

—Pues nos vemos luego —dijo Johnny con esa sonrisa enorme—. Gracias.

—No hay de qué, nos vemos —dije.

Dado que la tienda estaba vacía, Clara se permitió soltar un gritito.

—¿Te acaba de pedir una cita?

—Ya ves —respondí—. ¿Te parece bien? Si sí que te gusta, puedo cancelarla.

Clara negó con la cabeza, y por la facilidad con la que lo hizo supe que estaba diciendo la verdad.

—Ve. Johnny no me interesa de esa manera. —Se detuvo un momento—. ¿Tienes algo para ponerte? —Supongo que me lo pensé demasiado porque me hizo una mueca—. Bueno, pues ya sé lo que voy a hacer durante el descanso para comer.

—¿Qué? —pregunté levantando las cejas.

Pero Clara se limitó a sonreír.

Un último vistazo en el espejo del baño del apartamento me confirmó que no iba a tener mejor aspecto por intervención divina. Estaba todo lo guapa que podía estar.

No me había pasado tres pueblos con el maquillaje, pero tampoco me había puesto solo un poco. Era justo lo adecuado para una cita, o eso creía: suficiente como para ocultar las marcas y las señales que indicaban que era mercancía usada, pero sin esconderlas tanto como para parecer una persona diferente.

En alguna ocasión me había dejado maquillar por un profesional, pero había acabado quitándomelo porque no me gustaba cómo me sentía. No tenía motivos para quejarme de mi piel incluso sin la base. Y si alguien me veía el grano que me había tocado aquella mañana, pues mala suerte.

Afortunadamente, Clara había ido a su casa durante el descanso y me había traído una falda que le venía un poco pequeña y una blusa muy mona que dijo que podía quedarme. No tenía ningún par de tacones, y mis pies eran por lo menos una talla más grande que su treinta y ocho, así que tuve que conformarme con unas sandalias que, por suerte, conjuntaban con la falda y la blusa verde esmeralda.

Creía que estaba guapa. O, por lo menos, así me sentía.

No esperaba mucho de aquella noche, excepto, con suerte, disfrutar de la compañía. Tenía planeado pagar mi parte de la cena, por si acaso.

Cogí las llaves y el bolso (y, sin motivo aparente, recordé los veinte bolsos de todos los tamaños que Kaden me había regalado a lo largo de los años y que había dejado en su casa), y me dirigí escaleras abajo.

Me detuve en seco. No había oído la puerta del garaje, pero estaba abierta como unas fauces enormes. Amos y el señor Rhodes estaban examinando el mecanismo que la abría.

262

—Hola, chicos. —Supuse que yo también los había sorprendido a ellos porque, cuando hablé, Amos dio un respingo y me pareció ver que su padre sacudía un hombro. De lo que sí estaba segura era de que el señor Rhodes entrecerró un poco los ojos. Me pareció que dirigía la vista a mis piernas—. ¿Va todo bien?

—Hola, Ora. El mecanismo de la puerta se ha estropeado. Papá lo está arreglando —contestó Amos.

Una parte de mí se sorprendió de que no mencionara a Yuki de nuevo. Había exigido saber por qué no le había dicho que la conocía. Que éramos amigas. Buenas amigas. Personalmente, todavía me dolía en el orgullo que Amos se hubiera sorprendido tanto cuando Yuki le había dicho que era una buena letrista. Desde entonces, no parábamos de mirarnos de reojo, con recelo.

—Buena suerte —dije sonriendo a mi amigo adolescente—. Si necesitáis algo de arriba podéis subir a cogerlo. Vuelvo en un rato.

—¿Dónde vas? —me preguntó mi casero de la nada.

Miré al señor Rhodes, sorprendida. Estaba… ¿frunciendo el ceño?

Le dije el nombre del restaurante y luego me pregunté si debería decirle que iba a cenar con el tío de Amos.

—¿Tienes una cita? —me preguntó el adolescente antes de que pudiera decidirme.

—Algo así. —Solté un suspiro—. ¿Voy bien? Hace muchísimo tiempo que no tengo una.

Nunca podía ir con Kaden a ninguna parte, a no ser que fuera un evento familiar y alquilásemos una habitación privada. Me estremecí al recordarlo. Había sido una estúpida por aguantar todo aquello durante tanto tiempo. Ojalá pudiera retroceder en el tiempo y decirle a la Aurora más joven que no fuera tonta y que no se conformara. Deseaba pensar que había soportado todos los secretos y los subterfugios porque quería a Kaden, pero ahora una parte de mí sospechaba que estaba desesperada por ser amada, por tener a alguien, incluso a pesar del coste que pudiera suponerme. Puede que el amor siempre tuviera un precio, pero no debería ser tan elevado.

—No —dijo Amos tragando saliva y devolviéndome al presente—. O sea, quiero decir que... Eh... Estás muy guapa —tartamudeó.

—Oooh, Amos, muchas gracias. Me has alegrado el día. Espero que tu tío opine lo mismo, y si no, mala suerte.

—¿Es con Johnny? —preguntó el señor Rhodes, torciendo el gesto. ¿Por qué lo decía como si fuera algo malo?

—Sí, hoy ha pasado por la tienda y me lo ha propuesto. Me ha preguntado si pasaba a recogerme, pero no quería que fuera raro. Me comprometí a no tener visitas y a no romper las reglas —dije rápidamente, pero su expresión facial siguió siendo exactamente la misma—. ¿Le parece bien? Solo vamos a cenar.

Volvió a clavar en mí sus ojos gris lavanda. ¿Acababa de apretar con más fuerza la mandíbula? ¿Estaba... enfadado?

—No es asunto mío —dijo lentamente, pero su tono de voz indicaba otra cosa. Incluso Amos lo miró—. Puede que tengamos que cortar la luz, pero volveré a conectarla para cuando vuelvas —siguió el señor Rhodes con voz tensa.

Eh, ¿vale...? A alguien se le había olvidado tomarse una pastilla para relajarse.

—Lo que necesitéis. Buena suerte de nuevo. Nos vemos. Buenas noches.

—Hasta luego —dijo Amos en la que ahora se había convertido en su voz normal. Más segura, menos queda.

El señor Rhodes no dijo nada. Si le molestaba que tuviera una cita con un pariente suyo, o lo que sea que fuera..., peor para él. Tampoco es que fuera a traerlo a casa. Solo íbamos a un restaurante. Una cena agradable, con buena compañía. Me apetecía mucho.

Un pequeño paso para Aurora de la Torre, un gran paso para el resto de mi vida.

No iba a permitir que nadie me arruinara la cita. Ni siquiera un guarda forestal gruñón.

264

—Bueno —dijo Johnny tomando un trago de la única cerveza que había anunciado que se tomaría aquella noche—, ¿cómo es que todavía estás soltera?

Me reí mientras dejaba el vaso de sangría y me encogí de hombros.

—Probablemente por la misma razón que tú. Mi adicción a las muñecas que dan mal rollo siempre se interpone en mis relaciones.

Mi cita, la primera desde hacía una eternidad, se rio. Johnny ya me estaba esperando dentro del restaurante cuando había llegado. Por ahora había sido muy educado y curioso, me había hecho un montón de preguntas, sobre todo relacionadas con mi trabajo en la tienda. Se había interesado por mi edad. Él tenía cuarenta y un años. Llevaba su propia empresa de mitigación de radón y parecía gustarle su trabajo. Y, además, era muy mono.

Tardé quince minutos en darme cuenta de que, por mucho que fuera sencillo hablar y bromear con él, por lo menos hasta el momento, no sentía… ninguna chispa, supongo. Sabía cuál era la diferencia entre que me gustara alguien y que me *gustara* alguien.

Por la manera en la que Johnny les miró el culo a la camarera y a la recepcionista, supuse que él tampoco notaba ninguna química entre nosotros. Eso, o bien esperaba que fuera ciega. En cualquier caso…, era un fracaso. Sin embargo, no estaba triste por ello. Y sí, pagué mi parte de la cena.

Poco después aparqué en el camino de acceso de la casa y me sorprendí al ver que el garaje seguía abierto. Apenas había cerrado la puerta del coche cuando una sombra cubrió la gravilla que había justo delante de la entrada. Por la altura y la anchura supuse que se trataba del señor Rhodes.

—Hola —lo saludé.

—Hola —contestó deteniéndose justo al límite del suelo de hormigón.

Me acerqué hasta que los dedos de los pies me quedaron justo enfrente de la línea de hormigón y eché un vistazo hacia arriba y hacia adentro.

—¿Ha conseguido arreglar el mecanismo?

—Hemos tenido que encargar otro —dijo sin moverse de donde estaba—. El motor estaba frito.

—Qué rollo.

Lo miré. Se había metido las manos en los bolsillos de sus vaqueros oscuros.

—Tenía tantos años como el apartamento —me explicó él. Yo esbocé una pequeña sonrisa.

—¿Amos le ha abandonado?

—Se metió en casa hace media hora con la excusa de ir al baño —reconoció, y me reí—. Has vuelto temprano —añadió el señor Rhodes de la nada, con aquella voz tan seria.

—Solo hemos ido a cenar.

A pesar de que estaba oscuro, sentí la intensidad de su mirada.

—Me sorprende que Johnny no te haya propuesto ir de copas después.

—No. Es decir, sí que me lo ha propuesto, pero le he dicho que me había levantado a las cinco y media.

—¿Vais a volver a quedar? —preguntó sacándose las manos de los bolsillos y cruzando los brazos sobre su pecho del tamaño de una piscina.

—No —respondí. Sí que estaba hablador aquella noche. Me pareció ver que las arrugas que le surcaban la frente se volvían más profundas—. No le quitaba ojo al culo de la camarera cada vez que pasaba junto a nuestra mesa —expliqué—. Le he dicho que es algo que debe mejorar para la próxima vez que tenga una cita.

El señor Rhodes se revolvió un poco bajo la luz y lo vi pestañear.

—¿Eso le has dicho?

—Ajá. No he dejado de meterme con él durante la última media hora. Incluso me he ofrecido a pedirle el número de telé-

266

fono a la camarera de su parte —dije. Apretó los labios y por una fracción de segundo vislumbré un atisbo de lo que podría ser una sonrisa deslumbrante—. No sabía que llevaban siendo amigos desde pequeños. —Eso era todo lo que le había sacado a Johnny sobre Rhodes y Amos. Tampoco había querido presionarlo más. Aquella información ya me había parecido lo bastante interesante. Rhodes inclinó la cabeza hacia un lado—. ¿Y qué hay de usted? ¿Tiene alguna cita a la vista?

Por la manera en la que respondió «no» parecía que le hubiera preguntado si alguna vez había pensado en cortarse el pene. Seguramente se dio cuenta de que me encogía ante su tono de voz, porque lo suavizó un poco y siguió hablando, mirándome a los ojos con mucha intensidad.

—No tengo tiempo.

Asentí con la cabeza. No era la primera vez que oía a alguien decir eso. Y tras no haber sido ni lo segundo más importante para Kaden..., me parecía justo. Era lo más apropiado que se podía decir y hacer para con los demás. Era mejor saber cuáles eran tus prioridades en la vida y aceptarlas que hacer perder el tiempo al resto.

El señor Rhodes trabajaba muchas horas. Yo sabía lo tarde que llegaba algunas noches y lo temprano que se iba algunas mañanas, así que no exageraba cuando decía que no tenía tiempo. Y Amos... era su máxima prioridad. Siempre que no estaba trabajando, estaba en casa. Con su hijo. Como debería ser.

Por suerte yo no me había hecho ilusiones sobre este tío bueno en concreto. Se mira, pero no se toca. Y con eso en mente...

—En fin, no quiero entretenerlo más. Buenas noches, señor Rhodes.

Bajó la barbilla y pensé que esa era toda la contestación que recibiría, así que empecé a caminar hacia la puerta, pero tan solo había dado un par de pasos cuando volví a oír su voz áspera.

—Aurora. —Lo miré por encima del hombro. Volvía a tener la mandíbula tensa y la frente fruncida—. Estás preciosa —dijo

267

el señor Rhodes con su voz cauta y seria al cabo de un momento—. Johnny es un idiota por haber mirado a otra mujer.

El corazón se me detuvo durante un par de segundos. O tres. Se me paralizó todo el cuerpo mientras sentía que sus palabras anidaban en lo más profundo de mi pecho, dejándome pasmada. Avanzó hasta salir al exterior y cogió la parte inferior de la puerta del garaje con sus enormes manos.

—Es… muy amable por decir eso —respondí dándome cuenta de lo extraña y jadeante que sonaba mi voz—. Gracias.

—Es la verdad. Buenas noches —dijo, esperaba que ajeno a la destrucción que había causado aquella granada verbal que acababa de lanzarme.

—Buenas noches, señor Rhodes —dije con voz ronca.

—Puedes llamarme solo Rhodes —dijo mientras tiraba de la puerta del garaje.

Después de que se cerrara la puerta, me quedé paralizada donde estaba durante mucho rato, procesando cada una de las palabras que había dicho mi casero, mientras él se dirigía a la casa principal. Decidí ponerme en marcha y conforme subía por las escaleras me di cuenta de tres cosas.

Estaba casi segura de que había vuelto a mirarme de arriba abajo.

Me había pedido que lo llamara Rhodes, no señor Rhodes. Y que no le hablara de usted.

Y se había quedado esperando en el porche hasta que yo había abierto la puerta y había entrado en el apartamento.

Ni siquiera iba a analizar, ni mucho menos sobreanalizar, el hecho de que se hubiera referido a mi aspecto con la palabra que empieza por «p».

Llegados a este punto ya no sabía ni qué pensar.

16

A pesar de haber tenido que levantarme al amanecer, estaba emocionada por ir de ruta aquella mañana. Había estado saltando a la comba unos cuantos días a la semana, cada vez un poco más, o eso me parecía, e incluso había llegado a hacerlo con una mochila ligera a la espalda. ¿Estaba lista para subir al Everest? No, ni en esta vida ni en la siguiente, a menos que me volviera más disciplinada y dejara de tener miedo a las alturas. Pero sí había logrado convencerme, al fin, de que podía arreglármelas con una ruta difícil. La de siete kilómetros que había hecho acompañada era intermedia y había sobrevivido. Vale: a duras penas, pero ¿quién me lo iba a reprochar?

Mamá había dibujado una estrellita y un símbolo parecido a una ola junto a la ruta que iba a hacer ese día. Esperaba que aquello significara algo bueno, ya que toda la información que había anotado era muy básica, y no había escrito ninguna nota adicional.

Cada día notaba que el corazón me crecía. Notaba que toda yo crecía en este sitio.

La verdad era que me encantaba cómo olía el aire. Me encantaban los clientes de la tienda; eran todos muy amables. Me encantaban Clara y Amos, y Jackie había vuelto a mirarme a los ojos… aunque no hablábamos mucho. Y siempre me alegraba de ver al señor Nez, cuando lo visitaba puntualmente.

Había mejorado mucho en el trabajo. Había colgado un nido para murciélagos. Había tenido una cita. Estaba orgullosa de todo lo que había conseguido. Me estaba adaptando.

Y por fin iba a hacer aquella ruta complicada de cojones. Hoy. No solo por mi madre, sino también por mí.

Estaba tan motivada que incluso canté un poco más fuerte de lo normal aquello de «*so, tell me what you want, what you really really want*» de las Spice Girls mientras acababa de prepararme.

Comprobé que tenía todo lo que necesitaba (un filtro portátil, una cantimplora con uno incorporado, siete litros de agua para empezar, un bocadillo de pavo con queso y sin nada más, para que no se pusiera blandurrio, demasiados frutos secos, una manzana, una bolsa de chuches y un par de calcetines extra) y salí repasando la lista mental para asegurarme de que no me hubiera olvidado nada. Creía que no.

Alcé la mirada mientras me dirigía al coche y vi a Amos caminando pesadamente hacia la casa principal con los hombros hundidos y cara de agotamiento. Seguramente se le había olvidado sacar el cubo de la basura y su padre lo había despertado para que lo hiciera. No sería la primera vez. Ya se había quejado de ello antes.

—¡Buenos días, Amos! —lo saludé agitando la mano.

Me devolvió el gesto perezosamente, pero entonces vi que se fijaba en lo que yo llevaba puesto. Me había visto salir de casa para ir de ruta suficientes veces como para reconocer las señales: los pantalones oscuros de protección solar, la camiseta blanca de manga larga del mismo material que había comprado en la tienda y me había puesto por encima de la de tirantes, la chaqueta en una mano, las botas de montaña puestas y una gorra en la cabeza.

—¿Adónde vas? —me preguntó interrumpiendo su regreso a la cama.

Le dije el nombre del camino.

—Deséame suerte.

No me respondió, pero asintió. Lo saludé una vez más con la mano y me metí en el coche justo cuando Rhodes salía de su casa listo para ir a trabajar. Vaya, parecía que a alguien se le habían pegado las sábanas.

Apenas nos habíamos visto durante las últimas dos semanas, pero de vez en cuando recordaba lo que me había dicho la noche en la que había salido con Johnny. Kaden me decía constantemente que era preciosa. Pero oírlo de Rhodes... era distinto, incluso aunque lo dijera de forma casual, como si para él fuera una palabra sin ningún significado.

En parte por eso toqué el claxon, solo para molestarlo, y vi que entrecerraba los ojos antes de alzar la mano. Con eso me conformaba.

Me marché.

Horas después, me di cuenta de que mis esperanzas habían sido en vano cuando el puto pie se me resbaló sobre un montón de piedrecitas sueltas en un tramo cuesta abajo. Seguro que mi madre había dibujado una estrella junto al nombre de la ruta para dejar constancia de que había visto las estrellas tras sufrir una contusión cruzando la cresta del camino. O tal vez fuera porque había que ser de otro planeta para terminar aquella ruta. No estaba lista. No estaba para nada lista.

Debería haberme dado cuenta, durante los primeros quince minutos, de que no estaba lo bastante en forma como para hacer aquella ruta en un solo día. Eran ocho kilómetros de ida y ocho de vuelta. Tendría que haber seguido el consejo que Rhodes me había dado hacía tiempo y acampar a medio camino, pero todavía no había conseguido animarme a hacerlo.

Le había mandado un mensaje al tío Mario para que supiera el camino que iba a seguir y, más o menos, la hora en la que volvería a casa. Le prometí volver a escribirle cuando terminara para que alguien estuviera informado. Clara no se preocuparía a no ser que no me presentara en la tienda a la mañana siguiente, y Amos no se percataría de mi ausencia hasta que cayera en que hacía mucho que no veía mi coche, pero a saber cuánto tardaría.

Una no sabe lo que es estar sola hasta que se da cuenta de que, si desapareciera, nadie se enteraría.

Aparte de quedarme sin aliento, tener calambres en las piernas y detenerme cada diez minutos para hacer un descanso de cinco, todo iba estupendamente. Me estaba arrepintiendo de haber elegido aquella ruta, desde luego, pero todavía no había perdido la esperanza de poder terminarla.

Hasta que llegué a la cresta de los cojones.

Intenté mantener el equilibrio mientras bajaba, pero al final me caí al suelo con fuerza. Primero sobre las rodillas. Luego, sobre las manos. Y, por último, cuando estas dijeron que no podían más, sobre los codos al precipitarme de cara sobre las piedrecitas. Y es que había piedrecillas por todas partes. Me dolían las manos, me dolían los codos, y sospechaba que me había roto la rodilla. «¿Las rodillas se rompen?».

Me di la vuelta hasta quedar sentada sobre el culo, procurando no caerme por la pendiente hacia las rocas afiladas de más abajo, y solté un suspiro. Acto seguido, bajé la mirada y solté un grito.

Las piedras me habían raspado las palmas de las manos. Tenía algunas incrustadas en la piel. Las heridas estaban empezando a sangrarme. Doblé los brazos para intentar echarles un vistazo a los codos… y vi lo bastante como para imaginarme que estaban en el mismo estado. Solo entonces me miré las rodillas.

La tela que me cubría una de ellas estaba totalmente rasgada y también tenía la piel totalmente arañada. La pernera del pantalón sobre la otra estaba intacta, pero la piel me ardía un huevo debajo, así que sabía que también me la había jodido.

—Ay… —gemí mientras me examinaba los brazos, ignorando el dolor que me recorría el hombro al doblarlos, y finalmente las rodillas de nuevo.

272

Me dolía. Me dolía todo el puto cuerpo. No me había traído botiquín. Pero ¿cómo se podía ser tan tonta?

Me quité la mochila, la dejé en el suelo a mi lado y volví a mirarme las manos.

—Ay, ay, ay —sollocé, y tragué saliva con fuerza antes de contemplar el camino por donde había venido.

Me dolía todo muchísimo. Y, además, aquellos pantalones me gustaban mucho.

Vi un pequeño reguero de sangre fluyéndome por la pierna que me brotaba desde la rodilla, y me entraron todavía más ganas de llorar. La habría emprendido a golpes con las piedrecillas si hubiera podido cerrar el puño, pero ni siquiera era capaz de eso. Sorbí por la nariz y prácticamente de la nada, no por primera vez desde que me había mudado a Pagosa, aunque sí por primera vez desde hacía mucho tiempo, me pregunté qué cojones estaba haciendo.

¿Qué se suponía que estaba haciendo? ¿Por qué estaba ahí? ¿Por qué estaba haciendo eso? Salvo por aquella vez con Amos y Rhodes, me dedicaba a hacer rutas sola. Los demás tenían su vida. Nadie se iba a enterar de que me había hecho daño. No llevaba nada para limpiarme las heridas. Seguro que acabaría muriéndome debido a alguna infección rara, o desangrada. Cerré los ojos con fuerza y noté que me brotaba una lágrima que me sequé con el dorso de la mano mientras hacía una mueca de dolor. Se me hizo un nudo en el pecho debido a una mezcla de frustración y dolor punzante.

Tal vez debería regresar a Florida. O a Nashville. Tampoco iba a cruzarme muy a menudo con el chico de oro, porque él apenas salía de casa. Era demasiado importante como para confraternizar con la gente de a pie.

¿Qué cojones estaba haciendo? Lloriquear, eso era.

«Mamá nunca lloriqueaba», le susurró una pequeña parte de mi cerebro al resto de mi cuerpo en aquel momento.

Abrí los ojos y me recordé a mí misma que estaba aquí. Que no quería vivir en Nashville, por mucho que estuviera Yuki. Me gustaba Florida, pero allí nunca me había sentido como en casa porque era más bien un recordatorio de lo que había perdido, de la vida que había tenido que llevar debido a lo que había ocurrido. En cierta manera, Florida me recordaba mucho más a la tragedia que le había sucedido a mi madre que Pagosa Springs. No quería irme de allí. Puede que solo tuviera un par de amigos, pero, eh, había gente que no tenía ninguno.

Unos minutos atrás, cuando no me sentía tan patética, pensaba que todo iba bien. Que estaba llegando a alguna parte. Que me estaba adaptando. ¿Y ahora quería rendirme solo porque un detalle había salido mal? Pero ¿quién era?

Respiré larga y profundamente y acepté que no me quedaba otra que dar media vuelta. No tenía nada para desinfectarme las manos, las rodillas me escocían muchísimo y el hombro me molestaba cada vez más. Estaba casi segura de que si me lo hubiera dislocado el dolor sería insoportable, así que asumí que solo me lo había magullado.

Tenía que ocuparme de mí misma, y tenía que hacerlo ahora. Siempre podría volver otro día e intentar hacer la ruta de nuevo. No me estaba rindiendo. No me estaba dando por vencida.

Escogí la mano que parecía más maltrecha y me la puse encima del muslo con la palma hacia arriba, apreté los dientes y empecé a sacar las piedrecillas que se me habían quedado incrustadas en la piel. Siseé, gruñí, me encogí y solté más de un «Me cago en Dios» cuando me topaba con alguna que dolía un cojón… Es decir, todas. Lloré. Cuando terminé con aquella mano, aunque vi que me salía más sangre de las heridas y noté que la palma me palpitaba más que antes, me puse con la otra. Me estaba ocupando de mí misma.

Cuando ya casi había terminado, recordé que tenía un pequeño botiquín en el kit de emergencias del coche. Lo había comprado el mismo día que el espray antiosos. No era enorme, pero tenía cuatro cosas. Como, por ejemplo, tiritas para ayudarme a sobrevivir las dos horas y media que tendría que conducir para llegar a casa. Eso sin tener en cuenta el tiempo que tardaría en deshacer el camino.

Dios mío, iba a ponerme a llorar de nuevo.

Pero bien podía hacerlo mientras me sacaba piedras de los codos, pensé, y eso es lo que hice.

Casi cuatro horas y muchas palabrotas y lágrimas después, las manos todavía me escocían, los codos también, y con cada paso que daba me dolían las articulaciones de las rodillas y la piel tirante que las cubría. Si no llevara unos pantalones negros, seguramente parecería que me había metido en una pelea con un osezno y había salido perdiendo. Estrepitosamente.

A pesar de sentirme derrotada, me esforcé por superarlo y respiré una y otra vez, obligando a mis pies a seguir adelante hasta llegar al aparcamiento de los cojones. Mientras bajaba, pasé por fases de sentir pura rabia por todo. En primer lugar, por el camino. Por haber decidido hacer aquella ruta. Por el sol que brillaba en el cielo. Por mi madre, que me había engatusado para hacerlo. Incluso llegué a enfadarme con las botas, hasta el punto en el que me las hubiera quitado y las hubiera tirado contra los árboles. Pero seguro que eso se consideraba como tirar basura, y además había demasiadas piedras.

Todo había sido culpa de las suelas, las muy hijas de puta, por ser tan resbaladizas. Las iba a donar a la caridad en cuanto pudiera, decidí por enésima vez. O tal vez las quemaría. A ver, no lo haría porque sería perjudicial para el medio ambiente y además todavía seguía vigente la prohibición de hacer fuego, pero bueno. Eran una puta mierda.

Gemí al girar por una curva y me detuve de golpe.

Y es que, caminando hacia mí, con la cabeza agachada, los tirantes de la mochila apoyados sobre sus anchos hombros, respirando con regularidad, cogiendo aire por la nariz y soltándolo por la boca, se acercaba una silueta que reconocí por mil motivos diferentes. Conocía el pelo salpicado de plateado que le

275

sobresalía de debajo de la gorra roja. Aquella piel morena. El uniforme.

Entonces el hombre levantó la mirada, parpadeó una sola vez y también se paró. Frunció el ceño y pensé que, definitivamente, conocía aquella figura que subía por el camino. La aspereza de su voz terminó de confirmarlo cuando preguntó:

—¿Estás llorando?

—Un poco —dije con voz ronca y tragando saliva.

Rhodes abrió ligeramente los ojos grises y se irguió todavía más.

—¿Por qué? —preguntó despacio, y me examinó con la mirada de la cabeza a los pies antes de alzar la vista de nuevo. Entonces posó los ojos sobre mis rodillas y los mantuvo allí fijados mientras preguntaba—: ¿Qué te ha pasado? ¿Te has hecho mucho daño?

Di un paso hacia delante, o más bien cojeé hacia delante.

—Me he caído —dije sorbiendo por la nariz—, pero lo único que tengo roto es el ánimo. —Me sequé la cara con los antebrazos sudados e intenté sonreír, pero también fracasé en eso—. Me alegro de verte.

—Explícame qué te ha pasado —dijo volviendo a fijar los ojos en mis rodillas.

—He resbalado en la cresta y pensaba que me iba a morir, y me he dejado la mitad del orgullo por el camino —le dije volviéndome a secar la cara.

Estaba harta. Más que harta. Solo quería llegar a casa.

Vi que los hombros se le relajaban con cada palabra que salía de mi boca y para cuando terminé de hablar ya estaba moviéndose. Dejó los bastones de caminar, que no me había dado cuenta de que sostenía, en el margen del camino y se quitó también la mochila antes de arrodillarse delante de mí. Me sujetó por detrás la rodilla donde el pantalón se había desgarrado y levantó la tela con cuidado. Lo dejé hacer, demasiado sorprendida como para hacer nada que no fuera quedarme quieta e intentar mantener el equilibrio mientras Rhodes silbaba, impresionado

276

al examinarme la herida. Alzó la mirada bajo aquellas pestañas gruesas y rizadas. Me soltó la pierna y me tocó el gemelo de la otra.

—¿También te has hecho daño en esta? —preguntó.

—Sí —contesté, oyendo en mi voz el mal humor que estaba intentando ocultar—. Y en las manos. —Volví a resoplar—. Y en los codos.

Rhodes se quedó arrodillado, me cogió una de las manos y la giró. Hizo una mueca al verlo.

—Pero, por Dios, ¿cómo te has caído? ¿Rodando?

—No mucho —contesté dejando que me inspeccionara la palma.

Se le juntaron las cejas en una expresión de dolor antes de cogerme la otra mano y examinármela también.

—¿No te has desinfectado las heridas? —preguntó mientras me levantaba un poco el brazo y torcía el gesto de nuevo.

Me había quitado la camiseta de manga larga una media hora antes de caerme. Seguramente hubiera estado más protegida si me la hubiera dejado puesta, pero ahora ya era demasiado tarde.

—No —contesté—. Por eso he decidido dar la vuelta. No llevo nada para poder desinfectarlas. Ay, duele.

Me soltó el brazo poco a poco y me cogió el otro, levantándolo para mirarme también el codo, ganándose otro «Ay» al moverme con ello el hombro.

—Creo que me he hecho daño en el hombro al intentar amortiguar la caída.

—¿Sabes que eso es lo peor que puedes hacer en caso de caerte? —dijo mirándome a los ojos.

—Lo tendré en cuenta la próxima vez que me parta la crisma —gruñí mirándolo fijamente.

No estaba segura de si el gesto en sus labios era una sonrisa mientras se levantaba, pero sí vi que asentía con la cabeza.

—Vamos, te acompaño al aparcamiento y te curamos allí.

—¿En serio?

Me lanzó una mirada antes de recoger los bastones y su mochila. Se la puso y luego metió los bastones entre unas cuerdas entrecruzadas en su espalda, quedándose así con las manos libres. Volvió a acercarse hacia mí y me tendió la mano. Dudé un poco, pero puse mi antebrazo en su palma abierta y lo observé mientras una emoción que al principio no reconocí le inundaba la cara.

—Me refería a tu mochila, ángel. Ya te la llevo yo. El camino no es lo bastante ancho como para que podamos bajar uno al lado del otro —dijo con una voz extrañamente ronca.

Puede que si no me doliera todo y no estuviera de tan mala leche me hubiera avergonzado. Pero no era el caso, así que asentí con la cabeza, me encogí de hombros e intenté quitarme la mochila con cuidado. Por suerte, justo cuando empecé a sacudir una de las tiras, noté que el peso desaparecía porque Rhodes la había cogido.

—¿Estás seguro?

—Sí —dijo sin más—. Venga. Nos queda una media hora hasta llegar al inicio del camino.

—¿Media hora?

Se me hundió todo el cuerpo. Pensaba que me quedaban... diez minutos como mucho.

Mi casero apretó los labios y asintió. ¿Estaba intentando no reírse? No pude averiguarlo porque me dio la espalda y empezó a descender por el camino delante de mí, pero me pareció ver que le temblaban un poco los hombros.

—Avísame si quieres un poco de agua. —Fue una de las dos frases que dijo en todo el camino de bajada. La otra fue—: ¿Estás tarareando lo que me parece que estás tarareando?

—Sí —contesté. Era «Big Girls Don't Cry», las chicas mayores no lloran. No tenía vergüenza alguna.

Tropecé un par de veces y Rhodes se dio la vuelta en ambas ocasiones, pero le dediqué una sonrisa tensa y actué como si no hubiera pasado nada.

Tal y como había vaticinado él, treinta minutos más tarde, prácticamente jadeando a pesar de que Rhodes estuviera tan pan-

278

cho como si el camino estuviera asfaltado, vislumbré el aparcamiento y casi me eché a llorar.

Lo habíamos conseguido. Lo había conseguido.

Las manos me dolían incluso más que antes de lo secos que estaban los cortes, y los codos igual. Estaba segura de que mis rodillas tendrían un aspecto similar, pero las articulaciones me dolían tanto que enmascaraban cualquier otra sensación.

Cuando empecé a dirigirme hacia mi coche, Rhodes me rodeó el brazo con los dedos y me condujo hacia su camioneta de trabajo. No dijo ni una palabra mientras sacaba las llaves y abría la puerta de la parte trasera; me miró por encima del hombro y dio unos golpecitos a la parte posterior antes de dirigirse a la puerta del copiloto.

Me acerqué a la caja de la camioneta y me la quedé mirando, intentando decidir cómo subirme sin utilizar las manos para impulsarme. Así me encontró Rhodes al cabo de un momento: observando la parte trasera y decidiendo si entrar de cara y arrastrarme sobre el estómago o si contonearme hasta que tarde o temprano consiguiera subir de culo.

—Estoy intentando averiguar cómo… ¡Oye! —Me levantó pasándome un brazo por detrás de las rodillas y otro por la parte baja de la espalda y me sentó sobre la camioneta. Como si no le costara nada. Le sonreí—. Gracias. —Habría conseguido arreglármelas tarde o temprano, pero lo que importaba era la intención.

Nada de aquello servía para que su comportamiento dejara de resultar contradictorio, pero no quería darle vueltas. Todavía no había superado que me hubiera dicho que estaba preciosa. Probablemente no lo superaría nunca.

Se sacó un botiquín rojo de debajo del brazo y lo dejó junto a mi cadera. Sin decir ni una palabra, me cogió el pie con sus enormes manos y lo observé mientras desataba los cordones de la bota y me la sacaba tirando del talón.

—Te recomiendo que no respires. He sudado, y por mucho que me gustaría pensar que no me huelen los pies, seguro que apestan.

279

Alzó la mirada un segundo y volvió a bajarla antes de repetir la misma operación con la otra bota. Solté un suspiro de alivio. Dios, qué descanso. Moví mis pobres dedos doloridos y volví a suspirar cuando Rhodes empezó a enrollarme los pantalones, deteniéndose justo por encima de la rodilla. Sus manos se movieron delicadamente al repetir la operación con la rodilla que no había quedado tan destrozada.

Lo observé en silencio mientras ponía la palma de la mano sobre mi pantorrilla y me estiraba la pierna, que acabé apoyando contra su cadera. Inclinó la cabeza y me examinó un poco más la rodilla antes de hacer lo mismo con la otra.

—¿Qué estabas haciendo por aquí? —pregunté cuando empezó a hurgar en su botiquín.

Ni siquiera me miró al sacar un par de paquetitos y dejarlos encima de mi muslo. No encima de la camioneta. Encima de mí.

—Hemos recibido un aviso de que alguien estaba cazando ilegalmente por aquí. He venido a ver si oía algo —respondió sacando también una botellita transparente.

Lo observé mientras se ponía los guantes, quitaba el tapón de la botella y la sacudía un poco.

—Pensaba que todavía no había empezado la temporada de caza.

Siguió sin mirarme mientras me levantaba la pierna hasta colocármela como quería. Me echó un poco del líquido transparente por la rodilla. Estaba frío y escocía un poco, pero solo porque se me había pelado la piel. O eso esperaba.

—Y no ha empezado, pero a algunas personas eso les da igual —explicó concentrado en mis piernas.

Supongo que tenía sentido. Pero ¿no era mucha coincidencia? Tal vez Amos le había dicho a dónde iba.

Hizo lo mismo con la otra rodilla, que también me había raspado, pero no tanto.

—¿Te van a echar la bronca por no estar ahí arriba? —pregunté apretando los dientes, porque también me escoció.

280

Negó con la cabeza, dejó la botella y cogió unas tiras de gasa ya cortadas para secarme las heridas. Siguió a lo suyo durante un buen rato hasta que abrió un par de paquetitos de gasa más y me cubrió las heridas, sujetándolas con esparadrapo.

—Gracias —dije en voz baja.

—De nada —contestó mirándome un momento a los ojos—. ¿Vamos primero a por las manos o a por los codos?

—Mejor a por los codos. Tengo que mentalizarme para llegar a las manos. Creo que es lo que más me va a doler.

Rhodes volvió a asentir, me cogió el brazo y repitió todo el proceso con el desinfectante.

—¿Por qué has venido sola? —preguntó en voz baja mientras me secaba las heridas.

—Porque no tenía a nadie que me acompañara.

Rhodes tenía la cabeza agachada, así que tenía una muy buena perspectiva de su increíble pelo. Los mechones plateados se mezclaban perfectamente con los castaños. Ya les gustaría a muchos que el cabello les envejeciera así de bien. Por lo menos, a mí me gustaría.

Elevó de nuevo aquella mirada casi lavanda hacia mí mientras me ponía algo en el codo.

—No es muy seguro ir sola de ruta. —Ahí estaba su faceta de padre y guarda forestal.

—Ya lo sé —dije, y era cierto. Seguramente lo sabía mejor que nadie—, pero no tenía opción. Le escribí a mi tío para que supiera dónde estaba. Y a Clara también. —Observé su cara—. Y Amos me ha preguntado adónde iba esta mañana. Él también sabía dónde estaba.

Su expresión no varió ni un poco. Seguro que Amos se lo había dicho. ¿No? ¿Y eso qué significaría? ¿Que había conducido hasta aquí solo para... comprobar que estuviera bien? ¿Que se había pasado dos horas y media al volante... por mí?

Sí, claro.

—Así que has dado media vuelta en la cresta, ¿no? —preguntó mientras me cubría el codo con una tirita grande.

281

—Sí —respondí avergonzada—. La ruta era mucho más dura de lo que esperaba.

—Te dije que era difícil —gruñó. ¿Se acordaba?

—Sí, pero pensaba que estabas exagerando.

Soltó un ruidito que, viniendo de cualquier otra persona, habría considerado una risita por lo bajo. Sonreí, pero Rhodes no se dio cuenta. Por suerte.

—Tendré que entrenar mucho más antes de volver a intentarlo —dije.

—Buena idea —coincidió Rhodes mientras pasaba al otro codo.

Tenía unas manos agradables y cálidas incluso a través de los guantes.

—Sí... ¡Ay!

Me rozó justo por debajo de la herida del codo con el pulgar y alzó los ojos.

—¿Sigo?

—Sí, me estoy portando como una cría. Duele.

—Mmm. Te los has despellejado pero bien.

—Tengo la sensación de que... ¡Ay!

Volvió a hacer ese sonido quedo. Definitivamente estaba riéndose. ¿Qué cojones estaba pasando? ¿Ahora sí se había tomado la pastilla de la simpatía?

—Gracias por todo —dije en cuanto terminó de ponerme con ternura, y resalto lo de «con ternura», la otra tirita.

A continuación, Rhodes me cogió la mano, la giró con la palma mirando hacia arriba y me la puso encima de la pierna.

—¿Cómo pensabas volver a casa? —preguntó en voz baja.

—Con estas manos —bromeé, e hice una mueca cuando me rozó una de las heridas profundas con la yema del dedo índice—. Tampoco es que tuviera elección. Ya estaba mentalizaba para volver sola, llorando y sangrando.

Volvió a alzar aquellos ojos grises hacia mí. Le sonreí mientras él volvía a coger el líquido y me lo echaba por la mano. Pasó el pulgar por encima de todas las pequeñas heridas como si qui-

282

siera asegurarse de que no tuviera nada incrustado en la piel. Luego me echó un poco más. Apreté los dientes e intenté no pensar en lo que estaba haciendo, así que hice lo que me salió por instinto. Seguí hablando.

—¿Te gusta tu trabajo? —pregunté haciendo una mueca que no vio.

—Claro. Ahora incluso más que antes. —Juntó las cejas mientras seguía trabajando. La conversación me estaba distrayendo.

—¿Por qué dices que ahora más?

—Porque ahora estoy solo —respondió para mi sorpresa.

—¿Y antes no lo estabas?

—No, era un cadete —contestó después de levantar durante un segundo su mirada grisácea. Se quedó callado durante tanto rato que no esperaba que dijera nada más—. No me gusta empezar de cero y que los demás me digan lo que tengo que hacer.

—¿En serio te trataban como a un novato? ¿A tu edad?

Mis palabras hicieron que levantara la cabeza de golpe, con una expresión rara en su atractivo rostro.

—¿Cómo que «a mi edad»?

Presioné los labios con fuerza y me encogí de hombros.

—Es obvio que veinticuatro años no tienes, que digamos.

Rhodes torció la boca antes de volver a bajar la mirada.

—Todavía me llaman «el Novato».

Observé cómo sus dedos trabajaban sobre la palma de mi mano.

—¿Tenías… a muchas personas a tu cargo? ¿En el ejército?

—Sí —respondió.

—¿A cuántas?

Él reflexionó un momento.

—A muchas. Antes de retirarme era suboficial mayor —respondió.

No tenía muy claro de qué cargo se trataba, pero sonaba importante.

—¿Lo echas de menos?

Volvió a pensárselo mientras me ponía con cuidado una tirita encima de la herida, alisando los bordes con el dedo para que se pegaran bien.

—Sí.

Alzó todavía más las comisuras de los labios mientras dirigía la atención a mi otra mano. Las suyas eran mucho más grandes que las mías, sus dedos, largos y gruesos, tensaban el material de los guantes. Intuía que eran agradables y fuertes. Tenían pinta de ser muy capaces.

A pesar de que no era asunto mío, no pude evitar seguir preguntando. Era la primera vez que Rhodes me hablaba tanto desde… Bueno. Era la primera vez.

—¿Y por qué te retiraste?

Frunció los labios.

—¿Te ha contado Amos que su madre es doctora?

—No —respondí. No me había contado mucho y yo me había conformado con imaginarme una mujer hermosa a la que Rhodes había amado tiempo atrás.

—Hacía años que quería entrar en un programa parecido al de Médicos Sin Fronteras, y finalmente la aceptaron. Billy no quería que fuera sola, pero Am no quiso acompañarlos, así que pidió quedarse conmigo. —Me miró—. Me había perdido gran parte de su vida debido a mi carrera. ¿Cómo podía negarme?

—No podías.

Así que su ex no solo era seguramente despampanante, sino también inteligente. No me sorprendía.

—Exacto —coincidió—. No quería que me destinaran lejos cuando Amos me necesitaba. Justo tenía que volver a alistarme, así que en vez de eso opté por retirarme —explicó—. Sé que me paso muchas horas fuera de casa, pero son muchas menos de las que podrían haber sido.

—Ningún horario te hubiera permitido estar todo el día en casa con Amos —dije intentando consolarlo—. Y seguramente lo volverías loco si estuvieras siempre encima de él. —Soltó un leve ruidito—. Siento que eches de menos tu antiguo trabajo.

284

—La Marina fue toda mi vida durante más de veinte años. Seguro que con el tiempo se me pasará —intentó decir—. De todos los sitios en los que podría estar, me alegro de que Amos esté aquí. Es el mejor lugar para crecer.

—¿Y no te gustaría volver a la Marina cuando vaya a la universidad? ¿Si es que va?

—No, quiero que sepa que estoy aquí para lo que necesite. No en mitad del océano, ni a miles de kilómetros.

Me di cuenta entonces de hasta qué punto se estaba esforzando. De lo mucho que debía de querer a su hijo para estar dispuesto a renunciar a algo que le gustaba tanto y que extrañaba. Le acaricié el antebrazo con el dorso de mi otra mano, solo un roce rápido contra su vello suave y oscuro.

—Amos tiene suerte de que lo quieras tanto —dije. Rhodes no dijo nada, pero noté que su cuerpo se relajaba un poco mientras me curaba en silencio la palma de la mano, envolviéndomela con esparadrapo—. También tiene mucha suerte de tener a su madre y a su otro padre.

—Es verdad —asentí, pensativa.

Cuando terminó de curarme y empezó a guardarlo todo de nuevo en el botiquín, acercando la cadera a mi rodilla, me lancé.

Me incliné hacia delante, lo rodeé con los brazos sin apretar mucho y lo abracé.

—Gracias, Rhodes. Te lo agradezco mucho.

Lo solté igual de rápido. Se le sonrojaron las mejillas.

—No hay de qué —consiguió decir en voz baja. Dio un paso hacia atrás y me miró a los ojos. Las arrugas de la frente se le dibujaron en todo su esplendor. Si no lo conociera mejor, pensaría que estaba frunciendo el ceño—. Vamos. Te sigo con la camioneta hasta casa.

No estuve enfurruñada todo el camino a casa, pero sí que hice pucheros al menos durante una cuarta parte del trayecto. Las manos todavía me escocían. Tenía las rodillas doloridas, tanto

285

por delante como por detrás, me había golpeado sin querer el codo contra el reposabrazos y había insultado a la mitad de los miembros de la familia Jones… porque eran las únicas personas con las que estaba enfadada.

No me había molestado en volver a atarme las botas. Me las había metido lo suficiente como para llegar cojeando hasta el coche y entrar. Rhodes me había cerrado la puerta y había dado un golpecito en el capó mientras yo me las quitaba y las dejaba en el asiento del copiloto.

Me paré en una gasolinera para ir al baño, y Rhodes también se detuvo y esperó en su camioneta a que regresara.

Notaba la frustración latiéndome dentro del pecho, pero intenté no centrarme mucho en eso. Había tratado de hacer una ruta y había fracasado…, pero por lo menos lo había intentado. No, en realidad eso no me consolaba. Lo que más odiaba del mundo entero era fallar. Bueno, era una de las cosas que más odiaba.

Cuando vi el desvío que conducía al camino de acceso de la propiedad suspiré aliviada. Había un coche de cinco puertas que me sonaba aparcado frente a la casa principal, y me di cuenta de que era de Johnny. No lo había visto desde nuestra cita fallida.

Rhodes se dirigió hacia el lugar donde acostumbraba a aparcar, y yo hice lo mismo. Dejé dentro del coche todo lo que no era indispensable, que eran casi todas mis cosas menos el móvil y las botas, que me puse de cualquier manera, y salí a tiempo de ver a mi casero cerrando la puerta de su camioneta con la vista fijada en el suelo mientras yo cerraba la de mi coche.

—Rhodes —lo llamé.

—¿Quieres pizza?

¿Me estaba volviendo a invitar? ¿En serio? ¿Otra vez? El corazón me dio un vuelco.

—Claro. Si no te importa.

—Tengo una bolsa de hielo que podrías ponerte en el hombro —dijo.

Me observó mientras me acercaba tambaleando, murmurando «joder» para mí misma porque me dolía el cuerpo a cada paso.

—¿Estás seguro de que no te echarán la bronca por salir antes de trabajar? —pregunté mientras subíamos las escaleras.

Rhodes abrió la puerta y me indicó que lo siguiera.

—No, pero si alguien pregunta, estaba ayudando a una senderista herida.

—Diles que estaba gravemente herida. Es verdad. He tenido que conducir con las muñecas. Si pudiera te pondría diez estrellas sin pensármelo dos veces.

Se detuvo a medio cerrar la puerta y me miró.

—¿Por qué no has dicho nada cuando estábamos en la gasolinera? Podrías haber dejado el coche ahí.

—No se me ha ocurrido. —Encogí los hombros—. Y además no quería seguir comportándome como un bebé. Ya me has visto llorar bastante. —Se le marcaron todavía más las arrugas de la frente—. Gracias por consolarme. —Me detuve—. Y por ayudarme. Y por haberme seguido con la camioneta hasta casa. —Rhodes siguió adelante al oír mis palabras, dándome la espalda, pero yo seguí hablando—. ¿Sabes? Si sigues tratándome así de bien, acabaré pensando que te gusto.

Su enorme cuerpo se paró justo donde estaba. Clavó uno de sus ojos grises sobre mí, mirándome por encima del hombro.

—¿Quién dice que no me gustas? —dijo con su voz áspera y seria.

«¿Perdona?».

¿Acababa de decir que…?

Volvió a ponerse en marcha con la misma brusquedad con la que se había detenido, dejándome ahí pasmada. Procesando. Regresé al presente.

No me había dado cuenta hasta entonces de que el televisor estaba encendido.

—¿Ya están las pizzas listas? —preguntó Rhodes.

Tampoco vi la cabeza de Amos sobresaliendo por encima del sofá hasta que estuve en la sala de estar.

—Hola, pequeño John Mayer —lo saludé esperando que no sonara raro, ni como que me faltaba el aire después de lo que Rhodes me había dicho. ¿O de lo que me había insinuado, más bien? Ya lo pensaría después.

Aquella pequeña expresión satisfecha que Amos se esforzaba por esconder le invadió la cara.

—Hola, Ora. —Frunció el ceño—. ¿Has llorado? —¿Él también se había dado cuenta?

—Hace rato —contesté, mientras le ofrecía el puño flácido, porque era la única parte del cuerpo donde no me había hecho daño.

Amos me lo chocó, pero debió de ver las gasas que llevaba en la palma de la mano, porque sacudió la cabeza.

—¿Qué te ha pasado?

Le enseñé las manos, los codos y levanté la rodilla con el pantalón roto.

—Casi me caigo por una cresta. Estoy viviendo la vida al máximo. —Oí una risa proveniente de la cocina que me negué a tomarme demasiado en serio. El adolescente, en cambio, no parecía ni divertido ni impresionado—. Qué pasada, ¿eh? —bromeé sin mucho entusiasmo.

—¿Qué pasa? —preguntó otra voz. Era Johnny, que venía del pasillo secándose las manos en sus pantalones caquis almidonados. Se detuvo en cuanto me vio—. Oh, hola —me dedicó una amplia y atractiva sonrisa.

—Hola, Johnny.

—Va a cenar con nosotros —informó Rhodes desde la cocina, hurgando en el congelador.

Johnny sonrió, dejando al descubierto sus dientes blancos, recordándome precisamente por qué había aceptado salir con él, y luego se me acercó. Alargó la mano, pero yo le enseñé un momento la palma de la mía antes de volver a medio cerrarla en un puño. Me lo chocó.

—¿Te has caído?

—Sí.

288

—O sea que no has llegado hasta el lago, ¿no? —preguntó Amos.

—No. Me he caído justo en la cresta traicionera del paso de la muerte —respondí con sinceridad—. Por lo visto todavía no estoy lo bastante en forma como para hacer esa ruta en un día. He vomitado dos veces mientras subía. —Me reí al ver la cara de asco que puso el chico—. Luego me cepillaré los dientes, no te preocupes.

No se le borró la expresión de grima y tuve la sensación de que se alejaba de mí. Nuestra relación había llegado muy lejos. Me encantaba.

—¿Estás bien? —preguntó Johnny.

—Sobreviviré.

De repente me encontré una bolsa de hielo azul delante de la cara y al apartar un poco la cabeza vi que era Rhodes quien la sostenía. En aquel preciso instante, la hendidura de su mentón me pareció adorable.

—Póntela en el hombro durante diez minutos.

—Gracias —dije cogiendo la bolsa y lanzándole una sonrisa.

Estoy bastante segura de que murmuró «De nada» en voz baja.

Amos apartó el cojín que tenía al lado, me miró fijamente y me senté junto a él, poniéndome la bolsa de hielo entre la clavícula y el hombro. Hice una mueca por lo fría que estaba. Johnny se sentó en una de las dos butacas reclinables.

—La pizza estará en diez minutos —dijo, y supuse que se dirigía a Rhodes, que no contestó verbalmente. Deduje por el ruido que estaba haciendo algo en la cocina—. ¿Qué ruta has intentado hacer? —Se lo dije. Me lanzó una mirada deslumbrante—. Esa todavía no la he hecho.

—Pero ¿no me habías dicho que no te gustaba hacer senderismo?

—Y no me gusta —reconoció. ¿Estaba tonteando otra vez conmigo?

—Ponte la bolsa de hielo más abajo.

Eché un vistazo por encima del hombro y vi al hombre que había hablado en la cocina, guardando los platos limpios del lavavajillas. Contemplé cómo los pantalones se le pegaban a los muslos y al culo cuando se agachaba. De repente las manos ya no me dolían tanto.

—Am, no te olvides de que mañana es el cumpleaños de tu padre. Acuérdate de llamarlo para que lloriquee —dijo Johnny desviando de nuevo mi atención hacia ellos.

—¿Es el cumpleaños de Rhodes? —pregunté.

—No, el de Billy —respondió él.

—Oh, ¿tu padrastro?

Amos frunció el ceño, exactamente igual que Rhodes.

—No, Billy también es mi padre de verdad. —Intenté no poner cara rara, pero que resultó evidente que no tenía ni idea de a qué se refería porque Am añadió—: Tengo dos padres.

Apreté los labios y seguí dándole vueltas.

—Pero ¿ninguno de los dos es tu padrastro? —pregunté, y él asintió—. De acuerdo. —No era asunto mío. Y lo sabía. No debería pedir ninguna explicación. Pero quería hacerlo—. ¿Y tú eres su tío por parte de... madre? —pregunté a Johnny.

—Sí.

¿Podría ser que tuvieran una relación... poliamorosa? ¿Abierta? ¿Y que por eso no supieran quién era el padre biológico? ¿A Johnny le había parecido bien que su mejor amigo saliera con su hermana?

—Billy es nuestro otro mejor amigo —dijo Rhodes desde la cocina—. Nos conocemos los tres desde pequeños.

¿Los dos mejores amigos de Johnny habían salido con su hermana? No entendía nada. Miré a Am y a Johnny, pero sus expresiones no me dieron ninguna pista sobre la situación.

—Así que... ¿salíais todos juntos?

Amos se atragantó y Johnny se echó a reír, pero fue Rhodes quien volvió a hablar.

—No estáis ayudando mucho. Billy y Sofie, la madre de Am, querían tener hijos, pero Bill tenía... un problema...

290

—No podía tener hijos —aclaró finalmente Amos—. Así que se lo pidieron a papá. Rhodes. A papá Rhodes. En vez de usar un donante. —Por fin las cosas empezaban a tener sentido—. Papá Rhodes dijo que sí, pero que él también quería ejercer de padre, no ser solo… el donante. Todo el mundo estuvo de acuerdo. Y por eso estoy aquí. ¿Lo entiendes? —preguntó Am con aire despreocupado.

Asentí. Aquello sí que no lo había visto venir. De repente se me enterneció el corazón. El mejor amigo de Rhodes y su mujer no habían podido concebir, así que Rhodes accedió a ayudarlos, pero insistió en formar parte de la vida del bebé. Porque él también quería ser padre. ¿Tal vez pensara que no iba a tener hijos por su cuenta? ¿Con otra persona? Era… Era precioso. Y seguro que estaba a punto de venirme la regla, porque los ojos se me llenaron de lágrimas.

—Es una de las cosas más bonitas que he oído nunca.

Amos y Johnny me miraron horrorizados, pero fue Rhodes quien habló y expresó la misma emoción que ellos en su voz.

—Pero ¿estás llorando?

¿Cómo lo sabía?

—Puede. —Sorbí por la nariz y me centré en Amos, que no parecía decidirse entre consolarme o apartarse—. Ese es el tipo de amor sobre el que deberías escribir.

Al oír mis palabras, Amos puso la misma cara escéptica que había puesto la primera vez que le había sugerido que escribiera una canción sobre su madre.

—¿No te parece raro?

—¿Estás de coña? No. ¿Qué tiene de raro? Una pareja quería tener un hijo y no podía. Ahora cuentas con tres personas que te quieren a rabiar, y eso dejando aparte a tu tío y a saber quién más. El resto deberíamos estar celosos.

—A la última novia de papá le parecía raro.

¿A su última novia? Vaya, así que sí que salía con gente. Mantuve la cara inexpresiva.

—Vamos, Am, dame un respiro —gruñó Rhodes—. Eso fue

hace diez años. No sabía lo religiosa que era y que ni siquiera creía en el divorcio. —Oí el ruido de los platos yendo de un lado para otro—. Rompí con ella justo después de que dijera eso. Dije que lo sentía.

Amos puso los ojos en blanco.

—Fue hace ocho. Y además también era insoportable.

Apreté los labios, absorbiendo aquella interacción y toda la información.

—No has conocido a ninguna otra desde entonces, Am.

—Ya, porque mamá dice que tendrías que teñirte el pelo para echarte novia y te niegas.

—Cuidado con lo que dices. Mucho hablas, teniendo en cuenta que podrías acabar como yo, con canas a los veinte años, tío —respondió Rhodes con voz escéptica.

Amos resopló. Antes de poder evitarlo me metí de lleno en el meollo.

—No sé, Am. A mí me gustan las canas de tu padre. Le quedan bien. —Era verdad, pero aun así no debería haberlo dicho, así que me batí en retirada hacia el tema anterior y solté—: No puedo hablar por el resto del mundo, pero a mí me parece precioso lo que hicieron tus padres y tu madre. El altruismo y el amor no tienen nada de malo.

Mordió el anzuelo, pero seguía sin creerme.

—¿Y tu padre dónde está? —preguntó el adolescente de repente, supongo que por intentar cambiar de tema—. Nunca hablas de él.

Pillada.

—Lo veo cada pocos años. Hablamos cada pocos meses. Vive en Puerto Rico. Mi madre y él no estuvieron juntos mucho tiempo y no estaba listo para sentar cabeza cuando yo nací. De hecho, ellos apenas se conocían. Creo que me quiere, pero no de la misma manera que tus padres te quieren.

Aun así, Amos arrugó la nariz.

—¿Por qué no te fuiste a vivir con él después de que tu madre...?

292

—Su nombre no constaba en mi certificado de nacimiento. Para cuando se enteró de lo ocurrido yo ya estaba viviendo con mis tíos, y lo que más me convenía era quedarme con ellos.

—Pero eso no está bien.

—Me han pasado tantas cosas tristes, Am, que esta ni siquiera está en la lista —dije encogiéndome de hombros.

Supe que mi comentario había enrarecido el ambiente cuando oí el cantar de unos grillos imaginarios.

Me quedé más que sorprendida cuando una mano se me acercó y me acarició el antebrazo. Era Amos. Le sonreí y por casualidad miré hacia la cocina y me encontré con un par de ojos mirando en nuestra dirección.

Rhodes tenía una leve sonrisa en los labios.

17

Supe que Jackie tenía algo en mente cuando la pillé por tercera vez observándome y desviando enseguida la mirada al darse cuenta de que la había cazado. Todavía no habíamos hablado de todo el tema de Kaden; simplemente habíamos seguido adelante fingiendo que no había cambiado nada. Porque en realidad, como Jackie lo había sabido desde el principio, ese era el caso.

Ahora que había tenido tiempo para procesarlo todo, sospechaba que no se lo había dicho a nadie, porque entonces Clara habría descubierto que había estado husmeando en su cuenta. Yo no tenía intención de delatarla y meterla en problemas. No me parecía que fuera para tanto.

Me sorprendió cuando, al cabo de un rato, se me acercó y se dirigió a mí tentativamente y con voz dulce.

—¿Aurora?

—¿Qué pasa? —pregunté mientras pasaba las páginas de una de las revistas de pesca que vendíamos en la tienda.

Quería echar un vistazo a un artículo sobre la trucha arcoíris. Cuanto más aprendía sobre peces, más me daba cuenta de lo interesantes que eran.

—Dentro de poco será el cumpleaños de Amos.

¿Qué?

—¿En serio? ¿Cuándo?

—El miércoles.

—¿Cuántos cumple? ¿Dieciséis?

—Sí... Me preguntaba si... —titubeó. La miré y le sonreí con la esperanza de alentarla. Me devolvió la sonrisa—. ¿Podría utilizar tu horno para prepararle una tarta? Me gustaría darle una sorpresa. Dice que no le gustan las tartas y que no quiere una, pero será el primer cumpleaños que pase sin su madre y no quiero que esté triste. O que se enfade conmigo. Encargaría una en la pastelería, pero son muy caras —dijo de carrerilla retorciéndose las manos—. He pensado que podría hacérsela el día antes y dársela cuando vaya a verlo por su cumple, así no se lo esperará.

—Pues claro, Jackie. ¡Qué buena idea! —contesté sin tener que pensármelo. Se me pasó por la cabeza ofrecerme a comprar una tarta, pero a Jackie parecía apetecerle hacerla ella misma, y no quería desilusionarla.

—¿En serio?

—Claro —reiteré—. Ven el martes. Te guardaré la tarta en la nevera hasta que vengas a buscarla.

—¡Toma! ¡Gracias, Aurora! —dijo soltando un gritito.

—De nada.

Sonrió un momento antes de desviar la mirada. Entonces decidí que podía ser un buen momento para resolver aquello de una vez por todas. Clara estaba en la trastienda.

—Sabes que no hay ningún problema entre nosotras, ¿no? —Volvió a centrar la mirada en mí con una pequeña sonrisa tensa. Le toqué el brazo—. No pasa nada porque lo sepas. Antes era un secreto, pero ya no. Lo que pasa es que no me gusta decírselo a la gente a menos que me vea obligada a hacerlo. No estoy enfadada. Todo va bien, Jackie. ¿Vale?

Asintió deprisa y vaciló un momento antes de preguntar:

—¿Se lo vas a contar a Amos?

—Algún día, pero me gustaría ser yo quien se lo contara. Aunque si se lo dijeras por accidente o te sintieras incómoda guardando el secreto, lo entendería.

—No, es cosa tuya. Solo siento no habértelo dicho antes —concluyó tras pensárselo un momento.

—No pasa nada.

Me pareció que todavía le rondaba algo por la cabeza, así que esperé. Sabía que tenía razón.

—¿Puedo hacerte una pregunta? —Asentí. De repente le entró la timidez—. ¿Es verdad que le escribías las canciones? —susurró.

No esperaba que dijera eso. Pensaba que tal vez me preguntaría si era igual de guapo en persona, o por qué habíamos roto, o cualquier otra cosa. Pero no... aquello. Aun así, le contesté con la verdad.

—La mayoría. ¡No las de los últimos dos álbumes! —No quería que nadie asociara aquellos discos de mierda con mi nombre.

Jackie puso los ojos como platos.

—¡Pero entonces sus mejores álbumes se los escribiste tú! —exclamó. Me encogí de hombros, pero por dentro... Bueno, me sentí bien—. No entendía qué le había pasado en los dos últimos, pero ahora todo tiene sentido —dijo—. Son una mierda.

Puede que cada día me importaran menos él, su carrera y su madre. De hecho, llevaba semanas sin ni siquiera pensar en ellos. Pero, aun así..., aquella clase de comentarios me ponían de buen humor. «Que se jodan».

Jackie se ciñó al plan. Habían vuelto a empezar las clases, así que vino andando a la tienda y la llevé en coche hasta mi estudio para que Amos no supiera que estaba ahí. La ayudé a entrar y a salir a hurtadillas del apartamento. Preparamos una tarta de dos pisos con unos moldes que Jackie había traído de casa de Clara, y la dejamos reposar y enfriar durante una hora mientras me ayudaba a hacer un puzle nuevo. Luego decoramos la tarta para que pareciera una Oreo gigante, con una buena dosis de glaseado de vainilla entre las dos capas y galletas troceadas por encima. Tenía una pinta estupenda. Jackie le hizo un millón de fotos. Antes de irse me pidió en voz baja si mañana podía bajársela por las escaleras y accedí.

A la tarde siguiente me quedé en una esquina del edificio observando a Jackie mientras caminaba hacia la casa principal muy despacito para no perder el equilibrio con la tarta. Parecía que llevara algo de un valor incalculable en sus manos. Me metí de nuevo en el estudio sonriendo para mí misma cuando Rhodes le abrió la puerta de la entrada. Esperaba que a Amos le gustara la sorpresa, porque Jackie le había puesto mucho esfuerzo e ilusión. Pero era un buen chico. Seguro que le gustaría.

Hablando del rey de Roma… Nos habíamos visto un par de días antes y no me había dicho que su cumpleaños estaba al caer, pero aun así había ido a comprarle una tarjeta de cumpleaños. Ya se la daría la próxima vez que nos cruzáramos. Justo cuando estaba empezando a firmarla oí a alguien llamando a la puerta.

—¡Adelante! —grité pensando que sería Jackie.

Al oír unas pisadas pesadas me quedé paralizada y, cuando llegaron al descansillo, no vi ni a Jackie y a Amos, sino a Rhodes.

No era la primera vez que nos encontrábamos desde el día en el que me había rescatado, pero habían sido momentos fugaces, de pasada. Lo había saludado con la mano desde la ventana, y el otro día él se había acercado mientras Amos y yo estábamos en el garaje; me había echado un vistazo a los codos y las manos y se había quedado allí sentado media hora más oyendo cantar a su hijo. Amos lo hacía con una timidez tremenda, pero por lo menos lo hacía, lo cual era un auténtico milagro. Suponía que iba en serio con lo de apuntarse al concurso de talentos que le había mencionado a Yuki. Las cosas iban… bien.

Me había esforzado para no comerme la cabeza por los comentarios que Rhodes había ido soltando. Sobre todo, lo de cuando se había referido a mí con la palabra que empieza por «p». Y por aquello de «¿Quién dice que no me gustas?».

Sin embargo, ahora ahí estaba él, a unos pocos metros de mí, con unos vaqueros, una camiseta y unas chanclas negras. No obstante, la parte más llamativa de él eran sus ojos desorbitados.

297

—¿Qué cojones ha pasado aquí? —preguntó.

Estaba mirando la ropa esparcida por todas partes, los zapatos tirados en cada punta de la habitación. Para colmo, me pareció ver unas bragas a un metro de él. Llevaba mucho tiempo sin... ordenar. Hice una mueca cuando me miró a los ojos.

—¿Ha sido el viento...? —me excusé.

Rhodes parpadeó. Tensó un momento las comisuras de los labios antes de volver a relajarlas, alzó la vista hacia el techo y luego volvió a mirarme.

—Ven —dijo con su voz seca y mandona.

—¿Adónde?

—A la casa —dijo con calma mientras me observaba con aquellos intensos ojos grises.

—¿Por qué?

—¿Siempre haces tantas preguntas cuando alguien intenta invitarte a algún lado? —inquirió levantando las cejas.

Fingí que me lo pensaba durante un segundo.

—No —sonreí.

Rhodes ladeó la cabeza y mantuvo su expresión seria. ¿Estaba intentando esconder una sonrisa? Puso los brazos en jarras.

—Ven a la casa principal a comer pizza y tarta, colega.

—¿Estás seguro? —pregunté dubitativa.

Relajó sus labios tensos y se me quedó mirando. Durante un segundo. Dos.

—Sí, Aurora, estoy seguro —murmuró casi con suavidad.

Sonreí. Tal vez debería haberle preguntado si estaba seguro del todo, pero no quería que retirase la invitación. Así que levanté el dedo y dije:

—Un momento. Estaba firmando una tarjeta de cumpleaños para Amos.

La encantadora hendidura que tenía Rhodes en el mentón se volvió más profunda antes de que volviera a centrar su atención en el desastre que había armado en el estudio. Tampoco estaba tan mal, pero había pasado suficiente tiempo en su casa como para saber que teníamos una interpretación muy distinta de la

298

palabra «orden». El fregadero no estaba lleno de platos sucios y los cubos de basura no estaban a rebosar, pero ciertamente, en algún punto, mi ropa había dejado de volver a la maleta...

Volví a centrarme en la tarjeta y escribí un mensaje para mi amigo.

¡FELIZ CUMPLEAÑOS, AMOS!

Estoy muy contenta de que seamos amigos. Lo único que eclipsa tu talento es tu buen corazón.

Un abrazo,

Ora

P. D.: Diarrea.

Bien podía hacer una referencia al momento en que todo había empezado, o más bien al segundo momento. Solté una carcajada antes de meter unos billetes dentro de la tarjeta. Luego volví a mirar a mi casero, que no se había movido ni un centímetro.

—Ya estoy lista. Gracias por invitarme —dije. Se limitó a mirarme mientras caminábamos juntos hacia su casa—. ¿Qué tal te ha ido el día? —le pregunté mientras echaba un vistazo a su silueta.

Fijó su mirada hacia delante, pero juntó las cejas como si le preocupara algo.

—Fatal. —Soltó un profundo suspiro antes de sacudir la cabeza—. De camino a la oficina he visto un accidente de coche en el que un padre y su hija han resultado heridos.

—¿Ha sido muy grave?

Rhodes asintió a pesar de tener la mirada fijada hacia delante con los ojos vidriosos.

—Se los han tenido que llevar a los dos en helicóptero a Denver.

—Qué horror. Lo siento —dije acariciándole levemente el codo. Tragó saliva y tuve la sensación de que ni siquiera se había dado cuenta de que lo había tocado—. Es terrible... Espero que estén bien. Y tú también. Seguro que debe de haber sido duro de ver.

Se retorció las manos casi inconscientemente, como si se estuviera imaginando algo malo, antes de sacudir la cabeza.

—Es difícil no imaginarme que podría haber sido Am —dijo, con tanta preocupación que me quedó claro hasta qué punto le había afectado el suceso, y sus palabras se me clavaron en el corazón.

—Lo entiendo.

Finalmente me miró, todavía con los ojos vidriosos y el ceño fruncido.

—Tampoco ayuda mucho que hoy sea su cumpleaños.

Me limité a asentir, sin saber muy bien qué decir para consolarlo o tranquilizarlo. Esperé un segundo y opté por soltar lo primero que se me pasó por la cabeza.

—¿Cuándo es el tuyo?

—En marzo. —Si mi pregunta lo pilló por sorpresa, no se le notó.

—¿Qué día?

—El cuatro.

—¿Y cuántos cumples?

—Cuarenta y tres.

Cuarenta y tres. Levanté las cejas. Volví a procesar el número que acababa de decir. Si no fuera por su pelo canoso, parecería mucho más joven. De todos modos, era el hombre de cuarenta y dos años más atractivo que había visto en mi vida, y eso no tenía nada de malo. En absoluto.

—Y tú ¿cuántos años tienes? —preguntó de la nada—. ¿Veintiséis?

Sonreí justo cuando Rhodes bajaba la mirada hacia mí.

—Treinta y tres.

—Sí, claro —replicó, dando un respingo que sacudió su impresionante cabellera.

—Te lo juro —dije guiñándole el ojo—. Tu hijo tiene una copia de mi carné de conducir.

300

Me recorrió la cara con los ojos un momento antes de que se le fuera la vista más abajo. Volvió a arrugar la frente.

—¿En serio? ¿Treinta y tres? —preguntó con incredulidad tremenda.

—En mayo cumplo treinta y cuatro —confirmé.

Me miró de nuevo y tuve la sensación de que se detenía a la altura de mi pecho un segundo más que antes. Uno extralargo. Vaya, vaya.

Subimos el porche y nos adentramos en la casa en silencio. Johnny estaba en la cocina con una lata de cerveza en la mano y los ojos pegados a la tele. Amos y Jackie estaban sentados en el sofá, mirando también la pantalla. Estaban echando una película de acción. Había tres cajas de pizza en la isla de la cocina.

Los tres giraron la cabeza para mirarnos, a mí y por extensión a Rhodes, en cuanto nos detuvimos entre la cocina y la sala de estar.

—Hola, cumpleañero —dije con más timidez de la que esperaba—. Hola, Jackie. Hola, Johnny.

—Hola, Ora —me saludó el adolescente mientras Jackie se levantaba de un salto del sofá y venía a abrazarme. Oí también el saludo de Johnny al fondo.

Me llevaba bien con Jackie, pero nunca me había abrazado hasta entonces, probablemente por la incomodad que había existido entre nosotras. Era lo que solían provocar los secretos y las mentiras.

Por el rabillo del ojo, vi que Amos también se levantaba y se acercaba hacia mí resignado, con cara de no estar muy convencido de seguir el ejemplo de su amiga. Me estaba ganando a ese sin pausa, pero sin prisa. Cuando Jackie se separó de mí, Amos me dedicó una media sonrisa que supuse que había aprendido de su padre.

—Gracias por ayudar con la tarta —dijo.

—No hay de qué —respondí—. ¿Quieres un abrazo de cumpleaños?

301

Amos encorvó los hombros. Di un paso adelante, lo abracé y noté que levantaba sus brazos escuálidos y me daba unos golpecitos en la espalda con cuidado y torpeza. Era adorable.

Cuando se separó de mí, le di la tarjeta de cumpleaños.

—Es lo mejor que he podido conseguir con tan poca antelación, pero felicidades.

Tras desviar la vista hacia Jackie, cogió la tarjeta sin apenas mirarla. La abrió y la recorrió con los ojos, y luego los levantó hacia mí. Entonces hizo algo que me sorprendió un huevo: sonrió.

Y supe, en aquel preciso instante, que en cuanto volviera a dar un estirón, Amos iba a provocar en la humanidad el mismo devastador efecto que su padre. Alguien tendría que protegerlo de los buitres sexuales. Aunque si aprendía a fruncir el ceño como su padre, puede que no le hiciera falta. Sin embargo, en este momento, solo era un chico encantador.

Siguió sonriendo al sacar el fajo de billetes de cinco y un dólar.

—Un momento —dijo, y se fue a su habitación y regresó con las manos vacías. Tenía los labios apretados, pero sus palabras fueron claras—: Gracias, Aurora.

—De nada.

—¡Eh! ¿No puedo ver la tarjeta? —preguntó su tío.

—No —respondió Amos.

Reí disimuladamente y miré a Rhodes, que estaba alzando las comisuras de los labios.

—¿Por qué? —preguntó Johnny.

—Porque es mía.

—¿Y yo puedo verla? —preguntó Jackie botando de puntillas.

—Después.

—Qué borde —sentenció Johnny con una risilla.

—Ahora que Ora ya está aquí, ¿podemos comer? —preguntó el cumpleañero.

Por lo visto, la respuesta era que sí. Había una pila de platos esperándonos sobre la encimera. Cogí uno y me aparté hasta quedar junto a Johnny, que me miró y sonrió.

302

—Hola —me saludó.

—Hola —contesté—. ¿Cómo estás?

—Genial, ¿y tú?

—Bastante bien. Por cierto, ¿al final acabaste saliendo con la camarera?

—No —respondió riendo—. Nunca me devolvió la llamada.

—¿Le miraste el culo a otra chica durante la cita o...?

Johnny estalló en carcajadas.

—Eh, los dos del fondo, si habéis acabado de tontear, ¿qué pizza te apetece, colega? —dijo Rhodes con voz cortante.

¿Cómo que «tontear»? ¿Lo decía en serio? Si solo estaba de broma. Johnny abrió mucho los ojos y yo levanté los hombros con impotencia. Vale. No me di cuenta hasta mucho más tarde de que nadie más había respondido a lo de «colega». Solo yo.

Cogí dos porciones de pizza supreme (la de ternera, pepperoni, cebolla, pimiento y champiñones) y les espolvoreé un poco de queso parmesano por encima antes de dirigirme a la mesa donde ya se habían instalado los dos adolescentes. Me senté junto a Jackie, y Johnny ocupó la silla que quedaba libre a mi lado, por lo que Rhodes se puso al lado de su hijo. No tenía ni idea de dónde habían salido todas aquellas sillas de más.

Jackie estaba preguntándole a Amos si su abuelo iba a venir aquel fin de semana o el siguiente, pero de repente este se giró hacia mí.

—¿Tienes pensado hacer alguna otra ruta antes de que empiece a nevar? —me preguntó.

Justo acababa de meterme un trozo enorme de pizza en la boca, así que tuve que masticarla deprisa antes de responder.

—Sí, pero voy a tener que empezar a mirar el parte del tiempo antes de salir.

—¿Qué rutas estás barajando? —preguntó Rhodes.

Les dije el nombre de dos caminos fáciles que no llegaban a los tres kilómetros y medio de ida y vuelta. Sinceramente, todavía estaba un poco traumatizada por mi experiencia anterior. Seguía llena de puñeteras cicatrices en las manos y en las rodillas.

—¿Por qué lo preguntas? ¿Quieres apuntarte? Seguramente iré el sábado. Clara va a cerrar la tienda al mediodía para que limpien la moqueta.

—Yo sí que quiero ir —exclamó Jackie. Los otros tres la miraron con incredulidad—. ¿Qué pasa? —preguntó frunciendo el ceño.

—Pero si te falta el aire cuando vas de aquí al garaje —murmuró Amos.

—No es verdad.

—Cuando fuimos a Piedra River te detuviste antes del primer kilómetro y te negaste a seguir andando.

—Ya, ¿y?

—Una de las rutas es de un kilómetro y medio de ida y vuelta y la otra es de tres —explicó Rhodes con delicadeza y firmeza a la vez.

La chica hizo una mueca y me esforcé por reprimir una sonrisa.

—Ya te avisaré cuando haga una más corta, si es que la hago. Supongo que sí, si sigo por aquí el año que viene.

Seguía sonriendo cuando mi mirada se cruzó con la de Rhodes, que apretaba la mandíbula. Por el rabillo del ojo, vi que Amos ponía cara rara. ¿Por qué me estaban mirando así?

Antes de que pudiera pararme a pensarlo, Jackie se defendió diciendo que estábamos siendo todos muy injustos, porque antes hacía rutas constantemente. Me concentré en su perorata durante un rato, hasta que me entregaron unas ganas enormes de hacer pis.

—Ahora vuelvo. Voy al baño —dije, y aparté la silla.

Me dirigí directamente al aseo, que recordaba haber visto en una de mis otras visitas. Usé el retrete y me lavé las manos y, cuando alargué el brazo para coger la toalla, bajé la mirada y vi algo pequeño y marrón correteando por el suelo. Me quedé paralizada.

Me agaché un poquito y eché un vistazo detrás del váter. Vi dos ojos diminutos. Una cola pelada de unos cinco centímetros.

Salió corriendo y desapareció detrás de la papelera. Dejé escapar un grito vergonzoso. No muy alto, pero un grito al fin y al cabo. Y entonces salí por patas.

No recordaba haber corrido tan rápido nunca por un pasillo. Me fui a toda velocidad mientras daba gracias una y otra vez por haberlo visto después de tener los pantalones subidos, y no antes, mientras me alejaba todo lo posible del baño. Y todo lo posible era la cocina.

Rhodes estaba de pie junto a la isla, arrancando papel del rollo, cuando se dio cuenta de mi llegada. Puso cara de confusión.

—Pero ¿qué…?

—¡Hay un ratón en el baño! —chillé.

Pasé por su lado como una exhalación, casi trepando sobre el taburete que había junto a la encimera y, desde allí, salté al respaldo del sofá. No dejaba de mirar frenéticamente el suelo, para asegurarme de que no me había seguido.

En la periferia de mi campo de visión, percibí que Amos se levantaba, tan deprisa que tiró la silla. Antes de que pudiera reaccionar, saltó encima del sofá y terminó a mi lado, con el culo encima del respaldo y las piernas levitando a varios centímetros del suelo. Johnny y Jackie, bien inmunes a la presencia del ratón o bien anonadados por nuestra reacción, no se apartaron ni un centímetro de la mesa.

—¿Una rata? —preguntó Rhodes, quien seguía exactamente en el mismo punto en el que se encontraba un momento antes.

Negué con la cabeza, intentando respirar hondo para calmar el ritmo acelerado de mi corazón.

—No, un ratón —dije.

Arqueó las cejas un poco, pero lo noté.

—¿Estás desgañitándote por un ratón? —preguntó. ¿Por qué tenía que decirlo así, tan despacio?

—¡Sí! —exclamé después de tragar saliva.

Rhodes parpadeó, atónito. A mi lado, a Amos se le escapó de repente una carcajada de las profundidades de su garganta,

305

como si su silla no estuviera tirada por el suelo del susto que se había pegado. Y entonces vi que a su padre se le agitaba el pecho.

—¿Qué pasa? —pregunté volviendo a mirar al suelo.

Empezó a temblar incluso más y apenas podía respirar. Cerró los ojos con fuerza.

—No sabía… que te iba el *parkour*.

Amos volvió a reírse y bajó las piernas hasta poner los pies en el sofá.

—Te has subido a la mesa de una voltereta… —dijo Rhodes ahogándose al intentar retener sus carcajadas.

Estaba riéndose de mí. El muy hijo de puta estaba riéndose de mí.

—¡No es verdad! —me quejé empezando a sentirme un poco… estúpida. Era imposible, además. No sabía dar volteretas.

—Has saltado desde la isla hasta el sofá —siguió Rhodes, cerrando la mano en un puño para ponérsela justo delante de la nariz. Apenas podía hablar.

—Ora, menuda cara tenías… Estabas pálida —añadió Am, y el labio inferior le empezó a temblar.

Cerré los labios con fuerza y miré a mi nuevo traidor favorito.

—Se me ha salido el alma del cuerpo, Am. Y, perdona, pero tú no has venido precisamente andando hasta el sofá.

Rhodes, que parecía haber decidido que el detalle que había aportado su hijo era para partirse, casi se atragantó.

—Ha sido como si hubieras visto un fantasma.

Amos estalló. Y luego lo siguió Rhodes. Eché un vistazo rápido a mi alrededor y vi que Johnny también se estaba riendo. Jackie era la única que me sonreía. Menos mal que alguien tenía un poco de corazón.

Se estaban partiendo el culo, pura y simplemente.

—¿Sabéis qué os digo? Estáis siendo tan malos conmigo que espero que el ratón se os meta en la boca —murmuré de broma. O medio en broma.

306

Rhodes se estaba riendo con tantas ganas que se acercó y le dio una palmada en la espalda a su hijo mientras ambos seguían desternillándose. De mí. Pero juntos.

Era probable que no pegara ojo aquella noche, preocupada por que hubiera un ratón en la casa de al lado, pero habría valido la pena.

18

Estaba sentada a la mesa leyendo cuando oí el crujido familiar de unas ruedas sobre la gravilla del camino y salí de mi trance.

El día anterior, por la noche, mientras estábamos discutiendo cuántas rimas eran demasiadas para una canción, Amos me había dicho que su abuelo, el padre de Rhodes, iba a venir a pasar el fin de semana con ellos. Me había olvidado por completo de que Jackie lo había mencionado durante el cumpleaños. El adolescente, que ahora tenía dieciséis recién cumplidos, me había confesado que estaba pensando en hacerse el enfermo para no salir de su habitación.

La verdad era que, hasta aquel momento, no me había dado cuenta de que nadie había mencionado ni una sola vez a los padres de Rhodes. Amos me había mencionado algún detalle de sus otros cuatro abuelos, de vez en cuando, pero nada más. Como yo dudaba de que mis sobrinos hablaran muy a menudo de mí, había intentado no pensar en que era raro..., pero lo era.

Lo pensé sobre todo después de que Am me dijera que el padre de Rhodes vivía en Durango, que estaba a tan solo una hora de Pagosa. Yo llevaba meses viviendo en su propiedad, ¿no debería haberlo visto por allí antes, de visita? Y Rhodes y Am raramente salían juntos de casa, puede que en parte porque Amos todavía estaba castigado, aunque tenía pinta de que la parte más severa ya había pasado. Aun así, me parecía raro.

Me quedé justo donde estaba, esforzándome por no actuar como una cotilla y acercarme a la ventana. Aunque no pasaba nada si escuchaba por casualidad su conversación desde aquí. Técnicamente, no se podría decir que los estuviera escuchando a escondidas si eran ellos los que hablaban tan alto como para que pudiera escucharlos, ¿no?

Aquel fue el razonamiento que utilicé para hacer lo que hice. Mantuve la vista fijada en las palabras del libro que tenía delante, pero también agucé el oído. De todas formas, ya me había pasado mucho tiempo mirando a través de la ventana, concretamente a mi coche nuevecito. Había ido al concesionario a intercambiar el viejo el día anterior después de trabajar. No había tenido planeado comprarme un coche tan grande como el todoterreno, pero había sido amor a primera vista. Ayer, tanto Amos como Rhodes le habían echado un vistazo y me habían dado su sello de aprobación por la compra. Se acercaba el invierno y todo apuntaba a que lo iba a pasar en la zona.

Estaba pensando en eso cuando me pareció oír una puerta cerrándose y la voz lejana de Amos.

—¿Por qué tiene que quedarse aquí?

—Es solo un fin de semana —le contestó su padre, aunque sonó como si a él tampoco le pareciera que dos días fueran poco tiempo y estuviera intentando convencerse.

—Lo único que va a hacer es quejarse y criticar todo lo que cree que has hecho mal, papá, como siempre. —Al oír aquello fruncí el ceño—. Ni siquiera le caemos bien. Podría haber venido a pasar el día solamente.

—No te tomes en serio lo que dice. Sus palabras tienen que entrarnos por una oreja y salirnos por la otra —contestó Rhodes.

Erguí la espalda y dejé que la mirada vagara hacia la ventana. ¿Qué cojones le pasaba al abuelo Rhodes? ¿Qué había hecho como para que Rhodes tuviera que decirle a Am que no dejara que sus palabras lo afectaran…?

309

—No tiene sentido que te dé la turra por no estar casado cuando él lo estaba con una persona que lo atacaba, literalmente.

—Ya basta, Am. Ya sabemos cómo es, y por suerte solo viene a vernos un par de veces al año...

—Sí, y eso que vive a una hora de aquí —repuso él. Era un argumento muy válido.

—Ya lo sé, Am. —Rhodes intentó calmar los ánimos con delicadeza—. Es de otra época. Ya te he dicho más de una vez que se arrepiente de muchas cosas. Tardé mucho tiempo en aceptar que se preocupa por nosotros, pero a su manera.

El chico gruñó por lo bajo.

—¿Podemos invitar a Ora? ¿Para distraerlo? —preguntó. Me reí y recé para que no me hubieran oído.

—No podemos hacerle eso. —Se detuvo un momento y tuve la sensación de que se estaba riendo por lo bajo—. Aunque no habría sido mala idea. Así no habría silencio incómodo... y sería bastante gracioso ver la cara que pone él.

—Seguro que Ora conseguiría que el abuelo le contase por qué tardó tanto en divorciarse de tu madre.

Se oyó una puerta de coche cerrarse de golpe y, al cabo de un segundo, una voz que no reconocí.

—Conozco una empresa que podría venir a ponerte más gravilla en el camino de acceso, Tobias. Me ha entrado dolor de cabeza solo con conducir por este tramo.

Parpadeé.

—El camino está en perfectas condiciones, señor —contestó Rhodes, con un tono que no le había oído usar desde hacía meses. Era su voz de marine, tal y como la había llamado Amos una vez que rememoramos el día que nos conocimos y lo enfadado que estaba Rhodes. ¿Y quién cojones llamaba a su padre «señor»?—. Bienvenido —continuó.

¿«Bienvenido»? Tuve que cubrirme la boca con la mano para contener la risa; no podía dejar de imaginarme la cara que debía de estar poniendo Amos. ¿Estaría rojo como un tomate?

Me pareció oír unas pisadas sobre el terreno.

—Amos —dijo aquella voz desconocida—, ¿cómo está tu madre? ¿Y Billy?

—Bien.

—¿Sigues sin conseguir ganar peso? ¿No practicas ningún deporte?

El silencio era penetrante. Abrumador. Me pitaban los oídos.

—Está perfecto tal y como está —afirmó Rhodes con aquella misma voz de oficial seca y contenida que mostraba el autocontrol en el que tanto había trabajado durante los veinte años que había estado alistado.

Mi sexto sentido me avisó de que aquello no iba bien. Pero nada bien. Sobre todo porque yo estaba a punto de bajar a darle una puta paliza al abuelo por hablar así de mi Amos. Podía imaginarme al bueno y tímido de mi amigo muriéndose por dentro. Yo sabía que se sentía inseguro por estar tan delgado, y ese cabronazo iba y...

—Tal vez lo sería si lo hubieras apuntado a algo cuando era pequeño —contestó el hombre mayor—. Y no le vendría mal comerse un par de hamburguesas con queso.

Gruñí y cerré el libro lentamente.

—Se le apuntó a las cosas que le interesaban —replicó Rhodes, su tono más áspero con cada sílaba que pronunciaba—. Y come más que suficiente.

Al oír el cruel «Ya» de aquella voz, dejé mi lectura sobre la mesa. Por Dios, aquel hombre me recordaba... a la señora Jones.

—Si tiene intención de echarse novia, un poco de músculo le ayudaría. ¿A que no quieres terminar soltero para toda la vida como tu padre? —preguntó el muy gilipollas.

Me puse de pie con tal velocidad que me sorprendió no tirar la mesa.

Aquellos dos iban a acabar por prenderle fuego a la casa si no intervenía. Nunca había oído una conversación descarrilar tan deprisa, y eso que había escuchado algunas que tenían tela.

Amos y Rhodes eran unos novatos. Sin embargo, estaban de suerte, porque yo tenía un doctorado en personas pasivo-agresivas y en las puramente agresivas. Y, como aquel hombre no era la mujer que antes consideraba mi suegra, sabía que no tendría que pasarme el resto de la vida lamiéndole el culo para ser feliz.

Se lo debía a Amos y Rhodes. Podía hacerlo.

Bajé por las escaleras todo lo deprisa que pude y salí justo cuando Rhodes estaba diciendo muchísima tensión:

—... puede tener el aspecto que quiera, señor.

Sí, la casa acabaría en llamas. Y mi apartamento ardería con ella.

Más tarde me dije a mí misma que lo había hecho tanto por mí como por ellos, que por eso había gritado como una loca sin aliento de lo deprisa que había bajado por las escaleras.

—Rhodes, ¿podrías ayudarme a...? Ay, perdón, hola.

Amos abrió mucho los ojos y vi que estaba intentando superar la sorpresa para procesar lo que fuera que yo estaba haciendo.

Al lado de un Mercedes de clase C, se encontraba el señor Rhodes sénior. Era más bajo que su hijo, pero se parecían. Tenían la misma hendidura en el mentón. Las mismas mejillas. La misma constitución musculosa. Sobre todo, la misma boca seria. Y me estaba mirando.

Tenía que usar mis poderes para el bien.

Me centré en Rhodes y vi en su rostro una expresión pensativa... y un poco desconcertada. Tenía el ceño fruncido, y los labios tensos, aunque dudaba que eso último fuera culpa mía.

—¿Qué necesitas, ángel? —me preguntó Rhodes, en quien todavía tenía la mirada fijada.

—Nada que no pueda esperar, perdona —dije deseando que mis palabras sonaran como una disculpa y no como una improvisación de mierda. Había vuelto a usar un comodín en lugar de mi nombre, pero hice la vista gorda—. ¿Es tu padre? —pregunté con voz dulce para que no se hiciera la idea equivocada.

—Sí. Este es Randall. Papá, esta es Aurora, nuestra... amiga —dijo Rhodes en voz baja.

¿Su «amiga»? Puede que eso fuera incluso más épico que ser su novia. No, ¡a la mierda! Era un honor aún mayor que ser la mujer de alguien. «¡Su amiga!».

Una sonrisa enorme y genuina se apoderó de mis labios y, sinceramente, seguro que también de toda mi cara, y en aquel momento decidí que no había sido un error bajar. Iba a relajar el puto ambiente todo lo que pudiera y más. Siempre que Rhodes no me taladrara con la mirada para que me marchara, claro. Conocía esa cara de sobra.

—Encantada de conocerle, Randall —dije deteniéndome delante del hombre que estaba junto a los escalones del porche.

Me tiré de cabeza porque nada me gustaba más que desarmar a alguien con amabilidad. Le rodeé los hombros y lo abracé. No podía estar segura, pero me pareció oír a Amos atragantándose. Randall Rhodes se tensó entre mis brazos y lo apreté con más fuerza antes de dar un paso hacia atrás y tenderle la mano.

El hombre mayor, atónito o incluso contrariado por que una desconocida lo hubiera tocado, desvió la mirada hacia su hijo antes de alargar la mano y estrechar la mía. Su apretón no era ni demasiado firme ni demasiado suave, pero había aprendido a no mostrarme débil a no ser que me interesara, así que le correspondí con uno fuerte.

—Encantada —repetí con entusiasmo.

Él me observó como si no supiera qué pensar antes de volver a posar su mirada sobre Rhodes.

—No me habías contado que estabas saliendo con alguien.

—No estamos juntos —lo corregí y me imaginé por un momento un universo paralelo en el fingía ser la novia de Rhodes y este no me mataba. Yo estaba dispuesta a hacerlo, pero estaba convencida de que Rhodes me mataría, así que lo mejor era ceñirme a la verdad—. Aunque ojalá, usted ya me entiende, ¿no, señor Randall? —dije con una risita pícara.

313

El señor Randall parpadeó y no me pasó por alto la forma en la que me inspeccionó de arriba abajo. No como si fuera un viejo verde, sino con curiosidad. Tampoco es que estuviera muerto... Aunque tal vez lo que sí estaba era un poco confundido.

Me crucé con la mirada de Amos y supe, por su expresión maliciosa, que se lo estaba pasando en grande.

—Lo siento —dijo Randall Rhodes sorprendido y todavía confuso—, mi hijo no me cuenta nada.

Con eso, había abierto fuego. Le dediqué una sonrisa de lo más dulce.

—Seguramente estáis los dos tan ocupados que apenas tenéis tiempo de llamaros. Suele pasar. —No iba a dejar que le echara toda la culpa a su hijo.

El señor dejó que sus atractivos rasgos adoptaran una inexpresividad cautelosa. Tal vez estaba siendo precavido. «Sí, amigo. Sé de qué palo vas».

—Deja que meta tu maleta en casa y nos vamos a cenar —intervino Rhodes antes de volver su cuerpo hacia mí.

Iban de cena y yo no estaba invitada. Sabía captar una indirecta.

—Me alegro de conocerlo, señor Randall. Será mejor que...

De repente, Rhodes me puso la mano encima del hombro y me rozó levemente la clavícula expuesta con el dedo meñique.

—Ven con nosotros.

Levanté la cabeza y me encontré con sus ojos grises. Tenía una expresión seria, y me parecía que había usado su voz de marine, pero no le habría prestado suficiente atención, distraída por su dedo en mi piel.

—¿No queréis pasar un rato en privado, los tres juntos...? —comenté con cautela, porque no estaba segura de si de verdad quería que fuera con ellos o no.

—No pasa nada, ven con nosotros, Ora —se sumó Amos, pero no era él quien me preocupaba.

Rhodes me apretó suavemente el hombro con su enorme mano, y me dio la impresión de que había calma en su mirada, aunque, definitivamente, no había rastro de ella en su voz.

—Ven.

—¿Es una invitación o una orden? —murmuré—. Porque aunque estés susurrando, sigues con el tono mandón.

Él contuvo una sonrisa y bajó el volumen.

—¿Las dos cosas?

Sonreí. Vale, por qué no. Todavía no había llegado a la parte interesante de mi lectura, y tampoco había cenado.

—De acuerdo. Si a nadie le importa.

—A mí no —murmuró Am.

—En absoluto —contestó el señor Randall mirándome de forma especuladora.

—Entonces me espero aquí a que dejes su maleta —le dije a Rhodes.

—Te acompaño. Me gustaría lavarme las manos antes de irnos —le dijo Randall a su hijo, resoplando.

Rhodes volvió a darme un ligero apretón en el hombro y se acercó al maletero del Mercedes de su padre. Sacó la maleta y se dirigió hacia la casa principal acompañado de Randall. Amos se quedó fuera conmigo, y en cuanto se cerró la puerta principal abrí la boca.

—Lo siento, Am. Lo he oído tratándoos fatal mientras vosotros intentabais ser educados con él, y me ha parecido que a tu padre se le estaba a punto de ir la olla con él y solo quería ayudaros.

El chico dio un paso hacia mí y me rodeó con los brazos. Dudó durante un segundo, y luego, un poco incómodo, me dio una palmadita en la espalda.

—Gracias, Ora.

Me había abrazado. Me había dado un puto abrazo. Me sentí como si fuera mi cumpleaños. Le devolví el abrazo con fuerza e intenté que no viera que se me estaba escapando una lágrima para no echar a perder el momento.

—¿Gracias por qué? Tu padre me va a matar.

Noté que se reía contra mi cuerpo antes de bajar los brazos y dar un gran paso hacia atrás, con las mejillas un poco ruborizadas. Esbozó aquella sonrisa tan tímida y dulce que rara vez compartía.

—No lo creo.

—Estoy segura al cincuenta por ciento de que sí —afirmé—. Me enterrará en algún lugar donde nadie me encontrará nunca, y sé que es capaz porque seguro que tiene un montón de sitios localizados en los que hacer desaparecer a alguien si surge la necesidad. Oye, ¿por qué tu abuelo es tan antipático?

Amos sonrió un poquito.

—Papá dice que es porque sus padres lo trataron muy mal; y luego se casó con mi abuela, que lo trataba igual de mal y, además, estaba loca, pero no se dio cuenta hasta que no fue demasiado tarde. Y además se ha pasado la vida intentando ganar más y más dinero porque de pequeño no tenía nada.

No me extrañaba que fuera así, entonces. En absoluto. Me hubiera gustado seguir preguntando sobre la madre/abuela loca, pero supuse que no teníamos tiempo para hablar del tema.

—No te preocupes —quiso asegurarme—. Le estás haciendo un favor enorme a mi padre.

—¿Por qué? —pregunté mirándolo.

—Porque él no es muy hablador, pero tú sí, así que lo vas a salvar de mi abuelo.

Sonreí.

—¿Estás seguro de que no pasa nada por que vaya a cenar con vosotros? No quiero que… —El chico gruñó y puso los ojos en blanco. Me reí y también puse los ojos en blanco—. Vale, vale. Pero si tu padre me lleva a algún lugar recóndito para deshacerse de mi cuerpo, quiero que por lo menos me organices un entierro en condiciones, Am. Voy a por mi bolso.

—Ya subo yo —se ofreció, y añadió—: Vuelvo enseguida.
—De repente se detuvo y dijo—: Muchas gracias, Ora.

316

Y se fue. Corriendo. Amos estaba corriendo.

Esperaba que todo saliera bien.

Si no hubiera sobrevivido a la tensión que había en el ambiente el día que Amos, Rhodes y yo hicimos la ruta de siete kilómetros para ver las cascadas, me hubiera sorprendido mucho el nivel de incomodidad que alcanzó la cena con ellos dos y el señor Randall.

Sin embargo, mi historia con Kaden y todas las veces que había tenido que lidiar con el Anticristo me habían preparado para aquel momento. En otra vida hubiera considerado mi relación con aquella mujer como un entrenamiento, ya no solo para lidiar con el señor Randall, sino con todas las personas difíciles que me encontraría a lo largo de la vida.

Joder, no me extrañaba que ni Amos ni Rhodes me hubieran pedido que me fuera después de bajar las escaleras corriendo.

Las quejas y las críticas empezaron incluso antes de meternos en el Bronco de Rhodes.

—Estaríamos más cómodos en mi Mercedes —sugirió el señor Randall tras resoplar un poco.

No abrí la boca, pero intuí que no era la primera vez que tenían una discusión similar.

—Vamos bien con el Bronco —contestó Rhodes.

Aquello fue solo el principio.

Miré al señor Randall por el rabillo del ojo mientras se sentaba en el asiento del copiloto, y después yo me metí en la parte de atrás con Amos. Cinco minutos después, volvió a la carga.

—No creo que nadie vaya a quejarse si superas un poco el límite de velocidad.

—No voy a saltarme el máximo —respondió Rhodes sin ni siquiera mirarlo—. Soy agente del orden. ¿Qué imagen daría si me pusieran una multa?

—¿Agente del orden? —se burló él, dejando bien claro que no tenía mucha consideración por el trabajo de su hijo—. Eres guarda forestal.

Consideré que era un momento excelente para meterme en el meollo, así que empecé a hablar desde el asiento de atrás.

—Y uno muy bueno. Un día, Amos y yo estábamos en el garaje y ¿a que no adivina qué se nos acercó? —Silencio. Continuó incluso después de que me cubriera la boca con la mano e le hiciera una mueca a Amos, quien tuvo que levantar la vista al techo y morderse el labio para no reírse—. Vale, no hace falta que lo adivine. Se lo cuento. Al principio creíamos que se trataba de un halcón, pero resultó que no era eso...

Seguí divagando durante unos cinco minutos, contándole la historia del águila real: lo mucho que Rhodes se había reído de mí, que el pájaro todavía estaba en el centro de rehabilitación y que, con un poco de suerte, lo soltarían pronto. Hacía poco que le había preguntado a Rhodes por mi majestuosa amiga y él había averiguado cómo estaba por mí.

Al cabo de un rato, Rhodes aparcó en paralelo en la calle principal y salimos del coche. Lo seguimos hasta el restaurante mexicano con vistas al río en el que yo había tenido la cita con Johnny. Randall Rhodes suspiró por tener que esperar dos minutos a que nos sentaran en la mesa. Mientras, le pregunté a Amos qué tal le iba en el instituto, aunque procuré no hablar de música porque no quería que el viejo lo criticara por ello. Si se atrevía, tal vez fuera yo la que enterraría un cuerpo en algún lugar recóndito. Los dos hombres se quedaron allí de pie, ambos mirando a su alrededor, sin hablarse, con una tensión sofocante entre ellos.

De camino a la mesa nos encontramos a un par de clientes de la tienda y los saludé, y Amos se quedó atrás conmigo. Cuando nos volvimos a unir al grupo, Rhodes y el señor Randall nos estaban esperando de pie, y estoy completamente segura de que Am me empujó con disimulo hacia su padre antes de arrastrar los pies hasta la silla más cercana a su abuelo.

318

—Las damas toman asiento primero, Amos. ¿Cómo es posible que Billy no te lo haya enseñado?

—Le aseguro que mis primos no me calificarían de dama —bromeé deteniéndome junto a Rhodes, ya que su hijo me había dirigido hacia él.

Le sonreí sin estar segura de haber hecho lo correcto, pero él me retiró la silla. Parecía que sí. Me senté.

Ninguno de los tres dijo ni una sola palabra mientras leíamos el menú. Le lancé una mirada rápida a Rhodes y este se dio cuenta, porque desvió la suya hacia mí momentáneamente. Curvó un poco los labios. Me lo tomé como una señal. Cuanto más hablara, menos oportunidades tendría el señor Randall de ser mezquino.

Así que eso es lo que hice a lo largo de la siguiente hora.

Les conté una anécdota tras otra sobre mi trabajo en la tienda. Amos era el único que se reía, aunque vi que Rhodes alzaba las comisuras de los labios un par de veces. Su padre, en cambio, se limitó a centrar toda su atención en los nachos con salsa y a echarme un vistazo mal disimulado de vez en cuando, como si no supiera muy bien qué pensar de mí. Seguramente creía que no me daba cuenta, pero me fijé en que no dejaba de pasear la mirada entre su hijo y yo, como si tampoco tuviera muy claro qué pensar de nosotros.

El señor Randall se levantó para «ir al servicio», pero lo pillé pagando la cuenta al retirarme también para ir al baño. ¿Lo había hecho para evitar discutir con Rhodes? No estaba segura, pero le di las gracias mientras nos dirigíamos hacia el coche, y él simplemente asintió.

El trayecto de vuelta a casa fue silencioso. Ya estaba agotada de tanto hablar, así que no dije nada. Amos no dejaba de mirar el móvil, así que aproveché que tenía cobertura en la carretera principal para echarle un vistazo al mío por primera vez en toda la noche. Tenía mensajes de Nori y de mi tía esperándome. Abrí primero el de mi amiga.

Nori
La he clavado
[Foto de arroz con gandules]

Ven a cocinarme algo, por favor

Me respondió de inmediato.

Ven primero a visitarme.

Yu no deja de hablar de lo bien que os lo
pasasteis.

Sonreí al leer sus palabras, y entonces abrí el mensaje de mi
tía.

Tía Carolina
La Anticristo me acaba de mandar un correo
para pedirme tu número de teléfono. ¡Dice
que está dispuesta a pagarme!

[Imagen adjunta de la captura de pantalla del
correo]

Amplié la imagen y leí el correo. Efectivamente: la señora
Jones había perdido la cabeza. Había intentado sobornar a mi
tía para conseguir mi contacto. Vaya. Esa mujer no había oído la
palabra «no» en años. Me hizo gracia comprobar lo desesperada
que estaba desde que la había bloqueado en Facebook.

Nunca me había sentido tan honrada. 500$!
HALAAA

La señora Jones era capaz de gastarse quinientos dólares
solo en una cena. ¿En serio? Aquello era calderilla para ella.

Pensé en ello durante el viaje de vuelta. En cómo una persona podía decidir echarte de su vida y, después, por motivos

320

egoístas, cambiar de idea. No lo hacía porque me tuviera cariño o porque haría feliz a su hijo. ¿Acaso creían que iba a olvidarlo todo y a perdonarlos? Esto no era *500 primeras citas*. No se me iba a olvidar lo que me habían hecho. ¿En serio pensaban tan mal de mí y de mi familia? ¿Habían asumido que me venderían por quinientos dólares de mierda? Por diez mil, seguramente sí, pero después me habría acompañado inmediatamente a cambiarme de número de teléfono y nos habríamos ido a cenar con el dinero para reírnos a gusto a su costa.

Estuve comiéndome la cabeza con esas gilipolleces hasta que Rhodes por fin se metió en el camino de acceso con el todoterreno. Ahora que había visto por fin el Bronco por dentro, podía afirmar que estaba muy bien restaurado. Nos bajamos todos y Am caminó sin prisa hasta la puerta principal, casi remoloneando. Rhodes se quedó junto al coche y el señor Randall se dirigió hacia su vehículo murmurando que se había dejado algo dentro.

Me quedé allí de pie hasta que finalmente dije:

—Hasta luego, Amos, Rhodes. Nos vemos mañana. ¡Gracias por invitarme!

No sabía qué planes tenían al día siguiente, pero solo podía desearles lo mejor.

Sin embargo, Rhodes se volvió hacia mí y me miró con su cara de rasgos angulosos y firmes. Estábamos muy cerca y bajó la voz para que solo pudiera oírlo yo.

—Gracias por venir con nosotros.

Noté el calor que desprendía su cuerpo.

—Ha sido un placer —dije sonriendo.

—Te debo una.

—No me debes nada —dije sacudiendo la cabeza—, pero si tienes algún consejo sobre esquiar o andar con raquetas, por mí encantada.

Me estudió la cara con sus increíbles ojos grises y entonces fue él quien asintió.

—Claro.

321

Nos quedamos los dos ahí, mirándonos, con un silencio espeso y pesado entre nosotros. Bajé la mirada y vi que tenía las manos cerradas en puños a los lados.

Me obligué a dar un paso hacia atrás.

—Buenas noches. Y buena suerte. —Retrocedí otro paso—. Buenas noches, señor Randall. Muchas gracias de nuevo por la cena.

El hombre mayor ya había llegado junto a su coche y había abierto la puerta del conductor. Me pareció ver que estaba de pie, pero no se giró hasta que respondió:

—No hay de qué. Buenas noches.

Rhodes y Am ya se habían metido dentro de casa y yo estaba a medio camino del apartamento cuando volví a oír la voz de Randall.

—¿Me odian?

Me detuve y lo vi de pie entre la puerta abierta y el asiento. El débil resplandor de la luz interior lo iluminaba por detrás; estaba de cara a mí. Dudé. Dudé un montón.

—Dime la verdad. Puedo soportarlo —continuó el señor Randall con su voz de acero.

Aun así, titubeé. Presioné los labios un momento antes de responder.

—No creo que le odien. Ni siquiera sabía que… seguía entre nosotros hasta hace una semana.

—Eso es que sí.

—Si eso es lo que cree, señor Randall, no entiendo por qué me lo pregunta. Le digo la verdad. No creo que le odien, pero…

—¿Debería irme? —preguntó de repente.

—Mire, sé muy poco acerca de su relación con ellos. Como ya le he dicho, ni siquiera sabía que el padre de Rhodes, Tobias, o como quiera llamarlo usted, siguiera vivo hasta la semana pasada. Llevo viviendo aquí desde junio y es la primera vez que le veo. —Se quedó en silencio, tal y como tendían a hacer su hijo y su nieto—. ¿Usted quiere que le odien? —pregunté.

—¿A ti qué te parece? —soltó.

322

—Que me ha hecho una pregunta y que ahora está siendo un poco borde —contesté—. También lo ha sido con Am y Rhodes, digo, Tobias… y ahora está intentando darle la vuelta a la tortilla para hacerse la víctima.

—¿Perdona?

Qué jodido alivio era comprobar lo fácil que me resultaba lidiar con un capullo cuando no tenía que estar preocupándome de mi futuro en su vida.

—Ha criticado a Amos. Le ha hablado a su hijo con condescendencia. Mi tío tiene tres hijos y todos piensan que es el mejor. Incluso yo pienso que es el mejor. Mi padre no estuvo muy presente en mi vida cuando era pequeña, y a veces desearía que lo hubiera estado. Usted parece un hombre decente. Como ya le he dicho: no sé cómo es su relación con ellos, ni su pasado, pero conozco a Amos y se podría decir que conozco a Rhodes. Y Rhodes adora a su hijo, como debería hacer cualquier padre. Sé que Am lo sabe, pero no es consciente de hasta qué punto, porque no ve la forma en que su padre lo mira, pero Rhodes se esfuerza por él a pesar de que no se parecen en nada salvo en la mirada y el silencio. Lo que intento decirle es que, si está tan preocupado por lo que piensan de usted como para preguntármelo a mí, es porque le importan. Y si es así, tal vez debería esforzarse un poco. Ya es mayorcito, no estaría aquí si no quisiera, ¿verdad?

Se quedó callado. Se quedó callado durante un buen rato mientras seguíamos ahí de pie, mirándonos. O por lo menos intentándolo, porque había oscurecido bastante y la luz de dentro del coche se había apagado. Después de que pasara mucho sin que dijera nada, supuse, o más bien esperé, que estuviera reflexionando sobre todo lo que le había dicho. Aun así, quise añadir unas palabras más.

—No está en nuestra mano elegir ni cómo son las personas a las que queremos ni en quiénes se convertirán, pero sí que podemos elegir si queremos formar parte de su vida. Y también si queremos que sepan que vale la pena quedarse. En fin, ya nos veremos, señor Randall. Tiene un hijo y un nieto estupendos. Buenas noches.

No me di cuenta, hasta después de haber subido las escaleras, de algo que había percibido pero a lo que no había prestado mucha atención. No había oído cerrarse la puerta principal después de que Amos y su padre entraran en casa.

Rhodes había estado en el umbral durante toda la conversación.

19

—Muchas gracias. Enseguida voy —dije al móvil que tenía pegado a la mejilla antes de colgar.

Una sensación de pura emoción me recorrió las venas mientras preparaba el agua y la comida para pasar el día. Justo cuando terminé de hacer los dos bocadillos, escuché por la ventana que un coche se marchaba y me detuve un momento. La noche anterior no había sido la peor de mi vida, pero tampoco la mejor. Ojalá les fuera bien.

Justo cuando terminé de meterlo todo dentro de la mochila, oí un golpe en la puerta del garaje seguido de un:

—¡Ora!

Era Amos.

—¡Adelante! —grité un segundo antes de que la puerta se abriera con un crujido y el ruido de sus pisadas me advirtiera de que estaba subiendo.

Cerré la cremallera de la mochila y entonces oí su voz jadeante.

—¿Puedo quedarme un rato en el estudio?

Yo ya estaba sonriendo cuando levanté la vista y lo vi entrando desde el descansillo, pisando fuerte hasta llegar a la mesa.

—Por supuesto que puedes. —Me detuve y reflexioné—. Pero ¿hoy no tenías que ir a hacer nosequé con tu abuelo?

Amos soltó un suspiro antes de dejarse caer sobre una de las sillas.

—Se han peleado hace un momento y se ha marchado. —Se inclinó hacia delante y cogió una de las piezas del puzle que apenas había empezado a hacer—. Y ahora mi padre está de mala leche y no quiero estar cerca de él.

Oh. ¿Qué habría pasado? No pregunté mientras cogía la mochila y me pasaba un asa por el hombro.

—Menuda mierda, Am. Lo siento. Estaba a punto de salir, pero ¿quieres venir conmigo? Si tu padre te da permiso, claro.

—¿Adónde vas? —preguntó todavía inclinado encima del puzle.

—Voy a alquilar un *buggy*.

—No —dijo sacudiendo la cabeza.

—Como quieras —contesté encogiéndome de hombros—. Puedes terminar ese puzle de ahí si te apetece.

Amos ni siquiera levantó la mirada al asentir y yo me reí mientras salía. Me pregunté qué cojones habría pasado entre Rhodes y su padre. Acababa de abrir la puerta para salir del garaje cuando de repente vi a una silueta rebuscando en la parte de atrás de su camioneta.

¿Le apetecería…?

—¡Hola, Rhodes! —grité.

Se le tensaron los músculos de la espalda antes de incorporarse y mirarme a los ojos. Vaya, Amos no estaba exagerando: estaba de muy mala hostia. Un sentimiento que tenía que ser cariño me invadió el corazón y no pude evitar sonreírle, aunque él estuviera frunciendo el ceño. Rhodes era muy mono incluso estando furioso.

—Hola —respondió sin moverse ni un centímetro.

—Veo que tu padre se ha ido —dije acercándome a él. Gruñó. Pero ¿qué demonios había pasado?—. Am está en el estudio…

—Estaba tan enfadado que tal vez aquello no era muy buena idea, pero tal vez sí. Hacía no mucho que él mismo había insinuado que yo no le disgustaba del todo, así que…—. Iba a preguntarte si querías venir conmigo, pero creo que voy a ordenártelo y punto.

Parpadeó con aquellas pestañas espesas, ocultando por un

momento sus ojos gris lavanda. Sonreí e incliné la cabeza hacia mi coche.

—Me temo que hoy no voy a ser muy buena compañía —murmuró.

—Eso es subjetivo, pero deberías venir igualmente —dije—. No hace falta que hables si no quieres. A lo mejor así te desahogas un poco.

Él soltó un gruñido y negó con la cabeza.

—No, creo que no es buena idea —reiteró.

Yo sabía hasta dónde llegaban mis capacidades, y lidiar con un Rhodes cabreado no era nada para mí.

—Vale, lo que quieras. Volveré por la tarde. —Retrocedí un paso—. Deséame suerte.

Rhodes ya había empezado a girarse de nuevo hacia la camioneta, pero al oír aquello último se detuvo y volvió a mirarme, con un poco de desconfianza bullendo por debajo de la expresión malhumorada que había adoptado.

—Hasta luego…

—¿Adónde vas?

Le dije el lugar donde iba a alquilar el *buggy*.

—¿Vas de ruta? —preguntó lentamente.

—No. —Estiré ambas manos hacia delante y fingí que conducía—. He alquilado un *buggy* Razorback. —Me despedí con la mano antes de que pudiera preguntar nada más—. En fin, ¡nos vemos!

—¿Sabes lo que estás haciendo?

—¿Acaso alguien sabe lo que hace realmente? —respondí en broma.

Ni siquiera dudó un segundo antes de llevar la vista al cielo, suspirar y mascullar un:

—Dame un minuto.

—Anda, ¿te apuntas al final? —pregunté deteniéndome e intentando mantener una expresión neutra.

Después de haber cerrado de golpe la parte de atrás de la camioneta, Rhodes ya estaba a medio camino de su casa.

327

—Espérame.

No pude evitar sonreír de oreja a oreja al mirar hacia el estudio y ver a Amos en la ventana. Levanté los pulgares para indicarle que todo iba bien. Me pareció ver que me devolvía la sonrisa.

Fiel a su palabra, Rhodes volvió un par de minutos después con su mochila y lo que parecían dos chaquetas en la mano.

Todavía parecía estar de mala leche, pero no me lo tomé a pecho. A lo mejor acababa contándome qué había ocurrido para que su padre se fuera antes de lo previsto y él estuviera de tan mal humor, o a lo mejor no. Aunque con un poco de suerte, tal vez, solo tal vez, yo podría ayudar a que su día mejorase. O por lo menos ese era mi objetivo. No me importaría que no dijera ni una sola palabra.

Mantuvo su expresión seria al dirigirse directamente hacia la puerta de mi coche, y antes de meterse dentro vociferó:

—¡Me voy con Aurora, Am! ¡No salgas de casa! ¡Volveremos en un rato!

—¡Vale! —gritó su hijo en respuesta.

Sonaba demasiado emocionado por quedarse solo en casa. Reprimí una sonrisa mientras subía al coche y observé a Rhodes ocupar el asiento del copiloto. No habló hasta que ya llevábamos un buen trecho de carretera y estábamos a punto de incorporarnos a la vía principal.

—¿Pensabas ir sola?

—Sí —contesté manteniendo la vista al frente—. Hace semanas que quería hacerlo. —Murmuró algo en voz baja y redistribuyó su peso sobre el asiento. Alguien estaba de un humor de perros…—. Se lo iba a decir a Clara y Jackie, pero sé que tenían planes con sus hermanos. Se lo he comentado a Amos y no ha querido venir. Todavía no conozco lo bastante bien a los clientes de la tienda como para invitarlos a hacer este tipo de cosas —expliqué—. Creo que voy por buen camino, pero aún no he llegado a este punto.

Tuve que reprimir otra sonrisa al oír el «Hum» que Rhodes soltó en respuesta. Puede que hubiera accedido a acompañarme porque no tenía nada mejor que hacer, pero lo dudaba. Me daba la sensación de que había venido para asegurarse de que yo no cometiera ninguna estupidez.

Esperé hasta estar más cerca del área de camping antes de volver a hablar.

—Oye, si quieres hablarme sobre lo que sea que te haya cabreado, se me da bastante bien escuchar. No siempre hablo por los codos.

Él tenía los brazos cruzados sobre el pecho y las piernas lo más abiertas que le permitía mi coche. Todavía sentía la tensión que emanaba de su cuerpo, así que sus siguientes palabras no me cogieron completamente por sorpresa.

—Esto ha sido mala idea.

—Tal vez, pero no pienso dar media vuelta y llevarte a casa, así que ya puedes intentar pasarlo bien. O no —le dije.

No se me pasó por alto la mirada que me lanzó, en parte sorprendido por mis palabras e incluso un poco enfadado. No me extrañó lo más mínimo que se quedara callado durante lo que quedaba de trayecto, mientras yo canturreaba una canción de Yuki en voz baja, hasta que aparqué el coche y los dos nos bajamos. Un camión enorme con un remolque todavía más enorme estaba aparcado al inicio del recorrido de los *buggies*, y saludé al dueño, un cliente que había conocido en la tienda y que me había hablado sobre el negocio.

—¡Hola, Ora! —gritó el hombre con un portapapeles en la mano que contenía los documentos que ya me había avisado de que tendría que firmar.

—Hola, Andy —lo saludé y le estreché la mano cuando la extendió hacia mí. Rhodes se detuvo justo a mi lado, rozándome el brazo con el suyo—. Este es Rhodes. Rhodes, este es Andy.

Andy fue el primero en ofrecerle la mano.

—Eres el guarda forestal de la zona, ¿no?

Mi casero asintió y le dio un firme apretón.

—He trabajado alguna vez con tu socio —contestó con un tono de voz todavía bastante cabreado.

329

Andy puso una cara extraña que no supe muy bien cómo interpretar antes de volver a centrarse en mí.

—¿Qué te parece si vamos haciendo el papeleo para que puedas empezar cuanto antes?

—Genial, vamos allá —contesté con una sonrisa.

Rhodes volvió a rozarme el brazo con el suyo. Le dediqué una sonrisa a él también y, a cambio, tensó todavía más la línea de su boca. Sin embargo, me fijé en que su mirada pasaba de mis ojos a mis labios, y luego volvió a los primeros. No fue imaginación mía el leve suspiro que soltó poco a poco antes de que yo volviera a centrar mi atención en el hombre que alquilaba los *buggies*.

No tardé ni diez minutos en rellenar los formularios de consentimiento y de advertencia y en enterarme de cómo conducir el *buggy*. Ya había proporcionado mis datos bancarios por teléfono, así que estaba todo pagado. Andy se detuvo un momento antes de sacar dos cascos de la parte de detrás de su camión y aconsejarnos que nos pusiéramos gafas de sol. Luego me dio las llaves y, finalmente, me giré hacia Rhodes.

—¿Quieres ser el primero en conducirlo?

—Ve tú primero —dijo con aquel tono de gruñón.

No tuvo que repetírmelo. Me pasó una de las dos chaquetas que había traído. Me la puse, cerré la cremallera y me ceñí la mochila a la espalda antes de subir de un salto al asiento del piloto. Rhodes también entró en el vehículo, todavía con cara de cabreo, y se abrochó el cinturón de seguridad. Entonces se giró un poco hacia mí y me preguntó con voz seria:

—¿Sabes adónde vamos?

—No, pero ya nos las arreglaremos —dije sonriendo mientras arrancaba el motor del *buggy*.

Y entonces pisé el acelerador y nos pusimos en marcha.

Una media hora después, Rhodes puso las manos encima de la guantera delante de su asiento y se giró lentamente para mirar-

330

me con los ojos desorbitados. ¿Aturdido? ¿Alarmado? ¿Tal vez todo lo anterior?

Había que reconocerle que, por lo menos, no se había puesto pálido. Se le veían las mejillas sonrojadas bajo el vello facial castaño y plateado, pero no parecía asustado. En realidad, más bien tenía cara de haber visto un mapache rabioso.

—¿A que ha sido divertido? —dije sonriendo.

Abrió un poco la boca, pero no dijo nada.

Yo me lo había pasado en grande. El *buggy* tenía una suspensión increíble, lo cual me aseguraba que no iba a acabar con el coxis dolorido ni nada por el estilo (no era la primera vez que me pasaba y no me hacía ni pizca de gracia), pero, aunque me salieran moratones, habría valido totalmente la pena. Había sido una pasada.

Había habido momentos en los que Rhodes había cerrado las manos en puños sobre su regazo... eso cuando no las tenía ocupadas aferrándose a la agarradera en las curvas cerradas. O cuando pisaba el acelerador y el coche salía despedido. O cuando no frenaba y mantenía la misma velocidad.

—¿Qué... cojones... ha... sido... eso? —preguntó poco a poco, pronunciando cada palabra dos segundos después de la anterior.

Me quité el cinturón y apagué el motor del vehículo, decidiendo que era un buen momento para hacer una pausa y beber agua. El parabrisas había parado la mayoría del polvo, pero me había tragado un poco, seguramente mientras me reía, y tenía la boca y la garganta secas.

—¿Te lo estás pasando bien? —pregunté—. ¿Quieres un poco de agua?

Rhodes sacudió la cabeza lentamente, todavía con los ojos abiertos como platos y aferrado a la guantera.

—Sí que quiero un poco de agua, pero primero quiero saber qué cojones ha sido eso.

—¿Te he asustado? —le pregunté, de repente preocupada—. Te he preguntado si estabas bien un par de veces y no me has dicho nada. Mira que te he dicho que confiaras en mí al arrancar. Perdona si te lo he hecho pasar mal.

—Acabas de conducir como... como...

—¿Cómo una piloto de rally? —sugerí.

Aquel hombre de cuarenta y dos años me lanzó una mirada asesina.

—Sí. Pensaba que irías a ocho o dieciséis kilómetros por hora, pero he visto... He visto el velocímetro —dijo. Hice una mueca. Yo también lo había visto—. ¿Dónde has aprendido a conducir así? —consiguió preguntar por fin con la boca ligeramente entreabierta.

—Me enseñó un piloto de rally de verdad —contesté apoyándome contra el asiento y esbozando una sonrisa apagada.

Se me quedó mirando un momento y entonces alzó las comisuras de los labios. Levantó los ojos grises hacia el techo del vehículo mientras cambiaba su cara de irritado a pensativo. Solo entonces sonrió antes de hablar, con la vista todavía fijada en lo alto.

—Debería estar sorprendido, pero en realidad no lo estoy.

¿Era un cumplido o era un cumplido? Volví a sonreír, aunque no se dio cuenta.

—¿Te acuerdas de mi amiga Yuki? ¿La que vino a visitarme? Bueno, pues resulta que tiene una granja, y hace un tiempo una de sus hermanas salió con un piloto de rally y lo trajo a pasar el fin de semana. Y, en resumen, nos enseñó un par de trucos. —Me reí por lo bajo antes de soltar una carcajada—. Yuki volcó el *buggy*, pero aparte de eso nos lo pasamos de miedo. Me dijo que tenía un don natural.

Desvió la mirada hacia mí y sonrió un poco más antes de bajar la barbilla y apretar los labios.

—¿Un don natural?

Me encogí de hombros.

—Me dan miedo los animales que trasmiten enfermedades, las alturas y decepcionar a la gente. Pero no me da miedo la muerte.

332

—Vaya —dijo. Dejó de sonreír mientras me examinaba. En serio, era demasiado guapo, incluso para su propio bien. Y yo debería dejar de mirarle la cara.

—Brrum, brrum, ¿te apetece seguir? —le pregunté.

Aquel hombre tan atractivo se pasó una mano por el pelo castaño y plateado. Al cabo de un momento, asintió, pero vi algo en sus ojos... ¿Un destello de diversión, quizá?

—Eres un peligro público, pero estoy fuera de servicio —dijo—. A ver lo que sabes hacer.

Bebimos un poco de agua y volvimos a arrancar.

Al cabo de un rato, después de que cambiásemos de sitio y de que Rhodes cogiera también el volante, volvimos a detenernos en un pequeño claro. Le di uno de los dos bocadillos que había preparado y nos sentamos encima de un trocito de hierba bajo el sol. Apenas habíamos hablado. Ambos habíamos estado demasiado ocupados apretando los dientes y acelerando más de lo que podría considerarse aconsejable o seguro, pero era temporada baja y no habíamos visto muchos más conductores, así que nos habíamos lanzado a por todas. O eso era lo que yo había asumido cuando Rhodes no me pidió que redujera la velocidad. Lo oí reír unas dos o tres veces y no pude evitar sonreír. Poco a poco, la tensión había ido abandonándole los hombros y el pecho.

Estiró las piernas hacia adelante, apoyó una mano tras él y con la otra se llevó el bocadillo de jamón y queso a la boca. Se lo comió a mordiscos meticulosos, y entonces volvió a hablarme.

—Gracias por traerme.

Tardé un momento en responder porque tenía la boca llena.

—Ha sido un placer. Gracias por venir conmigo.

Ninguno dijimos nada más durante un buen rato mientras nos terminábamos los bocadillos y absorbíamos los cálidos rayos del sol. A fin de cuentas, hacía muy buen día. El cielo tenía mi tono de azul favorito, un color que no creería real de no ha-

333

berlo visto con mis propios ojos. Entre nosotros se instaló un silencio cómodo, reconfortante. Los cantos tenues de los pájaros en los árboles nos recordaban que no estábamos solos. Que el mundo seguía adelante sin tener nada que ver con nuestra vida humana.

Estaba muy contenta de no estar sola, incluso más de lo que me atrevería a admitir en voz alta, para no incomodarlo. Me alegraba que aquel hombre enorme y estoico estuviera a mi lado y que yo le hubiera animado un poco el día, o eso me gustaba pensar. Era lo mínimo que podía hacer después de que tantas personas hubieran hecho lo mismo por mí a lo largo de los años: intentar animarme cuando las cosas no me iban bien.

—Mi padre y yo hemos discutido antes de que se fuera —dijo de repente, sosteniendo lo que le quedaba del bocadillo sin fuerza. Esperé a que siguiera y entretanto le di un mordisco al mío—. Se me había olvidado lo mucho que me saca de mis casillas. —Seguí esperando a que dijera algo más, y tardó un par de bocados en continuar—. Sé que a Am le da igual si se queda o se va, pero a mí sí que me importa. Para él lo primero siempre ha sido el trabajo —explicó Rhodes con voz calmada—. Pensaba que, por una vez en su vida, se sentía genuinamente culpable, pero...

No podía saber cómo se sentía. No por experiencia propia. Creo que por eso me limité a poner una mano sobre la suya. Porque lo que sí comprendía era lo mal que sentaba que alguien te decepcionara.

Me miró a los ojos y no apartó la vista. Todavía había frustración en ellos, pero menos. Sobre todo porque ahora había algo más. Algo que no estaba segura de entender o reconocer.

Moví un poco el pulgar, acariciándole una cicatriz con relieve. Bajé la mirada y vi una línea arrugada y pálida de unos cinco centímetros. Volví a tocarla, intuyendo que Rhodes necesitaba una excusa para dejar de hablar de su padre, de algo tan personal, así que le ofrecí una pregunta.

—¿Cómo te la hiciste?

334

—Estaba... despedazando un enorme... —Seguro que hice una mueca, porque a Rhodes se le elevaron ligeramente las comisuras de los labios—. Alce. Estaba despedazando un alce, y se me resbaló el cuchillo.

—Ay. ¿Te dieron puntos?

Acercó su otra mano, la pasó por encima de la mía (uf, qué palma más cálida), antes de acariciarse la cicatriz con el dedo índice y rozarme un dedo en el proceso.

—No. Debería haber ido al médico, pero no lo hice. Probablemente por eso se me curó tan mal.

No quería mover la mano, así que alargué el meñique y le toqué otra pequeña cicatriz que tenía en el nudillo.

—¿Y esta?

—En una pelea —dijo sin mover la mano.

—¿Te liaste a puñetazos con alguien? —exclamé sorprendida con voz ronca.

—Era joven.

Sí, definitivamente sus labios se estiraron en una sonrisa, solo un poquito.

—Todavía lo eres.

—Pero entonces lo era más —resopló—. Johnny se metió en una pelea cuando estábamos en el instituto y Billy y yo lo ayudamos. Ni siquiera me acuerdo de por qué empezó. Lo único que recuerdo es que me rompí los nudillos y que me sangraron mucho. La hemorragia tardó mucho en parar —explicó moviendo un poco el dedo y, de paso, rozando un poco el mío. Me quedé quieta.

—¿Te metiste en muchas peleas de joven?

—En unas cuantas, aunque de eso hace mucho. Por aquel entonces tenía mucha rabia acumulada. Pero ahora ya no.

Levanté la mirada y vi sus ojos grises observándome con intensidad. Su expresión era suave y uniforme, casi como si estuviera perdido en sus pensamientos, y me pregunté qué tendría en la cabeza. Le sonreí, pero no me devolvió la sonrisa. En cambio, me hizo una pregunta.

—¿Y tú? ¿Te metías en peleas cuando eras joven?

—No. Ni de coña. Odio las confrontaciones. Solo levanto la voz cuando estoy muy enfadada. Además, la mayoría de las cosas no me molestan. No resulta muy fácil herir mis sentimientos —le dije—. Se pueden arreglar muchas cosas escuchando a alguien y dándole un abrazo. —Señalé un par de marcas que tenía en la cara y los brazos—. Todas las cicatrices que tengo son porque soy torpe.

Su risa me cogió desprevenida. Y por su expresión, diría que a él también.

—¿Te estás riendo de mí? —le pregunté con una sonrisa.

Se le crispó la boca, pero por primera vez vi que le brillaban los ojos.

—No de ti. De mí.

Entrecerré los ojos, siguiéndole el juego.

Me rozó los dedos con los suyos mientras sus labios esbozaban una sonrisa que, si hubiera durado más de un parpadeo, se hubiera llevado mi corazón por delante.

—Nunca he conocido a nadie como tú.

—¿Lo dices como algo bueno?

—He conocido a gente que no sabe lo que es estar triste. He conocido a gente resiliente. Pero tú… —Sacudió la cabeza y me miró detenidamente con esa cara de haber visto un mapache rabioso—. Tienes esa chispa llena de vida que nada ni nadie ha conseguido apagar, a pesar de todo lo que te ha ocurrido, y no entiendo cómo aun así te las arreglas para ser… tú misma.

Sentí una punzada en el pecho, pero no en el mal sentido.

—No siempre estoy contenta. A veces me pongo triste. He dicho que no resulta tan fácil herir mis sentimientos, pero cuando alguien lo consigue, lo hace a lo grande. —Dejé que sus palabras se instalaran en las profundidades de mi alma como un bálsamo reconfortante y cálido que no sabía que necesitaba—. Pero gracias. Es una de las cosas más bonitas que me han dicho nunca.

Volvió a recorrer mi cara con sus ojos grises, y me pareció ver un atisbo de preocupación en su mirada. Duró tan poco que pensé que me lo había imaginado, porque sus siguientes palabras fueron normales. Más que normales.

—Gracias por traerme. —Se detuvo—. Y por hacer que me salgan unas cuantas canas más con tu manera de conducir.

«¡Está bromeando conmigo!». Paren las rotativas.

Le sonreí con dulzura, intentando actuar con normalidad.

—A mí me gusta tu pelo plateado, pero si prefieres llevar tú el volante en la vuelta, adelante.

Sonreí al oír su resoplido, pero todavía más al notar que volvía a acariciarme la mano con el dedo.

20

—¿Qué haces?

Me incorporé donde estaba, arrodillada en el camino de gra-villa sobre una de mis chaquetas para no clavarme las piedreci-tas. Sonreí en dirección a Rhodes, que había salido con tanto sigilo de su casa que ni siquiera había oído la puerta. Era jueves a última hora de la tarde, y no solo había llegado temprano, sino que, además, se había quitado el uniforme y se había puesto un pantalón de chándal («No le mires la entrepierna, Ora») y una camiseta que ya le había visto antes, con unas letras desgastadas que decían algo sobre la Marina.

De verdad, Rhodes era el hombre de cuarenta y dos años más buenorro del mundo entero. Tenía que serlo. O por lo me-nos, a mí me lo parecía.

Algo había cambiado entre nosotros desde el día de nuestra aventura en *buggy*. Incluso nos habíamos dado el número de teléfono al volver a casa, por fin. De todos modos, el cambio era algo pequeño y seguramente yo era la única que se había dado cuenta, pero me parecía significativo. No habíamos pasado mu-cho tiempo juntos desde entonces, porque últimamente él esta-ba haciendo horas extra, pero las dos veces que había llegado más o menos pronto a casa, mientras Amos y yo estábamos practicando en el garaje, se había quedado mirándome larga y detenidamente, pero con menos cara de haber visto un mapache salvaje y más de… otra cosa.

338

Fuera lo que fuera, me erizaba la piel. No tenía la sensación de estar montándome una película. Era como si estuviera tomando consciencia de algo, como cuando me lavaba el pelo y contenía el aliento durante demasiado tiempo y, de pronto, ahí estaba esa bocanada de aire que necesitaba y que me confirmaba que no me estaba ahogando.

Intentaba no darle demasiadas vueltas. Ahora sabía que le caía lo bastante bien como para que pasar un rato conmigo no fuera algo horrible. A su manera. No me cabía duda de que se preocupaba por mi seguridad. Y se había referido a mí como su amiga el día que su padre había venido de visita.

Tenía el presentimiento de que aquel hombre decente y reservado no utilizaba la palabra «amigo» ni muy a menudo ni muy a la ligera. Y que tampoco le regalaba su tiempo a cualquiera, aunque conmigo sí que lo había hecho.

Así que, reteniendo toda esa información en mi mente y albergando en mi corazón algo que definitivamente solo era afecto por alguien tan reservado como él, levanté el trozo de tela que tenía en la mano y se lo enseñé.

—Estoy intentando aprender a montar mi tienda de campaña nueva, pero de momento es un fracaso —le dije. Rhodes se detuvo al otro lado de todo el material que tenía esparcido por ahí, se inclinó y lo inspeccionó. Los palos azules y negros estaban todos mezclados en un montón caótico—. No están bien etiquetados... Además, derramé agua sobre las instrucciones y ahora no consigo averiguar qué palos van juntos ni dónde —expliqué—. No me sentía tan tonta desde que empecé a trabajar aquí.

—No eres tonta por no saber algo —dijo antes de agacharse—. ¿Tienes la caja o alguna imagen de la tienda montada?

A veces decía unas cosas preciosas.

Me acerqué al lateral de la casa, donde había dejado la caja junto a los cubos de basura que Amos sacaba una vez a la semana, la recuperé y la llevé junto a él.

Rhodes alzó la mirada y la clavó en mis ojos antes de cogerla. Le apareció una arruga entre las cejas al observar la

339

imagen de la caja de cartón, contrajo los labios hacia un lado y asintió.

—¿Tienes un rotulador permanente?

—Sí.

Volvió a levantar los ojos hacia los míos.

—Ve a buscarlo. Así marcamos cada palo para que sepas cuál va con cuál.

No estaba dispuesta a dejar pasar aquella oportunidad. Subí escaleras arriba, cogí un permanente plateado de mi bolso y bajé. Rhodes ya había empezado a apilar los palos de la tienda con expresión pensativa.

Me agaché junto a él y le tendí el rotulador. Me rozó las yemas de los dedos con las suyas, más ásperas, al cogerlo. Le quitó el tapón con la mano que tenía libre y dejó escapar un murmullo pensativo al levantar un palo.

—Está claro que este va en la parte superior, ¿lo ves? —No veía nada—. Es igual que este otro —explicó con paciencia, y luego cogió otro palo y lo dejó junto al primero. Vale, ahora sí que lo veía.

—Ah, es verdad.

Al cabo de un rato, Rhodes levantó la caja de nuevo para echar otro vistazo a la imagen, se rascó la cabeza y cambió un par de palos de sitio. Luego lo volvió a hacer y volvió a emitir un susurro reflexivo.

Cogí las instrucciones desdibujadas que había duchado accidentalmente. Entrecerré los ojos. Me pareció que estaba quedando bien. Rhodes empezó a unir los palos, y cuando se apartó un poco después de haber colocado la mitad, asintió satisfecho.

—¿Dónde vas a ir de acampada?

—A Gunnison —contesté irguiendo la espalda.

Se rascó la cabeza, todavía concentrado en la parte de la tienda que ya había levantado.

—¿Sola?

—No. —Les di la vuelta a las instrucciones para ver si así tenían más sentido, pero no fue el caso—. Clara me ha invitado

340

a ir con ella este fin de semana. Vamos ella, Jackie, una de sus cuñadas y yo. Su hermano se va a quedar cuidando del señor Nez. Clara se ofreció a prestarme una de sus tiendas, pero quise ser una niña grande y comprarme una para tenerla de cara el futuro, por si vuelvo a ir de acampada. Sé que antes me gustaba, aunque fuera hace mucho.

—Sí, esta pieza va aquí —dijo Rhodes después de que yo uniera con éxito unos palos que había cogido—. ¿Qué quieres decir con «hace mucho»? ¿Cuando vivías aquí?

—Sí, solía ir con mi madre —le contesté mientras observaba como unía otro palo—. La verdad es que me apetece mucho ir. Me acuerdo de que nos lo pasábamos en grande. Tostábamos malvaviscos y nos los comíamos con chocolate y galletas…

—Ahora mismo está prohibido hacer fuego en toda la zona.

—Lo sé. Usaremos el hornillo de Clara. —Observé un palo con los ojos entrecerrados y le di la vuelta—. Tal vez odie dormir en el suelo, pero no lo sabré hasta que lo pruebe. —Sin ni siquiera mirarme, Rhodes cogió el mismo palo y lo puso en el lugar que le correspondía—. Se te da muy bien —le dije después de que moviera un par más y la estructura empezara a coger la forma adecuada—. ¿Así que no vas mucho de acampada? ¿Es porque a Amos no le gusta?

—No voy muy a menudo, no —respondió mientras se sacaba el rotulador permanente del bolsillo—. Solo cuando voy de caza o para hacer alguna formación, eso es todo. —Se quedó callado y pensé que no diría nada más porque se puso el tapón del rotulador entre los dientes y terminó de marcar los últimos palos, pero para mi sorpresa siguió hablando—. Mi hermano mayor nos llevaba a menudo. Son los recuerdos más divertidos que tengo de toda mi infancia.

Aquella breve mención de su pasado despertó mi interés mientras Rhodes iba moviéndose entre los palos y marcándolos con el rotulador plateado.

—¿Tienes más de un hermano?

—Tres. Dos mayores que yo y uno más pequeño. Ir de acampada nos venía bien para salir un poco de casa y no meternos en problemas —dijo en un tono extraño que me indicó que ahí había algo más.

—¿Y ahora dónde viven?

—En Colorado Springs, en Juneau y en Boulder —contestó.

Y, aun así, ninguno de ellos, ni siquiera su padre, venía nunca de visita. Colorado Springs y Boulder no estaban a la vuelta de la esquina, pero tampoco se encontraban tan lejos. El único que sí tenía excusa era el hermano que vivía en Alaska, o por lo menos eso me pareció.

Siguió hablando como si me estuviera leyendo la mente.

—No vienen mucho por aquí. Tampoco tienen ningún motivo para hacerlo. Nos reunimos un par de veces al año, aunque cuando vivía en Florida me visitaban de vez en cuando. Todos venían a verme cuando vivía allí, sobre todo por los parques de atracciones.

¿Cómo que no tenían ningún motivo para visitarlos? Si su padre, aunque estaba lejos de ser el padre del año, vivía a tan solo una hora de allí… Y ¿dónde estaba su madre?

—¿Por qué no te mudaste con Amos para estar más cerca de alguno de tus hermanos?

—Amos creció aquí —explicó mientras seguía marcando los palos—. A mí no me gustaba vivir en la base ni cuando tenía que hacerlo, y no echo de menos las grandes ciudades. Además, justo cuando envié la solicitud para ser guarda forestal abrieron la oficina de Durango. No creo en el destino, pero me pareció una señal.

A mí también me lo pareció.

—¿Tu madre sigue viva? —pregunté antes de poder contenerme.

Detuvo en seco la mano con la que sostenía el rotulador permanente y detecté una brusquedad en su voz cuando volvió a hablar.

—No. Que yo sepa, murió hace unos años.

342

«Que yo sepa». Apenas tenía implicaciones aquella frase.

—Lo siento mucho.

—No hay nada que sentir —dijo negando con la cabeza y con la vista todavía fija en el suelo—. Tampoco es que me quite el sueño. —Si aquello no era una señal de resentimiento enterrado, no sabía qué podía serlo. Debió de sorprenderse incluso a sí mismo por el comentario, porque levantó la cabeza y frunció el ceño—. No teníamos muy buena relación.

—Lo siento, Rhodes. Perdona por preguntar.

—No te disculpes —dijo mientras endurecía las facciones—. No has hecho nada malo. —Volvió a centrar su atención demasiado deprisa en la tienda de campaña y me pareció que volvía a coger aire profundamente antes de proseguir—. Vamos a desmontarla y a volver a levantarla con el sobretecho para asegurarnos de que todos los números coinciden y de que puedes montarla por tu cuenta.

Por lo visto ya no quería seguir hablando de sus padres. Ya estaba más que prevenida sobre hacerles a los demás preguntas tan personales, pero nunca conseguía contenerme.

—Gracias —solté—. Por ayudarme.

—De nada —dijo sin más. Pero su tono de voz lo dijo todo.

Dos días después, estaba sentada en el borde de la cama, haciendo círculos en el aire con el pie e intentando no sentirme desilusionada. Aunque sin mucho éxito. Había tenido muchísimas ganas de irme de acampada, pero en ocasiones las cosas no salían como una las planeaba. Y eso era justo lo que había sucedido.

Clara había recibido una llamada cuando todavía estábamos en la tienda, casi a punto de cerrar. Su sobrino se había roto el brazo y su hermano lo estaba llevando al hospital.

Me di cuenta de que Clara estaba muy decepcionada porque hundió los hombros y suspiró. Con tan poca antelación, era imposible encontrar a alguien que pudiera quedarse con su padre.

La cuidadora de día ya tenía planes, y sus otros hermanos… No estaba segura, pero suponía que si hubieran podido cuidar de su padre Clara se lo habría pedido. Aunque, conociéndola, seguramente preferiría no tener que hacerlo.

Así que acordamos que iríamos de acampada más adelante. Me ofrecí a cuidar de su padre al día siguiente si necesitaba salir de casa en algún momento, pero una cosa llevó a otra y, al final, Jackie se ofreció a quedarse en casa con él. Habíamos decidido hacer una ruta al día siguiente, a pesar de que sabía que a Clara no le gustaba mucho hacer senderismo. Sin embargo, ella juró y perjuró que estaba lo bastante en forma como para hacer una, y yo no era quién para decirle lo que podía y lo que no podía hacer. Si en algún momento teníamos que dar media vuelta, tampoco sería el fin del mundo.

Y así fue como me encontré el sábado por la noche sola en casa y un poco decepcionada. Podría ir de acampada por mi cuenta otro día…, pero sabía que no lo haría.

Alguien llamó a la puerta y me enderecé.

—¿Aurora? —oí que me llamaban por la ventana. Lo reconocí al instante y me levanté.

—¿Rhodes? —contesté antes de bajar por las escaleras en calcetines tan deprisa como pude.

—Sí, soy yo —respondió justo cuando llegué abajo del todo.

Quité el cerrojo y abrí la puerta de par en par. Lo saludé dedicándole la sonrisa más amistosa que conseguí esbozar.

—Hola.

Sabía que no hacía mucho que había llegado a casa; había oído su camioneta. Ya se había quitado el uniforme y se había puesto unos vaqueros oscuros y una camiseta entallada que habría observado con detenimiento si hubiera podido hacerlo con disimulo.

—Se está haciendo un poco tarde para ir de acampada, ¿no?

Tardé un momento en reaccionar ante sus palabras.

—Ah, al final hoy no vamos.

—¿Vais mañana?

344

—No, tendremos que dejarlo para otro fin de semana. El hermano de Clara ha tenido una emergencia y no puede quedarse a cuidar de su padre, y su cuidadora habitual tenía un funeral —expliqué mientras miraba cómo me observaba. Me estaba examinando la cara mientras yo hablaba, como si estuviera evaluando mis palabras. Contrajo su mejilla derecha afeitada—. Ya iremos en algún otro momento, supongo —dijo—. ¿Vosotros dos qué vais a hacer este fin de semana?

Tardó un momento en responder que no harían nada.

—Johnny se ha llevado a Am para hacer nosequé esta noche. —Volvió a contraer la mejilla—. He visto que tenías la luz encendida y quería comprobar si iba todo bien, porque me habías dicho que os iríais justo después de trabajar.

—Ah. Claro. No, aquí estoy, pero todo bien. Mañana iré con Clara a intentar hacer de nuevo aquella ruta en la que tuviste que acabar rescatándome porque terminé con piedrecitas incrustadas en casi todo el cuerpo —dije. Asintió mientras entrecerraba los ojos pensativo—. Estaba pensando en hacerme una pizza, ¿quieres media? —le propuse tras pensármelo un momento.

—¿Media? —preguntó lentamente.

—Bueno, puedo hacerte una entera si quieres… —dije dejando la frase a medias—. De hecho, tengo bastante hambre. Podría comerme una pizza entera, y tengo dos. —Por algún motivo eso hizo que se elevaran las comisuras de sus labios—. ¿Qué pasa?

—Nada, que no podría imaginarte devorando una pizza entera si no te hubiera visto casi hacerlo el día del cumpleaños de Am.

Estuve a punto de encogerme de miedo al recordar el lamentable espectáculo que di aquel día. Nunca había llegado a preguntar qué había pasado con el ratón, y tampoco pensaba hacerlo ahora. Me encogí de hombros y sonreí.

—Me he comido una ensalada enorme para comer a mediodía. Así que creo que al final todo está equilibrado.

345

—Prepara las dos pizzas. Ya te compraré una la próxima vez que vaya al súper —dijo después de mirarme a la cara durante un buen rato.

¿Por qué tenía que ser tan guapo?

—¿En serio? —pregunté demasiado emocionada.

Asintió con expresión seria, pero había algo en sus ojos que reflejaba consideración.

—¿Cuándo crees que estarán listas? ¿En treinta minutos?

—Más o menos. Puede que sean más bien cuarenta, porque tengo que precalentar el horno y hacer primero una y luego la otra.

—Volveré cuando estén —anunció dando un paso atrás.

—De acuerdo —contesté mientras retrocedía otro paso. No cerré la puerta hasta que no se giró y salió disparado hacia su casa.

No sabía a qué venía tanta prisa, pero vale. A lo mejor tenía que ir al baño. O puede que todavía no hubiera hecho ejercicio. Un día Amos me confirmó que varias veces por semana su padre se levantaba muy temprano para ir a un gimnasio de la ciudad que abría las veinticuatro horas. En ocasiones también hacía flexiones en casa. Me lo contó un día sin venir a cuento, pero no me quejé.

De vuelta arriba, precalenté el horno y me pregunté si tenía pensado comer conmigo o llevarse la pizza a su casa.

Por un instante se me cruzó por la cabeza que tal vez tuviera una cita, y por eso me había preguntado si me quedaría por aquí, pero no tenía sentido. A no ser que planeara compartir su pizza… Aunque no parecía ser el caso.

En fin, si quería cenar conmigo, estupendo. Si no, vería una película yo sola. También tenía un libro nuevo esperándome. Podría llamar a Yuki para ver cómo estaba. O a mi tía.

Cuarenta y cinco minutos más tarde, Rhodes todavía no había vuelto y las pizzas se estaban tostando de más en el horno ya apagado. Estaba valorando trocearla, ponérsela en un plato y llevársela, pero justo cuando empecé a cortar una de las pizzas

346

con un cuchillo, porque no tenía cortapizzas, oí otro golpe en la puerta y, antes de que tuviera tiempo de contestar, se abrió con un crujido y oí una voz.

—¿Ángel?

Por Dios, ¿cómo podía seguir llamándome así en lugar de por mi nombre de vez en cuando, a esas alturas?

—¿Sí?

—¿Ya están las pizzas?

—¡Sí! ¿Quieres que te baje la tuya? —grité.

—Baja las dos.

—¡Vale! —dije en respuesta. ¿Quería comer conmigo?

Oí que la puerta se cerraba y terminé de cortar ambas deliciosas supreme, apilando los trozos en un par de platos y cubriéndolos con unos envoltorios de cera de abeja que Yuki me había enviado porque sí a mi caja postal de correos. Luego bajé por las escaleras.

Salí y solo di un par de pasos antes de detenerme en seco.

Había una tienda de campaña montada entre la zona entre el garaje y la casa principal. Y junto a ella, un par de sillas de camping con un farolillo. Rhodes estaba sentado en una y en la otra había una manta.

—No estamos en Gunnison, pero aquí tampoco podemos hacer fuego porque la prohibición es a nivel estatal —dijo mientras se levantaba. Noté que algo se me estremecía a la altura del esternón—. He buscado tu tienda en el garaje y en tu coche, pero no la he encontrado. Si quieres bajarla podemos montarla en un momento, aunque la mía es para dos personas... —De repente paró de hablar y se inclinó hacia delante, entrecerrando los ojos para intentar verme en la oscuridad—. ¿Estás llorando?

Intenté aclararme la garganta y opté por decir la verdad.

—Estoy a punto.

—¿Por qué? —preguntó sorprendido en voz baja.

Lo que notaba en el pecho se me estaba acercando peligrosamente al corazón e intenté que dejara de moverse. No me hizo ni caso.

347

Había montado una tienda. Colocado un par de sillas. Y todo para yo pudiera ir de acampada.

Apreté los labios diciéndome a mí misma: «No lo hagas. No lo hagas. No lo hagas, Ora. No llores. No llores». Incluso me aclaré la maldita garganta, pero no sirvió de nada.

Empecé a llorar. Me cayeron riachuelos de lágrimas lastimeras por la cara en cuanto se abrieron las compuertas. No hice ningún ruido, pero siguieron brotándome de los ojos. Pequeñas cataratas saladas estacionales provocadas por un acto de amabilidad que no me hubiera esperado ni en un millón de años.

Rhodes se levantó alarmado. Intenté decirle que estaba bien, pero no me salieron las palabras. No me salieron para nada, porque estaba demasiado ocupada tratando de parar de llorar.

—¿Colega? —dijo Rhodes con cautela y preocupación.

Apreté los labios con fuerza.

Dio otro paso hacia delante, y luego otro más, y yo hice lo mismo. Me dirigí directamente hacia él, todavía con los labios apretados, todavía aferrándome a una pizca de orgullo.

Cuando se detuvo a un par de pasos de mí, dejé los platos con la pizza en el suelo y seguí avanzando. Directamente hacia él. Apoyé la mejilla en el espacio entre su hombro y su clavícula, acomodándome bien ahí mismo, y le rodeé la cintura con los brazos como si tuviera derecho a hacerlo. Como si Rhodes quisiera que lo hiciera.

Como si yo le gustara y no pasara nada.

Sin embargo, Rhodes no hizo ademán de apartarme los brazos cuando le rodeé la cintura. Cuando me pegué completamente a su cuerpo sin llegar a llorar de verdad, pero mojándole la camiseta de lágrimas silenciosas.

—Esto es lo más bonito que alguien ha hecho nunca por mí —susurré contra su pecho, sorbiéndome la nariz. Noté lo que debía de ser su mano posándose justo en medio de mi espalda—. Lo siento —dije tan bajo que casi fue un susurro. Intenté recomponerme y apartarme de él, pero no lo conseguí. Porque la mano que tenía en la espalda, a la altura del cierre de mi sujeta-

348

dor no me lo permitió—. No pretendía ponerme triste ni llorar encima de ti. No quería incomodarte.

Rhodes puso la otra mano en la parte baja de mi espalda, justo por encima de la cintura de mis pantalones. Y entonces dejé de intentar alejarme.

—No me estás incomodando. No me importa —dijo con la voz más amable que lo había oído usar.

Me estaba abrazando. «Me está abrazando».

Y, joder, cómo deseaba aquel abrazo. Así que lo estreché con más fuerza, bajando los brazos hasta su cintura. Su cuerpo desprendía calor y era muy firme. Por Dios, olía al detergente bueno para la ropa. Podría cubrirme con su cuerpo y vivir así para siempre. A la mierda el perfume. Nada huele mejor que un buen detergente, sobre todo si estaba en un cuerpo como el de Rhodes: grande, firme y reconfortante. El mismo hombre que hasta hacía poco pensaba que no me soportaba.

Ahora… Bueno, ahora me lo estaba cuestionando todo. ¿Por qué había hecho todo esto? ¿Por lo de la apendicitis de Amos? ¿Porque lo había salvado cuando su padre vino de visita? ¿O tal vez por la aventura en *buggy*?

—¿Estás bien? —preguntó. Su mano vaciló en medio de mi columna antes de darme una palmadita.

Me estaba dando palmaditas en la espalda como si fuera un bebé y estuviera intentando hacerme eructar. Noté una oleada de afecto recorriéndome las venas. Rhodes me estaba consolando, pero yo no había estado más confundida en la vida. Ni siquiera cuando Kaden me había dicho que me quería, pero que no podría permitir que nadie se enterase.

—Sí —respondí—. Estás siendo muy amable. Y yo que pensé durante muchísimo tiempo que no me aguantabas.

Rhodes se apartó lo justo para poder inclinar la barbilla. Tenía las cejas juntas y me miró a los ojos, y seguramente fue entonces cuando se dio cuenta de que lo decía en serio porque poco a poco su confusión desapareció. Volvió a poner cara seria y a usar su voz de marine.

—Mi comportamiento de antes no tenía nada que ver contigo, ¿me entiendes? Me recordabas a alguien, y pensé que serías como ella. He tardado mucho tiempo en comprender que no es el caso. Siento haberte tratado así.

—Ah —dije, sorbiendo por la nariz de nuevo y asintiendo—, lo entiendo.

Siguió mirándome fijamente hasta inclinar la barbilla de nuevo.

—¿Quieres que volvamos a entrar al estudio?

—¡No! Siento haberme puesto así. Muchas gracias. Significa mucho para mí.

Asintió y me acarició un momento la columna antes de apartarse. Sin embargo, pareció pensárselo mejor porque se acercó de nuevo y me secó suavemente la cara con la manga del jersey que no me había dado cuenta de que se había puesto antes de volver a salir.

Antes de poder pensármelo dos veces, volví a acercarme a él y a abrazarlo con fuerza, con tanta que exclamó un «¡Uf!» antes de que yo lo soltara a la misma velocidad. Me sorbí los mocos y esbocé una sonrisa amplia y llorosa. Recogí los platos de pizza que había dejado en el suelo y le ofrecí uno.

—Bueno, vamos a comer si tienes hambre —dije con voz casi ronca.

Me observó con demasiado detenimiento y que fruncía la frente, arrugándola poco a poco.

—Todavía estás llorando.

—Lo sé, y es culpa tuya —puntualicé aclarándome la garganta e intentando mantener la compostura—. Iba en serio lo de que esto es lo más bonito que han hecho por mí. Muchas gracias, Rhodes.

Alzó los ojos hacia el cielo nocturno y respondió con voz ronca.

—De nada.

Ambos nos sentamos en silencio, apartamos el papel de horno y nos pusimos a comer las pizzas. La luz del farolillo nos

350

iluminaba a los dos, así que nos veíamos a pesar de la oscuridad. Terminamos de cenar en silencio. Rhodes alargó el brazo para cogerme el plato y lo dejó en el suelo.

—He encontrado un paquete de Chips Ahoy y unos malvaviscos que no recuerdo haber comprado pero que no están caducados.

El labio inferior me empezó a temblar, y me enfadé conmigo misma por pensar en Kaden. Sin embargo, lo que me enfadó todavía más fue precisamente la razón de mi enfado: porque él no me había entendido ni la mitad de lo que yo creía.

Kaden nunca me había comprendido, y ahora me daba cuenta. Lo veía con perspectiva. Hacía años hubiera matado por un detalle como este. No por las cosas que Kaden me regalaba, que encontraba en internet en cuestión de minutos y que pagaba igual de rápido con los datos que tenía almacenados en su teléfono. Me acordaba de cada vez que le había sugerido que visitáramos Pagosa, y cómo él había cambiado de tema sin siquiera escucharme. Nuestra relación había orbitado alrededor de lo que él quería. Había perdido tanto tiempo...

—Entonces ¿te apetecen las galletas y los malvaviscos? —me preguntó Rhodes, ajeno a mis pensamientos.

Respondí con el «Sí» más tímido del mundo, pero fue suficiente para que Rhodes me entendiera y, después de lanzarme una mirada intensa, se levantó, se arrodilló ante la tienda de campaña y cogió una bolsa de plástico. Sacó lo que parecía ser un paquete medio lleno de galletas con pepitas de chocolate, una bolsa de malvaviscos casi aplastados, un par de esos pinchos que se usan para hacer kebabs, una manopla de horno y un encendedor de cocina.

Me acerqué a Rhodes y nos pusimos manos a la obra. Me fue pasando los pinchos y un malvavisco tras otro para que los fuera ensartando. Sonreí mientras me ponía la manopla de horno y sujetaba los pinchos sobre el mechero que Rhodes mantenía encendido. Poco a poco, giré los malvaviscos antes de ponerlos en vertical y dejar que las llamas los devoraran. Repetimos el proceso dos veces hasta tener cuatro pinchos de malvaviscos listos.

—¿Alguna vez los habías preparado así? —pregunté.

Apagué la llama de un soplido al terminar con el último par.

Sus rasgos parecían incluso más atractivos bajo la luz de la luna y del farolillo. La estructura ósea de ese hombre era de otro planeta.

—No, pero esperaba que funcionara… Cuidado, no te quemes.

Menudo padrazo estaba hecho. Me encantaba.

Tuve mucho cuidado al sacar los malvaviscos de los pinchos y poner cada uno encima de una galleta, aplastándolos con los pinchos hasta partirlos y derramar aquella delicia pegajosa. Rhodes cogió dos galletas y yo cogí las otras dos, sin que me importara ser incapaz de dejar de sonreír.

—¿Bien?

No estaba segura de a qué se refería en concreto, así que me lo tomé en un sentido general.

—Mejor que bien. Es una pasada —admití.

—Ah, ¿sí?

—Sí —confirmé—. La pizza, estar aquí fuera, la luna, las galletas.

—Am tiene un par de películas descargadas en su tableta. La he cogido por si te apetecía ver alguna ahí dentro —añadió señalando hacia la tienda de campaña.

Lo decía en serio. «¿Qué más tiene en la tienda?».

—¿Crees que debería ir a por mi saco de dormir para no clavarme las piedras del suelo?

—Ya hay un par de sacos dentro. Están limpios. Los lavamos después de nuestra última excursión fallida.

—¿Qué pasó?

—A Am le picó una avispa tres veces el segundo día. No le hizo mucha gracia.

Hice una mueca.

—¿Y os volvisteis?

352

—Fue la segunda y última vez que fuimos de acampada —explicó con una risilla.

—Vaya mierda. Espero que hayáis encontrado otras cosas para hacer juntos.

Alzó sus anchos hombros en señal de conformidad.

—Estoy aquí para estar con Amos, no para hacer cosas sin él.

Su respuesta me hizo sonreír. Era muy buen padre, de verdad. Y muy buen hombre.

—No tenemos que ver ninguna película si no te apetece —dijo cuando supongo que consideró que estaba tardando demasiado en contestar.

—Si tú quieres entonces me apunto —dije sin dudar ni un momento.

—Soy yo quien ha traído la tableta hasta aquí, ángel —replicó. Era verdad.

—Sí, quiero ver algo. Dame cinco minutos para ir a buscar algo para beber…

—Tengo un par de botellas de agua y refrescos de los que te gustan en la tienda de campaña —me interrumpió.

No quería pensar que todo el mundo tenía segundas intenciones. No me daba la impresión de que aquí hubiera gato encerrado, pero… ¿había traído mi refresco favorito? ¿Qué brujería era esa?

Me pellizqué con tanto disimulo como pude y, cuando me pareció que ya tendría que haberme despertado si aquello fuera un sueño, me di cuenta de que todo era real. Y tenía intención de aprovecharme al máximo de que aquel hombre tan guapo, por el motivo que fuera, estuviera siendo un encanto conmigo.

—Voy a cambiarme de pantalones y a pillar un jersey. Estos vaqueros no están hechos para llevarlos todo el día.

Rhodes asintió con seriedad.

Retrocedí un paso y volví a detenerme. Solo quería asegurarme de que…

—¿Tu plan era… acampar aquí toda la noche?

—Solo si tú quieres.

Dudé un momento y eché un vistazo a la tienda para dos personas. La proximidad. La intimidad.

Con tan solo ver la tienda montada entre su casa y la mía (aunque técnicamente mi casa también era suya, pero daba igual), un pequeño estremecimiento se extendía por mi pecho. Me dije a mí misma que solo estaba siendo amable conmigo. «Que no te salgan alas, corazón», rogué, sorprendida por aquellas palabras que habían venido de la nada. Sin embargo, se esfumaron tan deprisa como habían llegado. Habían sido producto de mi imaginación.

—Podemos decidirlo sobre la marcha. Si cambias de opinión, solo tienes que dar quince pasos para llegar a casa —añadió él al cabo de un momento.

Aunque no era eso en lo que había estado pensando, asentí porque no quería explicarle el motivo de mis dudas. Tampoco podía olvidar que, con suerte, a la mañana siguiente me iría de ruta con Clara y tendría que levantarme temprano, pero valdría la pena estar cansada si era por esto.

—Vale, enseguida vuelvo.

Y volví enseguida. Me puse unos pantalones de pijama de franela que alguien me había regalado, fui al baño y salí del estudio. Me detuve frente a la puerta de entrada de la tienda de campaña y abrí la cremallera. Me encontré a Rhodes tumbado encima de un saco de dormir, todo lo largo y perfecto que era, sobre una de las esterillas de espuma que vendíamos como churros en la tienda. Tenía la tableta apoyada contra las rodillas y la cabeza sobre su almohada de verdad y el antebrazo que había metido por debajo.

No me hizo falta mirarlo para saber que me observó mientras acababa de abrir la cremallera, me agachaba para entrar y la cerraba de nuevo detrás de mí. No había sabido qué esperar de una tienda para dos personas, pero desde luego no me había imaginado que sería tan acogedora. Me gustaba. Y no pensaba quejarme.

—Ya he vuelto —dije, ganándome el título de Capitana Obvia.

354

Me señaló el saco de dormir que estaba encima de la otra esterilla, junto a él.

—He salvado tu sitio de un mapache que se ha intentado colar en la tienda hace un momento.

Me quedé helada.

—¿Lo dices en serio?

Se estaba quedando conmigo. Me giré, fingiendo que iba a abrir la cremallera de nuevo para salir, y de repente Rhodes se rio, enganchó un dedo en la cinturilla de mis pantalones y tiró de mí para impedirme escapar, sorprendiéndome de nuevo por aquel cambio de actitud. Su voz sonó cálida cuando dijo:

—Ven.

—Vale —murmuré, arrastrándome por el suelo y tumbándome junto a él.

En mi lado también había una almohada, una de las de verdad, no de las hinchables. Era todo genial. Tremendamente genial.

No entendía nada.

—Tenemos tres opciones: *En los límites de la realidad*, la de los noventa, *Fuego en el cielo* o lo que ahora me doy cuenta de que es un documental sobre cazadores de Bigfoot. ¿Cuál te apetece más?

No tuve que pensármelo mucho.

—Si veo el documental sobre Bigfoot no volveré a acampar jamás. Estamos al aire libre, así que a menos que quieras que llore hasta quedarme dormida, *Fuego en el cielo* está descartada... —Su risa me sorprendió; era profunda, áspera y perfecta—. Pongamos *En los límites de la realidad*.

—¿Seguro que te apetece ver esa?

—Podemos poner *Fuego en el cielo* si no te importa que me mee encima y que la tienda huela a pis.

Respondió con una sola palabra, pero se notaba claramente que le había hecho gracia.

—No.

—Ya me lo imaginaba.

355

Giró la cabeza hacia mi lado para mirarme. Algo en mi interior se relajó cuando me acerqué más a él, tanto que la parte superior de su brazo me rozaba los pechos. Estaba tumbada de lado, con una mano entre mi cabeza y la almohada, para levantarla lo bastante como para poder ver bien a la pantalla.

Sin embargo, no puso la película de inmediato y cuando levanté la vista hacia él me di cuenta de que tenía la mirada perdida en un punto indeterminado de la pared de la tienda de campaña. No me atrevía a preguntarle en qué estaba pensando, pero no tuve que hacerlo. Volvió sus ojos grises hacia mí; la sonrisa que tenía en los labios hacía un momento había desaparecido.

—Me recordabas a mi madre —dijo con voz seria.

¿La madre con la que no se llevaba bien? Hice una mueca.

—Lo siento.

Rhodes negó con la cabeza.

—No, soy yo quien lo siente. No os parecéis físicamente ni actuáis igual, ángel. Pero… era una mujer preciosa, como tú. Mi tío decía que era tan guapa que no podías apartar la mirada —explicó en voz baja, como si todavía estuviera intentando procesar exactamente lo que pensaba—. Ahora, con el tiempo, estoy casi seguro de que era bipolar. Todo el mundo, incluido mi padre, dejaba que se saliera con la suya por su apariencia. Y mi instinto de mierda me hizo pensar que tú también serías así. —Vi que se le movía la nuez del cuello—. Lo siento.

Algo pesado se removió en mi pecho y asentí.

—No te preocupes. Lo entiendo. Tampoco fuiste tan malo.

—¿«Tan malo»? —preguntó levantando las cejas.

—No quería decir eso. No es que fueras malo conmigo. Es solo que… pensaba que no te caía bien. De todas formas, te prometo que no soy mala gente. No me gusta herir los sentimientos de los demás. Todavía me arrepiento de un Halloween, cuando tenía nueve años, en el que escondí todos mis caramelos en vez de compartirlos con Clara cuando vino a verme a casa —confesé, y Rhodes sonrió un poco—. Las enfermedades mentales son muy duras. Quizá especialmente cuando es uno de nuestros padres quien la padece. Mi madre tenía depresión cuando yo era pequeña y también fue muy duro para mí. Supongo que aún lo es. Se le daba muy bien esconderlo, pero cuando se hundía se quedaba prácticamente catatónica. Yo estaba convencida de que podría arreglarla, pero no funciona así, ¿sabes? Este tipo de cosas se quedan contigo para siempre. Me pregunto... qué le ocurrió. A ella, quiero decir. A tu madre.

La manera en la que sacudió la cabeza, como si estuviera reviviendo algunos de los momentos más duros que había pasado con ella, me destrozó el corazón. No podía ni imaginarme lo que había hecho para que un hombre como Rhodes tuviera la expresión que tenía en aquel preciso instante. Tal vez por eso tenía una relación tan tensa con su padre, pero no quise preguntárselo. No quería hacerle revivir más recuerdos difíciles ahora que estaba siendo tan amable conmigo. Así que me conformé con acariciarle el brazo.

—Pero gracias por disculparte.

Sus ojos volaron hacia mis dedos. Tragó saliva, su gruesa y musculosa garganta moviéndose arriba y abajo, y entonces, poco a poco, muy lentamente... Levantó la mirada hasta encontrarse con la mía y me observó.

Por una vez en la vida no supe qué palabras usar, así que no dije nada. Quería abrazarlo, decirle que había muchas cosas que nunca se superan. Sin embargo, lo que hice fue apartar la mano de él y esperar. Después de unos pocos segundos y una respiración profunda, volvió a hablar con la voz distinta, más ronca.

—Gracias por lo de mi padre. Por lo que le dijiste.

Así que sí que me había oído. Hice un gesto con la mano para restarle importancia.

—No fue para tanto. Solo dije la verdad.

—Sí que fue para tanto —sostuvo—. Me ha llamado para preguntar cuándo puede volver de visita. Sé cómo puede llegar a ser... Gracias.

—Me alegro de que se tomara mis palabras en serio y, de verdad, no es tan malo. Deberías conocer a la madre de mi

357

ex. Tengo mucha experiencia tratando con este tipo de personas.

Desvió sus ojos grises hasta mis labios y bajó incluso más la voz.

—Gracias también por todo lo que haces por Am.

—Bah, lo quiero mucho. En el sentido apropiado de la palabra. Es un chico bueno y tierno, y yo solo soy una señora solitaria que no le cae del todo mal. Si te soy sincera, creo que simplemente echa de menos a su madre, y supongo que soy lo bastante mayor como para que me considere una especie de figura materna extraña, así que me tolera.

—No, no es por eso —afirmó Rhodes insinuando una sonrisa con las comisuras de los labios.

De repente me asaltó una pregunta, tal vez porque Rhodes parecía estar de buen humor y no estaba segura de cuándo volvería a tener la oportunidad de planteársela. O tal vez porque era una cotilla y sabía que no tenía nada que perder excepto que se me quedara mirando con cara rara. Así que me lancé.

—¿Puedo hacerte una pregunta personal?

Se lo pensó un momento antes de asentir.

Adelante entonces.

—Si no quieres contestar, no tienes que hacerlo, pero… ¿nunca tuviste planeado casarte? —Por la cara que puso supe que no se lo esperaba. Seguí hablando atropelladamente—. Lo digo porque tuviste a Amos de una manera… poco convencional. Y tan joven. ¿Qué tenías, unos veintiséis años cuando tu amigo y su esposa te pidieron que fueras su donante? ¿O es que por aquel entonces ya querías ser padre?

De repente comprendió de dónde venía la pregunta y contestó sin tener que pensárselo mucho.

—Teníamos veinte años, creo, cuando Billy tuvo un accidente grave con una bicicleta de montaña. Se hizo daño en los…

—¿Testículos? —lo ayudé. Asintió.

—La esposa de Billy tiene ocho o nueve años más que nosotros…, sí, esa es la cara que pusimos todos en su momento.

358

A Johnny le costó un poco aceptar que su amigo y su hermana mayor salieran juntos. La cuestión es que por eso querían tener un bebé entonces. De pequeño me quedaba muy a menudo a dormir en casa de Billy... porque no quería estar en la mía —dijo sin darle mucha importancia—. Contestando a tu pregunta, por aquel entonces no me imaginaba casándome con nadie. Puedo comprometerme con muchas cosas, pero la mayoría de gente te acaba decepcionando.

Entendía por qué lo decía, aunque sabía que no todo el mundo era así. Rhodes fijó su mirada en mí y siguió hablando.

—Aparte de una novia que tuve en el instituto y que me dejó al cabo de dos años, y de unas cuantas mujeres con las que he salido sin llegar a ir en serio, no he tenido ninguna relación larga. Tuve que escoger entre mi carrera profesional o intentar conocer a alguien, y elegí lo primero. Por lo menos hasta que llegó Amos y se convirtió en lo más importante. —Más importante que su carrera profesional. Tuve que contenerme para no llorar otra vez—. Siempre me han gustado los niños. Estaba convencido de que algún día sería un buen padre, y cuando me pidieron que fuera su donante pensé que, si al final nunca conocía a nadie, a lo mejor aquella era mi única oportunidad de tener una familia propia. Mi única oportunidad de saber que podía ser mejor padre que los míos. Que podía ser lo que me hubiera gustado que fueran ellos. —Rhodes se encogió de hombros, pero sus palabras me llegaron al corazón.

Dije lo único que se me ocurrió.

—Te entiendo. —Porque era verdad.

Desde la muerte de mi madre lo único que había querido era estabilidad. Que me quisieran. Querer a alguien. Necesitaba una válvula de escape. Y a diferencia de él, por lo menos en cierto sentido, había buscado todo eso en el lugar equivocado. Y me había quedado con él por los motivos equivocados.

A veces en la vida tenías que demostrarte ciertas cosas a ti misma. De hecho, había venido a Pagosa Springs precisamente por eso. Así que sí, lo entendía.

359

De la nada, volviendo un poco su cuerpo hacía mí, Rhodes preguntó:

—¿Tu ex te fue infiel?

Aquella vez la pregunta no me sentó como un puñetazo en la cara. Al cruzar Utah, me había pasado una semana de visita con un antiguo técnico de sonido de Kaden, y cuando me había sacado aquel mismo tema… me había sentado como una patada. Creo que porque una parte de mí deseaba que fuera algo así de simple. Así de fácil de explicar. Hacía mucho tiempo que las mujeres se arrojaban a los brazos de Kaden, así que a nadie le hubiera sorprendido.

Por suerte, había nacido con más autoestima que la de un puñado de gente junta, como decía mi tío, aunque mi tía afirmaba que mi confianza se basaba en que no dudaba de lo que Kaden sentía por mí. Porque era lo más sensato. Porque Kaden también era sensato y nunca me engañaría, ya que me quería, a su manera. Ni siquiera me ponía celosa cuando tenía que esperarlo en un rincón y veía que sus fans le tocaban el culo y los brazos o le plantaban unos pechos espectaculares en la cara.

En más de una ocasión, deseé que me hubiera puesto los cuernos. Así hubiera sido más fácil justificar el fin de nuestra relación. La gente entendía el adulterio y el impacto que tenía en la mayoría de las relaciones. Sin embargo, no fue eso lo que ocurrió.

—No, no me fue infiel. Una vez nos dimos un tiempo y sé que besó a alguien, pero eso es todo.

Aunque más bien la cosa fue que a su madre se le ocurrió una idea estúpida que luego Kaden intentó venderme. «Mamá cree me iría bien que me vieran saliendo con otra persona. En público. Están empezando a aparecer artículos diciendo que, ya sabes…, que me gustan los tíos. Cree que debería salir con alguien, ¡pero solo como amigos! Nunca te haría algo así. Solo será por publicidad, preciosa, nada más».

Nada más.

Aquel momento se me rompió el corazón por primera vez. Una cosa llevó a la otra, le pregunté si le parecería bien que yo fingiera salir con otra persona, se le puso la cara roja y dijo que aquello era diferente. Bla, bla, bla... y acabó dándome igual. Terminé la conversación diciéndole que hiciera lo que le diera la gana, pero que yo no iba a quedarme para verlo. Insistió en que solo sería una farsa, pero, a fin de cuentas... Hizo lo que quiso. Siguió adelante con aquella cita convencido de que yo iba de farol. Así que me fui.

Me pasé tres semanas en casa de Yuki hasta que por fin vino a suplicarme que regresara. Dijo que nunca volvería a hacer algo así. Que lo sentía mucho. Que había besado a Tammy Lynn Singer y que se sentía fatal.

—¿Y entonces por qué te divorciaste? —preguntó con una voz que me pareció todavía más grave.

Sentí en lo más profundo del corazón el impulso de no mentirle, así que tuve que pensar bien cómo explicárselo sin desvelar más de lo que estaba preparada para contar.

—Es bastante complicado...

—La mayoría de las rupturas son complicadas.

Le sonreí. Estábamos tan cerca que tenía una vista magnífica de sus gruesos labios.

—Fue por muchas razones. La más importante es que yo quería tener hijos y él siempre lo estaba postergando, hasta que por fin me di cuenta de que iba a seguir buscando excusas durante toda la vida. Para mí era muy importante y se lo había dejado bien claro desde el principio de la relación. Supongo que debería haber sabido que nunca iba a comprometerse con nuestro futuro en común porque insistía en seguir usando condón incluso aunque llevásemos catorce años juntos, ¿no...? Lo siento, demasiada información. Además, también estaba la cuestión de su carrera profesional. No soy una persona dependiente ni necesito mucha atención, pero el trabajo siempre encabezaba la lista de sus diez prioridades en la vida, y en cambio yo... siempre habría sido la número once. Y eso que me hubiera contentado con ser la tercera o la cuarta. Hubiera preferido ser la segunda, pero podía adaptarme —reconocí. Volvieron a aparecerle

361

arrugas en la frente—. También fue por un montón de razones más que se fueron acumulando a lo largo de los años. Su madre es el Anticristo, y mi ex es un niño de mamá. Esa mujer me odiaba con fervor, excepto cuando podía hacer algo para ella o su hijo. Simplemente terminamos creciendo en direcciones opuestas y convirtiéndonos en personas con objetivos muy diferentes… Ahora que lo pienso, en realidad no es tan complicado de explicar. Solo quería a alguien que fuera mi mejor amigo, alguien bueno y honesto que no me hiciera cuestionar mi importancia. Nunca estaba dispuesto a sacrificar su trabajo o por lo menos a intentar encontrar un punto medio. —Siempre había tenido la sensación de que yo daba y daba y daba, y de que él solo tomaba y tomaba y tomaba. Solté un resoplido con los labios y me encogí de hombros—. Bueno, puede que sea un poco dependiente.

Rhodes me examinó la cara con sus ojos grises y, al cabo de un momento, levantó las cejas y las volvió a dejar caer, sacudiendo la cabeza.

—¿Qué pasa? —pregunté.

—Me parece un puto gilipollas —dijo con una risa entre dientes.

—A mí también me lo parece, pero estoy segura de que algunas personas estaban convencidas de que era demasiado bueno para mí —respondí sonriendo un poco.

—Lo dudo.

Esbocé una sonrisa bien amplia al oír aquellas palabras.

—Antes quería que se arrepintiera del fin de nuestra relación durante el resto de su vida, pero ¿sabes qué? Que ya no me importa una mierda, y eso me hace feliz.

Esta vez fue Rhodes quien me acarició el brazo. Puso el pulgar en perpendicular sobre mi muñeca. Sus ojos grises vistos desde tan cerca eran como dos pozos profundos e hipnóticos. Estaba tan guapo en aquel momento, mucho más que de costumbre, con el ceño medio fruncido y la mirada centrada en mí, que era fácil olvidar que no estábamos los dos a solas en medio del bosque.

—Era un idiota. Solo alguien que no haya hablado nunca contigo ni te haya visto pensaría que eras tú la que tenía suerte de tenerlo a él. —Rhodes desvió la mirada hacia mis labios, soltó un suspiro suave por la nariz y siguió murmurando con voz ronca—. Nadie en su sano juicio te dejaría marchar. Ni una vez y todavía menos dos, ángel.

Mi corazón.

Se me paralizó todo.

Nos quedamos mirándonos en silencio durante tanto rato que lo único que se oía entre nosotros era el sonido de nuestra respiración. Pero a pesar de aquel momento cargado de posibilidades que nos envolvía, Rhodes apartó la mirada. Entreabrió la boca, miró al techo de la tienda y se aclaró la garganta mientras cogía la tableta y pulsaba la pantalla.

—¿Lista para ver la película?

No, no lo estaba. No sé muy bien cómo conseguí responder.

—Sí.

Y eso es lo que hicimos.

21

Me pasé la mano por la nuca mientras llenaba la última cantimplora. A través de la ventana de encima del fregadero vi que el sol empezaba a asomarse. Si aquella mañana no hubiera tenido plan, todavía estaría en la tienda de campaña.

Solo mi madre conseguía hacerme salir de la cama tan temprano. Aquella noche había soñado con ella. No recordaba exactamente lo que había ocurrido en el sueño, de hecho, no tenía ni idea, pero siempre notaba cuando mi madre salía en uno. Me despertaba más contenta. Y aquella alegría normalmente acababa convirtiéndose en tristeza, pero no de la mala. Me lo tomé como un buen presagio para la ruta que me disponía a hacer aquel día. Al fin y al cabo, estaba allí por ella.

Aun así, una parte de mí no podía evitar desear haberme quedado a pasar la noche en la tienda con Rhodes. Tumbada encima del saco de dormir, en pijama y prácticamente pegada a aquel increíble cuerpo, habíamos visto una película y empezado otra. Había sido una velada agradable y tranquila; las voces de los actores solo interrumpidas por el ruido lejano y ocasional de algún coche al pasar por la carretera.

Sinceramente, había sido uno de los momentos más románticos de mi vida. Aunque Rhodes no lo supiera.

Mientras enrollábamos los sacos de dormir y desmontábamos la tienda, Rhodes me había preguntado qué tenía pensado llevarme a la ruta que quería hacer hoy. Me había dado un par

364

de consejos en voz baja y luego nos habíamos sentado en las sillas de camping para mirar la previsión meteorológica en su teléfono.

Por eso había salido a rastras de la cama a las cinco y media de la mañana. Tenía que empezar bien temprano. Tal vez hoy sería mi última oportunidad para hacer la Ruta del Infierno, a no ser que estuviera dispuesta a esperar hasta el año siguiente, porque muy pronto la nieve cubriría los picos más altos.

Probablemente debería esperar, pero… tenía que hacerlo. Necesitaba hacerlo.

La idea de que la vida era muy corta había echado raíces en mi cabeza y allí se había quedado. Quería intentar terminar por lo menos otra ruta de la lista ahora que tenía algo de tiempo, y bien podía ser esa. Había que ir a lo grande, y mi madre siempre había sido una supernova en cuanto a agallas y audacia. Tenía que hacerlo por ella.

Me había animado a mí misma para intentar conquistar aquella ruta de una vez por todas. La previsión meteorológica era buena. Había leído una publicación de alguien en un foro que afirmaba haber hecho aquel camino un par de días antes y que todo estaba bien. Así que ¿por qué no? Ya lo tenía casi todo preparado. Iba a hacerlo. Para demostrarme a mí misma que podía.

Por mi madre y por todos los años que no había vivido. Por todas las experiencias que se había perdido. Por el camino que su vida había allanado para mí. Estaba ahí, en aquel lugar, con el corazón lleno de esperanza, gracias a ella. Era lo mínimo que podía hacer.

Estaba tan inmersa en mis pensamientos mientras llevaba todas mis cosas escaleras abajo hasta el coche, que no me di cuenta de la silueta que se acercaba desde el otro lado del camino de acceso hasta que Rhodes habló con voz queda.

—¿Todo bien?

Miré por encima del hombro, vi un atisbo de su pelo plateado y sonreí a ese hombre tan atractivo que me estaba mirando.

—Sí. Estoy bien, es solo que estaba pensando en mi madre —contesté antes de dejar la mochila en el asiento trasero.

—¿Son pensamientos buenos o malos? —preguntó en voz baja cubriéndose la boca al bostezar. Ya llevaba el uniforme puesto, pero todavía no se había abrochado los botones de arriba de la camisa ni se había puesto el cinturón.

¿Había salido de casa solo porque me había visto por la ventana? Me giré poco a poco y contemplé sus rasgos marcados, aquellos pómulos afilados, la sutil hendidura de su mentón. Estaba bastante despierto a pesar de que seguro que no hacía mucho que había salido de la cama.

—De los dos tipos —respondí—. Buenos porque estoy aquí por ella, estoy muy contenta de haber vuelto y las cosas me van bien. Malos porque...

Me observó atentamente. Era tan guapo que incluso me dolía un poco el pecho.

Nunca había dicho aquellas palabras en voz alta. Las había oído en boca de otras personas, pero nunca habían salido de la mía. Sin embargo, me di cuenta de que quería decirlo.

—¿Sabías que algunas personas no se creyeron que hubiera sufrido un accidente y que no hubiera conseguido regresar?

Rhodes me miró a los ojos, pero no se anduvo con rodeos. Dio un pequeño paso hacia delante y bajó la barbilla, todavía con la vista fijada en mí.

—Sé que se barajó la teoría de que... —cogió aire como si él tampoco estuviera seguro de querer decirlo, pero lo hizo—... se había hecho daño a sí misma. —Asentí—. O de que había huido para empezar una nueva vida —terminó con voz muy baja.

Aquella última era la que más me dolía. Que la gente pensara que mi madre era capaz de dejarlo todo atrás, de dejarme a mí atrás, para empezar de cero.

—Eso es —dije—. No estaba segura de si lo habías oído. Nunca pensé que mi madre fuera capaz de irse así como así, aunque tuviera problemas económicos que en aquel momento

366

yo ignoraba. Aunque se hubiera visto obligada a declararse en bancarrota, aunque nos hubieran quitado la casa... No habría sido capaz de... —Noté las palabras quemándome la garganta como si fueran ácido, y no me atreví a pronunciar la palabra que empieza por «s»—... no volver a propósito —me conformé—. Sé que la policía seguramente estaba al tanto de que se medicaba para la depresión.

Rhodes asintió.

—Estaba pensando en todo eso. En cómo mi madre se fue a hacer una ruta y esa decisión cambió mi vida por completo. En que si eso no hubiera sucedido, no me hubiera mudado a Florida y, por lo tanto, no hubiera conocido a mis tíos. No hubiera ido a Tennessee y, por lo tanto, no hubiera vivido la vida que tuve allí... y por la que al cabo de un tiempo terminé regresando aquí. Supongo que a veces la vida es extraña, eso es lo que estaba pensando. En cómo una decisión que ni siquiera tienes la capacidad de tomar puede afectar a la vida de otra persona tan drásticamente. Hoy la echo un poco más de menos, supongo, y desearía saber qué fue lo que pasó. Ojalá lo supiera —terminé de decir, y me encogí de hombros para, con suerte, dar una apariencia trivial y normal.

No era la primera vez que tenía mañanas o días como aquel, y no sería la última.

Es imposible sobrevivir a que algo te golpee con una bola de demolición sin tener miles de fracturas con las que lidiar durante el resto de tu vida.

Rhodes apartó la mano que tenía sobre la mía y me la puso encima del hombro, cerrando los dedos a su alrededor y tocándome la piel con la palma.

—Fue un caso extraño, y tal vez si no te conociera entendería por qué a algunas personas se les ocurrieron esas teorías. Pero ahora que te conozco, colega, no creo que tu madre se fuera a propósito. Ya te lo dije ayer: no entiendo cómo alguien podría dejarte marchar. O cómo nadie podría alejarse de ti. Estoy seguro de que te quería mucho.

—Sí que me quería mucho —le dije antes de apretar los labios un momento y pestañear—. O por lo menos eso creo. —Tragué saliva y lo miré—. ¿Podrías darme un abrazo de buenos días? Si te apetece, eh. Si no, da igual.

No dijo nada. Su respuesta fue abrir los brazos y animarme a dejarme rodear por ellos después de que yo diera un primer paso. Pensé para mis adentros que encajaba perfectamente entre ellos. Se saltó eso que hacía antes de darme palmaditas con la palma de mano y, en su lugar, me acarició la espalda de arriba abajo una vez. Unos minutos después, cuando mi corazón retomó su ritmo normal y el olor de su detergente para la ropa se me había metido tanto por la nariz que esperaba que me durara todo el día, me preguntó:

—¿Todavía estás decidida a hacer la ruta?

—Sí. Clara todavía no me ha escrito, pero nos encontraremos al inicio del camino.

Se apartó lo suficiente como para mirarme a los ojos. Me rozó la banda del sujetador con los dedos que tenía sobre mi espalda.

—Si cambias de opinión y prefieres esperar, el próximo domingo tengo el día libre.

Me estaba proponiendo ir de ruta juntos. ¿Por qué me sentía como si me hubiera pedido matrimonio? Sabía que Rhodes ya había recorrido aquel camino en un par de ocasiones, me lo había contado la primera vez que había intentado hacerlo. Él sabía que lo sabía.

—Preferiría hacer una nueva otro día, para que no te aburras tanto como cuando hicimos el camino de los Siete Kilómetros. Si te apetece.

—Si a ti te apetece —accedió—. Y no me aburrí.

Sonreí un poco al oír sus palabras.

—Y yo aquí pensando que te lo habías pasado de pena.

—No. —Se le ensancharon un poco las fosas nasales—. Si te lo piensas mejor, estaré todo el día por la zona —dijo con voz queda—. Tengo que comprobar un par de avisos de caza furtiva.

368

—Intentaré hacer la ruta; lo tengo todo preparado. Cuanto antes la haga, antes podré hacer otra. Puede que contigo…, si estás libre. Tal vez podríamos convencer a Amos para que viniera también. Podríamos sobornarlo con comida.

Entonces fue él quien asintió. Le echó un vistazo a mis provisiones de agua y comida y al material de emergencia, que consistía en una pequeña manta, una lona impermeable, una linterna y un botiquín. Me había vuelto bastante buena a la hora de saber lo que necesitaba y en qué cantidad. Era una ruta demasiado larga y complicada como para que se me fuera la pinza y llevara cosas de más, pero tampoco quería morirme de hambre. Eso me ponía de muy mal humor. Al parecer Rhodes aprobó mis decisiones, porque me miró y volvió a asentir.

Deshizo el abrazo y, en un abrir y cerrar de ojos, me tendió una bola de tela azul.

—Toma mi chaqueta. Es resistente al viento e impermeable. Es más ligera que la tuya, así que te será más fácil llevarla. —Me indicó que la cogiera—. Y coge los pantalones de protección solar. El camino por el que quieres ir está lleno de arbustos. ¿Llevas bastones de caminar?

Algo dentro de mí se relajó y le dije que sí con la cabeza.

Tenía los ojos grises, seguros y sombríos, clavados en mí.

—Llámame cuando estés al inicio del camino y cuando vuelvas al coche. —Se detuvo un momento, reflexionando sobre sus palabras antes de añadir—: Por favor.

Justo cuando aparqué en el comienzo del camino, me sonó el teléfono. La verdad es que era un milagro que tuviera cobertura ahí arriba, aunque en aquellos pocos meses que llevaba viviendo en las montañas había aprendido que, a veces, si la altitud es la adecuada, se encuentran sitios con buena cobertura por casualidad en el sitio. Aunque puede que cambiarme a la misma compañía telefónica que Yuki también hubiera ayudado. Teniendo en cuenta la altitud que me indicaba el reloj, estaba muy arriba.

Rhodes ya me había avisado de que la carretera era muy chunga, porque yo había decidido intentar llegar al lago por otro camino, y debería haber sabido que aquel hombre no es de los que hacen una montaña de un grano de arena ni exageran. La carretera para llegar hasta aquí había sido muy c-h-u-n-g-a. Durante una parte del trayecto me había aferrado al volante como si me fuera la vida en ello, porque la calzada estaba llena de baches y piedras afiladas. Decidí que le preguntaría a Rhodes cuándo había sido la última vez que había pasado por allí, porque incluso aunque suponía que confiaba lo suficiente en mis habilidades como conductora para mandarme por aquel camino en vez de por la ruta que había hecho la última vez, presentía que don Sobreprotector habría insistido en que no fuera sola por ahí si hubiera sabido que la carretera estaría tan mal. Eso, o bien confiaba plenamente en mí.

Cada treinta segundos me arrepentía de ser tan cabezota como para querer hacer aquella ruta.

Tuve un mal presentimiento cuando me sonó el teléfono y vi el nombre de Clara en la pantalla. Me había enviado un mensaje justo cuando yo salía de casa de Rhodes diciéndome que ella también estaba a punto de ponerse en camino. Debería estar por ahí cerca, tal vez detrás de mí, o puede que ya hubiera llegado…, pero enseguida supe que no era el caso, porque solo había dos vehículos en el claro que servía de aparcamiento al inicio de la ruta y ninguno de ellos era el suyo.

—Eh, hola —la saludé apoyando la cabeza sobre el reposacabezas y volviendo a notar una sensación de malestar en el estómago.

—Aurora —contestó Clara—. ¿Dónde estás?

—Al inicio del camino —le confirmé mientras miraba el cielo azul—. ¿Y tú? —Oí que soltaba una maldición—. ¿Qué pasa?

—Llevo un buen rato intentando llamarte; no tenías cobertura. El coche no me arranca. He llamado a mi hermano, pero todavía no ha llegado. —Volvió a renegar—. ¿Sabes qué? Deja que llame a la grúa y…

370

No quería que Clara se gastara dinero en una grúa. Sabía que se estresaba por su situación económica cuando pensaba que no le estaba haciendo caso o no me daba cuenta, pero la realidad era que la asistencia domiciliaria que necesitaba su padre se comía gran parte de las ganancias de la tienda.

Además, ambas sabíamos que seguramente aquella era mi última oportunidad para hacer la ruta antes de que acabara el año. Octubre estaba a la vuelta de la esquina. La sequía había provocado que el verano fuera caluroso y que el inicio del otoño fuera más cálido de lo normal, pero la madre naturaleza ya se estaba aburriendo. Pronto bajarían las temperaturas y empezaríamos a ver nieve en las cotas más altas. Si no hacía la ruta ahora, no podría ni siquiera plantearme volver a intentarlo hasta dentro de ocho meses. Existía la posibilidad de que aún pudiera probar la semana siguiente, pero no era seguro.

—No, no llames a la grúa —le dije intentando encontrar las palabras adecuadas—. Espera a que vaya tu hermano. Además, el trayecto hasta aquí ha sido bastante durillo.

—¿En serio?

—Sí, el terreno era tan irregular que parecía una tabla de lavar con tanto surco. Ha sido una locura.

Me detuve e intenté pensar. Clara podría tardar tranquilamente unas tres horas en llegar hasta aquí, si es que acababa consiguiéndolo. Para entonces ya sería media mañana, por lo que tendríamos muchas posibilidades de que oscureciera antes de que regresáramos al coche. Y luego todavía nos quedaría conducir por aquella carreterita…

No me asustaba hacer la ruta sola. Me preocupaba más encontrarme con otras personas que con animales. Además, aquella vez iba preparada. Podía hacerlo.

—Lo siento. Joder. No me puedo creer que no me arranque el coche.

—No pasa nada. No te preocupes. Espero que tu hermano llegue pronto y que no sea nada grave.

—Yo también. —Se detuvo un momento y habló con alguien que debía de estar ahí con ella, antes de volver a dirigirse al teléfono—. Podemos hacerla la semana que viene.

Pero ya había decidido lo que haría. Tenía que hacerla. Era el motivo por el que había venido. Tenía que hacerlo por mamá. Y por mí. Para saber que podía.

Solo era una ruta.

Sí, una ruta difícil, pero mucha gente hacía rutas complicadas. No tenía intención de acampar a medio camino, y ahí había dos coches aparcados.

—No pasa nada. Sé que solo ibas a hacerla para acompañarme, y total ahora ya estoy aquí.

—Aurora… —Noté el tono de preocupación en su voz.

—Hace buen tiempo. El trayecto en coche hasta aquí ha sido una mierda. He llegado lo bastante temprano como para terminar en unas siete horas. Hay dos coches más en el aparcamiento. Estoy en plena forma para hacer esta ruta de los cojones. Será mejor que la haga de una vez, Clara. No me pasará nada.

—Es complicada.

—Te recuerdo que me dijiste que un amigo tuyo la hizo solo y corriendo —señalé—. Todo irá bien. Cuando termine, todavía me quedarán unas cuantas horas de luz. Puedo hacerlo.

—¿Estás segura? —preguntó tras una pausa—. Lo siento. Me siento mal por dejarte siempre colgada.

—No te preocupes. No pasa nada. Tienes una vida y un montón de responsabilidades, Clara. Lo entiendo, te lo prometo. Además, ya he hecho otras rutas sola. Empieza a entrenar para que el año que viene podamos hacer rutas de dieciocho kilómetros de ida.

—¿Dieciocho kilómetros? —Soltó un ruidito que sonó casi como una risa tensa, como si creyera que había perdido la puta cabeza.

—Sí, te jodes. Puedo hacer esto, de verdad. Sabes dónde estoy, no me pasará nada. No cometeré el mismo error que mi madre y me iré a hacer una ruta diferente sin decírselo a nadie.

Tendré el teléfono encendido; la batería está a tope. Tengo un silbato y un espray de pimienta. Estaré bien.

—¿Seguro? —dijo Clara dubitativa.

—Sí —respondí. Oí que suspiraba profundamente. Todavía tenía sus dudas—. No te sientas mal…, pero tampoco te rías de mí si mañana no puedo caminar, ¿vale?

—Nunca me reiría de ti…

Sabía que no lo haría.

—Te iré escribiendo cuando tenga cobertura y cuando termine, ¿vale?

—¿Vas a avisar también a Rhodes?

—Ya lo sabe —contesté sin poder evitar sonreír.

—Vale. Lo siento, Aurora. Te prometo que no sabía que me iba a pasar esto.

—Deja de disculparte. No pasa nada.

—De acuerdo —gruñó—. Lo siento. Me siento como una mierda.

—Como debe ser —respondí después de una pausa. Ambas nos reímos—. ¡Es coña! Voy a llamar un momento a Rhodes y me pongo en marcha.

Clara me deseó buena suerte y luego colgamos. Esperé un momento y luego llamé a Rhodes. El teléfono sonó y sonó, y al cabo de un rato saltó el contestador. Le dejé un breve mensaje.

—¡Hola! Estoy al inicio del camino. Clara ha tenido problemas con el coche y tardaría por lo menos tres horas en llegar hasta aquí, así que al final voy a ir sola. Hay dos coches más en el aparcamiento con matrícula… —Les eché un vistazo y le canté los números y las letras—. El cielo está despejado. La carretera para llegar hasta aquí es horrible, pero me las he arreglado. Voy a hacer la ruta tan rápido como pueda, pero iré con cuidado para no flojear en el camino de vuelta. Espero que tengas un buen día en el trabajo, y suerte con esos gilipollas de los cazadores furtivos. ¡Adiós!

Empecé a caminar con una sonrisa en la cara a pesar de que el alma me pesaba un poco más de lo normal, aunque no por

373

ningún motivo negativo. Echar de menos a mi madre me entristecía, pero no lo percibía como algo malo. Esperaba que supiera que todavía la echaba de menos y que pensaba en ella.

Puse el móvil en modo avión para que no se pasara todo el día buscando cobertura y me quedara sin batería. Había aprendido esa lección hacía ya unos meses. Ya le echaría un vistazo cuando llevara un buen trecho.

A pesar de que hacía fresco, el sol brillaba de una forma preciosa, y el cielo era del azul más intenso que había visto nunca. No podría haber pedido un día mejor para hacer la ruta, y lo sabía. Tal vez mi madre se había encargado de que hiciera un buen día para animarme. Esa idea me puso incluso de mejor humor.

Aunque empezó a faltarme el aliento tras los primeros quince minutos y tuve que detenerme mucho más a menudo de lo que me hubiera gustado, seguí adelante. Me tomé mi tiempo. Tuve que quitarme la chaqueta al rato, y siempre tenía un ojo puesto en el reloj, aunque intentaba no ponerme nerviosa por todas las paradas que estaba haciendo. La parte de atrás de mi camiseta, que estaba en contacto con la mochila, terminó empapada de sudor, pero no me importó mucho. Le eché un vistazo al móvil en cada parada, pero no encontré cobertura. Seguí caminando. Un paso tras otro, disfrutando del increíble aroma de la naturaleza, porque aquello era lo único que me rodeaba.

Estaba sola en mitad de miles de hectáreas de parque nacional y, por mucho que me hubiera gustado tener compañía especialmente hoy, hacer aquella ruta en solitario me emocionaba.

Me imaginé a mi madre recorriendo aquel camino treinta y pico años antes, y eso me hizo sonreír. En sus notas no había especificado por dónde había empezado la ruta, y había dos maneras de llegar al lago: por el sendero que estaba recorriendo en aquel momento o por el que había ido la última vez. Aun así, la sentía a mi alrededor. Me gustaba pensar que aquellos árboles le habían dado un respiro.

Estaba casi segura de que ella también había hecho aquella ruta sola, y esa certeza me hizo ensanchar la sonrisa. Sería mucho mejor si tuviera a Clara a mi lado… o incluso a Rhodes o a Am, pero a lo mejor estaba destinada a enfrentarme a este camino por mi cuenta. A hacer una última ruta sola, tal y como había hecho la primera. Me había mudado a Colorado para reconectar con mi madre, y nada podría haberme preparado para todos los cambios que había experimentado en los meses que llevaba en Pagosa Springs. Me habían hecho más fuerte. Mejor. Más feliz.

Sí, claro, todavía iba a gritar si me entrara un murciélago en casa o si veía otro ratón, pero ahora sabía que si me volvía a ocurrir encontraría una solución. Puede que no hubiera que superar por completo todos tus miedos para dominarlos. Puede que fuera suficiente con hacerles frente. O por lo menos, eso era lo que quería creer.

Y tal vez… Puede que con esta caminata estuviera despidiéndome de al menos una parte de mi pasado. Estaba cerrando todos los capítulos abiertos que no había completado. Tenía mucho por lo que seguir adelante, mucha felicidad esperándome. Cuando había terminado mi relación, había dejado muchas cosas atrás para empezar de cero con un montón de posibilidades nuevas. Ahora volvía a tener personas que se preocupaban por mí, a las que les importaba y a las que les daba igual a quién conociera, el dinero que tuviera o lo que pudiera hacer por ellos.

Así que tal vez todo iba a poder ser como yo había imaginado. Porque se podía empezar de cero cualquier día de la semana, en cualquier momento del año y de la vida, y no pasa nada.

Reflexioné sobre aquello mientras seguía subiendo, y las horas se sucedían. Me entraron calambres en las pantorrillas y tuve que volver a pararme un momento para tomarme algunas de las cápsulas de magnesio que me había traído. Por mucho que me hubiera esforzado en saltar a la comba, los muslos me ardían como un demonio, y me estaba bebiendo el agua más deprisa de lo que esperaba. Había tenido esto último en cuenta y

375

podía rellenar las cantimploras en un arroyo o en el lago, a pesar de que el agua sabría a rayos. Pero el mal de altura me gustaba menos que el sabor del agua filtrada, así que me tocaba joderme y aguantarme.

El paisaje se transformaba a mi paso y me quedé maravillada por la belleza y la vegetación que me rodeaban. Tal vez por eso, porque estaba demasiado ocupada admirándolo todo y pensando que la vida allí me iba a ir bien, no me di cuenta de que el cielo estaba cambiando. No reparé en las nubes oscuras que empezaban a acumularse hasta que la luz de un relámpago y el estruendo de un trueno cruzaron el cielo, que había estado despejado hacía un momento, dándome un susto de muerte.

Se me escapó un grito y corrí hacia la arboleda más cercana, agachándome un segundo antes de que empezara a llover. Por suerte, Clara me había aconsejado que me llevara una lona para las rutas largas, y me cubrí con ella. También me puse el impermeable de Rhodes para estar más protegida. Seguía allí sentada cuando de repente empezó a caer granizo. Sin embargo, me mantuve optimista. Sabía que aquello era parte de la experiencia. Ya me habían sorprendido un par de granizadas haciendo otras rutas. Nunca duraban mucho, y aquella vez no fue una excepción.

Retomé la marcha y seguí adelante a pesar de estar cansada, aunque no era para tanto. No había llovido tanto como para que el camino se embarrase; la tierra solo estaba húmeda.

Atravesé una zona complicada y también la cresta que había intentado asesinarme la última vez, donde prácticamente había tenido que subir a gatas, y entonces supe que no me quedaba mucho. Casi había llegado. Me quedaba una hora como máximo. Miré el móvil, vi que tenía cobertura y mandé un par de mensajes. El primero se lo mandé a Rhodes.

> He llegado hasta la cresta.
>
> Todo va bien. Te escribo cuando empiece a bajar.

Luego le mandé un mensaje casi idéntico a Clara.

Justo entonces me llegó un mensaje de Amos.

Amos
Te has ido sola a hacer una ruta?

Sííí. Ya he llegado a la cresta. Todo bien.

Ni siquiera tuve tiempo de volver a poner el móvil en modo avión antes de que me llegara otro mensaje suyo.

Amos
Estás loca?

Bueno, no me iría mal sentarme por ahí un minuto más. Me vendría bien un descanso. Así que puse el culo encima de la roca más cercana, decidí que tampoco pasaría nada por parar durante cinco minutitos y le respondí.

Todavía no

Amos
Podría haber ido contigo

¿Te acuerdas de lo mucho que odiaste aquella ruta de siete kilómetros?

Saqué una de mis preciadas barritas de cereales y me comí la mitad de un mordisco mientras miraba el cielo. ¿De dónde demonios salían aquellas nubes? Sabía que siempre venían cuando nadie las llamaba, pero aun así…

Recibí otro mensaje mientras comía.

Amos
Se supone que no deberías ir de ruta sola!!!

Había usado signos de exclamación. Me quería.

Amos
Papá lo sabe???

> Sí que lo sabe. Lo he llamado, pero no
> contesta.
>
> Te juro que estoy bien.

Me terminé la barrita de otro bocado, metí el envoltorio en una bolsa del súper que estaba utilizando para recoger la basura y, después de comprobar que no tuviera ningún otro mensaje ni de Amos, ni de Clara, ni de nadie, me levanté a pesar de que la parte inferior de mi cuerpo se quejara, frustrada por lo cansada que estaba, y seguí adelante.

La hora siguiente fue una puta mierda. Pensaba que estaba en forma, que podía hacerlo, pero estaba agotada. Solo con pensar en el camino de vuelta se me esfumaba todo el entusiasmo. Sin embargo, me recordé que lo estaba haciendo por mi madre, que ya estaba allí y que iba a terminar aquella ruta por mis cojones. Esperaba que fuera el mejor lago que hubiera visto en mi puta vida.

Seguí adelante. En un momento dado vislumbré lo que deduje que era el lago en la distancia, con su superficie brillante y reflectante como un espejo. Pero las nubes sobre mi cabeza se oscurecían a cada paso que daba.

Empezó a llover de nuevo, así que saqué la lona mojada, me la puse por encima y me resguardé debajo de un árbol. Aquella vez el cielo no se despejó en cinco minutos. Ni en diez. Ni en veinte ni en treinta.

Diluvió. Luego, granizó. Y después diluvió un poco más.

Los truenos hacían temblar los árboles, mis dientes y hasta mi alma. Me saqué el móvil del bolsillo para comprobar si tenía cobertura: ni una sola barra. Para ahorrar tiempo después, me comí la mayoría de los *snacks* con los que tenía planeado recom-

378

pensarme al llegar al lago, porque cuando lo hiciera prácticamente tendría que dar media vuelta y empezar a deshacer el camino.

Finalmente, la lluvia amainó después de casi una hora, y el medio kilómetro que me quedaba me parecieron dieciséis. Sobre todo, cuando comprobé que aquel lago de mierda era lo más decepcionante que había visto en mi vida. O sea, era bonito, pero no era… No era lo que esperaba. No brillaba. No era de un azul transparente. Era tan solo… un lago normal y corriente.

Se me escapó una carcajada, y luego me eché a reír como una idiota, con lágrimas brotándome de los ojos mientras seguía descojonándome.

—Ay, mamá, ahora ya entiendo lo que querías decir con esa ola. —Ni fu ni fa. Quería decir ni fu ni fa. Seguro que era eso.

Esperaba encontrarme con alguien por ahí, pero no vi a nadie. ¿Tal vez habían seguido caminando? La Gran Divisoria estaba a varios kilómetros, siguiendo una bifurcación que se unía a esta ruta. Volví a reírme todavía más.

Me senté encima de un tronco mojado y me quité un poco las botas mientras me comía una manzana, disfrutando de su crujido y su dulzura. Era mi jodida recompensa. Saqué el móvil del bolsillo, me hice un selfi con el lago de los cojones y volví a reírme.

Nunca más.

Me quité los calcetines y moví los dedos, aguzando el oído por si oía animales o personas, pero no escuché nada.

Diez minutos después, volví a ponerme los calcetines y los zapatos, me levanté y me subí la cremallera de la chaqueta porque la lluvia había bajado mucho la temperatura y el sol seguía escondido tras las nubes, y emprendí el dichoso camino de vuelta.

Me dolía todo. Tenía la sensación de tener los músculos de las piernas destrozados. Mis pantorrillas estaban a punto de morirse. Los dedos de los pies no me lo perdonarían nunca.

Al detenerme por culpa de la lluvia había desperdiciado la ventaja con la que había salido, y al echar un vistazo al reloj vi que había perdido dos horas por culpa del tiempo y los descansos. Lo que me había parecido duro de camino al lago, me pareció cien veces peor a la vuelta.

No dejaba de repetir «Joder, hostia puta, mierda, cojones». No lograba comprender cómo alguien había conseguido hacer aquello corriendo. Tenía la sensación de estar parándome cada diez minutos, estaba reventada. Aun así seguí adelante.

Dos horas más tarde, sin tener ni idea de cómo iba a sobrevivir durante las próximas tres y sin quitarles ojo a las nubes de los cojones, que habían vuelto a tapar el cielo, saqué el móvil y esperé con la esperanza de tener un poco de cobertura. No hubo suerte. De todas formas, intenté mandar unos cuantos mensajes. Primero le escribí a Rhodes.

> Me he retrasado. Estoy bien. Volviendo.

Le escribí prácticamente lo mismo a Clara. Y el último fue para Amos.

> Ya estoy regresando. Estoy bien. El tiempo
> ha empeorado un poco.

No puse el móvil en modo avión con la esperanza de que en algún momento pillara cobertura. Me quedaba un ochenta por ciento de batería, así que pensé que no pasaría nada. O por lo menos eso esperaba.

El suelo estaba resbaladizo y las piedrecitas de debajo de mis botas eran un peligro, por lo que iba todavía más lenta. Por ahí no había ni Dios; no podía arriesgarme a hacerme daño. Sabía que tendría que ir incluso más despacio de lo que esperaba. El cielo se encapotó aún más y me maldije por ser una idiota cabezota.

Tenía que ir con cuidado. Tenía que ir despacio.

Ni siquiera podía llamar para que vinieran a rescatarme porque no había cobertura, y tampoco quería avergonzar a Rhodes y ser una de esas personas que necesitan que las salven. Podía hacerlo. Mi madre había podido hacerlo. Sin embargo…, si salía de esta, no iba a volver a hacer una ruta de mierda sola, en la vida. ¿Es que no había aprendido nada? ¡Por supuesto que sí, joder!

Todo aquello era una gilipollez.

Debería haberme quedado en casa.

Ojalá tuviera más agua.

El año que viene no pensaba hacer ni una sola ruta.

No volvería a ir a ninguna parte caminando.

«Joder, y todavía tengo que conducir hasta casa».

Mierda, mierda, mierda.

No iba a rendirme. Podía con ello. Iba a hacerlo.

Me juré que no volvería a embarcarme en una caminata difícil en lo que me quedaba de vida. Por lo menos no para hacerla en un solo día. A la mierda todo.

Seguí bajando, paso a paso. Hice una pausa. Me refugié bajo la lona impermeable. La temperatura había empezado a bajar y no podía creer que no se me hubiera ocurrido llevar una chaqueta más gruesa. Si es que lo sabía.

Me puse mi chaqueta por debajo de la de Rhodes cuando empecé a temblar.

Se me estaba quedando vacía la cantimplora a pesar de que la había rellenado en un riachuelo y había tenido cuidado de beber solo a sorbitos cada vez que me detenía, porque era consciente de que no me cruzaría con más fuentes de agua en lo que quedaba de camino.

Las piernas me dolían cada vez más. No conseguía recobrar el aliento. Solo quería echarme una siesta. Y que viniera un helicóptero a rescatarme, pero el móvil seguía sin cobertura. Era gilipollas.

Seguí caminando sin parar. Montaña abajo, tropezándome de vez en cuando sobre las piedrecitas mojadas y procurando no resbalar, aunque no conseguí evitarlo. Me caí de culo dos veces y me raspé las palmas de las manos.

Dos horas se acabaron convirtiéndose en tres. Iba demasiado lenta. Estaba oscureciendo. Tenía frío. Rompí a llorar. Y luego lloré un poco más.

Empecé a tener miedo de verdad y me pregunté si mi madre también lo había tenido, si se habría dado cuenta de que estaba en apuros. Esperaba que no. Por Dios, esperaba que no. Ya estaba lo bastante asustada; no podía ni imaginarme...

Me quedaba un kilómetro, pero tenía la sensación de que eran cincuenta. Saqué la linterna y me la puse en la boca, aferrándome a los bastones de caminar como si me fuera la vida en ello, y probablemente así fuera porque me habría matado sin ellos.

Me caían lágrimas de frustración y de miedo por las mejillas, y me saqué la linterna de la boca para gritar «¡Joder!» un par de veces.

Nadie me veía. Nadie me oía. Estaba sola.

Quería llegar a casa.

—¡Joder! —volví a gritar.

Iba a terminar y no volvería a poner un pie en aquella ruta «ni fu ni fa» de los cojones. Menuda tontería había hecho. ¿Qué cojones tenía que demostrar? A mamá le encantaban las excursiones así, pero a mí me gustaban las de diez kilómetros. Las fáciles y las intermedias.

No lo pensaba en serio: podía con esto. Lo estaba consiguiendo. Estaba a punto de terminarla. No pasaba nada por tener miedo, pero iba a salir de allí. De verdad.

Me quedaban poco más de cien metros de zigzag, curvas y pendiente, y estaba helada, empapada y embarrada.

Menuda mierda.

Eché un vistazo al reloj y gruñí al ver la hora. Ya eran las seis. Debería haber terminado hacía horas. Iba a tocarme conducir a oscuras, completamente a oscuras. No iba a ver tres en un burro.

Pero no pasaba nada. No pasaba absolutamente nada. Solo tendría que ir muy poco a poco. Tomarme mi tiempo. «Puedo hacerlo». Tenía un neumático de recambio. Tenía un espray para reparar pinchazos. Sabía cambiar una rueda.

«Conseguiré llegar a casa».

Me dolía todo, y estaba bastante segura de que me sangraban los dedos de los pies. Tenía el cartílago de las rodillas destrozado.

Menuda mierda.

Podía hacerlo.

Hacía un frío de cojones.

Menuda mierda.

Se me cayeron un par de lágrimas más de los ojos. Era una gilipollas por haberme hecho esto a mí misma, pero lo había logrado. A pesar del granizo, de la nieve, de la lluvia, de los truenos y de tener que tragarme mis palabras. Lo había conseguido. Había terminado aquella ruta de los cojones.

Estaba tan cansada que se me escaparon algunas lágrimas más, y de repente me pregunté si me habría desviado de la ruta y me habría metido en un sendero de caza en vez de seguir por el camino principal, porque nada de lo que me rodeaba me sonaba. Aunque en realidad estaba muy oscuro y apenas distinguía nada que el haz de luz de la linterna no alcanzara a iluminar.

Joder, joder, joder.

Y entonces lo vi: el gran árbol de ramas bajas que me había obligado a agacharme al principio de la ruta.

¡Lo había conseguido! ¡Lo había conseguido! Estaba temblando tanto que me castañeaban los dientes, pero tenía una manta térmica en la bolsa que había en el coche, y también una vieja chaqueta gruesa de Amos que había acabado ahí no sabía muy bien cómo.

«Lo he logrado».

El llanto me anegó los ojos y me detuve, levantando la cabeza. Una parte de mí deseaba que hubiera estrellas para poder hablarles, pero no vi ninguna. Las nubes las tapaban, pero aquello no me detuvo.

Tenía la voz ronca de tanto gritar y por la falta de agua, pero me dio igual. Aun así, dije las palabras que quería. Aun así, las sentí.

—Te quiero, mamá. Esto ha sido una puta mierda, pero te quiero y te echo de menos y voy a dar lo mejor de mí —dije en voz alta sabiendo que me estaba escuchando. Porque siempre me estaba escuchando.

Y en un estallido de energía que no sabía que tenía en mi interior, eché a correr hasta el coche; los dedos de los pies se me quejaron, las rodillas me fallaron y los muslos seguramente se me habían quedado destrozados de por vida, o eso pensé en aquel momento.

Allí estaba. Era el único coche que quedaba.

No sabía a dónde cojones se habían ido los otros, pero ya no me quedaban fuerzas para preguntarme cómo era posible que no me hubiera cruzado con sus conductores. Cabrones.

A pesar de lo exhausta que estaba, me bebí un cuarto de la cantimplora de cuatro litros, me quité el chubasquero de Rhodes y mi chaqueta mojada y me puse la de Amos. Me quité los zapatos y tuve el impulso de tirarlos hacia el asiento de atrás, pero no lo hice por si tenía que salir del coche. En vez de eso, los dejé en el suelo del asiento del copiloto. Quería mirarme los dedos de los pies y ver cómo los tenía, pero ya me preocuparía por eso más tarde.

Comprobé si tenía cobertura, pero todavía ni una barra. Aun así, le mandé un mensaje a Rhodes y a Amos.

> Por fin he acabado, es una historia muy larga. Estoy bien.
>
> No tenía cobertura. Creo que se ha caído una antena.
>
> Ya estoy regresando, pero tengo que conducir despacio.

Di marcha atrás y emprendí el trayecto de vuelta a casa. Tardaría una hora en salir de allí después de atravesar el tramo más complicado. En el mejor de los casos me costaría unas dos horas llegar a la carretera.

El camino estaba tan mal como recordaba. Incluso peor. Me daba igual. Me aferré al volante con fuerza, intentando recordar por dónde había pasado al subir, pero la lluvia había borrado las marcas de mis neumáticos.

«Lo tengo todo controlado. Puedo hacerlo», me dije a mí misma conduciendo literalmente a tres por hora, entrecerrando los ojos como nunca lo había hecho y como esperaba no tener que volver a hacerlo nunca más.

Se me agarrotaron las manos, pero las ignoré, igual que ignoré la extraña sensación de estar conduciendo sin zapatos porque no estaba dispuesta a volver a ponerme aquellas botas en un futuro próximo.

Conduje sin encender la radio para no desconcentrarme.

Llevaba tal vez un kilómetro en aquella carretera, cuando en una curva vi dos faros a través de los árboles. ¿Quién cojones estaba subiendo por ahí a aquellas horas?

Me puse a despotricar porque la carretera estaba mejor por en medio, y tampoco es que fuera muy ancha. ¿Qué posibilidades había de que me encontrara con alguien? «Joder», murmuré cuando las luces desaparecieron por un momento y reaparecieron en un tramo recto en dirección hacia mí.

Era un todoterreno o una camioneta, estaba segura. Bien grande. E iba muchísimo más deprisa que yo. Suspiré, me detuve a un lado de la carretera, me subí la cremallera de la chaqueta de Amos hasta la barbilla y avancé un poco más. Con la suerte que tenía hoy, seguro que se me quedarían las ruedas atascadas.

No, aquello no iba a ocurrir. Llegaría a casa. Iba a…

Entrecerré los ojos para ver mejor el coche que se acercaba. El todoterreno se había detenido de golpe y se había abierto la puerta del conductor. Vi que una silueta enorme salía de una zancada y se quedaba quieta durante un momento antes de volver a moverse. Hacia delante. Eché el cerrojo, volví a entrecerrar los ojos y me di cuenta de que… conocía a aquella persona. Reconocía esos hombros. Ese pecho ancho. La gorra que cubría la cabeza del que definitivamente era un hombre.

Se trataba de Rhodes.

Antes de darme cuenta, estiré el brazo, cogí las botas, me las puse y salí del coche. Avancé cojeando, curvando los dedos de los pies para que no se me salieran los zapatos, y vi que Rhodes se acercaba a mí. La expresión que tenía... Parecía furioso. ¿Por qué aquello me daba ganas de llorar?

—Hola —dije débilmente. Una oleada de alivio me recorrió el cuerpo. Se me rompió la voz y dije lo último que querría haber dicho—. He pasado tanto miedo...

Me rodeó con sus brazos grandes y musculosos, una de sus manos aferrándome la nuca, y aquello fue lo único que me mantuvo en pie. Tenía el pelo empapado de sudor, (no había forma de que aquella suciedad fuera solo por la lluvia), pero aun así Rhodes me estrechó con fuerza contra él. Estaba allí, reconfortándome, siendo todo lo que necesitaba y más.

Noté vagamente que un ligero temblor sacudía su enorme y musculoso cuerpo.

—Se acabó hacer rutas sola —susurró bruscamente, con una voz tan áspera que me asustó—. Se acabó.

—Se acabó —coincidí frágilmente. Me estremecí entre sus brazos; su cuerpo prácticamente sujetaba el mío—. Se ha puesto a llover muchísimo y no sé de dónde han venido esas nubes de los cojones, pero han sido unas hijas de puta y he tenido que refugiarme.

—Lo sé. Me he imaginado que había ocurrido algo. —Estaba casi segura de que me estaba acariciando la coronilla—. Pensaba que te habías hecho daño.

—Estoy bien. Me duele todo, pero solo porque estoy cansada y estas botas son una mierda. Lo siento.

Noté que asentía.

—Vine hacia aquí en cuanto me llegó tu mensaje. He tenido que ir hasta Aztec por trabajo y no tenía cobertura. Amos me ha llamado de los nervios. Quería acompañarme, pero le

386

he dicho que se quedara en casa y ahora está cabreado. He venido tan deprisa como he podido. —La mano que había posado sobre mi nuca me recorrió la columna hasta llegar a la parte baja de mi espalda. No me estaba imaginando la fuerza con la que me abrazaba—. No vuelvas a hacer esto, Aurora. ¿Me oyes? Sé que puedes hacerlo por tu cuenta, pero no lo hagas.

En aquel momento no estaba segura de si volvería a ir de ruta. Otro escalofrío me recorrió.

—No tienes ni idea de lo contenta que estoy de verte. Estaba muy oscuro, y lo he pasado bastante mal durante un rato —admití, y noté que me temblaba todo el cuerpo.

Con la mano que tenía sobre mi cabeza, me acarició y me acercó tanto a él que tuve la sensación de que si pudiera haberme metido en su interior, lo habría hecho.

—Pero ¿estás bien? ¿Te has hecho daño? —preguntó.

—Nada importante. No ha sido como la otra vez. —Apoyé la mejilla contra su pecho, saboreando su calidez. Su firmeza. Ahora estaba bien. Estaba a salvo—. Gracias por venir. —Me aparté un poco y le dediqué una pequeña sonrisa tímida—. Aunque si no hubiera regresado, te habrían mandado a ti a buscarme igualmente, ¿no?

Rhodes puso una cara seria, se le dilataron las pupilas y bajó la mirada hacia mí, contemplando mi rostro con sus ojos oscuros.

—No he venido porque sea mi trabajo.

Y entonces, antes de que yo pudiera reaccionar, volvió a rodearme con los brazos, envolviéndome por completo. Como si fuera una manta humana bajo la que pudiera quedarme durante el resto de mi vida.

No me imaginé el débil temblor que recorrió aquellos músculos tan fuertes. Y, definitivamente, tampoco la intensidad de la expresión que me lanzó cuando volvió a apartarse. Bajó las manos hasta dejarlas en la parte inferior de mi espalda.

—¿Te encuentras lo bastante bien como para conducir?

387

Asentí. Una de sus manos se cerró en torno a mi cintura, aunque creo que no fue consciente porque estaba demasiado ocupado mirándome a la cara.

—¿Colega?

—¿Sí?

—Quiero que sepas... que Amos te va a matar.

Seguramente ese era el único comentario que podría haberme hecho reír en aquel momento, y lo consiguió. Y luego respondí con toda honestidad.

—No pasa nada. Casi que lo estoy deseando.

22

Estaba dolorida de los pies a la cabeza.

Notaba todas y cada una de las partes del cuerpo. Desde los pobres dedos de los pies, que tenía la sensación de que me sangraban, hasta las pantorrillas traumatizadas, pasando por los muslos y las nalgas hechas papilla. Seguro que, si me concentraba, me daría cuenta de que también me dolían los pezones. Sin embargo, eran mis manos y mis antebrazos los que se llevaron la peor parte durante el trayecto en coche de vuelta a casa. Me pasé ciento veinte minutos aferrada al volante, conteniendo la respiración.

Si no hubiera estado aterrada durante las últimas horas, tal vez hubiera sido capaz de sentir verdadero pavor ante las rocas y los baches por los que pasé con el coche. El único motivo por el que no perdí la cabeza mientras conducíamos extremadamente despacio fue que estaba muy concentrada en seguir a Rhodes y en no pasar por encima de nada afilado. De no haber estado exhausta, hubiera celebrado el momento en el que por fin llegamos a la carretera principal. Fue entonces cuando dejé escapar todo el aire que había estado aguantando en las profundidades del estómago.

Lo había conseguido. Realmente lo había conseguido.

Seguro que el alivio fue lo que impidió que temblara durante el trayecto que me quedaba. Pero justo después de apagar el motor, la realidad me golpeó con toda su fuerza. Fue como si me

389

dieran un manotazo en la cara cuando menos me lo esperaba. Solté un suspiro roto una fracción de segundo antes de que todo el cuerpo me empezara a temblar. De la impresión, del miedo. Me incliné hacia delante, puse la frente encima del volante y me estremecí con fuerza desde la nuca hasta las pantorrillas.

Estaba bien, y eso era todo lo que importaba. Estaba bien.

La puerta a mi izquierda se abrió y, antes de que pudiera girar la cabeza, una mano grande se posó sobre mi espalda y oí la voz áspera de Rhodes dentro del coche.

—Estoy aquí. Te tengo. Todo irá bien, ángel.

Asentí, con la frente en la misma posición a pesar de que otro violento temblor me sacudía. Noté que me acariciaba la columna.

—Venga. Vamos para dentro. Necesitas comida, agua, descanso y una ducha.

Volví a asentir y noté que se me estaba haciendo un nudo en la garganta.

Rhodes alargó el brazo por detrás de mí y al cabo de un momento noté que el cinturón se destensaba. Me recostó contra el respaldo para que el cinturón se recogiera. Lo observé mientras se inclinaba hacia delante y, antes de que me diera cuenta de lo que estaba ocurriendo, me rodeó con los brazos, uno por debajo de mis rodillas y otro detrás de mis omóplatos, y me levantó, sujetándome contra su pecho.

—¡Ah! —exclamé—. Rhodes, pero ¿qué haces?

—Llevarte escaleras arriba —respondió.

Cerró la puerta con la cadera antes de empezar a moverse, llevándome como si no pesara nada hacia el apartamento. La puerta no estaba cerrada con llave, así que lo único que necesitó para abrirla fue un movimiento rápido de muñeca antes de empezar a subir.

—Si me ayudas puedo subir las escaleras por mi propio pie —le dije mientras observaba el vello plateado y castaño que le cubría la mandíbula y el mentón.

Bajó sus ojos grises hacia mí mientras subía.

390

—Sé que puedes, y podría ayudarte, pero prefiero llevarte.

Y como si quisiera ilustrar sus palabras me apretó con más fuerza contra él, contra aquel cuerpo ancho que me había sentido tan aliviada al ver salir del coche.

Había venido a por mí. Apreté los labios, miré mis propias manos, que tenía pegadas al pecho, y noté que se me humedecían los ojos. Aquel miedo familiar que había estado reprimiendo durante todo el trayecto en coche volvió a reavivarse en mi interior. Otro escalofrío volvió a recorrerme entera, con fuerza e intensidad, y provocó que me brotaran unas cuantas lágrimas.

Noté que Rhodes me observaba mientras seguía subiendo por las escaleras, pero no dijo ni una palabra. No sé muy bien cómo, pero se las arregló para acercarme todavía más a su pecho, a su boca, y si no hubiera cerrado los ojos, estaba casi segura de que habría visto cómo sus labios me rozaban la sien. En lugar de eso solo lo noté, muy débilmente, como si lo hubiera hecho sin querer.

Respiré hondo e intenté deshacer el nudo en mi garganta mientras él me dejaba encima de la cama.

—Date una ducha —me dijo con voz queda.

Abrí los ojos y me lo encontré de pie casi delante de mí. Vi que fruncía el ceño mientras yo asentía con la cabeza.

—Apesto, lo siento —me disculpé consiguiendo pronunciar aquellas palabras a duras penas.

Frunció todavía más el ceño. Yo apreté los labios con fuerza. Rhodes inclinó la cabeza hacia un lado mientras me examinaba la cara.

—Te has llevado un buen susto, ángel —dijo con cautela.

Asentí y aguanté la respiración para intentar tragarme la emoción que me obstruía la garganta.

—Estaba pensando… —dije con voz carrasposa, y sorbí por la nariz. Rhodes seguía mirándome fijamente. Apreté los puños sobre mi regazo, me empezó a temblar la rodilla, y susurré—: ¿Te acuerdas de que un día te dije que no me daba miedo morir? —Arrugué la cara y noté que se me caía una lágrima del ojo y me

391

resbalaba por la mejilla—. Te mentí. Sí que me da miedo. —Unas cuantas lágrimas más me llegaron hasta la mandíbula—. Sabía que no iba a morirme, pero aun así la idea se me ha pasado un par de veces por la cabeza...

Me pasó una de sus manos enormes por una mejilla, y luego volvió a hacer lo mismo con la otra, y, antes de que supiera lo que estaba pasando, yo volvía a estar de pie, con sus brazos en torno a mí. De repente me encontré sentada sobre él, un hombro contra su pecho, y presioné la cara contra su garganta mientras otro escalofrío me recorría el cuerpo.

—He pasado tanto miedo, Rhodes —susurré contra su piel mientras él me rodeaba la parte baja de la espalda con el brazo.

—Ahora estás a salvo —dijo con voz ronca.

—Lo único en lo que pensaba, cuando podía pensar, era en que todavía me queda mucho por vivir. Quiero hacer muchas cosas..., y sé que es una tontería. Sé que estoy bien. Sé que lo peor que podría haber pasado era que me hubiera visto obligada a resguardarme bajo un árbol con la lona y la manta térmica para descansar un rato. Pero de repente me he imaginado cayéndome, haciéndome daño sin que nadie supiera dónde estaba ni que necesita ayuda, completamente sola. ¿Por qué he ido sola? ¿Qué cojones tengo que demostrarle a nadie? Mi madre no hubiera querido que me sintiera así, ¿verdad? —Rhodes negó con la cabeza contra la mía y yo enterré todavía más la cara en la suave piel de su cuello—. Lo siento. Sé que apesto y que estoy pegajosa y asquerosa, pero me he alegrado tanto de verte. Estoy tan contenta de que hayas venido a buscarme. De lo contrario...

Sorbí por la nariz y un par de lágrimas más cayeron entre nosotros. Notaba riachuelos bajando entre mi mejilla y su piel. Rhodes me abrazó y me acercó todavía más a su cuerpo.

—Estás bien —dijo con voz firme—. Estás perfectamente, ángel. No te va a ocurrir nada. Estoy aquí, y Am está aquí al lado. No estás sola. Ya no. No pasa nada. Respira tranquila.

Cogía aire, tal y como me había pedido, y luego otra vez. No estaba sola. Ya no estaba ahí fuera. Y no volvería a ir de ruta

392

nunca más... Tal vez con un poco de tiempo cambiaría de opinión, pero ahora daba igual. Poco a poco, se me relajaron los hombros y noté que la tensión en mi estómago comenzaba a disiparse; ni siquiera me había dado cuenta de que estaba allí.

Rhodes bajó la mano que tenía posada en mi espalda, acariciándome el costado hasta llegar a mi cadera. Siguió abrazándome.

—Lo siento —dije sacando las palabras de mis entrañas.

—No tienes por qué disculparte.

—Sé que soy una exagerada...

Volvió a acariciarme.

—No lo eres.

—Pues me lo parece. Hacía mucho tiempo que no me asustaba tanto, y me ha afectado mucho.

—A la mayoría de la gente le da miedo la muerte. No tiene nada de malo.

—¿Y a ti? —Acerqué más la frente a la piel cálida y suave de su garganta.

—Creo que me da más miedo que se muera alguien que me importe que yo.

—Oh —dije.

—Aunque supongo que también me asusta no poder hacer todo lo que quiero hacer —añadió después de un débil suspiro.

—¿Como qué? —le pregunté con la frente todavía pegada a su cuello. Notaba el latido constante de su corazón, y eso me calmaba.

—Como ver crecer a Amos.

Asentí. Puso la palma de su mano sobre mi muslo.

—Y, hace mucho que no pienso en ello y no creo que tenga mucho tiempo, pero creo que me gustaría tener otro hijo. —Noté que el pecho se le hinchaba y se le deshinchaba contra mi cuerpo—. No, no lo creo. Estoy seguro.

Algo se calmó en mi interior.

—Ah, ¿sí?

Asintió, y algunos de los pelos de su barba me hicieron cosquillas en la piel.

—Sí. Te conté lo mucho que me arrepentía de haberme perdido tantos momentos de la vida de Amos. Me gustan los niños. En aquel entonces no estaba seguro de si tendría la oportunidad de tener uno, de si volvería a Colorado, de si dejaría el ejército, de si estaría…

—¿Si estarías…? —le pregunté aguantando la respiración.

Subió la mano que tenía sobre mi muslo a mi cadera y la dejó allí.

—De si estaría… aquí.

No entendí a lo que se refería. Puede que estuviera demasiado cansada como para darle muchas vueltas a sus palabras, porque asentí como si lo hubiera comprendido, aunque no era verdad. Noté una pequeña punzada en el pecho al pensar que Rhodes quería otro hijo y en que, para concebirlo…, tendría que haber una mujer en su vida, ya que la madre de Amos ya no podía tener más.

—¿Qué te gustaría que fuera, si pudieras elegir? ¿Otro niño o una niña? —le pregunté.

Tensó un poco los brazos con los que me rodeaba.

—Sería feliz con cualquiera de los dos. —Noté su respiración encima de la mejilla, y justo en aquel momento me di cuenta de lo mucho que me gustaba su voz. Aquella aspereza constante era música para mis oídos—. Aunque solo tengo hermanos y sobrinos, así que tal vez tener una hija sería divertido. Así rompería el ciclo.

—Las chicas son muy divertidas —coincidí con un suspiro trémulo—. Estoy segura de que todavía tienes tiempo. Si quieres. Hay hombres que tienen hijos con cincuenta y sesenta años.

Sentí la vibración del «Mmm» en su pecho y volvió a bajar la mano por mi muslo.

—¿Y tú qué preferirías? —preguntó.

—Me daría igual. Lo querría fuera lo que fuera. —Resoplé—. Aunque al paso que voy, tal vez tenga que acabar conformándome con un cachorro.

394

Rhodes soltó una débil carcajada y habló casi entre susurros.

—No. No creo que tengas que conformarte.

Levanté la cabeza y contemplé su hermoso rostro. A aquella distancia el color de sus ojos era todavía más increíble. Tenía unas pestañas gruesas, y una estructura ósea perfectamente marcada. Incluso las arrugas de sus ojos y las que tenía junto a la boca, poco profundas, solo lo hacían más atractivo. Seguro que era más guapo ahora que cuando tenía veinte años. A pesar de que tenía las mejillas tensas por las lágrimas, me las arreglé para sonreírle un poco.

—Creo que llegados a este punto me contentaría con tener a alguien con quien envejecer, para no estar sola. Aunque puede que acabe siendo Yuki.

Rhodes suavizó su expresión mientras su mirada, que sentía hasta en la punta de los dedos, deambulaba por mis ojos. Volvió a bajar la mano por mi pierna, hasta mi muslo. Me lo apretó un poco.

—Creo que tampoco tendrás que preocuparte por eso, colega.

Fijó su mirada en la mía y, de repente, volvió a abrazarme. Me abrazó durante un buen rato. Y, al cabo de un rato, se apartó un poco y retomó la palabra.

—Hoy me han dicho que tendré que irme durante unas semanas.

—¿Va todo bien?

Rhodes asintió con expresión adusta.

—Un guarda del distrito de Colorado Springs ha sufrido un accidente y no podrá trabajar durante un tiempo, así que me mandan para allá. —Flexionó la mano que tenía encima de mi muslo—. Me han dicho que solo serán dos semanas, pero no me sorprendería que se alargara. Tengo unos días para organizarlo todo. Voy a llamar a Johnny, a ver si puede quedarse con Amos.

—Si puedo ayudarte con algo, dímelo —solté.

395

—¿Estás segura? —Alzó las comisuras de los labios y tuve que reprimir el impulso de estrecharlo entre mis brazos.

—Sí.

—Hablaré con Amos y te diré algo —dijo sonriendo un poco más.

Asentí y de repente me asaltó una duda.

—¿Todavía está castigado?

—Técnicamente, sí. Todavía le digo que no a algunas cosas para que no piense que está todo perdonado y olvidado, pero no estoy siendo muy estricto. Apenas se quejó de que lo castigara, así que tampoco tiene sentido que sea duro con él. —Sonreí, pero entonces sus labios volvieron a formar una línea y añadió, con voz grave—: Aquí estarás bien.

—Lo sé.

—Puede que deje que Amos se quede por aquí, pero no lo sé. Todavía no me lo he pensado bien, pero te lo diré en cuanto lo decida. —Asentí—. Eres bienvenida a la casa principal siempre que quieras —dijo con una mirada cautelosa—. Podrías ahorrarte el rollo de tener que ir a hacer la colada al pueblo de ahora en adelante.

¿«De ahora en adelante»? Sonreí al oír aquellas palabras.

—Gracias.

—Colorado Springs está a unas pocas horas de aquí. Si necesitas ayuda, llama a Am o a Johnny.

—Y si tú o Am necesitáis alguna cosa, avísame. Lo digo en serio. Sea lo que sea. Te debo una bien grande por lo de hoy.

—No me debes nada. —Volvió a subir las manos hasta mis caderas—. No estaré fuera mucho tiempo.

—Pues yo no tengo pensado irme a ninguna parte. Aquí estaré —le dije, y puse una mano sobre su antebrazo—. Podéis contar conmigo para lo que necesitéis. —Le debía una por lo de hoy y lo de ayer. En realidad, por muchas cosas, a pesar de lo que él pensara. No lo olvidaría nunca.

Me miró directamente a los ojos y dijo:

—Lo sé, Aurora.

23

Las siguientes tres semanas pasaron en un suspiro.

Las hojas cambiaron de color y algo en mí cambió con ellas. Tal vez el puro terror que había sentido en la Ruta del Infierno me había servido como catalizador, o tal vez fuera algo en el aire fresco, pero sentí que una parte de mí estaba creciendo. Asentándose. Aquel lugar al que había regresado, donde tenía algunos de los mejores recuerdos y había vivido el peor momento de mi vida, se me estaba incrustando más profundamente en la piel con cada día que pasaba.

Quería vivir. No era la primera vez que lo pensaba, pero había una diferencia entre vivir y *vivir*, y prefería la segunda opción. Más que nada en el mundo. La vida podía cambiar por completo en un momento, con una sola acción y, en cierta manera, lo había olvidado. Puede que no todos los días fueran a ser perfectos, sería muy ingenuo esperar algo así, pero todos podían llegar a ser buenos.

Pagosa Springs era el lugar donde quería estar, y sentí que lo absorbía todo con más intensidad que antes. Me metí más de lleno en mi relación con Clara y en la relación con los clientes, que estaban empezando a parecerme más bien amigos. También empecé a apreciar todavía más a mis amigos adolescentes. De hecho, lo único que todavía no había tenido la oportunidad de aceptar con los brazos abiertos era a Rhodes.

Hacía dos semanas que se había ido y todavía no había vuelto ni de visita. Por lo visto, en una ocasión ya estaba de camino a Pagosa Springs para pasar el día, pero entonces lo llamaron diciendo que regresara a Colorado Springs, a cuatro horas en coche, por una emergencia. Yo seguía viendo a Amos casi cada día entre que el autobús lo dejaba en casa y su tío lo venía a buscar. Me había contado que su padre lo llamaba cada día, e incluso me había dicho, sin mucha sutileza, que Rhodes preguntaba por mí. Sin embargo, no me había llamado ni me había escrito, y eso que tenía mi número de teléfono.

Había pensado que lo que había ocurrido entre nosotros sería un punto de inflexión, y estaba segura de que así era, pero... Tal vez estuviera demasiado ocupado. Intentaba no obsesionarme ni preocuparme por lo que no podía controlar. Y los sentimientos que alguien pudiera tener por ti eran una de esas cosas.

Entretanto traté de seguir adelante con mi vida y adaptarme incluso más, y precisamente por eso, aquella mañana, tres semanas después de que hiciera la Ruta del Infierno, Amos me miró con escepticismo mientras me ajustaba el casco e intentaba esbozar una sonrisa tranquilizadora.

—¿Estás segura? —preguntó mientras se ponía las muñequeras que estaba convencida de que Rhodes le había insistido en que llevase cuando le había dado permiso para ir conmigo a la estación de esquí.

Le había dicho hacía un par de días que me gustaría ir. Nunca había hecho *snowboard*. Recordaba haber ido a esquiar con mi madre cuando era más pequeña, pero eso era todo. Todavía no había nevado en la ciudad, pero sí en lo alto de la montaña durante un par de noches, lo suficiente como para que abrieran algunas de las pistas.

Volví a centrarme en el adolescente que tenía delante de mí. Llevaba una chaqueta verde, a juego con el casco que me había contado que su madre y su otro padre le habían comprado la temporada anterior.

—Sí, estoy segura. Ve con tus amigos. Ya me las arreglaré.

Pero no me creía y no estaba dispuesto a fingir lo contrario.

—¿Te acuerdas de lo que te he dicho? ¿Sobre los dedos de los pies y los talones? —Asentí—. ¿Y lo de flexionar las rodillas? —Volví a asentir, pero mantuvo aquella expresión reticente.

—Te lo prometo. Estaré bien. Vete. ¿Lo ves? Tus amigos te están haciendo señas.

—Podría bajar contigo una sola vez para asegurarme. Bajar del telesilla es un poco complicado...

Precisamente por cosas así adoraba a ese chico. Podía llegar a ser reservado, testarudo y arisco, igual que su padre, pero también tenía buen corazón.

—Acabo de ver a un niño de unos cuatro o cinco años bajando del telesilla. No puede ser tan difícil. —Amos abrió la boca, pero volví a adelantarme—. Mira, si me ocurre cualquier cosa te mando un mensaje, ¿vale? Ve con tus amigos. Lo tengo todo controlado.

—De acuerdo. —Tenía cara de querer seguir discutiendo, pero se contuvo a duras penas. Se giró para coger su tabla de *snowboard* de donde la había dejado apoyada y murmuró con un tono de voz que me llevó a pensar que estaba convencido de que no volvería a verme nunca más—: Adiós.

Vaya, aquello apenas había sonado a mal augurio.

Me puse el casco, me enfundé los guantes por encima de las muñequeras que me había puesto mientras esperaba que Amos comprara su abono de temporada, cogí la tabla de *snowboard* y caminé pesadamente hacia el telesilla que me llevaría hasta lo alto de la colina para principiantes. Había alquilado la tabla en la tienda con un superdescuento. Me había pasado la noche anterior mirando vídeos sobre cómo hacer *snowboard* y no parecía tan difícil. Tenía bastante buen equilibrio. Una vez me había apuntado con Yuki a un par de clases de surf y me había ido bastante bien... por lo menos hasta aquella última vez que la tabla de surf me había golpeado la cara y me sangró la nariz.

Había colgado un nido para murciélagos. Había cogido una puta águila con las manos. Había subido una montaña en unas condiciones de mierda. Podía hacerlo.

No podía hacerlo.

Y eso fue exactamente lo que le dije a Octavio, el niño de nueve años que me había ayudado a levantarme cuatro veces.

—No pasa nada —intentó consolarme mientras tiraba de mí para ayudarme a levantarme de nuevo—. Solo es la cuarta vez que te caes de morros.

Tuve que reprimir una risotada mientras me quitaba la nieve de la chaqueta y los pantalones. Me encantaban los niños. Sobre todo, los que eran tan simpáticos como aquel. Se me había acercado la segunda vez que me había visto bajar por la colina y me había ayudado después de que me comiera un buen puñado de nieve. Su madre, que no se alejaba mucho de él mientras le enseñaba a hacer *snowboard* a una niña pequeña, que lo había hecho mucho mejor que yo, ya me había oído decirle que era muy buen chico. Realmente lo era. Era mi caballero de brillante armadura de nueve años.

—¡Tavio! —lo llamó su madre.

Mi amiguito se giró hacia mí y pestañeó con sus bonitos ojos pardos.

—Tengo que irme. ¡Adiós!

—Adiós —contesté observando cómo llegaba hasta su madre sin muchas dificultades.

Mierda. Respiré hondo y observé el montón de nieve que cubría la pequeña colina y suspiré. Podía hacerlo. Doblé las rodillas, equilibré mi peso, levanté los dedos de los pies, los bajé...

Sentí su presencia detrás de mí antes de verlo. Cuando se detuvo a un par de pasos, me di la vuelta y me topé con su enorme silueta. Iba vestido con un abrigo azul marino y unos pantalones negros. Las gafas de esquí le cubrían la mitad de la cara, el casco le tapaba todo el pelo…, pero conocía bien aquella mandíbula. Aquella boca.

—¿Rhodes? —dije con un grito ahogado mientras el hombre levantaba las gafas de esquí y las apoyaba sobre el casco.

—Hola, colega —dijo con una leve sonrisa y las manos en la cadera mientras me observaba la cara.

Me iluminé entera, y puede que mi alma también lo hiciera.

—¿Qué estás haciendo aquí?

—He venido a veros a Am y a ti —contestó como si nos hubiéramos encontrado en un restaurante en vez de en una estación de esquí.

—Amos ha cogido otro telesilla que acaban de abrir y se ha ido a aprovechar que él sabe lo que hace —le dije mientras observaba la barba incipiente y áspera que le cubría las mejillas. Se le veía cansado. Pero feliz. Había echado de menos a aquel hombre tan temperamental.

—Lo sé. Ya he estado un rato con él. Me ha dicho que te encontraría aquí. —Su leve sonrisa se convirtió en una mucho más ancha y me provocó un cosquilleo en el pecho—. Pensaba que habrías dado clases de *snowboard* con un profesional.

Me estaba volviendo a tomar el pelo. Gruñí y negué con la cabeza.

—Me estaba ayudando un niño de nueve años, ¿eso cuenta? —le respondí. Su carcajada fue genuina, cosa que me sorprendió todavía más. Alguien estaba de buen humor. O tal vez solo estaba contento de haber vuelto a casa—. Es más difícil de lo que pensaba, y no acabo de entender lo que estoy haciendo mal.

—Te ayudo —dijo sin darme opción, aunque tampoco le hubiera dicho que no.

Asentí con demasiado entusiasmo. Me alegraba muchísimo de verlo, y no quería ocultarlo. Puede que no hubiera vuelto a llamarme su amiga, pero yo sabía que lo era. Por lo menos de eso sí que estaba segura.

Rhodes se acercó a mí a través de la nieve, sin tener ni idea de cómo me hacía sentir, y se detuvo junto a mi hombro derecho.

—A ver tu postura, ángel. Y a partir de ahí ya iremos viendo.

Me llevó tres intentos de bajar la colina hasta que por fin conseguí hacerlo sin caerme de culo más de una vez. Alcé el puño al aire con tanto entusiasmo que parecía que hubiera ganado una medalla de oro, pero me daba igual. Por la forma en la que Rhodes me sonrió, a él tampoco le importó.

Me sorprendió descubrir que era un profesor muy paciente. No alzó la voz ni puso los ojos en blanco en ningún momento, salvo cuando usó su tono de militar para llamar la atención a un adolescente que me había tirado al suelo. Aunque sí que se había reído cuando yo había perdido el control, los nervios y el equilibrio, y me había rendido, cayéndome de nuevo al suelo. Había tirado de mí para incorporarme, me había limpiado las gafas de esquí con la mano enguantada y me había ayudado a levantarme.

—Necesito un descanso —le dije frotándome la cadera con el guante—. Tengo que ir al baño.

Rhodes asintió antes de agacharse para liberar sus botas de la tabla de *snowboard*. Yo lo imité e hice lo propio. Cuando terminé, cogí mi tabla y lo seguí. Al llegar a la estación de esquí, había visto un pequeño edificio de restaurantes en el que señalaban que había baño. Dejamos las tablas apoyadas en uno de los soportes y nos dirigimos hacia el servicio, entramos y, al terminar, me encontré a Rhodes sentado en una de las mesas de la pequeña terraza rodeada de cafeterías con dos tazas delante de él. Se oía una música suave por unos pequeños altavoces.

Lo que me paró los pies fue ver que frente a Rhodes se había sentado una mujer. Era guapa, más o menos de mi edad, si no más joven... y, por la sonrisa que tenía en los labios, estaba tonteando con él a lo bestia.

Celos. Unos celos intensos me anidaron en la boca del estómago, dejándome helada. La tensión se me extendió por el pecho e incluso noté algo extraño en la garganta. Podía contar con los dedos de una mano el número de veces que había estado celosa mientras estaba con Kaden. Una de ellas había sido cuando él había ido a aquella cita falsa; otra, justo después de que rompiéramos y él saliera con alguien solo un mes después. También me había sucedido en otras dos ocasiones, cuando su exnovia del instituto se había presentado a sus conciertos, aunque un día llegué a la conclusión de que solo me sentía así porque ella sí le caía bien a la señora Jones.

Sin embargo, en aquel momento, mientras observaba a la mujer que estaba hablando con mi casero, los celos me envolvieron como si fueran un huracán. Rhodes no le estaba devolviendo la sonrisa. Ni siquiera parecía que estuviera hablando con ella por la manera en la que estaba presionando los labios, pero... aquello no mejoraba la situación. Estaba celosa. Y si yo estaba sorprendida por ello, la tía Carolina y Yuki se habrían quedado de piedra.

Rhodes no era mi novio. Ni siquiera estábamos saliendo. Podía hacer lo que...

La chica le tocó el brazo y los músculos de mi garganta tuvieron que hacer un sobreesfuerzo para poder tragar saliva.

Contuve un poco la respiración, puse un pie delante del otro y me obligué a avanzar hacia ellos. Justo en ese momento ella esbozó su sonrisa más deslumbrante y volvió a tocar a Rhodes. Estaba a tan solo unos pocos pasos de distancia cuando aquellos ojos grises que conocía demasiado bien se desviaron hacia mí, y entonces, solo entonces, esbozó una pequeña sonrisa con los labios. Y mientras seguía acercándome vi que retiraba la silla que tenía al lado, la giraba un poco y la acercaba a la suya.

Oí a la mujer hablando con voz agradable y clara incluso mientras miraba por encima del hombro para intentar averiguar qué había distraído a Rhodes.

—... si tiene tiempo, claro —dijo, su sonrisa marchitándose un poco al verme.

La saludé con una sonrisa y me senté con cuidado en la silla que Rhodes me había preparado, paseando la mirada entre él, la chica y la taza humeante de encima de la mesa. Rhodes me la acercó y tomó la palabra.

—Gracias por la invitación, señorita Maldonado, pero justo ese día estaré en Colorado Springs.

Cogí la taza y me la llevé a los labios mientras observaba a la chica con toda la discreción posible. Vi que nos observaba, primero a Rhodes y luego a mí, como intentando averiguar... ¿El qué? ¿Si estábamos juntos o no?

—Podríamos encontrar algún hueco cuando vuelva —sugirió, concluyendo por lo visto que no había nada entre nosotros. Tal vez porque no le estaba lanzando una mirada asesina.

En realidad, no podía culparla. Yo también le estaría tirando los tejos a Rhodes si fuera ella. Aquel pensamiento me hizo sentirme insignificante. Por supuesto que las mujeres tonteaban con Rhodes. Era guapísimo, y su actitud gruñona seguramente lo hacía todavía más atractivo a ojos de algunas personas. Era posible que yo fuera la única pringada que se sentía atraída hacia él por lo buen padre que era. O tal vez no.

—Gracias —contestó Rhodes con aquella voz tensa que me recordó a la relación que teníamos hace unos meses—, pero no creo que tenga tiempo ni siquiera entonces. Le diré a Amos que ha preguntado por él, y si tiene alguna consulta puede llamar al departamento. Seguro que alguien la ayudará.

Hay que reconocerle el hecho de que no se diera por vencida ni siquiera mientras se levantaba de la silla, dedicándome una sonrisa que no era ni simpática ni antipática.

—Si cambia de opinión, mi teléfono está en el listín del instituto. —Se levantó—. Espero verle por allí, señor Rhodes.

Fui la única de los dos que la siguió con la vista mientras se alejaba, y lo supe porque sentí la atención intensa de Rhodes

404

sobre mí. Lo confirmé cuando me giré hacia él y me lo encontré mirándome.

La había rechazado. Muy educadamente, pero lo había hecho.

—No sabía dónde te habías metido —le dije alzando un poco más la taza de chocolate caliente—. Siento haberte interrumpido con tu amiga. —¿Había sonado sarcástica o me lo estaba imaginando?

—No es mi amiga, y no has interrumpido nada —contestó cogiendo su propia taza y tomando un pequeño sorbo—. Era la profesora de inglés de Amos del año pasado. —Asentí antes de beber un poco de nuevo. Así que la chica había esperado para tirarle los tejos. Ahora todo tenía sentido. Rhodes entrecerró un poco los ojos mientras bebía; la taza parecía pequeña en su mano—. Sospechaba que estaba interesada en mí, pero hasta ahora no lo tenía del todo claro.

Alcé ambas cejas y asentí.

—Seguro que la próxima vez que te vea te volverá a invitar a salir con la misma sutileza.

Rhodes puso una expresión extraña.

—Espero que haya entendido que no me interesa. —Se inclinó hacia delante y puso los codos encima de la mesa. Fijó su mirada en mí y susurró—: Habla demasiado.

Me eché para atrás y solté una carcajada.

—¡Yo también hablo demasiado! Te acuerdas del día que me preguntaste si siempre hablaba tanto, ¿no?

Una gran sonrisa se apoderó de sus labios y juro que lo vi más guapo que nunca.

—He cambiado de opinión. Y la diferencia es que a ti sí que me gusta escucharte. —Se me detuvo el corazón uno o diez segundos antes de que le diera tiempo a seguir diciendo—: Tampoco es que a mí me guste mucho hablar, pero siempre consigues que lo haga.

Ni siquiera intenté reprimir la euforia que me brotó en el pecho. Estaba segura de que se me notaba en la cara mientras le sonreía, feliz. Muy feliz.

—Es un don. Mi tía dice que tengo cara de simpática.

—Creo que no es por eso —afirmó en voz queda.

Me encogí de hombros, radiante por dentro y por fuera.

—Bueno… —empecé a decir con la intención de no seguir hablando de la ligona de la antigua profesora de Amos. Rhodes buscó mis ojos con la mirada y se quedó contemplándolos, animándome a seguir—. ¿Cómo estás? ¿Qué tal te va por Colorado Springs?

—Bien —dijo bajando la taza y apoyándola sobre el muslo que tenía más alejado de mí—. Estoy más ocupado de lo que esperaba. Me alegro de no haber solicitado la plaza cuando salió a concurso.

—¿Tienes más trabajo que en nuestra pequeña extensión de bosque?

Inclinó la cabeza un poco de lado.

—Aquí me toca conducir más, mucho más, pero aun así en general hay menos problemas. Menos personas. Menos tonterías.

—¿Sabes hasta cuándo tendrás que quedarte ahí?

—No. Todavía no hay nada cerrado —contestó antes de tomar otro sorbo—. Me han dicho que serán dos semanas más como mucho, pero no me hago muchas ilusiones.

Moví la pierna hasta rozar la suya.

—Espero que pase rápido, pero mientras tanto por aquí está todo bajo control. Amos está bien, o por lo menos eso dice. He cenado con él un par de veces que su tío ha llegado tarde, y me he asegurado de que coma un poco de verdura. El otro día le pregunté a Johnny cómo lo veía cuando vino a buscarlo y me dijo que bien.

—A mí también me parece que está bien —concordó—. No parece estar destrozado por tener que pasar tanto tiempo solo.

Le sonreí y se le alzaron las comisuras de los labios de aquella manera familiar que tanto me gustaba.

—¿Y tú? ¿Estás bien?

La semana entre la Ruta del Infierno y el momento en el que tuvo que irse apenas nos habíamos visto, así que no habíamos

406

tenido la oportunidad de hablar sobre lo que había pasado aquella noche. Sobre que perdí la compostura. Sobre que me había sentado en su regazo mientras me consolaba. Sobre cómo él me había acariciado la espalda y me había abrazado con fuerza. Había tantas señales… Había sentido tantas cosas…, pero no sabía qué pensar. Era consciente de que los hombres no actuaban así porque sí. Quería preguntárselo…, pero era una gallina. Aun así, respondí con toda la sinceridad que pude.

—Sí, estoy bien. La tienda se ha llenado un montón con la de cazadores que han venido a la ciudad, así que hemos estado bastante ocupadas.

Su mirada gris lavanda me atravesó mientras me daba un golpecito en la pierna con la suya por debajo de la mesa.

—¿Y qué haces cuando no estás en la tienda? —dijo lentamente.

¿Me estaba preguntando…? Mantuve una expresión neutra.

—Un día quedé con Clara en su casa. Y la semana pasada fui a montar a caballo con uno de mis clientes y su mujer. Pero, aparte de eso… —Rhodes dio otro trago a la taza sin apartar los ojos de mí—. Después de trabajar suelo quedarme en casa con tu hijo. Como siempre. Me gusta mi vida tranquila. —Presionó los labios y asintió despacio—. ¿Y tú, qué? —le pregunté, ignorando aquella extraña sensación en el estómago que se parecía demasiado a lo que había sentido al salir del baño y ver a aquella chica hablando con él—. ¿Qué haces cuando no estás trabajando?

Movió la pierna que tenía junto a mí y me la rozó.

—Dormir. Me han metido en una casa de alquiler demasiado tranquila, pero tengo un gimnasio cerca al que puedo ir cuando quiera. He visto a mi hermano y a su familia un par de veces. Y eso es todo.

—¿Hasta cuándo te quedas por aquí?

—Tengo que irme esta misma noche —dijo justo cuando la música de fondo que había estado ignorando cambió.

Empezó a sonar una canción que conocía demasiado bien. Dejé que me entrara por una oreja y me saliera por la otra, y me esforcé todo lo posible por que no se me notara en la cara.

—Bueno, por lo menos has podido venir un rato, eso es mejor que nada, ¿no? —señalé, y noté la tensión en mis mejillas antes de conseguir sacarme de encima aquel leve resentimiento.

—Todavía me quedan unas siete u ocho horas antes de volver. —Me rozó el muslo con su pierna de nuevo, y puso una expresión pensativa—. ¿Qué pasa, no te gusta esta canción? Creo que es la primera vez que la oigo.

«Debería decírselo. Debería decírselo de verdad». Pero no quería hacerlo. Por lo menos, no todavía.

—Me gusta la canción, pero el tipo que la canta, no tanto.

Las comisuras de sus labios se alzaron en una expresión extraña y habló con voz seca.

—¿Así que solo te gustan los grupos de los noventa?

—¿Por qué lo dices? —pregunté parpadeando.

—A veces se te olvida que tienes las ventanas abiertas y te oímos cantar a pleno pulmón canciones de las Spice Girls.

—¿Y cómo es que sabes que son de las Spice Girls? —dije bajando la voz.

—Porque buscamos la letra —respondió, y sonrió tan brevemente que casi ni lo vi.

No pude evitar reírme y soltar lo primero que se me pasó por la cabeza.

—¿Sabes? Te he echado un poco de menos.

No esperaba decirlo en voz alta. ¿Era verdad? Sí, pero aun así me sorprendió lo vulnerable que me sentí al pronunciarlo. Sin embargo, aquella sensación solo duró un segundo. Porque aunque él tampoco se lo esperaba, a juzgar por cómo alzó las cejas poco a poco de pura sorpresa mientras se le suavizaban las facciones, respondió en voz baja, mirándome directamente a los ojos con lo que parecía asombro.

—Yo también te he echado un poco de menos.

24

—Ora, ¿estás segura de que no quieres venir con nosotros?

Terminé de ponerles el precio a las chaquetas que estaba registrando en el inventario y miré a Clara, que estaba al otro lado del mostrador de alquiler de material junto a Jackie. Era el día antes de Acción de Gracias y, francamente, me había pillado por sorpresa. Nunca me había gustado mucho aquella festividad. De hecho, no la había celebrado hasta que me fui a vivir con mis tíos.

—No, está bien —insistí por segunda vez desde que me habían propuesto que fuera con ellas a Montrose, a pasar la noche en casa de la hermana de su padre.

La verdad era que si se hubieran quedado en Pagosa habría ido a su casa, pero no quería molestar a toda su familia. Además, tampoco me importaba quedarme en el apartamento a gusto y calentita. Tenía chocolate caliente, malvaviscos, películas, cosas para picar, un nuevo puzle y un par de libros pendientes. Si algún día acababa teniendo mi propia familia y lo celebrábamos, tal vez le pediría a mi madre que me perdonara por formar parte de una festividad que me había educado para boicotear, pero… ya me preocuparía de eso en otro momento.

—¿Irás con el señor Rhodes y Am a casa de su tía? —preguntó Jackie apoyándose sobre el mostrador.

¿Se iban a casa de su tía? No tenía ni idea. Los había visto la noche anterior, habíamos cenado juntos, pero ninguno de los dos había mencionado nada. Rhodes había regresado de Colorado Springs hacía poco más de una semana, y desde entonces yo había cenado casi todas las noches en su casa, excepto dos. Y solo porque aquellas Rhodes tuvo que trabajar hasta tarde.

—No, no me han invitado —respondí con sinceridad—, pero no pasa nada. De todos modos, tampoco me gusta mucho el pavo.

—¿No te han invitado? Am me había dicho que iban a hacerlo —comentó Jackie frunciendo el ceño.

Negué con la cabeza y bajé la mirada para comprobar si había rellenado todo el formulario del inventario. Así era. Era la cuarta vez que lo hacía, y estaba satisfecha de haberlo hecho bien.

—Aurora, ¿quieres venir a mi casa para celebrar Acción de Gracias? —preguntó Walter, un cliente habitual y amigo, desde la otra punta de la tienda, donde estaba echando un vistazo a unas moscas que Clara había rebajado aquella misma mañana—. Siempre tenemos comida de sobra, y tengo un sobrino al que le iría bien poner en su vida una buena mujer que lo enderece.

—Pero si tu mujer no ha conseguido enderezarte a ti, y eso que lleva cuarenta años intentándolo —murmuré con una sonrisa socarrona. Aquella conversación era un ejemplo perfecto de uno de los motivos por los que últimamente estaba tan contenta. Volvía a tener amigos.

—Oye, niña…, mi Betsy no tenía ni idea de lo que la esperaba. Soy un proyecto para toda la vida —replicó Walter.

Todos nos echamos a reír. Sinceramente, no era solo que el día de Acción de Gracias me hubiera pillado por sorpresa: el mes de octubre y casi todo noviembre habían transcurrido en un suspiro. Desde que había superado la Ruta del Infierno, el tiempo se me había pasado volando, sobre todo aquellas últimas tres semanas.

Clara, su cuñada, Jackie y yo fuimos un día de acampada a pesar de que hacía un frío de narices. Amos se apuntaba a hacer cualquier cosa conmigo, como por ejemplo a ir al súper o incluso al minigolf con Jackie un día que su padre le levantó un poco el castigo. También volví a intentar hacer *snowboard* y solo me caí de culo un puñado de veces. Seguía tirándome por la colina de los principiantes, pero puede que la próxima vez cambiara de pista.

Cada día era simplemente un buen día.

—Sabéis que casi no tengo experiencia conduciendo en la nieve —les recordé.

—Pero si esto no es nada, Ora —replicó Jackie—. Apenas hay un par de centímetros.

No era la primera vez que me lo decían. Pero yo, que solo había visto una acumulación significativa de nieve desde la ventana de un autobús de gira, consideraba que medio centímetro de nieve era nieve. Kaden siempre evitaba salir de gira en invierno. Normalmente nos íbamos a Florida o a California en cuanto empezaban a bajar las temperaturas. Habían caído cuatro copos de nieve sobre la ciudad durante aquellas últimas semanas, pero la mayoría de la nieve se había concentrado en las montañas, cubriéndolas de un blanco precioso.

—Ya lo sé, ya lo sé. Aun así, estoy poniendo la vida de los demás en riesgo solo por volver a casa conduciendo, o por lo menos es la sensación que tengo. Pero si cambio de opinión te llamo para que me des tu dirección, ¿vale? —le dije a Walter justo cuando se abría la puerta de la tienda.

—No, no, no, tienes que venir. Quiero que conozcas...

Miré hacia la entrada y vi que un gigante conocido entraba. Llevaba puesta una chaqueta gruesa. Se limpió los pies en la alfombra, la misma que yo sacudía cada hora si tenía tiempo. Sonreí. Era Rhodes. O como lo llamaba mi corazón: el principal motivo por el que había estado tan contenta durante aquellos últimos dos meses, incluso a pesar de que solo lo hubiera visto en siete ocasiones en total, contando las dos en las que había conseguido escaparse de Colorado Springs para venir de visita.

—... a mi sobrino. Ah, ¿qué tal, Rhodes? —preguntó Walter al darse cuenta de quién había entrado.

Rhodes bajó su atractivo mentón y se le formó una pequeña arruga entre las cejas.

—Bien. ¿Y tú cómo estás, Walt? —lo saludó.

No entendía cómo era posible que conociera a tanta gente si a veces, dependiendo de su estado de ánimo, solo decía unas veinte palabras al día.

—La mar de bien, pero estoy intentando convencer a Aurora para que venga a mi casa a pasar el día de Acción de Gracias.

Mi casero puso los brazos en jarras y me pareció ver que presionaba los labios.

—Mmm... —murmuró.

—Hola, Rhodes —lo saludé.

La cosa iba bien entre nosotros. Desde que había vuelto, aquello que antes me parecía que había cambiado, había cambiado incluso más. Como si hubiera vuelto... habiendo tomado algún tipo de decisión.

Una parte de mí era consciente de que Rhodes no habría hecho todo lo que había hecho por mí si yo le resultara indiferente, por mucho que fuera mi casero. Por mucho que fuera mi amigo. Una cosa era que alguien te pareciera atractivo, pero que te gustaran más aspectos de aquella persona, como su personalidad, era algo completamente diferente.

No sabía muy bien qué había entre nosotros, pero me parecía que era algo distinto a la amistad. Lo notaba por la forma en la que había aceptado mi abrazo cuando volvió a casa, y en cómo me estrechó con fuerza en respuesta. En la manera en la que me tocaba los hombros y las manos cuando podía, sin ningún motivo. Y, sobre todo, en cómo me hablaba. En la intensidad de sus ojos gris lavanda. Cuando nos quedábamos sentados a la mesa después de cenar, me tragaba todas y cada una de las palabras que salían de su boca, y eso que me contaba un montón de cosas.

Me confesó por qué había decidido alistarse en la Marina: porque creía que le encantaba el océano. Sin embargo, ya no lo pensaba; lo había visto más que la mayoría de la gente en toda la vida. Me dijo que tenía aquel Bronco desde los diecisiete años y que se había pasado los últimos veinticinco arreglándolo; y que había vivido en Italia, Washington, Hawái y por toda la costa este. Descubrí que su verdura favorita eran las coles de Bruselas, y que odiaba los boniatos y las berenjenas.

Era generoso y atento. Me limpiaba el parabrisas por las mañanas si estaba cubierto de hielo. Se había convertido en Gerente de Distrito de Flora y Fauna, su título oficial, porque siempre había amado a los animales y alguien tenía que protegerlos.

Justo en aquel momento, aquel hombre que ahora yo sabía que adoraba las películas de terror parecía estar agotado. Así que no supe cómo interpretar la mueca que hizo al oír que tal vez fuera a casa de Walter, sobre todo si había oído la parte sobre el sobrino del hombre mayor.

—Hola, cariño —me respondió, antes de inclinar la cabeza hacia Walter y acercarse.

Después de que hablara se hizo un silencio tan sepulcral que si alguien se hubiera tirado un pedo en el baño para empleados lo habríamos oído.

Me había llamado «cariño». Delante de tres personas.

Tardé un segundo en poder tragar saliva a causa de la avalancha de sentimientos que se me agolparon en el pecho, y tuve que esforzarme por mantener una sonrisa normal en vez de esbozar una descomunal que me hubiera hecho parecer una lunática.

—¿Qué haces por aquí? —le pregunté quedándome donde estaba, intentando actuar con naturalidad, hasta que se detuvo a un paso de distancia.

Parecía agotado. Cuando yo había salido de casa por la mañana, Rhodes ya se había marchado, como casi todos los días. Se iba antes que yo y no regresaba hasta que ya estaba acurrucada en la cama. Trabajaba con tesón y sin descanso, y nunca se quejaba. Era una de las muchas cosas que me gustaban de él.

—He venido para poder seguirte con el coche hasta casa, antes de tener que volver a trabajar —contestó en voz baja con aquella mirada tan seria en los ojos.

413

Clara nos dio la espalda y Jackie la imitó, como si estuvieran dándonos privacidad, pero sabía que solo estaban fingiendo y que tenían la antena puesta. Ya habíamos terminado de hacer casi todo lo que teníamos pendiente, teniendo en cuenta que mañana librábamos por Acción de Gracias. Nos quedaban diez minutos para cerrar.

Puesto que no había ningún cliente en la tienda y que Walter no contaba porque se estaba convirtiendo en mi amigo..., di un paso hacia delante y lo abracé. Noté el frío de su chaqueta contra la mejilla y las manos. Respiró hondo, elevando y bajando los pectorales, y entonces me devolvió el abrazo. Qué lejos habíamos llegado.

—Está empezando a nevar afuera —dijo contra mi pelo.

Había venido para seguirme en coche hasta casa porque estaba nevando. Si mi corazón pudiera crecer un par de tallas, lo habría hecho en ese momento.

—Es un detalle por tu parte, gracias —respondí, y al cabo de un momento me aparté. No quería ser muy empalagosa.

—¿Te falta mucho para cerrar?

—No, justo cuando has entrado he acabado de hacer inventario —dije negando con la cabeza—. Solo tenemos que esperar a que sean las tres.

Asintió y echó un vistazo rápido a Walter antes de volver a mirarme.

—No me has contestado al mensaje.

—¿Me has escrito?

Rhodes no me había escrito ni una sola vez mientras había estado en Colorado Springs, pero desde que había vuelto lo había hecho dos veces, y en ambas ocasiones había sido para decirme que no llegaría a casa hasta tarde. Según él, no le gustaba hablar y tampoco era mucho de escribir. Era bastante adorable. Me preguntaba si sería porque tenía los dedos muy grandes.

—Ayer por la noche.

—Pues no lo he recibido.

414

—Era tarde. Le pregunté a Amos si te había dicho algo sobre el día de Acción de Gracias y me dijo que se le había olvidado hablar contigo —explicó Rhodes.

—¿Y qué tenía que decirme sobre el día de Acción de Gracias?

No quería dar nada por sentado.

—Que te vinieras con nosotros. Amos siempre pasa ese día con la familia de Billy, y su madre y su padre han llegado esta mañana por sorpresa.

—¿Su madre está aquí? —pregunté con los ojos desorbitados.

—Y Billy. Han pasado a recogerlo de camino a casa desde el aeropuerto. Pasará la semana con ellos antes de que tengan que regresar —explicó Rhodes mientras me observaba con atención—. Am quiere que vengas a conocerlos.

—¿En serio? —pregunté con voz queda.

Alzó una de las comisuras de los labios hacia arriba.

—Pues claro que sí. Y yo también. Billy me ha dicho que no puedo ir si no te llevo conmigo. Han oído hablar mucho de ti.

—¿Por Am?

Me dedicó una de sus excepcionales sonrisas.

—Y por mí.

Las rodillas me temblaron como si fuera un flan, y necesité toda mi energía para mantenerme en pie. Me pareció un milagro que fuera siquiera capaz de devolverle la sonrisa, una tan ancha que me dolieron las mejillas.

—Pero… ¿quieres que vaya? —pregunté—. Tenía pensado quedarme en el estudio y pasar el rato sin más.

Me estudió la cara con sus ojos gris lavanda.

—Nos preguntábamos qué tenías pensado hacer, porque no habías dicho nada de viajar a Florida o de ir a ver a tus amigos —contestó Rhodes con aire enigmático y sin contestar a si él quería que fuera o no.

—Es que el día de Acción de Gracias me da un poco igual. Mi madre nunca lo celebraba. Siempre decía que los peregrinos

415

eran unos conquistadores de mierda y que no deberíamos festejar el inicio del genocidio de un pueblo. —Me detuve—. Estoy casi segura de que esas eran las palabras exactas que utilizaba.

Rhodes parpadeó.

—Tiene cierto sentido, pero…, de todas formas, tienes el día libre, y ¿por qué no puedes centrar la celebración en estar agradecida por todo lo que tienes? ¿Por las personas que tienes?

—Eso no suena nada mal —admití sonriendo.

—¿Así que vendrás?

—Solo si quieres que vaya.

Alzó las comisuras de los labios con aquella sonrisa que no era oficialmente una sonrisa y contestó con voz ronca.

—Salimos a mediodía.

—Me estás volviendo a hablar como un mandón.

Suspiró y alzó la mirada al techo.

—¿Podrías por favor venir a celebrar el día de Acción de Gracias? —intentó de nuevo con un tono más suave.

Se me iluminó la cara.

—¿Estás seguro?

Al oír mis palabras, se agachó un poco para quedar a mi altura. Noté su aliento en mis labios y levantó las cejas. El corazón se me hinchó dentro del pecho.

—Estaría seguro incluso aunque la idea no te hiciera sonreír tanto.

No quería estar nerviosa, pero…, al día siguiente, estaba nerviosa. Un poco.

Tenía las manos atrapadas entre los muslos para evitar la tentación de secarme el sudor de las palmas en las mallas que había puesto debajo del vestido.

—¿Por qué no paras quieta? —me preguntó Rhodes, sentado detrás del volante mientras conducía por la carretera, acercándose cada vez más a la casa de la tía de Amos.

416

Vivía a dos horas en coche. No me enorgullece admitir que tuvimos que parar dos veces para que yo pudiera ir a hacer pis.

—Estoy nerviosa —admití.

Le había dedicado demasiado tiempo a mi maquillaje. Me había puesto polvos de sol y gel fijador en las cejas por primera vez en meses. Me había planchado el vestido. Cuando había irrumpido en su casa para pedirle usar la plancha, Rhodes me había sonreído pero se había quedado muy callado mientras observaba cómo me planchaba el vestido… y luego me lo había vuelto a planchar, porque se le daba mejor que a mí. Mucho mejor.

Siendo sincera, la imagen de Rhodes planchándome la ropa se me iba a quedar grabada en el cerebro durante el resto de mi vida. Mientras lo observaba, un extraño cosquilleo ganó intensidad en mi pecho. Pero eso ya lo analizaría más tarde. En privado.

—Pero ¿por qué estás nerviosa? —preguntó como si pensara que estaba loca.

—¡Porque voy a conocer a la madre de Amos! ¡Y a tu mejor amigo! No sé, estoy nerviosa y punto. ¿Y si no les caigo bien?

Se le hincharon un poco las fosas nasales, pero mantuvo la mirada en la carretera.

—¿Conoces gente a la que no le caigas bien muy a menudo?

—No muy a menudo, pero a veces ocurre. —Contuve el aliento—. Cuando nos conocimos, no te caí muy bien.

Al escuchar aquellas palabras giró la cabeza para mirarme.

—Eso ya lo hemos aclarado. No me gustó lo que hizo Amos y la tomé contigo. —Se aclaró la garganta—. Y, ya sabes, también lo otro. —Ah, lo de que le había recordado a su madre. No habíamos vuelto a hablar del tema, y tenía la sensación de que no volveríamos a hacerlo en mucho tiempo.

Miré por la ventana.

—Sí, ya, pero aun así no querías que te cayera bien.

—Vale. Es verdad —coincidió, y me miró de refilón muy deprisa, no solo con una sonrisa, sino con la expresión más cariñosa que podría haberme imaginado en su cara—, pero ya he perdido esa batalla.

417

Noté de nuevo aquel cosquilleo intentando cortocircuitarme el cerebro y el corazón. Volví a secarme las manos y tragué saliva.

—La madre de Amos ha logrado tantas cosas, y su otro padre también... Y en cambio, aquí estoy yo..., sin saber qué hacer con mi vida a los treinta y tres.

Me miró con una cara muy parecida a la de haber visto un mapache rabioso.

—¿Qué pasa? ¿Crees que son mejores que tú porque son médicos?

—¡No! —dije con voz burlona.

Alzó un poco las comisuras de los labios.

—Pues ha sonado a que sí, ángel.

—No, me gusta trabajar con Clara. Me gusta la tienda. Pero no paro de pensar que... No sé, que debería intentar hacer algo más. Aunque no me apetece y ni siquiera tengo claro lo que me gustaría ser. Sé que no es una competición, y estoy segura de que le estoy dando demasiadas vueltas porque la madre de mi ex me traumatizó. De verdad, trabajar en la tienda me gusta mucho más de lo que me esperaba. Ahora ya soy capaz de ayudar a la mayoría de los clientes sin tener que molestar a Clara. ¿Te lo puedes creer?

Asintió y elevó un poco más las comisuras de los labios.

—Sí que me lo creo. —Me miró de reojo—. ¿Eres feliz? —preguntó con voz grave.

No tuve que pensarme mucho la respuesta.

—Más feliz de lo que he sido nunca... En serio.

Volvieron a aparecerle arrugas en la frente.

—¿De verdad?

—Sí. No recuerdo la última vez que me enfadé por algo que no fuera un cliente molesto, y las cosas así se me pasan en cinco minutos. No recuerdo la última vez que me sentí... pequeña. O mal. Todo el mundo es bueno conmigo. Hay clientes que preguntan por mí. No te imaginas lo mucho que significa eso para mí.

418

Se quedó en silencio y luego gruñó.

—Me pone un poco de mala leche imaginarte sintiéndote pequeña y mal. —Me acerqué a él y le di un apretón en el antebrazo. Sonrió un poco al apartar una mano del volante y cubrir la mía. Tenía la palma caliente—. Ya hemos llegado —anunció.

Aguanté la respiración mientras aparcaba en un camino de acceso bastante lleno. Había ido observando de reojo el vecindario al entrar, y parecía componerse de terrenos de dos hectáreas por vivienda.

—Me alegro de que estés contenta en Pagosa —dijo con voz queda después de aparcar.

Noté un cosquilleo en las mejillas.

Rhodes se quitó el cinturón y se volvió para mirarme en la oscuridad del coche. Apoyó las manos en el regazo y me lanzó una mirada que me dejó casi sin aliento.

—Si te sirve de algo, deberías saber que a Am y a mí nos hace muy felices que estés con nosotros. Y le eres de gran ayuda a Clara. —Inclinó la cabeza—. Estamos todos muy agradecidos de tenerte en nuestra vida.

Noté una presión en el corazón y hablé con una voz sin duda extraña.

—Gracias, Rhodes. Yo también estoy muy agradecida de teneros a vosotros.

Y entonces lanzó una granada verbal.

—Te mereces ser feliz.

Lo único que conseguí hacer fue sonreírle.

Juro que puso una expresión tierna antes de soltar un suspiro.

—Vale, será mejor que entremos antes de que... Ahí está.

Saludó con la mano a través del parabrisas. Vimos a Amos saludando con la mano en la puerta principal de aquella casa de adobe. Iba vestido con una camisa, que fue lo que más me sorprendió. Le devolví el saludo y empezó a hacernos señas para que entráramos. Junto a mí, Rhodes se rio por lo bajo.

Salimos del coche sonriéndonos una última vez. Rhodes dio la vuelta al coche y me cogió del codo mientras con la otra mano llevaba varias botellas de vino que había comprado el día anterior en algún momento.

—¡Ya era hora! —gritó Am desde la entrada, donde nos esperaba—. El tío Johnny también está de camino.

—Hola, Am —lo saludé al subir por las escaleras—. Feliz día de Acción de Gracias.

—Feliz día de Acción de Gracias. Hola, papá —dijo—. Venga, Ora, quiero que conozcas a mi madre y a mi padre. —Se detuvo y me observó un momento—. Estás… —Dejó la frase a medias y sacudió la cabeza.

—¿Estoy qué? —pregunté mientras me limpiaba los pies en el felpudo y luego en la alfombrilla antes de entrar en la casa.

Rhodes me soltó el brazo, pero en cuanto entró, me puso la mano sobre la espalda.

—Nada —dijo Amos, pero vi que se le sonrojaban las mejillas—. Venga, venga —insistió. La casa era enorme; ya se intuía solo por el vestíbulo—. No sabía que iban a venir. Mamá me llamó en cuanto su vuelo aterrizó, así que no tuve tiempo de decirte que me iba con ellos, pero… ¡Mamá! —gritó de repente cuando el vestíbulo se abrió a una cocina a mano izquierda.

Oía voces, pero solo vi a tres mujeres en la cocina. Una tenía el pelo tan blanco que era casi azul y estaba removiendo algo sin prestarnos atención, otra era una mujer más mayor que debía de tener unos cincuenta años, y la última parecía ser un poco más joven. Fue esta la que levantó la mirada al oír que Amos decía «mamá».

Sonrió.

—Acaba de llegar papá Rhodes, y esta es Ora —dijo Am mirándome y dándome una palmadita en la espalda.

Aquello era prácticamente un abrazo viniendo de él, y me hubiera echado a llorar si la madre de Amos no hubiera rodeado la isla y hubiera venido directamente hacia nosotros. Ignoró a Rhodes al pasar a su lado y, en cuanto estuvo lo bastante cerca, alargó la mano hacia mí. Le brillaban los ojos. Acepté su mano

420

y se la estreché. Su sonrisa era tensa pero genuina. Cuando por fin habló, su tono acongojado no fue cosa de mi imaginación.

—Me alegro muchísimo de conocerte, Ora. He oído hablar mucho de ti.

—Espero que fueran cosas buenas —contesté yo también con voz llorosa.

—Solo buenas —me aseguró intentando reprimir una sonrisa—. Incluso me han contado la historia del murciélago, y la del águila.

No pude evitar reír por lo bajo y girar la cabeza hacia el adolescente, que puso cara de no haber roto un plato en su vida.

—Por supuesto que te las han contado.

La mujer esbozó una sonrisa a la vez que yo soltaba una carcajada. Movió la cabeza.

—Cuando quiere es un bocazas, como su padre. —Debí de hacer una mueca extraña al pensar en Rhodes, porque la sonrisa de la mujer se ensanchó—. Me refiero a Billy. Aunque la mayoría de las veces se parece más bien a Rhodes con sus respuestas breves —explicó la madre de Amos—. Cuando no están de humor, conseguir que hablen es como…

—¿Que te quiten las muelas del juicio sin anestesia?

Rhodes gruñó desde donde estaba y ambas nos giramos hacia él. Luego la mirada de la madre de Amos y la mía se volvieron a encontrar. Sí, ambas sabíamos exactamente de lo que hablábamos. Me sonrió, y yo le correspondí.

—Recuérdame que te dé mi número o mi correo antes de que nos vayamos, así podré mantenerte al día de las novedades siempre que quieras —sugerí, y le guiñé un ojo mientras sentía una oleada de alivio recorriéndome el cuerpo.

Rhodes tenía razón sobre la celebración de Acción de Gracias y los otros padres de Amos. No tenía nada de lo que preocuparme.

25

Estaba sentada en la mesa del apartamento intentando terminar un puzle difícil de cojones. Pero ¿cuántos tonos de rojo podía haber? Nunca me había considerado daltónica, pero no paraba de juntar los colores equivocados y no conseguía unir todas las piezas.

Esto me pasaba por comprar un puzle usado que debía de tener por lo menos veinte años. Tal vez las piezas se habían descolorido o se habían vuelto amarillentas con el tiempo. Fuera lo que fuese, estaba haciendo que completarlo fuera mucho más difícil de lo que era.

Me estaba cagando en mi estampa por haberme lanzado a por el puzle en la liquidación de la tienda de segunda mano cuando oí la puerta del garaje abriéndose en el piso de abajo. Acababa de coger otra pieza para estudiarla cuando escuché a Amos gritar. No fue desgarrador, pero sí sonó lo bastante preocupante como para que me enderezara… justo cuando volvió a hacerlo.

—¿Am? —exclamé dejando caer la pieza del puzle encima de la mesa y bajando las escaleras. Me asomé a la puerta del garaje—. ¿Am? ¿Estás bien?

—¡No! —chilló el chico—. ¡Ayúdame!

Abrí la puerta de par en par. Amos estaba parado en medio del garaje, con la cabeza inclinada hacia atrás, mirando el techo con una expresión de impotencia en la cara.

—¡Mira! ¿Qué hacemos?

—Pero qué cojones… —murmuré cuando por fin comprendí por qué estaba tan alterado.

Había una mancha enorme en el techo. Se habían formado unos círculos grises oscuro por todo el pladur. Unas cuantas gotas de agua cayeron al suelo a los pies de Amos, muy cerca de donde estaba casi todo su material de música. Era una fuga de agua.

—¿Sabes dónde está la llave de paso?

—¿La qué? —preguntó con la vista todavía fijada en el techo, como si solo con su mirada pudiera impedir que se derrumbara y cayera una cascada de agua.

—La llave de paso —repetí palpando las paredes para encontrar lo que sabía que debía buscar.

Cuando el hijo del Anticristo y yo encontramos la casa que Kaden se acabaría comprando (y en cuyas escrituras yo había aceptado que no apareciera mi nombre «porque alguien podría consultar los documentos y hacer preguntas», como la idiota que era), el agente inmobiliario había señalado algo que había en la pared del garaje y nos había comentado que era la llave de paso, en caso de que hubiera alguna fuga.

—Es una especie de palanca en la pared. Normalmente. Creo.

Rhodes no le habría dejado cubrirla ni de coña con aislamiento ni colchones. Estaba segura. Vi algo que podría ser la llave, me acerqué corriendo y la bajó para detener el agua del apartamento de arriba. O, por lo menos, eso creía que acababa de hacer. Volví a echar un vistazo al techo en mal estado y me centré.

—Será mejor que saquemos tus cosas de aquí antes de que ocurra una desgracia —dije chasqueando los dedos para que el chico se espabilara—. Venga, Am, antes de que se estropeen. Luego ya comprobaremos si el agua está bien cerrada.

Al oír mis palabras, se activó. Entre los dos cargamos con el material más pesado hasta el pequeño descansillo al pie de la escalera que subía hasta el segundo piso. Empujamos el carrito

423

más grande hacia la puerta que daba al exterior para despejar el paso y nos organizamos para desmontar la batería y subirla por piezas a mi estudio. Tuvimos que hacer seis viajes cada uno para llevar todo el equipo hasta arriba; no podíamos dejar nada fuera por la escarcha y el riesgo de nevada. Hacía demasiado frío.

Cuando terminamos de sacar el material más valioso del garaje (aunque a Am todo le parecía valioso, porque era suyo), volvimos a bajar y observamos el techo destrozado.

—¿Qué crees que ha pasado?

—Creo que ha reventado una tubería, pero no estoy segura —contesté evaluando los daños—. ¿Has llamado a tu padre?

Negó con la cabeza con los ojos todavía pegados a aquel desastre.

—Grité para que bajaras en cuanto lo vi.

Silbé.

—Llámalo. A ver qué quiere hacer. Creo que también deberíamos llamar a un fontanero, pero no estoy segura. Mejor hablamos primero con tu padre.

Amos asintió, incapaz de hacer nada que no fuera contemplar horrorizado los daños.

Entonces caí en la cuenta. Había comprobado cuando había ido arriba que el agua estaba cerrada. Y ahora… El agua estaba cerrada. Es decir, que no podía ducharme, ni beber. Tendría que apañármelas de alguna manera.

De repente la luz del techo empezó a parpadear de forma intermitente antes de apagarse por completo.

—¡Los fusibles! —grité antes de salir corriendo hacia la caja gris de la pared. Eso sí que sabía exactamente dónde estaba. La abrí de par en par y bajé todos los interruptores.

—¿Crees que el agua ha estropeado el circuito eléctrico?

—No lo sé. —Me giré con una mueca. Una mueca por él. Por la cantidad de dinero que costaría arreglar todo aquello. Incluso yo sabía que los problemas eléctricos y de fontanería eran una pesadilla—. Bueno. Vale. Vamos a llamar a tu padre y a contarle lo que ha pasado.

424

Amos asintió y fue el primero en salir por la puerta principal del garaje en dirección a su casa. Le di una palmadita en la espalda.

—No pasa nada. Hemos sacado todas tus cosas a tiempo y no había nada enchufado. No te preocupes.

El adolescente soltó un suspiró muy profundo, como si llevara horas aguantándoselo.

—Mi padre se va a cabrear un montón.

—Sí, pero no contigo —lo tranquilicé.

Me miró sin estar muy convencido de mis palabras, pero yo estaba segura de que Rhodes no se enfadaría con él. Además, sería una cotilla y lo escucharía disimuladamente.

Entramos en la casa principal. Me dirigí a la mesa de la cocina y cogí una de las revistas de caza y pesca que había apiladas cuidadosamente en medio mientras Amos se iba hacia el teléfono fijo y marcaba el número de su padre. Tenía la expresión sombría. Fingí que no lo estaba mirando cuando descolgó el aparato y respiró hondo.

Hizo una mueca antes de empezar a hablar.

—Hola, papá... Eh... Ora cree que hay una fuga en el apartamento encima del garaje... El techo tiene como bolsas de agua, y caen gotas, y... ¿Qué? No sé por qué... He entrado al garaje y de repente lo he visto... Ora ha cerrado el agua. Y luego ha cortado la corriente porque las luces han empezado a parpadear... Espera un momento. —El chico me pasó el teléfono—. Quiere hablar contigo.

Lo cogí.

—Hola, Rhodes, ¿qué tal el día? ¿A cuántas personas has pillado por no tener licencia de caza? —Esbocé una sonrisa burlona en dirección a Amos, que ya no parecía estar tan mal.

Rhodes se quedó un momento en silencio antes de hablar.

—Ahora mejor. —¿Perdona? ¿Estaba tonteando conmigo?—. Solo he pillado a dos cazadores. ¿Qué tal el tuyo?

Me estaba preguntando por mi día de verdad. ¿Quién era ese hombre y qué tenía que hacer para comprármelo?

425

—Bastante bien. Un cliente me ha traído un bizcocho Bundt. Le he dado la mitad a Clara porque me ha mirado mal. Y le he dado la mitad de mi mitad a Am para que lo pruebes. Está bueno.

Amos me lanzó una mirada extraña y le guiñé el ojo. Los dos estábamos metidos en esto juntos.

—Gracias, colega —dijo casi con voz suave—. ¿Te importaría explicarme qué ha pasado?

Apoyé la cadera contra la encimera y vi que Am se acercaba a la nevera, observándome todavía con aquella mirada extraña antes de agacharse y ponerse a rebuscar. Sacó una lata de refresco de fresa, y luego una segunda y la extendió hacia mí.

Asentí, fijándome durante un segundo en la bebida que me ofrecía antes de contestarle a su padre.

—Lo que te ha dicho Am. Hay una mancha enorme en el techo del garaje. Cae agua. Hemos llevado todo el material que hemos podido arriba, al estudio. Hemos cerrado la llave de paso y hemos bajado los fusibles. —Rhodes suspiró hondo, pero no sonaba tembloroso—. Lo siento, Rhodes. ¿Quieres que llame a un fontanero?

—No, conozco a uno, ya lo llamo yo. Puede que haya reventado una tubería. He entrado en el garaje esta mañana y no he visto nada, así que no creo que sea una fuga.

—Sí, lo siento. Te prometo que no he inundado el garaje y que no he hecho nada raro. —Hice una pequeña pausa—. Por ahora lo dejaré todo apagado.

—Pon la comida en nuestra nevera. Le diré a Amos que duerma en el sofá para que puedas quedarte en su habitación. No creo que esta noche las temperaturas caigan hasta llegar a bajo cero, así que en principio no debería pasarles nada a las tuberías, pero hará demasiado frío como para que duermas en el estudio.

Parpadeé. ¿Que me quedara en la habitación de Amos? ¿En su casa? ¿No prefería quedarme en un hotel? Podría hacerlo, claro. Pero ¿dormir bajo el mismo techo que Rhodes? ¿Ahora

426

que se había convertido en don Casanova? Algo en mí se estremeció, pero no quise concentrarme en cuál había sido.

—¿Estás seguro? —pregunté—. ¿De que me quede con vosotros?

—¿Crees que te invitaría a nuestra casa si no quisiera que te quedaras? —dijo en voz muy baja.

Sí, definitivamente había zonas de mi cuerpo que estaban muy atentas. Y fuera de control.

—No, no lo creo.

—Vale.

—Pero duermo yo en el sofá. O, en serio, puedo irme a un hotel o preguntarle a Clara si...

—No hace falta que te vayas a ningún hotel, y Clara no tiene mucho espacio en su casa.

—Pues entonces duermo en el sofá yo.

—Ya lo discutiremos después —dijo—. Quiero ir a echar un vistazo a un par de sitios más y luego volveré. Lleva tus cosas a la casa y pon todo lo que tengas en la nevera para que no se ponga malo. Si algo pesa mucho, déjalo y ya lo llevaré yo cuando llegue.

—¿Estás seguro? —dije tragando saliva.

—Sí, ángel, estoy seguro. Voy enseguida.

Colgué el teléfono sintiéndome... ¿nerviosa? De acuerdo. Tampoco era para tanto que me quedara a dormir en su casa. Pero en parte sí que me lo parecía.

Rhodes me gustaba demasiado. De una manera sutil que se me metía en los huesos. Me encantaba lo buen padre que era, lo mucho que quería a su hijo. Y, a pesar de que antes amase a una persona que adoraba a un miembro de su familia más de lo que nunca se preocuparía por mí, el amor de Rhodes era muy distinto y lo mostraba de manera muy diferente. Quería a Amos lo bastante como para ser duro con él, pero, a la vez, le dejaba ser él mismo. Rhodes no era como la señora Jones.

Me gustaba incluso cuando me miraba mal. Y no tenía ni idea de qué planes tenía. Conmigo. Sabía cuáles no me importaría que fueran, pero...

427

Miré por casualidad en dirección a Amos, que estaba apoyado contra la encimera con una expresión demasiado introspectiva.

—¿Qué pasa? —le pregunté abriendo mi refresco y bebiendo un sorbo. El chico negó con la cabeza—. Sabes que puedes decirme lo que sea, pequeño Sting, y creo que te mueres de ganas de soltarlo.

Aquellas palabras le parecieron suficiente.

—¿Estás tonteando con mi padre? —me preguntó sin rodeos.

Estuve a punto de escupir el refresco.

—¿No...?

—¿No? —Parpadeó.

—¿A lo mejor? —dije. Amos alzó una ceja. Entonces fui yo quien pestañeó—. Sí, vale. Sí. Pero yo tonteo con todo el mundo. Hombres y mujeres. Niños. Deberías verme con las mascotas. Hace tiempo tuve un pez y también me la camelaba. Se llamaba Gretchen Wiener. La echo de menos. —Se había muerto hacía unos cuantos años, pero de vez en cuando todavía pensaba en ella. Había sido una buena compañera de viaje. No armaba mucho jaleo.

Las mejillas del adolescente se hincharon, rojas, al oír mis palabras. Joder, le gustaba. Lo sabía.

—¿Te molesta que tontee con tu padre? —Dejé pasar un segundo—. ¿Te molestaría que me gustara?

No era la mejor palabra para describir lo que sentía por Rhodes, pero era la más simple.

—¡No! Tengo dieciséis años, no cinco —dijo resoplando.

—Pero sigues siendo su niñito pequeñito, Am. Y no herirías mis sentimientos si no te pareciera bien. —Aquello era una mentira, sí que me los heriría—. Tú también eres mi amigo. Igual que tu padre. No quiero que las cosas se vuelvan raras.

El chico me miró con una cara de repulsión que me hizo sonreír.

—Me da igual. Además, ya hemos hablado de eso.

428

—Ah, ¿sí?

Asintió, pero no me explicó de qué habían hablado exactamente. En lugar de eso, puso una cara rara que estaba completamente segura de que era su versión de una expresión protectora.

—Lleva mucho tiempo solo. O sea, mucho tiempo. En toda mi vida solo se ha echado novia unas pocas veces, pero ninguna le ha durado mucho. Y como mi padre Billy no está aquí y mis tíos se han mudado, no tiene muchos amigos, no como cuando estaba en la Marina. Allí conocía a todo el mundo. —No estaba segura de hacia dónde estaba yendo con todo eso, así que me quedé callada con el presentimiento de que le rondaban más cosas por la cabeza—. Mi madre me pidió que te dijera que le cuesta un poco confiar en las personas.

—¿Eso dijo tu madre?

—Sí, me preguntó por vosotros.

—Por... ¿tu padre y yo?

Amos asintió y bebió otro sorbo de refresco.

—No le digas que te lo he dicho, pero le haces sonreír un montón. —Se me volvió a desbocar el corazón—. Y eres tan... A ver, ya sabes qué aspecto tienes... En fin. Me da igual si te gusta y me da igual si le gustas. Quiero que sea..., ya sabes..., feliz. No quiero que se arrepienta de estar aquí —lo dijo con una voz que me indicó que iba en serio, y su discurso tenía un poso profundo. Parecía que me estuviera dando su bendición para seguir los deseos de mi corazón. Aunque yo no estuviera segura de cuáles eran.

—En ese caso, gracias, Am. Estoy convencida de que tu padre no se arrepiente de nada en lo que a ti se refiere. —Sentí la necesidad de hablarle de lo confuso que era su padre, tenía muchas ganas de hacerlo, pero no lo hice. O, mejor dicho, me negué a hacerlo—. Cambiando de tema... Como no tengo ni luz ni agua en el estudio, parece que me voy a quedar a pasar la noche aquí y dormiré en el sofá. ¿Me ayudas a trasladar la comida a vuestra nevera? Luego, si quieres, hago la cena y vemos una peli, o me dejas escuchar esa canción en la que has estado trabajando…

—No.

—Tenía que intentarlo —dije riendo.

Amos esbozó una pequeña sonrisa y puso los ojos en blanco, y aquello solo me hizo reír más.

Abrí un ojo al notar que alguien me tocaba el tobillo.

La habitación estaba a oscuras, pero el techo alto me recordó dónde estaba, dónde me había quedado dormida. En el sofá de Rhodes.

Lo último que recordaba era estar viendo una película con Amos.

Abrí el otro ojo, bostecé y vi una silueta grande y familiar inclinada sobre el otro lado del sofá. Amos se estaba incorporando lentamente, y su padre le puso la mano sobre el hombro mientras le susurraba:

—Vete a la cama.

El chico soltó un bostezo enorme, sin apenas abrir los ojos mientras asentía, más dormido que despierto, y se levantó. Seguro que no tenía ni idea de dónde estaba o de que había estado conmigo en el sofá. Yo también me incorporé, estiré los brazos por encima de la cabeza y dije con voz ronca:

—Buenas noches, Am.

Mi amigo soltó un gruñido mientras se alejaba dando tumbos, y le sonreí a Rhodes, que había vuelto a erguirse. Llevaba el uniforme puesto, el cinturón desabrochado y tenía una expresión suave en la cara.

—Hola —mascullé mientras bajaba los brazos—. ¿Qué hora es?

Mientras volvía a bostezar, me di cuenta de que Rhodes parecía estar cansado, pero tenía buen aspecto.

—Las tres de la mañana. ¿Te has dormido viendo la tele?

—Ajá —murmuré, y asentí con la cabeza mientras cerraba

un ojo. Dios mío, lo único que necesitaba era una manta y volvería a quedarme frita—. ¿Todo bien?

—Se habían perdido unos cazadores. Y no tenía cobertura para llamaros y avisaros —explicó con voz queda—. Venga, vamos. No vas a quedarte durmiendo aquí abajo.

«Ah». Volví a asentir, demasiado somnolienta como para estar dolida por que hubiera cambiado de opinión.

—¿Puedes echarme un ojo mientras vuelvo al apartamento? ¿Para que no se me coman los coyotes?

Rhodes frunció el ceño de repente.

—No.

—Pero si has dicho que...

Se me acercó deprisa, me cogió por los codos y me levantó sin esfuerzo. Luego me cogió la mano, como si ya lo hubiera hecho un millón de veces, su palma fría, áspera y grande contra la mía, y empezó a tirar de mí para que lo siguiera. ¿Adónde íbamos?

—¿Rhodes?

Me miró por encima del hombro. Tenía la mandíbula y las mejillas cubiertas de barba. Me pregunté, no por primera vez, si era suave o raposa. Seguro que hacía cosquillas.

De pronto me di cuenta de que me estaba conduciendo hacia las escaleras. Hacia arriba. A su habitación. Había oído a alguien decir que estaba ahí.

—Puedo dormir aquí abajo —susurré sin sentirme alarmada, pero sintiendo... algo.

—¿Quieres quedarte aquí abajo con el murciélago?

Me detuve en seco. Soltó una carcajada en voz baja que me sorprendió más que el hecho de que me estuviera llevando escaleras arriba... ¿con él?

—Ya me lo imaginaba. Mi cama es lo bastante grande para los dos. —Soltó un suspiro profundo y silencioso—. Aunque yo puedo dormir en el suelo.

Se me movieron los pies, pero el resto del cuerpo no. ¿Acababa de decir que su cama era lo bastante grande para los dos?

¿Y que había un murciélago ahí abajo? ¿Y que estaba dispuesto a dormir en el suelo de su habitación?

—Eh, eh, eh, amigo —susurré—. Ni siquiera sé cuál es tu segundo nombre.

Tensó la mano con la que aferraba la mía.

—John —respondió mirándome por encima del hombro.

No estaba... No estaba llevándome escaleras arriba para que nos acostáramos, ¿o sí? Creía que no, de verdad que creía que no, pero...

—No es que no me apetezca que nos liemos en algún momento... —Rhodes emitió un sonido horrible, como si se estuviera ahogando—, pero acabo de enterarme de cuál es tu segundo nombre, y todavía no sé qué querías ser de pequeño, y esto está yendo muy deprisa si pretendes que hagamos algo más que dormir en esa cama —balbuceé atropelladamente sin tener ni idea de qué cojones estaba diciendo.

Por lo visto, él tampoco entendió todo lo salió de mi boca, porque volvió a hacer ese ruido, como una tos sin aire, aunque aquella vez con menos virulencia, y se me quedó mirando un segundo.

—A veces creo que sé exactamente lo que vas a decir... y entonces vas y dices exactamente lo contrario —susurró. ¿Se estaba riendo?—. Nada de sexo, colega, solo dormir. Estoy demasiado cansado, y aunque yo sí que sé cuál es tu segundo nombre, no me gusta ir muy deprisa, Valeria —consiguió decir por fin. Definitivamente se estaba riendo, aunque intentaba no hacerlo—. Para tu información, de pequeño quería ser biólogo. Tardé mucho tiempo, pero acabé sacándome la carrera. Y ahora le estoy sacando mucha más utilidad de lo que pensaba cuando me gradué. —Respiró hondo—. Y tú, ¿qué querías ser?

—Médico, pero ni siquiera era capaz de diseccionar una rana en el instituto sin vomitar —reconocí. Soltó una risa áspera, oxidada. Me gustó—. De acuerdo —accedí—, solo dormir.

Rhodes sacudió la cabeza y, al momento, volvió a retomar la marcha. Subí por los peldaños, un pie tras otro, y aunque tenía

432

la mente muy ocupada pensando en cómo sería el sexo con él, todavía me ocupé de echar un vistazo al techo para asegurarme de que no hubiera murciélagos. No vi ninguno. Al menos de momento.

¿En serio íbamos a dormir en la misma cama? ¿O iba a pedirle que durmiera en el suelo? ¿O se iría él solo?

Estaba demasiado cansada como para pensármelo detenidamente. Tampoco ayudaba mucho que no tuviera ni idea de lo que se hacía para ligar hoy en día. Y mis amigas no eran buenos ejemplos, porque tenían vidas muy complicadas.

Sin embargo, en mi cabeza daba vueltas una y otra vez el mismo concepto: sexo con Rhodes. Estaba a favor de que ocurriera en algún momento, claro. Aunque me asustaba. Y me ponía nerviosa.

Lo había visto sin camiseta. Era enorme y musculoso, y seguro que nada vago. Seguro que le gustaba estar encima.

¡Frena, frena, frena! Necesitaba sacarme eso de la cabeza.

—Rhodes —susurré.

—¿Mmm?

—¿En la misma cama?

—Preferiría no dormir en el suelo, ángel, pero lo haré si no estás cómoda. —Parpadeé. Mi corazón latió con fuerza en respuesta—. Y supongo que tú tampoco quieres irte al suelo. Puede haber ratones dando vueltas por ahí. Son nocturnos.

Cuando me condujo al interior de la habitación, todavía estaba intercalando vigilar el techo y el suelo. No encendió la luz, pero la luna que se veía a través de su ventana era grande y brillante y lo iluminaba todo con la intensidad justa para no despertarme más de lo que ya lo había hecho la mención de ratones y murciélagos.

Joder. Me sentí aliviada cuando cerró la puerta detrás de él y se acercó a la cama, todavía llevándome de la mano.

—Quédate este lado —murmuró apartando la colcha.

Y eso hice, me desplomé sobre el borde de la cama y lo observé mientras se desabrochaba la camisa de arriba abajo. Cuan-

433

do ya casi había terminado, tiró de la parte que tenía metida en los pantalones, terminó con los botones y se la quitó. Justo delante de mí.

Me quedé allí sentada, inmóvil. Se me secó un poco la boca al ver cómo la camiseta interior estiraba sobre los poderosos músculos de su pecho.

—¿Te vas a duchar? —pregunté sin pensar.

—Estoy demasiado cansado —contestó en voz baja mientras doblaba la camisa y la dejaba en un cesto, que no había visto hasta ahora, situado en una esquina de la habitación. Quería echar un vistazo a mi alrededor…, pero él se estaba quitando la ropa.

Rhodes se puso entonces con sus pantalones. Se desabrochó el botón, cogió la cremallera, empezó a bajarla…

Justo en aquel momento levanté la mirada y me encontré con sus ojos. Me estaba mirando directamente. Pillada. Sonreí cuando empezó a tirar de los pantalones pierna abajo.

—¿Habéis encontrado a los cazadores? —pregunté con la esperanza de que la voz me sonara ronca por el sueño y no por ningún otro motivo.

Pero era débil, así que bajé la mirada.

Era un hombre de bóxers. Una parte de mí pensaba que sería de slips blancos, pero no era el caso. Llevaba unos bóxers oscuros y cortos. Sus muslos eran todo lo que esperaba que fueran. Al parecer no se saltaba el día de piernas en el gimnasio. Nunca.

Tragué saliva para asegurarme de que tenía la boca cerrada.

—Sí. Se habían alejado demasiado de su campamento, pero los hemos encontrado —contestó.

Se agachó y se quitó los calcetines, y juro que me pareció más íntimo verlo ahí con los pies desnudos que si hubiera estado en pelotas.

Levanté las piernas y las metí debajo de la sábana y la pesada colcha, estirándola hacia arriba mientras Rhodes se quitaba el otro calcetín, con la vista todavía fija en mí. Iba a hacerlo. Iba a dormir en su cama. Todavía no estaba muy segura de lo que significaba aquello o hacia dónde iba, pero... estaba dispuesta a dejarme llevar.

En aquel momento comprendí que Rhodes tenía un motivo para haber sido tan amable conmigo últimamente. Tal vez se había estado mostrando distante solo debido a su madre, o puede que por fin se hubiera dado cuenta de que yo era una persona decente. No tenía ni idea de lo que lo había llevado hasta aquel punto, hasta llevarme a su habitación. Y, en realidad, no me importaba.

Mi madre solía decir que cuando hacías una ruta, casi siempre llegabas a una bifurcación en el camino y tenías que decidir hacia dónde querías ir. Lo que querías ver. Supe que en aquel momento, yo tenía que tomar una decisión.

Por un breve instante me pregunté si estaba yendo demasiado rápido. Había estado con alguien durante catorce años y había pasado casi un año y medio desde que habíamos roto. ¿Debería darme más tiempo? Pero, al segundo siguiente, me decidí.

Cuando perdías demasiado, aprendías a disfrutar de la felicidad donde la encontrabas. No esperabas a que nadie te la ofreciera en bandeja. No esperabas a que apareciera en el cielo, entre fuegos artificiales.

La encontrabas en los pequeños momentos, y a veces estos se presentaban en forma de un hombre de ciento y poco kilos que se desvivía por ti. Quería entender lo que estaba ocurriendo. Lo necesitaba.

Así que antes de que pudiera pensarme dos veces lo que estaba a punto de hacer, en dónde me iba a meter, me lancé.

—Rhodes.

—¿Sí?

—¿Por qué no me llamaste ni me escribiste mientras estabas fuera?

Me pareció oír los latidos de mi propio corazón. Sonaban muy fuerte en el silencio que se produjo justo después de mi pregunta. Solo estaba aquel «pum, pum, pum» que me resonaba en los oídos mientras Rhodes seguía allí de pie, mirándome. Una

435

parte de mí no esperaba que contestara, pero finalmente, sorprendido, lo hizo.

—¿Por qué? —repitió.

Tal vez debería habérselo preguntado cuando no fueran las tres de la madrugada, pero ahí estábamos, así que bien podía sacarlo todo.

—Sí. ¿Por qué? Pensaba... Pensaba que había algo entre nosotros, pero luego desapareciste. —Apreté los labios—. Y ahora estoy en tu cama y no entiendo muy bien lo que está pasando. Si significa algo. —Rhodes no dijo ni una palabra. Aun así, me aclaré la garganta. De perdidos al río—. Pensaba que a lo mejor te gustaba. Que te gustaba de gustar. No pasa nada si no es así, o si has cambiado de opinión, o si estás siendo tan amable conmigo simplemente porque eres un buen hombre, pero me gustaría saber si se trata de eso. Sea lo que sea, me gustaría seguir siendo tu amiga. —Tragué saliva—. Es que... A veces parece que estamos saliendo, ¿sabes? Excepto por la parte física... La estoy cagando, ¿verdad?

Oí que respiraba hondo antes de hablar.

—No estamos saliendo.

Quise que se me tragara la tierra. Quise levantarme y marcharme o, por lo menos, dormir en la sala de estar a pesar del riesgo de cruzarme con un murciélago...

—Soy demasiado mayor como para ser el novio de nadie —prosiguió Rhodes con su voz ronca y solemne, y que tenía tanto peso—. Pero es verdad que me gustas más de lo que deberías. Tal vez incluso más de lo que te resultaría cómodo.

No se movió, ni yo tampoco. Tenía la sensación de que el corazón se me iba a salir del pecho por lo que implicaban sus palabras. Se me erizó la piel.

—Quería llamarte, pero estaba intentando darte espacio.

—¿Por qué? —le pregunté, como si acabara de decirme que le gustaba comerse la mayonesa directamente del tarro.

—Porque... llevo meses viéndote crecer —dijo tras soltar un suspiro—. Y no quiero ser un obstáculo. No quiero que tengas

436

que crecer a mi alrededor. Estuviste con alguien que te hacía mucha sombra, ¿no? Prefiero que nos tomemos nuestro tiempo que ser lo que te dificulte llegar a donde quieres ir, o convertirte en quien quieres ser. —Volví a oír los latidos de mi corazón—. Sé cómo me gustaría que te sintieras, pero no quiero meterte prisa. Yo ya sé lo que siento. No he cambiado de opinión sobre nada, y menos aún sobre ti. Solo quiero que estés segura de lo que quieres. —Empecé a respirar por la boca ruidosamente—. Pero no confundas que te dé espacio con falta de interés. No invito a cualquier mujer a mi cama, ni a mi vida, y todavía menos a la de Amos. Antes de ti no ha habido ninguna otra. Así que el hecho de que todavía no sepa a qué sabe tu boca no significa que no me lo haya preguntado. No significa que no lo vaya a descubrir. Sofie te diría que tengo un corazón muy frágil, y creo que es verdad, así que necesito que sepas lo que quieres también por mi bien, colega. ¿Te queda más claro así?

Me estaba dando un infarto. O tal vez me estaba deshaciendo. Estaba exhausta, pero no tenía nada claro cómo iba a ser capaz de dormir junto a él toda la noche. No había escuchado nada así de erótico o increíble en la vida. Había tenido el mismo efecto sobre mí que si se hubiera abalanzado encima y me hubiera lamido entera.

Estaba segura de que Rhodes notaba lo que había provocado, porque la respiración me salía entrecortada y lo único que pude decir fue un «Vale» tembloroso. Muy elocuente. Yo, que no me callaba ni debajo del agua, que prácticamente me había buscado aquello, no fui capaz de soltar nada que no fuera «Vale».

Porque… Yo también sabía cómo me sentía. Estaba más que medio enamorada de él, era consciente de ello, pero… Rhodes tenía razón. Todavía no había llegado el momento. En parte. Puede que fuera por la parte física, o porque yo también quería estar segura. Una parte de mí necesitaba avanzar con cautela. No quería que volvieran a romperme el corazón.

La verdad era que esas palabras solo habían servido para que me gustara incluso más, por haber pensado tanto en ello. Me gustaba en muchísimos sentidos, pero lo más importante de todo era que ambos estábamos en sincronía.

Algún día sabría lo que era tener sus labios sobre mí, pero no tenía que ser en aquel preciso instante, y saber eso me llenó de tanta felicidad y ligereza que no pude evitar sonreír por dentro y por fuera. Renovó mis ganas de conquistarlo. De convertirlo en mucho más que en mi amigo.

No estaba segura de si Rhodes me veía la cara en la oscuridad, pero aun así levanté las cejas y le dije, con una voz sorprendentemente alegre para lo cansada y cachonda que estaba:

—Bueno, que sepas que si quieres dormir en pelotas, no me importa.

El estallido de sus carcajadas me pilló con la guardia baja, y no pude evitar reírme yo también.

Era perfecto. No teníamos que darnos ninguna prisa.

—No, gracias —contestó cuando la risa amainó.

Había hecho reír a muchas personas a lo largo de mi vida, pero creo que nunca me había sentido más triunfante que cuando lo hacía reír a él.

—Si cambias de opinión, adelante —le dije con voz seria—. Mi cuerpo está demasiado cansado, pero mis ojos no.

Se rio un poco más con unas carcajadas lentas, sutiles y ásperas. Si pudiera embotellar aquel sonido, lo haría, porque oírlo siempre me arrancaba una sonrisa.

—Por si acaso te lo estabas preguntando, yo tampoco duermo desnuda —dije con la intención de relajar el ambiente.

Rhodes volvió a reírse, pero aquella vez de manera distinta. Ronca. Cargada de implicaciones. Agradable.

«Tómatelo con calma». Ambos estábamos cansados e íbamos a dormir. Claro.

Tiré de las sábanas hasta cubrirme la barbilla y me di la vuelta de cara a la puerta mientras Rhodes se dirigía al baño. Encendió la luz, pero dejó la puerta abierta. Oí el grifo y luego a Rhodes lavándose los dientes. A continuación, volvió a caer un poco de agua y se enjuagó la boca. Empezó a entrarme sueño de nuevo, me coloqué bien la almohada bajo el cuello y me aseguré de no estar ni demasiado al borde de la cama ni demasiado en medio.

La luz se apagó y no me molesté en fingir que estaba durmiendo, pero intenté regular mi respiración mientras intentaba no pensar en lo sexy que debía de estar con mi camiseta de tirantes y mis pantalones anchos de pijama con renos.

La cama se hundió un poco y oí que Rhodes dejaba un par de objetos pesados en la mesita de noche antes de que sonara el pitido familiar que indicaba que había puesto a cargar el móvil.

—Buenas noches, Rhodes —dije.

La cama se hundió un poco más y noté que las sábanas se tensaban a mi espalda, y al cabo de un momento sentí cómo se acomodaba.

—Buenas noches, Aurora —murmuré para mí misma al no escuchar ninguna respuesta de Rhodes.

Su risa me hizo sonreír, y enseguida murmuró en respuesta:

—Buenas noches.

Me di la vuelta. Rhodes estaba tumbado de cara a mí. Hice un esfuerzo por verle la cara. Se le estaban empezando a cerrar los ojos, pero había un pequeño atisbo de sonrisa en sus increíbles labios.

—¿Puedo hacerte una pregunta sin que te enfades?

—Sí —respondió mucho más deprisa de lo que esperaba, pero aun así no me confié.

—Es un poco personal.

—Pregunta.

—¿Por qué nadie te llama Tobias excepto tu padre?

Soltó un débil suspiro.

—Porque así era como me llamaba mi madre —respondió.

¿Podía haberle preguntado algo peor? Seguramente no.

—Siento haber sacado el tema. Tenía curiosidad. Es que es un nombre muy bonito.

—No pasa nada —contestó en voz baja, pero sentí la necesidad de arreglarlo.

439

—Y, para que lo sepas…, me gustas mucho. Seguramente también más de lo que deberías.

—Bien —respondió simple y llanamente.

Me mordí el labio de nuevo.

—Oye, ¿puedo hacerte una última pregunta? —Tuve claro que no había arruinado el momento cuando me respondió que sí con un gruñido perezoso—. ¿Lo del murciélago iba en serio o…?

Su risa somnolienta me hizo sonreír.

—Buenas noches, ángel.

26

Me desperté con muchísimo calor. Sobre todo, porque estaba pegada a la espalda de Rhodes. Tenía los brazos cruzados, la frente apoyada entre sus omóplatos y los dedos de los pies debajo de sus gemelos. Rhodes, por suerte, no era consciente de ello.

El recuerdo de nuestra conversación de anoche me hizo observar con detenimiento la piel suave que tenía ante mis ojos. La necesidad de acariciar esos músculos definidos estaba ahí, pero la ignoré y mantuve las manos quietas. Rhodes tenía razón. Quería más tiempo. Después de todo lo que habíamos hablado anoche, no quería precipitarme, por ahora. Yo no me iba a ir a ninguna parte, y por lo que Rhodes había dicho, él tampoco.

Aunque no me importaría verlo desnudo. A eso me apuntaría sin pensármelo dos veces.

Con cuidado para no despertarlo, me aparté y suspiré. A continuación, salí de debajo de las mantas y eché otro vistazo a la silueta durmiente. En su lado de la cama, vi que descansaba con la manta bajo los brazos, dejando al descubierto una gran extensión de piel suave. Respiraba profundamente.

En realidad... Estaba segura de que estaba enamorada de él.

Y también de que él también estaba un poco enamorado de mí.

Abrí la puerta tan silenciosamente como pude y salí de la habitación, volviendo a cerrarla detrás de mí con un débil crujido. Bajé poco a poco por las escaleras y me detuve justo al llegar abajo.

Amos estaba en pijama, sentado a la mesa, comiéndose un bol de cereales. Me miró con cara de sueño. Levanté la mano e incliné la cabeza.

—Tu padre me dijo que durmiera arriba —murmuré mientras iba a por un vaso para beber un poco de agua.

El chico me lanzó una mirada somnolienta pero extraña.

—Ajá —dijo justo cuando mi móvil empezó a vibrar—. Es la tercera vez que lo hace en los últimos diez minutos —suspiró contrariado.

Cogí el móvil de donde lo había dejado anoche cargándose encima de la encimera y miré el número desconocido que estaba llamando. Eran las siete de la mañana. ¿Quién podría ser? Solo unas veinte personas tenían mi número de teléfono, y tenía todos los contactos guardados. Además, el prefijo era local.

—¿Sí? —dije al descolgar.

—¿Aurora? —contestó una voz familiar.

Me tembló todo el cuerpo.

—¿Señora Jones?

El Anticristo prosiguió como lo hacía siempre en su vida: sin ninguna consideración por nadie que no fuera ella misma y sus hijos.

—Mira, sé que estás siendo muy cabezota con todo esto...

—¿Qué? —Era demasiado temprano como para tener que aguantar esas mierdas. Demasiado temprano. ¿Por qué estaba contactando conmigo?—. ¿Cómo cojones has conseguido mi número de teléfono? ¿Por qué me estás llamando? —solté sin poder creer que aquello estuviera ocurriendo. No tardó mucho en contestar.

—Tenemos que hablar contigo, y si no vas a responderle a Kaden...

Y entonces lo recordé. En aquel momento recordé que ya no tenía por qué soportar sus gilipolleces. Así que colgué. Y sonreí con satisfacción.

442

—¿Por qué pones esa cara? —preguntó Amos con voz dormida.

—Porque había olvidado lo mucho que me gusta colgarle el teléfono a la gente —respondí sintiéndome bastante satisfecha conmigo misma mientras procesaba lo que acababa de hacer. Qué subidón, joder.

Amos frunció el ceño como si pensara que estaba loca justo cuando mi móvil empezó a vibrar de nuevo. Apareció el mismo número en la pantalla. Le colgué.

—¿Quién es?

—¿Sabías que el demonio en realidad es una mujer? —pregunté.

Mi teléfono empezó a vibrar de nuevo y solté una maldición. No iba a dejarme tranquila. ¿Qué podía esperar de alguien que pensaba que toda la gente que había a su alrededor estaba para servirle? Sentí las ganas de seguir jugando al juego de ignorar sus llamadas latiéndome en las profundidades del pecho…, pero, tras pensármelo un poco, llegué a la conclusión de que tenía incluso más ganas de que no volviera a llamarme nunca más. Para sorpresa de nadie.

No quería seguir jugando al gato y al ratón con ella. Con ninguno de los dos, en realidad. No quería seguir perdiendo el tiempo pensando en ellos. Sabía muy bien que tenía que terminar con aquello de una vez por todas, y solo había una manera de hacerlo. Respondí la llamada y fui directa al grano.

—Señora Jones, son las siete de la mañana y…

—Estoy en la ciudad, Aurora. Por favor, ven a hablar conmigo.

Por eso el prefijo era local. Hija de puta. Estaba todavía tan cansada que no había atado cabos. Por suerte no tenía nada en la boca, porque lo hubiera escupido.

—¿En qué parte de la ciudad estás? —prácticamente exigí que me dijera.

—En esta… ciudad. En el balneario de las aguas termales —contestó en un tono que dejaba bien claro el asco que le daba

443

el mejor hotel de la ciudad—. Tengo que hablar contigo. Aclarar un par de cosas que creo que… se nos han ido de las manos —dijo, muy cuidadosamente en comparación con la manera en la que me había hablado antes.

Eché un vistazo hacia Amos y vi que estaba mirando su móvil medio dormido, pero sabía que el muy pillo me estaba escuchando.

—Por favor —dijo la mujer mayor—. Por los viejos tiempos.

—Lo de «por los viejos tiempos» no va a funcionar conmigo, señora —contesté con sinceridad.

Sí, sabía que aquello no le sentaría nada bien. Seguramente me estuviera haciendo la peineta en su mente, porque se consideraba demasiado elegante como para hacerlo físicamente. Y, en mi opinión, aquello era todavía mil veces peor.

—Por favor —insistió—. Después de esto, no volveré a contactar nunca más contigo si no quieres.

Mentirosa.

Todavía notaba las ganas de colgarle latiendo y palpitando dentro de mí, diciéndome que siguiera adelante con mi vida. No me interesaba escuchar nada de lo que saliera de su boca. Sin embargo…, sí que quería decirle cuatro cosas. Tenía que soltarle ciertas cosas para no tener que volver a pasar por eso nunca más. O sea, para no tener que volver a hablar con ellos. Porque, a fin de cuentas, eso era lo que más necesitaba en aquel momento: seguir adelante. No tener a la familia Jones encima.

Lo que quería era la vida que llevaba ahora. El hombre que estaba en la cama de arriba. Y no podría conseguirlo si aquellos malditos fantasmas seguían atormentándome cada vez que les diera la gana.

Pensé en lo que sabía sobre aquella mujer, que era básicamente todo, y solté una palabrota.

—De acuerdo. Hay un restaurante en la calle principal al que puedes llegar andando desde tu hotel. Nos vemos allí en una hora.

—¿Cómo se llama el restaurante?

—Es el único que está abierto a estas horas. Ya te indicarán cómo llegar los de recepción.

Normalmente aquel local estaba lleno de turistas y lugareños jubilados, así que me pareció el mejor lugar para quedar y que la señora Jones no montara un espectáculo. Nunca había desayunado allí, pero pasaba por delante con el coche cada mañana y sabía la clientela que tenían. Era el sitio perfecto.

—Allí estaré —contestó al cabo de un momento con voz cansada.

Sabía que todo aquello le estaba suponiendo un gran esfuerzo. Puse los ojos tan en blanco que Amos hubiera estado orgulloso de mí. Lo oí reírse y eso, aunque no lo estuviera mirando, me animó. No hacía falta que supiera que estaba al tanto que estaba poniendo la oreja.

—Nos vemos en una hora —dije antes de colgar sin molestarme a esperar a que dijera nada más.

Solté un suspiro profundo para liberar la tensión que sentía en el estómago. «De una vez por todas», dije para mis adentros.

—¿Estás bien? —preguntó Amos.

—Sí —contesté—. Mi exsuegra está en la ciudad y quiere que nos veamos —le expliqué. Amos bostezó—. Voy a asearme en tu baño y me voy —dije—. ¿Necesitas algo? ¿Qué haces despierto a estas horas?

—Después de que viniera mi padre me quedé despierto y todavía no me he ido a dormir. —Se detuvo un momento—. ¿Qué quiere tu exsuegra?

—¿El Anticristo? No estoy segura. O que vuelva a trabajar para ellos o…

Me encogí de hombros, incapaz de decirlo en voz alta, sin ni siquiera pararme a pensar en lo que acababa de admitir: que había trabajado para mi ex. A pesar de lo mucho que habíamos hablado, ni el padre ni el hijo me habían preguntado en qué trabajaba antes. Cuando nos conocimos, les dije que había trabajado de asistente, pero nunca habían indagado sobre el tema.

A Amos o bien no le importaba o bien estaba demasiado cansado como para darse cuenta o prestar atención, ya que se limitó a asentir con cara de sueño.

Maldije en voz baja por lo que estaba a punto de hacer.

—No estaré mucho rato en el baño, mini Eric Clapton. Si te duermes antes de que salga, ya nos veremos luego. Dile a tu padre que vuelvo luego.

Llegué temprano al restaurante. Era un local muy pequeño pero acogedor, encajonado entre una tienda que llevaba allí más de cien años y una inmobiliaria. Estaba en el centro turístico de la ciudad, a pesar de que las únicas personas que venían de visita en aquella época del año eran sobre todo cazadores de Texas y California.

Sabía que para la señora Jones todo era un juego de poder, y eso incluía llegar al restaurante antes de lo pactado para elegir silla. Por suerte conseguí pillar una mesa, a la que me dirigí mientras saludaba a una pareja que reconocí porque frecuentaban la tienda y tomé el asiento que miraba hacia la puerta. Tal y como esperaba, cinco minutos después de que me sentara, y diez minutos antes de la hora a la que se suponía que habíamos quedado, la vi entrando por la puerta; delgada, morena y más esbelta que nunca. Luego me fijé en cómo se aferraba a su bolso de treinta y cinco mil dólares, como si tuviera miedo de coger piojos si rozaba cualquier cosa del restaurante. Y eso que sabía de buena tinta que años atrás había trabajado en uno de los restaurantes de la cadena Waffle House. Que Dios me diera paciencia para lidiar con aquella familia.

Lo mejor que podía haberme pasado era que me echaran. Aquel pensamiento me hizo enderezar la columna vertebral. Estaba contenta. Sana. Tenía todo el futuro por delante. Tenía amigos y seres queridos. Puede que todavía no tuviera ni idea de lo que haría dentro de un año, ni mucho menos dentro de cinco o diez, pero era feliz. Y con más estabilidad de la que había tenido en mucho tiempo.

Por eso sonreí al levantarme y llamar la atención a la señora Jones. Frunció el ceño, molesta por haber sido tomada por sorpresa, y se acercó hacia mí mientras yo volvía a sentarme. Cuando ocupó la silla frente a la mía, alargué la mano hacia ella. ¿Quería demostrar mi superioridad moral? No. Pero ¿a la señora Jones le irritaría que lo hiciera? Sí. Y por eso lo hice.

Se quedó mirando mi mano, atónita. Resopló al estrechármela con la suya, fría y casi húmeda. Aquello significaba que estaba nerviosa o enfadada. Esperaba que ambas cosas.

—Hola, Aurora —dijo.

—Hola, señora Jones. —Noté que una parte de aquel resentimiento acumulado se esfumaba. Abrí la carta, arrepintiéndome de haber dejado los copos de avena que había dejado preparados anoche en la nevera de Rhodes para tener tiempo de asearme.

Había valorado no maquillarme ni arreglarme el pelo, pero al final había optado por la opción contraria. Quería que viera con sus propios ojos que lo estaba petando, partiendo la pana. Más o menos.

Y, en realidad, sí que lo estaba petando. Estaba bien. Mejor que nunca, y eso era la pura verdad. Tenía el pelo más sano; lo había dejado crecer después de destrozármelo durante una década para que tuviera aquel tono rubio claro. Estaba bronceada por todo el tiempo que pasaba al aire libre, y estaba mejor que nunca tanto física como mentalmente. Tenía la sensación de que la paz que sentía conmigo misma me cubría como si fuera un manto.

La vida no tenía que ser perfecta para que fueras feliz. Y, en cualquier caso, ¿qué era la perfección?

—¿Cómo estás? —le pregunté con la mirada todavía fijada en la carta. Anda, tostadas a la francesa. Llevaba meses sin comerme ninguna, desde antes de venir a Pagosa.

—Bueno, estaría mejor si estuviera en mi casa, Aurora —se quejó la mujer.

Dejé que sus palabras me entraran por una oreja y me salieran por la otra. Puede que solo me tomara un café y luego vol-

447

viera a casa de Rhodes y desayunara con ellos. La verdad es que tenía pinta de que aquella conversación no iba a durar mucho. Llevaba el dinero en efectivo justo para tomarme un café y dejar propina sin tener que esperar incómoda a que la camarera me cobrara con tarjeta si decidía escaparme.

De hecho, me pareció un buen plan. ¿Prefería desayunar con personas que me hacían feliz o con el demonio? Ni siquiera tuve que pensármelo.

Una vez tomada la decisión, cerré la carta y volví a centrarme en la mujer, que ni siquiera había abierto la suya, confirmando que nuestro encuentro no iba a alargarse. Perfecto. Bueno, podía ser por eso o porque la señora Jones no estaba dispuesta a rebajarse a comer en un restaurante como aquel. Ni muerta. «¿No tienen huevos pochados? ¿Ni batido de mango?». Dios no lo quisiera. Esas cosas estaban riquísimas, pero yo las aborrecía solo por la manera en la que ella las pedía.

Suspiré, me recosté en la silla y la observé allí sentada, con su precioso bolso verde sobre el regazo y sus uñas pintadas en contraste con la correa.

—Tienes buen aspecto —le dije con sinceridad.

—Y tú estás… morena —fueron las palabras más agradables que consiguió pronunciar. Me reí y me encogí de hombros. No era ningún insulto—. ¿Qué haces aquí? —me preguntó frunciendo los labios.

No sabía qué hacer con las manos, así que las puse encima de la mesa y tamborileé con los dedos sobre la carta forrada de plástico.

—Vivo aquí —respondí con lo que esperaba que fuera un tono de obviedad.

—Hemos tardado mucho tiempo en encontrarte —dijo cogiendo aire por la nariz—. Hemos tenido que contratar a unos cuantos detectives privados.

Encogí un hombro.

—No me estaba escondiendo, y Kaden sabe perfectamente que me crie aquí.

O se le había olvidado o nunca llegó a procesarlo. Menudo hijo de puta, ahora que lo pensaba.

La señora Jones volvió a hinchar las fosas nasales y me di cuenta de que estaba haciendo un gran esfuerzo por no soltar un comentario arrogante.

—Ya sabes lo ocupado que está. Tiene siempre muchas cosas en la cabeza.

No iba a excusarlo ni a creerme aquella frase que yo misma me había repetido y otra vez a lo largo de nuestra relación. Pobrecito Kaden. Siempre tan ocupado. Con tantas cosas que hacer.

No era verdad. Su madre se ocupaba de todo. Yo me ocupaba de todo. Tenía gente que se ocupaba de todo. Estaba segura de que no tenía ni idea de los impuestos que pagaba ni de cuánto era la cuota de la hipoteca.

—¿Por eso no ha podido venir? —pregunté reprimiendo apenas una sonrisa sarcástica—. ¿Porque está muy ocupado?

No se me pasó por alto lo pálidas que se le pusieron las comisuras de los labios antes de recomponerse y responder.

—Sí. —La señora Jones se aclaró ligeramente la garganta, solo un poquito—. Aurora…

—Mira, señora Jones, estoy segura de que tienes cosas mejores que hacer que pasar el día en Pagosa Springs intentando charlar conmigo, porque yo también. ¿Qué quieres?

—Eres una maleducada —dijo soltando un grito ahogado.

—No soy una maleducada por decir la verdad. Tengo cosas que hacer.

Era mi día libre. Tenía que desayunar. Vivir mi vida.

Resopló sentada en su silla y presionó sus labios delgados y rosados antes de colocar los hombros en una postura que me recordó a todas las veces que había tenido que ser la mala con alguien en nombre de su hijo.

—Muy bien. —Se sentó más erguida que antes, buscando las palabras adecuadas, y puede que incluso haciendo de tripas corazón—. Kaden cometió un error.

449

—Ha cometido muchos errores.

Puede que al fin y al cabo acabaran recibiendo una tarta de mierda.

Intentó reprimir una mueca, Dios la bendiga, pero la conocía lo bastante bien como para no tragarme su actuación.

—Me gustaría saber cuáles son esos «muchos» errores —soltó antes de poder contenerse.

No dije nada y le dediqué una mirada que había aprendido del mejor, del hombre en cuya cama me había despertado aquella mañana. Preferiría estar pensando en eso. En lo que estaba pasando allí. En lo que podría pasar allí. Una oleada de emoción me recorrió el cuerpo.

—Me refiero al ti, Aurora. Me refiero al error que cometió… al dejarte.

Bingo. Estaba segura de que le había costado decirlo.

—Ah, eso. Vale. En primer lugar, no me dejó. Me echasteis entre los dos. Y, en segundo, sabía que algún día Kaden acabaría arrepintiéndose, señora Jones, así que no me sorprende. Pero ¿eso qué tiene que ver conmigo?

Tenía que forzarla a reconocer lo que yo ya sabía. Porque no podía considerarme tan estúpida como para pensar que no tenía ni idea, ¿no? Aunque, en realidad, seguramente fuera así.

Soltó un suspiro exasperado y recorrió el restaurante con sus ojos marrones oscuros antes de volver a centrar su atención en mí. Sabía lo que estaba viendo: personas con camisetas y camisas de franela, monos de camuflaje, chaquetas viejas y jerséis de Columbia. Nada elegante ni ostentoso.

—Tiene mucho que ver contigo —susurró remarcando sus palabras—. Kaden nunca debería haber terminado vuestra relación. Sabes que estaba bajo mucha presión por la acogida de su álbum *Trivium*, y tú no dejabas de irle con exigencias.

Exigencias. Le pregunté cuándo íbamos a casarnos. A casarnos de verdad, porque era algo importante para mí. Que cuándo podríamos tener hijos, porque yo siempre había querido tenerlos y Kaden lo sabía, y los años iban pasando. Había

450

sido su amiga más fiel durante catorce años y, aun así, resulta que le había ido con «exigencias». Sin embargo, no dije nada y me guardé mis pensamientos. Mantuve la misma expresión. Dejé que siguiera hablando.

—Kaden estaba pasando por un mal momento.

En su casa de diez millones de dólares, viajando en su autobús de gira de dos millones, volando con el avión privado que le había proporcionado su sello discográfico.

No estaba «pasando por un mal momento». Conocía a Kaden mejor que a nadie y sabía que aparte del día en el que murió su abuela, no había sufrido ni una sola vez en su vida. Estuvo de bajón y decepcionado porque los críticos de música pusieron a parir *Trivium*, pero le había restado importancia y había dicho que tenía suerte de haber tardado seis álbumes en tener un fracaso. «Le ocurre a todo el mundo», había insistido. En cambio, su madre se había puesto furiosa… Y había sido idea suya dejar de usar mis canciones, así que…

Kaden dormía como un tronco cada noche, animado por la gente que le restaba importancia a su fracaso y le endulzaba las palabras para que se las pudiera meter más fácilmente por el culo. Vivía en un mundo de fantasía en el que todo el mundo lo amaba. Y parte de la culpa era mía, sí, pero no toda.

—Llevabais tanto tiempo juntos que necesitaba aclararse las ideas. Tenía que estar seguro.

¿Tenía que estar seguro? Estuve a punto de atragantarme, pero no valía la pena. «Tenía que estar seguro». Vaya, vaya.

Me entraron ganas de reír, pero me contuve de nuevo. Simplemente… Vaya. Se estaba enterrando a sí misma en un agujero cada vez más profundo y no se estaba dando ni cuenta. Debería sentirme insultada por lo imbécil y desesperada que asumía que estaba para tragarme todo eso.

Podía jugar a ese juego. De hecho, se me daba de puta madre. Había tenido catorce años para volverme una profesional gracias a ella. Incluso había practicado con Randall Rhodes. Debería haberlo invitado para que desatara su poder contra ella.

451

—No le faltaban opciones. ¿No preferirías estar del todo segura antes de cuestionártelo todo más adelante? —preguntó.

Asentí con cara seria.

Mostró los dientes, intentando esbozar una sonrisa, pero parecía como si la estuvieran torturando. Seguramente era lo que sentía en aquel momento.

—Te echa de menos, Aurora. Mucho. Quiere que vuelvas.

Enfatizó ese «vuelvas» como si estuviera hablando de un jodido milagro de Navidad. No, no de un milagro de Navidad, de la Inmaculada Concepción. Como si tuviera que ponerme de rodillas y darle las gracias. En lugar de eso, asentí de nuevo, con el rostro inexpresivo.

—Ha llamado a todas las personas que conoce para intentar que le dieran tu nuevo número. Incluso se lo ha suplicado a Yuki y a esa hermana suya.

Se habían llevado bien mientras estábamos juntos, pero yo era su amiga. Su amiga de verdad, una que se preocupaba por ellas, las consideraba importantes y las quería por el simple hecho de que eran buenas personas y no porque pudieran hacer algo por mí.

—Uno de los investigadores privados a los que contratamos tuvo que ponerse creativo para conseguir tu teléfono una vez logró localizarte. Kaden ha intentado ponerse en contacto contigo. Sé que te ha mandado varios correos, y tú ni siquiera has tenido la decencia de responderle.

Aquello fue la gota que colmó el vaso.

Decencia.

«Decencia» era una palabra poderosa que normalmente solo utilizaban las personas que carecían de ella. Porque la gente decente no utilizaba esa palabra como arma. La gente decente entendía que hay motivos para todo y que puede haber dos versiones de una misma historia.

Yo sí que era una persona decente. No, que le dieran por saco: era buena persona. Aquellos hijos de puta eran los que no sabrían reconocer la decencia ni aunque se la pusieran delante de las narices.

No iba a permitir que me insultara más de lo que ya lo había hecho. Así que la interrumpí.

Me incliné sobre la mesa y extendí una mano hacia esa mujer a la que jamás había querido, pero por la que me había preocupado porque alguien a quien sí amaba la adoraba, y la coloqué encima de la suya, que descansaba sobre su bolso de Hermès. Le sonreí a pesar de no tener ganas de hacerlo.

Mi sonrisa era la única arma que necesitaba en aquel momento.

—Es cierto que no le respondí, pero no porque no sea una persona decente, porque lo soy. La próxima vez que te dirijas a alguien que quieras que te escuche, intenta no faltarle al respeto. No quiero nada de Kaden. Ni hace seis meses, ni hace un año, ni desde luego ahora. Cuando se presentó en casa después de pasar la noche en la suya, señora Jones, le advertí de que no sabía lo que estaba diciendo. Que se arrepentiría de terminar nuestra relación. Y tenía razón.

Solté el aire por la nariz y retiré la mano, dedicándole otra de aquellas sonrisas letales para que supiera que el tiempo para hablar se le había acabado. Que ella estaba acabada.

—No me importa una mierda si realmente me echa de menos o si lo que extraña es todo lo que hacía por él y por eso quiere que vuelva. Sé que me quería, o por lo menos me quiso genuinamente durante un tiempo, y espero que sepa que yo también le quise. Pero ahí está la cosa: que ya no lo quiero, y desde hace mucho. Kaden acabó con todo el amor que sentía por él. Y tú ayudaste a acabar con todo el amor que sentía por él también.

La miré a los ojos y le hablé con la voz más seria que pude.

—Esa es la razón por la que estás aquí, ¿no es cierto? Porque Kaden se arrepiente de haber terminado nuestra relación, o, mejor dicho, se arrepiente de que tú le convencieras de que lo hiciera, ¿no? ¿Y ahora está enfadado contigo? ¿Has venido a intentar arreglarlo todo porque te echa la culpa de lo que pasó en lugar de ser un adulto y responsabilizarse de sus acciones? Estoy segura de que eso es exactamente lo que está ocurriendo.

Y deberías ser capaz de ver que es evidente el porqué… La razón por la que el consentido de tu hijo no conseguirá lo que de repente ha decidido que quiere recuperar. La razón por la que no regresaré nunca jamás.

»Me echasteis. Me dejasteis en ridículo. Pusisteis a mucha gente en mi contra, y eso es culpa suya, pero también vuestra por ponerlos en esa posición. A esas alturas, no os deseo ningún mal a ninguno de los dos, pero tampoco os molestéis en llamar a mi puerta si algún día necesitáis una transfusión de sangre o un donante de órganos. He conseguido salir adelante. Soy feliz, y no dejaré que ni tú ni Kaden ni ninguno de vuestros lacayos me arrebatéis ese sentimiento.

Me alegré de que la camarera todavía no hubiera venido a tomarnos nota. Me alegré de poder marcharme. Me preparé para levantarme mientras observaba la expresión furiosa y lívida que se había apoderado de toda su cara.

—Por favor, no vuelvas a molestarme. Solo te lo pido por favor por educación, pero lo que en realidad te estoy diciendo es que me dejes en paz de una puta vez. Siempre me has considerado una inútil de mierda que debería besar el suelo que pisa tu hijo, pero te olvidabas de cómo era su carrera antes de que yo apareciera en su vida. Antes de que le diera mis mejores canciones. Antes de que se aprovechara de lo mucho que lo quería. No pienso volver. Y no hay suficiente dinero en el mundo como para que puedas convencerme de lo contrario.

Me levanté con la barbilla alzada y seguí hablando, justo en el momento en el que ella abrió la boca, seguramente para decirme que era una puta inútil, como aquella vez que se había emborrachado después de una entrega de premios a la que no me habían dejado asistir.

—Ojalá pudiera decirte que os deseo lo mejor a los dos, pero no soy tan buena persona. Lo único que deseo es que me dejéis en paz. Los diez millones que transferiste a mi cuenta bancaria sirvieron para comprar mi silencio, y les voy a sacar provecho. Voy a utilizar el dinero para pagar la universidad a mis hijos, que tendré con alguien que no es el tuyo, que nunca será el tuyo. No tendrás que preocuparte de que persiga a Kaden para pedirle migajas, señora. Será mejor que encuentres a alguien a quien no le importe ser la número once, porque desde luego yo no pienso serlo.

Tenía que decirle un par de cosas más y sabía que me estaba quedando sin tiempo, así que pronuncié las palabras con mucho cuidado, mirándola directamente a sus ojos desalmados.

—Ya no escribo. Hace un año que no escribo nada. Tal vez algún día vuelva a hacerlo, pero por el momento no, y una parte de mí espera no ser capaz nunca más. Sin embargo, incluso sin mis libretas ni mis canciones, siempre he valido mucho. Valgo más que el dinero que me pagasteis. Así que, por favor, déjame en paz. Dejadme todos en paz. Si vuelvo a veros a ti o a Kaden, os arrepentiréis. —Me incliné hacia delante para que no le quedara ninguna duda de lo en serio que iba—. Si cualquiera de vosotros vuelve a contactar conmigo, y me refiero a cualquiera, desvelaré al mundo la mentira en la que todos estábamos implicados. Conozco a gente y lo sabes. Y, además, me gastaré cada dólar de esos millones que me transferisteis, hasta el último centavo, para llevaros a los tribunales, señora Jones. No tengo nada mejor que hacer. Preferiría gastármelo en la gente que me hace feliz, pero no me quitará el sueño usarlo para otras cosas. Así que quiero que pienses detenidamente en si de verdad sabes dónde vivo y cuál es mi número de teléfono, en caso de que tu bebé decida que quiere ponerse en contacto conmigo.

Se le estaba sonrojando el cuello y vi que le temblaban los dedos, pero antes de que pudiera recomponerse, me despedí de ella con una inclinación de cabeza y le dije lo que esperaba que fueran las últimas palabras que le dirigiría en toda mi vida.

—Adiós, señora Jones.

Y salí del restaurante.

De camino a casa en el coche, empezó a dolerme la cabeza ligeramente a causa de la tensión pulsante de haber estado demasiado cerca del Anticristo. Provocaba ese efecto en la gente. Una minúscula parte de mí todavía no podía creerse el numerito que me había intentado colar.

Gente decente. «Tenía que estar seguro».

Menuda manera de llevarte a alguien a tu terreno. Ya, claro.

Resoplé y sacudí la cabeza por lo menos diez veces, rebobinando sus palabras y volviendo a escucharlas a toda velocidad. Tenía ganas de llamar a la tía Carolina y contárselo todo. Tenía ganas de llamar a Yuki. O a Clara.

Pero, sobre todo, quería regresar a la vida que conocía ahora. La que me había reconstruido y sacado del pozo de indecisión, confusión y miedo en el que me encontraba. Quería volver con la gente que me importaba.

Ni siquiera me había dado cuenta de que me habían caído un par de lágrimas por el rabillo del ojo hasta que me sorbí la nariz y me di cuenta de que la humedad venía de otra parte. Me las sequé con el dorso de la mano. Lo único que quería era un abrazo.

Había cerrado aquel capítulo de mi vida. De una puñetera vez por todas. Tenía la sensación de haberme quitado cincuenta kilos del pecho. En cuanto giré para entrar al camino de acceso, me sentí preparada. No sabía muy bien para qué, pero para algo. Para el futuro, ahora más que nunca. Para todo.

Me salió una vaharada de aire de los pulmones mientras metía el coche en la entrada de Rhodes. Una oleada de determinación me enderezó la columna vertebral mientras avanzaba dispuesta a aparcar, salir del coche y seguir apreciando todo lo que tenía. En parte debido a la familia Jones. Aunque, sobre todo, siempre y para siempre, gracias a mi madre.

Ni siquiera podía imaginarme quién sería ni cómo me sentiría si no tuviera ese lugar.

Al acercarme al garaje vi a Rhodes saliendo de su casa con una expresión tensa en la cara que solo le duró un segundo, hasta que vio mi coche. Entonces y solo entonces se le relajó parte de la tensión del rostro. Como si estuviera aliviado. ¿Lo estaba?

Llevaba la camisa de franela medio abrochada y la camiseta interior pegada al pecho, como siempre. Mientras aparcaba mi espacio habitual y salía del coche, me di cuenta de que llevaba unas llaves en la mano.

Rhodes bajó por las escaleras del porche mientras yo rodeaba el coche. Tenía la mirada gris lavanda fijada en mí.

—¿Estás bien? —dijo, frunciendo el ceño.

Pero no le duró mucho.

—Estoy bien —contesté.

Y medio segundo después, cuando ya lo tenía a mi alcance, me abalancé sobre él. Me puse de puntillas, le rodeé el cuello con los brazos, pegué mi pecho a sus pectorales y fui a por todas. Puse mi boca sobre la suya.

Se le tensó el cuerpo como si se hubiera convertido en una estatua durante un instante, pero al cabo de un momento se relajó. Me rodeó la espalda con uno de sus brazos, y el otro se instaló debajo del primero, justo por encima de mis nalgas. Rhodes me estrechó con fuerza contra él y corrigió el ángulo de su cabeza, dándome un beso cálido en respuesta al mío.

Fue un maldito milagro que no intentara escalarlo como si fuera un árbol, rodeándole la cintura con las piernas porque su boca estaba caliente y sus labios, firmes y a la vez suaves. Era un beso dulce, tierno. Era todo lo que siempre había querido y más.

Noté su aliento en la cara cuando respiró al apartarse un poco. Levantó las cejas. Se pasó la lengua por los labios y buscó mi mirada durante un momento. Volvió a inclinarse para besarme una vez más, y luego se alejó, examinándome con intensidad.

—Y yo que estaba preocupado por si al volver me decías que te ibas.

Negué con la cabeza mientras le contemplaba las pequeñas arrugas de los ojos, las de la frente, el intenso color de su mirada y todo su increíble pelo plateado.

457

—¿Estás bien? —murmuró agarrándome las caderas con sus enormes manos. Todavía me vigilaba como si fuera a desaparecer en cuanto me quitara los ojos de encima.

—Sí —contesté—. He ido a ver a la madre de mi ex.

—Am me lo ha contado —dijo en voz baja—. Me estaba debatiendo entre ir a ofrecerte refuerzos o dejar que te ocuparas tú sola.

No pude evitar sonreírle, asimilando su preocupación y guardándomela en el corazón.

—Estoy bien —le aseguré con voz queda—. Solo me ha cabreado muchísimo, y lo único que quería era regresar aquí. —Tragué saliva—. No quiero volver a tener nada que ver con ellos. Ni siquiera un poco.

—Espero que no —dijo observándome detenidamente—. ¿Seguro que estás bien?

—Sí, pero ahora estoy incluso mejor —admití, porque era cien por cien verdad. Y justo en aquel momento me di cuenta de lo que había hecho. De lo que había empezado y de dónde estábamos ahora—. Siento haberme abalanzado sobre ti de esa forma. Sé que justo ayer hablamos de ir con calma y estar seguros, pero no podía dejar de pensar en la suerte que tengo de teneros a los dos, y en lo guapo que eres, y en lo segura que me haces sentir, y en que siempre crees en mí, y en que...

Se le alzaron las comisuras de los labios poco a poco y esbozó la sonrisa más lenta que había visto en toda mi vida. También levantó las cejas, pero no me interrumpió con palabras, sino con la dulce presión de sus labios sobre los míos. Despacio y con ternura, su boca solo permanecía un segundo sobre la mía en lo que puede que fuera el mejor momento de mi vida. Si tanto me gustaba que me besara así, ¿qué sentiría cuando lo hiciera con lengua?

Tenía que calmarme un poco, eso era lo que tenía que hacer.

Rhodes se apartó, todavía con aquella sonrisa suave en los labios.

—¿Cuándo estés lista me avisarás?

458

Asentí con la cabeza.

—No voy por ahí besando a cualquiera —susurré.

La manera en la que respondió «Bien» seguramente se me quedaría grabada en el alma durante el resto de mi vida.

—¡Ora!

El grito procedía de la casa y nos tomó a los dos por sorpresa.

Eché un vistazo por encima del hombro de Rhodes y vi a Amos junto a la puerta principal, todavía en pijama y con cara de tener incluso más sueño que antes.

—¿Estás bien? —preguntó, confirmándome exactamente por qué había regresado.

Porque, en aquel lugar, un adolescente de dieciséis años y un hombre de cuarenta y dos a los que solo conocía desde hacía seis meses se preocupaban más por mí que la gente que conocía desde hacía más de una década.

Era mi lugar tranquilo. El sitio donde mi madre querría que estuviese, donde me animaban y me ponían de buen humor, incluso en los días de mierda.

—¡Estoy bien! —le grité en respuesta—. ¿Y tú?

—Traumatizado de por vida por haberte visto agarrar así el culo de mi padre, pero lo superaré. ¡Gracias por preguntar! —vociferó con sarcasmo antes de mover la cabeza y cerrar la puerta.

Rhodes y yo nos quedamos paralizados. Nos miramos a los ojos y entonces ambos nos echamos a reír.

Sí, estaba justo donde quería estar. Donde estaba feliz. «Gracias, mamá».

27

Las siguientes dos semanas pasaron volando. Sobre todo porque estuvimos superocupadas en la tienda. El verano había sido frenético y el otoño, tranquilo hasta que empezó la temporada de caza, pero las cosas habían empezado a ir a toda máquina en cuanto llegó la nieve y los colegios cerraron por vacaciones de Navidad.

Estábamos a tope alquilando y vendiendo, y Clara me había dado un curso intensivo para ayudar a los clientes a elegir esquís y tablas de *snowboard* el día que alquilé uno para mí misma. Todas las demás cosas que necesitaba saber, preguntas que los clientes quisieran plantearme, las anoté en una lista y se las pregunté a algunos de los locales que había conocido trabajando en la tienda. Sorprendentemente, Amos me respondía muchas durante las noches que cenábamos juntos. Por suerte solo había una sola estación de esquí por la zona, así que los clientes tampoco podían tener demasiadas dudas aparte de a dónde podían ir para deslizarse con los trineos hinchables que alquilaban.

Estaba tan ocupada en el trabajo que me alegré de haber comprado todos los regalos de Navidad por anticipado durante mis pausas para comer. Los había mandado casi todos directamente a casa de mis tíos, pero había pedido que me enviaran algunos a mi apartado de correos de la ciudad. De no ser por los que me habían ido llegando, tal vez me hubiera olvidado por

460

completo del billete de avión que había comprado en octubre para ir a Florida a pasar la Navidad. Cuando lo reservé, no quería dejar a Clara sola en la tienda por mucho tiempo, así que salía temprano el día de Nochebuena y regresaba el 26 de diciembre.

En algún momento, todo el mundo empezó a mencionar una gran tormenta que se suponía que llegaría justo antes de Navidad, pero no le di mucha importancia. Llevaba un tiempo nevando periódicamente cada pocos días. Ahora ya me sentía más segura conduciendo en esas condiciones, aunque Rhodes venía a buscarme al trabajo siempre que podía y me seguía en coche de vuelta a casa.

Solo con pensar en Rhodes un sentimiento curioso me inundaba el pecho.

No sabía si era porque había crecido en una familia que confiaba demasiado en mí y a la que no le iba mucho la crianza tipo helicóptero, pero el rollo sobreprotector de Rhodes me provocaba cosas. Un montón de cosas. Me hacía sonreír como cuando de pequeña veía los regalos debajo del árbol la mañana de Navidad.

No habíamos podido volver a pasar un rato a solas y no había habido más besos de los de verdad entre nosotros desde el día en el que prácticamente lo ataqué tras la visita de la señora Jones. En gran parte se debía a que él trabajaba hasta tarde a menudo. Le estaba tocando ocuparse de problemas que a mí ni siquiera se me habían ocurrido que pudieran existir. Desde incidentes relacionados con motos de nieve hasta otros con la pesca sobre hielo, pasando por la caza furtiva. Una noche había llegado un poco más temprano de lo habitual, con una pizza, y me contó que, después del verano, el invierno era la estación del año en la que más trabajo tenía.

Cada vez que Rhodes llegaba antes a casa, excepto en una ocasión en la que se fue a casa de Johnny para jugar al póker, me invitaba a cenar. Y yo, por supuesto, aceptaba. Me senté lo más cerca que pude de él en las dos noches en las que vimos una pe-

461

lícula, con Amos espatarrado en el sillón reclinable. Nos sonreímos desde la otra punta de la mesa otro día cuando, después de cenar, jugamos a un Scrabble viejo que nadie sabía de dónde había salido. Sin embargo, la parte más especial de esas veladas que pasábamos juntos era el momento en el que me acompañaba de vuelta al apartamento y luego me abrazaba durante un buen rato. Una vez, y solo una vez, me dio un beso en la frente que hizo que me temblaran las piernas. No creía que la tensión sexual que había entre nosotros cada vez que mis pechos se presionaban contra su abdomen durante uno de esos abrazos fuera imaginación mía.

Así que, en definitiva, estaba más feliz que nunca en muchísimos aspectos. La esperanza que había vislumbrado tantas y tantas veces a lo largo de aquellos últimos meses había ido creciendo cada día en mi corazón. Una sensación de estar en familia, de pertenecer a un lugar, me envolvía todo el cuerpo.

Sin embargo, el 23 de diciembre, cuando estábamos cerrando la tienda, Clara se giró hacia mí con gesto grave.

—No creo que mañana puedas volar —dijo.

Envuelta en un plumas que tenía desde hacía mil años, demasiado delgado para las temperaturas que estaban haciendo, me estremecí y alcé las cejas hacia ella.

—¿En serio?

Negó con la cabeza y se giró para cerrar la puerta con llave. Ya habíamos puesto la alarma antes de salir.

—He visto el radar. Va a ser una tormenta enorme. Seguro que te cancelan el vuelo.

Me encogí de hombros, sin querer darle importancia. Últimamente había nevado mucho y, aun así, seguían llegando turistas a la ciudad. Además, tampoco podía hacer nada para remediarlo. Mis superpoderes no incluían controlar el tiempo.

Clara bajó la reja de seguridad que iba por fuera de la puerta y me dijo con un tono de voz extraño sin mirarme:

—Por cierto, se me ha olvidado decirte que… alguien…, alguna organización benéfica, creo…, ha pagado las facturas hos-

462

pitalarias de mi padre como parte de una campaña de Navidad. —Me miró con sus ojos marrones antes de volver a centrar su atención en la reja—. Menudo milagro, ¿no? —dijo ese tono de sospecha.

—Vaya, sí que es un milagro, Clara —le contesté intentando mantener la voz tranquila y neutra. Normalidad absoluta. Incluso mi rostro se mostraba inexpresivo e inocente.

—A mí también me lo ha parecido —dijo entrecerrando los ojos—. Ojalá pudiera darles las gracias.

Decidí asentir.

—Puede que no necesiten que se las des.

—Ya —coincidió—. Puede, pero aun así significa mucho para mí. Para nosotros.

Volví a asentir, de nuevo evitando su mirada, hasta que me envolvió en un abrazo y me deseó un buen viaje y una feliz Navidad. Nos habíamos intercambiado los regalos el día anterior. Y también le había dado uno para el señor Nez y otro para Jackie.

Aquella noche, después de haber conducido despacio hasta casa, estaba en el estudio, doblando un poco la ropa para no dejarlo todo hecho un desastre y que a Rhodes, el monstruo del orden, no le diera una migraña, cuando oí que llamaban abajo, el crujido de la puerta al abrirse y un «¿Ángel?».

Sonreí.

—¡Hola, Rhodes!

Mi sonrisa siguió en su sitio mientras él subía las escaleras, y se ensanchó todavía más cuando llegó arriba y se detuvo en el descansillo.

A Rhodes se le curvaron las comisuras de los labios al verme. Llevaba el uniforme puesto, pero debía de haber pasado primero por su casa porque, en vez de su chaqueta de trabajo de invierno, llevaba puesta una parca azul oscuro con una capucha de forro polar. Hacía bastante frío afuera.

—¿No te cabía la ropa hecha una bola en la maleta y has tenido que doblarla?

Le lancé una mirada inexpresiva.

—¿Sabes qué? Antes me preguntaba si Amos habría sacado el sarcasmo de su madre, pero ahora veo de dónde le viene. Para que lo sepas, estaba doblando la ropa para que no te diera un infarto si subías al estudio mientras estaba fuera...

Se me acercó, se detuvo junto a la mesa y me puso la mano fría encima de la cabeza. Echó un vistazo a mi pequeña pila de ropa: las bragas en un montón, los sujetadores en otro, y más allá los calcetines desaparejados.

Levanté el mentón y me gané una sonrisa inusual. Últimamente me las regalaba a diestro y siniestro, no como antes, cuando parecían una moneda de cambio valiosa.

—¿Qué pasa? —pregunté.

—Eres de lo que no hay, colega —dijo.

Dejé la camiseta que tenía a medio doblar y entrecerré los ojos.

—¿Puedo hacerte una pregunta?

—¿Tú qué crees?

Solté un gruñido.

—¿Por qué me llamas «colega»? —dije—. Nunca he oído que llamases así a Am o a nadie más.

Alzó las cejas en la frente a la vez que sus labios se ensanchaban en una sonrisa todavía más insólita, como si se tratara de una superluna.

—¿No lo sabes?

—¿Se supone que debería saberlo?

—Pensaba que lo sabrías —contestó enigmáticamente, todavía sonriendo.

—No tengo ni idea —afirmé negando con la cabeza—. Al principio pensaba que me llamabas «ángel» cuando no te acordabas de mi nombre, pero ahora sé que... Bueno.

Rhodes se rio y puso una mano encima de la mesa; las puntas de los dedos le quedaron a unos milímetros del encaje de mis bragas verdes. Por un momento sus ojos grises se quedaron embobados mirándolas antes de que volviera a levantar la vista hacia mí, con el cuello cada vez más rojo.

464

—Porque eres uno —dijo. Me quedé con la boca abierta, y estoy casi segura de que me lo quedé mirando con cara de tonta. Una de las comisuras de sus labios se alzó un poquito—. ¿Por qué te sorprendes tanto? Tienes un corazón bueno y amable, colega. Aunque no tuvieras ese aspecto, seguirías siendo mi ángel.

¿Su ángel? ¿Me estaba temblando la barbilla? ¿Estaba mi corazón cambiando su identidad por otra nueva? ¿Acababa de decirme Rhodes lo más bonito que nadie me había dicho en toda la vida?

Tenía una expresión tan cariñosa, tan transparente, que lo único que pude hacer fue mirarlo boquiabierta mientras él seguía hablando.

—Te llamo «colega» porque es el nombre de Buddy, el protagonista de *Elf*, y me recuerdas a él. Siempre estás sonriendo. Y esforzándote por que todo salga bien —explicó.

Sí que me estaba temblando la barbilla. Una sonrisa suave invadió las facciones duras de Rhodes.

—No llores. Tenemos que hablar. ¿Has visto la previsión meteorológica?

Parpadeé e intenté centrarme, guardándome la explicación que me había dado en el corazón, porque, si no, sería capaz de desnudarme en aquel preciso instante.

—¿La previsión? —repetí con voz ronca mientras intentaba pensar—. ¿Lo dices por lo de la tormenta?

Asintió, por lo visto dando por zanjado el momento de lanzarme piropos que me hacían sentir que tal vez, solo tal vez…, me quería.

Y la verdad era que yo estaba completamente enamorada de él.

Solo con verlo era feliz. Estar cerca de él me hacía sentir tranquila. Segura. Aquel hombre no albergaba duda alguna, no se guardaba nada. Era reservado, sí, pero aquello no significaba que escondiera partes de sí mismo. Me encantaba lo serio que era. Lo profundos que eran sus pensamientos y sus acciones.

465

Aparte de mi madre, nadie en toda mi vida me había hecho sentir igual que Rhodes, como si pudiera confiar plenamente en él. Cuando lo acepté, cuando me di cuenta de ello, comprendí adónde llegaban mis sentimientos. Estaba enamorada de él.

—Sí —respondí, cerrando la boca y secándome los ojos por si acaso, aunque no creía que hubiera derramado ninguna lágrima. Se me habían quedado justo al borde de los ojos—. Me lo ha comentado Clara y la he mirado en cuanto he llegado a casa.

—Se supone que tu vuelo sale a primera hora, ¿no? —dijo inclinando la barbilla con su hendidura perfecta.

Se lo confirmé tragando saliva con fuerza para conservar la calma y no echarme a llorar, y todavía menos confesarle que estaba locamente enamorada de él.

—Esta noche las temperaturas van a caer a menos diez o menos once grados —dijo con cuidado.

—Se supone que el avión sale a las seis.

No dijo nada, pero posó los dedos, gruesos y firmes, sobre mi mandíbula, acariciándome desde detrás de la oreja hasta la barbilla.

—¿Crees que lo cancelarán? —conseguí preguntar, sobre todo para distraerlo y que, con suerte, siguiera con la mano en mi cara.

No había sido tímido a la hora de tocarme los hombros o las muñecas. A veces me rozaba los dedos, y aquello era mejor que lo que me hacía a mí misma en la cama por las noches.

Y lo hizo. Es decir, siguió acariciándome.

—Creo que deberías hacerte a la idea de que la posibilidad está ahí —respondió con voz queda, los párpados pesados sobre su mirada.

—Bueno, sería una putada, pero si ocurre tampoco puedo hacer nada. Tengo...

Clavó sus ojos grises en los míos y se agachó hasta que su atractiva cara y su pelo plateado quedaron a mi altura.

—Ven a dormir a casa.

—¿Esta noche? —dije con voz ronca.

466

La mano que había estado en mi garganta durante treinta segundos enteros bajó hasta mi muslo.

—Te llevaré al aeropuerto en coche por la mañana si tu vuelo sale según lo previsto. Así no tendrás que cruzar de un lado a otro del camino de acceso —dijo como si hubiera un kilómetro entre el apartamento y su casa.

Contuve una sonrisa.

—Vale.

Rhodes se levantó y me puso la misma palma de esa misma mano sobre el hombro.

—¿Quieres venir ahora? Puedo ayudarte a llevar tus cosas.

—Genial.

La calidez en su expresión me levantó el ánimo. Estaba enamorada de él. Sin embargo, lo que más se sorprendía era que saberlo y aceptarlo no me había llenado el corazón de miedo en absoluto. Ni un ápice. Ni una sombra.

La certeza que sentía me recordaba al cemento por su resistencia, por su fuerza. Me había dicho a mí misma cientos de veces que no le tenía miedo al amor, que estaba lista para seguir adelante, pero en realidad el futuro siempre me asustaba.

Sin embargo, Rhodes se había ganado cada gramo de lo que sentía por él con sus atenciones, su paciencia, su sobreprotección y..., en definitiva, con todo lo que lo hacía ser él.

Sintiéndome bastante atrevida, me incliné hacia adelante y le di un beso rápido en la mejilla. Luego empecé a recoger mis cosas. No tardé mucho en coger otra muda y otro pijama mientras Rhodes tomaba la iniciativa y terminaba de doblarme la ropa. Cuando acabamos, bajó mi maleta grande por las escaleras sin quejarse de lo mucho que pesaba a pesar de que solo me iba dos días, y también llevaba la bolsa del súper donde había metido lo que necesitaría aquella noche y mañana. Había escondido sus regalos en el armario del vestíbulo junto al cuarto de Amos el día anterior, antes de ir a trabajar. Tenía pensado llamarlos el día de Navidad y decirles dónde estaban.

Mientras cruzábamos la entrada con cuidado, Rhodes tomó la palabra.

—Va a ser una tormenta muy grande, cariño. No te decepciones mucho si te cancelan el vuelo, ¿de acuerdo?

—No me decepcionaré —le aseguré. Porque era la verdad.

—¿Estás triste? —me preguntó Amos la noche siguiente mientras estábamos sentados a la mesa.

Rhodes había sacado el dominó hacía una hora, y habíamos jugado una partida antes de que Am saliera de su habitación y, por lo visto, decidiera que estaba lo bastante aburrido como para unirse a la partida.

—¿Yo? —pregunté al mismo tiempo que estiraba los brazos por encima de la cabeza.

—Sí —confirmó antes de tomar un sorbo rápido de su refresco de fresa—, porque te hayan cancelado el vuelo.

La notificación me había llegado en mitad de la noche. El sonido me despertó y me di la vuelta en la cama de Rhodes, donde habíamos dormido él en su lado y yo en el otro porque volvió a recordarme que podría haber murciélagos y ratones, y vi que me habían cambiado la hora del vuelo de las seis de la mañana al mediodía. A las nueve, lo cambiaron a las tres, y finalmente a las diez y media lo cancelaron.

Si me decepcioné un poco, la forma en la que Rhodes me había masajeado la nuca cuando le di la noticia lo compensó todo. Eso y cómo se había desnudado delante de mí hasta quedarse en calzoncillos para después meterse en la cama, a solo unos pocos centímetros de distancia, acariciando mis dedos con los suyos varias veces antes de que nos quedáramos dormidos.

No sabía muy bien durante cuánto tiempo podríamos dormir en la misma cama, a pesar de que solo hubiera ocurrido dos veces, pero sí sabía que estaba lista para algo más. Y por su mirada, sabía que Rhodes también lo estaba. Algo más profundo

468

que la palabra de cuatro letras que empieza por «s» y que flotaba entre nosotros a pesar de que apenas nos habíamos besado.

Sin embargo, aquella era una preocupación para más tarde, cuando Am no estuviera sentado frente a nosotros.

—No, estoy bien. Siempre que no os importe que pase el rato con vosotros por aquí... —dije dejando la frase a medias.

—No —exclamó Amos haciendo una mueca detrás de la lata.

—¿Estás seguro? Porque no me importaría si me dijeras que prefieres estar solo con tu padre y la familia de tu madre.

—Que no —insistió—. Está bien.

Un «Está bien» de Amos era casi como si me estuviera dando su bendición, y no iba a desdeñarla.

—Y vosotros, ¿estáis tristes porque tu padre haya tenido que cancelar su visita por la nieve? —le pregunté a Rhodes.

Padre e hijo se miraron. No me habían vuelto a mencionar mucho a Randall Rhodes, pero sabía que le había propuesto celebrar la Nochebuena con ellos, ya que, desde luego, no estaba invitado a la reunión de la otra parte de la familia de Amos, que también podría acabar cancelándose por el estado de las carreteras. Me había parecido un pequeño paso que el hombre hubiese llamado y se hubiera disculpado por no poder venir. No obstante, estaba casi segura de que con aquel gesto solo me había impresionado a mí. Por lo menos lo estaba intentando. O eso creía.

—Me lo tomaré como un no —murmuré—. ¿Y si vemos una peli de miedo después de la partida?

Am se animó al oír mi idea, pero no me pasó por alto el bufido que soltó Rhodes ante la perspectiva de ver una peli de miedo en Nochebuena. Lo miré y sonreí. Me dio un golpecito por debajo de la mesa con el pie enfundado en un calcetín. Ese contacto superó con creces a la mayoría de besos que me habían dado en la vida.

—Bueno, vale —dijo Amos, cosa que viniendo de él era casi un «Sí, qué pasada».

469

—¿Te importa? —le pregunté a Rhodes con una mirada esperanzada, y parpadeé.

—Déjate de monerías. ¿A ti qué te parece? —dijo mirándome de reojo.

Pensé que no le importaría, y estaba en lo cierto. Nos sentamos los tres alrededor del televisor y vimos *El hijo*. Me ignoraron cuando cerré los ojos o fingí que tenía algo muy interesante debajo de las uñas para desviar la mirada. Cuando la película terminó, ya era medianoche y no tuve paciencia para esperar hasta la mañana. En casa siempre habíamos celebrado la Navidad a medianoche, por lo menos con mi madre. Era la única tradición que parecía haber conservado de su familia venezolana.

Me puse al borde del extremo del sofá, donde había visto toda la película junto a Rhodes.

—¿Puedo daros ya vuestros regalos?

—Vale —dijo Am.

—¿Tenemos regalos? —preguntó a la vez Rhodes.

—Ya has visto la de guirnaldas que he colgado en el apartamento. No me puedo creer que te sorprendas.

Se encogió de hombros, y me creí su asombro. Cuando les habían llegado paquetes de parte de sus hermanos para Amos y para él, también me había parecido genuinamente sorprendido. El único regalo que no le había pillado desprevenido era el que había llegado de parte de los padres de Amos.

—Pues claro que tenéis regalos. Esperad, esperad, esperad, voy a buscarlos. Me encanta dar los regalos en Nochebuena, perdón si la estoy liando, pero es que me emociono un montón. Me encanta la Navidad.

—¿Tu madre la celebraba? —preguntó Rhodes mientras me levantaba.

Le dediqué una sonrisa.

—Seguramente se quejaría de lo comercial que se ha vuelto todo ahora, pero cuando yo era pequeña no tenía nada en contra, o en todo caso lo escondía bien.

470

Tenía un montón de buenos momentos con mi madre en navidades. Pensar en ello hizo que la extrañara muchísimo, pero no en el mal sentido, y no me ponía triste. Estaba agradecida por tener aquellos instantes para recordar.

Porque lo importante de la Navidad era pasarla con la gente que te importa, y, a pesar de que no estuviera en Florida con mi familia, estaba con personas a las que quería. Y, siendo sincera, me gustaba estar con Rhodes y Amos. Me parecía apropiado.

Tardé un momento en sacar el paquete enorme del armario y dejarlo junto a la entrada de la sala de estar. Luego tuve que volver y coger las dos bolsas que había escondido detrás de sus chaquetas viejas y la aspiradora. Me miraron mientras lo iba acercando todo por turnos.

Me dirigí directamente hacia Am y dejé el regalo más pesado a sus pies.

—Espero que te guste, y si no, mala suerte. No se aceptan devoluciones.

Me lanzó una mirada extraña que me hizo reír, pero rompió el papel. Ahogó un grito.

Sabía que Rhodes le había comprado una guitarra porque le había conseguido un descuento y le había aconsejado para elegir la madera y los acabados. No me había preguntado cómo me las había arreglado para sacarlo todo a buen precio ni por qué sabía tanto de guitarras. Me pregunté, y no por primera vez, si realmente no sabía quién era Yuki cuando la conoció. Amos la había mencionado un par de veces en su presencia, pero Rhodes ni siquiera había pestañeado.

En cualquier caso, Am todavía no sabía que le iban a regalar una guitarra.

—Es *vintage* —dijo con vehemencia, acariciando el cuero naranja gastado que rodeaba el amplificador.

—Sí.

—¿Es para mí? —me preguntó mirándome con sus ojos grises abiertos de par en par.

471

—No, es para mi otro adolescente favorito. Ni se te ocurra contarles a mis sobrinos que acabo de decir eso.

Am hundió los hombros mientras acariciaba el amplificador. Lo había comprado en una pequeña tienda de California y había pedido que me lo mandaran hasta aquí, cosa que me acabó costando casi tanto como el aparato en sí.

—Tu otro amplificador también es muy colorido, así que he pensado que estaría bien que conjuntaran —comenté.

Amos asintió y tragó saliva un par de veces antes de mirarme.

—Espera un momento —dijo.

Se levantó y desapareció pasillo abajo hacia su habitación. Mi mirada se cruzó con la de Rhodes y abrí mucho los ojos.

—Quería darle el regalo antes de que tú le dieras ya sabes qué y este no le importara un comino —susurré.

—Lo malcrías. Incluso Sofie lo dice.

Sofie era la madre de Amos, y el día de Acción de Gracias había descubierto que era una mujer simpática a rabiar que quería a su hijo más de lo que me hubiera podido imaginar. Me había susurrado por lo menos tres veces que Amos había sido concebido artificialmente, que quería mucho a su marido y que Rhodes era un hombre maravilloso.

—Es mi amiguito —repliqué encogiéndome de hombros. Rhodes sonrió—. Siento haberla liado con vuestras tradiciones… —empecé, pero no terminé la frase al ver que negaba con la cabeza.

—Tanto Billy como Sofie celebran la Navidad en Nochebuena. Solo he podido pasar un par con Amos, pero me parece que hoy ha estado muy contento, sobre todo teniendo en cuenta lo mucho que echa de menos a su madre y a su padre. Aunque finge que no le importa.

—Por lo menos está con uno de sus padres.

Su expresión se ensombreció.

—No tenía intención de ponerte triste.

Casi me cargo el ambiente con mi comentario.

—No lo estoy. Estoy bien.

472

Dejé de hablar cuando Amos volvió a la sala de estar cargado con una bolsa en la que se leía «Feliz Cumpleaños». La reconocí porque era la que Jackie había usado para darle su regalo hacía meses. Me la entregó. Sin ningún aviso, sin ninguna explicación, sin nada. Simplemente un «Aquí tienes».

—Has pensado en mí —dije, a pesar de que me preguntaba si no habría salido disparado hacia su habitación para coger cualquier trasto que ya no usara y regalármelo.

Sinceramente, si fuera así me daría igual. Ya tenía de todo y si quería algo podía comprármelo. Aunque rara vez lo hacía. Me había cambiado el coche solo por necesidad. Y todavía no me había dado un capricho para comprarme la ropa y el calzado adecuado para el invierno, a pesar de que Clara me echaba la bronca cada vez que me quejaba de que tenía los dedos de los pies helados porque mis botas de montaña no eran lo bastante gruesas.

Abrí la bolsa y saqué una pesada libreta de cuero amarillo con una «A» en la cubierta.

—Es para que escribas canciones —me explicó Am mientras yo pasaba el dedo por encima de la letra grabada. Tragué saliva. Me dolía el pecho—, pero si no te gusta...

Alcé los ojos hacia él, diciéndome a mí misma que no iba a llorar. Ya lo había hecho bastante a lo largo de la vida, aunque aquellas lágrimas no serían de dolor. No lamentaba haber perdido las palabras que durante años me habían llenado la cabeza casi sin límite... Hasta que habían desaparecido.

Amos no tenía ni idea de eso, porque todavía no se lo había contado. Tenía que hacerlo, y lo haría.

Se me estancó una lágrima en el rabillo del ojo y me la sequé con el nudillo.

—No, me encanta, Am. De verdad. Es muy considerado por tu parte. Gracias.

—Gracias a ti por mi amplificador —contestó mientras me observaba detenidamente como si estuviera intentando pillarme.

—¿Me das un abrazo?

473

Amos volvió a asentir y se levantó, envolviéndome en el abrazo más fuerte que me había dado nunca. Le besé la mejilla y me sorprendió besándome también la mía. Am retrocedió un paso con una expresión más que un poco tímida. Estuve a punto de echarme a llorar, pero no quería avergonzarlos. Cuando me recompuse, me agaché y le di a Rhodes las dos bolsas que contenían sus regalos.

—Feliz Navidad, Tobers.

Las cogió, levantando una ceja ante el apodo.

—No hacía falta —dijo con voz mandona.

—Tampoco eran necesarias todas las cosas bonitas que has hecho tú por mí, pero aun así las has hecho, sobre todo hoy. Está nevando, la cena estaba deliciosa, hemos jugado al dominó, y creo que esta es la mejor Nochebuena que he pasado. Pero no te hagas ilusiones, porque tu regalo no es ni la mitad de chulo que el de Amos. —Me miró con sus ojos grises mientras metía la mano en la primera bolsa y sacaba un marco—. Espero que te guste. Estáis monísimos. La otra la he sacado de tu muro de Facebook —expliqué.

Se le movió la nuez del cuello y asintió. La primera foto era la que les había hecho a los dos en la ruta que habíamos hecho juntos hacía tantos meses. Estaban uno junto al otro al pie de las cascadas y me habían dejado sacarles una foto a regañadientes, aunque se habían hecho demasiado los guays como para ponerse hombro contra hombro. Aun así, estaba bastante bien.

—No sabía qué comprarte, y me fijé en que no tenías ninguna foto de los dos juntos en la casa.

Volvió a meter la mano en la bolsa y sacó un segundo marco. No las tenía todas conmigo con aquella foto. Esperaba no haberme metido donde no me llamaban. Era una imagen de Amos de pequeño con un perro.

Rhodes se esforzó por tragar saliva una vez, mirando fijamente la fotografía durante un buen rato. Apretó los labios y entonces se puso en pie, me levantó del sofá y me rodeó con los brazos tan deprisa y con tanta fuerza que apenas pude respirar.

474

—También hay una tarjeta regalo de la tienda en la bolsa. Para que la uses y les des más trabajo —conseguí mascullar a pesar de estar enterrada en su jersey y sus pectorales.

Dejé de hablar y me acurruqué contra su increíble cuerpo, que había apresado al mío. Tenía la mejilla contra su pecho y los brazos pegados a los lados debido a los suyos. El olor a detergente y a hombre limpio me envolvió. Me encantaba.

Me encantaba todo él, aquel hombre reservado que se preocupaba de los que lo rodeaban de manera sutil, con pequeños actos que significaban mucho. Tenía un corazón más grande de lo que hubiera podido llegar a imaginar. Lo que sentía por él no me había pillado por sorpresa. No me había atacado por la espalda. Se me había acercado de frente y lo había visto venir.

—Gracias —murmuró Rhodes acariciándome la coronilla con la mano y bajándola por la espalda hasta el punto donde empezaba a estrecharse. Llenó el pecho de aire y después lo soltó. Era un suspiro de satisfacción, y también me encantó.

—Me voy a mi cuarto. ¿A qué hora nos vamos mañana? —preguntó Amos.

Se refería al viaje a casa de su tía.

—A las ocho. Si quieres desayunar antes de que nos vayamos tendrás que despertarte con tiempo, Am.

No lo haría, y estaba bastante segura de que ambos lo sabían, pero Rhodes no sería su padre si no se lo recordara de todas formas.

—Vale —dijo resoplando—. Buenas noches.

—Buenas noches —contestamos Rhodes y yo, y me pareció un buen momento para apartarme un poco de él. Solo un poco. Levanté la cabeza y sonreí a la cara rasposa que había inclinado para mirarme.

—Gracias por dejarme pasar la Navidad con vosotros.

Su mano volvió a hacer aquello de acariciarme la nuca y bajar por mi columna vertebral, aunque en esa ocasión me dio la sensación de que bajaba un poco más, acercándose a mi culo. No tenía quejas al respecto. Ninguna.

475

—Sé que tenías ganas de ver a tus tíos, pero me alegro de que estés aquí. Mucho —admitió Rhodes con su voz queda y firme. Me miró a los ojos con intensidad y los párpados entrecerrados—: Tengo tu regalo de Navidad arriba. Ven conmigo.

Conque arriba, ¿eh? Volví a notar aquel estremecimiento de anticipación…, pero no solo en mi pecho. ¿Iba a pasar?

No lo sabría a menos que subiera.

Asentí y lo seguí, observando cómo apagaba las luces del piso de abajo al pasar junto al interruptor. No tenían árbol de Navidad, así que Am y yo habíamos ido al apartamento y habíamos cogido el pequeñito que yo había comprado y decorado con adornos baratos, y lo habíamos colocado encima de una montaña de libros junto al televisor. Las luces iban a pilas y ninguno de los dos se molestó en apagarlas.

Rhodes siguió cogiéndome de la mano mientras entrábamos en su habitación, pero fui yo quien cerré la puerta con un puntapié. Me miró, sorprendido, y le sonreí.

—Siéntate. Por favor —dijo al cabo de un momento antes de agacharse delante de su armario.

Me senté al borde de la cama con las manos entre los muslos mientras Rhodes rebuscaba. Sacó dos cajas. Estaban envueltas en papel marrón de una forma pulcra y elegante, como su manera de planchar. Me dio primero el más pequeño, arrodillándose justo delante de mí con el otro paquete en la mano.

—Toma —dijo.

Le sonreí y rompí el papel poco a poco, saqué el regalo de dentro y me di cuenta de la marca impresa en la parte de arriba de la caja. Me quedé boquiabierta de la sorpresa.

—Ya que te empeñas en no comprártelas —explicó mientras yo la abría, apartaba el papel de seda y sacaba las botas altas con cordones y forro de lana en la parte superior—. Ahora ya no se te congelaran los dedos de los pies cada vez que salgas de casa.

—Me encantan. Gracias —afirmé abrazando la bota contra el pecho.

476

—Pruébatelas, a ver si te van bien —dijo agachándose para cogerme el pie y levantarlo. Me quedé en silencio mientras le pasaba la bota y contemplaba cómo me la ponía en el pie, tirando de ella un par de veces para que me pasara por el talón. Alzó la mirada—. ¿Qué tal?

Asentí mientras me notaba el latido de mi corazón en la garganta, y me puse la otra. Moví los dedos para comprobar que tuviera espacio suficiente, a pesar de que me estaba costando concentrarme en cualquier cosa que no fuera Rhodes, arrodillado en el suelo delante de mí, poniéndome las botas.

—Me quedan como un guante. Muchas gracias. Me encantan —solté con un suspiro, sonriéndole de nuevo.

Alargó el brazo, cogió la segunda caja y me la tendió.

—De verdad que no tenías por qué regalarme nada —le dije mientras la abría.

—Solo te he comprado cosas que necesitas —explicó.

Le sonreí mientras acababa de retirar el papel y el celo que cerraba la caja, luego la abrí y vi algo de color mandarina dentro. Era un plumas. Reconocí la marca; se trataba de una de las más caras que teníamos en la tienda.

—Aquí es invierno durante un tercio del año y siempre estás tiritando cuando entras en casa porque tu chaqueta es demasiado fina —dijo con voz queda—, pero se puede devolver si prefieres otra cosa.

Dejé la chaqueta a un lado.

Y me lancé sobre él.

Le rodeé el cuello con los brazos tan deprisa que no tuvo tiempo de prepararse para no perder el equilibrio, pero aun así consiguió que no lo derribara. Puse mi mejilla contra la suya y me senté a horcajadas sobre su regazo ahí mismo, mientras estaba arrodillado. Lo abracé con todas mis fuerzas. Tan fuerte como él me había abrazado a mí después de desenvolver los marcos.

El plumas no era una pulsera de diamantes ni un collar de rubíes. No era un bolso caro escogido al azar solo por lo que

477

costaba. No era un nuevo portátil que no me era necesario porque el que tenía era del año pasado.

Me había regalado cosas que necesitaba. Porque él sabía que me hacían falta. Cosas para que no pasara frío, porque le importaba.

Eran dos de los regalos más considerados que había recibido nunca.

—¿A qué viene este abrazo tan grande? —preguntó, con la cara pegada a mi mejilla mientras me rodeaba la espalda. Me sujetó encima de su regazo y se echó hacia atrás para descansar sobre sus talones, como si hubiéramos estado en esa postura cientos de veces—. ¿Estás triste?

Tenía lágrimas en los ojos, y cayeron por el cuello de Rhodes y la parte superior de su jersey.

—Sí, por lo bueno que eres. Es culpa tuya.

—¿Culpa mía? —dijo abrazándome con más fuerza.

—Sí.

Me aparté un poco, observé las líneas marcadas de su pies, su estructura ósea, sus cejas, aquel mentón tan adorable, y lo besé.

No fue un beso como los que nos habíamos dado hasta ahora, roces ligeros que me llenaban el alma de ternura, sino uno de verdad.

Rhodes jadeó antes de corresponderme. Era la primera vez que me besaba en serio. Sus labios eran tan suaves y perfectos como recordaba, y dudaba que hubiera una boca mejor que la suya en todo el mundo. Inclinó la cabeza a un lado y me besó despacio, con delicadeza. Aún con ternura. Se tomó su tiempo, atrapando mi labio inferior con los suyos, rozándome la punta de la lengua y volviendo a empezar una y otra vez mientras me recorría la espalda con las palmas de las manos, acariciándome y reteniéndome contra él al mismo tiempo.

No había ni un atisbo de incomodidad. Ningún titubeo. Recorría mi cuerpo como si ya lo conociera.

Entre beso y beso, deslizó su enorme mano por debajo de mi jersey y me la colocó en la espalda con los dedos bien abiertos,

478

abarcando todo lo posible. Hice lo mismo y recorrí su costado con la mía, palpando sus músculos firmes y la piel suave que le cubría las costillas, ganándome un leve jadeo que me tragué porque ni loca iba a dejar de besarlo. Ni en ese momento ni nunca, si de mí dependía.

Sabía que a Rhodes le importaba de la misma forma en la que sabía que el cielo era azul, y una parte de mí pensaba que debía de quererme, al menos un poco. Era cariñoso, a su manera. Me enseñaba a hacer cosas. Se molestaba en pasar tiempo conmigo. Nunca ocultaba que yo significaba algo para él delante de los demás. Me apoyaba. Se preocupaba por mí.

E incluso aunque no fuera amor, pensaba que podría conformarme con aquello durante el resto de mi vida.

Sin embargo, en ese momento, en esa habitación, con las manos sobre su piel cálida y sus fuertes músculos, después de que me hubiera hecho dos de los regalos más prácticos y tiernos que había recibido nunca…, no iba a preocuparme por tener más de lo que tenía. Porque ya era más de lo que había tenido nunca.

Rhodes no era mi ex. Aquel hombre no iba a engañarme ni a usarme. Le gustaba tenerme cerca porque le gustaba quién era yo de verdad. Me hacía feliz con sus sonrisas sutiles, sus caricias, incluso con su voz mandona. Lo eran todo para mí.

Me hacía feliz, así que decidí que estaba lista. Más que lista, y se lo susurré mientras deslizaba su mano áspera por las profundidades de mi jersey y la punta de sus dedos encontraba el punto sensible entre mis hombros.

Rhodes emitió un gruñido, inclinándome hacia atrás sobre su regazo lo suficiente como para mirarme a los ojos con una expresión ferozmente seria que se parecía a la que había puesto la noche que nos conocimos.

—No tienes ni idea.

Luego volvió a besarme despacio, de una forma dulce y apasionada. Sin preguntarme si estaba segura, sin vacilar, demostrándome una vez más que confiaba en que yo sabía lo que sentía y lo que quería.

Y de lo que yo no tenía ni idea era de que con aquel beso se iba a terminar la dulzura.

—¿Puedo verte? —preguntó con la voz ronca e impaciente.

Deslicé las manos por su espalda tan arriba como pude, acariciando su piel suave.

—Puedes hacer más que eso.

Escuché cómo gruñía de nuevo en las profundidades de su garganta. Dirigió una mano al borde de mi jersey y me lo quitó, sacándomelo por la cabeza. Sus labios fueron directamente a por los míos, a por mi cuello, dejando tras de sí un reguero de besos y mordiscos que hicieron que ondulara las caderas sobre él.

Contra su polla bien dura.

La había notado en otras ocasiones, relajada o casi relajada, a través de sus vaqueros o pantalones cuando me abrazaba, pero nunca… Nunca así. Lista. Expectante. Excitada y completamente alerta. Habíamos esperado mucho, nos habíamos tomado nuestro tiempo y la tensión estaba en el punto máximo.

Porque, desde luego, Rhodes no parecía para nada indiferente: se le escapó un jadeo cuando me froté contra él, me succionó con fuerza la zona entre el cuello y la clavícula con la boca y me hizo gemir. Se apartó un momento, con la nuez del cuello subiéndole y bajándole con fuerza y la respiración acelerada, y dirigió la mirada desde mi cara a mis tetas, metidas en el sujetador balconet verde que había elegido y que me las realzaba. Odiaba los aros, pero nunca había estado tan contenta de haberme puesto ese sujetador en concreto como en aquel momento.

—Por Dios —susurró—. Quítatelo. —Tragó saliva—. Por favor.

—Voy —susurré en respuesta.

Aparté las manos de su piel cálida y me las llevé a la espalda para soltar todos los ganchos. Moví los hombros para dejar que el sujetador cayera entre los dos.

Estaba lista. Joder si estaba lista.

Me pareció oír que mascullaba un «Joder» entre dientes un segundo antes de poner las manos en mi cintura para levantarme un poco de su regazo. Bajó la boca en picado y atrapó uno de mis pezones con sus labios rosados y maravillosos.

Gemí y arqueé la espalda, presionando el pecho todavía más contra su boca. Él lo succionó de nuevo antes de pasar al otro, chupándolo también, tirando de él con los dientes dos veces con fuerza y luego dándole un suave lametón. No quería separarme de él, pero me moría de ganas por verlo, así que le cogí la parte de abajo del jersey y se lo quité por la cabeza.

Era tan impresionante como recordaba de todas las veces que lo había espiado por la ventana. Tenía el abdomen plano y firme de tanto músculo, y la piel tersa y cubierta por una fina capa de vello en forma de «V» en los pectorales que le bajaba hasta el ombligo. Me entraron ganas de recorrer esa línea con la lengua, pero en cambio le pasé las manos por el pecho y los hombros, y bajé hasta sentarme de nuevo encima de su regazo para volver a estar encima de él. Encima de su polla.

Su boca se cernió sobre la mía, mis pechos rozaron el suyo y tuve la sensación de que los pezones se me endurecían incluso más al contacto con el pelo de sus pectorales. Lo toqué por todas partes, y él también a mí. En algún momento las manos se me fueron al botón de sus vaqueros y a la cremallera, y una de las suyas se coló bajo mis mallas y mis bragas, agarrándome el culo desnudo y apretándolo, acercándome todavía más a su erección.

Deslicé los dedos por debajo de sus calzoncillos y rocé el pelo que tenía ahí. La base ancha y dura de su miembro. La piel tremendamente suave que lo cubría todo. Rhodes gimió y dejó escapar una carcajada ronca e inesperada.

—No toques mucho.

Le besé la mandíbula y el mentón, y lo toqué de todas formas.

Sacó la mano que tenía metida en mis bragas y la cerró sobre uno de mis pechos, sopesándolo.

—¿Cómo puedo tener esta puta suerte? —masculló—. ¿Cómo es posible que me hagas sentir así solo con esto?

Me dio un beso tan suave en el cuello que se erizó la piel.

—Me lo he imaginado a menudo —le dije acariciándole la columna vertebral con las manos de arriba abajo, mordisqueándole el mentón de tal manera que conseguí que ondeara las caderas contra mi entrepierna—. No sabes la de veces que me he corrido imaginando tu boca en mis pezones. —Se le escapó una respiración ronca y entrecortada—. O que simplemente me la metías hasta el fondo. —Jadeó mientras yo me frotaba en círculos contra él—. Imaginaba que te corrías dentro de mí, que cada centímetro de ti me llenaba entera.

Emitió un rugido gutural.

De repente me agarró del culo con sus manos enormes, nos levantó a ambos y me dejó caer en el centro de su cama. Me arrancó las mallas y las lanzó por encima de su hombro antes de deslizar los dedos bajo la cinturilla de mis bragas y quitármelas también de un tirón.

Le sonreí, arqueando la espalda para llegar con las manos a sus vaqueros cuando se colocó sobre mí. Seguí sonriéndole mientras se los bajaba por debajo del culo, metiéndole mano al volver a subir, y no tardé en volver a hacerlo, pero en esa ocasión por dentro de sus bóxer, donde lo apreté una, dos veces.

Se le escapó un jadeo ronco al sentir mis caricias, pero gimió incluso con más fuerza cuando lo rodeé con la mano.

No sabría decir quién se sorprendió más, si él o yo.

Desvié la mirada hacia lo que tenía entre mis dedos. Hasta entonces solo le había tocado la base. No se la había cogido… entera.

Soltó una carcajada profunda y se inclinó para besarme.

—Yo también he imaginado esto, todas las noches —dijo.

Fui yo quien tragó saliva entonces al atreverme a bajar la mirada a la polla gruesa que tenía en la mano.

Era perfecta.

Cerré los dedos con fuerza en torno a ella y moví el puño arriba y abajo, y Rhodes me dedicó otro jadeo con la mirada

482

nublada. Me besó, y lo hice de nuevo. Agitó las caderas hacia mí como si quisiera que lo repitiera, así que volví a hacerlo.

—Hay tantos sitios en los que quiero ponerte la boca… tocarte con los dedos… —Sus labios volvieron a mis pechos y me chupó un pezón con suavidad, despacio—. Quiero hacer que lo disfrutes.

La paciencia nunca había sido mi fuerte.

Así que mientras él succionaba y lamía mis pechos, acaricié su voluminoso miembro, que se balanceaba entre nuestros cuerpos. Extendí con el pulgar la gota de líquido preseminal que se le había acumulado en la punta, de un color rosado intenso, que en algún momento me gustaría llevarme a la boca. Lo toqué lentamente, besando las partes de él que llegaba a alcanzar: su pelo, su oreja… Con la otra mano le acaricié la espalda mientras él seguía devorándome los pezones. Deslizó una mano a lo largo de mi costado hasta llegar a mi entrepierna, donde me recorrió de arriba abajo con la yema de los dedos.

Las palabras se me escaparon sin que pudiera contenerlas.

—¿Está mal que odie saber que otras te han visto así? ¿Que esté celosa de no ser la única que sabe lo grande que la tienes? ¿Lo que se siente al cogértela con la mano?

El sonido que Rhodes emitió, desde lo más profundo de su garganta, fue jodidamente salvaje. Y aunque respiraba de forma entrecortada y sus dedos no dejaron de acariciarme de arriba abajo en ningún momento, habló en serio, con voz severa y grave.

—Nadie más importa. Nadie más va a volverme a ver así. ¿Me entiendes? —Rhodes se apartó y buscó mis ojos con una mirada apasionada e intensa—. Y no eres la única que está celosa.

—No tienes ningún motivo para estarlo —le aseguré.

Por lo visto eran las palabras adecuadas, porque de repente volvíamos a besarnos. Me chupé la palma de la mano antes de volver a provocarlo, hasta que por fin me metió uno de sus grandes dedos, deslizándolo en mi interior. Estaba mojada desde el mo-

483

mento en el que había empezado a besarme. Gemí cuando lo sacó y volvió a introducirlo, invadiéndome lentamente, pero sin detenerse.

—Tomo anticonceptivas —susurré—. Y el médico me confirmó que estaba bien —dije, porque necesitaba que lo supiera.

—Yo voy al médico cada año y hace mucho que no hago nada… —respondió Rhodes con voz ronca.

—Perfecto. —Le mordí el cuello—. Entonces te puedes correr dentro todo lo que quieras.

Rhodes soltó un gruñido gutural y me introdujo otro dedo más, metiéndolos meticulosamente antes de empezar a separarlos. Finalmente, un tercer dedo se unió al resto y gemí por la tensión, por sentirme tan llena, aunque en algún lugar de mi mente sabía que era necesario para lo que vendría después.

Rhodes me susurró al oído lo que iba a hacerme: que me la iba a meter entera, hasta el fondo, que sabía cómo iba a ser entre nosotros, que iba a llenarme con mucho más que su polla. Pero lo que me conquistó fue cuando me dijo lo mucho que me deseaba, lo increíble que lo estaba haciendo sentir, lo bien que me amoldaría a él. Enterró la cara entre mis muslos, arañándome con su barba mientras yo metía la mano entre su pelo castaño y plateado, y hundió la lengua en mi interior profundamente, retorciéndola mientras me lamía, me chupaba y me poseía con los labios. Me dijo que le encantaba mi sabor y que se moría de ganas de volver a hacerlo.

En algún momento colocó las caderas entre mis piernas y yo lo rodeé con ellas. Lo agarré con la mano para guiarlo hacia donde ambos queríamos, y entonces comenzó a penetrarme lentamente con toda su longitud.

En ese momento, agradecí que antes hubiera usado tres dedos, pero todavía más lo grande que era, porque a pesar de que me costó un momento acostumbrarme a su magnitud, a lo ancha y larga que la tenía…, era increíble.

Su polla se estremeció en cuanto sus movimientos lentos nos unieron por completo, y jadeó contra mi cuello, cubriendo

484

totalmente mi cuerpo con el suyo excepto por las piernas, con las que lo mantenía anclado a mí. Rhodes respiró pesadamente al retirarse un par de centímetros y volver a entrar. El colchón emitió un débil chirrido. Y entonces, con un rugido primitivo, empujó con las caderas y me la metió hasta el fondo.

Me aferré con fuerza a sus costados con las piernas, rodeándole los hombros con los brazos, y levanté un poco las caderas. El colchón volvió a quejarse y me pareció lo más erótico que había oído en la vida. Aquel sonido rítmico y débil se me quedó grabado en el cerebro, sobre todo cuando Rhodes jadeó junto a mi oreja. Su aliento era cálido y su cuerpo, todavía más.

Le acaricié la espalda de arriba abajo. Pensé que me encantaba todo de él, así que se lo dije. Noté que su polla palpitaba en mi interior, y él suspiró profundamente.

—¿Quieres que esto acabe antes de que haya empezado?

—A mí me parece que ya hemos empezado —jadeé mientras él salía de mí solo para volver al momento siguiente, sus pelotas chocando con mis nalgas, haciendo crujir de nuevo el colchón.

Así se movía, despacio y luego con fuerza. Provocándome con la envergadura de la punta de su polla antes de invadirme por completo, para luego volver a empezar una y otra vez.

Nos besábamos sin parar. Le mordí el cuello y cerró la boca sobre mi hombro, atrapó mi oreja entre sus dientes. El pelo de su pecho me rascaba los pezones, haciéndome enloquecer. En algún momento, pasó las manos bajo mi culo para alzarme más y colocar mis caderas como quería para tocarme en el punto perfecto con cada embestida.

Estábamos empapados en sudor e intentábamos no hacer ruido. Ahogué un grito en su hombro y él dejó que sus jadeos se perdieran entre mis labios.

—Eres increíble —me dijo.

—Eres perfecta —susurró.

—Me vuelves loco —gruñó mientras sus caderas cogían velocidad, y yo empecé a sentir el calor concentrándose en el centro de mi cuerpo.

Sin dejar de embestirme con fuerza, Rhodes me levantó de la cama y me sentó sobre sus muslos, y yo me aferré a él con las piernas mientras me penetraba una y otra vez hasta el fondo, justo donde lo quería. Grité contra su mejilla al llegar al orgasmo. Hundió las manos en mis nalgas, apretándolas con fuerza, y sus caderas adoptaron un ritmo errático antes de que se corriera, estremeciéndose en mi interior y dejando escapar un rugido gutural tan profundo que reverberó en mi pecho.

Su cuerpo enorme y sudoroso se desplomó sobre el mío al dejarme encima de la cama, todavía dentro de mí, entre mis piernas. Rhodes puso la mejilla en mi coronilla mientras intentaba recuperar el aliento. Lo rodeé con mis brazos, acariciándole la espalda, respirando también entrecortadamente.

—Vaya —jadeé.

—Por Dios —exclamó besándome justo encima del pecho.

—Feliz Navidad para mí.

La risa repentina de Rhodes me llenó el pecho y el corazón, y me abrazó todavía más fuerte, levantándome la cabeza para capturar mis labios con los suyos. Me miró a los ojos y la sonrisa que esbozaba era tan radiante que me llenó el estómago de mariposas. A continuación dijo tres palabras que hicieron que en mi pecho estallaran fuegos artificiales.

—Feliz Navidad, Aurora —susurró con ternura.

—Feliz Navidad, Tobers —contesté, y en un rinconcito de mi corazón esperaba que aquella fuera la primera de muchas—. Eres el mejor, ¿lo sabías?

Noté cómo se le alzaban las comisuras de los labios, cómo esbozaba una sonrisa contra mi piel.

Era el mejor día de Navidad de toda mi vida.

28

—Por favor, por el amor de Dios, para, Am —le supliqué, sentada en el asiento del copiloto la noche siguiente.

El aprendiz de conductor que en aquel momento llevaba el volante de mi coche ni siquiera se molestó en mirarme mientras negaba con la cabeza con incredulidad.

—¡Pero si hemos salido hace solo media hora!

Tenía toda la razón del mundo. Habíamos salido de casa de su tía hacía exactamente treinta minutos, y yo incluso había ido al baño justo antes de marchar. Pero lo que él no sabía era que me había bebido una taza de café de golpe antes por si me tocaba conducir, ya que Rhodes se había tomado un par de cervezas.

—Ya sabes que tengo la vejiga enana. Por favor. No querrás que te pague para que me limpies el coche porque me he meado dentro, ¿verdad? —Rhodes, que estaba sentado detrás de mí, hizo un ruido que debía de ser una carcajada—. Seguro que no quieres que esto huela a pis durante la siguiente hora. —El adolescente por fin se giró hacia mí con una expresión de alarma—. Por favor, Am, por favor. Si me quieres, y sé que me quieres, para en la próxima gasolinera. O en cualquier sitio que puedas. Me da igual tener que mear aquí mismo junto a la carretera. Seré rápida.

Aquella vez Rhodes no intentó ahogar su risa, ni las palabras que pronunció a continuación.

—Nada de mear junto a la carretera. Como pase un agente estatal por aquí, no podré convencerle de que te perdone la multa por exposición indecente. —Yo lloriqueé al oírlo—. Am, hay una gasolinera a unos cinco o diez minutos de aquí. ¿Podrás aguantar hasta entonces? —me preguntó Rhodes, metiendo la cabeza por entre los asientos para mirarme.

Apreté los músculos, volviendo a notar con ello lo dolorida que tenía la zona por la noche anterior, y asentí antes de juntar todavía más las piernas.

Rhodes alargó la mano y me la puso encima del antebrazo, acariciando con el pulgar aquella zona sensible. Le sonreí, aunque seguramente debió de parecer más bien una mueca de lo mucho que estaba esforzándome por contener mis ganas de hacer pis.

Habíamos pasado un día maravilloso. Habíamos salido a las ocho de la mañana en punto, aunque Am no había pronunciado ni cinco palabras seguidas hasta las once, en gran parte porque se había quedado dormido en el asiento de atrás. Rhodes y yo habíamos estado charlando sobre Colorado y me había contado algunas de las cosas que había aprendido durante su formación, como por ejemplo que había un solo guarda forestal (o Gerente de Distrito de Flora y Fauna, como se llamaba a sí mismo cuando quería chulear) que se encargaba de todas las zonas cercanas a la ciudad de Montrose, mientras que él se ocupaba del sudoeste del estado. Habíamos escuchado un poco de música, pero sobre todo Rhodes se pasó el rato hablando y yo, devorando cada una de sus palabras y cada sonrisa secreta que me había lanzado.

Aunque no hacía falta que me lo dijera, yo sabía que él también estaba pensando en la noche anterior. Esperaba que también tuviera ganas de repetirla cuanto antes. Me conformaría con tumbarme de nuevo sobre su pecho desnudo, como había hecho al terminar.

La tía de Am era tan simpática como recordaba del día de Acción de Gracias y me lo había pasado muy bien asistiendo de improviso a su fiesta. Había hablado un montón con Rhodes, un poquito con Am, que sobre todo pasó el rato con su tío Johnny y su padre, y había ayudado todo lo que pude en la cocina. Salí al frío un momento para llamar a mis tíos y desearles una feliz Navidad, y también charlé un poco con mis primos.

Nos habíamos marchado antes de las cuatro porque Rhodes tenía que trabajar a la mañana siguiente. Me había preguntado si me parecía bien dejar conducir a Amos y estuve a favor hasta que este empezó a racanear con los descansos a los treinta minutos. Aquella mañana habían quitado la nieve de las carreteras y las temperaturas habían subido hasta los siete grados, así que no había hielo, y por eso no parecía peligroso dejarlo conducir. A la ida, Rhodes solo se había quejado un poquito cuando le había rogado que parase dos veces.

Estaba prácticamente jadeando del esfuerzo cuando vi el cartel que indicaba la gasolinera en la lejanía, pero no dije nada porque estaba concentrándome con todas mis fuerzas en no mearme encima.

—¡Por fin! —gemí cuando giró a la derecha y se dirigió hacia el surtidor.

—Aprovecharemos para poner gasolina —dijo Rhodes mientras su hijo aparcaba.

—Vale, luego os la pago. Voy corriendo —susurré mientras abría de un empujón y salía disparada, ya que me había desabrochado el cinturón en cuanto el coche había girado para entrar en la estación de servicio.

Oí que ambos se reían, pero tenía cosas más importantes de las que preocuparme.

Por suerte, había estado en tantas gasolineras a aquellas alturas de la vida que tenía una brújula interior para saber dónde estaban los baños y los localicé enseguida. Fui prácticamente como un pato hacia el cartel porque con cada paso me costaba más aguantarme. La gasolinera no estaba situada en un lugar muy concurrido, pero tenía un tamaño considerable y baños completos con cubículos. Hice pis durante lo que me parecieron dos minutos seguidos, liberándome de por lo menos la mitad de

489

mi peso en líquido, y salí lo más rápido que pude. La empleada de detrás del mostrador apartó la mirada de la ventana que daba hacia fuera y me saludó con la cabeza. Le devolví el saludo.

Y entonces me di cuenta de lo que estaba mirando.

Había un enorme autobús de primera categoría en una zona más apartada que suponía que estaba reservada para vehículos grandes, como los camiones de dieciocho ruedas. Tenía la puerta abierta y se estaba bajando una hilera de gente bostezando y frotándose la cara. Eran tantas personas que pensé que seguramente se trataba de un autobús de gira.

Rhodes o Am habían movido el coche hasta el surtidor número uno y ambos habían salido del vehículo. Am estaba observando la manguera y Rhodes estaba apoyado contra el coche, con la mirada fijada en mí. Lo saludé con la mano. Él me lanzó una de sus sonrisas discretas y devastadoras que me hacían querer abrazarlo.

Y en ese momento todo se fue a la mierda.

—¿Ora? —me llamó una voz que no logré ubicar.

Miré hacia la izquierda y, a unos diez pasos del chico al que quería y del hombre del que estaba enamorada, reconocí dos caras. Y ¿por qué no iba a reconocerlas? Habían estado en mi vida desde hacía diez años. Pensaba que eran amigos míos. Y, por la pálida expresión que se apoderó de sus rostros, ellos estaban igual de sorprendidos de verme. Me pillaron tan desprevenida que me quedé paralizada. Parpadeé varias veces para asegurarme de que no me estaba imaginando a Simone y a Arthur.

—¡Sí que es ella! ¡Ora! —Eso lo gritó Simone mientras tiraba de la chaqueta de Arthur.

Arthur no parecía muy emocionado, y no podía culparlo. Seguramente sabía que estaba en mi lista negra. A pesar de que me consideraba una persona bastante decente, noté que estaba poniendo una cara inexpresiva y supongo que opté por ignorarlos, porque conseguí acercarme un par de pasos más hacia Rhodes y Am antes de que la mano de Simone se cerrara en mi brazo.

—Ora, por favor.

490

No tiré para liberarme, pero sí que eché un vistazo a sus uñas antes de mirarla a los ojos marrones y decir con toda la puta calma:

—Hola, Simone. Hola Arthur. Me alegro de que sigáis vivos. Adiós.

Simone no me soltó el brazo, y cuando volví a mirarla vi en sus ojos un atisbo de desesperación. Ni siquiera me molesté en mirar a Arthur porque lo conocía desde hacía más tiempo que a Simone, incluso había formado parte del séquito nupcial de su primer matrimonio, y no pensaba permitir que me arruinaran aquel maravilloso día de Navidad.

—Sé que estás enfadada —dijo Simone apresuradamente sin quitarme la mano de encima—. Lo siento, Ora. Ambos lo sentimos, ¿verdad, Art?

Sonó tan triste cuando respondió con un «Sí» que, si hubiera estado de mejor humor, me habría puesto a tocar un violín diminuto. O si nos hubiéramos encontrado cualquier otro día. O si hubiera estado sola.

Me volví y vi que Rhodes fruncía el ceño. Supuse que Amos también me estaría mirando, preguntándose con quién cojones estaba hablando en aquella gasolinera en mitad de la nada. Supe que había llegado el momento de hablarles de Kaden. Que no podía seguir dándoles detalles imprecisos de mi vida, sobre todo a Rhodes. Sabía que había tenido mucha suerte de que no hubiera indagado sobre los vacíos que había en mi historia, teniendo en cuenta lo mucho que habíamos hablado de todos los demás asuntos dolorosos de nuestro pasado.

—Vale, me parece muy bien que os sintáis mal. No tenemos nada que decirnos. Por favor, suéltame, Simone —dije mirándola detenidamente.

Parecía cansada, y me pregunté con quién estarían de gira ahora, los dos. Sin embargo, de repente recordé que no me importaba una mierda.

—No, por favor, dame un momento. Justo estaba pensando en ti hace un rato, y es un milagro que te hayamos encontrado aquí. Alguien mencionó que te habías mudado a Colorado, pero ¿qué posibilidades había de que nos encontráramos? —dijo apresuradamente mientras yo la observaba, pero por el rabillo del ojo me di cuenta de que Rhodes estaba empezando a acercarse.

Levanté el brazo y me liberé del agarre de Simone.

—Sí, menuda casualidad. Adiós.

—Ora —dijo Arthur con voz queda—. Lo sentimos.

«Seguro que sí», pensé para mis adentros casi con amargura, pero en realidad no me mentía a mí misma cuando decía que ya no me importaba. Lo único que sí me parecía importante era que estaba perdiendo el tiempo hablando con ellos cuando podría estar con unas personas que no me habían dado la espalda. Con unas personas que jamás ignorarían mis llamadas si su jefe y yo rompíamos, aunque, en cierta manera, técnicamente, yo también había sido su jefa. A pesar de que siempre, siempre, pensé que éramos amigos de verdad. En algún momento a lo largo de los años había acabado pasando más tiempo con la banda de Kaden que con él porque su madre empezó a quejarse de que la excusa de ser su asistente no era muy creíble.

Esas personas, incluidos Arthur y Simone, me habían... enseñado a tocar sus instrumentos. Me habían enseñado a ver lo que no acababa de funcionar en las canciones que escribía. Habíamos ido juntos al cine, al teatro, a comer, a celebrar cumpleaños, a la bolera... Y cuando no estábamos de gira juntos, me escribían. Hasta que dejaron de hacerlo.

—Kaden solo nos contó que habíais cortado, y luego la señora Jones nos mandó a todos un correo diciendo que si pillaba a alguien comunicándose contigo aquel sería el último día que trabajaría para ella —empezó a explicar Arthur.

Lo miré sin emoción alguna.

—Y te creo, pero ¿eso fue antes o después de que intentara llamaros con mi nuevo número de teléfono? ¿Antes o después de que os dejara mensajes de voz y os escribiera correos que nunca respondisteis? Sabíais perfectamente que no os hubiera delatado por nada del mundo.

492

Arthur cerró la boca, pero por lo visto Simone decidió que era buena idea seguir hablando.

—Lo sentimos. No nos enteramos de todo lo que ocurrió hasta unos meses después, y Kaden lleva mucho tiempo hecho un lío. Nos preguntó a todos si sabíamos algo de ti, e incluso canceló su gira. ¿Te has enterado? Por eso estamos con Holland.

Alcé las cejas.

—Sé que la señora Jones os dijo a todos que íbamos a romper antes de que yo lo supiera. Me lo contó Bruce. —Era el técnico de sonido con quien había estado en Utah—. Podríais haberme avisado, pero no lo hicisteis. Ambos sabéis que no soy ninguna chivata. Si hubiera sido al revés, yo os habría dicho algo. ¿O es que no te avisé, Simone, cuando la señora Jones empezó a murmurar que iba a despedirte porque habías ganado peso? ¿Te acuerdas?

—Pero Kaden... —empezó a decir Simone.

—Todo eso ahora me da igual, os lo digo en serio. No tenéis por qué seguir sintiéndoos mal. Supongo que debería agradeceros que no les dierais mi número de teléfono..., aunque seguramente no dijisteis nada para que la señora Jones pensara que estabais mintiendo y que seguíais en contacto conmigo, ¿verdad? —Resoplé—. ¿Sabéis qué os digo? Que buena suerte con la gira —concluí lo más calmada posible antes de darme la vuelta y encontrarme cara a pecho con Rhodes, que se había acercado sigilosamente hasta mí. Y junto a él estaba Am.

Los dos me estaban mirando con los ojos enormes y llenos de cautela, y enseguida noté una punzada de pánico en el corazón. No muy grande, pero fue más que suficiente.

Mierda.

No quería que se enteraran así. Bueno, no quería que se enteraran y punto, pero de todos modos tenía pensado decírselo en algún momento, desvelarles la última pieza del rompecabezas del ex de Aurora. Pero ahora aquellos dos supuestos amigos del pasado, que habían dejado de contestar a mis llamadas y mensajes, me habían arrebatado la oportunidad de contárselo.

Abrí la boca para decirles que se lo explicaría en el coche, a pesar de que una dolorosa oleada de vergüenza me inundó el pecho, pero Rhodes se me adelantó.

—¿Tu ex se llama Kaden? —preguntó poco a poco, demasiado poco a poco—. ¿Kaden... Jones?

Antes de que pudiera responder, Amos apretó los labios con tanta fuerza que se le pusieron blancos, y hundió las cejas en una expresión confusa que podría ser de dolor o enfado.

Hostia puta. Me lo había buscado yo misma. Sí, podía echarles la culpa a Simone y Arthur, pero a fin de cuentas lo había provocado yo por haber puesto a Rhodes y Am en aquella posición en primer lugar. Lo único que podía hacer ahora era decirles la verdad.

—Sí, así es —respondí con voz baja, sintiendo la ola de vergüenza ahogarme.

Uno de los artistas de country más jodidamente famosos de la década. En parte gracias a mí.

—¿Tu ex es el cantante de country que sale en los anuncios de seguros? ¿El de la canción del programa ese de fútbol americano, *Thursday Night Football*? —preguntó Rhodes en aquella voz tan grave y serie, que llevaba siglos sin oír.

—Nos dijiste... —empezó Amos antes de negar con la cabeza, y el cuello y las mejillas se le empezaron a poner rojos.

No tenía muy claro si estaba furioso o herido, o tal vez las dos cosas, y me sentí fatal. Me sentí incluso peor que un año y medio antes, cuando me habían arrebatado la vida tal y como la conocía. Cerré las manos en un puño e intenté ordenar mis ideas.

—Sí, el mismo. No quería contaros quién era porque...

—Nos dijiste que estabas casada —murmuró Amos—. Y sé que Kaden nunca lo ha estado porque Jackie no dejaba de hablar de él.

—Técnicamente, sí que lo estábamos; éramos pareja de hecho. Podría haberle reclamado la mitad de todo, tenía pruebas de sobra. Hablé con un abogado. Tenía un caso sólido, pero...

494

Rhodes negó con la cabeza, abrió la boca y me interrumpió, con el tendón del cuello tenso de repente.

—¿Nos has mentido?

—¡No os he mentido! —susurré—. Es solo que… no os lo he contado todo. ¿Qué iba a decir? «Hola, desconocidos, ¿sabéis qué? He desperdiciado catorce años de mi vida con una de las personas más famosas de la música country. He escrito todas sus canciones, pero dejé que se llevara todo el mérito porque era tonta e inocente. Me ha dejado porque su madre consideraba que no soy lo bastante buena para él. Porque no me quería lo suficiente».

La misma vergüenza de siempre me aplastó el corazón. En la periferia de mi visión, noté que Simone y Arthur se alejaban lentamente. Me importaban tan poco que ni siquiera presté atención a su «Lo sentimos».

—¿También escribiste sus canciones? —susurró Am con aquella misma voz pequeña que no había vuelto a oír desde que nos conocimos, cuando su padre lo había pillado desobedeciéndole—. ¿Y no me lo dijiste?

—Sí, Am, las escribí yo. Por eso me pagaron. Os dije que me había caído dinero a causa de la separación. Lo único que no os conté fue cómo se llamaba mi ex, porque… me daba vergüenza.

El adolescente apretó la mandíbula.

—¿No crees que merecíamos saberlo? —preguntó.

Miré a Rhodes, y sentí el latido de mi corazón en el cuello y la cara.

—Pensaba contároslo en algún momento, pero… quería caeros bien por mí misma. Por quien soy.

Rhodes sacudió la cabeza poco a poco y se le juntaron las cejas.

—¿No te pareció que era importante decirnos que estuviste casada con un tipo rico y famoso? Nos hiciste pensar que eras una mujer triste y divorciada que tenía que volver a empezar de cero.

La rabia y el dolor me golpearon justo en medio del pecho.

—Estaba triste, y técnicamente estaba divorciada. En privado se refería a mí como su mujer, y también con nuestros amigos cercanos. No se casó legalmente conmigo porque aquello habría arruinado su imagen. Porque los hombres solteros venden más discos que los casados. Y es verdad que me quedé sin nada, porque el dinero no me importa una mierda. Además de vuestros regalos de Navidad y de unos pocos dólares que me he gastado en mí y en otras personas, no he tocado ni un centavo. Sí que tuve que empezar de cero, tal y como os dije. Kaden llegó un día a casa y me dijo que habíamos terminado, y al siguiente su abogado me mandó una notificación para que abandonara la casa. Todo estaba a su nombre. Tuve que mudarme con Yuki durante un mes antes de conseguir reunir las fuerzas suficientes como para regresar a Florida —expliqué negando con la cabeza—. Solo me llevé conmigo lo mismo que traje hasta aquí.

Rhodes levantó la cabeza hacia el cielo y la sacudió. Estaba cabreado. Bueno, vale, si él hubiera salido con, yo qué sé…, Yuki, yo habría querido saberlo. Pero no había mentido. Solo había intentado proteger el poco orgullo que me quedaba. ¿Qué tenía eso de malo?

—La canción del programa de fútbol americano la escribiste tú, ¿no? —preguntó Amos con aquella vocecilla que me golpeaba como una patada en el esternón. Se me hundió el corazón, pero asentí. Se le hincharon las fosas nasales y las mejillas se le pusieron todavía más rojas—. Me dijiste que mis canciones eran buenas.

¿Qué?

—¡Porque lo son, Am! —dije. Mi amigo adolescente bajó la cabeza, con los labios pálidos de la fuerza con la que los cerró—. No estoy mintiendo —insistí—. Son muy buenas. Sabías lo de Yuki. Te dije que había escrito canciones que habían sido grabadas. Intenté dártelo a entender, pero no quería ponerte nervioso, por eso…

Sin mirarnos ni a mí ni a su padre, Amos se dio la vuelta, caminó hacia el coche y se sentó en el asiento del copiloto.

Se me cayó el alma a los pies y me obligué a mirar a Rhodes.

—Lo siento… —empecé a decir.

Él me miró a los ojos, con el mentón severo levantado. Parpadeó.

—¿Cuánto dinero te dieron?

—Diez millones —respondí, y él se estremeció—. Ya te dije que tenía ahorros —le recordé sin fuerzas.

Alzó una de sus granes manos y se la pasó por la cabeza, por encima del gorro de punto que llevaba puesto. No dijo ni una palabra.

—Rhodes…

Ni siquiera me miró antes de darme la espalda y meterse en el coche.

Joder.

Tragué saliva con fuerza. No podía culpar a nadie más que a mí, y lo sabía de sobra. Pero ojalá pudiera explicarme. Lo único que me había guardado era el nombre de mi ex y los detalles acerca de cuántas canciones había escrito… y, sobre todo, para quién. Había pasado por encima de algunas cosas, pero nunca les había mentido. ¿Tan horrible era que no quisiera admitir que llevaba una eternidad sin escribir nada nuevo? Ya ni siquiera me preocupaba por ello. No le daba vueltas.

«Solo necesitan un poco de tiempo». Cuando dejaran de estar enfadados, se lo podría intentar explicar de nuevo. Desde el principio. La historia completa.

Todo iría bien.

Me querían, y yo a ellos.

Sin embargo, tener un plan no me ayudó demasiado cuando ninguno pronunció palabra, ni hacia mí ni entre ellos, durante todo el trayecto de vuelta a Pagosa.

29

Clara me observó mientras yo soltaba un suspiro y me frotaba los ojos.

—¿Qué te pasa? Hoy pareces triste —me preguntó al verme reorganizar la sección de calzado por tercera vez. Y, aun así, seguía sin estar bien ordenada. Tenía mucho más sentido poner las botas altas de invierno arriba que abajo, pero algo seguía sin cuadrar.

—Nada —respondí, aunque percibí el cansancio en mi voz y sabía lo mal que se me daba mentir.

Había dormido fatal, incluso peor que las noches durante las que me había aterrorizado aquel murciélago. Me había pedido un día libre, pero en lugar de usarlo había terminado por ir a la tienda para echarle una mano a Clara.

Se dio cuenta de que estaba mintiendo como una bellaca, porque puso cara de preocupación. Una parte de mí esperaba que lo dejara correr, pero no fue el caso.

—Sabes que puedes contarme lo que sea, ¿verdad? —preguntó despacio y con cuidado, como si no quisiera meterse en mis asuntos, pero estuviera lo bastante inquieta como para correr el riesgo.

Tal vez por eso dejé los zapatos, la miré y suspiré de una forma tan profunda que, al terminar, no entendí cómo podía ser que todavía me quedara aire en los pulmones.

—La he cagado, Clara.

Ella rodeó el mostrador, pasó junto a Jackie, que estaba alquilando unos trineos hinchables a una familia, y se sentó en cuclillas a mi lado poniéndome una mano encima del omóplato.

—Si me lo cuentas, a lo mejor puedo ayudarte. O si no, al menos podré escucharte.

Una oleada de amor y ternura me invadió el alma con tanta intensidad que casi desterró el dolor que me embargaba desde anoche. De repente, me descubrí a mí misma estrechándola entre mis brazos con fuerza durante un segundo antes de apartarme.

—Eres muy buena persona —le dije—. Sabes que aprecio todo lo que has hecho por mí, pero por encima de todo que seas mi amiga.

Entonces fue ella quien me abrazó.

—Yo también pienso lo mismo de ti, ya lo sabes. Eres lo mejor que me ha ocurrido en mucho tiempo, y todos estamos muy contentos de que estés aquí.

¿No era aquello casi lo mismo que Rhodes me había dicho hacía tiempo? Cuando todavía me hablaba, cuando no ignoraba mis mensajes de texto como había hecho esa mañana. Lo único que quería era hablar con él para explicarme mejor. Pero todavía no me había contestado.

Sorbí por la nariz, luego lo hizo ella, y decidí contárselo todo.

—No les había dicho aún a Rhodes y a Amos lo de Kaden, y anoche se enteraron. Me siento fatal, y ellos están cabreadísimos conmigo.

No le dije que ni siquiera habían intentado detenerme cuando llegamos a casa y había entrado para recoger mis cosas y volver con ellas al apartamento encima del garaje.

Con cada palabra que salía de mi boca, Clara fue abriendo cada vez más los ojos, pero después de sopesar la situación hizo una mueca y a la vez puso una expresión pensativa.

—Pero no les hablaste de él porque te avergonzabas de toda la situación.

No estaba segura de si Clara sabía que era yo quien le escribía las canciones a Kaden. Jackie sí, porque había oído algunos de los comentarios que había hecho Yuki durante su visita, pero Clara nunca había sacado el tema. ¿Se lo habría contado Jackie? ¿Habría atado cabos por su cuenta? No tenía ni idea.

Así que asentí y se lo conté lo más deprisa que pude, poniendo especial énfasis en que no había escrito nada nuevo en casi dos años y en que no lo había mencionado porque ya no podía ayudar a Amos con su música en aquel aspecto.

Clara ladeó la cabeza y puso una cara que no era exactamente triste, pero estaba cerca.

—¿Sabes qué? Creo que entiendo por qué están enfadados, pero también por qué no se lo habías contado. Si estuviera en tu lugar, yo tampoco se lo hubiera dicho. Aunque siempre me ha parecido bastante guay que conocieras a Kaden, que estuvierais juntos. —Yo me encogí de hombros—. Pero les contaste lo que sucedió con él, ¿no?

—Sí, pero sin entrar nunca en detalles. —Solté un suspiro y negué con la cabeza—. No pueden ni mirarme a la cara, Clara. Sé que en parte me lo merezco, pero me duele mucho. Se enteraron porque paramos en una gasolinera y resulta que dos de los miembros de la banda de Kaden también se detuvieron allí, y quisieron disculparse por haberme dado la espalda. Fue una gilipollez, y me siento como una mierda. El único motivo por el que había decidido esperar tanto para contárselo era porque quería caerles bien por mí misma. Y funcionó. Pero ahora me ha salido el tiro por la culata.

—No me extraña que estén molestos. Se trata de... Kaden Jones, Aurora. Anoche lo vi en un anuncio. Creo que me quedé con la boca abierta cuando consiguió su primer gran éxito y me di cuenta de que estabais saliendo juntos.

Gruñí porque sabía exactamente a qué canción se refería: «Lo que quiere el corazón». La había escrito cuando tenía dieciséis años y echaba mucho de menos mi vida en Colorado.

Clara alargó la mano para coger la mía.

500

—Lo superarán. Esos dos te quieren. Seguro que ya ni saben vivir sin ti. Dales un poco de tiempo. —Debí de hacer una mueca, porque se echó a reír—. ¿Por qué no te vienes a casa esta noche y te quedas a dormir? A mi padre le supo mal que no vinieras en Nochebuena, aunque nadie pudo ir a ninguna parte por culpa de la nieve.

—¿Estás segura? —pregunté, aunque no quería ni imaginarme sola en el apartamento durante horas. No con lo que sentía en el alma en ese momento.

—Sí, estoy segura.

Asentí en dirección a ella.

—Vale. Hagámoslo. Voy a por mis cosas y vuelvo. ¿Quieres que traiga algo?

—Solo a ti misma —contestó—. No te machaques mucho. Los que te conocemos sabemos que nunca harías nada por maldad. —Clara hizo una pausa—. A no ser que alguien se lo mereciera.

Fue la primera vez que sonreí en todo el día.

A pesar de que Clara opinara que iban a acabar perdonándome, yo seguía sintiendo un peso terrible en el corazón. Sabía que yo había sido la causante de todo ese desastre. El orgullo me la había jugado pero bien, y aquella era la parte que más rabia me daba: que no podía echarle la culpa a nadie.

El corazón me dolió incluso más cuando giré por la entrada y vi los surcos en la nieve que habían dejado unos neumáticos anchos. Era consciente de lo que aquello significaba. Rhodes estaba en casa. Y, literalmente, acababa de llegar. Solo unos segundos antes que yo. Me di cuenta al verlo salir de su camioneta mientras yo aparcaba en la zona que él había despejado de nieve alrededor de mi coche la mañana de Navidad, cuando la previsión meteorológica anunció que ya no caería mucha más.

Una reticente brizna de esperanza germinó en mi interior mientras apagaba el motor y cogía el bolso. Sin embargo, sus pequeñas raíces se secaron igual de deprisa que habían crecido. Rhodes no reconoció mi presencia ni una sola vez mientras cerraba de golpe la puerta de la camioneta y se obcecaba en mantener la vista al frente, sin desviarla hacia el suelo… ni hacia mí. Esperé en mi coche, observándolo, deseando y rogando en silencio que se girara y que simplemente… me mirara. Pero no fue el caso.

Tragué saliva.

Rhodes no tenía que hacer nada que no quisiera hacer.

Estaba enfadado conmigo y ahora yo tenía que aguantarme. Clara tenía razón. Con el tiempo me perdonaría, o por lo menos eso esperaba. De Amos no estaba tan segura, pero… ya nos las arreglaríamos. También tenía esperanza con él. Como mínimo les debía un poco de tiempo para que aceptaran lo que había sucedido y, con suerte, estuvieran dispuestos a verlo desde mi perspectiva… aunque aquello fuera exactamente lo que había querido evitar durante tanto tiempo.

Subí escaleras arriba. Puse un par de cosas dentro de mi mochila de tela para aquella noche y para la mañana siguiente. Sabía que era un poco inmaduro, pero esa mañana me había puesto la chaqueta fina que tenía de antes en lugar de la nueva que Rhodes me había regalado y que había dejado allí, sobre mi edredón. Y no, tampoco me había puesto las botas, que había colocado junto a la cama.

Ellos estaban enfadados, pero yo también podía sentirme herida, ¿no? Estaba cansada de que la gente… dejara de hablarme. Estaba harta de que me dejaran marchar. Era una mierda, pura y simplemente. Puede que hubiera superado un montón de cosas durante aquel año y medio, pero la traición, no solo de la familia Jones, sino también de mis supuestos amigos, era lo que más me dolía.

Así que sí, puede que estuviera muy sensible, pero tampoco podía hacer mucho para remediarlo. Había algunas emociones que se podían controlar, pero el dolor que sentía entonces no era una de ellas.

Lista por fin para marcharme, cogí las llaves y rodeé el coche para dejar la mochila en el asiento de atrás. Alcé la mirada por casualidad y vi a Amos observándome a través de la ventana. Lo saludé con la mano y me metí en el coche. No esperé a ver si me devolvía el saludo porque no soportaría que me ignorara abiertamente.

Y entonces me fui.

30

Estaría mintiendo como una cabrona si dijera que no lloré de camino a casa de Clara. Me sequé las mejillas cuando noté que una de las lágrimas me llegaba a los labios. Oí que el GPS me decía que tomara el próximo giro a la derecha, pero de repente una llamada entrante cortó la voz del navegador.

Vi que en la pantalla ponía LLAMADA DE TOBER RHODES.

¿Había pasado algo? ¿O era para decirme que me fuera del estudio? El terror me atenazó el estómago, pero me obligué a mí misma a responder. Ya había aprendido a las malas lo que ocurría cuando intentaba evitar las cosas desagradables. Así que bien podría aceptarlas y quitármelas de encima cuanto antes.

—¿Hola? —incluso yo oí el desasosiego en mi voz.

—¿Dónde estás? —preguntó él con voz áspera.

—Hola, Rhodes —dije en voz baja, más baja de lo que nunca había usado para hablar con él—. Estoy conduciendo.

No me devolvió el saludo, sino que fue directo al grano.

—Ya sé que estás conduciendo. ¿Adónde vas? —Estaba usando su tono de marine conmigo, y no supe cómo interpretarlo.

—¿Por qué?

—¿Cómo que por qué?

Cogí aire por la nariz.

—Sí. ¿Por qué me lo preguntas?

Tenía que enfrentarme a ello. Si lo que Rhodes quería decirme era que hiciera las maletas y me marchara, aunque una parte de mí pensara que no era lo que él realmente quería, prefería saberlo cuanto antes.

Aunque la sola idea me provocara un doloroso nudo en el estómago.

Rhodes respiró hondo con tanta fuerza, y de una forma tan entrecortada, que me sorprendió que no se me llevara por delante incluso a través del Bluetooth.

—Aurora...

—Rhodes.

Masculló algo entre dientes y luego me pareció que se apartaba el móvil de la boca para hablar con alguien, que supuse que era Amos. Después volvió a ponerse al teléfono y volvió a hacerme la misma pregunta.

—¿Adónde vas?

—A casa de Clara —le dije, hablando todavía en voz baja. De repente, decidí aprovechar la llamada, porque ¿qué tenía que perder?—. Siento no haberte dicho la verdad, pero os quiero a ti y a Am y no quería que pensarais que era patética, y espero que podáis perdonarme. No quiero llorar mientras conduzco, pero podemos hablar en algún otro momento, ¿vale? Adiós.

Y entonces colgué como la cobarde gallina que no tenía ni idea de que era. No sabía si esperaba que él volviera a llamarme o no, pero en cualquier caso no lo hizo. Cuando el corazón empezó a dolerme de nuevo, supe que en realidad sí había tenido la esperanza de que lo hiciera. La había vuelto a joder.

Era gilipollas.

No podía soportar la idea de oírle decir algo hiriente. Tal vez había sido lo mejor que no habláramos hasta este momento. Cuanto más tiempo tuviera Rhodes para calmarse, menos probabilidades tendría yo de, con suerte, acabar con el corazón más destrozado.

Aun así, eso no me ayudaba a sentirme mejor. Para nada. Prefería discutir a que me ignoraran. En serio. Prefería oírle decir que le había hecho daño y que lo había decepcionado que le hubiera ocultado la verdad a que me desdeñara.

Aparqué en la entrada de casa de Clara y salí del coche, todavía más apesadumbrada que antes, justo cuando la puerta principal se abrió y Clara se asomó, haciéndome señas para que entrara.

—Venga —me invitó con su sonrisa amable y acogedora.

—¿Estás segura de que a todos les parece bien? —pregunté al subir por los escalones del porche.

—Que sí —dijo con la misma sonrisa—. Pasa.

Abracé a Clara y luego a Jackie, que estaba detrás de su tía mirándome por encima de su hombro con expresión nerviosa.

—Hola, Jackie.

—Hola, Ora.

Me detuve y solté una maldición.

—Me he olvidado la mochila en el coche. Voy un momento a cogerla.

—La cena está lista. Mejor vamos a comer y ya irás después.

Asentí y las seguí hacia el interior de la casa, donde abracé también al señor Nez, que ya estaba sentado a la mesa de la cocina y me hizo un gesto para que ocupara la silla vacía que tenía a su lado. Clara tenía razón, la cena estaba lista, y por lo visto se habían unido a la moda de comer tacos los martes, y yo no podría estar más a favor. Nos pusimos a comer. El señor Nez preguntó por la tienda y luego me contaron cómo les había ido la Navidad el día anterior. No habían salido de casa, pero había venido uno de los hermanos de Clara, así que no habían estado solos.

Estaba terminando mi segundo taco (aunque si hubiera sido cualquier otro día seguramente ya habría ido por el cuarto), cuando de repente llamaron a la puerta principal. Jackie se levantó y desapareció por el pasillo.

—¿Has oído que Amos y Jackie van a participar en el concurso de talentos del instituto? —preguntó el señor Nez.

Dejé el último bocado del taco en el plato.

—Me lo comentó Am. Seguro que lo harán genial.

—Jackie ni siquiera quiere decirnos qué van a cantar.

No quería estropear la sorpresa, así que me limité a encogerme de hombros.

—Me hicieron prometer que no diría nada, pero lo mejor será que estéis allí temprano.

—No puedo creer que Amos haya accedido a actuar en público —comentó el señor Nez entre bocado y bocado—. Siempre me ha parecido un chico muy tímido.

—Y lo es, pero también es fuerte, y mi amiga le ha estado dando consejos.

Cómo esperaba que Amos pudiera perdonarme.

—¿Esa chica de la que Jackie no deja de hablar? Lady... ¿Cómo se llama? ¿Lady Yoko? ¿Yuko?

—Yuki —dije entre carcajadas—. Lady Yuki. Y, sí, es...

—¡Aurora! ¡Es para ti! —gritó Jackie desde la puerta principal.

¿Para mí?

Clara se encogió de hombros mientras yo me levantaba. Me dirigí hacia la puerta de entrada. Cuando me crucé con Jackie, que volvía hacia la cocina, esta evitó mirarme a los ojos.

Sabía de quién se trataba. La lista de personas que podrían venir a buscarme no era muy larga. Aun así, cuando llegué a la puerta, no vi a nadie en el porche, pero sí a dos personas algo más lejos, junto a mi coche. Había cogido la costumbre de no cerrarlo nunca con llave a no ser que estuviera en la tienda. El maletero estaba abierto, por lo que no les veía la cabeza, pero sí el cuerpo.

—Pero ¿qué hacéis? —grité bajando las escaleras del porche.

Se me ocurrieron muchos malos motivos por los que podrían estar rebuscando ahí dentro, y pensarlo hizo que me dieran retortijones. Aunque también podía deberse un poco a la sorpresa por que estuvieran allí.

Rhodes fue el primero en incorporarse. Se llevó las manos a la cintura y me miró. Con sus hombros anchos y su pecho amplio. Grande e imponente, con más pinta de superhéroe que de hombre normal. Todavía llevaba puesto el uniforme de trabajo. Tenía la chaqueta de invierno abierta, se había quitado el gorro de la cabeza y tenía el ceño fruncido.

—Coger tus cosas —respondió.

Me detuve en seco.

Amos dio un par de pasos para ponerse junto a su padre. Llevaba una sudadera ancha y cruzó los brazos sobre el pecho exactamente igual que solía hacerlo el hombre que tenía al lado.

—Tienes que volver.

—¿Volver? —repetí como si nunca antes hubiera oído esa palabra.

—A casa —dijeron los dos a la vez.

Oír aquella palabra fue como si Superman me hubiera dado un derechazo en el corazón, y debieron de darse cuenta porque la expresión de Rhodes pasó de dura a ultraseria.

—A casa. —Hizo una pausa—. Con nosotros.

Con ellos.

Hinchó ese pecho ancho, en el que había encontrado consuelo una y otra vez, al coger una bocanada de aire y a la vez se le hundieron los hombros. Asintió para sí mismo, para mí, para vete tú a saber quién, mientras me observaba con aquellos ojos grises increíbles.

—¿Adónde te crees que vas?

¿Qué?

—¿Que adónde voy? Estoy… ¿aquí?

Fue como si no me hubiera oído, porque siguió manteniendo el ceño fruncido y las arrugas de la frente se le volvieron más profundas.

—No te vas a ir —dijo con voz decidida.

¿Pensaban que me iba?

Mi pobre cerebro no entendía nada y repetía sus palabras una y otra vez, porque no tenían ningún sentido. Nada de eso, nada de nada, ni siquiera el hecho de que estuvieran allí, tenía ningún sentido.

—Te has llevado una mochila —añadió Amos metiéndose en la conversación. Alzó la cabeza hacia su padre por un segundo antes de volver a centrarse en mí. Parecía estar esforzándose por decir algo, porque respiró hondo antes de volver a hablar—. Pensábamos... Pensábamos que nos habías mentido. Solo estábamos un poco enfadados, Ora. No queremos que te vayas.

¿De verdad pensaban que me estaba yendo? ¿Para siempre? Pero si solo me había llevado una mochila pequeña.

Justo en aquel momento me di cuenta de que Rhodes llevaba algo debajo del brazo. Algo de un color mandarina intenso.

Mi plumas. Había traído mi plumas.

De repente las piernas se me quedaron sin fuerzas y lo único que mi cerebro fue capaz de procesar era que tenía que sentarme, que tenía que sentarme enseguida, y eso hice. Me desplomé sobre el suelo, me quedé mirándolos y la nieve empezó a mojarme el culo de inmediato.

Rhodes entrecerró los ojos.

—No puedes huir cada vez que discutamos.

—¿Huir? —dije con voz ahogada por la sorpresa y, siendo sincera, seguramente por el estupor.

—Debería haber hablado contigo ayer por la noche, pero... —Rhodes apretó la mandíbula, y vi que se le movía la nuez del cuello mientras seguía allí de pie con las piernas separadas—. Me esforzaré por mejorar a partir de ahora. Te hablaré incluso aunque esté enfadado. Pero no puedes irte. No puedes marcharte.

—No me voy a ninguna parte —les dije, atónita, en un susurro.

—Desde luego que no —coincidió, y sentí que con esas palabras mi vida entera daba un giro.

Pero entonces recordé cómo nos habíamos metido en todo este follón y me centré.

—Te escribí y no me respondiste —le recriminé.

Puso una expresión extraña.

—Estaba enfadado. La próxima vez te contestaré de todas formas.

509

La próxima vez. Acababa de decir «la próxima vez».

Habían venido hasta aquí. Por mí. No hacía ni una hora que me había ido… y allí estaban. Cabreados y disgustados. El labio inferior me tembló al mismo tiempo que un hormigueo familiar se me extendía por el interior de la nariz. Sin embargo, lo único que podía hacer era mirarlos. Todas mis palabras quedaron enterradas bajo la avalancha de amor que me llenó el corazón en ese momento.

Puede que fuera mi falta de respuesta lo que empujó a Rhodes a dar un paso hacían delante, todavía ceñudo, y hablarme con el tono de voz más mandón y más áspero que le había escuchado nunca.

—Aurora…

—Lo siento, Ora —tartamudeó Amos cortando a su padre—. Me enfadé porque me has estado ayudando con mis canciones de mierda y…

—Tus canciones no son una mierda —conseguí decir con voz débil, distraída como estaba en no llorar.

Amos me lanzó una mirada exasperada.

—¡Tus canciones salen por la tele! ¡Ese cabrón ha ganado premios con la música que has escrito tú! Me sentía como un idiota porque me diste muchos consejos y no me los tomé en serio. —Alzó los brazos y los dejó caer—. Sé que nunca harías daño a nadie a propósito. —Asentí, intentando recobrar mi voz, pero mi adolescente favorito siguió hablando—. Siento haberme enfadado tanto —dijo con solemnidad—. Es solo que… Ya sabes… Lo siento. —Suspiró—. No queremos que te vayas. Queremos que te quedes, ¿verdad, papá? Con nosotros.

Así que aquello era lo que se sentía cuando se te rompía el corazón por algo bueno.

Fue solo gracias a la sinceridad de su mirada y al amor que sentía por él que por fin conseguí hablar.

—Sé que lo sientes, Amos. Gracias por pedirme perdón. —Tragué saliva—. Pero siento no habéroslo dicho antes a los dos. No quería que os sintierais incómodos conmigo. Quería que fuerais mis amigos. No quería decepcionaros. Ya no puedo escribir —admití—. Hace mucho tiempo que no me sale nada, no sé por qué y, en realidad, no me importa. Creo que me daba miedo que lo descubrieras y que solo quisieras tenerme cerca por eso… y no podía. No podía seguir haciéndolo. Ahora solo soy capaz de ayudar a escribir a otros. Las palabras ya no me nacen solas como antes. Después de que colaborara con Yuki, desaparecieron.

»Lo único que me quedan son unas pocas libretas, pero Kaden se llevó mis mejores canciones. —Tragué saliva—. Ese era el único motivo por el que él y su familia se quedaron conmigo durante tanto tiempo: porque podía ayudarlos, y no podía soportar la idea de volver a pasar por lo mismo. —Sacudí la cabeza—. Todas esas canciones… son sobre mi madre. Te sorprendería lo fácil que es convertir cualquier cosa en una canción de amor. Las escribí cuando más la echaba de menos, cuando tenía la sensación de que el corazón no seguiría latiéndome mucho más. Las mejores canciones son las que escribí cuando estaba mal, aunque también me salieron algunas en condiciones cuando estaba contenta. Pero ahora todas las palabras se han esfumado. Por completo. Y no sé si alguna vez volverán. Y, de verdad, no me importa, pero no quiero decepcionar a nadie. Y menos aún a vosotros dos.

Abrieron los ojos como platos.

—No me estaba marchando. Solo tenía pensado pasar una noche en casa de Clara. Todavía tengo todas mis cosas en el estudio, tontainas —admití, mirando también a Rhodes, que me estaba observando como si fuera a esfumarme por arte de magia—. Pensaba que la había cagado y que ninguno de los dos querríais tenerme por aquí, por lo menos durante un tiempo. Estaba triste, pero era consciente de que todo era culpa mía, y eso es todo. —Presioné los labios, noté que las lágrimas me inundaban los ojos y encogí un hombro—. No dejo de perder a las personas que considero mi familia y no quiero perderos a vosotros también. Lo siento.

Rhodes había dejado caer las manos que tenía apoyadas en las caderas en algún punto de mi discurso. Justo cuando terminé de hablar, movió aquellos pies enormes, enfundados en sus botas, hasta acercarse a mí, y en un abrir y cerrar de ojos lo tenía arrodillado enfrente, con su cara a mi altura. Clavó en mí su mirada intensa y, antes de que pudiera reaccionar, me puso las manos en las mejillas, sujetándome la cara mientras me hablaba con la voz ronca.

—Formas parte de mí. Igual que Am. Y más de lo que cualquiera podrá llegar a serlo nunca. —Una lágrima me cayó por la mejilla y Rhodes me la secó, bajando las cejas—. Eres parte de nosotros —dijo con aspereza—. Ya te lo había dicho, ¿verdad? —Movió una de las manos que tenía en mi mejilla y me cogió el lóbulo de la oreja entre los dedos—. No sé quién sería capaz de dejarte marchar, pero desde luego no voy a ser yo. Ni hoy. Ni mañana. Ni nunca. ¿Está claro?

Me incliné hacia delante y dejé caer la frente sobre su hombro, dejando que la magnitud de sus palabras cayera sobre mí. La mano que me estaba tocando el lóbulo pasó a mi espalda y me la acarició. Su aliento me hizo cosquillas en la oreja cuando susurró:

—No soy un hombre rico, colega. Nunca voy a… No puedo ni imaginarme a lo que estabas acostumbrada… No, no sacudas la cabeza. Ahora que he tenido tiempo para pensarlo bien, sé que en realidad a ti esas cosas no te importan…, pero yo puedo darte mucho más de lo que ese idiota nunca te dio. Estoy seguro. Y sé que tú también lo sabes. No, no llores. No soporto cuando lloras.

—Estás volviendo a ponerte mandón —dije contra su camiseta mientras las lágrimas se me desbordaron de los ojos, y creo que me tragué algunas, pero me dio igual porque Rhodes me rodeó con los brazos y me atrajo hacia su pecho. Hacia él.

Bajó el volumen de su voz.

—Siento haberme puesto celoso. No me importan una mierda ni tu dinero ni tus libretas ni que nunca vuelvas a escribir una

512

sola palabra. —Rhodes me abrazó con más fuerza, y me pareció notar que todos los músculos de su tronco superior también se tensaban mientras susurraba todavía más bajo. Volví a notar su aliento en la piel cuando siguió hablando—. Te queremos, te quiero, porque eres mía. Porque estar cerca de ti es como estar cerca del sol. Porque verte feliz me hace feliz, y cuando estás triste haría cualquier cosa para borrar esa expresión de tu cara.

»Ven a casa. No pienses que no queremos quedarnos contigo, o que solo querríamos hacerlo por los motivos equivocados, porque nada de eso es verdad. Nos importas, ángel, y quiero que te quedes con nosotros. Fuiste tú quien tomaste la decisión, ¿te acuerdas? Ya no puedes cambiar de idea. No soy tu ex, y no puedes marcharte. Nosotros nos enfrentamos a las cosas juntos, no tiramos la toalla con el otro, y menos por algo como esto. ¿Vale?

Asentí con la cara pegada a él y me tragué las lágrimas antes de rodearle el cuello con los brazos. Me besó la frente y la mejilla, y me raspó la cara con la barba incipiente de su mentón de esa forma que tanto me gustaba.

—¿Volvemos a estar de acuerdo? —preguntó. Sorbí por la nariz y asentí de nuevo—. ¿Has terminado de cenar? ¿Puedes venir a casa? —dijo mientras me acariciaba la columna de arriba abajo.

«Casa». No dejaba de repetir aquella palabra, y mi corazón se la estaba comiendo con patatas. Me aparté un poco y dije que sí con la cabeza.

—Puedo volver. Deja que…

Me giré y vi a Clara y Jackie junto a la puerta, observándonos. Clara me tendió el bolso con una dulce sonrisa en la cara.

Rhodes me ayudó a levantarme, tocándome la zona lumbar por un breve momento. Fui a la puerta principal, donde Jackie me dio la chaqueta y Clara, el bolso y las llaves. Los ojos le brillaban por las lágrimas y eso hizo que me sintiera mal, pero negó con la cabeza en cuanto abrí la boca.

—Yo también tuve algo así de especial. Vete a casa. Confía en mí. Ya te quedarás a dormir otro día. Eso de ahí fuera es más importante. Nos vemos mañana.

La abracé con fuerza, haciéndome una idea de cómo debía de sentirse al decir aquellas palabras. De lo que debió de sentir al perder a alguien a quien quería tantísimo. Tenía razón.

Tenía que ir a casa.

Le dediqué una sonrisa a Jackie y retrocedí. Cuando me di la vuelta vi a Rhodes de pie, exactamente donde estaba unos minutos antes. No me imaginé la sonrisa débil y afligida que esbozaron sus labios al mirarme.

En cuanto me acerqué a él, me pasó la mano por el pelo. Me acarició la cara con la misma delicadeza, pasando por debajo de mis ojos mientras fruncía el ceño.

—No me gusta verte llorar. —Volvió a deslizar la yema de su pulgar sobre mi ceja antes de dirigir la mano a mi nuca y recorrer la curvatura de mi espalda—. Me gustaría ir contigo en el coche, pero Am...

—Acaba de sacarse el carné de conducir, lo sé.

Volvió a pasarme el dedo por la ceja.

—Te seguiré hasta casa —me dijo con voz grave.

«Casa». De nuevo esa palabra.

Tirité y Rhodes me tendió mi chaqueta nueva. Esperó a que me pusiera primero una manga y después la otra antes de subirme la cremallera. Cuando terminó, le sonreí. Se acercó y rozó mis labios con los suyos. Se apartó de mí, me miró a los ojos y volvió a hacerlo, con más insistencia. Luego se apartó con la expresión más sincera e indefensa que le había visto nunca.

Amos estaba esperando junto a mi coche cuando llegué hasta él. Dudé un segundo antes de sacarme las llaves del bolsillo y agitarlas.

—¿Quieres conducir?

—¿En serio?

—Siempre que prometas que no te saltarás ningún stop.

514

Esbozó una pequeña sonrisa, pero cogió las llaves y se metió dentro del coche. No dijimos nada mientras salíamos del camino de acceso y su padre esperaba para dejarnos pasar primero. Amos no abrió la boca hasta que llegamos a la carretera.

—Mi padre te quiere.

Se me aflojaron los dedos con los que había estado sujetando el bolso y miré. Rhodes lo había dicho antes, pero tan deprisa que no me había dado cuenta.

—¿De verdad lo crees? —pregunté de todas formas.

—Lo sé.

Vi que quitaba una mano del volante.

—Las dos manos en el volante, Am.

Volvió a ponerla donde estaba.

—No se le da muy bien hablar, ¿sabes? Su madre le pegaba, y más cosas, y le decía cosas horribles, y nunca he visto que el abuelo Randall lo abrazara. Sé que me quiere… Es solo que… no lo dice muy a menudo. O sea, nunca. No como mi padre, Billy. Pero papá Billy me enseñó hace mucho tiempo que, aunque Rhodes no diga a menudo que me quiere, lo demuestra de muchas otras formas. —Amos me echó un vistazo—. Así que, bueno. Es como si ahora estuviera aprendiendo. A decirlo.

—Lo entiendo —le dije con seriedad.

Amos volvió a echarme un vistazo antes de fijar la mirada al frente con intensidad.

—Solo necesitaba que lo supieras, para que no pienses que no te quiere.

Estaba intentando consolarme, prepararme, e incluso atarme a su padre incluso más fuerte. Las tres cosas a la vez. Y no podía decir que me no me encantara, porque así era.

—De acuerdo —dije—. No lo olvidaré, te lo prometo. De todas formas, creo que no necesito que me lo digan constantemente. Es más fácil demostrarles a los demás lo que sientes por ellos con acciones que con palabras. O eso creo yo, por lo menos.

El adolescente asintió, pero mantuvo la vista al frente. El ambiente todavía estaba un poco enrarecido, como si ambos nos sintiéramos inseguros, como si ambos quisiéramos deshacernos de la frustración reciente entre nosotros, pero ninguno de los dos supiera cómo dar el primer paso. Fue Amos quien sacó el tema.

—No me importa que ya no puedas escribir —dijo, totalmente serio—, pero... ¿Seguirás ayudándome con mis canciones?

Noté una presión en el pecho.

—Tengo que hacerlo —bromeé—. Hemos llegado muy lejos. Ya puestos, debería seguir y ver de qué eres capaz con un poco más de tiempo.

Sonrió débilmente y volvió a mirarme.

—He estado pensando en el concurso de talentos, y creo que debería cantar otra canción.

Me mordí el interior de la mejilla y sonreí.

—Vale, cuéntame más —dije.

No se me pasó por alto que Amos aparcaba mi coche delante de la casa principal, no del apartamento, pero no dije nada. Quería disfrutar de aquello, fuera lo que fuera. Tal vez, que me aceptaran más en su hogar y en su vida.

Querían que volviera. Me querían a su lado. Y para mí, aquello no era simplemente más que nada. Lo era todo.

Salimos del coche y vi la cara de Rhodes mientras esperaba junto al capó de su camioneta. Una parte de mí todavía no podía creerse que hubieran venido a buscarme. Nunca nadie había venido a buscarme. Desde luego, mi ex no lo había hecho cuando me hizo más daño del que jamás podría haberme imaginado, ni cuando me fui a casa de Yuki, ni cuando me marché definitivamente después de que rompiera conmigo. Ni siquiera se molestó en enviarme un mensaje para saber cómo estaba o asegurarse de que no había acabado tirada en una cuneta.

Empecé a enfadarme conmigo misma por todo lo que me había llevado a tener una relación con él y por todo el tiempo que había aguantado, pero entonces recordé que de no ser por

Kaden y lo que me había hecho, tal vez nunca hubiera regresado a Pagosa.

Porque, por mucho dolor y muchas lágrimas que hubiera derramado en mi vida anterior, la felicidad que había encontrado aquí lo compensaba todo. Y, tal vez, con el tiempo no solo lo compensaría, sino que llegaría a eclipsar aquella época por completo. Lo único que podía hacer era cruzar los dedos.

—¿Vienes? —preguntó Amos mientras rodeaba el capó del todoterreno.

Asentí y le sonreí. Aun así, Amos titubeó y frunció el ceño de su esbelto rostro.

—De verdad que lo siento mucho, Ora —volvió a decirme.

—Yo también. Estoy decepcionada conmigo misma por creer que dejarías de ser mi amigo si no podía escribir música. Dame un abrazo y quedamos en paz.

Amos se quedó paralizado por un momento antes de poner los ojos en blanco y acercarse. Me rodeó la espalda con brazos flojos, sin hacer mucha fuerza, en lo que sería el equivalente al abrazo más cálido de cualquier otra persona, y me dio un par de golpecitos en la columna mientras dejaba que lo estrechara antes de apartarse. También curvó un poco los labios hacia arriba (lo que sería una sonrisa cegadora en otro) y después sacudió la cabeza, apartó la mirada y subió los peldaños del porche.

Rhodes todavía estaba en el mismo sitio y observó a su hijo meterse dentro de casa y cerrar la puerta detrás de él, dejándonos a solas.

—Bueno. Ven aquí —dijo Rhodes en voz baja y queda, alargando la mano hacia mí.

La acepté. Puse la palma sobre la suya, áspera, y observé sus dedos cerrándose alrededor de los míos. Tiró de mí para acercarme más a él. Su mirada gris lavanda era firme.

—Explícamelo otra vez. ¿Por qué no dijiste nada sobre quién era tu ex? —preguntó, con tanta suavidad que le hubiera contado cualquier cosa.

Intenté responderle de la misma manera.

—Hay más de una razón. En primer lugar, no me apetece hablar de él. ¿A quién le apetece hablar de su ex con la persona que le gusta? A nadie. Y en segundo lugar, ya te he dicho que me daba vergüenza. No quería que pensaras que hice algo y que por eso rompimos...

—Ya sé que no hiciste nada. ¿Estás de coña? Ese tío es un imbécil.

Tuve que contener una sonrisa.

—También es porque durante bastante tiempo me he cruzado con personas que solo han fingido interés porque pensaban que trabajaba para él. No tenías pinta de ser su fan, pero ya hace mucho que me acostumbré a no mencionarlo, Rhodes. Es un hábito. Solo podía hablar de él con muy pocas personas. Pero es que además prefería no hacerlo, porque estaba intentando seguir adelante con mi vida.

—Y has seguido adelante.

El corazón me dio un vuelco y asentí.

—Sí, he seguido adelante. Es verdad.

Se acercó un paso más hacia mí; su cuerpo a escasa distancia del mío.

—Quiero entenderlo, colega, para saber exactamente cómo de gilipollas es ese tío. —Sus palabras me hicieron sonreír—. ¿Rompiste con él porque fingía que no estabais juntos? ¿Y por eso no tuvisteis hijos?

—Así es. Solo lo sabían los miembros de la banda, la gente que nos acompañaba en las giras, nuestros amigos y la familia cercana. Todos tenían que firmar un acuerdo de confidencialidad. Fingíamos que era su asistente para explicar por qué siempre estaba con él. Al principio no me importaba, pero con el tiempo... acabó siendo una mierda. Estaban tan paranoicos con lo de tener hijos que su madre me contaba las pastillas anticonceptivas. La escuché más de una vez preguntándole a él que si usábamos putos condones. Era humillante, ahora que lo pienso. Y no quiero hablar sobre él, Rhodes, sobre todo porque forma parte del pasado y no tiene nada que ver con mi futuro, pero estoy dispuesta a contarte todo lo que quieras saber.

También porque no me importaría saberlo todo sobre él algún día.

—Pero hay muchos cantantes que se casan y siguen teniendo éxito, ¿no?

—Sí, es cierto —respondí asintiendo—. Pero es lo que te decía: él es un niño de mamá, y ella insistía en que nada volvería a ser igual. Kaden valoraba más la relación que tenía con su madre que la que tenía conmigo, y me parecía bien. Bueno, en realidad no, pero intentaba aceptar que siempre sería la última para él. Que siempre sería una mentira, un secreto. Que viviría sintiendo que no era lo bastante buena, porque si lo hubiera sido entonces no habrían tenido problema en que todos supieran que estábamos juntos. Supongo que lo único que quería era volver a ser importante para alguien. Así que me aguanté.

»Pero luego, en algún momento, su madre le convenció para llevar a cabo un montaje publicitario y que se dejara ver en público con una cantante de country. Le advertí que, si lo hacía, lo mandaría a la mierda. Dijo que no tenía alternativa, que lo hacía por nosotros. Porque estaba empezando a correr el rumor de que tal vez no le gustaban las mujeres, como si aquello fuera algo malo, porque no tenía novia y nunca lo habían visto con nadie. Así que me marché. Durante un mes. Me quedé en casa de Yuki. Y él siguió adelante con su plan. Esta parte te la conté, que rompimos y besó a otra chica. Al cabo de un tiempo, vino a buscarme y me pidió que volviera con él.

»Sin embargo, nada volvió a ser lo mismo después de eso. Más o menos un año después, él y su madre decidieron probar a hacer algo «diferente» con su música, así que contrataron a un productor en vez de contar con mi ayuda… y aquello fue oficialmente el principio del fin. Supongo que se dieron cuenta de que cada vez escribía menos. Seguro que estaban intentando eliminarme gradualmente, o por lo menos esa era la intención que tenía su madre. El caso es que, al cabo de un año, todo se acabó.

Un día se fue porque tenía unas «reuniones de trabajo», que más tarde descubrí que significaba que se iba a casa de su madre, y al regresar me dijo que la relación ya no funcionaba. Me recordó que la casa estaba a su nombre, ya que su madre no había dejado que me incluyeran en las escrituras por si «alguien lo descubría», y se fue. Al día siguiente, su madre me cortó la línea de teléfono. Sé que es un poco extraño, pero creo que aquello me fastidió incluso más que la ruptura.

Rhodes parpadeó una sola vez, despacio, y lo único que consiguió decir fue:

—Vaya. —Asentí en dirección a él—. Un día se despertará y pensará: «Es el peor error que he cometido en mi vida», si es que no lo ha hecho ya —dijo sorprendido.

—Durante mucho tiempo esperé y recé para que así fuera, pero ahora de verdad que ya no me importa lo más mínimo. —Le apreté la mano—. Cuando vino su madre se lo dije, así sin más. Y, solo para que lo sepas, Kaden me ha escrito varias veces por correo. Hace meses. Pero nunca le contesté.

La sorpresa desapareció de su cara y volvió a adoptar su expresión reflexiva mientras bajaba el mentón.

—Gracias por contármelo.

—Y, también para que lo sepas, lo he hablado con Yuki y con mi tía, y todas estamos de acuerdo en que solo está intentando volver a ponerse en contacto conmigo porque los dos álbumes que ha sacado sin mí le han ido fatal.

Rhodes me estudió la cara con la mirada y dijo en voz baja:

—Ese no es el único motivo, cariño. Créeme.

Me encogí de hombros.

—De todas formas, ya no puedo escribir. Y aunque pudiera, no volvería a esa vida de mierda.

—Sabes que nada de todo esto afecta a nuestra relación, ¿verdad? Sabes que eso no me importa ni siquiera un poco, ¿no? —Apreté los labios y asentí. Me miró a los ojos, mantuvo la mirada fija en mí, y volvieron a salirle unas profundas arrugas en la frente—. El muy idiota casi me da pena.

—Que no te dé.

—He dicho «casi» —puntualizó relajando la cara y la voz. Me estrechó la mano—. ¿En serio te dio tanto dinero?

—Tuvo que hacerlo, o si no lo habría llevado a juicio y entonces le hubiera explotado todo en las narices —le expliqué—. No soy tonta. Después de que tuviera aquella relación falsa, pensé en lo que me habría dicho mi madre: que mirara primero por mí misma. Así que recopilé pruebas, fotos y capturas de pantalla que serían más que suficiente para joderlo vivo en un juicio. Me pareció que me lo merecía. Que me lo había ganado. Que era mío.

Estaba segura de que no me imaginé el destello de satisfacción y orgullo que vi en sus ojos.

—Bien hecho.

—¿Así que no te molesta? —le pregunté al cabo de un momento.

—¿El qué?

—El dinero.

Me miró a los ojos y respondió.

—¿Que si me molesta que seas rica? No. Siempre me he preguntado cómo sería ser un hombre florero.

Sonreí, y supe que tenía que decirle una cosa más antes de que, con un poco de suerte, no volviéramos a hablar de Kaden nunca más.

—No he sido tan feliz desde que era pequeña, Tobers. Quiero que lo sepas. Quiero estar aquí, ¿vale? —dije, y él asintió solemnemente—. Te quiero, y también quiero a Am. Lo único que deseo es… estar aquí. Con vosotros.

Rhodes me puso la mano en la cara, con el pulgar debajo de la mandíbula.

—Aquí es donde vas a estar —dijo—. Nunca habría podido imaginarme, ni en un millón de años, que alguien que no fuera Am pudiera hacerme sentir así, como si estuviera dispuesto a hacer lo que fuera, *lo que fuera*, por esa persona. Ni siquiera puedo mirarte cuando me enfado porque entonces se me pasa. —Acer-

521

có la cara hasta que sus labios quedaron a unos centímetros de los míos—. Solo he tenido unas pocas cosas en la vida que eran realmente mías, y no soy el tipo de hombre que las regala o se deshace de ellas. Lo digo en serio, Aurora, y no tiene nada que ver con tus libretas ni con tu cara, ni con nada que no sea el corazón que tienes dentro del pecho. ¿Queda claro?

Quedaba claro. Le aseguré que me había quedado clarísimo mientras lo abrazaba.

Nunca nada me había quedado más claro.

31

—¡Joder, tío! ¡Menuda pasada! —exclamé y aplaudí sentada en mi silla de camping favorita un par de semanas después.

Un par de semanas *maravillosas* después. Pero ¿quién llevaba la cuenta?

Am se ruborizó como siempre mientras aguantaba la última nota con su guitarra, pero, en cuanto bajó el instrumento, resopló. Por suerte, las cosas entre nosotros volvían a ser normales. La incomodidad solo había durado un par de días hasta que se había acabado yendo por su propio pie.

—Creo que he desafinado un poco al principio.

Crucé una pierna encima de la otra e incliné la cabeza.

—Estabas un pelín fuera de tono, pero solo un pelín. Y solo cuando has cantado el estribillo. Supongo que ha sido porque estabas nervioso. Por cierto, se nota que has estado practicando el *vibrato*.

Amos dejó la guitarra sobre el soporte y asintió, pero vi que estaba contento.

—Sí que estaba nervioso, pero he hecho lo que me dijo Yuki.

El otro día mi amiga me había hecho una videollamada por casualidad mientras estaba con Amos en el aparcamiento del supermercado, y le había preguntado cómo llevaba los nervios. «Bien», le había respondido Amos con timidez. Pero, consciente de que no le había respondido con sinceridad, Yuki le había dado algunos consejos de todas formas. Lo que no iba a contar-

523

le a Amos era que horas más tarde Yuki me había mandado un mensaje pidiéndome que le mandara un vídeo de su actuación para poder verla.

—Además, me he repetido que solo eras tú —siguió—. Y que si hiciera algo mal, me lo dirías.

Se me encogió el corazoncito y asentí. Habíamos llegado muy lejos, y su confianza lo era todo para mí.

—Siempre.

—¿Crees que debería moverme más por el escenario?

—Tienes una voz preciosa; creo que por ahora deberías centrarte en cantar. Te vas a poner nervioso, así que ¿por qué añadirte más presión? De todos modos, solo hay una Lady Yuki.

Me miró de reojo.

—¿La ayudaste a escribir *Recuérdame*? —preguntó, con muchísima indiferencia.

Sabía exactamente a qué canción se refería, por supuesto, y sonreí.

—Es muy buena, ¿verdad?

—¡¿La escribiste tú?!

El gritito ahogado de sorpresa que se le escapó ni siquiera me ofendió.

No tuve ocasión de contestarle porque ambos nos giramos en dirección al camino de acceso al oír unos neumáticos sobre la gravilla. Una parte de mí esperaba que fuera el repartidor, porque había encargado unas alfombrillas para el coche, porque las que tenía no estaban hechas para la nieve y la lluvia. Sin embargo, cuando la camioneta de Rhodes se colocó en el lugar de siempre, fruncí el ceño. Me había escrito hacía un par de horas para decirme que llegaría a casa alrededor de las seis, pero solo eran las cuatro.

—¿Qué hace papá aquí? —preguntó Amos.

—No lo sé —contesté mientras Rhodes aparcaba y salía del coche.

Movía su gran cuerpo musculoso con agilidad, enfundado en aquel uniforme que casi me hipnotizaba. Mi cerebro se puso a recordar la visita que me había hecho anoche en mi apartamento. Le había preguntado que qué excusa le había dado a Am, él se había reído y me había respondido que le había dicho que iba a enseñarle los álbumes de fotos de mi infancia. Por lo visto, el adolescente no se lo había creído y había puesto cara de asco, pero eso fue exactamente lo que había ocurrido.

Al menos hasta que nos habíamos arrancado la ropa el uno al otro y yo había acabado sentada en su regazo sudando y temblando.

Había sido una buena noche.

La mayoría de las noches desde que había venido a buscarme a casa de Clara lo había sido. Aquella primera, Rhodes me había hecho más preguntas acerca de Kaden después de que Amos se fuera a dormir.

¿Cómo nos habíamos conocido? A través de un amigo en común, durante el primer trimestre en la universidad. Yo estaba estudiando magisterio y él, interpretación musical. Rhodes me había dicho que me pegaba ser profesora, y tal vez podría haberlo sido, pero ya no era algo que me hiciera ilusión.

¿Bajo qué condiciones me habían dado el dinero? No llevarlos a juicio por regalías ni por derechos de autor, porque Dios no quisiera que pusieran algo por escrito sobre un acuerdo de divorcio.

Teníamos tantas cosas de las que hablar que no quería que perdiéramos el tiempo con aquel tema, pero estaba dispuesta a hacerlo si a Rhodes le preocupaba. Aunque esperaba que no fuera el caso.

El pasado estaba en el pasado, y deseaba con todas mis fuerzas que mi futuro fuera la persona que se dirigía hacia mí.

—¡Hola! —lo saludé desde donde estaba sentada.

Fuera hacía unos nueve grados, pero no soplaba ni una pizca de viento, así que habíamos dejado la puerta del garaje abierta. Mi tía me había tomado por loca cuando le había contado que aquellos últimos días iba vestida con solo una camiseta, y es que la gente no entendía lo agradable que podía ser aquella tem peratura aunque el suelo estuviera cubierto de nieve. Era la magia de que no hubiera mucha humedad.

—Hola —dijo devolviéndome el saludo.

¿Sonaba un poco raro o me lo estaba imaginando? Lo que pude comprobar que era real eran sus andares rígidos mientras se dirigía hacia mí, abriendo y cerrando los puños a sus costados. Tenía la cabeza un poco gacha.

Miré a Amos y vi que él también fruncía el ceño al observar a su padre.

—¿Estás bien? —le pregunté en cuanto entró en el garaje.

—En cierta manera, sí —dijo con una voz definitivamente extraña y tensa que me alarmó todavía más.

Me levanté.

—¿Qué pasa?

Alzó la cabeza. Las leves arrugas que tenía junto al rabillo del ojo se le marcaban más que de costumbre.

—Aurora…, tengo que hablar contigo.

Alguien iba muy en serio pronunciando mi nombre así.

—Me estás asustando, pero vale —dije poco a poco, mirando de reojo a Am, que nos observaba a los dos con cautela.

—Será mejor que entremos —dijo Rhodes, clavando sus ojos grises en mí y cogiéndome de la mano con sumo cuidado.

Asentí y dejé que me condujera hacia el otro lado del camino de acceso y me hiciera subir los peldaños del porche. Hasta que no entramos, no me di cuenta de que Am nos estaba siguiendo. Rhodes debió de percatarse en aquel mismo momento, porque entonces se detuvo.

—¿Qué pasa? A mí también me estás asustando —dijo el adolescente.

—Am, esto es privado —dijo con voz seria y con aquella expresión terriblemente sobria todavía en la cara.

—Ora, ¿verdad que no te importa?

¿Qué iba a decirle? ¿Que sí que me importaba? ¿Que no confiaba en él como para que estuviera presente?

—No pasa nada. —Tragué saliva antes de mirar a aquel hom-

526

bre que la noche anterior había logrado convencerme para que volviera a dormir con él, en su cama—. Tampoco es que vayas a romperme el corazón ni nada parecido, ¿no?

Rhodes inclinó un poco la cabeza y tragó saliva, con lo que me asustó incluso más. Vi tristeza en sus ojos.

—Si te sirve de consuelo, no quiero hacerlo. —Di un respingo. Se le hundieron los hombros—. No es lo que crees —añadió con voz seria.

Empecé a encontrarme mal y Rhodes suspiró. Se rascó la nuca.

—Lo siento, ángel. Lo estoy haciendo fatal.

—Dímelo de una vez. ¿Qué pasa? ¿Qué ocurre? —le pregunté—. No estoy de coña, me estás asustando. Nos estás asustando a los dos.

—Sí, papá, díselo —dijo Amos soltando un gruñido—. Estás actuando rarísimo.

Rhodes sacudió la cabeza y suspiró.

—Cierra la puerta, Am.

El chico la empujó hasta cerrarla y cruzó los brazos sobre el pecho. Me empezaron a temblar un poco las manos al notar el miedo avivándose en mi interior mientras intentaba deducir por qué Rhodes estaba tan alterado. Lo había visto enfrentarse cara a cara con un murciélago. Subir a seis metros de altura como si nada. ¿Estaba enfermo? ¿Le había ocurrido algo a alguien?

Rhodes respiró hondo y miró al suelo un momento antes de alzar la cabeza y ponerse a hablar.

—¿Recuerdas que hace un tiempo te conté que un senderista había encontrado unos restos?

Me quedé helada.

—No —respondí.

—Te lo dije el día que cogiste el águila —me recordó con delicadeza—. Salieron algunos artículos en el periódico. En la ciudad no se hablaba de otra cosa.

Todo aquello no me sonaba de nada.

Aunque, al fin y al cabo, siempre desconectaba cuando oía a alguien hablar sobre personas desaparecidas. Cualquier esperanza que tuviera de poder pasar página, de encontrar respuestas, se había desvanecido hacía tiempo. Tal vez fuera egoísta, pero así me resultaba más fácil seguir adelante, no hundirme bajo el peso de la pena. Por eso no me centraba demasiado en los casos parecidos a lo que le había ocurrido a mi madre. Durante mucho tiempo, apenas fui capaz de gestionar mi propio dolor, mucho menos ser testigo del de otros.

Algunas personas sobrevivían a un trauma con una cicatriz gruesa y fuerte que hacía que pudieran enfrentarse a cualquier cosa. Que atestiguaba que habían pasado por un infierno y podían soportar cualquier golpe con la certeza de que sobrevivirían.

Pero, por otro lado, estaban las personas como yo, que salían adelante con la piel más fina que antes. Algunas acabábamos envueltas en un tejido incluso más delicado que el papel de seda; éramos cuerpos y almas que se mantenían en pie por la mera voluntad de seguir. Y por los mecanismos de defensa. Y por la terapia.

—Un senderista que había salido a caminar se encontró unos huesos. Resulta que es traumatólogo, y le pareció reconocer que algunos eran… humanos. Dio el aviso y las autoridades se hicieron cargo de los restos.

—Vale…

Rhodes se lamió los labios y me apretó un poco más las manos.

—Han encontrado una coincidencia de ADN.

Me vino a la mente el recuerdo de aquella vez que encontraron unos restos humanos que podrían ser de mi madre, tres años después de su desaparición. Nos decepcionamos tanto cuando, al darles una muestra de ADN, determinaron que no era ella. Unos años después, volvió a ocurrir lo mismo. Un equipo de búsqueda que iba tras la pista de un senderista desaparecido encontró una mano y un cráneo parcialmente enterrados, pero tampoco resultó ser ella. Eran los restos de un hombre que había desaparecido dos años antes. Aquella fue la última vez que tuve esperanzas de encontrarla.

Sin embargo, lo sabía. Antes de que dijera nada, sabía las palabras que Rhodes iba a pronunciar. Noté un cosquilleo en la piel.

—Pronto te llamarán de la oficina del médico forense, pero he pensado que preferirías saberlo antes por mí —dijo con cautela, con calma, todavía agarrándome la mano. Estaba tan distraída que ni me había dado cuenta.

Apreté los labios con fuerza y asentí, y de repente me los noté entumecidos. Empecé a notar que algo se estremecía en mi pecho.

—Sí, lo prefiero —dije lentamente, sabiendo que... Sabiendo que...

Rhodes soltó el aire despacio y apretó la mandíbula antes de pronunciar con cuidado las últimas palabras que esperaba oír y, a la vez, las únicas que podía imaginarme.

—Es tu madre, cariño.

Repetí aquellas palabras dentro de mi cabeza una y otra vez, y otra, y otra.

Me mordí el labio inferior y sin ser consciente asentí, deprisa y demasiadas veces. También me puse a parpadear rápidamente porque se me empezaron a humedecer los ojos. Casi no oí el lamento ahogado que me brotó inesperadamente de la garganta.

Era mi madre. *Era mi madre.*

A Rhodes se le desencajó la cara y, en un abrir y cerrar de ojos, me rodeó con los brazos y me estrechó contra su pecho con fuerza. Apoyé la mejilla contra los botones de su camisa y me salió otro sollozo ahogado y gutural. Intenté tomar aire, pero en cambio se me estremeció todo el cuerpo. Estaba temblando. Incluso más que el día de la Ruta del Infierno.

La habían encontrado. Por fin la habían encontrado.

A mi madre, que me quería con todo su corazón, que no era perfecta pero que siempre había dejado bien claro que serlo estaba sobrevalorado. La mujer que me había enseñado que la felicidad tenía muchas formas. La misma que se había enfrentado a una enfermedad silenciosa como pudo, durante más tiempo del que yo nunca sabría.

La habían encontrado. Después de todos estos años. Después de todo...

El recuerdo de ese momento exacto en el que me di cuenta, veinte años atrás, de que mi madre no iba a venir a buscarme me golpeó. Cómo había gritado. Cómo había llorado. Cómo la había llamado hasta destrozarme el alma y la garganta. «Mamá, mamá, mamá, por favor, por favor, por favor, vuelve...».

—Ya puede descansar —susurró Rhodes antes de que ahogara mi llanto, intenso y desgarrador, contra su camisa—. Lo sé, cariño, lo sé.

Lloré. Desde lo más profundo de mí, las lágrimas brotaron y lloré por todo lo que había perdido, por todo lo que mi madre había perdido y puede que, tal vez, por el alivio que sentía al saber que ella ya no tendría que estar sola. Y puede que yo tampoco.

Al cabo de unas horas me desperté en el sofá de la sala de estar. Noté que tenía los ojos hinchados y resecos, y me dolieron al intentar entreabrirlos. Tenía la cabeza sobre el regazo de Rhodes, que estaba recostado sobre el sofá, con la cabeza apoyada en el respaldo. Tenía una de sus manos encima de mis costillas y la otra, en la nuca.

Cuando me sorbí los mocos me di cuenta de que la garganta también me dolía. El televisor todavía estaba encendido con el volumen bajo, y en aquel momento estaban echando anuncios. Dirigí la mirada hacia la butaca reclinable en la que Amos se había quedado dormido. No se había apartado de mi lado desde que Rhodes me había puesto al tanto de las novedades; desde que me habían llamado de la oficina del médico forense y las palabras de aquella mujer me habían entrado por una oreja y me habían salido por la otra, porque lo único que oía era un pitido dentro de mi cerebro. Aquello me hizo volver a sorber por la nariz.

Siempre había tenido la sensación de que había perdido demasiadas cosas. Sabía que todo el mundo perdía algo a lo largo de la vida, y a veces incluso todo. Sin embargo, eso no me servía de consuelo. Porque, aun así, yo había perdido a mi madre.

No volvería a verla nunca más.

«Por lo menos, ahora sé lo que ocurrió», intenté razonar conmigo misma, no por primera vez. Ahora lo sabía. No conocía todos los detalles, pero sabía más de lo que había esperado averiguar nunca. Aunque una gran parte de mí todavía no podía creerlo.

Ahora su pérdida parecía más definitiva que nunca, y la sentía casi tan reciente y dolorosa como lo había sido veinte años atrás. Me parecía como si tuviera el cuerpo y el alma abiertos en canal, con todas las partes más vulnerables expuestas. Era como si la hubiera vuelto a perder de nuevo.

Pegué la mejilla contra la pierna de Rhodes, le agarré el muslo y lloré un poco más.

Me gustaría pensar que durante los días siguientes me tomé las noticias todo lo bien que se podía esperar, pero la verdad es que no fue así.

Tal vez fuera porque habían pasado muchos años desde que me había permitido albergar la más mínima esperanza de encontrarla. Tal vez fuera porque últimamente era feliz. O puede que porque tenía la sensación de que todo lo que me había llevado hasta aquí había sido para esto. Por aquellas personas que tenía en mi vida. Por la oportunidad de tener una familia y de ser feliz y, aunque hubiera dado cualquier cosa por recuperar a mi madre, sabía que al fin había encontrado algo parecido a la tranquilidad.

Sin embargo, nada podría haberme preparado para lo mucho que me afectó la noticia en los días venideros.

Los primeros días después de que Rhodes me lo confirmara, lloré como no había llorado desde que mi madre había desaparecido. Si alguien me hubiera pedido que le explicara lo que había ocurrido en esas horas, solo podría haberle contado detalles sueltos, porque todo quedó envuelto en una desesperación neblinosa.

Lo que sabía con seguridad era que aquella primera mañana, cuando me había despertado en la sala de estar de Rhodes con los ojos exhaustos e hinchados, me había incorporado y había ido al aseo para lavarme la cara. Cuando salí, agarrotada y casi delirante, me encontré a Rhodes en la cocina bostezando, pero en cuanto me vio dejó caer los brazos a los lados y me dirigió una mirada franca y directa.

—¿Qué puedo hacer por ti?

Bastó con aquella frase para que volviera a echarme a llorar de nuevo, para obligarme a respirar entrecortadamente por la nariz un momento antes de que las lágrimas me inundaran los ojos. Me empezaron a temblar las rodillas, pero esbocé una sonrisa y contesté con un susurro diminuto y cansado:

—Me vendría bien otro abrazo.

Y aquello fue exactamente lo que hizo. Me rodeó con sus brazos grandes y fuertes, me estrechó contra su pecho y me sostuvo con todo su cuerpo, y también con algo más, algo que en aquel momento estaba demasiado desconsolada y aletargada como para nombrar. Me pasé el día en su casa, me duché en su cuarto de baño y me vestí con su ropa. Lloré en su habitación, sentada al borde de la cama, en la ducha mientras el agua caía sobre mí, en la cocina, en el sofá y, cuando me llevó afuera, en los peldaños del porche, donde permaneció sin vacilar junto a mí durante a saber cuántas horas.

Rhodes no me quitaba el ojo de encima y de vez en cuando Amos me traía un vaso de agua. Los dos me observaban con una mirada tranquila y paciente. A pesar de que no tenía hambre, me daban pequeños bocados, animándome a comer con sus ojos grises.

Sabía que había logrado llamar a mi tío y darle la noticia a pesar de que no tuviera mucha relación con mi madre. Mi tía me había llamado casi después de que hablara con él y había llorado un poco más con ella, y me había dado cuenta de que era posible quedarse sin lágrimas. Pasé la noche en casa de Rhodes, durmiendo en el sofá con su cuerpo como almohada, pero aquello fue todo lo que conseguí procesar aparte de la noticia irrevocable que había recibido.

Al día siguiente, Clara vino a verme. Se había sentado conmigo en el sofá y me había contado lo mucho que echaba de menos a su marido. Lo difícil que había sido seguir adelante sin él. Apenas hablé, pero escuché todo lo que me dijo y me aferré a las lágrimas que le colgaban de las pestañas, al dolor que compartíamos por la pérdida de un ser querido. Me dijo que me tomara todo el tiempo que necesitara y apenas conseguí pronunciar ni una sola palabra. Esperaba que bastara con el abrazo que compartimos.

No fue hasta aquella noche, cuando estaba sentada en el porche después de haber estado escribiéndome con Yuki sin parar mientras Rhodes se duchaba, que Amos salió y se sentó junto a mí en el mismo peldaño. No me apetecía mucho hablar y, en cierta manera, era agradable que Rhodes y Amos no fueran muy dados a hacerlo porque así no me forzaban a ello, ni a nada que no quisiera hacer, aparte de comer y beber.

La situación ya era lo bastante dura.

El pecho me dolía muchísimo.

Sin embargo, miré a Am e intenté esbozar una sonrisa, diciéndome a mí misma, por milésima vez durante aquellos últimos días, que tampoco me había pillado por sorpresa perderla. Que ya había pasado por eso antes y que volvería a superarlo. Aun así, lo único que sentía era dolor, y mi psicóloga me había dicho que no había ninguna manera adecuada de procesarlo.

Todavía no podía creérmelo.

Mi adolescente favorito no se molestó en intentar decirme nada mientras estuvo sentado a mi lado. Simplemente se inclinó hacia mí, me pasó un brazo por encima de los hombros y me abrazó de lado durante lo que me parecieron siglos, sin pronunciar ni una sola palabra. Se limitó a ofrecerme su cariño y su apoyo, y me hizo llorar todavía más.

Finalmente, al cabo de unos minutos, se levantó y se dirigió hacia el apartamento, dejándome ahí sola, con mi chaqueta de color mandarina en el porche, bajo una luna que estaba ahí antes que mi madre y que seguiría estando ahí mucho después de que yo me fuera.

Y, en cierto modo, aquello me ayudó a sentirme mejor. Solo un poco, mientras levantaba la mirada. Mientras observaba las mismas estrellas que ella había contemplado. Recordé aquellas noches cuando de pequeña nos tumbábamos encima de una manta y mi madre señalaba las constelaciones, aunque años más tarde descubrí que se las inventaba todas. Acordarme me hizo sonreír un poco para mis adentros.

Nadie tenía el futuro asegurado, ni siquiera durante los próximos diez minutos, y estaba casi segura de que mi madre lo había sabido mejor que nadie.

Me dolía la cabeza. Me dolía el alma. Y deseé, como al menos un millón de veces antes había deseado, que estuviera conmigo.

Esperaba que estuviera orgullosa de mí.

Fue entonces, sentada con la cabeza echada para atrás, mirando el cielo, cuando oí los acordes de una canción que conocía bien. Y en aquel momento, la voz de Amos empezó a cantar la letra que conocía incluso mejor.

El aire frío me calmó el cuerpo de la misma forma que las palabras de la canción, y aunque pensaba que ya no me quedaban más lágrimas, las pestañas se me humedecieron mientras escuchaba. Asimilé el mensaje que sentía que Amos estaba intentando compartir conmigo, absorbiéndolo en mi interior. Era un recuerdo que había compartido yo misma con todas las personas que se habían descargado la versión de Yuki de esa canción.

Era un tributo a mi madre, igual que siempre había intentado que lo fueran todas mis canciones y acciones.

Amos suplicaba que no lo olvidaran. Que lo recordaran por lo que había sido, no por los pedazos en los que se había convertido. Cantaba a pleno pulmón con su preciosa voz que esperaba que la persona que amaba estuviera entera, y que algún día volvieran a encontrarse.

Casi una semana después de la noticia, cuando estaba en el estudio rebuscando entre los diarios más antiguos de mi madre, a pesar de que a aquellas alturas ya me los sabía de memoria, alguien llamó a la puerta. Antes de que consiguiera articular una sola palabra, se abrió y escuché que subían unas pisadas pesadas, y de repente ahí estaba Rhodes. Con un rostro pensativo y las manos en las caderas. Tenía un aspecto sombrío y espléndido ahí de pie, tan sólido como una montaña.

—Venga, vamos a usar las raquetas de nieve, ángel —dijo.

Lo miré como si se le hubiera ido la olla, porque todavía llevaba el pijama puesto y lo último que me apetecía era salir de casa, a pesar de que sabía que debería, de que me iría bien, de que a mi madre le hubiera encantado... Se me cerró la garganta. Me encogí de hombros.

—Creo que hoy no seré muy buena compañía. Lo siento... —respondí.

Era verdad. Últimamente no lo había sido. Todas las palabras que normalmente me venían a la boca con facilidad se habían evaporado durante aquellos últimos días, y a pesar de que los silencios entre nosotros no habían resultado incómodos, sí que habían sido extraños.

Hacía tanto tiempo que no me sentía como últimamente, que incluso aunque sabía que lo superaría, y que aquello no se me pasaría de la noche a la mañana porque sí y me levantaría sintiéndome perfectamente bien, era como si estuviera intentando mantener la cabeza a flote durante el cambio de marea.

No conseguía salir de ahí.

Lo que sentía era el duelo, y una parte de mí lo reconocía y recordaba que tenía varias fases. La fase de la que nunca nadie habla es la final, cuando lo sientes todo a la vez. Es la más dura.

Y no quería que Rhodes cargara con eso. No quería que nadie cargara con eso. Todos me conocían por estar casi siempre alegre y feliz. Volvería a ser así en cuanto pasara lo peor, porque acabaría pasando, lo sabía y me lo habían recordado, pero todavía no estaba en ese punto. No ahora que sentía la pérdida de mi madre tan reciente.

Puede que la forma más adecuada de describirlo fuera que estaba agotada por dentro.

Sin embargo, aquel hombre que había dormido junto a mí cada noche durante la última semana, ya fuera en el sofá cuando el sueño nos sorprendía en silencio o en la cama si conseguía convencerme de subir a la habitación, ladeó la cabeza mientras me observaba.

—No pasa nada. No hace falta que hables si no quieres.

Pestañeé. Tragué saliva con fuerza antes de reírme por lo bajo, pero incluso eso sonó triste. ¿No le había dicho yo exactamente las mismas palabras a él unos meses atrás? ¿Cuando estaba triste por lo de su padre?

Rhodes debía de saber exactamente lo que estaba pensando porque me sonrió amablemente.

—El aire fresco te sentará bien.

Era verdad. Incluso mi antigua psicóloga, cuyo número había encontrado un par de días antes y a quien había llamado después de estar dudando durante una hora (se acordaba de mí, cosa que no debería sorprenderme teniendo en cuenta que había hecho terapia con ella durante cuatro años), me había dicho que me sentaría bien salir. Pero aun así vacilé y bajé la mirada al diario que tenía entre las manos. Rhodes se había portado más que bien conmigo, pero me invadían todo tipo de sentimientos. Aquellos últimos días me había apoyado demasiado en él, y tampoco quería abusar.

Rhodes inclinó la cabeza hacia el otro lado, observándome detenidamente.

—Venga, colega. Si fuera al revés, me dirías exactamente lo mismo —dijo.

Tenía razón.

Bastó con aquellas palabras para que asintiera y me vistiera.

Antes de todo lo ocurrido, le había dicho que algún día me gustaría probar a usar las raquetas de nieve. Me levantó un poco el ánimo que se acordara, porque me hizo ser consciente, de nuevo, de lo afortunada que era por tenerlo. De lo afortunada que era por muchas cosas.

No podía rendirme.

Rhodes no se movió, se quedó sentado en la cama mientras me cambiaba los pantalones allí mismo delante de él; me daba demasiada pereza hacerlo en el baño. No me preguntó si estaba lista, simplemente hizo un gesto con la cabeza, y yo le hice otro en respuesta para indicarle que sí, y entonces nos fuimos. Se mantuvo fiel a su palabra y no habló ni intentó que yo lo hiciera.

Rhodes condujo en dirección a la ciudad, pero giró a la izquierda por una carretera rural y aparcó en un claro que me resultaba familiar porque había pasado por ahí con el coche para hacer mis rutas. Sacó dos pares de raquetas de nieve de la parte trasera del Bronco y me ayudó a ponérmelas.

Entonces me cogió de la mano y me guio hacia delante.

Avanzamos en silencio, y en un momento dado me ofreció unas gafas de sol que debía de tener en el bolsillo de su chaqueta, porque en la mochila solo llevaba agua y una lona. Ni siquiera me había dado cuenta de que tenía los ojos entrecerrados debido a la luz que se reflejaba sobre la nieve, pero las gafas me fueron genial. El aire era tan fresco que parecía más limpio que nunca, y aproveché todo lo que pude para llenarme por completo los pulmones de él, dejando que me calmara, a su manera. Seguimos caminando, y tal vez si me hubiera encontrado mejor hubiera apreciado más lo bien que iban las raquetas de nieve o lo bonito que era el paisaje que estábamos atravesando..., pero estaba haciendo lo que podía. Y era todo lo que podía hacer. Estaba ahí, y una parte de mi cerebro sabía que eso era lo que importaba.

Al cabo de más o menos una hora, por fin nos detuvimos en la cima de una colina. Rhodes extendió la lona sobre la nieve y me hizo un gesto para que me acercara. En cuanto me senté, se dejó caer junto a mí y empezó a hablar con su voz áspera.

—Me perdí todas las primeras veces de Amos.

Crucé las piernas y lo miré. Estaba sentado con sus largas piernas estiradas hacia delante, con las manos apoyadas unos cuantos centímetros detrás de su espalda, pero lo más importante era que me estaba mirando. Los rayos del sol se reflejaban en su hermoso pelo plateado y no fui capaz de recordar haber visto un hombre más guapo que él en toda mi vida.

Era el mejor. Y eso hacía que me doliera la garganta, aunque no en el mal sentido.

—No estuve ahí cuando dijo su primera palabra, ni la primera vez que caminó. Ni la primera vez que fue al váter él solito, ni primera vez que no le hizo falta el pañal para dormir.

—Porque estaba en otro sitio, viviendo en una costa muy alejada de Colorado—. Am no se acuerda, y si se acordara creo que no le importaría, pero a mí me molestaba mucho. Todavía me molesta cuando lo pienso. —Las arrugas de la frente se volvieron más profundas—. Les mandaba dinero a Billy y Sofie para cualquier cosa que pudiera necesitar, a pesar de que ambos me habían asegurado que lo tenían todo cubierto, porque también era mi hijo. Iba a verlo siempre que podía. Cada vez que tenía vacaciones, cada vez que podía escaparme, incluso aunque fuera por solo un día. Me decían que hacía más que suficiente, que no tenía que preocuparme, y tal vez tendría que haberme contentado con ello, pero no fue el caso.

»Tardó casi cuatro años en empezar a llamarme papá. Sofie y Billy lo corregían cada vez que me llamaba Rows, porque no sabía pronunciar Rhodes, que era como ellos me llamaban, pero tardó mucho tiempo en empezar a llamarme de otra manera.

538

Antes me ponía celoso cuando le oía llamar papá a Billy. Sabía que era una estupidez. Billy estaba siempre con él. De todas formas, me dolía. Le mandaba regalos cada vez que veía algo que pudiera gustarle, pero aun así me perdí los cumpleaños. Me perdí su primer día de colegio. Me lo perdí todo.

»Cuando tenía nueve años, se quejó de tener que venir a verme durante el verano en vez de ir a «pasárselo bien». Aquello también me dolió, pero, sobre todo, me hizo sentir culpable. Culpable por no pasar suficiente tiempo con él. Culpable por no esforzarme más. Había querido tener un hijo, pensaba en él constantemente, pero no quería dejar la Marina. No quería regresar a Pagosa. Me gustaba tener estabilidad en mi vida, y durante mucho tiempo fue mi carrera profesional. Me hacía sentir todavía más culpable. No quería tener que renunciar a ninguna de las dos cosas, a pesar de que era consciente de que la más importante, la única que de verdad importaba y que siempre lo haría, era mi hijo. Pensaba que bastaba con que lo supiera.

Rhodes soltó un suspiro antes de mirarme, alzando un poco las comisuras de los labios en una mueca que conocía demasiado bien.

—Una parte de mí espera estar compensándolo por todo. Que estar ahora aquí, con él, sea suficiente, pero no sé si lo será. No sé si algún día volverá la vista atrás y pensará que solo fui su padre a medias. Que no me importaba. Por eso lo estoy intentando, para saber que por lo menos me he esforzado. Que he hecho todo lo posible para apoyarle, pero cómo voy a saberlo, ¿eh? Tal vez Amos ya sea un anciano cuando decida si fue suficiente. O tal vez no.

»Mi madre ni siquiera intentó ser buena madre. No tengo ni un solo recuerdo positivo de ella. Creo que mi hermano mayor sí, y el que vino justo después también, pero eso es todo. Nunca voy a echar la vista atrás y a recordarla con cariño. No tengo la sensación de haberme perdido nada con ella, y eso es una mierda. Me sabe mal por ella, por lo que tuvo que pasar, pero yo tampoco elegí aquella situación y tuve que soportarla. Lo que sí elegí fue tener a Amos, porque quería ser padre y hacerlo mejor de lo que lo habían hecho conmigo.

Alargué la mano hacia atrás y le cogí la suya, pero cuando vi que no bastaba con aquello, le rodeé el dorso con mi otra mano, envolviéndosela completamente con las mías. Me la apretó y me estudió la cara con sus ojos grises.

—Tal vez eso sea lo que significa ser padre: lo único que puedes hacer es esperar haber hecho lo suficiente. Si es que te importa. Esperas que el amor que le has dado, si es que realmente te has esforzado, acompañe a tu hijo cuando crezca, y que pueda echar la vista atrás, ver todo lo que hiciste por él y estar satisfecho. Esperas que sepa lo que es la felicidad. Pero es muy difícil saberlo, ¿no?

Aquel hombre… No sabía qué habría hecho sin él.

Me mordí el labio y asentí mientras notaba que los ojos se me llenaban de lágrimas. Poco a poco bajé la cabeza hasta pegar la mejilla contra su puño, y entonces hablé con voz ronca.

—Amos te quiere, Rhodes. No hace mucho me dijo que quería que fueras feliz. Desde el momento en el que os conocí, supe que tú lo querías más que a nada en el mundo. Estoy segura de que por eso Billy y Sofie no quisieron agobiarte hablándote de cosas materiales y te dijeron que no te preocuparas. Si no hubieras hecho suficiente…, si no lo hubieras apoyado lo bastante…, seguro que te lo habrían hecho saber. —Intenté coger aire, pero no pude hacerlo de una sola bocanada—. Los buenos padres no tienen que ser perfectos. De la misma manera en la que los padres quieren a sus hijos incluso aunque no sean perfectos.

De repente se me hizo un gran nudo en la garganta y noté que me caían más lágrimas por las mejillas. Me entró hipo, y luego otra vez. Sentí que algo, su mano, tenía que ser su mano, me acarició la nuca, peinándome con los dedos el pelo suelto. No me había pasado el cepillo desde que me había duchado.

—Lo sé —dijo con suavidad—. Sé que la echas de menos. Igual que tú enseguida te diste cuenta de lo mucho que yo quiero a Am, yo sé lo mucho que querías a tu madre.

—Sí que la quería. Sí que la quiero —coincidí sorbiendo por la nariz, y noté que el pecho se me desgarraba de amor y de lástima—. Es que ahora siento que es... definitivo, y me da pena, pero también mucha rabia.

Rhodes me acarició el pelo y luego las mejillas, una y otra vez, y al cabo de un rato las lágrimas le mojaron los dedos y los dorsos de las manos mientras él me tocaba la cara. Y aquello abrió las compuertas de la presa donde se acumulaban las palabras que había compartido con mi terapeuta durante los últimos días. Aunque con él era diferente.

—Estoy tan jodidamente furiosa, Rhodes. Con todo. Con el mundo, con Dios, conmigo misma y, a veces, incluso con ella. ¿Por qué tuvo que ir a hacer aquella puta ruta? ¿Por qué se desvió del camino que tenía pensado tomar? ¿Por qué no esperó a que yo pudiera ir con ella? ¿Sabes qué...? No me gusta estar enfadada, y no me gusta estar triste, pero no puedo evitarlo. No lo entiendo. Estoy confusa —le dije de corrido mientras le agarraba una mano y se la apretaba con fuerza—, aunque a la vez estoy muy contenta de que la hayan encontrado, pero la echo de menos y vuelvo a sentirme culpable. Culpable por cosas en las que he trabajado, por cosas que sé que no deberían hacerme sentir así. Sé que nada de lo que ocurrió fue culpa mía, pero, aun así..., me duele todavía. Y siempre me va a doler. Lo sé. Es lo que toca. Porque no puedes querer a alguien, perderlo y seguir adelante en la vida sin siquiera un rasguño.

»Y también me pregunto... si ella lo sabía. Si sabía lo mucho que la quería. ¿Sabe cuánto la echo de menos? ¿Lo que daría por que estuviera aquí? ¿Sabe que me he convertido en una persona bastante decente? ¿Que ha habido personas que me han querido y me han cuidado? ¿Estaría preocupada por lo que iba a ser de mí sin ella? Espero que sepa que todo ha acabado saliendo bien, porque no soporto pensar que estuviera preocupada.

La voz se me fue rompiendo mientras hablaba, la mayoría de las palabras que me salían por la boca estaban entrecortadas y eran probablemente ininteligibles. Mis lágrimas empaparon la piel de la mano con la que Rhodes aún me acariciaba la mejilla.

Me levantó la cara y me miró con aquellos ojos grises suyos. Cuando intenté bajar la barbilla, me lo impidió. Estaba completamente centrado, resuelto, como si no quisiera que malinterpretase sus palabras.

—No tengo respuesta para algunas de tus preguntas, pero si de pequeña te parecías aunque fuera un poco a cómo eres ahora, seguro que tu madre sabía lo que sentías por ella. Estoy convencido de que lo mucho que la querías hacía que todo mereciera la pena —susurró cautelosamente con su voz áspera.

Tragué saliva con fuerza justo antes de hundirme, justo antes de inclinarme y apoyar la cara en su hombro. Y Rhodes..., el maravilloso, maravilloso Rhodes, deslizó los brazos por debajo de mi cuerpo y me levantó hasta ponerme encima de su regazo con mucha facilidad, rodeándome la zona lumbar con un brazo y el costado con el otro. Me acurruqué ahí, encima de él.

—No pasa nada por estar triste. Ni tampoco por estar enfadada.

Presioné la nariz contra su cuello. Tenía la piel suave.

—Mi ex se frustraba mucho cuando yo tenía un mal día. Cuando estaba especialmente triste. Decía que ya había sufrido bastante y que mi madre no hubiera querido que estuviera así, que eso solo lo empeoraba todo. Por lo general, estoy bien, pero a veces no. Hay cosas que me provocan un bajón. Quiero vivir, quiero ser feliz, pero la echo de menos y quiero que vuelva.

Rhodes puso una de sus enormes manos encima de mi cadera y noté el latido regular de su corazón con la nariz.

—Pensaba que habíamos establecido que tu ex era un capullo —murmuró—. Espero que cuando me vaya alguien me quiera lo bastante como para echarme de menos durante el resto de su vida.

Eso me mató. En serio, de verdad. Resoplé un poco contra su garganta y me hundí todavía más en la calidez de su cuerpo.

542

—Mi perro, Pancake, murió hace unos años, y todavía se me hace un nudo en la garganta cuando pienso en él. Siempre me digo a mí mismo que no puedo tener otro perro porque nunca estoy en casa, pero, entre tú y yo, solo con pensar en adoptar otro ya tengo la sensación de estar traicionándolo. —Juraría que me rozó la frente con los labios mientras me abrazaba todavía con más fuerza—. No tienes que esconder tu dolor. No delante de mí.

Sentí una punzada maravillosa en el corazón.

—Tú tampoco. Siento mucho lo de Pancake. Era el que salía en la foto que te regalé por Navidad, ¿no? Seguro que era un perro estupendo. Tal vez, si algún día te apetece, podrías enseñarme más fotos de él. Me gustaría verlas.

—Sí que lo era, y te las enseñaré —prometió, con la voz sentida.

Acerqué mi cara todavía más a su cuello y tardé unos minutos en ser capaz de volver a hablar.

—Mi madre hubiera querido que fuera feliz. Eso ya lo sé. Seguro que me diría que yo ya sabía que no me había dejado a propósito. Que no estuviera triste tanto tiempo y que viviera mi vida. Lo sé. En el fondo, sé que lo que fuera que ocurriera fue un accidente y que no puedo hacer nada por cambiarlo. Además, ahora estoy muy contenta con mi vida. Pero es duro…

—Oye —dijo Rhodes—. Algunos días coges águilas como si fueran gallinas y otros sales por patas al ver un murciélago inofensivo. Pero me gustas de las dos maneras, ángel. De todas las maneras.

Solté un ruido ahogado, una mezcla de dolor y risa, y él me abrazó todavía con más fuerza. No pude evitar corresponderle y estrecharlo también todo lo que pude.

—Es solo que… Ojalá… Espero que sepa lo mucho que la quiero. Lo mucho que desearía que estuviera aquí. Pero, por otro lado, si tenían que ocurrirme todas estas putadas de todas formas…, me alegro de que me hayan traído hasta aquí. —Cerré los dedos alrededor de su antebrazo—. Me alegro de que estés aquí, Rhodes. Estoy muy contenta de tenerte en mi vida. Gracias por ser tan bueno conmigo.

Me acarició el pelo mientras yo escuchaba su pulso latiendo debajo de mi mejilla. Apenas lo oí cuando habló.

—Siempre que me necesites, estaré aquí. A tu lado.

—No se lo digas a Yuki, pero ahora eres mi mejor amigo —dije bajando la voz y aferrándome a su cuerpo con fuerza.

Noté que se le movía la nuez del cuello al tragar saliva, y sé que no me imaginé la aspereza de su voz cuando volvió a hablar.

—Tú también eres mi mejor amiga, cariño. —Volvió a tragar saliva igual de fuerte, con una voz todavía más ronca, pero sus palabras fueron lo más tierno y genuino que había oído en la vida—. ¿Sabes qué? Echaba de menos oírte hablar.

Y entonces, con mi cara contra su cuello y su cuerpo cálido envolviéndome, le conté algunos de los recuerdos más entrañables que tenía de mi madre. Lo hermosa que era. Lo divertida que podía llegar a ser. El coraje que tenía y que hacía que no tuviera miedo a nada, o por lo menos eso me parecía.

Hablé, hablé y hablé; y él escuchó, escuchó y escuchó.

Y lloré un poco más, pero estaba bien, porque Rhodes tenía razón. La pena era la manera definitiva de hacer saber a nuestros seres queridos que habían tenido un impacto en nuestras vidas. Que los echábamos mucho, muchísimo de menos. No tenía nada de malo que llorara a mi madre durante el resto de mis días, a pesar de llevar su amor y todo lo que significó para mí en mi corazón. Tenía que vivir, pero por el camino también podía recordar.

Las personas que perdemos se llevan una parte de nosotros... pero también nos dejan una parte de sí mismas.

Durante los días siguientes, con la pena todavía enroscada alrededor de mi cuerpo, pero con una comprensión y una entereza que había sacado del fondo de mi alma, me esforcé al máximo por mantener la cabeza bien alta, a pesar de que no fuera nada fácil. Y cada vez que empezaba a sentir aquel tirón que me arrastraba hacia abajo, hacia aquel lugar que ya conocía, intentaba recordarme que era hija de mi madre.

A lo mejor estaba un poco maldita, pero podría ser peor. En cierta manera, era una persona afortunada, y me esforzaba por no olvidarlo. La gente a la que quería y que me importaba tampoco me lo permitía, y estaba casi segura de que aquello fue lo que más me ayudó.

Cuando llegó el momento, incineré los restos de mi madre y me tomé mi tiempo para pensar qué hacer con las cenizas. Quería que fuera algo que realmente honrara su espíritu, y lo logré de dos maneras.

Fue Amos quien me dio la idea de convertir sus cenizas en un árbol. Un día se me acercó y me pasó por encima de la mesa una hoja impresa sobre urnas biodegradables y volvió a meterse en su habitación tan silenciosamente como había salido. Me pareció muy apropiado. A mi madre le hubiera encantado ser un árbol, y cuando se lo dije a Rhodes estuvo de acuerdo con que sería muy fácil encontrar un lugar donde plantarlo. Decidimos esperar a que fuera verano para encontrar un sitio adecuado.

La segunda idea me la dio Yuki, al día siguiente. Había encontrado una empresa que se dedicaba a mandar cenizas al espacio. Y tuve la certeza absoluta de que aquello le hubiera encantado a la aventurera de mi madre. Decidí que era lo mejor en lo que podía gastarme el dinero sucio, e incluso podría ir a ver el despegue.

Seguía teniendo malheridos el corazón y el alma, pero no podría haber encontrado dos maneras mejores de despedirme del cuerpo físico de mi madre.

Por eso no me esperaba llegar un día a casa después del trabajo y encontrarme un montón de coches aparcados delante de la casa principal. Había por lo menos siete y, a parte del de Rhodes, solo reconocí el de Clara y el de Johnny. Clara se había ido temprano y me había pedido que cerrara la tienda aludiendo algún problema con su padre. Me había tomado casi dos semanas

545

libres después de enterarme de lo de mi madre, y me sentía tan culpable por haberla dejado sola con todo el peso del negocio que hubiera estado dispuesta a encargarme de todo durante el resto del día, así que no me lo pensé dos veces.

Pero ver su coche junto al de Johnny, y luego cinco más con matrículas variopintas, me tomó completamente desprevenida.

Rhodes no era el tipo de hombre que invitase a nadie a su casa, excepto a Johnny, y aun así no lo hacía muy a menudo. Su camioneta del trabajo y su Bronco también estaban ahí aparcados, horas antes de lo que esperaba. Aquella mañana, mientras se preparaba para ir a trabajar, me había dicho ese día iba a quedarse por la zona y que llegaría a casa hacia las seis.

Aparqué cerca del apartamento, en el que últimamente apenas entraba, y cogí el bolso antes de cruzar hacia la casa principal, confundida. La puerta no estaba cerrada con llave, así que entré. El sonido de varias voces hablando me sorprendió todavía más.

Porque las reconocí. Todas y cada una de ellas.

Y, a pesar de que aquellos últimos días ya lloraba mucho menos, enseguida noté las lágrimas humedeciéndome los ojos al cruzar el vestíbulo y adentrarme en la casa.

Estaban todos ahí. En la cocina y alrededor de la mesa. En la sala de estar.

El televisor estaba encendido y había una foto de mi madre con veinte años escalando una formación rocosa ante la cual yo me hubiera cagado de miedo. La imagen cambió por una foto de las dos. Me di cuenta de que se trataba de una presentación de fotos antes de que me brotaran más lágrimas y me cayeran por las mejillas de pura sorpresa.

Me sentí abrumada.

Porque en el salón de Rhodes, en su casa, estaban mis tíos. Todos mis primos, sus mujeres y un par de sus hijos. También estaba Yuki, su guardaespaldas, su hermana Nori y su madre. Estaban Walter y su mujer, y Clara, el señor Nez y Jackie. Y junto a Johnny estaba Amos.

Rhodes se acercó hacia mí y no sé si fue él quien me abrazó o si yo me lancé a sus brazos como últimamente no dejaba de hacer, pero al cabo de un segundo acabamos rodeándonos. Lloré contra su cuerpo con una sensación agridulce de alegría.

Después de muchas más lágrimas y más abrazos de los que recordaba haber recibido a la vez en toda mi vida, pude celebrar la vida de mi madre con la gente que más quería del mundo entero.

Sin duda era una de las personas más afortunadas. Y no iba a permitir que se me olvidara, ni siquiera en los días malos. Me lo prometí en aquel preciso instante.

Y todo gracias a mi madre.

32

—¡Buena suerte, Am! ¡Tú puedes! ¡Puedes con todo! —animé desde el coche a la silueta que se alejaba y que acabábamos de dejar junto al auditorio del instituto.

Nos saludó con la mano, pero no se giró para mirar por encima del hombro, y Rhodes se rio por lo bajo detrás del volante casi distraídamente.

—Está nervioso.

—Ya lo sé, y no lo culpo —dije antes de subir la ventanilla en cuanto entró por las puertas dobles—. Yo también estoy nerviosa por él.

Me sentía como si fuera a actuar yo. Puede que tuviera incluso más náuseas que Am, pero había aceptado de buen grado las mariposas que sentía por él porque no tenían nada de malo.

Aquel último mes y medio no había sido fácil, pero estaba sobreviviendo. De hecho, había logrado más que eso y, en general, estaba bastante bien. Tenía días buenos, y también otros en los que en cambio el nuevo duelo por mi madre hacía que costara respirar, pero contaba con personas con las que podía hablar de ello. La misma esperanza que había brotado en el pecho hacía tiempo seguía creciendo, sin prisa pero sin pausa.

El señor Nez me dijo unas palabras el día de la celebración de la vida de mi madre que se me habían quedado grabadas en la mente: que lo mejor que podía hacer para honrar su vida era vivir la mía y ser tan feliz como pudiera. En aquel momento mi corazón no estaba preparado para aceptarlo, pero mi cerebro sí. Y aquel mensaje fue filtrándose en mi interior con lentitud, pero sin que nada lo detuviera. Fue como poner una pequeña tirita resistente al agua encima de una herida enorme, pero me ayudó.

—Yo también —coincidió Rhodes antes de girar el volante y dirigirse hacia el aparcamiento en el que debíamos dejar el coche.

Me di cuenta de que, no por primera vez en aquel trayecto, echaba un vistazo por el espejo retrovisor con el ceño fruncido. Y aunque me encantaban todas sus expresiones faciales, no entendía a qué venía aquella en concreto.

Habíamos llegado una hora antes de que empezara el concurso de talentos para dejar a Am, y a ninguno de los dos nos había parecido lógico volver a casa solo para deshacer el camino quince minutos más tarde.

A Rhodes le sonó el teléfono, así que se lo sacó del bolsillo y me lo pasó mientras seguía maniobrando.

—Es tu padre. Dice que está de camino y que llegará en un cuarto de hora —le dije mientras respondía al mensaje del hombre mayor.

Rhodes me iba a retorcer el pescuezo por haberle prometido a su padre que le guardaría un sitio a nuestro lado en el concurso de talentos, pero Randall se estaba esforzando y había que reconocérselo. Sin embargo, Rhodes no se fiaba de él lo suficiente como para poner de su parte, aunque yo tenía la sensación de que, con el tiempo, se acabaría bajando del burro por el bien de Am. Para que tuviera otro abuelo. Tampoco se podían borrar años de relación complicada con unos pocos esfuerzos.

Una parte de mí deseaba que Rhodes no se enterara de que había sido yo quien le había contado a Randall lo del concurso de talentos al encontrármelo en el Home Depot de Durango, pero era un riesgo que valía la pena correr. Tampoco es que fuera a enfadarse conmigo de verdad. No por eso, al menos.

Rhodes gruñó mientras aparcaba y luego se tomó su tiempo para mirarme con una pequeña arruga entre las cejas. Examinó

549

mi expresión con sus ojos, cosa que hacía a menudo, como si estuviera intentando leerme. Lo hacía con sutileza, pero si notaba que estaba triste intentaba animarme a su manera. A veces, su manera consistía en enseñarme a cortar madera cuando le traían dos palés enteros, o en llevarme a andar con raquetas hasta unas cuevas de hielo. Sin embargo, mi favorita era cuando usaba su increíble cuerpo por las noches para darme una buena dosis de endorfinas. Era una forma de consolarme, pero también de unirnos aún más.

Lo quería tanto que ni siquiera mi pena conseguía acallar la intensidad de lo que sentía por él. Y sabía, sin lugar a duda, que mi madre habría estado muy contenta de que lo hubiera encontrado.

—¿Cómo estás? —preguntó.

—Bien —respondí sin tener que pensarlo.

—Solo quería asegurarme —dijo escrutándome con su mirada gris. Me cogió la mano—. Te he visto mirando por la ventana de la cocina antes de marchar.

Había cogido la costumbre de hacer eso. Aquellas dos últimas semanas me había sorprendido a mí misma haciéndolo cada vez con más frecuencia ahora que tanto mi cuerpo como mi mente habían tenido un poco de tiempo para procesarlo todo. La visita sorpresa de mis seres queridos también me había ayudado mucho. Había servido para recordarme que tenía mucho, mucho más amor en mi vida del que muchas personas tendrían nunca.

—No, estoy bien, te lo prometo. Estaba pensando en las casualidades. Como que si hubiera tardado un poco más en alquilar el apartamento de tu garaje, otra persona lo habría reservado y entonces nunca nos hubiéramos conocido.

—Y yo castigando a Amos durante seis meses por una de las dos mejores cosas que me han ocurrido en la vida.

Sabía que la otra era Amos, y sonreí. Tenía muchos motivos para hacerlo.

—Por cierto, aquel día me asustaste que no veas.

—Tú también me asustaste a mí —dijo alzando las comisuras de los labios—. Pensaba que habías entrado a robar.

—Aun así, tú asustaste mucho más. Si hubieras dado un par de pasos más te habría rociado con mi espray de pimienta —confesé.

Los labios de Rhodes esbozaron una sonrisa preciosa.

—No tanto como me asustaste tú el día que te pusiste a gritar a pleno pulmón en mitad de la noche por un pequeño murciélago adorable.

—¿Adorable? ¿Qué te has fumado?

Su risa me aceleró el corazón.

Me incliné hacia él y lo besé, y abrió aquella boca grande y ridícula y me besó con ganas en respuesta. Nos apartamos y le sonreí mientras él me miraba con ternura, pero en cuanto pudo desvió los ojos hacia el espejo retrovisor.

—¿Estás bien? —le pregunté.

—Creo que nos está siguiendo alguien —dijo, tensando los labios.

Me di la vuelta para mirar por la ventanilla trasera, pero no vi nada.

—¿En serio? ¿Por qué lo dices?

—Eso me parece. Es un todoterreno negro. Me he dado cuenta en cuanto hemos salido de casa. Venía en dirección contraria y de repente ha dado la vuelta. Nos ha seguido desde entonces —explicó—. Puede que sea una coincidencia, pero tengo la sensación de que no lo es.

—Yo no tengo ningún acosador. ¿Y tú? —pregunté acariciándole la mano.

Aquella pregunta hizo que Rhodes alzara las comisuras de los labios mientras ponía su mano encima de la mía.

—No que yo sepa. No te alejes mucho de mí, ¿vale?

Asentí y salimos del coche. El tiempo había cambiado y los días eran más cálidos, pero aun así llevaba el plumas puesto, el de color mandarina que me había regalado por Navidad y que me había dicho que me hacía parecer un rayo de sol con patas.

Rhodes rodeó el capó del coche y se acercó al lugar donde lo estaba esperando en medio del aparcamiento. Me pasó el brazo por encima del hombro y me mantuvo pegada a su enorme cuerpo, que me hacía pensar en el hogar, la seguridad, el amor.

Y, sobre todo, en el futuro.

Para ser un hombre tan reservado y privado, no escatimaba con su afecto. Una parte de mí pensaba que era porque sabía lo mucho que yo lo necesitaba, y que por eso lo espolvoreaba en cualquier situación. Había pillado a Am mirándolo con una cara un poco rara cuando Rhodes le pasaba un brazo por la espalda porque sí o le decía que estaba orgulloso de él por cualquier detalle.

Lo quería muchísimo.

No se me había pasado por alto que, poco a poco, Rhodes estaba trasladando mis cosas a su casa. No estaba segura de si estaba intentando ser sigiloso o de si simplemente me estaba dando espacio para que me acostumbrara a la idea, pero se me hacía un nudo en la garganta cuando me iba encontrando cosas aquí y allá que no había llevado yo. Pocas veces pronunciaba la palabra que empieza por «A», pero no hacía falta que lo hiciera. Estaba tan segura de lo que sentía por mí como de mi propio nombre.

En eso estaba pensando precisamente cuando de repente oí lo que menos me esperaba en aquel momento.

—¡Roro!

Mi cerebro reconoció la voz de inmediato, pero mi cuerpo y mi sistema nervioso tardaron un segundo en procesarla, en aceptar que acababan de oírla. Sin embargo, no me quedé congelada. El corazón no se me aceleró. No empecé a sudar ni me puse nerviosa.

Por el contrario, fue Rhodes el primero en ralentizar el paso. En detenerse en cuanto subimos al bordillo de la acera que rodeaba el instituto y en hacernos girar poco a poco. No tenía ni idea de cómo había sabido que aquel «Roro» iba por mí, pero así era.

Ambos nos fijamos en la silueta que cruzaba el aparcamiento al trote, seguido por un hombre enorme.

Mis ojos fueron los últimos en darse cuenta de quién me había llamado.

Kaden. Era Kaden quien se estaba acercando con su guardaespaldas, Maurice, detrás de él. A este último no lo conocía muy bien, porque lo habían contratado justo después de liberarme, pero aun así lo reconocí.

Vestido con una parca gruesa y unos vaqueros en los que estaba segura de que se habría gastado miles de dólares, el hombre con quien había malgastado catorce años de mi vida corrió hacía mí.

No tenía ni idea de cómo me había reconocido ahora que llevaba el pelo de mi color natural y me lo había vuelto a dejar largo. Tal vez su madre lo había avisado. O tal vez habían sido Arthur o Simone.

Tenía el mismo aspecto de siempre. Arreglado. Bien vestido. Saludable y adinerado. Sin embargo, en cuanto estuvo más cerca, me di cuenta de las ojeras que tenía. No eran tan exageradas como las que nos salían al resto de los mortales, pero para él eran enormes. Y algo en su expresión también indicaba lo nervioso que estaba.

El todoterreno negro que Rhodes había visto era seguramente suyo. Por supuesto.

—Lo siento, Rhodes —susurré inclinándome un poquito hacia él, intentando transmitirle que era el único que me importaba, que estaba ahí por él.

Sabía que Rhodes lo había reconocido.

—No tienes que disculparte por nada, ángel —contestó justo cuando Kaden resopló y ralentizó el paso al llegar a nosotros.

Me estaba mirando con sus ojos castaños claros desorbitados, jadeando.

—Roro —dijo como si yo no lo hubiera oído la primera vez.

Rhodes no movió el brazo con el que me rodeaba los hombros, y me dirigí a mi ex como si fuera un cliente al que hubiéramos prohibido el acceso a la tienda.

—¿Qué haces aquí?

Kaden parpadeó lentamente sorprendido o... En realidad, no me importaba una mierda lo que estuviera sintiendo.

—He venido... Tengo que hablar contigo. —Cogió aire. Su guardaespaldas frenó en seco un par de pasos por detrás de él—. ¿Cómo estás? —jadeó. Intentó atraparme en su mirada, pero eso ya no funcionaba conmigo—. Vaya. Me había olvidado de lo bien que te sienta tu color natural.

Desde luego que no pensaba acercarme a aquel comentario hipócrita ni con un palo de tres metros. No me había defendido ni una de las veces en las que su madre me había acosado para que pidiera cita en la peluquería cuando se me empezaban a ver las raíces. Y si me hubiera importado lo bastante como para echar la vista atrás, me habría dado cuenta de que, en realidad, Kaden nunca me había defendido ante ella.

No tenía fuerzas para el resentimiento, ni para el enfado, ni siquiera para ser una cabrona con él. La pura y llana verdad era que ya no me importaba en absoluto.

—Estoy muy bien.

Verlo era... extraño. Un poco como un *déjà vu*, supongo. Como si hubiera vivido otra vida y supiera que debería sentir algo por él, pero no era el caso. Mi corazón no reaccionó cuando vio su rostro pulcro o su melena arreglada. Y desde luego tampoco cuando clavó los ojos en mí.

No quería estar allí. No quería hablar con él. Ni siquiera un poquito. Tenía que cortar aquello de raíz enseguida.

—¿A qué has venido, Kaden? Le dejé muy claro a tu madre lo que ocurriría si alguna vez volvía a verte.

Intenté ir directa al grano a pesar de que no podía creer que estuviera realmente aquí, pero Kaden dio un paso adelante y su mirada por fin se desvió hacia Rhodes. Tragó saliva, y volvió a hacerlo al fijarse en el brazo que Rhodes tenía sobre mis hombros. En el hecho de que estaba ladeada hacia él, apoyada en su cuerpo.

Kaden se apresuró a coger aire con fuerza.

—Mi madre no sabe que he venido. ¿Podemos hablar? —preguntó optando por ignorar mi comentario. Parpadeé. Aquel gesto debió de expresar exactamente lo que estaba pensando, «No, no quiero hablar contigo», porque se apresuró a añadir, sin aliento—: He venido a verte.

«Solo que dos años tarde», pensé, y casi me eché a reír. Dos años después y aquí estaba. ¡Aquí! ¡Dios bendiga América! ¡Qué suerte la mía!

Ahora era más consciente que seis meses atrás de que la vida era demasiado corta para aguantar semejantes gilipolleces.

Me esforcé todo lo posible para no hacer torcer el gesto porque quería acabar con aquello.

—Tu madre también vino, y ya le dije que no tengo ningún interés en volver a veros o en hablar con ninguno de los dos en mi vida. Se lo dije muy en serio. Lo dije en serio entonces, y lo digo en serio ahora, y lo seguiré diciendo en serio dentro de muchos años. No somos amigos. No te debo nada. Lo único que quiero es entrar al auditorio —le expliqué tan serenamente como pude.

Kaden echó la cabeza para atrás. Parecía realmente dolido. Tuve que reprimirme para no poner los ojos en blanco.

—¿En serio no somos amigos?

No sabía qué decía aquello de mí, pero se me escapó una carcajada de lo ridícula que me estaba pareciendo aquella conversación. Había pasado por tanto, y aquello era solo... una estupidez.

—Te voy a contestar sin ninguna intención de hacerte daño, porque no me importas lo bastante como para siquiera molestarme en hacértelo, pero, no: no somos amigos. Dejamos de serlo hace mucho. Nunca volveremos a serlo y, para serte sincera, no entiendo qué haces aquí después de tanto tiempo. Como ya le dije a tu madre, no quiero oír nada de lo que ninguno de los dos tengáis que decirme.

—Pero...

—Déjalo —lo corté.

—Pero...

—No —dije—. Escúchame. Déjame en paz. Soy feliz. Vive tu vida, sé feliz, o no lo seas. Eso ya no es cosa mía. No me importa. Déjame. En. Paz.

Kaden Jones, nombrado Estrella de la Música Country del Año dos veces seguidas una década atrás, frunció el ceño como si fuera un niño pequeño mientras una expresión de incredulidad se apoderaba de su cara.

—¿Qué?

¿Cómo era posible que se asombrara? ¿Qué esperaba? Justo cuando pensaba que nada más podía sorprenderme, ¡toma! Por fin tenía un buen día después de encadenar muchos de mierda, y no iba a permitir que se fuera todo al traste.

—Me has oído perfectamente, Kaden. Vete a casa. Vete de gira. Vete a seguir con lo que sea que estuvieras antes de venir hasta aquí. No quiero hablar contigo. No quiero verte. No puedes decir ni hacer nada que me haga cambiar de opinión. Lo digo en serio: tenéis que dejarme en paz de una vez. Os llevaré a juicio a ti, a tu madre y a todas las personas que conozcas si no me dejas vivir tranquila.

Fue como si de repente recordara que su guardaespaldas lo estaba mirando, o tal vez le preocupaba que Rhodes estuviera presenciándolo todo. La cara pálida de Kaden enrojeció de rabia y de vergüenza. Dio otro paso hacia delante con los ojos bien abiertos, con pinta de estar casi desesperado por primera vez en su vida.

—Roro, no puedes estar hablando en serio. Llevo meses intentando ponerme en contacto conmigo.

Meses. Sí que habían pasado meses desde que me había escrito por última vez. Meses desde que habían averiguado donde estaba, ¿y había esperado hasta entonces para venir a verme? ¿Acaso no decía aquello mucho más que cualquier palabra que pudiera llegar a articular?

Rhodes me acarició la parte superior del brazo, y al levantar la mirada lo vi observándome con una cara completamente inexpresiva.

—Lo he intentado una y otra vez —siguió diciendo Kaden mientras a Rhodes se le hundían un poco las comisuras de los labios—. La cagué. Lo sé. Es el peor error que he cometido en mi vida. El peor error que nadie podría cometer.

Rhodes sonrió levemente. ¿No había predicho que Kaden acabaría diciendo aquellas palabras exactas?

—Te echo de menos. Lo siento. Lo siento mucho. Me pasaré el resto de mi vida compensándote por todo esto —me suplicó Kaden con una voz que sonaba genuinamente sincera.

Sin embargo, sus palabras me entraron por una oreja y me salieron por la otra, sobre todo porque Rhodes me estaba mirando de aquella manera.

—Por favor. Por favor, dime algo. No puedes tirar catorce años a la basura. No puedes. Te perdonaré. Nada de todo esto tiene ninguna importancia. Podemos dejarlo todo atrás y olvidarlo. Olvidaremos que hayas estado con otro.

En aquel momento a Rhodes le desapareció la sonrisa de la cara, levantó la cabeza y posó la mirada en mi ex.

Rhodes llevaba sus viejos vaqueros Levi's, el adorable jersey granate de cremallera que le había regalado la tía de Am por Navidad y sus botas de color gris oscuro. Ni siquiera se había molestado en ponerse una chaqueta, aunque la tenía en el coche. Cuando se irguió todo lo alto que era, me pareció el hombre más atractivo que había visto en mi vida. Siguió abrazándome con la misma fuerza de siempre, y habló con esa voz suya.

—Se va a olvidar de alguien, pero no será de mí.

Kaden se ruborizó todavía más, pero, para ser justos, parecía bastante resuelto.

—¿Tienes idea de cuánto tiempo estuvimos juntos?

Una risa frívola brotó del pecho de Rhodes, y la mano con la que me había estado acariciando la parte superior del brazo se detuvo. Dobló el codo y dejó que la muñeca le colgara por encima de mi hombro. Sin embargo, yo conocía bien aquella expresión en su cara, y sabía que no tenía nada de casual.

—¿Importa? —preguntó con voz fría y seria—. Porque, a mi parecer, ya no. Eres el pasado. Y no me va a suponer problema alguno asegurarme de que acabes siendo simplemente el tío que le rompió el corazón antes de me perteneciera a mí y lo guardara a salvo junto al mío.

Para ser alguien que no estaba acostumbrado a ser cariñoso, a veces decía unas cosas increíbles. Si en algún punto hubiese dudado de si lo quería, aunque no era el caso, en aquel momento hubiera estado convencida de haber elegido bien. De haber elegido al mejor. No podía equivocarme con él. Jamás.

Cuando volví a fijar la mirada en Rhodes vi que sus rasgos faciales habían adoptado una de sus expresiones más serias.

—La quiero. Y le daré con mucho gusto todo lo que tú fuiste demasiado estúpido como para no darle. Ni siquiera le cogías la mano en público, ¿verdad? Ni la besabas —lo provocó—. No me importa no haber sido el primer hombre del que se enamoró, porque sé que voy a ser el último.

Kaden desvió la mirada hacia mí, estupefacto, pero él se lo había buscado. Y, para ser sincera, apenas me fijé porque Rhodes estaba poniéndome bastante cachonda con todo lo que estaba diciendo.

—¿Sabes en qué se diferencian los hombres como tú y los hombres como yo? Si ella necesitara algo, tú le darías un billete de cien dólares de tu cartera a pesar de tener más dinero, y considerarías que con eso ya vale. En cambio, yo le daría todo lo que hubiera dentro. —Endureció su voz—. La única persona a la que puedes culpar por esto es a ti mismo, idiota.

Mi corazón echó a volar y llegó incluso hasta la luna.

Porque Rhodes tenía razón: a pesar de que Kaden tuviera un fajo de billetes en la cartera, me habría ayudado con lo mínimo para él, sin duda. En cambio, Rhodes me daría cinco dólares incluso aunque no tuviera nada más. Me lo daría todo a cualquier precio. Pero Kaden… no importaba. Y nunca volvería a importar. Se había cargado cualquier cosa que pudiera haber sentido por él, no quedaba absolutamente nada. Nunca volvería a haber nada, ni un ápice de amor.

Había llegado el momento de que le repitiera lo mismo para que no hubiera ningún malentendido.

El dinero puede influir en el amor. Desde luego, lo hace todo más fácil. Sin embargo, el mejor tipo de amor era mucho más que eso y consistía en dar lo que fuera por la persona a la que amabas. En hacer cualquier cosa, desde las más fáciles y sencillas a las más difíciles e intangibles, las más incómodas. En decirle a la otra persona que la querías y dejarle claro que renunciarías a todo lo que tienes, e incluso a lo que no, porque su felicidad es más importante.

Miré a Kaden a los ojos y le hablé con toda la gravedad que pude.

—Te voy a decir lo mismo que le dije a tu madre: no hay suficiente dinero en este mundo para que puedas convencerme de que vuelva. Incluso aunque llegáramos a ser amigos, cosa que no va a suceder —Rhodes gruñó un asentimiento a mi lado—, no volvería a trabajar para ti ni a ayudarte nunca más. Necesito que te quede bien claro. Nunca voy a cambiar de opinión.

Una mueca de dolor, un dolor claro y brillante, se apoderó de la atractiva cara que me estaba mirando.

—Esto no tiene nada que ver con que escribas para mí, Roro. Te quiero.

El brazo que tenía encima de los hombros se tensó.

—No lo bastante —gruñó Rhodes en voz baja.

Centré toda mi atención en el hombre al que tan bien había conocido hacía tanto, y mantuve la expresión seria para que supiera que no estaba exagerando, que todo lo que estaba diciendo era cierto.

—Adiós, Kaden. No quiero volver a verte. Lo digo en serio. Si vuelves, haré que te arrepientas del día en que me conociste.

Se acabó.

Rhodes bajó la mirada y se la devolví. Sin volver la vista a mi pasado, nos dimos la vuelta y seguimos caminando, dejando a

Kaden atrás. No sabía si se había quedado ahí parado, si nos estaba observando o si se había marchado, y no me importaba una puta mierda.

Después de caminar durante un minuto, me detuve de golpe. Rhodes también se paró, y le eché los brazos al cuello. Se agachó y me rodeó la zona lumbar con los suyos, acercándome a su cuerpo, abrazándome con fuerza.

—Eres el mejor —le dije con voz seria.

Deslizó las manos por debajo de mi chaqueta y mi camisa y me acarició la espalda.

—Te quiero, y lo sabes —susurró.

Tiré de él para pegar los labios a su oreja, con la piel de gallina y un calentón que podría provocar un incendio, y le contesté también en un susurro.

—Lo sé.

Noté el aliento de Rhodes en el cuello como si fuera una ráfaga de viento, y al cabo de un momento lo oí soltar un profundo suspiro. Se movió y acarició mi mejilla con la suya. Un instante después, cuando todavía notaba un cosquilleo en la cara por el roce de su barba corta, me apartó un poco y buscó mi mirada con la suya, gris lavanda.

—¿Lista? —preguntó.

Le cogí la mano y asentí.

—Vamos a coger sitio en primera fila para ver cómo gana nuestra estrella en ciernes —dije.

El hombre al que amaba me apretó la mano y entramos al auditorio para hacer exactamente eso.

Epílogo

—Pareces una princesa, Yuki.

Yuki movió los hombros delante del espejo que había colocado el diseñador que le había prestado el atuendo que llevaba aquella noche, e ignoró el chillido de indignación del estilista que se había encargado de todo: de mi vestido, del suyo, de las personas contratadas para maquillar y peinar a Yuki y transformarla, en sus propias palabras, «de un siete a un once». Era ridícula, pero sí que parecía un once.

La mujer que el mundo conocía como una estrella del pop, pero que para mí era mi mejor amiga, se pavoneó al girarse.

—Llevo ocho capas de maquillaje, no voy a poder respirar durante las siguientes seis horas y necesitaré ayuda para ir a mear, pero muchas gracias, amor.

—De nada —respondí riendo—. Será un honor sujetarte el vestido mientras haces pis, pero si te entran ganas de cagar, paso.

Entonces fue ella quien se rio.

—Nada de caca, pero hemos hecho pis delante de la otra muchísimas veces a lo largo de los años, ¿verdad? —preguntó con una expresión casi soñadora.

Sabía perfectamente lo que estaba visualizando: todas las maravillosas rutas que habíamos recorrido y las docenas de veces que habíamos tenido que montar guardia para alertarnos de la presencia de otros senderistas. Nos habíamos divertido mucho, y estaba muy contenta de que Yuki hubiera disfrutado genuinamente de todas las aventuras que habíamos vivido en Colorado.

Mi amiga se encogió de hombros y me miró de arriba abajo.

—Y tú, mi ángel resplandeciente, parece que tengas quince años. —Contoneó las cejas e ignoró el quejido que soltó su maquilladora al ver el movimiento—. Te perdono por hacer trampas.

—Trampas. Ya, claro —dije poniendo los ojos en blanco.

—Son las hormonas. Tienes un brillo natural que no tiene ni punto de comparación con este kilo y medio de iluminador y de contorno. —Yuki silbó, y yo me incliné todo lo que pude para hacer una reverencia, que no fue muy profunda teniendo en cuenta lo mucho que me apretaba el vestido—. Seguro que Kaden se caga en todo cuando te vea.

La mención de aquel hombre me pilló por sorpresa durante una fracción de segundo. Hacía... cosa de un año que no oía su nombre. Una vez había sonado una de sus canciones por la radio mientras iba en el coche con Jackie y Amos, y los dos se habían puesto a abuchear de inmediato antes de cambiar de emisora. Aquella también había sido la última ocasión en la que había pensado en él, y se había tratado solo de un momento.

—Si se caga en todo, espero que alguien lo grabe —bromeé mientras me colocaba bien el tirante del vestido que me habían hecho a medida dos meses atrás, cuando Yuki me había invitado.

Nos reímos a carcajadas y chocamos los cinco. Y, no por primera vez, le di las gracias a mi madre por darme una amiga tan maravillosa y unos amigos maravillosos en general. Aunque Yuki era una de las que estaba en lo más alto de mi lista.

Nos habíamos visto un montón durante aquellos últimos cuatro años. Había celebrado el día de Acción de Gracias con nosotros una vez, el Año Nuevo dos veces (a pesar de que en ambas ocasiones le había advertido de que solo iríamos a la ciudad de al lado para ver los fuegos artificiales si no había sequía) y a lo largo del año venía siempre que podía. Durante mi segundo verano en Pagosa, Yuki había alquilado un yate y nos habíamos ido a verla a Grecia, donde habíamos pasado una de las mejores semanas de nuestras vidas. Incluso vino su hermana Nori.

Al año siguiente nos invitó a Italia para repetir, pero… para entonces el médico me había recomendado que no volara, aunque no me arrepentía de habérmelo perdido. Y Rhodes, tampoco. Am había bufado y resoplado, pero se había pasado toda la semana que hubiéramos estado en Italia a mi lado, y un día incluso me dio un masaje en los pies.

Sin embargo, había dejado de bufar y de resoplar cuando le habíamos dicho que iríamos en coche hasta Los Ángeles para la ceremonia de entrega de premios. Había aprovechado que un amigo de la uni iba, y se había ofrecido voluntario para, supuestamente, ayudarnos. Ya, claro. Lo echaba mucho de menos ahora que se pasaba casi todo el año en la universidad, así que me valían cualquiera de sus excusas para verlo. Todavía me mantenía al día de las canciones en las que estaba trabajando, pero las clases le ocupaban la mayor parte del tiempo, a pesar de que tenía pensado especializarse en composición musical.

—Gracias por invitarme —le dije a Yuki por enésima vez mientras me acariciaba la barriga.

Inclinó la cabeza hacia un lado.

—Escribimos todo el álbum juntas, Ora. Y eres la acompañante más guapa que podría haber traído.

—Pero si lo hiciste casi todo tú, yo solo te ayudé un poquito —le dije.

Con el tiempo no había recuperado las palabras ni mi habilidad para escribir canciones. Hubo un par de ocasiones en las que me pareció notar algo en la punta de la lengua…, pero enseguida se esfumaba. Sin embargo, no pensaba en ello, ni me preocupaba mucho. Saber que a nadie le importaba era todo lo que necesitaba.

Aunque, por otro lado, hacía unos años había dejado que Amos hojeara mis libretas y él me había mirado con los ojos abiertos como platos. «¿Estas son tus canciones malas?», me preguntó, incrédulo. Así que tal vez no estuvieran tan mal. Las únicas libretas que seguía abriendo de vez en cuando eran las de mi madre, para hacer alguna de sus rutas favoritas. Era lo que solía hacer cuando el corazón me dolía y la echaba más de menos.

Yuki me lanzó una mirada de agotamiento que me recordó a todas las veces en las que me la había encontrado roque en el sofá para invitados que Rhodes había acabado poniendo en el apartamento. Donde solía quedarse Yuki. Y mi familia de Florida, la hermana de Yuki, y los hermanos de Rhodes, que también nos visitaban a menudo.

Alguien golpeó la puerta y la representante de Yuki se levantó, la abrió, dijo un par de palabras y dio un paso atrás mientras indicaba con gestos a la persona que había al otro lado que entrase.

Resultó ser mi hombre favorito en el mundo entero. Parte de mi corazón en el cuerpo de otra persona.

Sonreí y enseguida me acerqué al hombre de pelo plateado. Los había dejado a todos hacía apenas dos horas en la suite que Yuki nos había reservado (me había ignorado cuando había insistido en que podíamos pagarla), pero tenía la sensación de que había pasado un día entero. Era distinto cuando la razón por la que no nos veíamos no era el trabajo. E incluso entonces, Rhodes se pasaba por la tienda a la hora de comer si estaba cerca o antes de volver a casa si terminaba temprano de proteger la flora y fauna de Colorado.

Me miró con sus ojos grises de arriba abajo mientras se acercaba. Tenía la boca abierta.

—Vaya —susurró.

—Demasiado maquillaje, ¿eh?

Se encogió de hombros mientras me ponía las manos encima sobre los míos, seguramente por diez milésima vez.

—Un poco, pero solo porque estás todavía más guapa sin maquillaje. —Me apretó un poco los hombros—. El vestido es muy bonito, colega.

564

—Es prestado, y no tengo ni idea de cómo me las voy a arreglar para ir al baño.

El vestido que me habían dejado era de color verde esmeralda, estaba repleto de bordados y pesaba unos siete kilos, o por lo menos eso me parecía.

—Pues tendrás que mearte encima para no romperlo —dijo con cara seria.

Me eché a reír y me acerqué más a él para rodearle la cintura con los brazos. Todavía no me había acostumbrado a tener acceso ilimitado a Rhodes. A aquel cuerpo sólido como las rocas que todavía me comía con los ojos cada noche y cada mañana, aunque estuviera medio dormida cuando llegaba a casa o se iba.

Una vez me había confesado que le preocupaba que me hartara de que trabajara tanto, y me había tomado mi tiempo para explicarle que no tenía ningún motivo para ello. En cierta manera, lo había estado esperando durante toda la vida. Siempre podía esperar unas pocas horas más. Tampoco es que estuviera por ahí porque le gustase estar lejos de mí. Lo bueno de confiar en nuestra relación era eso: que nunca dudaba de él, ni siquiera por un segundo.

—No estaba seguro de si podía abrazarte —dijo apretándome la espalda.

—Tú siempre puedes abrazarme.

Me besó el pelo, y supe que era porque estaba intentando no tocarme la cara por la cantidad demencial de maquillaje que llevaba encima.

—El padre de Yuki nos ha invitado a cenar. Quiere hablar de pesca —dijo con voz queda.

—¿Am va con vosotros?

Se apartó y asintió, volviendo a bajar la mirada hacia mí.

Yuki se aclaró la garganta ruidosamente desde la otra punta de la habitación.

—Ora, es hora de irnos. Rhodes, ¿quieres acompañarla hasta fuera?

Bajó el mentón en señal de asentimiento y me puso la mano en la zona lumbar. Nos sonreímos antes de salir por la puerta, seguidos por el guardaespaldas y la representante de Yuki. Vimos mucha seguridad en el hotel mientras nos dirigíamos hacia el vestíbulo siguiendo a mi amiga, que estuvo todo el rato charlando entre susurros con su representante. Toda aquella experiencia era un poco surrealista, y no la echaba para nada de menos.

Rhodes agachó la cabeza hacia mí y susurró:

—¿Te encuentras bien? ¿Seguro que no estás muy cansada?

Negué con la cabeza.

—Todavía no, pero espero no quedarme dormida durante la ceremonia. Me moriría de vergüenza.

El señor Sobreprotector me miró de reojo.

Habíamos ido a la ginecóloga antes de planear el viaje, pero sabía que todavía estaba nervioso por todo aquello, a pesar de que hubiéramos venido en coche. Debido a mi edad, se consideraba un embarazo de riesgo, pero por suerte estaba sana en el resto de aspectos y todavía era muy temprano. No tenía pensado ir a ninguna parte durante un tiempo después de esto. Mis tíos ya estaban planeando venir a vernos ellos. Nos visitaban cada año.

Nos detuvimos frente a un coche de lujo en el que me sonaba haber ido, y Rhodes me acarició un poco la espalda.

—Pásatelo bien.

—Lo haré. Quiero hacer esto una última vez y no volver a hacerlo nunca más. De todas formas, seguro que el maquillaje me durará por lo menos una década.

Alzó las comisuras de los labios y su sonrisa lo iluminó todo, como siempre.

—Te lo mereces, ángel. —Se acercó y rozó levemente sus labios contra los míos—. Te quiero.

Mi cuerpo reaccionó de la misma manera que las primeras veces que me había dicho aquellas palabras, como si fueran un tipo de droga adictiva que necesitara para sobrevivir. En reali-

566

dad, no sabría seguir adelante sin ellas. Para ser un hombre al que antes le costaba decirlas, ahora no dejaba de pronunciarlas, cada mañana y cada noche. Escuchaba cómo se las decía a Azalia en un suave arrullo, y a Amos por teléfono. Pero últimamente, lo que más disfrutaba era que las murmurara con la boca pegada a mi barriga.

Y, como ya era como un acto reflejo para mí, tiré de él para dejarlo a mi altura y le dije que yo también lo quería. Porque un hombre capaz de repartir tanto amor, no solo con sus acciones, sino también con sus palabras, se merecía que le correspondieran enseguida. Y estaba encantada de encargarme de aquella tarea.

Nos separamos al oír un fuerte silbido y vimos a Yuki junto a nosotros sacudiendo la cabeza.

—Me ponéis enferma de tanta felicidad.

Reí disimuladamente y me puse de puntillas para volver a besar a Rhodes. Él sonrió.

—Escríbeme cuando termines.

—Lo haré.

Volví a sonreírle y me metí en el coche sujetando mi bolso, y Yuki entró detrás de mí, después de abrazar a Rhodes. Sonrió y se acomodó en el asiento mientras su representante también se subía al coche.

—Me encanta verte tan feliz, Ora.

—Me gusta ser tan feliz —dije después de soltar un suspiro entrecortado por la alegría que sentía en el pecho.

Aquellos últimos años habían sido los más felices que recordaba. Gracias a Rhodes, Amos y Azalia, por supuesto, pero también por toda la ciudad en general. Por mi vida en general. Me había adaptado. Estaba en casa. Tenía familia y amigos, y los veía a menudo por la tienda.

Seguía trabajando ahí. De hecho, ahora era mía.

El señor Nez había empeorado un par de años atrás y Clara me había confesado que necesitaba dinero para poder pagar su tratamiento (me había lanzado una mirada afilada en cuanto

567

abrí la boca para ofrecerme a ayudarla, así que enseguida la había vuelto a cerrar), pero también había admitido que la tienda ya no le hacía ilusión y que estaba considerando venderla. Quería volver a trabajar de enfermera. A mí me encantaba el negocio, así que pensé, «¿por qué no?».

Así que eso es lo que hicimos. Se la compré, y Jackie iba y venía de la universidad en Durango y me ayudaba. Contaba con Amos siempre que volvía a casa, y había contratado a un par de personas más que se acababan de mudar a la ciudad.

Hacerme cargo de la tienda había sido una decisión fantástica y ampliar la casa, también. Aunque pensándolo bien, todas las decisiones que había tomado desde aquella noche en Moab en la que había decidido conducir hasta Pagosa para quizá instalarme allí habían sido correctas.

—La cara que has puesto cuando has ganado no tiene precio —dijo riéndose el padre de Yuki horas más tarde.

Su hija soltó una carcajada y empujó su silla un poco para atrás.

—Las dos estábamos medio dormidas cuando han anunciado la categoría, y no tenía ni idea de lo que estaba ocurriendo hasta que mi nombre ha aparecido en la pantalla.

Era verdad.

Habíamos pedido que nos dejaran en el bar de deportes donde los hombres de nuestra vida habían pasado la ceremonia de entrega de premios. Había dado por sentado que Yuki querría ir a alguna de las fiestas que había después, sobre todo tras haber ganado el premio al mejor álbum del año, pero se había encogido de hombros con una mirada de horror y me había dicho: «Me muero de hambre y prefiero ver a mi padre».

Y como yo también prefería ver a mi familia, nos habíamos marchado directamente al bar barra restaurante con nuestros vestidos absurdamente caros, después de que Yuki prometiera que se haría cargo de los costes cuando le confesé que tenía miedo de ensuciármelo. Me lo había pasado bien en la ceremonia, pero no había sido mejor que entrar al restaurante y ver al señor Young con los brazos cruzados sobre el pecho riéndose por algo que Rhodes había dicho. Mi perfecto Rhodes, con la espalda apoyada contra el reservado y Azalia saltando encima de su regazo mientras Am tenía la mirada fijada en una mesa al otro lado del local. Eché un vistazo rápido y reconocí a la chica que estaba mirando. También había estado en la ceremonia y había ganado un premio unos quince minutos antes que Yuki.

Me acerqué y di besos y abrazos a todo el mundo, alcé a Azalia y fingí comerme su mejilla antes de que mi niñita de papá pidiera irse con su hermano mayor, que la cogió sin dudarlo.

Azalia era un milagro que había anunciado su diminuta presencia, del tamaño de un renacuajo, poco más de un año después de que Rhodes y yo nos casáramos. Se me habían llenado los ojos de lágrimas y a él también. Si antes me había parecido sobreprotector, aquello resultó no ser nada en comparación con lo que vino después. Pero lo había disfrutado igualmente.

Volviendo a centrarme en el presente, y no en la niña de dos años medio dormida en los brazos de Am, pensé que todavía no podía creer que Yuki hubiera ganado. En realidad, sí que podía, pero todavía me resultaba increíble. Me había dado las gracias dos veces directamente, en un subidón de gratitud nerviosa encima del escenario, y yo la había vitoreado todo lo fuerte que me había dado la gana, molestando a la gente que tenía alrededor.

Yuki me prometió que me mandaría una placa, y tenía la pared perfecta donde colgarla: en nuestro dormitorio. Junto a la última que me había dado por aquel álbum trascendental que habíamos escrito juntas en uno de los peores momentos de nuestra vida. Y, aun así, ahí estábamos. Mejor que nunca.

Era tarde cuando todos nos levantamos para marcharnos, y observé a Yuki entrelazar el brazo con el de su padre al salir del restaurante y ponerse a caminar por la calle que conducía al hotel. Su guardaespaldas los siguió, y el resto lo seguimos a él. La noche era fresca y había mucha más gente de lo que me esperaba para ser la medianoche de un domingo. Todas las personas con las que nos cruzamos se detuvieron para mirar a Yuki, reconociéndola.

Rhodes me apretó la mano.

—Me ha parecido verte cuando estaban mostrando a los nominados y han enfocado a Yuki —dijo.

—¿Nos has visto a las dos mirando al frente con cara ausente?

—Exacto —dijo, y me eché a reír—. Pensaba que estos eventos eran divertidos.

—Pues no lo son. Son aburridísimos. Nos hemos pasado la noche jugando a piedra, papel o tijera y al tres en raya en su móvil. —Le apreté la mano—. Me había llevado dos barritas de cereales y dos paquetes de chuches, y nos hemos turnado para agacharnos y comérnoslos sin que nos pillaran las cámaras.

Rhodes se rio con ganas antes de soltarme la mano, ponérmela encima de los hombros y acercarme hacia él. Era mi posición favorita.

—Nos hemos tenido que ayudar para ir al baño —admití también.

—Eso sí que no suena divertido —dijo apretándome todavía con más fuerza.

—No me importaría no tener que volver a repetirlo, eso seguro —afirmé mientras echaba un vistazo por encima del hombro.

Vi a Amos cargando a su adormilada hermana pequeña detrás de nosotros. Alzó el mentón exactamente igual que Rhodes. Había madurado muchísimo durante aquellos últimos años; no era tan alto como Rhodes, pero tenía la impresión de que se quedaría cerca. En mi opinión, se parecía más a su madre, pero cuando sonreía o ponía los ojos en blanco, era el vivo reflejo de su padre. De su padre Rhodes, por lo menos. No tardé en descubrir que su actitud relajada le venía de Billy.

Justo cuando abrí la boca para preguntarles qué les apetecía hacer al día siguiente, vi por el rabillo del ojo dos siluetas que me resultaron familiares entrando por la otra puerta del hotel.

Una de ellas era Kaden. Con un esmoquin negro, exactamente igual que el que le había visto llevar miles de veces siempre que se despedía de mí en la habitación del hotel. Con una camisa blanca y la pajarita todavía puesta. Junto a él estaba su madre, con un vestido dorado despampanante.

Parecía enfadada. Era curioso ver cómo algunas cosas nunca cambiaban. Vaya.

Kaden se las había arreglado para seguir siendo lo bastante «relevante» como para que todavía lo invitaran a ceremonias de entregas de premios e incluso ganaba alguno de vez en cuando, gracias a quienquiera que hubiera contratado. Aquella noche estaba nominado en un par de categorías, pero no se había llevado nada. No lo había visto en persona, solo su imagen gigante, que había aparecido en la enorme pantalla del escenario.

Una paz que hacía mucho que no sentía me llenó el corazón y, para ser sincera, todo mi cuerpo. No sentía rabia en mi interior. Ni dolor, ni resentimiento. Simplemente… indiferencia.

Como si hubiese notado que lo estaba mirando, Kaden desvió la vista hacia nosotros y me di cuenta del momento en el que sus ojos repararon en mi pequeña barriga abultada. Estaba embarazada de cuatro meses y el vestido no escondía para nada que íbamos a tener un segundo bebé. Otra niña. Todavía no habíamos decidido cómo la íbamos a llamar, pero dado que habíamos escogido Azalia por mi madre, estábamos pensando en ponerle el segundo nombre de Yuki: Rose.

Rhodes y yo estábamos muy emocionados. Muchísimo. Y Am también. Incluso había colgado una de las ecografías en su cuarto de la universidad, al lado de una fotografía de Azalia del día que había nacido. Al fin y al cabo, había sido él quien me había llevado en coche al hospital, quien había estado conmigo en la habitación cuando había empezado a encontrarme mal y quien me había dejado apretarle la mano hasta dejársela hecha una mierda

571

antes de que Rhodes apareciera, literalmente dos minutos antes de que diera a luz. Amos fue la tercera persona en coger a su hermana pequeña y supongo que aquello explicaba por qué estaban tan unidos.

Lo habíamos llamado justo después de salir de la consulta del médico al saber que estaba embarazada de nuevo, y el sonido que había escapado de sus labios nos había hecho reír a los dos.

—Joder. Las chicas nos van a superar en número, papá.

El hombre que estaba sentado en el coche junto a mí, cogiéndome todavía de la mano, había sonreído al oírlo, mirando al frente por el parabrisas con ojos brillantes. Respondió lo mejor que podría haber dicho:

—No voy a quejarme.

Y lo decía completamente en serio.

Dios sabía que nunca podría olvidar cómo le había temblado el cuerpo entero a Rhodes después de que el médico confirmara que estaba embarazada la primera vez. Cómo se le habían llenado los ojos de lágrimas, cómo me había besado la mejilla, la frente, la nariz e incluso la barbilla cuando había dado a luz a Azalia. No podría haber pedido una pareja, padre u hombre mejor que él para pasar el resto de mi vida. Me apoyaba, creía en mí y me llenaba con más amor del que nunca podría haber pedido.

—¿Estás bien, ángel? —preguntó Rhodes acariciándome la parte superior del brazo de arriba abajo para darme calor, saliendo al rescate como siempre.

Aparté la mirada de aquellas personas a las que ya no conocía, con la sensación de que sería la última vez que las vería, y asentí en dirección a Rhodes. A mi marido. A el hombre que movería cielo y tierra para venir a buscarme si me perdiera. Al que me había dado todo lo que quería y más.

Había tenido suficiente con aquella entrega de premios. Me había servido para constatar que no me estaba perdiendo nada, ni siquiera un poquito. Estaba lista para ir a casa. Lista para seguir viviendo con las personas a las que quería con toda mi alma.

Nos dirigíamos hacia los ascensores cuando de repente Am empezó a reírse en voz baja.

—¿Sabes lo que acabo de pensar, Ora?

—No, ¿qué? —inquirí desviando la mirada hacia él.

—Escucha, ¿qué habría pasado si no te hubiera alquilado el apartamento del garaje? Estuve a punto de echarme atrás porque estaba cagado de miedo. ¿Crees que papá te hubiera conocido? ¿Crees que yo estaría estudiando música en la universidad? ¿Crees que serías la propietaria de la tienda? —preguntó con una expresión pensativa—. ¿Alguna vez te lo has preguntado?

Ni siquiera tuve que pensarme la respuesta, así que le dije la verdad. Le contesté que antes yo también me lo preguntaba, pero que hacía mucho tiempo que había dejado de hacerlo. Porque sabía que había acabado exactamente donde se suponía que debía estar, adonde cada decisión, tanto las que había tomado yo como las que se habían tomado antes de que existiera, me había conducido.

Era una persona con mucha suerte, pensé, y de repente me vino el esbozo de una idea a la cabeza, tan fácilmente que me dejó sin aliento. Sorprendida, me cogí al brazo de Rhodes y él bajó la cabeza para mirarme con curiosidad, con tanto amor que volvió a dejarme sin aliento.

Y la idea, las palabras, tomaron forma:

He encontrado el lugar donde pertenezco.
Un lugar lleno de amor en el que me siento como en casa.

Agradecimientos

En primer lugar, este libro no existiría sin vosotros: muchas gracias a mis increíbles lectores por vuestro amor y apoyo constantes.

Muchísimas gracias a la mejor diseñadora del mundo, Laetitia de RBA Designs; a mis maravillosas agentes, Jane Dystel y Lauren Abramo, y a todas las personas que trabajan en Dystel, Goderich y Bourret.

Judy, nunca podré agradecerte lo bastante que siempre contestes las preguntas que te mando por audio y por ser simplemente maravillosa. Gracias a Virginia y Kim de Hot Tree Editing y a Ellie, de My Brother's Editor, por vuestras habilidades de edición. Kilian, gracias por toda tu ayuda.

Como siempre, Eva, no sé qué haría sin ti, sin tu memoria, tus sugerencias y tus GIFs.

A todos los amigos que me han ayudado de una manera u otra (y a los que sé que tengo olvidados): gracias por todo.

A los Zapata, Navarro y Letchford: sois la mejor familia que una chica podría desear.

A Chris, a Kai y a mi editor eterno y mi ángel en el cielo, Dorian: os quiero mucho, chicos.